中国神话与民族精神

刘锡诚　著

创于1897　商务印书馆
The Commercial Press

图书在版编目(CIP)数据

中国神话与民族精神 / 刘锡诚著. — 北京：商务印书馆，2021
ISBN 978-7-100-19724-3

Ⅰ. ①中… Ⅱ. ①刘… Ⅲ. ①神话—文学研究—中国—古代—文集 Ⅳ. ①I207.73-53

中国版本图书馆CIP数据核字（2021）第050020号

中国神话与民族精神

刘锡诚 著

商 务 印 书 馆 出 版
（北京王府井大街36号 邮政编码 100710）
商 务 印 书 馆 发 行
三河市尚艺印装有限公司印刷
ISBN 978-7-100-19724-3

2021年8月第1版　　开本 680×960 1/16
2021年8月第1次印刷　　印张 33

定价：128.00元

目录

上编

下 编

上编

论原始诗歌与神话

以口传的方式创作的诗歌和神话是初民最早的艺术之一。当原始初民的“自我意识”业已萌生，清晰的语言业已成熟并在心理要求的激发下成为人们交往的必要手段时，简单的诗歌便随之产生了；当原始初民凭借他所投射于世界而形成的种种原始意象去经验世界时，神话便随之产生了。在书写的文字还没有诞生之前，原始诗歌和神话是靠原始先民的记忆并以口传的方式“创作”和流传的，所以不可能有原始诗歌和神话传说的写本传到现在。我们现在所能看到的被认为是原始诗歌和神话传说的作品，部分是后世的文人根据先民部族群体的口头传承而写定的，部分是旅行家、传教士或研究家在现存原始民族中间搜集记录下来的，即使如此，其总数量也是并不很多的。这就给我们研究诗歌和神话传说的起源带来了很大的困难。

一、诗歌的起源与原始诗歌的特点

一般认为，诗歌起源于民族学上所说的“野蛮初期阶段”。原始诗歌在它产生的初期，是非常简单、粗糙的，但它却是原始先民的愿望、心灵和情感的外化。《尚书·虞书》曰：“诗言志，歌永言。”《诗大序》曰：“情动于中而形于言，言之不足，故嗟叹之；嗟叹之不足，故歌咏之；歌咏之不足，不知手之舞之足之蹈之也。”古人所说的

“诗言志”“情动于中而形于言”，无非是社会生活在人脑中所激发起来的那些快感或情感用诗的形式表现出来。而在野蛮初期阶段上产生的诗歌，其所反映的社会生活或人类感情，无疑是很简单、很浅薄甚至是很粗野的。

中国古代文论中关于诗歌起源或原始诗歌的见解，与西方学术界一样，是多元的。

一种观点侧重于强调诗歌是劳动的产物。如汉代刘安在《淮南子·道应训》曰：“今夫举大木者，前呼邪许，后亦应之，此举重劝力之歌也。”[①] 劳动在原始诗歌的发生上起着重大作用，其情景正像刘安在《淮南子·道应训》中所描绘的那样：一群原始先民抬着沉重的大木头，将它搬运到另外的地方去，他们前呼邪许，后亦应之，这号子（原始歌）声协调着他们的动作。俄国早期马克思主义者普列汉诺夫（1856—1918）关于劳动在诗歌起源中的作用的论述，在我国学术界产生过很大的影响。他说：“人的觉察节奏和欣赏节奏的能力，使原始社会的生产者在自己的劳动过程中乐意按照一定的拍子，并且在生产动作上伴以均匀的唱的声音和挂在身上的各种东西发出的有节奏的响声。……在原始部落里，每种劳动有自己的歌，歌的拍子总是十分精确地适应于这种劳动所特有的生产动作的节奏。……研究劳动、音乐和诗歌的相互关系，使毕歇尔得出这个结论：‘在其发展的最初阶段上，劳动、音乐和诗歌是极其紧密地互相联系着，然而这三位一体的基本的组成部分是劳动，其余的部分只具有从属的意义。’”[②] 这个论断在一定的范围内无疑是正确的，它的得出，并非出于想象和推论，而是从事实出发的，我们即使从现存原始民族所流传的一些劳动

① 刘文典撰，冯逸、乔华点校：《淮南鸿烈集解》上册，中华书局 1989 年版，第 380—381 页。

② 普列汉诺夫：《没有地址的信·艺术与社会生活》，曹葆华译，人民文学出版社 1962 年版，第 39—40 页。

歌也可以看得出来；但一旦原始诗歌超出了与劳动有关的范围，这个结论就未免显得片面了。

另一种观点则侧重强调诗歌是原始巫术和祭祀的产物。如《周礼·春官·大司乐》曰："以六律、六同、五声、八音、六舞，大合乐以致鬼神祇，以和邦国，以谐万民，以安宾客，以说远人，以作动物。乃分乐而序之，以祭，以享，以祀。"《礼记·檀弓》曰："邻有丧，舂不相。"注："相，谓以音声相劝。"在这些论述里，原始诗歌不仅是为原始巫术和祭祀服务的，而且成为原始巫术和祭祀的重要组成部分。

近人王国维在《宋元戏曲史》开篇说："歌舞之兴，其始于古之巫乎？巫之兴也，盖在上古之世。《楚语》：'古者民神不杂，民之精爽不携二者，而又能齐肃衷正。……如是则明神降之，在男曰觋，在女曰巫。……及少皞之衰，九黎乱德，民神杂糅，不可方物，夫人作享，家为巫史。'然则巫觋之兴，在少皞之前，盖此事与文化俱古矣。巫之事神，必用歌舞。《说文解字》(五)：'巫，祝也，女能事无形以舞降神者也；象人两褎舞形，与工同意。'故《商书》言：'恒舞于宫，酣歌于室，时谓巫风。'"他是主张歌舞都起源于巫的。[①] 著名文学史家郭绍虞也持这种观点。他说："历史学者考察任何国之先民莫不有其宗教，后来一切学术即从先民的宗教分离独立以产生者。这是学术进化由浑至画的必然现象，文学亦当然不能外于此例，所以于其最初，亦包括于宗教之中而为之服务。《周礼·春官》所谓'大司乐分乐而序之以祭以享以祀'，都是一些宗教的作用。"[②] 他是主张上古之时，"政治学术宗教合于一途"(刘师培语)的，文学最初"包括于

---

① 王国维:《宋元戏曲史》，商务印书馆 1915 年版，第 1 页。

② 郭绍虞:《中国文学史纲》，转引自朱自清:《中国歌谣》，作家出版社 1957 年版，第 15 页。

宗教之中而为之服务”，后来从宗教中分离出来。

在人们眼里，鲁迅是“杭育杭育”派，是主张劳动起源说的，其实并非如此。他在《中国小说的历史变迁》中说：“诗歌起源于劳动和宗教。其一，因为劳动时，一面工作，一面唱歌，可以忘却劳苦，所以从单纯的呼叫发展开去，直到发挥自己的心意和感情，并偕有自然的韵调；其二，是因为原始民族对于神明，渐因畏惧而生敬仰，于是歌颂其威灵，赞叹其功烈，也就成了诗歌的起源。”① 鲁迅在这里没有说诗歌只是起源于劳动或只起源于宗教，而是说起源于劳动和宗教。他认为，对于原始先民而言，原始宗教是普遍的信仰，是诗歌另一个起源。1930 年鲁迅接触和翻译了普列汉诺夫的《没有地址的信》（译本《艺术论》）后，在该书的序言中放弃了他以前的观点，表示赞成普列汉诺夫的“劳动，先于艺术生产”的观点：“生产技术和生活方法，最密接地反映于艺术现象上者，是在原始民族的时候。蒲力汗诺夫……用丰富的实证和严正的论理，以究明有用对象的生产（劳动），先于艺术生产这一个唯物史观的根本的命题。详言之，即蒲力汗诺夫之所究明，是社会人之看事物和现象，最初是从功利的观点的，到后来才移到审美的观点去。”②

近年来，有的原始艺术理论研究者对劳动起源论提出了质疑，指出把原始艺术（包括诗歌）的起源仅仅归结为劳动的说法，是一种简单化的观点，是与事实不符的。我国民族学家近年从一些近代还处于原始社会末期的民族中搜集的大量新鲜的田野调查资料说明，艺术（包括诗歌）起源与原始巫术和原始宗教观念有关。

原始诗歌与原始乐舞是共生的，两者常常是密切交织在一起的。这是原始诗歌一个最重要的特点。《诗大序》里所说的“情动于中而

---

① 鲁迅：《中国小说史略》，人民文学出版社 1973 年版，第 270 页。

② 鲁迅：《蒲力汗诺夫〈艺术论〉·序言》，人民文学出版社 1957 年版，第 11 页。

形于言，言之不足，故嗟叹之；嗟叹之不足，故歌咏之；歌咏之不足，不知手之舞之足之蹈之也”，说出了诗歌、音乐、舞蹈三者的密切关系，也说出了以诗歌为主体，音乐、舞蹈为其附庸；以诗歌为最先发生的艺术，其他为后起的艺术。任何一首原始的诗歌，它既是诗的作品，又是音乐的作品。现在，我们还能在一些少数民族地区听到一些内容极为简单的原始诗歌，它们大多也是与音乐、舞蹈结合在一起的。诗歌与音乐、舞蹈的这种密切关系，使原始诗歌的韵律和节奏，即音乐性，成为一个显著的特点。对于这些诗歌的作者来说，他所作的诗歌原本是有意义的，但对于其他的人们（比如对于其他的部落或地区的人们）来说，这诗歌则不过是音乐的附庸而已。在有些民族（如爱斯基摩人）中搜集的材料证明，为了迁就韵律，有时诗句不得不加以雕琢，从而使他人无法听懂。这种情况，使德国艺术史家格罗塞（Enrst Grosse, 1862—1927）不得不得出这样的结论：“最低级文明的抒情诗，其主要的性质是音乐，诗的意义只不过占次要地位而已。”[①] 远古时代，语言的通行范围是狭小的，一个不大的群体，往往都有自己的语言，这个群体与其他群体是很难沟通的。由于这种语言通行范围的狭小，诗歌也常常借助于音乐和舞蹈而得以存在和传播。随着人类文明的演进，诗歌与舞蹈脱离了关系，进而又与音乐脱离了关系，成为独立的艺术形式。即使诗歌与音乐脱离了那样紧密的关系，音乐对诗歌的影响也还是长久存在的，这就是诗歌的体裁与格律。

原始诗歌大多取材于原始人狭小的生活范围，狩猎或采集生活及其给予他们心灵的快感，往往成为他们的诗歌的主要题材。格罗塞说：“大多数的原始诗歌，它的内容都是非常浅薄而粗野的。但是，这种诗歌还是值得我们深刻注意，因为它可以帮助我们对原始民族的情绪生活有一种直接的洞察。狩猎部落的抒情诗很少表现高超的思

---

① 格罗塞：《艺术的起源》，蔡慕晖译，商务印书馆 1984 年版，第 189 页。

想；它宁愿在低级感觉的快乐范围里选择材料。在原始的诗歌里，粗野的物质上的快感占据了极大的领域；我们如果批评他们说胃肠所给予他们的抒情诗的灵感，绝没有比心灵所给的寡少一点，实在一点也不算污蔑那些诗人。”[①] 这种在“低级感觉的快乐范围里选择材料”，很少表现高层次的情感领域，就构成原始诗歌的另一个重要的特点。例如相传为远古诗歌的《弹歌》就是这样的一首单纯表现原始狩猎过程的诗歌：

断竹，续竹，
飞土，逐肉。（《吴越春秋》九“陈音”引）

这首传疑的原始古诗，刘勰在《文心雕龙·通变》里说“黄歌断竹”，断定此诗是黄帝时代的作品。许多学人都指出其“未知何据”（范文澜），仅根据黄帝时才有弓箭的发明的传说来判定此诗是当时的作品是不可靠的，多数人认为是黄帝以前流传、后人根据口传写定的“太古的作品”（郭绍虞）。事实恐怕也确是这样，在野蛮低级阶段，人类就能用抛掷石块、用砍断的竹竿弹出石块或飞石索等方法猎取野兽，甚至在旧石器时代晚期就出现了弓箭。“弓箭作为一种强有力的复合工具是狩猎经济发展的产物，具有悠久的历史，至少在旧石器时代晚期就已有实物证据。……弓箭的使用，在我国也有悠久的历史，旧石器考古资料中，在峙峪和下川遗址中均出土有镞，至中石器时代所发现的镞更为定型，至新石器时代遗址几乎每处必有镞的发现，少则一件，多则数百件，积累了相当丰富的资料。”[②] “弓、弦、箭已经是很复杂的工具，发明这些工具需要有长时期积累的经验和较发达的智

① 格罗塞：《艺术的起源》，蔡慕晖译，商务印书馆 1984 年版，第 184 页。
② 安家媛：《试论我国史前的弓箭》，《中国历史博物馆馆刊》1994 年第 1 期。

力，因而也要同时熟悉其他许多发明。”[①]《吴越春秋》作者、汉代的赵晔论曰：“弩生于弓，弓生于弹，弹起于古之孝子，不忍见父母为禽兽所食，故作弹以守之。歌曰……”弃尸于野原本是原始时代普遍的风俗，弃死去的父母于野，并希望禽兽将其肉啖而食之，并无所谓孝与不孝的观念，把“弹歌”说成是后人对先祖守孝时之作，实际上是用后来阶级社会里的孝道观念来解释原始时代的丧葬，显然是牛头不对马嘴。至于弩生于弓、弓生于弹之论，也并不科学，这里姑且不论。

这首诗所写的，仅仅是狩猎时四件前后相连的事：竹子做的弓弩在射猎时被折断了；用竹子把弓弩再修好；把用泥土做的弹丸射出去；向着那飞跑的野兽禽鸟。（断竹，也可解为用一根砍断的竹竿作弓。）每两个字一个停顿，造成鲜明强烈的节奏和韵律，表现出一个完整的射猎过程。狩猎是原始狩猎民族最熟悉最关注的事情，没有比这再重要的了。作者的这首诗就取材自他们非常熟悉的、与他们生命攸关的狩猎生活，而且根本没有涉及他们的任何情感领域。甚至连他们猎获野兽时可能出现的低级快感也没有描写。这是一首简单的叙事诗，只写了一个过程。在原始诗中，纯粹抒情的诗，是很少的，以叙事诗为多，即使抒情诗也含有很多叙事的成分，正像这首《弹歌》所显示的那样。

我国西南边疆的彝族的先民流传下来一首与《弹歌》十分相似的《撵山歌》：

追麂子，
扑麂子。

① 恩格斯：《家庭、私有制和国家的起源》，《马克思恩格斯选集》第 4 卷，人民出版社 1972 年版，第 18 页。

敲石子（敲石取火），
烧麂子。
围拢来，
作作作（吃）。

还有一首《作弩歌》：

砍棵麻栗树，
要做一张弩。
树筒断多长？
不短也不长；
块子破多宽？
不窄也不宽；
弓弦结多紧？
不松也不紧。
背弩打野兽，
只听弩声响。[①]

彝族先民的古歌《撵山歌》和《作弩歌》，与《弹歌》十分相似，所写的仅仅是原始先民生活的一个场景或过程。但从这两首诗歌所描写的场景中，我们却可以得到原始先民使用火（熟食）和制造弓弩的信息。《撵山歌》的节奏也像《弹歌》那样鲜明：追麂子，扑麂子；敲石子，烧麂子；围拢来，吃吃吃。一共六个动作，构成捕猎野兽并烧食的过程，没有任何这一过程之外的东西，自然也没有属于情感领

① 云南民间文学集成编辑办公室编：《云南彝族歌谣集成》，云南民族出版社 1986 年版，第 42—45 页。

域的描写。《作弩歌》的内容古朴而单纯，而且告诉我们他们的弓弩是树干制作的，而不像《弹歌》里说的是竹子制作的；诗的结构采用的是答问的叙述方式，是后来民间十分流行的“盘歌”的原始形态，还是其本身就是晚近的作品，还难以确认。类似《弹歌》《撵山歌》和《作弩歌》这样的以叙事为特点的原始诗歌，近年来在中国西南边疆地区的其他民族中也有发现。

原始诗歌的第三个特点是与原始巫术和原始宗教不可分割的密切关系。

原始巫术是从原始先民求食和增殖的愿望中产生的。他们希望通过自己的意念或力量直接实现愿望，达到控制外界自然的目的，于是在这种虚幻的信念和错误的类比基础上创造出了原始巫术。而原始咒语就成为原始巫术的一个重要手段。《山海经·大荒北经》中保留下来一首咒语式的原始诗歌：

所欲逐之（魃）者，
令曰：
“神北行！”
先除水道，
决通沟渎。

有研究者认为，这是一首“消除旱灾及命令自然服从人的意志的咒语”[①]，亦即最早出现的原始诗歌。原文如下：“蚩尤作兵伐黄帝，黄帝乃令应龙攻冀州之野。应龙畜水，蚩尤请风伯雨师，纵大风雨。黄帝乃下天女曰魃，雨止，遂杀蚩尤。魃不得复上，所居不雨。叔均言之帝，后置之赤水之北。叔均乃为田祖。魃时亡之。所欲逐之者，令

① 杨知勇：《宗教·神话·民俗》，云南民族出版社 1991 年版，第 1—2 页。

曰：‘神北行！’先除水道，决通沟渎。”原始先民就是希望依靠这类咒语所具有的语言力量来实现自己支配自然、驱逐旱魃（消除旱灾）的愿望。

原始宗教是通过祈求神灵（超自然力）、讨好神灵的办法来达到支配自然的愿望。祈求的形式就是举行各种不同形式和不同等级的祭祀仪式。与这种原始的祭祀仪式相适应，人们创作了大量的原始歌舞，不过能够流传下来的却极少。《吕氏春秋·古乐篇》里所载的“昔葛天氏之乐，三人操牛尾，投足以歌八阕”就是这种为了敬神灵而举行的原始歌舞。可以想见，人们在神灵的面前载歌载舞，是一种怎样热烈的狂欢的场面。所咏唱的歌词有八段，后人附会出来八个篇名：“一曰载民；二曰玄鸟；三曰遂草木；四曰奋五谷；五曰敬天常；六曰建地功；七曰依地德；八曰总禽兽之极。”“载民”的“载”当“始”字讲，这一阕可能是述说祖先的来历，就像当代一些少数民族所搜集到的那些《祖先的来历》的叙事诗。“玄鸟”是原始神话，可能也与族源有关。后面接着是歌咏草木五谷生长的诗篇。葛天氏已不可考，据推测可能是远古时代某一个原始部落的名称。这八首诗歌的篇名是否有根据，是否到春秋时代还有某种形式的流传，也已经不得而知。可以肯定的是，它们无疑已经留下了春秋时代的印迹。

前面说过，中国很早就进入了原始农耕时代。同时，也就有许多与农耕有关的宗教祭祀仪式。古代有一种被称为“蜡辞”的诗歌，就是用于冬月里举行蜡祭的祝辞。这种“蜡辞”的渊源，可以上溯到原始的巫歌。《礼记·郊特牲》谓“伊耆氏始为蜡”，其中记载了一首据传为伊耆氏时代的“蜡辞”：

土反其宅，
水归其壑，
昆虫毋（毋）作，

草木归其泽。

这首与农事有关的原始“蜡辞”可以看作是原始农耕民族祈求风调雨顺、农业丰收的一种宗教心理的写照。全诗四句都是向神灵祈求的口气：土埂啊，要结实些；水啊，不要漫流，都归到低洼之处吧；虫害不要危害庄稼；杂草树丛都要到薮泽上生长。伊耆氏相传是远古的“天子”。《诗正义》有“伊耆、神农，并与大庭为一”的说法；《帝王世纪》又说帝尧姓伊祈，指明帝尧就是伊耆氏。总之，伊耆氏应是一个传说中的部落领袖，而蜡祭是早在周以前就流行的巫风。鉴于“蜡辞”所反映的都是农耕社会的生活样相，是否可以推断，“蜡辞”是原始社会晚期的作品？我想，答案应当是肯定的。

原始诗歌的第四个特点是，没有爱情的描写。格罗塞在他的《艺术的起源》中说：“在原始的抒情诗上，除了极其粗野情况之外，却难得看见他们叙述两性的关系。在澳洲人，明科彼人或菩托库多人中我们决然找不出一首恋爱歌；就是最通晓爱斯基摩人的林克也说：‘爱情在爱斯基摩人的诗歌中只占据着极小的领域。’……在澳洲和格林兰的所谓爱，并不是精神的爱，只是一种很容易在享乐中冷却的肉体的爱。我们不能否认在最低级的民族间，也会发生所谓浪漫的爱的事件，不过这只是偶然的例外。”[①] 我们从硕果仅存的中国各民族的原始诗歌中，读到的都是些与原始劳作（狩猎或采集、种植）和原始宗教或巫术有联系的诗歌，而没有发现有所谓原始情歌的作品。有些研究者根据夏商以后，特别是收在《诗经·国风》里的周代的民间诗歌，得出原始诗歌中有爱情诗的结论，显然是靠不住的。格罗塞在阐发他的这个结论时，最初也是“很惶惑”，显得战战兢兢的，他除了引用澳洲人和爱斯基摩人的材料外，还运用了芬兰人类学家卫斯特

---

① 格罗塞：《艺术的起源》，蔡慕晖译，商务印书馆 1984 年版，第 135 页。

玛克（E. A. Westermarck, 1862—1939）的研究成果："当人类的发展还在低级阶段的时候，两性恋爱的力，要比双亲拥抱幼儿的慈爱的力微弱得多。"[①] 这种对原始诗歌的实证的研究结论，我们没有理由不予接受。

二、原始神话的特征

神话也是史前艺术的重要组成部分。如前所说，由于初民是凭借他投射于世界而形成的原始意象去经验世界，所以他们"创作"的神话，其特点不能不是以不自觉的和非理性的艺术方式反映人类童年时代对人类自身和自然界的感知和认识，因而这些神话在"创作"它们的初民来说，就具有神圣性、真实性和真理性，并且与原始信仰紧密地粘连在一起。神话是一种以语言传述为主，以巫术、绘画、岩刻、纹饰和古文字符号等多种原始艺术符号表现为辅的综合性艺术。原始神话常伴随着仪式，成为原始文化中观念与行为这个统一体中的重要组成部分。

神话大体可分为原始神话和文明神话两大类。原始神话包括产生于史前时代的神话和一些晚近还处于氏族社会解体阶段的民族中所流传的内容和观念都有较多原始因素的神话。其主要特点是每个神话大都是各自独立的，所以有人又将其称为独立神话。文明神话主要指进入文明门槛以后产生的以帝王世系为主要内容的所谓帝系神话。其特点是神话中众多的人神分别隶属于某一个帝王（主神），从而组成了若干个帝王家族世系，所以有人又将其称为体系神话。由于中国神话很早便跨入了历史化、人化的进程，历史意识比较浓厚，神话与历史

① Westermarck, *History of Human Marriage*, p.357. 转引自格罗塞：《艺术的起源》，蔡慕晖译，商务印书馆 1984 年版，第 186 页。

交错，神话人物与部落首领、帝王混同，天神与祖神一体，因此，中国的体系神话又称古史神话或古史神话传说。我们把产生原始神话的时代称为神话时代，把产生体系神话的时代称为古史传说时代。中国的体系神话以天人合一为主要精神，与以神人为特征的印欧体系神话，有着比较明显的不同。这里我们要探讨的限于产生于人类早期阶段的原始神话。

我们所能见到的神话文本，是用文字记录下来的，那是在文字出现以后的事。由于神话主要靠口耳传承，变异性很大，在漫长的岁月中往往会丢失或发生变异，因而我们很难看到它的原貌，而一些出现于新石器时代的岩画上的图像、彩陶和玉器上的纹饰，却将某个特定时代的原始神话意象，凝固在线条和形象中，使一些神话的意象得以以较为原始的形态保存下来，成为我们认识原始神话的重要途径。我们力图从神话的形象层面入手，与后来记载的文字资料相比较，探讨若干神话的原始意象和内涵。

由于劳动实践和社会交往的需要，可能在旧石器中期或晚期就已经逐渐产生了清晰的语言，思维发达起来，使思想和交往成为可能。如果说语言是思维的外在形式，那么神话无疑与语言相联系，是语言发展到一定阶段时的必然产物。人类只有能够用流畅的语言交流思想之后，神话才有可能被创作出来，并通过口传的方式传播（在传承中不断发生着变异）。

万物有灵观是人类早期的世界观。万物有灵观是原始宗教也是神话产生的基础。在这一点上，二者有共同性。所谓万物有灵观，是指初民认为在躯体以外，还有一种精神的东西存在，这精神的东西便是灵魂，灵魂主宰肉体。世间万物，包括人、动植物、无生物、自然界等，都具有这种属性。他们认为，形形色色的灵魂和神灵，对人的生活或生命造成这样或那样的影响，因而形成了自然崇拜。从普遍的自然崇拜，进而又发展到人格化的神灵的观念的出现。人类创造了神，进而出现了祭祀神灵的仪式。人类对自然的崇拜，特别是对人格化的神（如月亮神和太阳神等自然神，以及后起的祖先神）的崇拜，以及对进而产生的不同层次和等级的神灵的崇拜，促使人类围绕着这些神灵编织出一个个口头故事。这些口头故事，就自然而然地与原始宗教的仪式粘连在一起。

神话产生的最主要的动因，在于原始先民对自然现象的神秘莫测进行解释的心理需要。处于低级生存阶段的原始先民，对一些最常见的自然现象，如寒来暑往、季节交替、日月运行、风雨雷电、火山爆发、地震、洪水泛滥、人类和动物的来源、生老病死等现象，感到好奇却又无法理解。而他们又时时处在自然的包围之中，他们必须就这些问题对部落或氏族的成员做出回答，进行解释。于是，他们便根据极为有限的知识和想象，创造出神话来加以解释。在某种意义上来说，神话就是他们对自然和社会问题所作的第一个答案。

原始神话有哪些基本特征呢?

（一）原始神话是原始先民关于宇宙起源、人类来历（从哪里来、又回到哪里去）、动植物、自然现象、神灵和部落历史等的故事。在没有文字之前，口头记忆和传承几乎是唯一的方式。随着生产力的进步和思维的发展，也出现了一些其他的记述方式，如把一些神话的意象镌刻在岩石上，或刻或画在陶器和玉器上。但这些方式，都不能代替口头的方式。这就是说，原始神话的表述方式是多元的。

（二）原始神话中的角色——神，是作为异己的自然力量出现的，常采取兽形、人兽同体的形态，尚未完成向“人化”的转化。

（三）原始神话是原始人以神话思维和幻想形式观照和反映客观世界的产物。因而神话是非理性的产物，而不是逻辑的产物。例如，现代人对于植物、动物和人在种属之间的区别，是确定不移的，而在原始人那里则完全不同。他们看来，由于某种突然的变故，一切事物都可以转化为另一些事物。变形法成为原始人的一个基本认识。从而，图腾崇拜便是原始人认识和观照现实世界的最典型最有特点的方法之一。恩斯特·卡西尔（Ernst Cassirer, 1874—1945）说："神话的最基本特征不在于思维的某种特殊倾向或人类想象的某种特殊倾向。神话是情感的产物，它的情感背景使它的所有产品都染上了它自己所特有的色彩。原始人绝不缺乏把握事物的经验区别的能力，但是在他关于自然与生命的概念中，所有这些区别都被一种更强烈的情感湮没了：他深深地相信，有一种基本的不可磨灭的生命一体化（solidarity of life）沟通了多种多样形形色色的个别生命形式。原始人并不认为自己处在自然等级中独一无二的特权地位上。所有生命形式都有亲族关系似乎是神话思维的一个普遍预设。图腾崇拜的信念是原始文化最典型的特征。"[①] 图腾崇拜在我国原始神话中也留下了时显时隐的印迹，在一些部落或氏族起源的神话中，甚至还表现得极为突出。

（四）原始神话和原始宗教构成原始意识形态的统一体。神话产生的时代，人类的精神领域受着思维能力的限制，远没有现代这样的细密，也没有现代这样的分工。因此，各种意识形态都紧密地综合在一起，形成一种综合性的体系，这就是神话和原始宗教组成的统一体。由于原始神话与原始宗教的基础都是万物有灵观，所以二者有着密不可分的关系。原始神话常常伴随着原始宗教仪式。可以说，无神话就无从谈论宗教仪式，然而却有许多无宗教仪式的神话。在这个原始意识形态统一体中，保存了原始先民关于宇宙起源和人类起源的哲学观念，包括了人类关于采集、渔猎和原始农耕的各种知识和原始发明创造的科学思想的萌芽，包括了人类早期历史和原始宗教仪式以及风俗习惯等方面的内容，成为多种学科的总汇。

（五）原始神话所反映的内容，在我们看来是荒诞无稽的，然而对于原始先民来说，则是真实的和神圣的。唯其真实和神圣，原始神

---

① 恩斯特·卡西尔：《人论》，甘阳译，上海译文出版社 1985 年版，第 105 页。

话成为原始先民崇信和遵守的信条。

（六）原始神话多半是些各自独立的神话。神与神之间的关系，主要是生殖关系（即“神圣的血族”），而尚未出现神与神之间的横向统属关系，也未形成以一个至上神为中心的纵横交错的神谱或神系，即尚未发展到体系神话的阶段。原始神话即独立神话向文明神话即体系神话的过渡，其制约因素，是人类早期文明的发展。

三、创世神话及其原始意象

开天辟地神话是原始神话（或原生神话）的重要类别之一。由于对天地山川、日月星辰的由来和种种奇妙的自然现象的发生，原始先民希望解释而又无力加以解释，于是便生发出许多问题，幻想出种种故事来。在先秦典籍——屈原的《天问》中还记载着那些原初的问题和想象：“邃古之初，谁传道之？上下未形，何由考之？冥昭瞢暗，谁能极之？冯翼惟像，何以识之？明明暗暗，惟时何为？阴阳三合，何本何化？圜则九重，孰营度之？惟兹何功，孰初作之？斡维焉系，天极焉加？八柱何当？东南何亏？九天之际，安放安属？隅隈多有，谁知其数？天何所沓？十二焉分？日月安属？列星安陈？……”综观这许多有关宇宙来历和日月星辰的问题，从天地分离、四维八柱、地有九圜、天有九重、日月安属，到列星安陈，无所不包，却没有一个是关于天地创造的。也许在这每一个问题的背后都有一个幼稚而美丽的神话，身处现代的我们无从了解罢了。新石器时代遗留至今的若干纹饰，向我们提供了一些古神话意象，能帮助我们了解神话的源始。

（一）第一类型的创世神话，是盘古开天辟地。这个神话始见于三国时徐整的《五运历年纪》：

元气濛鸿，萌芽兹始，遂分天地，肇立乾坤，启阴感阳，分布元气，乃孕中和，是为人也。首生盘古，垂死化身，气成风云，声为雷霆，左眼为日，右眼为月，四肢五体为四极五岳，血液为江河，筋脉为地里，肌肉为田土，发髭为星辰，皮毛为草木，齿骨为金石，精髓为珠玉，汗流为雨泽，身之诸虫，因风所感，化为黎氓。（《绎史》卷一引）

又据《太平御览》（七八）所引徐整的《三五历纪》：

天地混沌如鸡子，盘古生其中。万八千岁，天地开辟，阳清为天，阴浊为地。盘古生其中，一日九变，神于天，圣于地。天日高一丈，地日厚一丈，盘古日长一丈。如此万八千岁，天数极高，地数极深，盘古极长。

这两段话叙述了一个完整的开天辟地的神话。这个神话的基本情节是：（一）最早宇宙尚未形成的时候，是一团星云——元气濛鸿，混沌未开。这团元气开始滋生万物，于是分出了天地，确立了乾坤，并孕育了中和之物——人类。（二）在这团像鸡蛋一样的濛鸿未开的元气之中，孕育了盘古。经过一万八千年，天地分开了，阳清之物上升成为天；阴浊之物下降而为地。（三）盘古是一位巨人，他出生在天地之间，一天变化多次。其神奇胜过天，其异能胜过地。天每天增高一丈，地每天加厚一丈，盘古也每天长高一丈，如此下来，经过一万八千年，天的高度达到了极点，地的厚度达到了极点，盘古的身材也长得极高，成为巨人了。（四）盘古死后，他的身体各个部分化生成了世间的万物：气息化成风云，声音化成雷霆，左眼化成太阳，右眼化成月亮，四肢五体化成大地的四极和五岳，血液化成江河，筋络和血脉化成山川道路，肌肉化成田土，发须化成星辰，皮毛化成草木，齿骨化成金石，精液和骨髓化成珠玉，汗流化成雨水，身上的种种虫子经风的吹拂，化成黎民百姓。

这个神话见诸文字很晚，是三国时吴人徐整的著作，在此之前，未见著录。既然是人类早期产生的原始性神话，又为什么在此之前没有记录而到三国时才有徐整的记录呢？这是因为：第一，在后来出现的梁任昉撰《述异记》中有这样的字句："昔盘古氏之死也，有为四岳，目为日月，脂膏为江海，毛发为草木。秦汉间俗说：盘古头为东岳，腹为中岳，左臂为南岳，右臂为西岳。先儒说……古说……"这段话里的"先儒说"和"古说"一类的词语，至少说明盘古的神话在秦汉间即已有流传，并不是在三国时才出现的。第二，在现在一些少数民族（如苗、瑶、彝、白、毛南族等）中所搜集到的神话材料中，也有关于盘古开辟天地的神话。这些有关盘古开天辟地的少数民族口传神话是渊源有自的，古代民族间征战频仍，民族大迁徙时有发生，后来这些少数民族大都居住在边疆一带，他们靠口传和书面（唱本和经书）两种方式把盘古的神话传承下来，可以从另一面印证盘古神话的古老性质。

盘古神话的古老性，还可以追溯到新石器时代的陶纺轮上的太极图饰。盘古开天辟地神话的思维，是一种与现代人完全不同的原始思维。开天辟地这一思想本身就是十分古老而幼稚的。但在这幼稚中却透露出朴素的唯物思想，如原始先民所想象的天地未开之时，是一团"浑沌"、一团元气，即后来科学上所说的星云。《山海经·西次三经》："天山，有神焉（毕沅本作神鸟），其状如黄囊，赤如丹火，六足四翼，浑敦无面目，是识歌舞，实惟帝江也。"在这段把"浑沌"人格化了的记述里，虽显然有着历史化的痕迹，但"浑敦无面目"的神话意象内核毕竟还是完整地保留着的。在初民经验世界的原始意象中，是这个了无边际、"无面目"的"浑沌"——原始星云孕育了盘古，而不是盘古创造了天地。盘古的基本母题有二：其一，盘古是卵生的。原始先民把“混沌”想象成是一个大的宇宙卵，宇宙卵孕育了盘古。宇宙卵是一个原始意象，原始先民从自然现象中很容易捕捉到这样的意象，然后联想到盘古也是从卵里孕育出生的。其二，盘古化生万物。身体的各个部分化生为万物是原始人思维的一个典型。很多民族处在原始状态时，都有过这种思维。盘古神话的宇宙卵母题，特别是“阳清为天，阴浊为地”的神话意象，在新石器时代的陶纺轮的纹饰上就显示出来了。

湖北天门邓家湾和孝感应城门板湾屈家岭文化晚期遗址，湖北钟祥六合遗址，湖北石门石家河遗址，都出土了绘制着阴阳鱼图的陶纺轮。① 上述遗址的发掘者们称这类纹饰为太极图饰。这些陶纺轮上的太极图饰的发现，对于我们认识盘古神话的意象极为重要。从周易图像学的发展史看，太极图本指北宋周敦颐《太极图说》所传的“无极而太极”之图。实际上，阴阳鱼图形太极图最早见于明代人的著作，即明初赵撝谦的《六书本义图考》一书，赵称之为“天地自然河图”。② 关于该图的来源颇有争议，是学术史上的一桩疑案。宋代哲学家邵雍说：“先天者伏羲所画之易也。后天者文王所演之易也。伏羲之易，初无文字，只有一图以寓其象数。而天地万物之理，阴阳始终之变具焉。”伏羲画易，文王演易，都不过是传说而已，现在，新石器时代考古发掘的出土文物，却向我们提供了距今四千年前陶纺轮上的太极图像，使我们有可能把以“阳清为天，阴浊为地”的盘古神话——宇宙卵意象，追溯到四千年之前的屈家岭文化时期。新石器

① 参阅石龙过江水库指挥部文物工作队：《湖北京山、天门考古发掘简报》，《考古通讯》1956年第3期；蒲显均、蔡先启：《孝感地区两处新石器遗址调查》，《江汉考古》1980年第2期；荆州地区博物馆、钟祥县博物馆：《钟祥六合遗址》，《江汉考古》1987年第2期；石河考古队：《湖北省石河遗址群1987年发掘报告》，《文物》1990年第6期。

② 刘绍端：《论新石器时代的纺轮及其纹饰的文化含义》，《中国文化》1995年第11期，第149页。

时代纺轮上的阴阳鱼形太极图，可能是从更早些的涡纹演变而来的。原始先民从水流或气流变化所形成的涡流现象中，想象着宇宙万物和开天辟地、创造世界的巨人盘古就生于这宇宙卵之中，于是赋予它神秘的意义。这样，阴阳鱼形太极图也就成为“盘古生其中”的宇宙卵神话意象的载体。

盘古神话在一些少数民族中也有流行。布依族的开天辟地神话《力戛撑天》说，很古很古的时候，天和地相隔很近，腰杆都直不起来。巨人力戛在大家的帮助下，把天撑起来。天被撑得九万九千九百九十九丈高，地被蹬下去九万九千九百九十九丈深。又用自己的牙齿当钉子，把天钉住。挖下右眼变成了太阳，左眼变成了月亮。牙齿变成了星星。力戛累死了，大肠变成了红水河，小肠变成了花江河，心变成了鱼塘，嘴巴变成了水井，膝盖和手腕变成了山坡，骨骼变成了石头，头发变成了树林，眉毛变成了茅草，耳朵变成了花朵，肉变成了田坝，筋变成了大路，脚趾变成了各种野兽，手指变成了各种飞鸟，他身上的虱子变成了牛，跳蚤变成了马。壮族神话《布洛陀》中的巨人布洛陀，布朗族神话《顾米亚》中的巨人顾米亚，哈萨克族神话《迦萨甘创世》中的巨人迦萨甘，也是盘古一类开天辟地的神性巨人。他们的共同特点是，他们是在混沌状态（宇宙卵）中诞生的开天辟地的巨人，他们用一定的物质创造了大地、山川、河流、万物生灵。[①]

（二）第二类型创世神话，是阴阳二神开天辟地造万物的神话。《淮南子·精神训》：

> 古未有天地之时，惟像无形，窈窈冥冥，芒芠漠闵，澒濛鸿洞，莫知其门，有二神混生，经营天地，孔乎莫知其所终极，滔乎莫知其

① 《力戛撑天》《布洛陀》《顾米亚》《迦萨甘创世》，载马昌仪编：《中国神话故事》，中国广播电视出版社1996年版，第145—147、123—141、472—477、263—265页。

所止息。于是，乃别为阴阳，离为八极，刚柔相成，万物乃成。烦气为虫，精气为人。

这个神话说的是，在混沌未开之时，有两个神自然生成了。他们经营（创造）天地。这天地广大得谁也不知其终点在哪里，这天地辽阔得谁也不知其边缘在哪里。于是他们区别阴阳，分开八极，刚柔相成，万物就产生了。烦杂之气成了动物，精粹之气成了人。"别为阴阳"的观念，如前所说，在新石器纺轮中就已存在了。而"离为八极"的观念，与"别为阴阳"的观念同样古老。上述屈家岭文化和石家河文化陶纺轮上刻画的是阴阳太极图，而在许多文化类型出土的陶纺轮上，则刻画有八角形图饰。如：江苏武进潘家塘的陶纺轮，两面刻纹，时代相当于崧泽文化中层，距今5100年到5800年[①]；江苏海安青墩出土的陶纺轮，属良渚文化早期，时代距今约4500年到5000年之间[②]；江西靖安郑家坳出土的陶纺轮，时代距今4200年左右[③]。此外，安徽含山凌家滩出土的玉版上，也绘制有一个形状相同的八角形。这些八角形图形与太阳崇拜有关，可能是八方（八极）观念的象征。[④]纺轮上的阴阳鱼图形和八角形所包含的古老观念，也许与阴阳二神创世的神话意象有某些关联。

在少数民族神话中，阴阳二神经营（创造）天地的，有阿昌族的创世神话《遮帕麻与遮米麻》。[⑤]

---

① 武进县文化馆、常州市博物馆:《江苏武进潘家塘新石器时代遗址调查与试掘》,《考古》1979年第5期。

② 南京博物院:《江苏海安青墩遗址》,《考古学报》1983年第2期。

③ 李家河等:《樊城堆文化初论——谈江西新石器时代晚期文化》,《考古与文物》1989年第2期。

④ 安徽省文物考古研究所:《安徽含山凌家滩新石器时代墓地发掘简报》,《文物》1989年第4期；陈久金、张敬国:《含山出土玉片图形试考》,《文物》1989年第4期。

⑤《遮帕麻与遮米麻》，载马昌仪编:《中国神话故事》，中国广播电视出版社1996年版，第521—533页。

（三）第三类型的创世神话，是动物创世神话。

陕西姜寨遗址出土的彩陶盆（T16W63：1），在其内壁绘有两只青蛙和四尾小鱼。姜寨遗址属于仰韶文化半坡类型，青蛙图案在这里最早发现有着重要意义。在这之后的马家窑类型、半山类型、马厂类型，到齐家文化和四坝文化中，蛙形纹饰虽有所变形，但这个传统一直延续了二三千年。姜寨彩陶盆内壁绘制的青蛙和小鱼，以及此后形成的这一文化传统，可能隐含着一个古老的创世神话的意象。青蛙和鱼可能是某个悠久历史的氏族或部落先民们神话中创世的大神，它们在混沌未开中创建了宇宙。

鱼和青蛙创世的神话，在一些现代民族中还能见到。现在居住在云南省的哈尼族，是古氐羌人的一支，远古时就居住在甘青一带高原地区，后来南迁，经四川至云南定居下来。该族的创世神话《天、地、人》说，汪洋大海中的一条大鱼，把右鳍往上一甩，变成了天；把左鳍向下一甩，变成了地。把身子一摆，从脊背里送出来七对神和一对人。世间有了天和地，有了神和人。天地高低不平，神们拖着金犁、银耙，把天犁平了。犁地耙地却不平，耙着的地方成了平坝，耙落了的地方成了大大小小的山峰，犁沟成了深浅不同的山谷，浸水的山谷成了湖泊和河流。从大鱼脊背里出来的那对人，男的叫直塔，女的叫塔婆。塔婆怀了孕，生下二十一个娃娃。有虎、鹰、龙，剩下的九对是人。龙当了龙王，给塔婆三竹筒东西：第一个竹筒是金银铜铁和珠宝；第二个竹筒是稻谷、草木；第三个竹筒是牛马猪鸡和飞禽走兽。神将牛的眼睛变成闪电，牛的皮变成响雷，牛的眼泪变成露珠，牛的鼻涕变成雨水，牛的气息变成云，牛的两颗尖牙变成启明星和北斗星，其他牙齿变成满天星斗，牛的四腿变成东西南北的顶天柱。从此，天地间有了万物，分出了昼夜。[①] 流传于云南省墨江县的哈尼族中的一

---

① 《天、地、人》，《山茶》1983 年第 4 期。

则神话《青蛙造天造地》则说，天地是青蛙造的。青蛙吐出的沫子和吐出的剩骨头变成了陆地，青蛙的手臂上屙一泡屎变成了天。黑眼珠变成了太阳，白眼珠变成了月亮。血洒在天上变成了星星。血肉变成了云雾风雨。[①] 青蛙在这里被奉为创世神。哈尼族现在还流传着的鱼和蛙创世神话，与从姜寨到四坝文化彩陶盆上的蛙神话意象是吻合的，也许这就是他们从远古时代继承下来的文化遗产。

四、人类起源：葫芦生人神话

围绕着人类是从何而来的这一疑问，原始先民给出了种种奇妙的答案。人类起源神话，是产生最早的推原神话之一。它既是人类对自然现象的追索，又是人类对社会现象的探求，因为有了人就有了社会。关于人是怎么来的，不同民族不同部落有着各不相同的解释。根据典籍神话和已经搜集起来的神话文本，大致有以下几种模式：肢体化生型、造人型、卵生或葫芦生人型、感生型和石头生人型等。下面我们根据新石器时代陶器和岩画上的纹饰所提供的神话意象，来谈葫芦生人神话，兼及卵生人神话。

仰韶文化半坡类型的西安半坡、陕西姜寨、北首岭、渭南史家、眉县杨家村等新石器时代遗址，属于庙底沟类型的甘肃甘谷西坪和石岭下类型的武山县傅家门等遗址，属于马家窑类型的甘肃永登、临洮等遗址，都出土了葫芦形彩陶瓶（壶），而且有的葫芦形彩陶瓶（壶）的腹部，还绘制着纹图。甘肃甘谷西坪出土的人面鲵鱼彩陶瓶，其腹部绘有身体弯曲、尾交首上、充满着生命力的人面鲵鱼纹饰。甘肃武山出土的马家窑文化石岭下类型的人面鲵鱼纹彩陶瓶，其腹部也绘

① 《青蛙造天造地》，载云南省民间文学集成编辑办公室编：《哈尼族民间文学集成》，中国民间文艺出版社 1990 年版，第 25—29 页。

有一个人面鲵鱼纹图像。这两件彩陶瓶及其腹部所绘制的鲵鱼人面纹图，所表现的可能是“葫芦生人”神话的意象。

这个图像上的“鱼”纹，可能是鲵鱼，也可能是蜥蜴。鲵鱼，俗称娃娃鱼，状若蜥蜴。鲵鱼和蜥蜴都是水陆两栖动物，都是在古代受到崇拜的动物。鲵鱼或蜥蜴是被先民所崇拜的“龙”的原型：“所谓‘龙’，就是古人眼中鳄类、蝾螈及蜥蜴类动物的名称。”[①] 在新石器时代，蜥蜴在世界许多民族中都是先民崇拜之物。澳大利亚人的图腾中，在陆上的动物中，通常以袋鼠为图腾；而在两栖类中，就有蛇类和鬣蜥蜴。原始先民所以把蜥蜴当作图腾来崇拜，首先与当地当时的自然条件和物种有关。据报道，中国科学家近年在新疆发现了鲵鱼这个曾经在新石器时代存活过的物种，数量相当稀少，是稀有珍奇物种。新疆距甘肃相对较近，生态气候有相似之点，似可推论甘肃省的甘谷和武山一带，在新石器时代曾是鲵鱼的家园，鲵鱼受到先民的崇拜和神化是不奇怪的。

甘谷和武山毗邻而居，不论是庙底沟类型时期，还是石岭下类型时期，先后在这里居住的先民，可能都是以鲵鱼或蜥蜴为图腾祖先的氏族部落。人面鲵鱼纹或人面蜥蜴纹可能是他们氏族的图腾祖先图徽。这里的先民，把他们所崇敬的图腾祖先的形象绘制在葫芦形的陶瓶的腹部，绝非随意之作，而是一种很严肃神圣的事情。想必他们在制作这件彩陶瓶时，还要举行某种仪式。根据原始先民的思维特点来推论，器表所绘制的动物图像，往往也就是装在陶瓶里面的动物的透视图像。这个蜥蜴图像可能意味着他们的图腾祖先是孕育在葫芦里、从葫芦里生出来的，葫芦是孕育人类祖先的原始母体。这个绘制着人面鲵鱼或人面蜥蜴图像的陶瓶，因而可能变成了一件渗透着人类起源神话意象的圣物，这些图像也许蕴含着一个早已消失在历史深处的人

---

① 参阅何新：《龙：神话与真相》，上海人民出版社 1989 年版，第 96—116 页。

类起源的原始神话。

我国许多民族至今还保留着这种十分古老的“葫芦生人”母题的神话。从今人记录的这些人类起源神话来看，以“葫芦生人”为母题的神话，分布是相当广泛的，包括汉族在内的许多民族中都有，特别是南方少数民族。我们不妨把新石器时代葫芦形陶瓶（壶）上的人面鲵鱼或人面蜥蜴图像所蕴含的“葫芦生人”神话意象，与今人记录的“葫芦生人”神话作一简单的比较。

今人记录的“葫芦生人”神话，仍然保留着“葫芦生人”的原始母题：人最初是从葫芦中走（生）出来的。傣族神话说，在荒远的古代，地上什么也没有。天神见了，就让一头母牛和一只鹞子到地上来。这头母牛已经在天上活了十几万年，到地上只活了三年，生下三个蛋就死去了。此后，鹞子孵蛋，其中一个蛋孵出了一个葫芦，人即从这个葫芦里生了出来。拉祜族的天神厄莎创造人类时，是用自己种的葫芦。葫芦长大，发出人的声音和歌唱，厄莎叫老鼠给葫芦咬开两个洞，人便从葫芦里爬了出来。佤族神话说，主宰世上一切最大的鬼神“达摆卡木”与一条母牛交配后生产出一颗葫芦籽，栽种后结了一个大葫芦。洪水滔天，淹没了大地，黑母牛把葫芦放进船里守着，后来，当水退落，黑母牛用舌头舔开葫芦，人类便从葫芦里出来，一代一代繁衍到今天。除了人类外，从葫芦里走（生）出来的还有各种有生命的动植物。佤族神话说，古时像开水一样沸腾的洪水淹没了大地，世上的人都死光了，只剩下达梅吉和一头母牛。达梅吉和母牛交配，母牛受孕，产下一个葫芦。人和万物就从这个葫芦中诞生出来。[①]原始思维认为，万物有灵，人与动物有血缘关系，是兄弟，所以人与

① 此处所引神话，分别见李子贤：《傣族葫芦神话探源》，载氏著《探寻一个尚未崩溃的神话王国——中国西南少数民族神话研究》，云南人民出版社1991年版，第135—136页；马昌仪编：《中国神话故事》，中国广播电视出版社1994年版，第353—356页；邓启耀：《宗教美术意象》，云南人民出版社1991年版，第22页。

动物同出于一个母体。

在这些后代记录的人类起源神话中，最基本的神话素是葫芦和人祖。二者之间的关系是：葫芦是孕育人祖的母体。这就是说，这些神话素是从仰韶文化彩陶瓶（壶）上人面鲵鱼或人面蜥蜴图像所凝聚着的“葫芦生人”神话意象中传袭下来的。后世记录的神话文本与陶瓶图像的神话意象之间的不同，或陶瓶图像上的神话意象中所没有的东西是：葫芦是从哪儿来的。记录的神话文本提供了三种答案：一，葫芦是从母牛生下的蛋中孵出来的；二，葫芦是母牛与鬼神“达摆卡木”交配生的葫芦籽长的，或母牛与达梅吉交配生的；三，葫芦是天神厄莎种出来的。记录这几则神话时，这几个民族虽然已经不同程度地受到汉民族文化的影响，但还大都处在氏族社会解体阶段。显然，在从新石器时代中期到记录神话的漫长的传承过程中，人们时时在寻找一个合理的答案，而这三个答案在不同程度上都存在着合理化的倾向，其中葫芦是天神厄莎种出来的这个答案，带有相当发展的农业社会（出现了“种植”的观念）和相当进步的原始宗教（天神信仰）的色彩。这是我们在彩陶瓶的图像中所看不到的。

关于“葫芦生人”神话，以及它在我国人类起源神话中所占的地位，闻一多先生早在40年代就论述过。他对所搜集到的49个洪水神话进行比较分析后说：“最早的传说只是人种从葫芦中来，或由葫芦变成。”葫芦生人在人类起源神话中是原始的、基本的情节。现在收集到的洪水神话本无葫芦，是在造人故事兼并洪水故事的过程中，葫芦才以其渡船的角色，巧妙地做了缀合两个故事的连锁。[①]

史籍中有很多关于人首蛇身的人类始祖伏羲的记载。如《帝王世纪》：“庖牺氏蛇身人首。”《拾遗记》：“蛇身之神，即羲皇也。”甘肃甘

---

① 闻一多：《伏羲考》，载马昌仪编：《中国神话学文论选萃》，中国广播电视出版社1994年版，第738页。

谷和武山彩陶瓶上的人面鲵鱼或人面蜥蜴纹图，很可能就是人类始祖伏羲的原始形象。这当然还是一个推断，还要更多的考古资料来证实。

“葫芦生人”的神话意象，在时代为新石器晚期的沧源岩画中也有体现。沧源岩画第 6 地点 5 区绘有一幅“出人洞”的画面。“出人洞”画面所显示的“葫芦生人”神话意象，也许与佤族现在还流传着的“司岗里”神话有关。在佤语里，“司岗里”有“葫芦”“成熟的葫芦”或“人从葫芦中出”的意思。岩画所在地沧源旧称“葫芦国”。岩画所描绘的是一个略呈葫芦形的山洞，在山洞四周是众多刚从洞中出来的人和动物，大多呈现出急匆匆的样子，也有互相争斗的场面。佤族的“司岗里”神话说，利吉神和路安神造了天和地，又造了人，太阳和月亮。把人放在洞里。人在司岗里岩洞里闷得很。很多动物来凿岩洞，有扫哈神、马大头鸟神用喙来啄，有老虎神、熊神来凿。但谁都凿不开。小米雀把长刀（喙）磨快，终于把岩洞啄开了。人和动物都从洞中出来。岩画上的“出人洞”画面所显示的神话意象，与这则记录神话的内容大体上是吻合的。在沧源岩画第 3 地点（曼坎）画面的下面，画有一个葫芦形图形和一组人物图像——栏框内画有两个人形，一为男性，另一个下身绘有倒三角形者疑为女性。对于这个葫芦图形及相关人物图像，有学者认为是许多民族中都有流传的洪水后兄妹血缘婚神话的具象形态。[①]

从仰韶文化庙底沟类型时期出土的彩陶葫芦瓶上的人面鲵鱼或人面蜥蜴纹图，到新石器时代晚期的沧源岩画中的“出人洞”和葫芦图形岩画，我们都读到了“葫芦生人”神话的意象。我们是否可以作这样的推想：“葫芦生人”神话最早出现于黄河上游地区；随着文化的变迁与传播，黄河上游地区的“葫芦生人”神话兼并了南方的“洪水神话”，从而铸造了沧源岩画第三地点曼坎的葫芦图形所代表的兄妹

① 徐康宁：《推原神话与沧源崖画中的解释性图形》，《云南美术通讯》1987 年第 2 期。

血缘婚神话意象？“葫芦生人”神话是农业民族的精神产品，从神话意象到神话文本，始终都是在以农耕为主要生产方式的地区和民族中存在，而从未涉足地处北方的猎牧或游牧民族？

“葫芦生人”的“葫芦”，是作为初民的孕育生命的“原始母体”这一神话意象而存在于人们头脑中的。到制陶术出现（大约在新石器时代）之后，制陶工便根据葫芦的“原始母体”意象和形体特点而制作出葫芦形的陶瓶和陶壶。于是，根据原始象征的变形规律，葫芦形陶瓶或陶壶便将葫芦所固有的孕育生命的“原始母体”的意象吸纳于自身之中，与自然的葫芦具有了同一的文化象征，也成了原始意象中的“原始母体”。加上制陶艺术本来就是妇女的事，她们在制陶过程中在无意识中把孕育生命的意象赋予陶瓶或陶壶中去。正如史前文化史家布里富尔特（Robert Briffault）在《母神》中所说：“制陶艺术是女性的发明；最早的陶工是一位女人。在一切原始民族中，制陶术均出自女人之手，只是在文化发展的影响之下，它才变为男人从事的活动。”不过，与中国考古学家和原始艺术学家们认为陶瓶或陶壶、陶罐是以葫芦为原型的意见不同，他认为，依据希腊传统，第一只酒杯（patera）是以海伦的乳房为模型而仿制的。[①]持他这种观点的，在西方学者中还大有人在。19 世纪末，库欣（F. H. Cushing）对普韦布洛人的研究，也证明了“组尼族妇女自古以来便按照女人乳房的形状制造她们的水罐”[②]。由于女人制陶者的无意识赋予，陶瓶或陶壶，也是一个原始意象中的大容器、大子宫。据学者研究，台湾的排湾族就

① 布里富尔特：《母神》（*The Mothers: The Matriarchal Theory of Social Origins*），译文转引自埃里希·诺伊曼：《大母神——原型分析》，李以洪译，东方出版社 1998 年版，第 133、122 页。

② 库欣：《普韦布洛陶器研究》（*A Study of Pueblo Pottery as Illustrative of Zuni Culture Growth*），译文转引自埃里希·诺伊曼：《大母神——原型分析》，李以洪译，东方出版社 1998 年版，第 122 页。

有“陶壶生人”或“陶壶出人”的神话。排湾族（Muradup 社）的陶壶生人神话说，一女性陶壶经阳光照射，孵出一女性蛋。蛋与 pocoan 家的男性灵魂结婚（当时世上尚无人类，只有灵魂），生一女。女与百步蛇结婚，生二男，其中一人成为人类的祖先。[①] 这个神话中的陶壶，与葫芦生人神话中的葫芦，处在同一个原始意象层次中，即陶壶乃人类孕育与出生的母体。

五、鸟生神话

新石器时代，黄淮下游地区的大汶口文化、龙山文化，长江下游地区的河姆渡文化、崧泽文化、良渚文化出土的陶器、骨器和玉器，有丰富的鸟形纹饰和鸟形造型。这些鸟形纹饰和鸟形器物，凝聚着当地氏族部落和部落联盟的鸟生神话意象，反映了他们的鸟图腾信仰。

台北“故宫博物院”藏有一件玉璧，美国弗利尔美术馆藏有三件玉璧，其上刻有构思基本相同、细部也大体相似的“小鸟立于祭坛上”纹图。对于这些传世的玉璧的文化属性，学术界多倾向于定为良渚文化的器物。至于玉璧上所刻纹图中的小鸟赖以站立的物体是什么，一种意见认为是“五峰山”（李学勤），山作五峰，和大汶口文化陶尊上的山形相一致（石兴邦）；另一种意见则认为是祭坛（邓淑萍）或“祭场的坎坛”（饶宗颐）。[②]

关于这些纹图的含义，李学勤认为，鸟在山上可读为岛字。三

---

① 马昌仪：《中国灵魂信仰》，上海文艺出版社 1998 年版，第 365 页。

② 李学勤：《走出疑古时代·论良渚文化玉器符号》，辽宁大学出版社 1994 年版，第 102 页。石兴邦：《我国东方沿海和东南地区古代文化中鸟类图像与鸟祖崇拜有关问题》，载田昌五、石兴邦编：《中国原始文化论集》，文物出版社 1989 年版，第 237 页。邓淑萍：《新石器时代玉器图录》，台北“故宫博物院”1992 年版，第 199—201 页。饶宗颐：《大汶口“明神”记号与后代礼制——论远古之日月崇拜》，《中国文化》1990 年第 2 期。

件玉璧的符号都是两字的复合，其中都有岛字，这使我们联想到《尚书·禹贡》冀州、扬州条提到的岛夷，即古代海滨的部族，正好是大汶口文化分布的地区。这三件玉璧，大概是山东地区大汶口文化和龙山文化的遗物。玉璧上的符号之一，就是大汶口文化陶尊上的“炅”字，另一玉璧符号的下部，也是“炅”字，不过其中饰以涡纹。[①]邓淑萍认为，“祭坛”内的符号为“有翼的太阳”，站在祭坛上的立鸟就是《尚书·禹贡》中所说的“阳鸟”，亦即古代神话中的“金乌”。总之，它们与古代华东地区对鸟和太阳的崇拜有关。[②]

相似或同一的纹图在不同的玉璧上重复出现说明，其很可能是大体与龙山文化或良渚文化晚期相当的东夷族群中以鸟为图腾祖先的“鸟夷”的神徽或鸟生神话的意象。

古代东夷族群，生活在黄淮下游地区及沿海一带。由于这个族群信仰鸟祖，故在后世文献中被称为“鸟夷”。《尚书·禹贡》“冀州”：“鸟夷皮服，夹右碣石入于河”。历代注家对“鸟夷”有不同的解释，主要有三种。一是国名。如马融注曰：“鸟夷，北夷国。”王肃注曰：“鸟夷，东北夷国名也。”二是指东方之民。如郑玄注曰：“鸟夷，东方之民，搏食鸟兽者也。”[③]顾颉刚说：“当时的所谓‘鸟夷’是泛指东方边远的一种民族，以狩猎为主，衣皮食肉，还不知道耕种。”[④]三是将“鸟夷”释为“岛夷”，认为“岛夷”乃“居岛之夷”。关于“岛夷”，顾颉刚在《禹贡注释》中说：“在汉朝时，禹贡本作‘鸟夷’，后来因为伪孔安国传说‘海曲谓之岛，居岛之夷’，此后遂改作‘岛夷’，胡渭并以今日本、朝鲜等地指说之，姚明辉禹贡注又指

① 李学勤：《重新估价中国古代文明》，《人文杂志（先秦史论集）》1982年增刊。

② 邓淑萍：《新石器时代玉器图录》，台北“故宫博物院”1992年版，第199—201页。

③ （清）牟庭：《同文尚书》，齐鲁书社1980年版，第260页。

④ 顾颉刚：《禹贡注释》，载侯仁之主编：《中国古代地理名著选读》第一辑，科学出版社1959年版。

今千岛群岛即禹贡的岛夷，皆远远超出了禹贡作者的地理知识以外，不可信。”

史籍中记载的少昊氏族部落就是东夷族群中以鸟为图腾和有鸟生神话的。

《左传》昭公十七年：

> 我高祖少皞挚之立也，凤鸟适至，故纪于鸟，为鸟师而鸟名：凤鸟氏，历正者也；玄鸟氏，司分者也；伯赵氏，司至者也；青鸟氏，司启者也；丹鸟氏，司闭者也。祝鸠氏，司徒也；雎鸠氏，司马也；鸤鸠氏，司空也；爽鸠氏，司寇也；鹘鸠氏，司事也。五鸠，鸠民者也。五雉为五工正，利器用，正度量，夷民者也。九扈为九农正，扈民无淫者也。

少皞挚（即少昊）即位时，恰逢凤鸟飞来，并遗书给他，故以凤鸟为其氏族部落的图腾。在这段文字中，列举了这么一大批以鸟为名的官职，成为一个远古实行图腾制的完备的记录。这些以鸟命名的小官职，自然也应该是些小的以鸟为图腾的胞族或氏族。

在晋王嘉撰《拾遗记》里还有一段关于少昊鸟生的神话记述：

> 少昊以金德王。母曰皇娥，处璇宫而夜织，或乘桴木而昼游，经历穷桑苍茫之浦。时有神童，容貌绝俗，称为白帝之子，即太白之精，降乎水际，与皇娥宴戏，……帝子与皇娥泛于海上，以桂枝为表，结薰茅为旌，刻玉为鸠，置于表端，言鸠知四时之候……及皇娥生少昊，号曰穷桑氏，亦曰桑丘氏。……时有五凤，随方之色，集于帝庭，因曰凤鸟氏。

这段记载虽然晚出，可能当时还有关于少昊鸟生神话遗留，因而给予我们的信息十分重要。其一，少昊的母亲皇娥与帝子刻玉为鸠，装在桂枝的顶端，下面再挂上薰茅制作的飘带，做成一个以鸠鸟为图腾的氏族族徽。其二，皇娥所生活的母族时代，盛行着以玉制作图腾族徽的习俗，而这种习俗恰恰在龙山文化和良渚文化地区普遍存在，皇娥及少昊的时代可能与龙山文化和良渚文化时代相合。山东临朐朱封大墓 M202：1 出土的龙山文化玉头饰，浙江余杭反山 M15：7、M16：4 和瑶山 M2：1 出土的良渚文化倒梯形玉冠饰，都是这类雕刻着某种图腾形象而又插在木杆上的族徽。其三，少昊生于鸠鸟图腾的母族，因而他也就是“鸟生”，不过他的氏族不再继承母族的鸠鸟图腾，而是以凤鸟为图腾的凤鸟氏族了。

少昊起于燕山一带，后南迁到山东，在位百年，死于山东临朐，或陕西云阳，或湖南茶陵。《帝王世纪》说：“邑于穷桑，以登帝位，都曲阜。”“帝少昊崩，其神降于长流之山。”《路史·后纪》注说在今山东临朐县。临朐距曲阜不远，曲阜又有“少昊之虚”的古称。在良渚文化或龙山文化时期，玉璧作为礼器，其上所刻画的“小鸟立于祭坛上”纹图，不大可能是当时的文字符号，而很可能是少昊氏族的凤鸟的族徽，或记录着少昊登帝位时凤鸟飞临的神话意象。

发祥于渤海湾一带的东夷族群主要以鸟为图腾，同时也崇拜从他们身边升起的太阳。太阳给人类带来光明、温暖和生命，因而在先民眼中是神圣的。先民崇拜太阳，并赋予太阳种种幻想的神话。古代先民对太阳的崇拜，在考古学上已经发现了很多有价值的资料。西北地区的彩陶上的纹饰中，内蒙古阴山岩画的画面上，都有以圆圈外沿画若干短线作为光芒的太阳纹。云南沧源岩画和江苏连云港岩画中，有人格化的太阳神图像。大汶口文化陶器上的太阳纹饰，河姆渡文化出土的象牙雕刻双凤朝阳图，以及上面谈到的龙山文化或良渚文化玉璧上的“小鸟立在祭坛上”纹图中祭坛外部的太阳纹，更为典型。

从陶器和玉器上的太阳纹饰来看，大汶口和良渚时期东夷先民就有祀日的习俗。饶宗颐说：“广雅释天：‘圜丘大坛，祭天也。……坎坛，祭寒暑也，王宫，祭日也，夜明，祭月也。’王念孙疏证：‘寒于坎，暑于坛，王宫，日坛，王，君也，日称君；坛，营域也，夜明亦谓月坛也。’则及亦可说是祭日月之坛。后人分别称之为王宫或夜明，此为远古明神之祭处；故有明堂之称。古礼朝日于东郊，为坛则如其郊，其坛与坎，隋书礼仪志所载，各代不同，其高皆数尺，方广不止一丈。从此可推测良渚玉璧镂绘乃三成之坛，可无疑问。……良渚鸟形玉璧其一中刻‘’形，知古人有时借‘目’为‘日’，意者以日在天中，如人之眼睛（太平御览三引任子云‘日月为天下眼目，人不知德’，古有此说），故明字又可以从，其例正同。”[①] 殷墟卜辞有出日、入日之祭。《尚书·尧典》有“寅宾出日”之礼的记载。春分时祭祀出日，秋分时祭祀入日。关于祭日的地点旸谷的地望在哪儿，是山东的成山嘴，还是在连云港海滨，虽然争论不休，但大体上在沿海东夷人居住的某个地点，是没有疑议的。

陶器和玉器上的这些太阳纹饰，作为古代先民太阳崇拜的证据，有可能是古代某些氏族部落的徽记。同时，这些太阳纹也凝聚着太阳神话的丰富意象。上古神话说，太阳、月亮，和人一样，是父母生的。《山海经·大荒南经》：“东南海之外，有羲和之国，有女子名曰羲和，方浴日于甘渊。羲和者，帝后之妻，生十日。”又《大荒西经》：“有女子方浴月，帝后妻常羲，生月十有二，此始浴之。”“羲和之国”既然以女性命名，这神话自然是母系氏族社会的神话。神话中的帝后，即数见于殷墟卜辞的高祖夋（俊），后来被历史化了，成为人世的帝王。《山海经·海内经》《帝王世纪》等书都说，帝俊（或作

① 饶宗颐：《大汶口“明神”记号与后代礼制——论远古之日月崇拜》，《中国文化》1990 年第 2 期。

帝喾）赐羿以彤弓素矰，以扶下国。后羿应是帝俊的子息或下属，也是太阳神。有学者认为，与羲和生日、常羲生月神话不同，后羿射日神话所反映的是以太阳为图腾的氏族部落之间的兼并和冲突。所谓十日并出正反映着十个氏族或部落的首领同时称王，后羿所射的那些毒蛇猛兽也都是氏族的名称。

有学者认为，连云港将军崖岩画在一定程度上印证了羿射十日的神话。“因为那一组祖先神祇与子民们共处的岩画中，完整的人面岩画正好是十个（包括全身裹入大袍中的巫师），是否就是十个崇拜太阳的部落领袖（或祖先）在举行仪式？人面像大都有一条飘逸的线与下部作子民的相联系，也许表明着所属。”[①] 对连云港将军崖岩画人面像的含义，其说不一，这种解释也可聊备一格。

古代的东夷族群生活在东方，生活在沿海一带，他们每天早晨最早看见太阳从东方升起，不免对太阳的神秘感到不解和敬畏，于是产生了太阳崇拜和太阳神话。考古资料说明，信仰鸟祖的东夷族群，同时又是太阳崇拜的民族，他们的鸟生神话又往往同太阳神话交织在一起。

六、世界树神话

旧石器时代晚期原始人就有了两个世界——生与死——的观念。人会死亡，人死了之后，生者希望死者的生命在另一个世界得以延续。人类产生了沟通两个世界的欲望，于是，便出现了以世界轴、宇宙树、日月山等为母题的神话。同时，也出现了沟通两个世界的专门角色——巫觋。

最早的巫是负责沟通生死两个世界的人物。卜辞和金文中，都

---

① 宋耀良：《中国史前神格人面岩画》，上海三联书店1992年版，第269页。

有巫字，作𢀓。《说文解字》解释说：“巫，祝也，女，能事无形以舞降神者也。”从字形来分析，𢀓字是由两个“工”字构成的，而“工”是巫“降神”以“事无形”、沟通两个世界时手中所持的道具，即后来所说的法器。出现了天和地的观念后，巫的职能便从知生死，扩大为知天地即沟通天地。从考古发掘的资料来看，最早出现天地或天圆地方的观念，是由安徽含山出土的玉版上的图案得以证实的。

巫是什么时候出现的？新石器时代的考古发掘已经作出了回答。仰韶文化出土的各种文物，都证明作为社会专门角色的巫，在那时就已经出现，并在社会上发挥着重要作用了。属于仰韶文化晚期的陕西秦安大地湾出土的地画人物形象，有学者认为是巫师。如果这个看法可靠的话，那么，这就是最早出现的巫师形象了。据张光直研究，河南濮阳西水坡新石器时代墓葬的主人就是一个大巫，在他身旁发现的三组用蚌壳堆塑的龙虎鹿等动物图形，乃是他通神时所用的助手，即“濮阳三蹻”，“是仰韶文化中最早的有关巫觋的资料”。[①] 在大地湾、西水坡之后，其他地区的新石器时代彩陶上，先民们以彩绘或浮雕的手段，还塑造了一些形态各异的巫觋形象。

巫师沟通天地的含义是：作为人与神的中介，能够上天见神，也能够把天上的神请到地上来。巫师通神必须借助于一定的法器和助手，如神山、神树、神鸟、动物等。离开了这些法器和助手，他是无法与神界沟通的。于是，各民族差不多都创造了一些巫师利用法器和助手通神和请神的神话。

在初民的神话中，山是巫师借以登天的梯子之一。中国神话中相传可以登天的山很多。如：“昆仑之丘，或上倍之，是谓凉风之山，登之而不死；或上倍之，是谓悬圃，登之乃灵，能使风雨；或上

---

① 张光直：《仰韶文化的巫觋资料》，《“中央研究院”历史语言研究所集刊》第4本第3分，1993年。

倍之，乃维上天，登之乃神，是谓太帝之居。”（《淮南子·地形训》）“昆仑之丘，是实惟帝之下都，神陆吾司之。”（《山海经·西山经》）“有山名曰肇山。有人名曰柏高，柏高上下于此，至于天。”（《山海经·海内经》）“巫咸国在女丑北……登葆山，群巫所从上下也。”（《山海经·海外西经》）“有灵山，巫咸、巫即、巫朌、巫彭、巫姑、巫真、巫礼、巫抵、巫谢、巫罗十巫，从此升降，百药爰在。”（《山海经·大荒西经》）山东沂南汉墓之墓门两侧支柱下端，刻有西王母（左）和东王公（右）的石刻像，二位神仙的座下是两座三根柱状的山峦①，显然这山也是连接天地的神山。

树也是巫师借以登天的梯子之一。中国神话中的神树，最著名的有：中央的建木、东方的扶桑和西方的若木。关于建木的神话说：“建木在都广，众帝所自上下。日中无影，呼之无响，盖天地之中也。”（《淮南子·地形训》）关于扶桑（扶木）的神话：“大荒之中有山名曰孽摇、頵羝，上有扶木，柱三百里，其叶如齐。有谷曰温源，汤谷上有扶木，一日方至，一日方出，皆载于乌。”（《山海经·大荒东经》）扶木在郭璞的注中又可称作扶桑。关于若木的神话：“大荒之中，有……灰野之山，上有赤树，青叶、赤华，名曰若木。”郭璞注：“生昆仑西，附西极，其华光赤下照地。”《淮南子·坠形训》：“若木在建木西，末有十日，其华照下地。”高诱注：“若木端有十日，状如莲华，光照其下。”

四川广汉三星堆遗址 2 号祭祀坑出土了青铜质“神树花果”三

① “此幅下部刻着东王公和两个捣药的羽人。东王公首戴胜杖，肩有两翼，坐于山字形高座上。座有三个瓶状的高几，东王公坐在中间的几上，两个羽人分别跪在两边的几上，手操杵臼捣药。三个瓶状几均有卷草纹和山纹，有一双角、有翼、如兜的怪兽在三个瓶几的中间。”“下刻西王母和两个兔子头的羽人。西王母首戴胜杖，肩有两翼，坐在山字形座中间的瓶几上。兔首羽人跪在两旁的瓶几上，正操杵臼捣药。瓶上也有卷草纹和山纹，但瓶口的花纹与第 2 幅不同。”参见曾昭燏、蒋宝庚、黎忠义：《沂南古画像石墓发掘报告》，南京博物院、山东省文物管理局编，文化部文物管理局出版，1956 年 3 月，第 12—13 页。

株。有学者认为，此树就是如同神话中的“建木”一样的可以登天的神树。[①] 三星堆铜树可能不仅是一种具体特殊的传说中的某一种树木，而是包括很多树木综合神力的更为重要的“神树”。在三星堆祭祀活动里，它处于中心和关键的地位，首先它可能是处于天地中心的“建木”天梯，是沟通天与地、人与神的中介物。据扬雄《蜀王本纪》注云：“都广，今成都也。”蒙文通教授认为《山海经》讲到“建木”的这一部分成书于成都平原一带。都广出有建木，这里的居民可能认为自己是居于天地之中心，借助于“建木”树可以上天下地。三星堆铜树高大而辉煌，一条巨龙沿树干从天而下。龙在古人眼里正是神人变化时的中介灵物，正是表现了借助龙体通过神树沟通天地神人的意义。铜树上的华鸟，代表居于树上的太阳。东方扶桑，“皆有十日所居，九日居下枝，一日居上枝”。古人将太阳看作是有生命的神鸟，所谓“日中有骏鸟”，即指于此。[②] 疑为巴人文化的三星堆遗址“神树花果”——“世界树”或简称“神树”的发现，作为一个实物，对于重构中国原始意象中的沟通天地人神的神话有重要意义。

在我国东北、俄罗斯的西伯利亚、朝鲜和日本的一部、南北美洲，一些信仰萨满教的民族中，也多有世界树的观念和神话。如东西伯利亚的那乃人（我国境内为赫哲族）的萨满神话中就有世界之树，而且树上还有神偶；神偶是另一个世界中萨满的祖先。[③]

鸟和动物是巫师通神的助手。龙山文化、良渚文化和红山文化中多有鸟的纹饰和造型，这与古代神话和传说中鸟的神圣性以及巫师

---

① 陈显丹：《三星堆一、二号坑几个问题的研究》，《四川文物》1989 年“广汉三星堆遗址研究专辑”；林巳奈夫：《中国古代的日晕与神话图像》，载李邵明等主编：《三星堆与巴蜀文化》，巴蜀书社 1993 年版，第 116—135 页。

② 参阅赵增殿：《三星堆祭祀坑文物研究》，载李邵明等主编：《三星堆与巴蜀文化》，巴蜀书社 1993 年版，第 86—87 页。

③ 马昌仪：《中国灵魂信仰》，上海文艺出版社 1998 年版，第 167—171 页。

作法时把鸟当作通神的使者不无关系。凤凰在古代是天帝的使者（卜辞："帝史凤"）。鹰是萨满作法时的使者。根据张光直的研究，河南濮阳西水坡遗址中的死者尸体两边用蚌壳摆塑的龙虎和鹿，就是巫师（死者）通天的坐骑。"人兽母题"的纹饰，在后来商周青铜器上多所出现。①

原始信仰是初民的世界观，任何人都是可以与神灵交往的。及至作为专门司巫事的巫觋阶层出现，与神灵交往的事，就成了巫觋的专利，一般人就不能染指了。这就是典籍所记载的"绝地天通"神话。正如《国语·楚语下》所说的：

> 古者民神不杂。……及少昊之衰也，九黎乱德，民神杂糅，不可方物。……祸灾荐臻，莫尽其气。颛顼受之，乃命南正重司天以属神，命火正黎司地以属民，使复旧常，无相侵渎，是谓绝地天通。

在古代蒙昧时期，"绝地天通"便是要使民与神分清楚他们的业务，所谓"神民异业"，便是划分神属天而民属地的两个不同的层次，并设官以统治之，使各就其序。巫觋的出现，特别是社会分工的发展，当巫觋成为社会上举足轻重的社会力量之时，他们便掌握了通神（通天）的权力，凡是上天通神或请神下地的事情，统由被称为巫师的人来承担。这才是绝地天通神话的真谛。

人类在漫长的岁月中创作的原始神话，初期仅以生殖的系统而显示出其相互之间的联系，还没有出现横向间的统属关系。因而，原始神话还可称为独立神话。在新石器时代，神话借助于陶器、玉器和岩

---

① 张光直：《濮阳三蹻与中国古代美术上的人兽母题》，载氏著《中国青铜时代》，生活·读书·新知三联书店1990年版，第96页。

画等留下了某些意象或母题。在此，我们仅做了一点力所能及的钩沉的工作，更深入的研究还有待来者。

原始神话的种种属性处于不断嬗变的过程中，这种嬗变受着中国史前文明的多元构成和区系类型文化的地区特征的制约，混沌的意识日渐减弱，历史的意识日益增强，不合理的、非理性的因素逐步被改造，兽形的、人兽同体的神向着人形过渡。人类进入文明时代以后，神话在流传中不断地被历史化、合理化，相互间的统属关系也明显加剧了，于是，出现了以不同的帝（神）系为核心的体系神话。这是神话发展的一个必然趋势。

1995 年 7 月 18 日脱稿

原始神话及其类型

神话是原始时代人类关于事物起源、远古的生物与神以及他们和人类关系的口头故事。它以不自觉的和非理性的艺术方式，反映了人类童年时代对自然界的认识和控制自然力的强烈愿望，以及原始时代的社会形态。神话又是原始社会人们的意识形态的统一体，既是文学，又是科学，既是宗教，又是巫术。因此，神话是追溯原始社会及人类早期发展史不可或缺的重要资料。神话以其永久的魅力给人类以艺术的享受，同时又成为后世艺术的土壤和母胎。

一、神话的发生和基本特征

关于神话产生的时代和条件，马克思在《摩尔根〈古代社会〉一书摘要》中写道："在野蛮期的低级阶段，人类的高级属性开始发展起来。……在宗教领域中发生了自然崇拜和关于人格化的神灵以及关于大主宰的模糊概念；原始的诗歌创作、共同住宅和玉蜀黍面包——所有这些都是属于这一时期的。它也产生了对偶家族和组成胞族和氏族的部落所结成的联盟。想象，这一作用于人类发展如此之大的功能，开始于此时产生神话、传奇和传说等未记载的文学，而业已给予人类以强有力的影响。"[①]

---

① 马克思：《摩尔根〈古代社会〉一书摘要》，人民出版社 1965 年版，第 54—55 页。

这里所说的产生神话、传奇和传说等口传文学的野蛮期低级阶段，大约相当于考古学上的旧石器时代晚期到新石器时代早期。这个时期，火和弓箭已经发明了，制陶术已经被人们普遍掌握，玉器被琢磨得很光滑，在石器、玉器和陶器上发现了最早的刻纹和绘画；在被发现时处于这一阶段的美洲易洛魁人及其他部落中，已经学会了使用手织方法和采用灌溉方法种植玉蜀黍等。这就是说，在这个阶段上，人类通过劳动已经积累了大量的经验，在这些经验的基础上，人类的高级属性（包括想象这样的才能）开始发展起来。人类靠集体的力量战胜自然力，从自然的束缚和奴役下解脱出来，开始产生了进一步认识自然和征服自然的愿望。这便为神话的产生准备了社会条件。

由于劳动实践和社会交往的需要，可能在旧石器中期或晚期就已经逐渐产生了清晰的语言，思维发达起来，使思想和交往成为可能。如果说语言是思维的外在形式，那么神话无疑与语言相联系，是语言的必然产物。只要人类有语言存在，就会有神话产生。不仅在人类童年时期创作的神话能靠口传的方式一代一代地流传下来（在传承中发生着变异），而且在人类发展的漫长时代中，都不断有神话产生。因此，语言是神话产生的又一必要条件。

万物有灵观是人类早期的世界观。万物有灵观是原始宗教、也是神话产生的基础。在这一点上，二者有共同性。所谓万物有灵观，就是认为世间的事物都有灵魂和神灵，这些灵魂和神灵对人的生活或生命发生着这样或那样的影响。因而形成了自然崇拜，从普遍的自然崇拜，进而又发展到人格化的神灵以及关于“大主宰”（如天帝等）的观念的出现。人类创造了神，进而出现了祭祀神灵的仪式。人类对自然的崇拜，特别是对人格化的神（如月亮神和太阳神等自然神，以及后起的祖先神）和“大主宰”的崇拜，以及对进而产生的不同层次和不同等级的神灵的崇拜，促使人类围绕着这些神灵编织出一个个口头故事。这些口头故事，自然而然地成为原始宗教的“教义”，与原始宗教同时存在于人们的心中。神话就这样产生了。

有了以上条件，还缺乏神话产生的心理基础。神话的产生，还与原始先民对自然现象的神秘莫测进行解释的心理需要有关。处于低级生存阶段的原始先民，对一些最常见的自然现象，如寒来暑往、季节交替、日月运行、风雨雷电、火山爆发、地震、洪水泛滥和生老病死等现象，都无法理解。而他们又时时处在自然的包围之中，他们必须就这些问题对部落或氏族的成员做出回答，进行解释。于是，他们便根据极为有限的知识和想象，创造出神话来加以解释。在某种意义上来说，神话就是他们对自然和社会问题所给出的第一个答案。

神话有哪些基本特征呢？

（一）神话是记述原始先民关于事物的起源、远古的生物与诸神的事迹，以及他们和人类的关系的口头故事。所以是口头故事，是因为那时口头记忆和传承是唯一的方式。随着生产力的进步和思维的发展，也出现了一些其他的方式，如把这些事迹和故事刻在岩石上，或画在陶器上，但这些方式，都不能代替口头的方式。这些以口头的方式演诵和传承的故事的内容，无论是对事物起源的说明，还是对诸神事迹的记述，对于原始先民来说，是真实可信的，是神圣的。特别是关于部落或氏族的来源和历史、关于部落或氏族的法规，是常常由部落或氏族首领向全体成员演诵而全体成员必须遵守的。因此，真实性和神圣性是神话区别于其他类型的创作的最重要的特点。

（二）神话中活动的角色——神祇、部落祖先、氏族英雄和文化英雄等，不是一般的人，而是一些超越社会、超越时空的人物。他们大都来历不凡，要么是感生（华胥履雷泽大迹生伏羲、姜嫄履大迹生后稷、简狄吞燕卵生契、河伯女柳花感日光生扶余王东明），要么是人兽结合（伏羲女娲人面蛇身、炎帝神农人身牛首）；他们能够通天地、交鬼神，其所作所为，都是一些开辟元始、扭转乾坤的伟业，如开天辟地、创造人类、创立万物、改造自然。总之，他们是神。恩格斯说："在原始人看来，自然力是某种异己的、神秘的、超越一切的东西，……他们用人格化的方法同化自然力。正是这种人格化的欲望，到处创造了许多神。"[①] 神话中的这些角色，不是普通的人，而正是人格化的神，是部落或氏族的代称。

（三）神话所反映的内容看起来是荒诞无稽的，然而透过那些荒诞的外表，我们所看到的是远古的自然和社会。如帝俊之妻羲和生十日，十日并出，草木焦枯，尧命羿射落九日的神话，看似荒诞，剥去幻想的外衣，则可以见到古时曾有过严重的旱灾给人类造成生存和延续的威胁，以及人类渴望制服灾害的强烈愿望。射落多余的太阳、以恢复社会正常秩序的神话，在我国一些少数民族神话中也不乏其例。法国社会学学派人类学家杜尔克姆（E. Durkheim）在《宗教生活的基本形式》中说："不是自然，而是社会才是神话的原型。神话的所有基本主旨都是人的社会生活的投影。靠着这种投影，自然成了社会化世界的映象：自然反映了社会的全部基本特征，反映了社会的组织和结构、区域的划分和再划分。"[②] 他对社会作为神话的原型的分析是精彩的，但他把"自然"排除在神话所反映的内容之外，只承认社会才是神话的原型，显然是不全面的。至少我国典籍神话和少数民族现存神话中，存在着大量的反映人类与自然斗争的神话。马克思指出："任何神话都是用想象和借助于想象以征服自然力、支配自然力，把自然力加以形象化，……希腊艺术的前提是希腊神话，也就是已经通过人民的幻想用一种不自觉的艺术方式加工过的自然和社会形式本身。"[③] 原始人想要征服自然力，可是限于生产水平和认识能力的低下，他们不

① 恩格斯：《反杜林论准备材料》，《马克思恩格斯全集》第 20 卷，人民出版社 1971 年版，第 672 页。

② 转引自恩斯特·卡西尔：《人论》，甘阳译，上海译文出版社 1985 年版，第 101 页。

③ 马克思：《〈政治经济学批判〉导言》，《马克思恩格斯选集》第 2 卷，人民出版社 1972 年版，第 113 页。

可能实现这个宏伟的愿望，而只有创造出一个神和编织成一个神话，通过想象来实现征服自然力的愿望。马克思强调指出，神话的反映现实，是通过“不自觉的艺术方式”。

（四）神话是原始人以神话思维和幻想形式观照和反映客观世界的产物。神话是情感的产物，而不是逻辑的产物。例如，现代人对于植物、动物和人在种属之间的区别，是确定不移的，而在原始人那里则完全不同。在他们看来，由于某种突然的变故，一切事物都可以转化为另一些事物。变形法成为原始人的一个基本认识。从而，图腾崇拜便是原始人认识和观照现实世界的最典型最有特点的方法之一。恩斯特·卡西尔说：“神话的最基本特征不在于思维的某种特殊倾向或人类想象的某种特殊倾向。神话是情感的产物，它的情感背景使它的所有产品都染上了它自己所特有的色彩。原始人绝不缺乏把握事物的经验区别的能力，但是在他关于自然与生命的概念中，所有这些区别都被一种更强烈的情感湮没了：他深深地相信，有一种基本的不可磨灭的生命一体化（solidarity of life）沟通了多种多样形形色色的个别生命形式。原始人并不认为自己处在自然等级中独一无二的特权地位上。所有生命形式都有亲族关系似乎是神话思维的一个普遍预设。图腾崇拜的信念是原始文化最典型的特征。”[①] 图腾崇拜在中国上古神话中也留下了时显时隐的印迹，在一些部落或氏族起源的神话中，甚至还表现得极为突出。如伏羲、女娲是人首蛇身，黄帝为有熊氏，神农感龙首而生，舜为有虞（驺虞）氏以及盘瓠神话等。

（五）神话和原始宗教构成原始意识形态的统一体。神话产生的时代，人类的精神领域受着思维能力的限制，远没有现代这样的细密，也没有现代这样的分工。各种意识形态都紧密地综合在一起，形成一种综合性的体系，这就是神话和原始宗教组成的统一体。神话与

① 恩斯特·卡西尔：《人论》，甘阳译，上海译文出版社 1985 年版，第 105 页。

原始宗教因为都是来源于万物有灵观，所以二者有着密不可分的关系，甚至要确定二者之中哪个在先、哪个在后出现的绝对年限，在学术上也几乎是办不到的。近年学术界出现了一种观点，认为“祭坛就是文坛”，其核心是神话渊源于宗教。这种观点引起了争论。[①] 可以肯定的是，神话与原始宗教构成了原始意识形态的统一体，二者之间存在着极为密切的关系，甚至很难把它们分开；如果一定要加以区分，那么，可以说无神话就无从谈论宗教仪式，然而却有许多无宗教仪式的神话。[②] 在这个原始意识形态统一体中，保存了原始先民关于宇宙起源和人类起源的哲学观念，包括了各种人类关于采集、渔猎和原始农耕的风俗和知识，原始发明创造的科学思想的萌芽，包括了人类早期历史和原始宗教仪式以及风俗习惯等方面的内容，成为多种学科的总汇。

二、开天辟地神话

经古代典籍记录而流传下来的中国远古神话，是十分零散而不成系统的，即使有所记载，也多语焉不详，不像古希腊罗马、古埃及那种体系严整的神话。造成这种情况的原因是很复杂的。鲁迅、茅盾、胡适等都有过论述。诸如华土之民“重实际而黜玄想”；中国封建社会很长，两汉以后儒教的影响十分强大，而儒家是主张“不语乱力怪神”，反对神话传统的；中国远古神话的历史化趋势；时代越远，神

---

① 参见黄惠琨：《祭坛就是文坛——论原始宗教与原始文学的关系》，载中国少数民族文学学会云南分会编：《云南少数民族文学论集》，中国民间文艺出版社（云南版）1982年版，第23—37页。与之论争的文章是同书王松的《活的历史和死的概念》。

② 参阅K. W. 博勒：《神话与神话学》，《不列颠百科全书》1973—1974年版，译文见《民间文学理论译丛》第1集，中国民间文艺出版社1986年版，第63页。

话越多，时代越近，神话越少；等等。[①] 流传至今的中国远古神话，实际上是后来成为中华民族主体的汉民族的神话，而汉民族在历史上是由许多民族长期吸收融合而形成的。现代中国的版图上仍然生活着众多的兄弟民族，这些少数民族都有自己独立的神话及其传统，而且各民族神话之间也发生着这样那样的交融和影响。近四十年来对这些民族的神话的发掘整理，大大丰富了中国神话的武库。

开天辟地神话是原始神话（或原生神话）的重要类别之一。由于对天地山川、日月星辰的由来和种种奇妙的自然现象的发生，原始先民希望解释而又无力加以解释，于是便生发出许多问题、幻想出种种故事来。这些关于天地等的来历的神话，就是学术上所谓开天辟地神话。在先秦典籍、屈原的《天问》中还记载着那些原初的问题和想象："邃古之初，谁传道之？上下未形，何由考之？冥昭瞢暗，谁能极之？冯翼惟像，何以识之？明明暗暗，惟时何为？阴阳三合，何本何化？圜则九重，孰营度之？惟兹何功，孰初作之？斡维焉系，天极焉加？八柱何当？东南何亏？九天之际，安放安属？隅隈多有，谁知其数？天何所沓？十二焉分？日月安属？列星安陈？……"综观这许多有关宇宙来历和日月星辰的问题，从天地分离、四维八柱、地有九圜、天有九重，到日月安属、列星安陈，无所不包，却没有一个是关于天地创造的。也许在这每一个问题的背后都有一个幼稚而美丽的神话，身处现代的我们是无从了解了。

（一）第一类型的天地开辟神话，是盘古开天辟地。这个神话始见于三国时徐整的《五运历年纪》：

元气濛鸿，萌芽兹始，遂分天地，肇立乾坤，启阴感阳，分布元

---

① 参阅茅盾（沈雁冰）：《中国神话研究 ABC》，载马昌仪编：《中国神话学文论选萃》上册，中国广播电视出版社 1994 年版，第 128—131、139 页。

> 气，乃孕中和，是为人也。首生盘古，垂死化身，气成风云，声为雷霆，左眼为日，右眼为月，四肢五体为四极五岳，血液为江河，筋脉为地里，肌肉为田土，发髭为星辰，皮毛为草木，齿骨为金石，精髓为珠玉，汗流为雨泽，身之诸虫，因风所感，化为黎氓。(《绎史》卷一引《五运历年纪》)

又据《太平御览》(七八)所引徐整的《三五历纪》：

> 天地混沌如鸡子，盘古生其中。万八千岁，天地开辟，阳清为天，阴浊为地。盘古生其中，一日九变，神于天，圣于地。天日高一丈，地日厚一丈，盘古日长一丈。如此万八千岁，天数极高，地数极深，盘古极长。

这两段话叙述了一个完整的开天辟地的神话。这个神话的基本情节是:(一)最早宇宙尚未形成的时候，是一团星云——元气濛鸿，混沌未开。这团元气开始滋生万物，于是分出了天地，确立了乾坤，并孕育了中和之物——人类。(二)在这团像鸡蛋一样的濛鸿未开的元气之中，孕育了盘古。经过一万八千年，天地分开了，阳清之物上升成为天，阴浊之物下降而为地。(三)盘古是一位巨人，他出生在天地之间，一天变化多次。其神奇胜过天，其异能胜过地。天每天增高一丈，地每天加厚一丈，盘古也每天长高一丈，如此下来，经过一万八千年，天的高度达到了极点，地的厚度达到了极点，盘古的身材也长得极高，成为巨人了。(四)盘古死后，他的身体各个部分化生成了世间的万物：气息化成风云，声音化成雷霆，左眼化成太阳，右眼化成月亮，四肢五体化成大地的四极和五岳，血液化成江河，筋络和血脉化成山川道路，肌肉化成田土，发须化成星辰，皮毛化成草木，齿骨化成金石，精液和骨髓化成珠玉，汗流化成雨水，身上的种种虫子经风的吹拂，化成黎民百姓。

这个神话见诸文字是三国时吴人徐整的著作，在此之前，未见著录。就其性质和内容来看，这确实是一则关于天地开辟的原始神话。既然是人类早期产生的原始性神话，又为什么在此之前没有记录呢？许多学者都探讨过这个问题。茅盾回答说："徐整是吴人，大概这盘古开辟天地的神话当时就流行在南方（假定是两粤），到三国时始传播到东南的吴。如果这是北部和中部本有的神话，则秦汉之书不应毫无说及；又假定是南方两粤地方的神话，则汉文以后始通南粤，到三国时有神话流传到吴越，似乎也在情理之中（汉时与南方交通大开，征伐苗蛮，次数最多；因战争而有交通，因此南方的神话传说也流传过来了）。"[①] 他的推论和解释是合理的。之所以说是合理的，是因为：第一，在后来出现的梁代任昉撰《述异记》中有这样的字句："昔盘古氏之死也，头为四岳，目为日月，脂膏为江海，毛发为草木。秦汉间俗说：盘古头为东岳，腹为中岳，左臂为南岳，右臂为西岳。先儒说……古说……"这段话至少说明盘古的神话在秦汉间即已有流传，并不是在三国时才出现的。第二，在现在一些少数民族（如苗、瑶、彝、白、毛南族等）中所搜集到的神话材料中，也有关于盘古开辟天地的神话。这些有关盘古开天辟地的少数民族口传神话是渊源有自的，古代民族间征战频仍，民族大迁徙时有发生，后来这些少数民族大都居住在边疆一带，他们靠口传和书面（唱本和经书）两种方式把盘古的神话传承下来，可以从另一面印证盘古神话的古老性质。

盘古开天辟地神话的思维，是一种与现代人完全不同的原始思维。开天辟地这一思想本身就是十分古老而幼稚的。但在这幼稚中却透露出朴素的唯物思想，如原始先民所想象的天地未开之时，是一团

① 茅盾（沈雁冰）：《中国神话研究ABC》，载马昌仪编：《中国神话学文论选萃》上册，中国广播电视出版社1994年版，第139页。

元气，即后来科学上所说的星云，是这原始星云孕育了盘古，而不是盘古创造了天地。盘古的特点有二：其一，盘古是卵生的。原始先民把“混沌”想象成是一个大的宇宙卵，宇宙卵孕育了盘古。宇宙卵是一个原始意象，原始先民从自然现象中很容易捕捉到这样的意象，然后联想到盘古也是从卵里孕育出生的。其二，盘古化生万物。身体的各个部分化生为万物是原始人思维的一个典型。很多民族处在原始状态时，都有过这种思维。布依族的开天辟地神话《力嘎撑天》说，很古很古的时候，天和地相隔的很近，腰杆都直不起来。巨人力嘎在大家的帮助下，把天撑起来。天被撑得九万九千九百九十九丈高，地被蹬得九万九千九百九十九丈深。又用自己的牙齿当钉子，把天钉住。挖下右眼变成了太阳，左眼变成了月亮。牙齿变成了星星。力嘎累死了，大肠变成了红水河，小肠变成了花江河，心变成了鱼塘，嘴巴变成了小井，膝盖和手腕变成了山坡，骨骼变成了石头，头发变成了树林，眉毛变成了茅草，耳朵变成了花朵，肉变成了田坝，筋变成了大路，脚趾变成了各种野兽，手指变成了各种飞鸟，他身上的虱子变成了牛，跳蚤变成了马。①

壮族神话《布洛陀》中的巨人布洛陀，布朗族神话《顾米亚》中的巨人顾米亚，哈萨克族神话《迦萨甘创世》中的巨人迦萨甘，都是盘古一类开天辟地的神性巨人。他们的共同特点是，他们是在混沌状态中诞生的开天辟地的巨人，他们用一定的物质创造了大地、山川、河流、万物生灵。以顾米亚为例。很多年前，没有天，也没有地，更没有草木和人类。到处是一团团黑沉沉、飘来飘去的云雾。巨人顾米亚和他的十二个孩子，立志要开天辟地、创造万物。顾米亚见到与云为友、和雾做伴的大犀牛，剥它的皮做成天，用美丽的云粉给天做衣

---

① 《力嘎撑天》，载陶阳、钟秀编：《中国神话》，上海文艺出版社 1990 年版，第 17—19 页。

裳。挖下它的两只眼睛做成星星。又把犀牛的肉变成地，骨头变成石头，血变成水，毛变成各种花草树木。最后又把犀牛的脑浆变成人，把犀牛的骨髓变成各种各样的鸟兽虫鱼。用犀牛的四条腿做柱子，抵住天。用大鳌托住地。[①]

（二）第二类型的开天辟地神话，是阴阳二神开天辟地造万物的神话。《淮南子·精神训》：

> 古未有天地之时，惟像无形，窈窈冥冥，芒芠漠闵，澒濛鸿洞，莫知其门，有二神混生，经营天地，孔乎莫知其所终极，滔乎莫知其所止息。于是，乃别为阴阳，离为八极，刚柔相成，万物乃成。烦气为虫，精气为人。

这个神话说的是，在混沌未开之时，有两个神自然生成了。他们经营（创造）天地。这天地广大得谁也不知其终点在哪里，这天地辽阔得谁也不知其边缘在哪里。于是他们区别阴阳，分开八极，刚柔相成，万物就产生了。烦杂之气成了动物，精粹之气成了人。这两个叫作阴神和阳神的创世大神，与盘古不同，他们没有化生为万物和人类的情节。

与阴阳二神经营（创造）天地的神话相同的，有阿昌族的创世神话《遮帕麻与遮米麻》。阿昌族神话说，天公遮帕麻是阿昌人的男始祖，地母遮米麻是阿昌人的女始祖。远古时既没有天，也没有地，只有混沌。混沌中无明无暗，无上无下，无依无托，虚无缥缈。混沌中闪出一道白光，就有了黑暗，也就有了阴阳。阴阳相生诞生了天公遮帕麻和地母遮米麻。遮帕麻腰上系着一根赶山鞭，胸前吊着两只山一样的大乳房。用雨水拌金沙造了一个太阳，用雨水拌银沙造了一个月

---

① 《顾米亚》，载陶阳、钟秀编：《中国神话》，上海文艺出版社 1990 年版，第 105 页。

亮。用右手抓下左边的乳房变成一座太阴山；用左手撕下右边的乳房变成一座太阳山。遮帕麻张开胳膊，右边挟起月亮，左边挟起太阳，跨一步留下了一道彩虹。走过的地方踩出了一道银河。他喷出的气变成了白云，流下的汗水化作暴雨。把月亮放在太阴山顶上，把太阳放在太阳山顶上。在二山之间种了一棵梭罗树，让太阳和月亮绕着梭罗树转，太阳出来是白天，月亮出来是夜晚。用珍珠造了东边的天，用玛瑙造了南边的天，用玉石造了西边的天，用翡翠造了北边的天。天造好了，又派了东南西北四个天神。地母诞生时，裸露着身体。她摘下喉头当梭子，拔下脸毛织大地。拔下右脸的毛，织出了东边的大地；拔下左脸的毛，织出了南边的大地；拔下额头的毛，织出了北边的大地。脸上流下的鲜血成了大海，淹没了大地。她又用她的肉托起大地，使世界有了生机。天造小了，地织大了。遮米麻抽去三根地线，大地产生了震动，有的地方凸起，有的地方陷下。凸起的地方成了高山，凹下的地方成了平原和山箐。①

有人说，阴阳二神创世观念的产生似乎应该是较晚期的观念。可以想象，阴阳的观念，是随着人类意识到自身有男女之分而出现的，天公地母的观念也应是原始人在产生了天和地的观念之后才出现的。二神混生神话，由于原文语焉不详，看不出盘古那样以身体四肢化生万物的情节，也看不出二神中哪一个神起了什么作用。而阿昌族神话，则可以看出，造天的是天公遮帕麻，织地的是地母遮米麻。无论是遮帕麻还是遮米麻，他们造天织地都是以肢体化生的方式来完成的。

（三）第三类型的开天辟地神话，是动物创世神话。最典型的是居住在云南省元阳县的哈尼族的神话《天、地、人》：

神话说，汪洋大海中的一条大鱼，把右鳍往上一甩，变成了天；

---

① 《遮帕麻与遮米麻》,《山茶》1981 年第 2 期。

把左鳍向下一甩，变成了地。把身子一摆，从脊背里送出来七对神和一对人。世间有了天和地，有了神和人。天地高低不平，神们拖着金犁、银耙，把天犁平了。犁地耙地却不平，耙着的地方成了平坝，耙落了的地方成了大大小小的山峰，犁沟成了深浅不同的山谷，浸水的山谷成了湖泊和河流。从大鱼脊背里出来的那对人，男的叫直塔，女的叫塔婆。塔婆怀了孕，生下二十一个娃娃。有虎、鹰、龙，剩下的九对是人。龙当了龙王，给塔婆三竹筒东西：第一个竹筒是金银铜铁和珠宝；第二个竹筒是稻谷、草木；第三个竹筒是牛马猪鸡和飞禽走兽。神们用牛的眼睛变成闪电，牛的皮变成响雷，牛的眼泪变成露珠，牛的鼻涕变成雨水，牛的气息变成云，牛的两颗尖牙变成启明星和北斗星，其他牙齿变成满天星斗，牛的四腿变成东西南北的顶天柱。从此，天地间有了万物，分出了昼夜。①

作为这则神话的补充，同一讲述人还讲述了一则《查牛补天地》的神话，说天神俄玛用查牛补天地：查牛的血抹天，右眼做成太阳，左眼做成月亮，牙齿做成星星，血液凝块做成沼泽地，舌头做成动物的声音，嘴皮做成动物的嘴巴，脑髓做成黄土，大肠做银河，小肠作江河，直肠做大路，脊梁做成支撑天地的天梁地梁，骨头做成大山，牛皮做绷天绷地的皮。②

流传于云南省墨江县的哈尼族中的一则神话《青蛙造天造地》则说，天地是青蛙造的。青蛙吐出的沫子和吐出的剩骨头变成了陆地，青蛙的手臂上屙一泡屎变成了天。黑眼珠变成了太阳，白眼珠变成了月亮。血洒在天上变成了星星。血肉变成了云雾风雨。③青蛙在这里

① 《天、地、人》,《山茶》1983 年第 4 期。

② 《查牛补天地》，云南省民间文学集成办公室编:《哈尼族神话传说集成》，中国民间文艺出版社 1990 年版，第 16—24 页。

③ 《青蛙造天造地》，云南省民间文学集成办公室编:《哈尼族神话传说集成》，中国民间文艺出版社 1990 年版，第 25—29 页。

被奉为创世神。在西南地区的有些民族中，至今还遗传下来青蛙崇拜的某些信仰和仪式。

（四）第四类型的开天辟地神话，是补天神话。补天神话与上述几种开天辟地神话不同，就在于天地是既存之物，现在由于某种原因破碎了，天塌地陷了，有一位大神出来将其修补如初。在开天辟地神话中，补天神话是我国神话所独有的，为世界其他民族的神话所罕见。

这种类型的神话，以典籍中记载的女娲补天为代表。女娲的神名最早出现于屈原《楚辞·天问》："女娲有体，孰执匠之？"翻译成白话，意为：女娲长着人头却有蛇的身体，她的身体又是谁做的呢？从记载来分析，女娲的功绩是造人和补天。也有学者说女娲的功绩是造人和理水。补天和理水，其实质是一回事，只是所站的角度不同而已。关于造人的功绩，我们打算留在下一节里再谈，这里先谈谈关于补天。《淮南子·览冥训》说：

> 往古之时，四极废，九州裂；天不兼覆，地不周载；火爁炎而不灭，水浩洋而不息；猛兽食颛民，鸷鸟攫老弱。于是女娲炼五色石以补苍天，断鳌足以立四极，杀黑龙以济冀州，积芦灰以止淫水。苍天补，四极正；淫水涸，冀州平；狡虫死，颛民生。

神话说，往古之时，天是由四根柱子撑着的，如今撑着天的四根柱子折断了，于是，天塌了下来，盖不住地了；大地裂开了一条条大裂缝，于是，到处塌陷的大地，也不能遍载万物了。大火在山林中熊熊燃烧着，雨水下个不停，山洪暴发，地下也涌出水来，大地上到处是一片汪洋。山林中的猛兽鸷鸟肆意为害人民。天地宇宙发生了这样大的变化，大神女娲便出来炼五色石，她要用五色的石头来修补破碎了的天，使之严严实实地盖住大地，也防止它再往下漏水，弄得到处是汪洋一片；大神女娲又斩断大鳌的四只足，重新立起四根柱子，把塌下来的天顶住。女娲还杀掉那些为害人民的猛兽鸷鸟和妖魔鬼怪，用芦草烧成的灰堵住洪水。

天是由四根柱子顶着或曰“四极”观念的出现，说明作为抽象思维领域中的四种方位观念已经产生并相当普遍地存在于人们的头脑中。而“九州”之说，是谓地域广阔之数，并非指“九”的实数，并非指后来中国大地上实有的“九州”区划。《河图括地象》曰：“天有五行，地有五岳。天有七星，地有七表。天有八气，地有八风。天有九道，地有九州。天有四维，地有四渎。”张衡《灵宪赋》曰：“地有九域山川。”女娲神话暗示，被破坏了的天地宇宙，经过女娲的这一番整治，得以重新恢复。宇宙的重建——“苍天补，四极正；淫水涸，冀州平；狡虫死，颛民生”，意味着秩序在高一级上的恢复。

三、人类起源神话

围绕着人类是从何而来的这一疑问，原始先民给出了种种奇妙的答案。人类起源神话，是产生最早的推原神话之一。它既是人类对自然现象的追索，又是人类对社会现象的探求，因为有了人就有了社会。关于人是怎么来的，不同民族不同部落有着各不相同的解释。归纳起来，大致有以下几种模式：肢体化生型、造人型、卵生或葫芦生人型、感生型和石头生人型等。

（一）肢体化生型。最有代表性的是盘古神话。创世神盘古作为神人，他本身是在混沌中孕育而成的（后面还要提到），在开天辟地创世时，他以自己的肢体化生为万物，而身上的虫子化而为黎氓百姓。

（二）造人型。最为典型的是女娲抟黄土造人的神话。《太平御览》

卷七十八引汉代应劭《风俗通》：

> 俗说天地开辟，未有人民。女娲抟黄土做人，剧务，力不暇供，乃引绳于絙泥中，举以为人。故富贵者，黄土人；贫贱凡庸者，絙人也。

这个神话说，女娲用黄土造人。女娲选择的黄土是很常见的一种物质。用手一个个地抟，实在是太费事了，于是用绳子来甩泥，甩出一个泥点，便是一个人。基督教的《旧约·创世纪》第一章里说："神就照着自己的形象造人，乃是照着他的形象造男造女。"神耶和华所用的材料也是泥土。要指出的是，女娲造人当然也不例外地是照着她自己的形象，而不可能有另外的形象可循。女娲神话的后半段加进了"富贵""贫贱"一类后世阶级分化之后才有的观念，并非原始观念，这也是要特别指出的。神话愈加合理，就离原始时代愈加遥远。毛南族的神话《盘古的传说》，把盘和古分为兄妹两个人，盘与古婚后没有生子，他们用泥捏成人，叫乌鸦去丢。盘和古捏泥人捏了七七四十九个，乌鸦衔泥人，整整衔了十九年。用黄泥、白泥、红泥和各种各样的泥土捏成的人仔，成了三百六十行各种各样的人。[①]哈萨克族神话中的创世神迦萨甘也是用黄泥造人，他用黄泥做成一对空心小泥人，晒干后，在他们的肚子上剜了肚脐窝，然后取来灵魂，从小人的嘴巴里吹进去，小泥人就活了。这就是人类的始祖。[②]这个神话多么像《旧约》里所描写的上帝造亚当时的那个情景："神用地上的尘土造人，将生气吹在他的鼻孔里，他就成了有灵的活人，名叫亚

① 《盘古的传说》，载袁凤辰等编：《毛南族、京族民间故事选》，上海文艺出版社1987年版，第3—9页。

② 《迦萨甘创世》，载陶阳、钟秀编：《中国神话》，上海文艺出版社1990年版，第111—113页。

当。”它是否受了基督教神话的某些影响呢？景颇族创世神话说，很古以前，世间本来没有天，没有地，也没有万物，一片混沌。创世神宁贯娃造了天，造了地，又造了万物。但他感到非常寂寞，于是照着自己的样子，用泥巴捏了很多小泥人，有男的，有女的。这些小泥人一放到地上，就活了，很快长得和他一样高。宁贯娃把他们一男一女地配成对，让他们一家一户过日子。①用泥土造人，不仅是联想的产物（现代我们还常常说，人身上污垢，是当初造人时用的泥土所致），而且也表现了原始先民的原始的朴素的唯物思想。

在有些民族的造人神话中，创世神所用的不是泥土而是其他物质。如瑶族神话《密洛陀》说，密洛陀造人时，用土、米饭、芭芒叶、南瓜等，但都失败了。最后，他把蜜蜂做窝的那棵树砍下来，连树带窝一起装进箱子里，过了九个月，箱子里的蜜蜂都变成了人。②布朗族神话《顾米亚》说，创世神顾米亚剥下大犀牛的皮做成天，挖下大犀牛的眼睛做成星星，把它的肉变成地，骨头变成石头，血变成水，毛变成花草树木，脑浆变成人。③满族恰喀拉人的神话说，远古的时候，大地上已经有很多树木和花草，什么动物也都有了，但是还没有人。有个老妈妈神就用石片刀刻了几个木头人，把他们拿到太阳底下去晒，一晒这些木头人就活了。这么一来，世界上就有了人，有男有女，有老有少。④鄂伦春族神话说，天上的神恩都日拣来飞鸟的骨和肉，做起十男十女来。等男人做完了，正做女人的时候，禽骨禽肉不够了，于是又找来泥土作补充。泥土补做的女人，浑身一点劲儿

---

① 《创世纪》，载鸥鹍渤编：《景颇族民间故事》，云南人民出版社 1983 年版，第 4 页。

② 《密洛陀》，载苏胜兴等编：《瑶族民间故事选》，上海文艺出版社 1980 年版，第 16—17 页。

③ 《顾米亚》，载陶阳、钟秀编：《中国神话》，上海文艺出版社 1990 年版，第 105 页。

④ 《恰喀拉人是怎么来的》，载《黑龙江民间文学》（内部资料）第 19 集，黑龙江民间文艺家协会编印。

也没有，恩都日就用神术给了她一点力气，结果她变得力大无比，连男人都不是对手。恩都日又用法术从女人身上抽回了一点力气。他还教人做简单的兽皮衣服穿。[①] 尽管现在还不能十分准确地说清楚这些民族的神话为什么要用那些物质而不是像女娲神话那样用泥土造人，但有一点却是应该指出的，那就是这些神话产生的自然和社会背景（如生活在森林茂密的地带，过着狩猎的生活等），对于造人的物质材料的选择起着很大的作用。

（三）卵生或葫芦生人型。荒古时代，可能是鸟蛋中孵出鸟来，鸡蛋中孵出鸡来的无数事实，启发了原始先民的思维，他们便认为人类最早是从蛋里孵出来的。这种联想，便产生了人类孕于和生于卵的神话。盘古神话说："天地浑沌如鸡子，盘古居其中。"盘古虽然是创世之神，但他却是孕育在一个像鸡蛋似的大卵——浑沌——中的。我们姑且把这个大卵叫作"宇宙卵"吧。同样，侗族神话中的人类之祖，也是从蛋中孵出来的。神话说，上古时候，世上没有人类，有四个龟婆先在寨脚孵了四个蛋。其中三个坏了，只剩下一个好蛋，孵出一个男孩，叫松恩。那四个龟婆又去坡脚孵了四个蛋，其中三个又坏了，剩下的一个好的，孵出了一个姑娘，叫松桑。从此，世上才有了人类。[②] 纳西族的《东巴经》里也有原始的蛋生人的叙事："人类是从天孵抱的蛋里生出来的，人类是从地孵抱的蛋里生出来的。"[③]

葫芦生人神话的葫芦，作为造人素材时，其意义也与蛋同义。中国西南部，包括云贵川湘的一些少数民族中，流传着一个兄妹配偶型洪水遗民再造人类的故事。据闻一多先生的归纳概括，其母题的典型

---

① 《族源的传说》，载巴图宝音搜集整理：《鄂伦春民间故事集》，中国民间文艺出版社1984年版，第1—2页。

② 《龟婆孵蛋》，《民间文学》1986年第1期。

③ 《东巴经》，转引自陶阳、钟秀：《中国创世神话》，上海人民出版社1989年版，第221页。

形式是：一个家长（父或兄），家中有一对童男童女（家长的子女或弟妹）。被家长拘禁的仇家（往往是家长的兄弟），因童男女搭救而逃脱后，发动洪水来向家长报仇，但对童男女，则预先教以特殊手段，使之免于灾难。洪水退后，人类灭绝，只剩童男女二人，他们便以兄妹（或姊弟）结为夫妻，再造人类。他指出，“造人是整个故事的核心”。故事说，最早的人是从葫芦中走出来的或葫芦变的。“八寨黑苗，短裙黑苗，说童男女自身是从石蛋出来的，生苗或说蛋，或说白蛋，或说飞蛾蛋，暗示最初的传说都认为人类是从自然物变来，而不是人生的。”[①] 由于葫芦与蛋形状近似，人类把葫芦想象成一个能孵出人来的蛋，从而葫芦生人也许就是蛋生人的一种演变或象征。

（四）感生型。云南元阳流传的一则哈尼族神话《始祖塔婆然》是一则形态比较原始的关于人类起源的感生神话：天地分开的时候，天底下只有一个叫塔婆然的妇女。她感风而孕，七个月后生出了老虎、野猪、麻蛇、泥鳅……以及七十七个小娃娃。就叫他们哈尼族、彝族、傣族、白族、汉族。[②] 从记载来看，汉族、朝鲜族的先民都有感孕生人的神话传说，如殷简狄吞玄鸟卵而生契、华胥履大人迹而生庖牺、侍儿感日光而生东明等。尽管从这些神话中可以想象出原始先民早就产生了感生的观念，但就这些神话本身而言，却并非原生神话，而是关于氏族祖先甚至是阶级分化后民族祖先的神圣性的神话。祖先神话与祖先崇拜即使不是从属关系也有一定的联系，祖先神话与人类起源神话是两种不同性质的神话作品。顺便说一句，有些被认为是图腾神话的，如盘瓠神话，有的学者也归入人类起源神话，显然也是不科学的，其道理与氏族祖先的感生神话同。

---

① 闻一多：《伏羲考》，载马昌仪编：《中国神话学文论选萃》，中国广播电视出版社 1994 年版，第 735—738 页。

② 《始祖塔婆然》，载陶阳、钟秀编：《中国神话》，上海文艺出版社 1990 年版，第 148—149 页。

（五）石头生人型。我在《石头生人：石头——母体的象征》一文里说过，石头生人的观念也是一种十分古老的观念，其本质体现为石头是具有生殖力的，因而是母体的象征。[①]如果说“禹生于石”和“石破北方而生启”是氏族祖先神话而不能算作人类起源神话的话，那么，苗族的石破生人的神话，则可以认为是人类起源神话的代表作。日本学者鸟居龙藏在其所著《苗族调查报告》里记述了一则神话：“太古之世，岩石破裂生一男一女，时有天神告之曰，汝等二人宜结为夫妇。二人遂配合为夫妇，各居于相对之一山中，常相往来。某时，二人误落岩中，即有神鸟自天飞来救之出险。此后夫妇产生多数子孙，卒成今日之苗族。”[②]民族学家吴泽霖在《苗族中祖先来历的传说》（1938年）里也提供了一个在贵州的短裙黑苗中记录的石破生人神话：

> 天地开辟时，只有一对夫妻，男名高加良，妹名胡加修，他们生了一子一女，子名半扬，女名撒扬。二人暗中相爱、成亲。为此事夫妻分开。三年后，胡加修不惯寡居，到处寻找高加良。此时胡加修已有身孕，在半途中生下十二个石蛋，其中十一个都是落地即裂开，每个蛋壳内立即跳出一个成年的男子来，唯最后一个石蛋，落地后并没有破裂，且蛋中有人声，告以三天后蛋内才有人出来。过了三天，果然钻出来一个成年男子。这时十二人称兄道弟，在一起吃酒。小弟用酒灌醉了十一个哥哥，等他们睡熟后，点上火，把他们推进火内烧死。有的哥哥变成雷公升上了天，有的变成龙钻入水中，有的变成蛇钻入洞内，有的变虎藏在森林中，有的变黄鼠狼跑上山去：其余几个

① 参阅刘锡诚：《石头生人：石头——母体的象征》，《民间文学论坛》1994年第1期。

② 鸟居龙藏：《苗族调查报告》，转引自楚图南：《中国西南民族神话的研究》，《西南边疆》1938年第2期。

也都变了动物。长兄雷公为报复恶毒的弟弟，大作雷雨，发洪水。小弟也作法上了天，水退后，遇到一年轻貌美的女子，这是他母亲后生的妹妹，他们结为夫妻，生了没眼鼻形如瓜的怪物，切成十二块，每块成了苗族的始祖，最后一块，即日后的短裙黑苗。①

这两则不同支系的苗族神话所反映的石头具有生殖力、石头是人类诞生的母体的思想，是一致的。并且后一则神话把石头生人与蛋生人这两种观念结合在一起了。石头生人的观念，在其他民族中也还能找到。如佤族的司岗里神话，原始山洞司岗里中孕育了各色人等，他们都是从这个山洞中走出来的。这个山洞也是母体或子宫的象征。壮族的布洛陀神话说：男神布洛陀开天辟地、定万物时把其阴茎化成一根巨大的赶山鞭，把一切都赶得飞跑。恰在此时，女神米洛甲跑到前头，她的阴部变成了一座大山，而阴道则变成了一个巨洞，把万物都装到了里面，然后又把万物一个一个生出来。②台湾泰雅人、雅美人和卑南人等，也都在其神话中透露出石头生人的人类起源观念。泰雅人神话说：天地开辟时，有男女二神降临到大山绝顶的岩石上，忽然岩石裂开成为大殿，二神就生活于其中，结婚生子，即为人类祖先。卑南人神话说：古时女神奴奴拉敖右手持一石，左手持一竹。一天，女神投石于地，石裂走出一神，就是马兰杜的祖先。又拄竹于地，竹的上节裂开，生出女神孔赛尔，下节裂开，生出男神拍考马拉伊。这两神就是卑南人的祖先。③我在前面提到的那篇拙文中指出过："泰雅人、雅美人、卑南人的祖先都是从石头中生出来的，而这些石头则充当了母亲的地位，具有生殖的功能；这些从石头里出生的男神便取石

① 转引自吴泽霖：《苗族中祖先来历的传说》，载吴泽霖、陈国钧等：《贵州苗夷社会研究》，交通书局 1942 年版。

② 参阅过竹：《葫芦说》，《民间文学论坛》1985 年第 6 期。

③ 陈国强、林嘉煌：《高山族文化》，学林出版社 1988 年版，第 231—232 页。

头母亲的地位而代之，成为新的世界的主人，于是，在这些神话里所埋藏的从母系（石）到父系（男神）氏族制的过渡的象征意义便一目了然了。”①

（六）其他。台湾雅美人的神话说，上古时代，在兰屿柏布特山上有一块大岩石，裂开后，在一片白茫茫的石粉烟尘之中，走出了一位男神。奴奴沙提岛上的一株大竹，突然噼啪裂开，又跳出了一个男神。有一天二神并枕而卧，两膝相擦，一个神的右膝生出了一个男孩，另一个神的左膝生出来一个女孩。这一男一女，就是雅美人的远祖。②哈尼族的神话《天、地、人》说，汪洋大海中的一条大鱼，右鳍往天上一甩，变成天；把左鳍向下一甩，变成地；把身子一摆，从脊背里送出来七对神和一对人。世间有了天和地，有了神和人。神们为天地该归谁管理发生了争执。烟沙神和沙拉神搭起天灶，炼制火球，想把天地烧毁。咪戳神发水救火，淹没了大地，只剩下佐罗和佐卑兄妹俩躲进葫芦里，幸存下来。③傈僳族神话《猕猴变人》说，天神木布帕捏造出地球来不久，又用泥土捏了一对猕猴，猕猴慢慢长大，变成了人形，从此，地球上就有了人。④云南楚雄彝族罗鲁泼支系的古歌《冷斋调》叙述说：“天地有了，万物有了，人还没有，人类怎么来？布哥（一种漂在水面上的动物）变成人，一变三代人。首先是蛇类，蛇类变成人……”这里说，人类是由水生动物变来的。彝族俚泼支系的史诗《俚泼古歌》叙述说：“有天有地了，天上有日月，地上长草木，人和动物还没有。盘颇（即盘古）栽棵热兹树（即梭

① 刘锡诚：《石头生人：石头——母体的象征》，《民间文学论坛》1994年第1期。

② 《神膝相擦生人类》，载陈国强编：《高山族神话传说》，转引自陶阳、钟秀编：《中国神话》，上海文艺出版社1990年版，第150页；又见陈国强、林嘉煌：《高山族文化》，学林出版社，第231—232页。

③ 《天、地、人》，载陶阳、钟秀编：《中国神话》，上海文艺出版社1990年版，第35—36页。

④ 《猕猴变人》，载《傈僳族民间故事》，云南人民出版社1984年版，第3页。

罗树），有了热兹树，人类祖先出来了，各种动物出来了。”[①] 这里说，人是从梭罗树上出来的。与此说类似，还有的民族的神话说，人是从植物中或花草中变化而来的。这里就不详加论述了。

四、洪水神话

洪水神话是一个世界性的神话母题。很多民族都有洪水神话，而且是内容十分相近的洪水神话。

关于洪水神话的起源，一直是19世纪以来人类学家和神话学家关注最多而又聚讼纷纭的问题。大多数学者认为，洪水神话所以产生，是基于历史上曾经发生过规模很大的洪水泛滥，给后辈人留下了难以磨灭的印象，洪水神话便是这些印象的产物。詹·弗雷泽在《旧约中的民间传说》中说：“这种可怕的泛滥故事虽然差不多一定是虚构，但在神话的外壳下面许多可以包藏着真正的果子，这不但可能，而且是近乎真实的；那就是，它们可以包含着若干实在扰害过某些地域的洪水的回忆，但在经过民间传说的媒介的时候被扩大成世界的大灾。”[②] 如果上述意见站得住脚，那么，由于洪水神话的传播是如此广泛，足见洪水这种毁灭世界的大灾害给人类留下的印象之深刻。

中国汉民族和其他少数民族的洪水神话，资料非常丰富。典籍中记载的洪水神话，通常被学术界认为是汉族神话，尽管汉族也是在历史上融合了许多民族而形成的。少数民族的洪水神话，20世纪20年代至40年代，曾记录了一些文本，近几年记录的数量多了起来。除

---

① 《冷斋调》《俚泼古歌》，载《彝族民间文学》第2辑，云南社会科学院楚雄彝族文化研究所1985年编印（内部资料），第54—55、4页。

② 詹·弗雷泽：《旧约中的民间传说·洪水故事的起源》，转引自徐旭生：《中国古史的传说时代》（增订本），文物出版社1985年版，第266页。

北方少数几个民族没有发现洪水神话外，绝大多数民族，特别是南方民族，都有洪水神话流传和被记录下来。综观古代记录和现代记录的神话材料，中国洪水神话大致可以分为两类：第一类，由于某种原因，导致洪水为患，世界遭劫，有某神人出来治理洪水的故事；第二类，由于某种原因，洪水泛滥，淹没世界，洪水过后，兄妹（或姊弟）结婚再造人类的故事。

首先讨论第一类洪水神话——治水神话。典籍中有关洪水神话的记载，除了上面所引《淮南子·览冥训》中的“往古之时，四极废，九州裂，天不兼覆，地不周载”，女娲补天理水的那段文字外，还有如下几则：

> 当其（女娲）末年也，诸侯有共工氏，任智刑以强，霸而不王。以水乘木，乃与祝融战，不胜而怒，乃头触不周山崩，天柱折，地维缺。（《补史记三皇本纪》）
>
> 天倾西北，故日月星辰移焉；地不满东南，故水潦尘埃归焉。（《淮南子·天文训》）
>
> 太昊氏衰，共工氏作乱，振滔洪水，以祸天下。……于是女皇氏役其神力，以与共工氏较，灭共工氏而迁之。然后四极正，冀州宁；地平天成，万物复生。（《路史·后纪》）
>
> 女娲，伏希（羲）之妹。（《路史·后纪二》注引《风俗通》）
>
> 女娲本是伏羲妇。（《与马异结交》）

女娲和太昊（伏羲）本来不是同时代的人神，经历过世世代代的口头传承，到唐代的材料中就把他俩捏合在了一起，而且，或说他们是兄妹，或说他们是夫妻（这段故事后面还要提到）。神话说，在伏羲氏衰时，发生了洪水之祸。这洪水之祸的祸首是来自西北大荒中的人神共工。他与颛顼争为帝，怒而触不周之山，于是天柱折，地维缺，天倾西北，地不满东南。那“浩洋而不息”的洪水，十分汹涌可怕。还说：“共工振滔洪水，以薄空桑。龙门未凿，吕梁未发，江淮通流，四海溟涬。民皆上丘陵，赴树木。”（《淮南子·本经训》）那振滔洪水的共工是个什么样的人神呢？共工生活于西北荒中，是个人面、朱发、蛇身、人手足而食五谷的人神。（《神异经·西北荒经》）共工怒触不周山，折天柱，缺地维，使天倾西北，地不满东南的神话，显然是原始先民为了要解释天倾西北、地不满东南的自然现象而创作的一个推原神话，因而是十分古老的。然而说“诸侯”共工氏，却又显示出神话在流传中历史化的踪迹。天倾地斜，淫水浩洋，挺身出来平息洪水的不是伏羲而是女娲，表明那时妇女的地位是高过男子的。女娲不仅“役其神力，以与共工氏较”，终使地平天成；还炼五色石以补苍天，断鳌足以立四极，杀黑龙以济冀州，积芦灰以止淫水，终于把天地修整如初，把洪水堵住。

另一个著名的治水神话是鲧禹治水。

> 帝（天帝）曰：“嗟！四岳（山岳之神），汤汤洪水方割（害），荡荡怀山襄陵，浩浩滔天，下民其咨（忧），有能俾（使）乂（治）？”
>
> 佥（四岳之神）曰：“於！鲧哉。”
>
> 帝曰：“吁，钦哉！方（负）命圮（毁）族。”
>
> 岳曰：“异哉！试可乃也。”（《尚书·尧典·虞夏书》）
>
> 洪水滔天，鲧窃帝之息壤以堙洪水，不待帝命；帝令祝融杀鲧于羽渊。（《山海经·海内经》）

洪水滔天，荡荡怀山襄陵，百姓忧叹，如何是好？大家都推荐鲧去治水。鲧奉了天帝之命，来平治洪水。鲧的来历不凡。《山海经·海内经》：“黄帝生骆明，骆明生白马，白马是为鲧。”《世本》：“黄帝生昌意，昌意生颛顼，颛顼生鲧。”也有说鲧是天帝之长子的。

（《墨子·尚贤中》）他治水所采取的是筑堤设防的办法。他偷了天帝的一块“息壤”，用来堵塞洪水。《开筮》说：“滔滔洪水，无所止极，伯鲧乃以息石息壤以填洪水。”“息壤”，据郭璞注：“言土自长息无限，故可以塞洪水也。”由于鲧盗窃了天帝的“息壤”去堙塞洪水，而洪水是不能用堙塞的办法治理的。由于“鲧违帝命”（《国语·晋语》），天帝命祝融（火神）“杀鲧于羽渊”。关于鲧之死，也有神话，有说鲧在羽山上被囚了三年才殛死的，有说鲧死了三年还没有腐烂，剖之以吴刀，鲧才死而变为黄能（三足鳖）的。鲧治水固然是失败了，但他毕竟是个英雄神，他以自己的死作为这失败的代价。

鲧死之后，他的儿子禹继续他的事业。《山海经·海内经》说：“鲧腹生禹。”意思是说，禹是从他的父亲鲧的肚子里出来的。这有点儿像是希腊神话里从宙斯头脑里跳出来的智慧女神和正义战争女神雅典娜。这一情节显示，鲧的生禹，是不需要通过男女交配和女性怀孕就能达到的。这种对女性在种属繁衍中作用的蔑视，是否暗示着妇女地位的衰落、男权地位的提高？第一代英雄鲧的失败，使禹所代表的第二代英雄学得聪明了，他安置流离失所的人民，杀死发动洪水的罪魁祸首，疏浚河道，宣泄洪水，取得了治理洪水的成功。《汉书·武帝纪》颜注引古本《淮南子》曰：“禹治洪水，通轘辕山，化为熊。谓涂山氏曰：‘欲饷，闻鼓声乃来。’禹跳石，误中鼓。涂山氏往，见禹方作熊，惭而去。至嵩高山下，化为石，方生启。禹曰：‘归我子！’石破北方而生启。”禹在打通轘辕山时，化作一头熊，涂山氏惭而化石生启的神话，不仅表现了原始先民的人与动物角色互换的观念和石头生人的母体崇拜观念，而且曲折地反映了父系最终战胜了母系，妇女从社会角色降落到了生育角色。

下面来讨论第二类洪水神话，学术界通常把这类神话称作“洪水后兄妹结婚再殖人类的神话”。

闻一多于四十年代根据当时所搜集到的材料把这类神话的母题作

了下列表述："一个家长（父或兄），家中有一对童男童女（家长的子女或弟妹）。被家长拘禁的仇家（往往是家长的兄弟），因童男女的搭救而逃脱后，发动洪水向家长报仇，但对童男女，则已预先教以特殊手段，使之免于灾难。洪水退后，人类灭绝，只剩童男女二人，他们便以兄妹（或姊弟）结为夫妇，再造人类。"①

50年后，钟敬文根据大量新搜集的材料把这类神话的母题重新作了如下拟构："1. 由于某种原因（或无此点），天降洪水，或油火；或出于自然劫数（或无此情节）；2. 洪水消灭了地上的一切生物，只剩下由于神意或别的帮助等而存活的兄妹（或姊弟）；3. 遗存的兄妹为了传衍后代，经过占卜或其他方法，或直接听从神命，两人结为夫妻；4. 夫妻产生了正常或异常的胎儿，传衍了新的人类（或虽结婚，但无两性关系，而以捏泥人传代）。"②

这种型式的洪水神话广泛流传于广大汉族地区和西南、东南许多少数民族中间。这种型式的洪水神话以记录最早的伏羲女娲神话为代表，不同民族有不同的人物和稍有差异的说法。过去学术界公认最早的伏羲女娲神话记载出自唐代李冗的《独异志》，近来青年神话学者吕微又有了新的发现，因而改变了20世纪30年代以来芮逸夫、闻一多等一大批学者所作的结论。他说："过去一般认为汉族地区同胞配偶型洪水故事的最早记录本出自唐代李冗的《独异志》，近年则由于在敦煌遗书中发现了六朝时期汉民族的洪水故事，故该类型故事的最早记录至少要提前到隋以前了。特别是由于这一时期民间流传的同胞配偶型洪水故事的记录本十分完整，使得我们有可能重构这一类型的

① 闻一多：《伏羲考》，载马昌仪编：《中国神话学文论选萃》上册，中国广播电视出版社1994年版，第735—736页。

② 钟敬文：《洪水后兄妹再殖人类神话》，载氏著《钟敬文学术论著自选集》，首都师范大学出版社1994年版，第232页。

洪水故事在中古时期的传承、变异史。”[1]

敦煌遗书残卷《天地开辟已（以）来帝王记（纪）》中有关伏羲女娲兄妹于洪水后再传人类的故事如下：

……复至（迳）百劫，人民转多，食不可足，遂相期夺，强者得多，弱者得少，……人民饥国（困），递相食啖。天之（知）此恶，即下（不）（布）共（洪）水，汤（荡）除万人殆尽。唯有伏羲、女娲有得（德）存命，遂称天皇。（伯 4016、伯 2652、斯 5505）

……尔时人民死［尽］，维（唯）有伏羲、女娲兄妹二人，衣龙上天，得布（存）其命，恐绝人种，即为夫妇。（伯 4016、伯 2652）

……伏羲、女娲……人民尽死，兄妹二人，［衣龙］上天，得在（存）其命，见天下荒乱，唯金刚天神，教言可行阴阳，遂相羞耻，即入岷崘山藏身。伏羲在左巡行，女娲在右巡行，契许相逢，则为夫妇。天遣和合，亦尔相知，伏羲用树叶复面，女娲用芦花遮面，共为夫妻。今人交礼，□昌粧花，目（由）此而起。怀娠日月充满，遂生一百二十子，各认一姓。六十子恭慈孝顺，见今日天汉是也；六十子不孝义，走入□（旷）野之中，羌故六巳蜀是也。故曰，得续人位（伦）……（伯 4016）

《天地开辟以来帝王纪》中记载的伏羲女娲洪水神话，已经具备了以下情节：

（一）发生洪水的原因是天意，是为了惩罚人间之恶。伏羲、女娲兄妹所以存活下来是因为他们有“德”。

（二）二人所以得以存活，是他们“衣龙上天”，躲过了洪水灾

---

① 吕微：《敦煌遗书与佛教伪经中伏羲女娲故事的神话史价值》，“民俗文化与民俗旅游国际学术研讨会”（江西上饶）上宣读的论文。

难。这“衣龙”大概就是汉代画像石上所画的“蛇躯”之像。

（三）已经出现了对族内血缘婚的恐惧感和羞耻感，而不得不采取占卜的办法结婚（“伏羲在左巡行，女娲在右巡行，契许相逢，即为夫妇”）。

（四）兄妹结婚再殖人类，产生了新一代的原始祖先。

到唐代李冗在《独异志》中的记录稿，在流传中情节又有所增减和转换。李冗的记录是这样的：“昔宇宙初开之时，只有女娲兄妹二人，在昆仑山，而天下未有人民。议以为夫妇，又自羞耻。兄即与其妹上昆仑山，咒曰：‘天若遣我兄妹二人为夫妻而烟悉合；若不使，烟散。’于是烟即合。其妹即来就兄。乃结草为扇，以障其面。今时人取妇执扇，象其事也。”

敦煌故事中洪水发生的原因，在几百年的流传中逐渐丢失了，兄妹二人议以为婚但遂相羞耻的情节仍然保留着，但兄妹二人为求天意而绕山左右巡行，相遇则为夫妇的占卜情节，转换为兄妹二人各点燃一处（香）火，若烟在空中相合则为夫妇的占卜情节。兄妹结婚再造人类的情节也没有了。

这种类型的神话，至今还在全国各地的民间流传着。自 20 世纪 30 年代以来，特别是近 20 年来，我国人类学家、神话学家、民间文艺学家和外国的汉学家们搜集记录了大量的异文，并对其进行了各方面的研究。其典型的型式仍然没有超出上面引用的闻一多的概括，现略作修正如下：远古时，由于某种原因，天神（或雷公）发洪水淹没人间，只有事先得到预告的兄妹，借葫芦这一避水工具而得以幸存。兄妹二人经过占卜（或从山上滚磨盘，或左右绕山相遇，或点香火两烟相合等），依天意结为夫妻，再殖人类，成为人类的始祖。根据近年搜集的材料看，这种型式的洪水神话在汉、苗、彝（大小凉山除外）、壮、瑶、白、哈尼、傈僳、景颇、拉祜、怒、独龙等民族中都有流传。

与此种典型型式并行流传的，还有两种亚型：（一）流传于大小凉山的彝族、纳西族、普米族的洪水神话说：天神发洪水淹没人间时，只剩下了一个男子，于是这个男子便到天上，通过与天神的斗争，迫使天神将其女儿嫁给他为妻。后来他们迁徙人间，繁衍人类，遂为各族祖先。（二）流传于傣、佤、布朗、阿昌、基诺等民族中的洪水神话，只讲到洪水与人类的起源有关，而没有兄妹结婚再造人类的内容。如傣族洪水神话讲洪水泛滥之后，从水中生出了一男一女，或从水中漂来了一只葫芦，从中走出了人。佤族的洪水神话也说洪水滔天时，从远方漂来了一只葫芦，从中出来了各族的祖先。①

这种类型的洪水神话包含着许多乍看起来是荒诞的原始思想。但这些原始思想，仔细研究起来，都可以从远古的社会生活和人类早期发展中找到现实的根据。

其一是兄妹（或姊弟）结婚再造人类。再造人类是洪水后兄妹结婚神话的核心内容。当神话叙述到洪水泛滥中仅存的兄妹二人议以为婚时，无不写到他们对此举的羞耻感和排拒感。许多学者都一致指出，这是人类历史上曾经经历过的族内血缘婚阶段的一种曲折反映。但至于此情节所反映的是血缘婚盛行时的现状，还是族外婚代替族内血缘婚之后的追忆，却有着分歧。我大体同意这样的观点："当时的故事形态，可能是很单纯、简朴的，然却是那个时代男女婚合情况的忠实反映。随着时间的进展，社会中两性关系由原始的族内血缘关系，发展到族外的匹配关系。这时血缘（兄妹等）婚渐渐成为社会禁忌，原来率直反映前代婚姻状况的神话也就被修改、增益了。简要一点说，这类神话是产生于血缘婚还在流行（至少也是还被容许）的时期，而在后代长期传承的过程中，才被自觉或不自觉地修改成为现在

---

① 参阅李子贤：《云南少数民族的洪水神话》，载氏著《探寻一个尚未崩溃的神话王国——中国西南少数民族神话研究》，云南人民出版社 1991 年版，第 106 页。

我们所看到的这种样子。”[①] 同意这种观点，不仅是因为在近来搜集的这类洪水神话中，有的异文在写到兄妹结婚时二人并没有什么异议就结成夫妇，传衍后代。还在于即使描写了兄妹二人对结婚产生羞耻感的故事中，也同时写到了兄妹结婚后生出了肉团（绳子）等怪胎，重要的是并没有写他们对此怪胎的厌恶，而写了把这怪胎砍开后每一块都变成了人，成为各族的始祖。神话的创造者和讲述传承者，对此是持肯定态度的。由于我们读到的记录稿，即使最早的记录稿，也是原始社会记录下来的，那时已经发展到原始社会的对偶婚，伦理观念的变化必然反映到对神话的增益和修正上，这也就是对血缘婚的羞耻感和排拒感的加深的由来。

其二，葫芦生人的观念。闻一多在讨论洪水神话时说：“正如造人是整个故事的核心，葫芦又是造人故事的核心。”[②] 苗族等民族的洪水神话说，由于兄妹给了被囚禁的雷公解渴的水而使雷公得以逃脱，并发誓发洪水惩罚人间，雷公预告兄妹二人将有洪水泛滥，嘱他们到葫芦（或木柜，或鼓，或牛皮袋）中避水，兄妹二人因有葫芦（或木柜，或鼓，或牛皮袋）作避水工具，躲过劫难，成为洪水后世间仅存的人。葫芦作为避水工具，是有现实根据的。葫芦（瓜类都属于葫芦）在古代可能是一种相当普遍的野生植物，生长期很短，而且能长得很大，内瓤可充当食物，整个葫芦晒干后可以作泅水工具，或剖开可以作载人的船只。现在，海南省的黎族还有用来泅水的葫芦。这是葫芦在洪水神话中的第一种作用。

葫芦除了作为避水工具之外，在造人神话中还具有象征的意义，即原始人把葫芦看成是人类的始祖或孕育了人类的母体。20 世纪中

---

① 钟敬文：《洪水后兄妹再殖人类神话》，载氏著《钟敬文学术论著自选集》，首都师范大学出版社 1994 年版，第 228 页。

② 闻一多：《伏羲考》，载马昌仪编：《中国神话学文论选萃》上册，中国广播电视出版社 1994 年版，第 736 页。

叶，云南楚雄和红河地区的一些彝族支系还保留着葫芦崇拜——祖灵崇拜的风俗，他们认为彝族是从葫芦中生出来的，葫芦是祖公。[①] 傣族神话说，洪水滔天时，洪水从远方漂来了一个大葫芦。后来从这个大葫芦里走出来八个男人。一个仙女又让其中的四人变成了女子，与另外四个男子结为夫妻。[②] 贵州水族也有人从葫芦出的神话。在这些神话中，葫芦很像是一个孕育了人类的大子宫，人类是直接从葫芦里走出来的。前面论述的典型的洪水后兄妹结婚再殖人类的神话中，当大洪水到来时，得到预告的兄妹躲进一个葫芦里逃过了洪水之灾，洪水消退后，他们从葫芦里走出来，结为夫妻。这个葫芦，无疑也是一个大子宫，其中孕育了兄妹二人；这兄妹二人应该是一对孪生子。葫芦作为孕育人类的母体的观念，其形成也是有现实根据的。葫芦（或其他瓜类）生就一个类似人类子宫那样的形状和坚硬的外皮，内瓤则包容着一排排的像牙齿一样的葫芦籽（瓜籽），于是，先民们便把葫芦籽在母体内的成长和成熟过程，与人在母体中的孕育过程联系起来。

五、文化起源神话

文化起源的神话，在中国神话中占有重要的地位。关于“文化”的含义，人类学家们的定义和用法，颇不一致。这里作为“文化起源神话”概念中的“文化”一词，正如美国当代文化人类学家罗杰·马丁·基辛（Roger Martin Keesing）所说的：“在人类学中的用法，当然不是指在艺术上和社会交际风度上的优雅的意思。它是指通过学习

---

① 刘小幸:《母体崇拜——彝族祖灵葫芦溯源》，云南人民出版社 1990 年版，第 28—29 页。

② 刘锡诚:《石头生人：石头——母体的象征》,《民间文学论坛》1994 年第 1 期。

积累起来的经验。”[①] 或者说，是指人们可以看得见的现象的领域，即可以触摸到的物质文化的领域。关于文化起源的神话，在很多情况下是与人类起源和宇宙起源的神话粘连在一起，甚或是作为前者的一部分而表现出来的。与人类起源、宇宙起源或开天辟地神话的区别在于，“文化”（以火、谷物等为代表）的创造、发明或利用是以世界（宇宙）已经存在为前提。

中国各民族的文化起源神话，无论古籍中记载的或广泛流传于一些20世纪50年代之前还处于氏族社会末期的民族中而于现代记录下来的，与世界许多国家，特别是从原始民族中采集的文化起源神话一样，大多是关于火的起源神话和植物（主要是谷物）栽培的起源神话。这类文化起源神话的一个重要特点是，围绕着火和植物（谷物）栽培等的发明，先民们塑造了一大批与他们的创世神、至高神有别的文化英雄。下面我们来分别加以论述。

（一）关于火的起源的神话

雷电的爆发、太阳对落叶等腐殖物的曝晒、露天煤炭长期堆积等，都可以造成自然火。对于原始先民来说，火最直接的印象是在寒冷中带来了温暖，烧死的野兽的肉比生肉好吃。但火也是可怕的，山火不仅可以烧毁大片森林，有时甚至会烧死人类。原始先民对火的认识，最初就是从对自然火的不解和恐惧开始的。他们常常会把火与太阳联系起来，认为火是从太阳而来的。太阳在我国一些少数民族神话里，也常被说成是一团熊熊燃烧的、刺人眼睛的火。世界许多民族的神话反映了火与太阳之间很深的关系。印度民族的神话认为火有三种来源：一种在地上，是从父母来的（两块木片，一块是雄的，一块是雌的，这两块木片互相摩擦便生火）；另一种在空中，是从雷云来

---

① 罗杰·马丁·基辛：《文化·社会·个人》，甘华鸣等译，辽宁人民出版社1988年版，第30页。

的；第三种在天上，是从太阳来的。[①]景颇族神话说，火神教导一个叫麻堵的小伙子和一个叫麻图的姑娘各拿竹片摩擦生火，这是一个隐喻，象征火存在于男女两性之中。此外，认为火是雷（神）掌握着的观念，在我国神话中也非常普遍。

人类用火的历史可以推到很古的时代。我国考古学者证实，在距今170万年左右的元谋人时代，已经有人工用火的遗迹。在元谋人化石产地地层中，发现了大量炭屑，长径一般在4毫米到8毫米之间，最大的有达15毫米者，小的有1毫米左右。凡是有炭屑的地方总是伴随有动物化石。1974、1975年，在同一层位中又发现几块颜色发黑的骨头，其中部分骨头经鉴定可能为烧骨。这些炭屑、烧骨、石器和哺乳动物都离元谋人牙齿化石出土点不远，并在同一个层位内，不能排除元谋人用火的可能性。[②]六到七万年前的北京人已经懂得利用火和保存火。火的利用和发明取火，是人类历史上制造出第一把石刀之后的又一次重大的变革，人从食生食转变为食熟食，最终脱离了动物的状态。人类掌握了取火和保存火的方法之后，开始了刀耕火种的生产方式，发展了制陶，以及后来的冶铜冶铁，大大推动了生产力的发展。但取火方法的掌握，人类不知经历了多么漫长的岁月。

最原始、最古老的取火方法是摩擦生火和钻木取火，以及撞击（击石）生火等。这些取火的方法，在神话里或多或少都有所反映。汉族典籍神话中说，火是炎帝发明的："炎帝为火氏。"（《左传》哀公九年）"炎帝作，钻燧生火，以熟荤臊，民食之，无兹胃之病，而天下化之。"（《管子·轻重戊》）炎帝被尊为传说中的火神。佤族有一则神话说，火是由雷掌握着的。古时，山上突然起火，人们从山火留下

① W. 施密特：《原始宗教与神话》，萧师毅、陈祥春译，上海文艺出版社1987年版，第65—66页。

② 张兴永、周国兴：《元谋人及其文化》，载云南省博物馆编：《云南人类起源与史前文化》，云南人民出版社1991年版，第134页。

了火种。不仅学会了吃熟食，而且学会了刀耕火种。有一次火忽然给大雨淋灭，再也找不到火种了。人便叫小鸟去问雷。雷说：“把藤子用力在石头上拉，火就会擦出来了。”后来人们就用这个办法取火。[①]拉祜族苦聪人神话说，很古的时候，世间没有火。冷了人们就把身子靠在石头上擦。捕到麂子、山鸡等禽兽，就生吃。人们感到很不便，决心造火。有一对兄妹把一个大木缸放在石头上，他们二人坐在木缸里，用两脚转动木缸，使木缸底与石头发生摩擦，终于生出火来。[②]畲族神话说，很久以前，人类住在山上，穿树叶，吃生食。一日森林里火光冲天，人们十分恐慌，都躲在山洞里不敢出来。火熄灭后，人们见着野兽就吃。经火烧过的兽肉好吃得多。人们渴望得到火种，就请土地公公去找火种。他坐在一块大石头上，用手中的拐棍敲石头，石头迸出火星了。于是，土地公公告诉人们：火种就在石头上。人们就敲击石头取火。这种能敲出火星的石头，就叫“燧”石。[③]

世界上最有名的盗火神话，是希腊的普罗米修斯神话。中国也有盗火的神话。在中国神话中，火种往往是在天庭里或天上的雷神掌握着，要想取得火种，必须经历艰难到天庭去，还要与恶势力进行斗争。古老的羌族有一则《燃比娃取火》的神话说，一个部落的女首领阿勿巴吉带领部落在尼罗甲格山住了下来，触怒了天帝。天帝派恶煞神喝都来惩治凡人。火神蒙格西怜惜在寒冷中挖草根吃的人们，又对阿勿巴吉产生了爱慕之心。遂给阿勿巴吉吃了一颗鲜红的果子，阿勿巴吉怀孕了，生下一个长着长毛和尾巴的男孩燃比娃。母亲遵其父之

① 《我们是怎样生存到现在的》，载谷德明编：《中国少数民族神话》(上)，中国民间文艺出版社 1987 年版，第 382—384 页。

② 《木缸造人》，载孙敏等编：《拉祜族苦聪人民间文学集成》，云南人民出版社 1990 年版，第 40 页。

③ 《火种》，载萧孝正编：《中国民间故事集成·福建卷·闽东畲族故事》，福建宁德地区民间文学集成编委会印（内部资料），1990 年，第 39 页。

嘱要燃比娃去到天庭取火种。燃比娃经历了千难万苦，来到了天庭，终于找到了其父火神蒙格西。蒙格西把油竹火把交给了燃比娃，燃比娃拿着火把跑出天城时，遇到了恶煞神喝都。喝都施魔法把燃比娃烧得昏死过去，抢走了神火。如此者三次。最后，蒙格西教燃比娃把火种藏在白石里，瞒过了喝都的眼睛，跑出了城门。燃比娃回到尼罗甲格山下自己的部落里，照父亲火神所说的找了一些干草和树枝，用白石相碰擦出火花，点燃干草和树枝，燃起一堆篝火。人类有了火种，才有了光明和温暖，战胜了漫漫长夜和寒冬，有了熟食。可是燃比娃的尾巴在出城门时被轧掉了。直到现在，羌族人还有尊重火的习惯，不能从火上跨过，不能在火塘上伸脚。[①] 神话中的燃比娃是一个盗火的英雄。

神话中的盗火（取火）者有神人，但更多的是动物，特别是鸟类。高山族布农人的神话《洪水中取火》说，古时候发了一场大洪水，人们断了火种。他们让考约伊西鸟到别处去取火。但这种鸟飞得很慢，在取火种回来的半途中，火已烧到了它的嘴上，烫得它把火种吐掉了。后来人们又派乌胡古鸟去取火种，它很快就把火种取回来了。该民族另一则神话《火鸟》说，古时人们居住在四面环水的岛上，周围有螃蟹和大海鳗镇守。螃蟹和海鳗为争地盘打了起来，海鳗被打败了，海水失去了镇护，漫淹到岛上，人们只好逃到一座高山顶上。由于火种被水冲走，人们派人和青蛙去取火种，由于海浪高而失败了。后来，一只火鸟飞去取回了火种，口衔火种盘旋于岛上，终于将海水烧得退去。[②] 鸟为人类衔来火种，是一种十分瑰丽的想象。鸟为人取来火种或受鸟的启发而得到火种的神话，在古典神话中也有记

---

① 《燃比娃取火》，《中国民间故事集成·四川少数民族卷》，中国民间文学集成四川卷编辑委员会编印（内部资料），1991 年，第 568—570 页。

② 《洪水中取火》和《火鸟》均转引自陶阳、钟秀：《中国创世神话》，上海人民出版社 1989 年版，第 273—274 页。

载。如有名的燧人氏钻木取火的神话就是一例："（燧明国）有火树，名燧木，屈盘万顷，云雾出于中间。折枝相钻，则火出矣。后世圣人变腥臊之味，游日月之外，以食救万物，乃至南垂。目此树表，有鸟若鸮，以口啄树，粲然火出。圣人感焉，因取小枝以钻火，号燧人氏。"（《太平御览》卷八六九引《王子年拾遗记》）这种认识可能是由于原始先民看到某些小鸟（如子规）的喙部有一些血红的韧带。这也从另一面反映了人类在早期阶段上与动物的密切关系，和人类对动物的体态和习性的细致观察。

"天下……不可以一旦无火。"（《抱朴子·逸民》）自从学会取火以后，人不仅在日常生活中离不开火，而且在祭祀中也需要火。一是祭坛上需要火，二是家庭的火塘中需要火。人们原本崇拜的自然火，在祭坛上变成了圣火，更加加深了对火的崇拜。W. 施米特在《原始宗教与神话》中说："在印度民族中，我们见到三种圣火：第一是祭坛上用的火，第二是避邪的火，第三是家中的火。什勒得不相信第一种火是阿利安所有的，因为他认为那时的祭品还不用火来烧。然而他承认以后在某些民族中，祭坛上的火颇占重要的地位。祭祀时所用的火——阿格尼——是人与神之间的传达者；它自己也是司祭者。但是阿格尼又是灶火，占有重要的地位，同时它也是家畜的保护者。"[①] 火最初为血缘公社所有，火是不能熄灭的。后来血缘氏族大家庭形成了，火便成为这些大家庭的标志。考古发现的新石器时代的聚落遗址，在那些氏族大家庭居住的"大房子"中，设有氏族家庭公用的火塘。这个极为古老的习俗一直延续到现代家庭中。火在家庭中的地位是神圣的。

---

① W. 施密特：《原始宗教与神话》，萧师毅、陈祥春译，上海文艺出版社 1987 年版，第 65 页。

（二）关于谷种来历的神话

在农耕社会之前，人类经历过漫长的采集和渔猎社会阶段。人类仰仗着自然的赐予，生活自然是十分艰难的。稻谷的种植，是人类迈向文明的重要一步。中国大部分民族和地区很早就进入了农耕阶段，农业社会时间也特别地长。所以在中国神话中，关于谷种来历的神话特别丰富，就是很容易理解的了。

关于中国稻作的起源，是我国农业考古学界特别感兴趣而又聚讼纷纭的问题。1973 年冬至 1974 年春在浙江余姚河姆渡遗址第四文化层出土的稻谷，经碳 14 测定年代为公元前 4870 年至前 4690 年，距今近 7000 年。1979 年至 1980 年在浙江桐乡罗家角遗址第三、第四文化层发现的稻谷遗存，经碳 14 测定年代为公元前 5235 年至前 5145 年，距今约 7200 多年。农业考古学家陈文华说："这两处遗址出土的稻谷是迄今为止数量最大、年代最早的，因而也最引人注目。有许多学者据此认为浙江杭州湾附近的平原也是水稻的起源地。这两处遗址都同时出土很多骨耜等典型农业工具，说明种植水稻的历史还应往前推移。"[①] 到目前考古发现的稻谷遗存，证明至少在7000 多年之前，我国就已经种植稻谷了。

神话说，人类原本是没有谷种的，只有天神或山神才有谷种。狗从天神那儿把谷种要（偷）来，于是人类才有了谷种。在我国境内生活的许多农耕民族，都有狗运来谷种的神话传说。狗是神话中从天上运来谷种的主要动物。苗族有一则神话说：很古很古的时候，只有天神那儿才有粮种，花毛狗受人的委托，沿着村边的一棵马桑树爬到天上去，向天神老爷爷讨得了粮种。只是它在路途上追逐一只狗獾，把天神老爷爷嘱咐它的怎样种植玉米的话给忘记了，于是主人罚它吃

① 陈文华：《中国稻作的起源和东传日本的路线》，《文物》1989 年第 10 期。

屎。[①]仡佬族有一则神话说，相传在古代，天神视察人间，发现仡佬族人生活很艰苦，要狗给他们送谷种。天神把种子装在布袋里挂在狗的尾巴上，狗爬过九十九座高山、游过九十九条河，不幸遇到狂风暴雨，把装着种子的布袋冲走了。狗再次回到天上，向天神报告了失败的情况。这一回，狗除了在尾巴上挂上布袋外，还在种子堆里打了一个滚，浑身沾满了谷种。路途上又遇到了暴雨风浪，可是它沾在毛根上的种子却保留了下来。于是，仡佬人才有了谷种。[②]我在《文化英雄——狗的文化阐释之一》中说过："在这类神话传说里，当人类还生活在混沌状态，或还处在刀耕火种，或以渔猎为生的阶段上，狗是人类从天上（天神或山神）寻找来谷种的英雄，是人类文明的创始者，换言之，是神话学上说的'文化英雄'。狗为了给人类寻找谷种，不怕失败，不计牺牲，不避艰险，顽强拼搏。它跋山涉水，失败了，还要重做一次。失败和挫折教育了它，它学会了像人一样总结经验。为了躲过风浪和河水的灾难，它在谷种堆里打滚，使种子沾在毛根里，显示了狗作为文化英雄在为人类文明创业时的聪敏机智和顽强不息。"[③]

从天神那儿给人类要来谷种的动物，除了狗以外，还有老鼠。瑶族的神话故事《谷子的传说》里说，远古时代，谷穗结的很大，成熟之后便自动滚到人们的家里去。有一个懒妇人，谷子收割时，她却在家里打扮，还向谷子扔了一条扁担打大谷子，于是大谷子便跑到天上，不再回来了。瑶家求麻雀上天去找谷神要谷种。贪嘴的麻雀在回来的路上把谷种吃光了。人又求小猫去向谷神要谷种。小猫过河时，谷种被大水冲走了。人又求狗去要谷种。小狗过河时，谷种被小狗抖

---

① 《花毛狗找粮》，载云南省民间文学集成办公室编：《云南苗族民间文学集成》，中国民间文艺出版社1990年版，第68—70页。

② 《敬狗的来由》，载隆林各族自治县文化局编：《广西民间文学作品精选·隆林卷》，广西民族出版社1992年版，第61—63页。

③ 刘锡诚：《文化英雄——狗的文化阐释之一》，《中华工商时报》1994年4月7日。

落在河里了。人又求老鼠去天上取谷种。老鼠一连跑了几天，谷神给了它一穗谷子。老鼠用嘴衔着，从天上回到人间。走到大河边，向河里游去。当它游到中间时，忽然起了大风。老鼠衔不住，被风吹到河里了。老鼠求蚂蟥帮忙。蚂蟥同情老鼠，帮它在河底找到了谷穗。老鼠怕再丢失，把大谷子咬碎，吞到肚子里去了。老鼠回到瑶山，张开嘴巴，把肚子里的谷种吐出来，交给了瑶族的社王。但是，大谷子已被老鼠咬碎了，谷种变小了。他们把咬碎的谷种种在田里，长出来的都是小谷子。①

中国神话中有大量的材料反映了五谷的来历与鸟有着密切的关系。汉族典籍神话中有丹雀衔九穗禾的说法："有丹雀衔九穗禾，其坠地者，帝（神农）乃拾之，以植于田。"（《拾遗记》）基诺族的神话说，基诺族的祖先玛黑马妞将人种传下来以后，人越来越多，可是没有吃的。长老们决定派一只斑鸠到谷神那里去要谷种。斑鸠在谷神那里当帮工，偷偷地把谷子衔在嘴里，想带给人类。谷神一来，斑鸠慌了神，把谷子咽下肚里去了。斑鸠没有偷着谷子。长老们又决定让谷子雀去找谷种。谷子雀也像斑鸠一样将谷种衔在嘴里，谷神一来，它就将谷种咽下去。它一面说"没有吃，没有吃"，一面把嗉子从脖子下面弄到背上去。就这样谷神没有发现它偷吃谷种。谷子雀就这样用嗉子把谷种带给了人类。可是它的嗉子再也不会转到前面来了。②壮族神话说，人类原本是有稻谷的，由于发大水淹没了稻田，才没有稻谷了。创世神布碌陀（也是文化英雄）派斑鸠、山鸡和老鼠到没有被水淹没的案州去找谷种。它们在那里吃得饱饱的不再回来了。布碌陀只得再去找它们，把它们抓住，从斑鸠、山鸡的嗉子里找到了三颗旱

---

① 《谷子的传说》，载李子贤编：《云南少数民族神话选》，云南人民出版社 1990 年版，第 358—361 页。

② 《谷种的来历》，载刘怡、陈平编：《基诺族民间文学集成》，云南人民出版社 1988 年版，第 70 页。

谷、四颗稻谷；回来后给人们种植，农业才发展起来。[1] 珞巴族神话说，阿巴达尼打猎时，射中了一只兴阿鸟，剖开它的肚子后，发现里面有很多鸡爪谷、稻谷和玉米，他把这些谷种交给儿子阿多东布与阿多嘎布，两兄弟种下去，这才开始有了庄稼。[2]

在关于谷种起源的神话传说中，为人类取来谷种的是动物和禽鸟，如狗、鼠、斑鸠、谷子雀、山鸡。可见它们都是与人类关系密切的动物。这项任务之所以要这类角色来承担是因为：第一，在原始先民的心目中，人与动物（特别是这类关系密切的动物）是在一个级别上的，不存在文明社会中人是灵长动物的观念；人与动物处在一个级别上的观念产生于远古时代，其影响却一直延续到文明时代，或者说到文明时代还有遗迹存在。第二，原始先民对这些动物和禽鸟观察得极为细致，它们各以不同的形式与稻谷有着某种关系。狗的尾巴上常常沾着谷种，而且不容易掉下来，哪怕是在水中潜行也掉不了。鼠是吃粮食的动物，它们常常把农民的粮食搬运到鼠洞里，积存起来，人们一提起老鼠便会想到偷粮食是它的习性；人类是怀着畏惧和崇敬两种矛盾的心态对待老鼠的。鸟类是靠啄食粮食和昆虫而生存的，而且它们大多长有一个很大的嗉袋，实际上它们是把粮食贮存在嗉袋里的，所以很容易令人想到是鸟用自己的嗉袋把粮种带给人类的。

（三）农业起源神话

上面我们着重论述了关于火和谷种的来历的神话，下面简要地谈谈关于农业起源的神话。

---

① 《布碌陀·造米》，载谷德明编:《中国少数民族神话》(上)，中国民间文艺出版社1987年版，第76—80页。

② 《种子的来历》，载于乃昌整理:《珞巴族民间文学资料》，西南民族学院科研处印行（内部资料），1980年，第22页。

农业起源的神话其特点在于，农业的开创者不再是那些动物形体的文化英雄，而是人格化了或半兽半人形的神，如稷神、农神。最著名的农神，就是发明了耒耜、教人稼穑的农神神农氏。《史记·三皇本纪》云："炎帝神农氏，姜姓。母曰女登，有蟜氏之女，为少典妃，感神龙而生炎帝。人身牛首，长于姜水，因以为姓。火德王，故曰炎帝，以火名。斫木为耜，耒耜之用，以教万人。始教耕，故号神农。于是作蜡祭。以赭鞭鞭草木，始尝百草，始有医药。又作五弦之琴。"《新语·道基》云："民人食肉、饮血、衣皮毛。至于神农，以为行虫走兽难以养民，乃求可食之物，尝百草之实，察酸苦之味，教民食五谷。"这里的神农虽然是人身牛首，实际上却是一个人神。

关于神农氏，还有另外一种充满着浪漫主义色彩的说法："神农时，天雨粟，神农耕（一作得）而种之。"（《周书》）相传粟种是天上下雨时下来的，神农得到粟种把它种植在地里，于是才有了农业的。至于这"天雨粟"是怎么来的，我们现在谁也难以说得清楚。或许是因为原始人看到在刮大风时野粟种子飘到了空中，下雨时把种子落在了地里，然后生根发芽的现象，就把下雨说成是下"粟"了。或许是看到飘落在地上的野粟种子在下雨之后发芽生长起来，就以为雨水里是带着粟种的缘故。这种说法与前面提及的说"有丹雀衔九穗禾，其坠地者，帝（神农）乃拾之，以植于田"（《拾遗记》）有异曲同工之妙。

在神话传说中，神农还是医药的发明者和创始者。《帝王世纪》云："神农……尝味草木，宣药疗疾，救夭伤人命。"《史记·补三皇本纪》："神农……以赭鞭鞭草木，始尝百草，始有医药。"如果说这些记载还稍显简单的话，发展到《路史·外纪》的时代，记载的神话就更加具体而生动了："（炎帝神农）磨唇鞭茇，察色嗅，尝草木而正名之。审其平毒，旌其燥寒，察其畏恶，辨其臣使，厘而三之，以养其性命而治病。一日间而七十毒，极含气也。"这里增加了许多具体的情节。现代搜集的神话传说中，炎帝神农寻找草药，一日而七十毒，为民治病的故事，其描写较之文献记载更为丰满、具体得多了，这里不赘。

总之，神农始教人民耕作，又发明了耒耜等农具，因而得到了农业始祖神的称号。神农作为一个有神格的农神，显然是农业有了一定发展的时期形成的。

关于神农氏作为农神的形成，钟宗宪认为，在神农作为农神形成之前，似还应该有更为原始的、类似弗雷泽在《金枝》中所说的“五谷妈妈”一类谷物神出现；这个神就是稷。他说：“农业收成直接关系到人民生活，其影响斯大，许多古代祭祀都与农业有关，在比较常见的重要祭祀对象里，社神或称后土，是万物所从出的大地之神，稷神或为后稷，则为谷物之神，都与农业有不同程度的关联。而‘稷’是当时专指的农业神。对于‘稷’的崇拜，是否意味着稷是中国最早出现的谷物，尚不宜断定，但是稷为当时主要的农作物之一，却可以肯定；……然而被称为‘五谷之长’的稷，依目前所见之文献记载，并不能看出‘谷灵’的观念来，相反地，稷是以神格化、甚至人格化的面目出现；在《诗经·大雅·生民》一诗中，后稷是民族的祖神，也是有助于农功的农业神，而在《尚书·舜典》中，后稷是‘播种五谷’的掌农之官，《孟子·滕文公上》称：‘后稷教民稼穑，树艺五谷，五谷熟而民人育。’《淮南子·人间训》云：‘田野不修，民食不足，后稷乃教之辟地垦草，粪土种谷，令百姓家给人足。’则后稷又为农业之祖。盖后稷或单称稷，不当以人名解。”“这种‘文化英雄’（指后稷、农、柱、叔均等）的农业神观念，发展到炎帝神农的出现，可谓为其集大成。神农是战国时代才有的农业神名，当是根据历史传说所创造出来的，其事迹春秋以前不曾见，到了《庄子》《韩非子》《管子》等诸子古籍则屡屡提及，盖神农之名出自农神，代表着开创农业的上古时期。”[①]

（四）其他的文化起源神话

在中国古典神话里，关于弓箭的制造者，有不同的说法，但都语焉不详。《山海经·海内经》说：“少皞（昊）生般，般是始为弓矢。”《世本》说：“挥作弓。”“夷牟作矢。”“浮游作矢。”射日神话中的英雄羿所用的武器，也是弓箭。中国有射日神话的民族很多，但说到弓箭是什么物质制造或怎样制造的却不多。侗族神话里说，弓箭是姜良、姜妹制作的，他们找来桑木做成弓，矢竹做成箭，顺着天梯（马桑树）爬到树尖上去射太阳。[②]弓箭的发明是旧石器时代晚期的事，是原始先民在石器和火的发明之后又一重大进步。有了弓箭，人们才有了较充足的食物。有了弓箭，也才促进了人们的社会分工。恩格斯指出，蒙昧时代的高级阶段是从弓箭的发明开始的：“由于有了弓箭，猎物便成了日常的食物，而打猎也成了普通的劳动部门之一。弓、弦、箭已经是很复杂的工具，发明这些工具需要有长期积累的经验和较发达的智力，因而也要同时熟悉其他许多发明。……弓箭对于蒙昧时代，正如铁剑对于野蛮时代和火器对于文明时代一样，乃是决定性的武器。”[③]关于弓箭的神话，应在推原神话中占有一定的地位。

上古先民除了用弓箭射猎野兽而外，还用带梭镖和网罟捕鱼。从考古学上看，在仰韶文化的彩陶图案中，已经有很多网纹。宝鸡北首岭出土的船形壶的腹部所绘制的大量网纹，至少说明人们当时不仅在岸上捕鱼，而且也能乘船捕鱼了。彩陶上的这些网纹显然是当时捕鱼

---

① 钟宗宪：《炎帝神农信仰》，学苑出版社 1994 年版，第 56—59 页。

② 《捉雷公》，载陶立璠、李耀宗编：《中国少数民族神话传说选》，四川民族出版社 1985 年版，第 180 页。

③ 恩格斯：《家庭、私有制和国家的起源》，《马克思恩格斯选集》第 4 卷，人民出版社 1972 年版，第 18—19 页。

用的网罟的一种反映。石网坠的出土，数量也很多，仅半坡遗址就出土了两百多件。石网坠的出土说明捕鱼所用的网罟，也已经不再是单一的，而分有网坠的和没有网坠的。关于网罟的神话，留下来的数量不多。《世本》："芒作网。"《吕氏春秋·孟冬季》："蛛蝥作网罟。"神话中说网罟最早是一个叫作芒的或一个叫作蛛蝥的人制作出来的。而蛛蝥，就是蜘蛛，可能是人们看到蜘蛛能够织出蛛丝细密的网来，捕鱼的网大概也就是蛛蝥制作的。

独木舟的出现也是采集和渔猎经济的产物，也是为了原始交通运输的需要。最早出现的舟船是"刳木为舟"的独木舟。《世本》张注："共鼓见窾木可以浮水而渡，即刳木为舟。"舟船是谁先发明的呢？传说是一个叫作虞姁的人："虞姁作舟。"（《吕氏春秋·审分览·勿躬》）从构字上来看，这个发明舟船的人可能是个女子。人类学家林惠祥考察台湾土著民族的原始文化时，得到台湾中部高山湖日月潭一件特有物——原始先民的独木舟及桨标本各一件，为整块独木所刳成。他说："此种舟实为舟类之祖先，人类文化史上有名之物也，现世界上已不易见，盖已将绝迹矣。"①

这些文化起源神话，显然在流传中把丰富的细节都丢失了，只剩下了发明这些用具或事物的人（神）的名字，这些文化英雄可能是神话历史化的产物。

六、图腾神话

原始人类的采集和狩猎经济活动，常常在人们的意识中引起人们对人类自身与动植物之间的关系的某种联想。一个原始族群相信他们与他们所迷信和崇拜的物体（动物、植物或无机物）之间存在着极其

---

① 林惠祥：《台湾番族之原始文化》，上海文艺出版社 1991 年版，第 71 页。

密切而特殊的关系。弗雷泽在其《图腾与外婚制》里说："在属于同一个部落图腾下的所有男人和妇人都相信自己系源于相同的祖先并且具有共同的血缘，他们之间由于一种共同的义务和对图腾的共同信仰而紧密地结合在一起。因此，图腾观不但是一种宗教信仰，同时，也是一种社会结构。"[①] 马克思在《摩尔根〈古代社会〉一书摘要》里说："美洲各地的土著中间，氏族到处都是以某种动物或无生物的名称来称呼，绝没有采用人名的；在社会发展的这一早期阶段上，个人消融在氏族之中；当希腊和拉丁部落的氏族在较晚的时期出现于历史舞台时，已经使用人名了。在某些部落中间，例如在新墨西哥定居的摩其部落印第安人，其氏族的成员称他们是由那用作氏族名称的动物传下来的，认为他们的远祖是被主宰之神将其从动物变为人的。"[②] 图腾氏族的部族起源神话，简称为图腾神话。这类图腾神话，对于氏族或部落的反作用是很大的。它既是对他们所崇拜的动物、植物或无机物，从而是对他们的部族祖先来历的解释，又是促进氏族或部落内部团结统一的全民信仰。

综观图腾部族起源神话，大体上可分为两类：

（一）人与某种动植物或无机物交合或感生而生其部族祖先。这一类神话中最著名的莫过于玄鸟生商神话："天命玄鸟，降而生商。"（《诗·商颂·玄鸟》）这个神话见于记载的有两式。其一为吞鸟卵而生契：

> 契母简狄者，有娀氏之长女也。……与其娣妹浴于玄丘之水。有玄鸟衔卵过而坠之，五色甚好。简狄得而含之，误而吞之，遂生契焉。（《列女传》）

---

① 弗雷泽：《图腾与外婚制》，转引自弗洛伊德：《图腾与禁忌》，杨庸一译，中国民间文艺出版社 1986 年版，第 133—134 页。

② 马克思：《摩尔根〈古代社会〉一书摘要》，人民出版社 1965 年版，第 86 页。

其二为怀鸟卵而生契：

> 商之始也，有神女简狄，游于桑野，见黑鸟遗卵于地，有五色文……简狄拾之，贮以玉筐，覆以朱绂。……狄乃怀卵，一年而有娠，经十四月而生契。（《拾遗记》卷二）

这两式，其中心意思都是说商之始祖契生于燕卵。据何光岳考证，商是殷周时期的鸟夷部族的一支，而鸟夷部族又是当时东夷族群中信仰鸟图腾的一个大部族："《诗·商颂》：'天命玄鸟，降而生商。'郑玄笺：'天使鳦下而生商者，谓鳦遗卵，娀氏之女简狄吞之而生契。'鳦即燕，契即商的始祖。卜辞中有'高祖王亥'。王亥也是契的裔孙，故商为鸟夷无疑。"[①] 东夷族群是居住在东部的一个大的族群。随着人口的繁多、氏族组织的分化，鸟夷部族从东夷族群中独立出来，与人夷、郁夷并列为东夷族群的三大支系。鸟夷部族约在夏商时期又分成三大支：南支从山东南下江淮，西支直到河南、山西以至陕西；北支经内蒙古和东北，直到朝鲜半岛或黑龙江以北。童书业也说："据我们的看法，'鸟夷'当本指以鸟为图腾的部族。"商族是信仰鸟图腾的民族，在这则神话中，说他们的始祖是吞鸟卵或怀鸟卵而生的，显然还保留着他们鸟图腾信仰的一些遗迹。岑家梧认为："（从玄鸟生商神话）可知商族初期，当有图腾的遗制无疑。至汤，商族社会组织早已转为民族制，而图腾传说仍被保留。可作图腾信仰的一切特征，是为氏族制的祖先信仰的渊源之一证。"[②]

玄鸟生商的神话产生的同时，其他鸟夷部族也有类似的神话。如《史记·秦本纪》说："玄鸟陨卵，女修吞之，生子大业。"大业

---

① 何光岳：《东夷源流史》，江西教育出版社 1990 年版，第 7 页。

② 岑家梧：《图腾艺术史》，上海文艺出版社 1988 年版，第 33 页。

即秦的始祖。《博物志》说："徐君宫人娠，生卵……遂成小儿，生偃王。"偃王即徐国之君。《后汉书·东夷传》说：扶余国王之母因"见天上有气，大如鸡子"，降而生子。《魏书·高句丽传》说：河伯女"生一卵，大如五升"，即高句丽之祖朱蒙。都说明他们都是鸟夷的子孙。

人感沈木（龙变的）而生氏族祖先者，如九隆神话。《后汉书·西南夷传》：

> 哀牢者：先有妇人，名沙壹，居于牢山。尝捕鱼水中，触沈木若有感，因怀妊。十月，产子男十人。后沈木化为龙，出水上，沙壹忽闻龙语曰："若为我生子，今悉何在？"九子见龙惊走，独小子不能去，背龙而坐。龙舐之，……及后长大，诸兄以九隆为父所舐而黠，遂推以为王。后牢山下有一夫一妇，复生十女子。九隆兄弟皆娶以为妻，后渐相滋长……

一个打鱼的妇人感龙变成的沈木受孕而产十子，其中一子成为哀牢国的始祖九隆王。这个神话在现代还有新的异文流传。白族认为他们是九隆后裔，该族流传的《九隆神话》[1]，其基本情节与《后汉书》所载非常相似，而且其中的细节描写，比如妇人如何受孕等，则大为丰富了。彝族和傣族也流传着九隆神话。不过傣族的九隆神话与《后汉书》所载情节相去甚远，完全可以看作是另外一个神话。

人与动物交生氏族祖先者，如盘瓠神话。《后汉书·南蛮传》：

> 昔高辛氏有犬戎之寇，帝患其侵暴，而征伐不克。乃访募天下，

---

① 《九隆神话》，载云南省民间文学集成办公室编：《白族神话传说集成》，中国民间文艺出版社1986年版，第66—69页。

有能得犬戎之将吴将军头者，购黄金千镒，邑万家，又妻以少女。时帝有畜狗，其毛五采，名曰盘瓠。下令之后，盘瓠遂衔人头造阙下。群臣怪而诊之，乃吴将军首也。帝大喜，而计盘瓠不可妻之以女，又无封爵之道，议欲有报而未知所宜。女闻之，以为皇帝下令，不可违信，因请行。帝不得已，乃以女配盘瓠。盘瓠得女，负而走入南山，止石室中。所处险绝，人迹不至。于是女解去衣裳，为仆竖之结，著独力之衣。帝悲思之，遣使寻求，辄遇风雨震晦，使者不得进。经三年，生子一十二人，六男六女。盘瓠死后，因自相夫妻。织绩木皮，染以草实，好五色衣服，制裁皆有尾形。……其后滋曼，号曰蛮夷。

弃子与狼交而生突厥阿史那始祖的神话，载于《隋书·突厥传》：

其国失于西海之上，为邻国所灭。男女无少长，尽杀之。至一儿不忍杀，刖足断臂，弃于大泽中。有一牝狼，每衔肉至其所。此儿因食之，得以不死。其后遂与狼交，狼有孕焉。彼临国者，复令人杀此儿。而狼在其侧。使者将杀之，其狼若为神所凭，欻然至海东，止于山上。其山在高昌西北，下有洞穴。狼入其中，遇得平壤茂草，地方二百余里。其后狼生十男。其一姓阿史那氏最贤，遂为君长。

以上这两类有关人与动植物或无机物相交而生或感生氏族始祖的神话，或直接为图腾制的反映，或神话流传时代已经晚近却透露着图腾信仰的遗韵。各个部落或氏族的始祖，与那些神圣的动植物或无机物之间，有一种血缘的关系。这也就是图腾神话的实质之所在。此外，我们发现，除了在突厥阿史那族的始祖神话中人是“男性”、狼是“女性”外，其他所有神话中处于男性地位的一概都是动植物或无机物。这就不能不令我们作这样的设想：产生这些神话的时代，是母系强盛时代。在人类的意识中，女性似乎不需要通过男性、不需要经过性交就可以繁衍子孙。

（二）某种动植物化身为氏族祖先。如《后汉书·西南夷传》：

> 夜郎者：初有女子浣于遁水，有三节大竹流入足间；闻其中有号声，剖竹视之，得一男儿，归而养之。及长，有才武，自立为夜郎侯，以竹为姓。武帝元鼎六年，平西南夷为牂牁郡，夜郎侯迎降。天子赐其王印绶，后遂杀之……今夜郎县有竹王三郎神是也。

夜郎侯是从竹子化身而来的。这种观念现在看来是很难以理解的，其缘由，可能是因为竹子曾经是古夜郎国的图腾。其部族始祖的神话，无疑属于图腾神话之列。关于哪个现代民族是古夜郎国的后裔，学术界有不同意见。可以肯定的是，仡佬族是其主体民族之一。仡佬族至今还有崇拜竹子的信仰。现代记录的该族的《竹王的传说》[①]，基本上保留了古代竹王神话的内容，从中仍然可以看出该民族先民们图腾信仰的遗迹。

2003年8月20日

---

① 《竹王的传说》，载潘定智等编：《仡佬族文学资料汇编》（第一集），贵州民族学院印（内部资料），1985年，第21—23页。

禹启出生神话及其他

石能生人（氏族祖先），石头具有生殖的功能，是原始先民时代万物有灵论世界观导生出来的一种象征的观念。原始先民为了避免本部族被它部族侵害和消灭，希望更多、更快地繁殖新的成员以充实本部族的实力。低下的社会生产力要得到发展和提高，也需要大量的劳动力作为原动力。同时，人们希望获得更多的生活资料，希望战胜凶猛的野兽和险恶的自然条件，以便维持他们的生存，也不能没有足够的人力。因此，原始先民极其重视种的繁衍。在人类生存于其中的自然界，有灵性、受崇拜的万物之中，石头便是被赋予生殖的功能、能够担负起生养人类使命的灵物之一。

一方面，原始先民看到火山的爆发，喷发的岩浆变成了黑色的石头，毁灭了大片土地上的生态，改变了山川河流的位置和大地的面貌。他们又不断地经历了山崩和泥石流的发生，滚滚的石块像一个爱发脾气的人一样，一次次地给束手无策、应变能力极低的人们造成惨重的悲剧。在原始先民的心目中，山和石是有灵性、有神性的，和人一样，是有性格、有脾气的。另一方面，人们最先居住在洞穴里，野兽也常常出入于人类居住的洞穴。原始先民幼稚地认为，人是从山洞里生出来的。于是，原始先民便不自觉地赋予石头以生殖的功能，认为人类的先祖是石头生的，石头是可以生人的。继而又逐渐赋予某些石头以生殖神祇的职能，于是，便出现了灵石信仰、神石信仰，即对石头的崇拜。随着灵石信仰的出现与延续，关于灵石的礼俗也应运而生，人们向某些特定的石头（石祖）顶礼膜拜，祈求石头赐予人们子息。在石头与人们的观念之间形成的象征关系之中，当然不仅有心理因素在起作用，社会因素的影响也往往乘虚而入，在石头象征中留下了自己的痕迹。

一

“禹生于石”和“石破北方而生启”的神话，是我们从史籍记载中所能得到的人类关于石头具有生殖力和生殖功能的观念的最早的信息。禹生于石头，禹的妻子涂山氏变成石头生了启，启是石头裂开而出生的。是否可以用一句形象的话来说，在某种意义上，禹、禹的妻子涂山氏（又称女娲，或女狄）、涂山氏的儿子启所组成的这个神话中的家族，是一个石头的家族？

禹的神话，本义是治水。研究这一题目的学者很多。但涉及禹的出生问题，在神话学或历史学或民俗学上研究的人和研究论文却寥若晨星。关于禹的出生，神话中有种种大同小异的说法。现择要列举几种如下：

鲧娶于有侁氏之女，名曰女嬉。年壮未孳，嬉于砥山，得薏苡而吞之，意若为人所感，因而妊孕，剖胁而产高密。家于西羌，地名石纽。石纽在蜀西川也。（《吴越春秋·越王吴余外传》）

古有大禹，女娲十九代孙，寿三百六十岁，入九嶷山仙飞去。后三千六百岁，尧理天下，洪水既甚，人民垫溺。大禹念之，乃化生于石纽山泉。女狄暮汲水，得石子如珠，爱而吞之，有娠，十四月生子。及长，能知泉源，代父鲧理水。尧知其功，如古大禹知水源，乃赐号禹。（《绎史》卷十一引《遁甲开山图》）

鲧纳有莘氏女曰志，是为修己……胸坼而生禹于石纽。(《帝王世纪》)

帝禹夏氏母曰修己……剖背而生禹于石纽。(《竹书纪年·沈约附注》)

修己坼背而生禹。(《春秋繁露·三代改制》)

初鲧纳有莘氏曰志，是为修己，年壮未字，……以六月六日屠而生禹于道之石纽，所谓夸儿坪者。(《路史》引《尚书·帝命验》)

禹生于石。(《淮南子·修务训》)

从这些有关禹的出生神话记录中，我们可以得出下面三个结论性的意见：

（一）禹是石头生的。但禹是怎样从石头里出生的，却有两种说法：第一种说法是《淮南子·修务训》的“禹生于石”；《随巢子》的“禹产于昆石”。第二种说法是《遁甲开山图》的，禹是其母女狄“得石子如珠，爱而吞之”，感石受孕而生的。这两种说法，一种是由石头生的，一种是感石头生的，二者虽然都是石头生的，但二者是有差异的。石头生禹的象征含义是，石头是生育婴儿的母亲或母体。这种以石头作为生育婴儿的母亲或母体的观念，是相当古老、相当原始、相当幼稚的，说明这种神话生成之时代，人们至少还没有产生人的出生需要男女交配、受精、妊娠的观念，把人和作为自然物体的石头等同起来，人是可以由自然物生出来的。尽管我们今天做父母的还偶尔会以嬉戏的口吻回答小孩子的问题，“你是从石头缝里捡回来的”，但毫无疑问，认为石头生人是一种极原始的思维。石头感生说的象征含义是，石头是有魂的：“假如妇女怀了孕，这是因为有某个‘魂’（通常是等待着转生并在现在准备着诞生的某个祖先的魂）进入了她的身体，这当然又必须以这个妇女与这个魂同属于一个氏族、亚族和图腾为前提。”[①] 更进一步说，这种观念则把具有生殖功能（当然是氏族始祖的出生）的石头看成是男性神。尽管感生说同样也是说明原始先民不懂得生育的本质原因，认为女人受胎是神秘的，女人不需要男性的参与也能受孕、生育，显示了女性的崇高无匹的地位，但这种观念也向我们展示了，原始先民毕竟已经能够把人与物区分开，而且懂得有某个“魂”——石珠——进入了女人的身体，从而转生为有形貌和血肉的人（氏族始祖）。

（二）禹是从鲧的身体里分裂出来的。坼（剖）胸也好，坼肋也好，坼背也好，都不是由父母性交受精，通过妊娠而出生，而是通过母体的分裂而达到生殖的结果；通过母体的分裂而达到生殖，很可能是石头的破裂而给人类带来的一种联想，并把这种联想不自觉地附会到禹的出生上。禹从鲧的身体中生出，意味着从母系氏族制到父系氏族制的过渡。

（三）禹的出生地为蜀地西部之汶川的石纽、石夷等，“疑石纽石夷之说即由禹生于石之说推演而出”（杨宽：《中国上古史导论》）。石纽山下的夸儿坪，传说有“禹穴”，那儿“白石累累，俱有血点侵入”（《锦里新编》卷十四），自然令人们想到禹的出生与石头有关。据曾经对禹的出生地夸儿坪进行过实地考察的科学家们说，“坪”在当地就是“坝子”，而“夸儿”则是“剖开”，所谓“夸儿坪”者，就是剖开肚腹而出生的意思。从羌族人这个名称的由来考查，也与石开而出生有一定的关系。

禹不仅生于石，而且还是社神。《淮南子·氾论训》说：“禹劳天下，死而为社。”杨宽在《中国上古史导论》里写道：“禹之传说，最怪者莫若生于石之说。《太平御览》卷51引《随巢子》曰：‘禹产于昆石，启生于石。’《淮南子·修务训》亦云：‘禹生于石。’此等怪说

① 列维－布留尔：《原始思维》，丁由译，商务印书馆1985年版，第420页。

之来，疑亦出于社神之神话。”[①] 顾颉刚、童书业在《鲧禹的传说》中也写道：“禹启父子之生都与石发生关系，真是一件奇巧的事：这大约本是社神的传说吧。”[②] 他们还根据《书・吕刑》“禹平水土，主名山川”和《史记・封禅书》“自禹兴而修社祀，后稷稼穑故有稷祠”的记述，认为禹是社神，是“名山川的主神”。[③] 在古代，社是集会进行全民公决和祭祀神祇的圣地。《周礼・地官・州长》：“若以岁时祭州社，则属其民而读法。”《国语・鲁语》：“社而赋事，蒸则有功，男女效绩，愆则有辟，古之制也。”古人祀社之作用，大致如此。

《淮南子・齐俗训》云：

> 社祀：有虞氏用土，夏后氏用松，殷人用石，周人用栗。

古代建立社，要选择树木丰茂的地方，即所谓“宜木”。注曰：“以石为社主也。”社供石主为社神，石主即是社的代表物。石主不仅有灵性，而且有神性，是祖先神的象征。《墨子・明鬼篇》说：

> 燕之有祖，当齐之社稷，宋之桑林，楚之有云梦也。男女之所属而观也。

据郭沫若考证，“祖”“社”为一物。祀于内者为祖，祀于外者为社。“燕之有祖，当齐之社稷”，社祠往往也就是禖祠，社主往往就是

---

① 杨宽：《中国上古史导论》，《古史辨》第七册上，上海古籍出版社 1982 年影印本，第 360 页。

② 顾颉刚、童书业：《鲧禹的传说》，《古史辨》第七册下，上海古籍出版社 1982 年影印本，第 152—155 页。

③ 顾颉刚、童书业：《鲧禹的传说》，《古史辨》第七册下，上海古籍出版社 1982 年影印本，第 152—155 页。

高禖石。《周礼·地官·媒氏》说：

> 中春之月，令会男女；于是时也，奔者不禁。若无故而不用令者罚之，司男女之无夫家者而会之。……凡男女之阴讼，听之于胜国之社。

这里描绘的固然是社祀的情景，但社祀的时候，往往也是男女幽会、自相婚配的场所："凡男女之阴讼，听之于胜国之社"。现代少数民族中有许多遗留至今的类似社祀的习俗，也可以证实这一点。刘锡蕃《岭表纪蛮》里记道："蛮人之祀社神，犹本古之遗意，亦以仲春仲秋二月为祀社报祈之期。是日，同社长老，必沐浴易新衣，咸集于社前，屠牛刑豕，祷告社神，祝丰年，祈福佑；同时并讨论全社应兴应革之事宜。议讫，聚饮颁胙，唱歌为乐。怨女旷夫，亦或趁此机缘，各觅配偶。"[①]

禹是社神，也是高禖神。杨宽根据郭沫若《释祖妣》和孙作云《中国古代的灵石崇拜》的研究指出："齐，姜姓，本羌族，齐之社稷即齐之高禖，则羌之社稷亦即羌之高禖，禹为羌之社神，则禹亦羌之高禖神也。……禹为社神兼高禖神，古皆用石，则禹生于石之说出于社神高禖神之神话明甚。"[②]而齐之"社"，郭沫若考证后认为是生殖器的象征。作为生殖器的象征，高禖石—高禖神的功能，一是主男女婚配，二是主生殖。禹既然兼有社神和高禖神两重角色，自然受到祈求生殖子嗣的民众们的虔诚的崇祀。禹生于石的生殖象征意义不是不言自明了吗？

---

① 刘锡蕃：《岭表纪蛮》，商务印书馆1934年版，第84页。

② 杨宽：《中国上古史导论》，《古史辨》第七册上，上海古籍出版社1982年影印本，第360页。

二

如果说，石头具有生殖功能的观念，在禹的出生神话中，还显得比较朦胧，直接的证据还不是十分充分，还需要绕着几个弯子去推导论证的话，那么，在禹的儿子、夏王启的出生神话中，石头具有生殖功能的观念则显示得明明白白、不容置疑了。《汉书·武帝纪》颜师古注引《淮南子》云：

启，夏后子，其母涂山氏女，禹治洪水，通轩辕山，化为熊，谓涂山氏曰："欲饷，闻鼓声乃来。"禹跳石误中鼓，涂山氏往见，禹方作熊，惭而去，至嵩高山下，化为石，方生启。禹曰："归我子！"石破北方而生启。

在这则神话里包含着好几个神话学的问题，如轩辕山地望、禹化为熊以及涂山氏化石和石破生启等。本文只来谈涂山氏化石和石破生启的问题。这里涉及两个方面的信仰问题，即：（一）石头是有灵性、有灵魂的，唯其有灵性、有灵魂，才有涂山氏变成石头的可能。弗雷泽在其巨著《金枝》里列举了大量的材料，说明原始人认为人的灵魂藏在某些植物或动物的身体里，有时候人的灵魂就幻化为某种植物（如树木或谷种）或某种动物（如狼、山羊）的形体。根据世界许多民族中关于精灵和灵魂的观念来审视涂山氏幻化为石的情节，我们不难想象，神话生成之时代，初民认为涂山氏的灵魂是寄藏在石头里的，人和石头可以互相转换形体。其实，人和石的形体的转换也就是死与再生的转换。换一个角度来看，涂山氏化石观念的形成，也不能排除巫术的作用。原始初民的世界观，巫术的成分十分浓重。涂山氏本人是女始祖、女先妣，也有可能就是一个女巫师。在非常杂乱的神话资料中，有一种说法，说涂山氏就是补天的那个女娲。如果涂山氏真的就是女娲或与女娲有某些蛛丝马迹的瓜葛的人物，巫师的假说就有了一个新的证据。《史记·夏本纪·索隐》引《世本》说：

涂山氏女名女娲。

《史记正义》引《帝系》云：

禹取涂山氏之子，谓之女娲，以生启也。

女娲是中国神话中创造万物的神圣女神，是女始祖、女先妣、女巫师，洪荒之时，是她炼五色石把残缺的天补起来的，因此她的身世与石头有着十分密切的关系。女娲作为创世者，有巫师的本领，能"一日七十化"（《楚辞·天问》注），能"化万物"、用泥土造人，能致雨（《论衡·顺鼓》："雨不霁，祭女娲"）。石头在古代也常常被用来作为施行巫术的工具（如由于天象的变化石头上会出现水珠，这种自然现象在原始初民眼里，就成了神灵显现的一种征兆，因而常常被用来作为祈雨的工具就是一例）。

（二）石头又是具有生殖功能的，唯其具有生殖功能，涂山氏才能在化石之后生出一个活生生的夏王启来。石头的生殖功能来源于前面论到的社主的生殖功能，社以石为主，因此，石头的生殖功能是石主的生殖功能的一种扩大和延伸。艾利奇·纽曼（Erich Neumann）说：石头是母亲的象征。在故事中，石头代替了母亲的地位。[①] 涂山氏化为石，石开而生启，同样，石头代替了母亲的地位，自然石头就成为母亲的象征了。陈炳良说："禹从鲧的身体中出生，意味着鲧从母系到父系氏族制的过渡。……禹生于石的故事亦可以此来解

① Erich Neumann, *The Great Mother: An Analysis of the Archetype*, Panthon Books, 1955, p. 51.

释。……禹和启生于石的传说显示出婴儿从肚腹出生的幼稚思想。而在启的故事中，那破碎的石头使我们想起了希腊洪水故事中的一个情节，生还者杜卡利安（Deucalion）和派娜（Pyrrna）把石头抛向自己的背后，它们就变成了人。”①

三

石能生人（氏族始祖）、石作为具有生殖能力的母亲的象征的观念是原始初民非常古老的一种观念，这种观念在当代某些少数民族的口传神话中，也还能依稀看到一些或多或少变了形的遗迹。

云南西盟佤族的创世和人类起源神话《司岗里》说：司岗里洞穴，就是“人类所由来的地方”。但他们的神话关于人的来历说得很模糊，说是神造了人，把人放到了洞穴里去，人感到很难受，难以生活，后来才从岩洞里走了出来。尽管前后矛盾，显然，他们是把人类所由来的那个洞穴看成是一个孕育了人类及动物的大的母体、大子宫。②

哈尼族一则神话说，相传开天辟地后，在虎尼虎那，他们的女先祖塔婆在岩洞里生下了二十一个儿子。孩子们下地后，都先后奔向森林、河谷、高山、大水边等处。孩子们走后，塔婆非常孤独地生活在那儿。虎尼虎那是红色石头和黑色石头。如果我们把虎尼虎那理解为一种女先祖的象征，是不会有大错误的吧。(《塔婆取种》) 另一则神话说，有一天，天上掉下三块绿茵茵的大石头，石头落在地上，发出几声惊天动地的巨响。石头炸开，地上隆起了几座又高又大的山峰。在石头炸开时，从里面跳出一个顶天立地的汉子，他叫阿托拉扬。他

---

① 陈炳良：《广西瑶族洪水故事研究》，《幼狮学刊》1983 年第 17 卷第 4 期。

② 《佤族历史故事“司岗里”的传说》，《云南佤族社会经济调查材料》（佤族调查材料之七），中国社会科学院民族研究所，1980 年 3 月，第 102—149 页。

身挎一张大弓，背上背着可以射穿天地的箭。他射穿了天上悬着的大口袋，于是谷种、树籽、飞禽走兽便洒落到大地上。从石头里生出来的阿托拉扬和从金葫芦里生出来的阿嘎拉优成了亲，他们是人类和魔鬼的祖先。(《天、地、人和万物的起源》)①

广西凌云县的壮族神话《布洛陀》里有一个细节：布洛陀（男性神）开天辟地，定万物时，把其阴茎化成一根巨大的赶山鞭，把一切都赶得飞跑。刚好在这时，米洛甲（女性神）蹭在前头，她的阴部变成了一座巨山，而阴道则变成了一个巨洞，把万物都装在里头，随后又把万物一一生出来。②这个壮族神话与上面所引的佤族的司岗里神话有异曲同工之妙。

高山族的人类起源神话，是典型的山石破裂而生人的神话。泰雅人传说：古代天地开辟时，有男女二神降临到大山的绝顶岩石上，忽然岩石裂开成为大殿，二神就在其中生活，后结婚生子，即为人类祖先。雅美人也传说：古代在兰屿柏布特山上有块巨大岩石，有一天忽然响起天崩地裂般的巨响，巨石裂开，里头有一个男神；不久又发生大海啸，波涛打到鲁塞克海岸的竹丛中，一根大竹裂开，又走出一个男神。后来，这两个男神交上朋友，过往亲密。有一天两位神并枕而卧，两膝相擦生出男女两人，即是人类祖先。卑南人传说：古时在拍拿拍扬有一女神名叫奴奴拉敖，她右手持一石，左手持一竹。有一天女神投石于地，石头裂开走出一神，是马兰杜的祖先；后又拄竹于地，竹的上节裂开生出女神孔赛尔，下节裂开生出男神柏考马拉伊，这两神就是卑南人的祖先。③泰雅人、雅美人、卑南人的祖先都是从石头中生出来的，而那些石头则充当了母亲的地位，具有生殖的功

---

① 云南省民间文学集成办公室编：《哈尼族神话传说集成》，中国民间文艺出版社 1990 年版，第 23、34—37 页。

② 参阅过竹：《葫芦说》，《民间文学论坛》1985 年第 6 期，第 88 页。

③ 陈国强、林嘉煌：《高山族文化》，学林出版社 1988 年版，第 231—232 页。

能；这些从石头里出生的男神便取石头母亲的地位而代之，成为新的世界的主人，于是，在这些神话里所埋藏的从母系（石）到父系（男神）氏族制的过渡的象征隐义便一目了然了。

朝鲜民族也有类似的神话。王孝廉先生在其《朱蒙神话——中韩太阳始祖神话之比较》一文中，从汉籍和韩籍中钩沉出十条有关朱蒙神话的资料，论述了该神话中始祖朱蒙的卵生和感日影生的特点和内涵。[①]陈梦家先生在其《商代的神话与巫术》一文中也曾有过论述，他以洞幽察微的眼力指出了朱蒙神话与石头的生殖力的微妙的关联。朱蒙神话的情节较为复杂曲折，其中涉及石者有二。如《三国史记·高句丽本纪》的记载：

> 始祖东明圣王，姓高氏，讳朱蒙。先是，扶余王解夫娄老无子，祭山川求嗣，其所御马至鲲渊，见大石相对流泪，王怪之，使人转其石，有小儿，金色蛙形。王喜曰：‘此乃夫赉我令胤乎？’乃收而养之，名曰金蛙，及其长，立为太子。

以及《旧三国史·东明王本纪》所记：

> 渔师强力扶邹告金蛙曰：“近有盗梁中鱼而将去者，未知何兽也。”王乃使渔师以网引之，其网破裂，更造铁网引之，始得一女，坐石而出。其女唇长不能言，令三截其唇乃言。王知天帝子妃，以别宫置之。其女怀牖中日曜，因以有娠。神雀四年癸亥岁夏四月，生朱蒙，啼声甚伟，骨表英奇。初生，左腋生一卵，大如五升许。王

① 王孝廉：《中国的神话世界》（上编），台湾时报文化企业有限公司 1987 年版，第 96—97 页。这则神话的现代记录，见《金德顺故事集·东明王的传说》，上海文艺出版社 1983 年版，第 13—23 页；《吉林省民间文学集成·延边故事卷》，1987 年版，第 284—291 页；《中国少数民族神话·朱蒙神话》上册，中国民间文艺出版社 1987 年版，第 21—25 页。

怪之曰："人生鸟卵，可为不祥。"使人置之马牧，群马不践；弃于深山，百兽皆护。云阴之日，卵上恒有日光。王取卵送母养之，卵终乃开，得一男。生未经月，言语并实，谓母曰："群蝇噆目，不能睡，母为我做弓矢。"其母以荜作弓矢与之，自射车上蝇，发矢即中，扶余谓善射曰朱蒙。

陈梦家则发现，朱蒙神话中朱蒙之母"坐石而出"与涂山氏化石生启神话，在象征模式上有相似之处。他写道："夫余国除玄鸟故事外，其他尚有二事与商民族同出一源，一，《朝鲜三国史东明本纪》'夫余王解夫老无子，祭山川求嗣。所御马至鲲渊，见大石流泪，王怪之，使人转其石，有小儿金色蛙形。王曰：此天赐我令胤乎？乃收养之，名曰金蛙，立为太子。'以金蛙为始祖，与商人之祀蛙似乎有关；又同书记朱蒙之母'坐石而出'，与金蛙之出于石，其事同于《淮南子》说涂山氏化为石，石破生启（《汉书·武帝纪》注引）。"①

陈梦家的论述是有道理的，只要对上面引述的两段文字稍加分析，即可看出，朱蒙之母"坐石而出"和金蛙出于石的情节，同涂山氏化为石和石破生启在生殖的模式上几乎是一致的。相对来说，朱蒙出生的神话较之石破生启的神话，则更为复杂些，它包括了朱蒙之母"坐石而出"和感日影受孕、卵生等三个不同的始祖出生的神话模式。但只要剥去朝朝代代层层附加上去的那些游动的因素，就可以看出，朱蒙之母"坐石而出"的那块石头，仍然如同上述裂开而生始祖的石头，是母亲的象征，是生殖的象征，是在奇异的分娩之后已经失去了旧日的权力的母系氏族的象征。

1992年10月1日脱稿

---

① 陈梦家：《商代的神话与巫术》，《燕京学报》1936年第20期。

山海经神话研究的拓展
——读马昌仪《全像山海经图比较》

在市声喧嚣、物欲横流的环境里，独处一片净土是相当困难的。而从事学术研究，则更需要远离世俗、甘于寂寞的境界。在这一点上，马昌仪做得比我要好。她于 1996 年退休后，便抛开种种不必要的会议和社交，一门心思地投入到她所钟情的神话学的研究中而不愿意“自拔”，而对《山海经》古图的搜求和研究，则成了近年来她投入精力最大、花费时间最长的一个项目，一口气竟做了七八年之久。在《古本山海经图说》的书稿完成后，她又马不停蹄地开始了另一个后续课题——山海经图的比较研究。经过两年多的时间，这个研究课题也终于完成结项了。俗话说：“六十六，丢块肉！”六十六岁的昌仪，对于山海经图的倾心，简直就是不知丢了几块肉！这本倾注着她心血的《全像山海经图比较》书稿，就算是免灾得福吧！

论者说：《山海经》是一部中国书籍史上的“奇书”。说它是地理志、神话集、巫书……都不无道理。就其内容而言，说它是一部古代文明的知识总汇，也许不至于过分。而散落在浩瀚古籍中的山海经图，则给人们提供了另一种丰富的地理学、神话学和巫术的信息，它与文字的《山海经》互为补充、相得益彰。回顾新学诞生后的整个 20 世纪，对《山海经》的研究，尽管从来没有成为显学，却也从来没有中断过，据笔者的粗略统计，一百年来发表的有关专著和论文不少于五百种。然而，这些站在不同立场、采用不同方法的“多学科”研究论著，虽涉及古之天文、地理、神话、物产、巫术、科学等等诸多方面，但至今也还未能彻底解开《山海经》这部“奇书”之谜。“山海经学”的博大，到目前为止，仍被学界称为无涯之海。作者从失传了的“山海图”入手，开展对《山海经》的研究，可否认为是对《山海经》文本研究的一种拓展呢？

东晋诗人陶渊明的“流观山海图”（《读山海经十三首·其一》）、学者郭璞的“图亦作牛形”和“在畏兽画中”的记载和论述，说明早在两千多年前的战国时代，曾有“山海图”流行于世。而且据说《山海经》部分是图在先、文后出，因而“以图叙事”的叙事方式，至少在战国时代就已形成一种文化传统。但山海经古图至今未被发现，而《山海经》的文字被发现是在散乱的木简之上。由此我们不禁发问：木简之窄难于刻制图画，而陶渊明和郭璞所见过的山海经图，又是刻画在什么样的介质上的呢？写到这里，我回想起一桩往事：1986年夏季，我在云南沧源的一个佤族村寨里，曾目睹过一幅该族的族人保存着的祖上传袭下来的丝质（帛？）的岩画圣图。那次奇遇又使我联想起长沙马王堆汉墓中发现的帛画和帛书。近来，有学者发表了一些从中国少数民族地区搜集到的“指路经”和“神路图”一类的连续图画，似与古之山海经图也有相通和相似之处。图画，显然是一种传袭原始思维的重要记忆或记事方式。我们设想，那些山海经古图为什么不可以是画在帛上或其他介质上的呢？当然，假想毕竟是假想，任何结论都有待于考古发掘和民族学田野资料的证明。

近年来“读图时代”成了出版界的一个热门话题，形形色色的图画和图说类的书籍如潮水般汹涌面世。现在，山海经古图话题的加入其中，似乎真的是一个“读图时代”挟风带雨般地来到了我们面前。此等文化现象，不禁使我想起人类历史上确实经历过的一个“读图时代”——人类还没有创造出文字之前的蛮荒时代。

人类最早使用的文字，据目前的发现，是两河流域的苏美尔人的泥板楔形文字，其时代大约在公元前第三个千年前后。在使用文字之前，也就是在旧石器到新石器时代的绵长岁月里，人类用以认识世界和交流思想的工具，当是那些镌刻和涂绘于洞穴里（如欧洲的洞穴）和山岩上（如我国的内蒙古、新疆、青海、西藏、广西、云南等地的崇山峻岭里）的数量众多的壁画（岩画）。仰韶文化彩陶上那些或写实或写意的多种形态的图像；良渚文化玉琮上那些线条超绝、形象神秘、富于想象力的兽面纹图；殷墟骨板上那些高冠尖喙禽、以弓矢射麋于京室的图像，同样也具有原始人类认识世界和交流思想的工具和符号的意义。对于原始先民而言，除了心理的冲动（如信仰与巫术）外，记事和交流这两类功利目的，乃是绘制或刻画那些原始图画的主要动因。应该说，人类还没有创造出文字之前的蛮荒时代，当是人类历史上第一个真正意义上的读图时代。

有考古学家力图证明仰韶文化和龙山文化陶器上的刻划符号是文字的雏形，至今似乎还难成为定论。但可以肯定的是，进入文明初期，文字的被创造，打破了图画独占天下的一统局面。一定有这样一段时间，图画与文字平分秋色，共同成为人类记事与交流思想的工具和符号。在没有发明纸张之前，图画和文字是被刻在甲骨、泥板、青铜器、竹简等介质上的。青铜器上既有铭文，也有数量丰富、形象多样的图画，保留着图画在思维和认识领域里的优势地位。而竹简的长而窄，大概限制了图画的施展。纸张出现于东汉，导致了雕版印刷术的肇始。雕版技术的发明，使人类得以把图文刻在板上、印在纸上。中国最早的图画书是什么，图画传统占有什么地位，是个很有趣的问题。目前一般认为，雕版印刷始自隋代。明代陆深《河汾燕闲录》说：“隋文帝开皇十三年十二月初敕：‘废像遗经，悉令雕撰’。此即印书之始。”但此说尚未得到考古发掘的支持。而我国现存最早的雕版印刷实物，是发现于敦煌藏经洞、现存在大英博物馆的唐懿宗咸通九年（868年）王玠为母病祈福所刻的《金刚般若波罗蜜经》，文字与图画相配。由此提出了另一个问题：书籍诞生之后，图画的位置若何？是先图（为主）后文，还是先文后图（插图）？如果《山海经》古图果系先有图、后著文，那我们就可以得出这样的一个认识：战国时代还保留着“以图叙事”的古老叙事传统。

镌刻（或描绘）在山岩上的原始的（或古代）的岩画，战国时代的青铜器上的文饰、帛书帛画，汉代墓葬中出土的大量画像石（砖），浸润着浓厚原始思维的民间绘画，等等，或提供了相同或相似的人类思维模式，或再现了古人的神话、巫术、科学或世俗世界。把它们拿来与山海经古图或明清之际画家们根据山海经文本所绘制的图像相互参证、比较研究，的确不失为一个研究山海经课题的上好选择，也许是人们接近破解《山海经》之谜的一条小小的路径。而《山海经》图像的研究，无疑也会多少推动方兴未艾的图像人类学与图像神话学的深入发展。

在《全像山海经图比较》面世之际，我衷心地祝贺这部书的出版！

2002年11月7日于北京东河沿寓所

陆沉传说试论

一、陆沉传说的形态与流布

从我国东南沿海，主要是江浙一带的河汊湖海地区，经安徽、河南、山东，一直到辽宁、吉林的沿海地区，广泛流传着一个陆地突然沉陷而为湖泊的传说。这个类型的传说，在西藏高原也发现了一个与沿海地区大致相似的珍贵异文。这就意味深长地说明了，陆沉传说的流传地区，远远不是只在沿海地区。20 世纪三四十年代，学者们把这一类型的神话和传说的流传地区仅局限于江浙，看来是因资料不多的一种局限看法。

某地的一座城池，由于某种原因，在某一时刻，突然沉没而成为水塘或湖泊。在陆沉之前，是有征兆的。这个征兆就是石狮子的眼睛红了。由于石狮子神秘的预告，只有一个人知道，所以他和他的家人中的一位得以幸免于难。洪水之后，人类便由一对活下来的血亲姐弟结婚，繁衍生息，再传人类。石狮子在传说里扮演了一个十分重要的角色。

为了分析的方便，也为了免去读者检阅资料的劳苦，我愿意在此把我所找到的 20 世纪以来搜集发表的资料多引用几篇。

例一 1930 年 4 月 9 日，广州中山大学语言历史学研究所民俗学会出版的《民俗》周刊第 107 期上发表的，叶德铭搜集于浙江省富阳县的传说《石狮嘴里有血》：

从前，有姊弟二人。离他们家不远，有石狮。弟每日必以“镬焦团”一个投石狮口中。习以为常。如是者，经三年。

一日，石狮谓弟曰：“我口旁有血时，世间必遭大难。届时，你可入我腹中避之！”

越数日，弟果见石狮口旁有血。原来是某屠夫无意中所涂上之猪血。他即奔告其姊，相率入石狮腹中避之。狮腹甚大，且通大海。

当姊弟俩出来时，世间已无人类踪迹。弟因向其姊提议，二人结为夫妻，以免人类消灭。姊说：“我们俩可以磨一具石磨，搬至山上。再各人取一扇，向山下滚去。如能合，则我们俩结为夫妻。”

弟赞成。于是就照话去做。俩扇磨滚下山时，果相合。因此姊弟就结婚了。

1931年钟敬文在所撰《中国的水灾传说》论文中，将其归为水灾传说。情节大致相同的，还有铃儿发表在《新民半月刊》上的一则和王显恩编《元始趣事集》一书中的《百家姓由来的故事》。后一个传说异文，芮逸夫在其撰写的《苗族的洪水故事与伏羲女娲的传说》（1938年）长文中曾加以引用，并归入洪水传说类型之中。

例二　20世纪40年代，民族学家陈志良先生在上海收集到几个沉城的传说，其中一个情节比较典型的如下：

从前东京城里有个孝子，有一位老母在堂，他对母亲非常孝顺。有一晚，他梦见一个仙人对他说：“这个城快要沉没了！你如果见到城隍庙前石狮子的眼睛里出了血，此城马上沉没，赶快驮了你的母亲逃走！”那孝子信以为真，每日在天未亮之前先到城隍庙前看看石狮子眼睛有没有出血。一连好几天，天天碰到杀猪的。杀猪的奇怪他的行为，盘问明白那孝子的原委。于是在第二天大清早，杀猪的把手上的鲜血预先涂抹了狮子的眼睛。等到孝子一到，看见石狮子的眼睛果真出了血，马上回家驮了老母就逃，他的前足跨出，后脚已沦而为湖了。于是那东京城就沉没而为湖，崇明岛却渐渐地汆了起来。[①]

东京在哪里已不可考；历史上是否发生过这次沉城事件，也不得而知。居民间口传，东京城沉没在金山外面的海洋中。口传的材料，只作参考，不足为凭，我们就当作传说来看待吧！

下面我们引述的，是20世纪80年代以来，中国民间文艺研究会、文化部和民族事务委员会联合主持编纂《中国民间文学三套集成》（即中国民间故事集成、中国歌谣集成和中国谚语集成）所进行的大规模搜集工作中得到的材料。

例三 浙江长兴县横山中学的女学生钦利群讲述的当地流传的一种异文，名叫“瓷州城与太湖”。[②]这篇传说与上面所引的那篇流传于上海的传说比较起来，又有其独到的地方。故事说：太湖旁边有一个城叫瓷州。老神仙来到人间察看，遇见的人都很贪婪，爱占小便宜。老神仙决定惩治这些贪得无厌的人。对一个小丫鬟说：姑娘，瓷州城里将有一场大难，如果你看到城门口两头狮子的眼睛红了，就快去逃

---

① 陈志良：《沉城的故事》，《风土什志》1943年第1卷第2—3期。陈志良还引述了在青浦县搜集到的另一个传说。讲故事的人是诸长凯。内容讲的是淀山湖陆沉为湖的事情：“淀山湖从前是个城池，城里有个孝子，非常孝顺地供养他的母亲。有一晚，孝子梦见一位老头子对他说道：‘这个城快要沉没为湖了，你若见到城隍庙前石狮子眼中流血，就是城沉的时间，你赶快和你母亲逃走，因为你是孝子，所以特为关照你。’这个历历如画的梦境，他不能不信，所以每天清晨到城隍庙前看看石狮子的眼睛，有没有流血。有个杀猪的，见他天天去看石狮子，很是奇怪，问明了他的原因，杀猪的就和他开玩笑，现把猪血涂在石狮子的眼里。第二天清早，孝子一见石狮子眼中果然流了血，马上背了他的母亲向东逃走。那城就在孝子走后一步马上沉没了。孝子走了三里多路才停止。那城沉没之后成为淀山湖。孝子停止的地方就是现在的朱家角。那朱家角是青浦县的一个大镇，镇上确有城隍庙，此庙就是淀山湖中的旧城隍庙。”这个传说与东京陆沉的传说情节大致相似。

② 田家村主编：《中国民间文学集成·长兴故事卷》，浙江省湖州市长兴县民间文学集成编纂委员会编印，1990年7月，第172—173页。

命吧！走时别忘记带一把筷子，跑到一个地方，就往身后插一根。小丫鬟得到了这个神示，就天天早上到城门口去看石狮子的眼睛有没有发红。有一天，她看到狮子眼睛里果然发红了，赶快跑回家拿了筷子逃出城去。瓷州城里的人发现他们的水缸旁长出了许多笋，拔出一根笋，就从笋窝里冒出一股洪水。很快洪水便淹没了房子、村庄。小丫鬟每走一段路就插上一根筷子，筷子变成了一排排芦苇，挡住了洪水。当洪水退下去后，瓷州城变成了无边无际的太湖。

例四 《洪泽湖的传说》。此传说由华士明、陈民牛搜集于江苏省淮安县南闸，王步生讲述。传说大意如下：天上观音老母得知世上人要遭难，便下云头到了高良涧。她变成一个老太，卖馒头。发现人们都是买馒头给伢子吃的，却没有买给老人吃的。她想："怪不得此地人要遭难，没有一个孝敬老人的。"到了年底，她把店门一关。门外来了个伢子，要买馒头给奶奶吃。她开了门，卖给他馒头，还对他说："伢子，你每天上学，路上不是有个庵吗？庵前有对石狮子，你早晚望一望它，望见石狮子眼一红，你赶快带你奶奶走，水马上就到。"并嘱他不能告诉别人。伢子早晚上学，都去看石狮子的眼睛是不是红了。他的这种行动被开猪肉案的发现了，就逼问他，他不得已将秘密告诉了杀猪的。第二天，杀猪的用杀猪时手上沾的血涂红了石狮子的眼睛。伢子见状，飞奔回家，拉上奶奶便逃，告诉奶奶泗州城要塌陷了。奶奶要他带上埋在床头地下的聚宝盆。他一刨那聚宝盆，洪水便从那儿冒出来。他俩爬到高滩上，幸免于难。高良涧陷而为洪泽湖。[①]

例五 《狮子眼红陷濠陵》。此传说由王成文搜集于山东省梁山县王庄，王曰让讲述。传说很早以前，梁山以西十里有个城池叫濠陵，城市雄伟繁荣，城中之人却不仁不义，上欺老下欺小，尔虞我诈，作恶多端。泰山老母化作一要饭的贫婆来到濠陵察看。一个小学生可怜

① 《洪泽湖的传说》,《江苏民间文学》1981 年第 2 期，第 68—70 页。

她，把她领到家里，给以饱暖。泰山老母得遇此等仁义慈善之人，便告诉他要他注意庙前那对石狮子，如若眼睛一红，濠陵就要地陷。并给他母子一小纸船，以备洪水一来，作为逃命之用。小学生每天到庙前去看石狮子，被老师知道了。在老师逼问之下，说出了真情。老师偷偷用红铅笔涂红了石狮子的眼睛。小孩发现后，急忙跑回家，和母亲一起坐上了纸船。即刻雷声大作，天昏地暗，霎时间濠陵城陷进地下。母子俩的小纸船，变成了一只大船，随波浪而去。[①]

例六 在山东省滕州市同时搜集到两个关于石狮子的传说。第一种说法与上述几种异文大同小异，不同处是，预言家装成一个傻里傻气的卖油的，遇见一个诚实的老头，老头提醒他一葫芦四两、四葫芦半斤会亏本。预言家告诉老头将要洪水横流，嘱他扎成木筏，以备水患。洪水到来的预兆，是村北小庙前面石狮子的眼睛变红。小学生得知消息后，用红颜色笔涂了石狮子的眼睛。老头把东西搬上木筏，洪水铺天盖地而来，生灵无一幸免。

例七 滕州市搜集到的第二种说法《拐磨山》与上述诸说殊为不同，别有特色：千山脚下有吴姓人家，门前有一对石狮子。小孙子和小孙女常骑着石狮子玩。有一天，兄妹都做了一个同样的梦，梦见石狮子对他们说：三天以内，洪水滔天，人烟灭绝。你兄妹俩，后天晌午头，哪里也别去，骑在俺俩的身上，就能躲过这场大难。到了第三天，兄妹俩骑上石狮子，只听到耳边的风声，不敢睁开眼睛。等到从半空中落下来的时候，发现他们被带到了一座高山顶上的破庙旁，只见四周天连水、水连天，人烟断绝了。半夜里兄妹俩梦见两个蛇模样的人，自称是伏羲女娲，告诉他们，兄妹二人要结为夫妻，好接续人种。兄妹不肯从命，只好用滚磨扇的办法，连续三次，两扇磨扇都滚

① 《狮子眼红陷濠陵》，《中国民间文学集成·梁山民间故事集成》第 4 卷，山东省梁山县三套集成办公室编印，1991 年 11 月，第 6—17 页。

在一起。兄妹只好成亲。洪水退后，他们勤恳耕作，并生下十八个男孩，十八个女孩，人烟就接续下来了。[①]

例八 《盘古兄妹》。此传说由马卉欣根据河南省桐柏县姚义雨等人的讲述整理而成。盘古兄妹用了七七四十九天工夫做了一个石狮子，放在桐柏山顶上。石狮子镇守着山头，野兽再不敢来侵扰了。他们每天给它喂一个馍，喂了七七四十九天。石狮子对盘古说："盘古，别再放馍了，等我的眼睛一红，你就赶快喊上你妹妹，一块往我肚子里钻。"一天，盘古果然发现石狮子眼睛红了，便赶快喊妹妹。这时，天昏地暗，乌云翻滚，石狮子两眼发光，张开大嘴，把兄妹吞到肚子里。雷雨大作，洪水暴涨。七七四十九天之后，石狮子张开嘴，把兄妹俩吐出来。石狮子解释洪水的原因说，妹妹是玉帝的三女儿，来到地上后，天上有个面善心恶的天将也要跟随下来，未得玉帝允许。于是串通雷公、雨公和风婆作恶，降下洪水，想把你们兄妹淹死。石狮教兄妹用斧子把和葛藤补天。他们又同九条龙搏斗。洪水退后，石狮子叫他们结为夫妻，延续后代。他们不答应，于是经历两次考验：要石狮子把破碎了的乌龟壳合起来；兄妹两人往山下滚磨盘。两个考验通过后，他们二人才结为夫妻，生了八个孩子。八个孩子各踞一方，盘古在中央，称为九州。八个孩子死后，夫妻又用泥捏人。子子孙孙，绵绵不断。[②]

例九 《人的来历》。此传说由张其卓、董明搜集于辽宁省岫岩县，李成明（满族）讲述。传说情节梗概如下：很久以前，有两姐弟

---

① 第一个传说题为"石狮子的眼红了"，由钟士长搜集于滕州后坝桥村，讲述人王庆友；第二个传说题为"拐磨山"，由张士哲搜集于胡楼村，讲述人刘登科。均载滕州市民间文学集成办公室编：《滕州民间故事》（枣庄市民间文学资料选编）上册，枣庄市出版办公室，1988 年。

② 《盘古兄妹》，《民间文学》杂志 1986 年第 1 期；又见陶阳、钟秀编：《中国神话》，上海文艺出版社 1990 年版，第 166—170 页。

靠打柴为生。有一天，姐姐鄂云倚在石狮子身旁睡着了。带的干粮没有了。一连多日都是如此。又一天，姐弟在睡梦中，石狮子对他们说：要天塌地陷了，把能拿来的赶快拿来。姐姐把这个消息告诉村人，但没有人相信。他们来到山上后，石狮子张开大口，鄂云领着鸟、兽、禽类，走进狮子嘴里，弟弟兜扛着种子、粮食也走进去；弟弟把鸡鸭鹅狗扔进去，石狮子把嘴闭上了。七天七夜后，狮子把嘴张开，姐弟从狮子嘴里出来。人烟灭绝了。他们把种子分给飞鸟走兽每人一粒，让它们撒到人迹到不了的山里。弟弟提出两人结为夫妻。姐姐说隔在两座山上，若能把线纫进针眼里，就成婚。蚂蚁、蜜蜂、小鸟来帮忙。姐姐看见线纫上了，还是不同意，又提出滚磨盘。狼、虎、蛇都来帮忙，两扇磨盘终于合上了。姐弟结为夫妻，生了十个孩子。世上的人还是太少，于是又用泥捏人，一气捏了好几百个。据说现在世上的人，就是从那时候传下来的。[1]

例十 《高公高婆》。此传说由王洪烈搜集于吉林省吉林市，讲述人赵清女。有兄妹俩上学的道儿上经过一个石狮子。常把带来的吃的塞进它的嘴里。有一天石狮子说："你们五天内有一场大难！天地间要混沌，天塌地陷，发大水，世上没有活人了。你们俩心眼儿好，我搭救你们一回吧。到时候，你俩倒退着钻到我嘴里来，我把你们俩藏起来，躲躲灾！"后来果然如此。兄妹在石狮子嘴里躲了七七四十九天，等到外面见亮了出来一看，洪水汪洋，人烟断绝了。兄妹俩去问石狮子，它要哥哥拿针、妹妹拿线，往山下扔，如果线纫进针里，他俩就结为夫妻。结果没有纫上。又去问石狮子，它要他俩往山下滚石磨。结果两扇石磨又没有合在一起。于是，妹妹用泥捏女人，哥哥用泥捏男人，这就是后世的人了。那兄妹俩就是家家供奉的老祖宗，高

---

① 《人的来历》，载张其卓、董明整理：《满族三老人故事集》，春风文艺出版社 1984 年版，第 3—6 页。

公、高婆。[①] 编者附记中交代说："《高公高婆》在吉林省流传很广，有些地方的说法和上面正文不太相同。如伊通县王力田采录的故事中说，混沌以后，兄妹俩到昆仑山，见到洪钧老祖（是个得道的蚯蚓，能盘昆仑山三圈，已经历过七世混沌），老祖让二人滚石磨成婚。两头狮子变为两扇石磨，二人各推一扇，滚至山下合在一起。他俩成婚后生儿育女。"又，伊通县王福金采录的另一个传说：兄妹滚石磨成婚后，从未同床，手捏泥人，泥人受日精月华，一百天后成为活人，世间人丁再度兴旺。

例十一 《石狮眼里流血的故事》。此传说由廖东凡、次仁多吉等搜集于西藏自治区拉萨市城关区，由回族阿比讲述。这是一个最特殊的例子，其他都是搜集于沿海地区，而这个传说则孤零零地搜集于遥远的西藏自治区拉萨市，向搜集者询问得知，此传说虽为回族居民讲述，但并不为回族所独有，在藏族居民中也有较为广泛的流传。情节梗概如下：从前有个国王，家里供养着一个僧人，他能预知未来。他跟国王说，这座城市很快就要被洪水淹没，唯一能预知洪水来临的是市场上的一只石狮。只要石狮眼里流血，不出七天，洪水就要到来。国王知道了这个秘密，就派三个公主轮流去市场买肉，实则是去看石狮的眼睛是否流血。公主的举动被五个商人看破，向小公主打听到了秘密，希望大发横财。他们用牛血羊血涂在狮子的眼睛上。国王得知石狮眼睛红了，低价拍卖了宫中所有的财产，带着臣民百姓，逃到了山上。五个商人以为得计，高兴得饮酒作乐时，石狮眼里真正流出了鲜血。七天之后，五个商人被洪水吞没了。[②]

笔者在此列举了南从浙江省北到吉林省如此狭长的沿海河海湖汉

---

① 《高公高婆》，《中国民间故事集成·吉林卷》，中国社会科学出版社 1992 年版，第 10 页。

② 《石狮眼里流血的故事》，《西藏民间故事》第 1 集，西藏人民出版社 1982 年版，第 179—180 页。

地区的十个同一类型而行文大同小异的异文，外加一个从西藏拉萨市搜集的变体。对于在拉萨记录的一个异文，尽管其中有浓厚的高原民俗生活氛围的描写，但我们还是存在疑问：是否由外地传入的？我们不排除这样一种推测。分析这十一个异文，大致呈现出两种模式，这两种模式又是由一个共同的情节模式或曰一个共同的情节核心联结起来。这就是预告和陆沉。早在20世纪40年代陈志良先生就曾试图把这个型式加以概括，根据他的叙述，完整形态的沉城型传说的情节梗概大致如下：

（一）有一个人（老妪、孝子，或其他，而以老妪之说为多）；

（二）得到了神的启示，明白该地或该城之将沉没；

（三）某种物件上（城门、石狮、石龟等）出血为陷城的记号；

（四）为别人（门吏、屠夫）所知，故意涂了血；

（五）此人走而陷城；

（六）末尾，或者加上了本地风光。[①]

二、洪水预卜与血信仰

洪水的泛滥和地壳的剧烈运动，使陆地和城池陷而为湖泊，是一种自然现象。这种自然界的巨大灾难，给人类造成了巨大震撼。1935年吴越史地研究会进行的江浙两地的考古调查，一个引起热烈讨论的论题就是当地湖泊纵横地带的陆沉现象。无锡、苏州与太湖之间，从前有个山阳县，后来沉而为湖了。据说，水清的时候，还能看到水底的房屋。这在人们的记忆中是会留下难忘的印迹的。但是，在人们认识自然、支配自然的能力还相当微弱的时代，这种陆沉为湖的自然现象，就会在人们的记忆中形成种种奇妙的神话和传说，而在这类神话

---

① 陈志良：《沉城的故事》，《风土什志》1943年第1卷第2—3期。

和传说中，巫卜作为一种认识和征服自然的虚假手段，理所当然地成为一种添加剂。石狮子就是作为灾难的预言家、巫卜的代言者出现的。

石狮子眼睛出血，预兆城池将陷而为湖的传说，可简单概括为陆沉型传说，是洪水神话的一支和延续。石狮子眼睛出血这一情节，是这个类型的传说的核心情节，别的情节往往在流传中因某种因素而有所增减，如孝子、诚实的老头或小学生，和贪婪的、不仁的、不养老人的人的种种世相，就是这种情况，而唯独石狮子眼睛出血预告城池将陷而为湖这个情节是不大容易变化的，换言之，是比较稳定的。有的地方的传说，如浙江长兴流传的关于瓷洲城沉陷而成为太湖的传说中，只提到石狮子眼睛红了，而没有明确说出是眼睛出血，这大概是因为在流传中丢失了某些不重要的细节。石狮子眼睛出血，在原始思维里，其象征含义在于通过血而实现石狮子的预卜吉凶祸福的预言家的功能。

狮子不是中国原产，是汉以后从西域传进来的一种动物，逐渐进入中国人的人文生活之中，成为象征祥瑞的动物之一。在陆沉传说中，石狮子扮演了洪水预言家的角色，而石狮子在实现其洪水预言家的角色时，又是以血为预言的表征的。

在全国各地与洪水有关的石狮子传说中，石狮子的预卜功能的实现，无一例外都是借助于动物的血，没有动物的血的参与，石狮子就不可能实现其给人类以灾难的预告的预言家的角色。人和动物的血具有魔力，以及血作为生命的象征，这样一种观念，在几十万至几万年前的山顶洞人，就已经有了或朦胧或明确的认识了。他们把红色的赤铁矿粉撒在尸体的周围，或许意味着他们希望死者永生，或者意味着他们希望死者的灵魂不要干扰活着的同伴。总之，那红色代表了血是无可怀疑的。在欧洲发现的几万年前的洞穴岩画和在我国发现的几千年前的崖壁岩画，有许多是原始人用牛血和着赤铁矿粉作为染料画的。这表明，当时的人们不仅是把血作为一种单纯的染料，也表现了他们对于动物的血的崇拜。学术界有一种解释值得重视：原始先民在观察人和动物从子宫里分娩与母体分离的时候，看到新生命的诞生总是伴随着羊水和血液的流出。而石狮子眼睛里出血预告洪水的来临，正如同一个新的生命的诞生必然伴随着血和羊水一样。这种原始的观念虽然经过了漫长的时代的演变，依然或隐或显地出现在源远流长的神话和传说之中。

陆陷而为湖，洪水涌流、人烟灭绝的原因，在上面引述的这些神话和传说中，大都说是某个天神为了惩罚人间的贪婪、不仁不义、不孝、不诚实、尔虞我诈者。这种说法显然带着漫长的阶级社会特别是封建社会伦理道德观念的烙印，是与现存的西南地区诸民族的箱笼型洪水神话中关于洪水泛滥的原因的原始解释大相径庭的。由于这种宗法的、世俗的或宗教的观念的不断渗入，适应了社会发展和人类思潮发展的需要，所以也相应地促进了这种类型的传说的流传。

在陆陷为湖的洪水传说中，关于洪水的来源，保留着许多原始或比较原始的观念。有的传说认为，天上有洞，洪水是从天洞里倾泻下来的。有的认为，洪水是地陷而涌出来的。有的认为洪水是从笋窝里涌出来的，笋窝是原始的水眼。有的认为洪水是从水缸里出来的，水缸是洪水泛滥的水眼。有的认为洪水是从埋置聚宝盆的洞穴里冒出来的。等等。水眼的观念应该说是十分古老的一种观念，是与原始的类比思维方法相适应的一种关于水和水患的认识；但这种认识，即使在当今的社会生活中，也还是常常听得见的。这些关于洪水来源的观念，与传说中其他一些情节，如劫难之后原始遗民再造人类、天破了兄妹补天等，联系起来，则形成了中国洪水神话的另一个系统。

在上述十个神话传说中，有七个只有陆沉为湖洪水泛滥的情节（江浙一带的六个和西藏的一个），符合陈志良拟订的情节型式，而另外四个则把陆沉为湖洪水泛滥的情节与洪水之后兄妹结婚繁衍人类的情节结合在一起（山东、河南、辽宁、吉林等北方地区）。它们是滕州的《拐磨山》、桐柏的《盘古兄妹》、岫岩的《人的来历》和吉林的《高公高婆》。这四个神话传说中，除了《盘古兄妹》把盘古造天地的古典神话拉了进来，使神话传说的内容显得庞杂，而且完全可以剥离外，其他三个神话传说的情节都比较单纯，而且基本一致。石狮子在保存洪水遗民——兄妹（或姐弟），使在洪水泛滥人烟灭绝之后人类得以再传这个重大关节上，立下了汗马功劳。是它让兄妹（或姐弟）进到它的嘴里（肚子里），或骑在它的背上，从而免遭洪水吞没。在这里，石狮子又是一只可以避水的原始舟船，或进而是一个可以孕育胚胎的大子宫的象征。大洪水灭绝了一切生物，兄妹（姐弟）进到石狮子的嘴（或肚子）里，在象征的意义上，意味着他们在一个人类的大子宫里得到发育，洪水平息之后，他们从这个大子宫里出来，意味着人类得到了再生。从这个分析来看，说洪水到来时兄妹骑在石狮子背上，石狮子把他们带到洪水未及的山顶上，也许是在流传中出现的人为地合理化，实际上恐怕是未必合理的艺术加工。

洪水神话中的兄妹婚，所反映的是人类历史上确曾经历过的必然阶段——血缘婚以及对血缘婚的抗拒的情景。大洪水过后，世界上只剩下了兄妹（或姐弟）二人，面对着混沌状态，怎样能延续人类呢？兄妹（或姐弟）能成婚吗？能回到人类曾经存在过的血缘婚吗？陆陷神话传说里的主人公兄妹（或姐弟）二人不愿意结合的心理，不是血缘婚盛行时期的心理，而是对已经成为过去的血缘婚的回忆和抗拒。要克服这种心理的和物种进化的障碍，原始先民为他们的主人公设置了多种形式的原始考验：如兄妹各踞一个山头，如果把线纫进针眼里，他们就可以结为夫妻；如兄妹从不同的山坡往山下滚磨盘，如果两扇磨盘在山下面合在一起，他们就可以结为夫妻；如果能把已经砸碎了的乌龟壳对起来，他们就可以结为夫妻。这些原始的考验，都顺利地通过了，他们（也是原始先民）把这些考验的通过看作是天意，他们必须遵从而不能违反天意，结为夫妻。这些原始考验的设置，显然是为人类违反社会进步所形成的法规和血亲结婚的戒律而制造的借口罢了。

兄妹（姐弟）一起钻进石狮子的嘴（或肚子）里，直到洪水平息后出来到大地上生活，象征地体现了人在母体中的整个孕育过程。兄妹（姐弟）在母体子宫里从孕育到出生，又可以认为两人是一对异性孪生子。

三、石龟也曾是洪水的预言家

在陆沉型洪水传说中，石狮子作为灾难预言家的角色，是取石龟而代之的。石龟曾经是这类传说的主角。在探讨石龟的形象和文化内涵之前，我们还应该做一点溯源的工作，理清这类传说的来龙去脉。

陆沉型洪水传说，最早的形态要算伊尹生空桑的传说吧。关于伊尹的传说，始见于《吕氏春秋·本味篇》。原文如下：

> 有侁氏女子采桑，得婴儿于空桑之中，献之其君。其君令烰（庖）人养之，察其所以然，曰："其母居伊水之上，孕，梦有神告之曰：'臼出水而东走，勿顾。'明日，视臼水出，告其邻；东走十里，而顾，其邑尽为水，身因化为空桑。"故命之曰伊尹。此伊尹生空桑之故也。长而贤。汤闻伊尹，使人请之有侁氏。有侁氏不可。伊尹亦欲归汤，汤于是请取妇为婚。有侁氏喜，以伊尹媵女。

这个传说又见于《列子·天瑞篇》《楚辞·天问篇》和《论衡·吉验篇》等书，可见是战国秦汉间最流行的传说之一。传说中值得注意的是：臼出水，是洪水泛滥的预兆；婴儿在空心的桑树中漂流而免于溺死。作为洪水预兆的臼出水，无疑可以认为是石龟或石狮子眼睛出血的先声，二者之间是有内在联系的。臼是什么？王逸注《楚辞·天问篇》说：

> 小子谓伊尹。媵，送也。言伊尹母妊身，梦神女告之曰："臼灶生蛙，亟去无顾！"居无几何，臼灶中生蛙。母去，东走。顾视其色，尽为大水。母因溺死，化为空桑之木。水干之后，有小儿啼水涯，人取养之。既长大，有殊才。有莘恶伊尹从木中出，因以送女也。

原来臼灶系灶之一种。杨堃先生考证说："按臼灶二字，一般均认为臼与灶，系指二物而言。然余个人之愚见，则认为臼系一形容词，臼灶乃指臼形之土灶而言。盖古时之臼与灶，皆掘地而为之，而灶形如臼，故曰臼灶，换言之，臼灶乃灶类中之一种，亦即最古式之土灶也。至于所谓'臼灶生'者，此在余看来，乃臼形之土灶，忽而生蛙之谓也。盖臼形之土灶系挖地而为之，故有生蛙之可能。"[①] 臼灶内有水才能生蛙，所以臼出水成为洪水来临的预兆。

如果要谈论陆沉型洪水神话和传说，最早而比较完整的形态，当推《淮南子·俶真训》里关于历阳陷而为湖的记载："夫历阳之都，一夕反而为湖，勇力圣知与罢怯不肖者同命。"高诱注：

> 昔有老妪，常行仁义，有二诸生过之，谓曰："此国当没为湖。"谓妪视东城门阃有血，便走上北山，勿顾也。自此，妪便往视门阃。阍者问之，妪对曰如是。其暮，门吏故杀鸡血涂门阃。明旦，老妪早往视门，见血，便上北山，国没为湖。与门吏言其事，适一宿耳。一夕，旦而为湖也。勇怯同命，无遗脱也。（刘文典案：《意林》引注略同，惟末有"母遂化作石也"六字）

---

① 杨堃：《灶神考》，《杨堃民族研究文集》，民族出版社 1991 年版，第 164 页。

历阳在安徽省现今和县境内，史载当地曾发生过陆沉为湖的事情，现在的历湖可能就是当年历阳之所在。《淮南子》撰于西汉，那时，也许更早一些，这种陆沉型或沉城型的传说，其基本情节梗概——门阃有血，预告洪水将至——就已经大体形成了。伊尹生于空桑传说中的臼灶出水的情节，在这里变成了门阃有血。二者表现形式不同，但却都是以一种预告的方式，预示洪水的到来。在思维方式上是何其相似！晋代干宝的《搜神记》里也收入一个类似的传说：

由拳县，秦时长水县也。始皇时，童谣曰："城门有血，城当陷没为湖。"有妪闻之，朝朝往窥。门将欲缚之。妪言其故。后门将以犬血涂门，妪见血，便走去。忽有大水欲没县。主簿令干入白令。令曰："何忽作鱼？"干曰："明府亦作鱼。"遂沦为湖。（《搜神记》卷十三）

这一个传说，作者可能引自《神异经》。魏郦道元《水经注》二十九也引用了，文字稍有差异，并借《吴记》的记述考证，由拳县，即吴之柴辟亭，现在的浙江省嘉兴县南之地。[①] 校注者汪绍楹注中说，这个传说的本事见于《淮南子》。是否指上面的一段话及其注释？一个发生在历阳，一个发生在由拳，看不出二者说的是同一件事情。但从内容看，可能形成于秦王朝及以后不久的时代。因为提到了秦代童谣："城门有血，城当陷没。"不过，当时的这两个传说里，洪水将至、国没为湖的预兆，是城门阃上有血。不仅石狮子的形象没有出现，连石龟的形象也还没有出现。

李膺《益州记》里记录了一个邛都县城陷为湖的传说，与历阳之都陷而为湖的传说十分相似，现录在下面，略可对照：

---

① 见任松如编：《水经注异闻录》一五七"作鱼"，上海文艺出版社 1991 年影印本。

邛都县下有一老姥，家贫孤独。每食辄有小蛇头上戴角，在床间。姥怜之，饴之。后稍长大，遂长丈余。令有骏马，蛇遂吸杀之。令因大愤恨，责姥出蛇。姥云："在床下。"令即掘地，愈深愈大而无所见。令有迁怒杀姥。蛇乃感人以灵言，嗔令何杀我母，当为母报仇。此后，辄闻若雷若风，四十许日。百姓相见咸惊，语："汝头那忽戴鱼。"是夜，方四十里与城，一时俱陷为湖。土人谓之曰陷河。唯姥宅无恙，迄今犹存。渔人采捕，必依止宿。每有风浪，居宅侧恬静无他。风静水清，犹见城郭楼橹然。今水浅时，彼土人没水取得旧木，坚贞光黑如漆。今好事人以为枕相赠。（转引自《后汉书·西南夷传·邛都夷》）

历史学家徐中舒认为："此老妪与陷城，与历阳之都一夕为湖极为相似，当为同一故事之转变。其说旧木为枕，当亦由空桑说（即指伊尹传说。——引者注）推衍而来。又小蛇头上戴角，乃古所传虬龙之形。此当为古代南方民族之图腾。"[①] 他的这个论断是不无根据的。

历阳沉没为湖的传说中，城门阃有血为洪水征兆，在梁代任昉《述异记》的记述里便变成了石龟眼睛出血：

和州历阳沦为湖。昔有书生遇一老姥。姥待之厚。生谓姥曰："此县门石龟眼出血，此地当陷为湖。"姥后数往视之。门吏问姥，姥俱答之。吏以朱点龟眼。姥见，遂走上北山，顾城，遂陷焉。今湖中有明府鱼、奴鱼、婢鱼。

同一个事件，同一个传说，在这本书里却出现了不同的说法：

---

① 徐中舒：《跋苗族的洪水故事与伏羲女娲的传说》，《人类学集刊》1938 年第 1 卷第 1 期。

“此县门石龟眼出血，此地当陷为湖。”“城门阃有血”变成了“石龟眼出血”。石龟成了这个传说中的主人公。其实，在任昉的著作之前出现的晋代干宝的《搜神记》里，石龟就已经开始代替门阃而成为这类传说的主角了：

> 古巢，一日江水暴涨，寻复故道。港有巨鱼，重万斤，三日乃死。合郡皆食之。一老姥独不食。忽有老叟曰：“此吾子也，不幸罹此祸，汝独不食，吾厚报汝。若东门石龟目赤，城当陷。”姥日往视。有稚子讶之，姥以告实。稚子欺之，以朱傅龟目。姥见，急出城。有青衣童子曰：“吾龙之子。”乃引姥登山，而城陷为湖。(《搜神记》卷二十)

石龟怎样成为陆沉型洪水传说中的洪水预言家的呢？

在我国古代社会生活和文化史上，从殷商起，龟与龙、凤、麟一起，被认为是四灵之一。龟在古代一向被视为长寿动物，而又具有特殊的灵性，所以龟甲通常被用于占卜。司马迁在《史记·龟策列传》中说：“王者决定诸疑，参以卜筮，断以筮龟，不易之道也。”无论是部落或族群间发生战争，还是举行盛大的祭祀活动，事先都必须举行占卜决定行止。“灼龟观兆”，即用火灼烧龟甲，观看被烧的龟甲的裂纹，来占卜吉凶福祸、决定或行或止，乃是通常的手段。古人还认为龟是负驮河图的灵兽。《河图》曰：“天与禹洛出书，谓神龟负文列背而出。”河图洛书现，则天下太平盛世。龟逐渐被神化。统治者们为了追求江山永固，而把象征着权力和功业的记功碑放到了石龟的身上，希望有石龟的驮载，千秋功业，永垂不朽。有些地方的石龟，雕刻它的主人为了加强其神性，甚至把象征皇权的龙与之雕在一起。例如现保存于黑龙江省宁安市兴隆寺前院门庭右侧的一个唐代渤海国的石龟，就不失为一个典型。这尊身高 58 厘米、长 101 厘米、龟座长 136 厘米、座高 32 厘米的石龟，龙头龙足，昂首裂眦，龙鬃披颈，四条龙足盘踞石座之上。这尊造型奇特的大型石龟，除了向我们提供了渤海国上层社会的民俗心理之外，无疑也是研究渤海国与中原关系的重要资料。

从上述叙述中，不难得出结论：当着龟集长寿、占卜（预言家）、星象、权力和功业的象征于一身的时代，凭它的灵性和威望，石龟进入陆沉传说，成为人类大灾难的预言家和人类的救护者，就是很容易理解的了。

四、民俗文化变迁：从石龟到石狮子

到了辽宋金元以后，龟作为神授权力的象征，依然随处可以见到它驮着沉重的石碑，但它在世俗生活中的地位逐渐下降了，甚至成了市井中人们讥讽嘲笑的卑物。明初陶宗仪在其《南村辍耕录》中引录了金方所的诗句：“宅春皆为撑目兔，舍人总作缩头龟。”俗称兔子望月而孕，因此，“撑目兔”就是指的无夫而孕的女人。俗信龟不能性交，纵牝者与蛇性交，在遇到敌人时，龟又常常把头缩起来，装“孙子”，所以市井中常把男性性无能而纵容其妻在外面行淫的丈夫，戏称为“缩头龟”。曾几何时，代表着君权神授的神龟，如今竟变成了王八（忘八），即忘掉了礼、义、廉、耻、孝、悌、忠、信八项道德准则的人。这时，石龟显然已经无法再保持它受人尊敬的预言家地位了。鉴于这种情况，在村夫野夫游女怨妇的民间信仰和口碑文学中，石狮子就乘虚而入，取石龟而代之了。

有意思的是，1993 年 3 月笔者在云南锡都个旧参观云庙时看到，在大殿门前两边各有一个造型不凡的石狮子，它们的背脊上留有一个方形的石质碑榫，很像是作柱础用的。其取意颇有些像石龟背上驮碑的石榫。从其功能来看，也许是石狮到石龟的一种过渡形式。老百姓对其所持的态度如何？崇耶？贬耶？笔者向个旧市博物馆张馆长询问其来历和人们所持的态度，他只能告知，这一对石狮子是从民间收集来的，雕刻年代、用途和人们对之所持的态度均未能确指，甚感遗憾。

民间对待石狮子，确有敬之如神的。谢肇《五杂俎·人部》云："吴越好鬼，由来已久。……于是邪怪交作，石狮无言而称爷，大树无故而立祀。木偶漂拾，古柩嘶风，猜神疑仙，一唱百和，酒肉香纸，男妇狂趋。"宋朝京都汴梁府（开封）龙亭附近午朝门外的一对石狮子，民间传说是财神手下的散财童子。[①]大连市金州城北门外大慈庙门前的一对石狮子，老百姓认为是有灵的，称为"神狮"：好人月黑天出城，也顺顺当当走不错道儿；坏人青天白日来此，即使不掉到护城河里，也跌在石桥上。每逢八月十五云遮月，正月十五雪打灯，人们就积下当时的雪水，到了三月三这天，大闺女小媳妇都端着团圆水（雪水）来到大慈庙前，给神狮洗头，企望两个石狮子团圆。[②]但石狮子从来没有像石龟那样成为神权的象征，它存身于世俗生活之中。有时人们甚至还赋予它常人一样的特点，比如《稽古录·人事部》录：《在阁知新录》："世以妒妇比狮子。"《续文献通考》："狮子日食醋、酪各一瓶，吃醋之说殆本此。"人们还把悍妇发怒称为"河东狮吼"。君不见《清平山堂话本·快嘴李翠莲记》里有道是："从来夫唱妇相随，莫作河东狮子吼。"

1993年3月26日脱稿

---

① 参见高铁军搜集，张振犁整理：《石狮子吐元宝》，《河南民间故事集》，中国民间文艺出版社1985年版。

② 参见于耐寒搜集：《神狮的故事》，《辽宁民间文学》1984年第1集，中国民间文艺研究会辽宁分会编印。

陆沉传说再探

笔者曾在拙著《石与石神》（学苑出版社 1994 年版）中写下这样的一段话："石狮子眼睛出血，预兆城池将陷而为湖的传说，简括为陆沉传说，是洪水神话的一支和延续。"最近又发现了一些新的材料，促使笔者再作进一步思索。

一、陆沉传说与吴文化圈

陆沉传说，虽然在我国沿海一带有所流传和采录，但它应是吴文化圈中一个具有代表性的、源远流长的传说类型。从 20 世纪 30 年代以来，特别是 80 年代后，这种传说类型在吴文化圈内多有发现和记录。现根据这个主要流传在吴文化圈内的传说资料，略作归纳分析。

地处太湖之滨的嘉兴县，秦代或先秦时代就有陆沉传说流传。晋代干宝撰《搜神记》卷十三收录一则有当地地域特色的陆沉传说：

> 由拳县，秦时长水县也。始皇时，童谣曰："城门有血，城当陷没为湖。"
>
> 有妪闻之，朝朝往窥。门将欲缚之。妪言其故。后门将以犬血涂门，妪见血，便走去。忽有大水欲没县。主簿令干入白令。令曰："何忽作鱼？"干曰："明府亦作鱼。"遂沦为湖。

魏郦道元《水经注》另据《神异传》引了此传说，并释曰：“《吴记》曰：谷中有城，故由拳县治也。即吴之柴辟亭。故就李乡，携李之地。秦始皇恶其势王。令囚徒十余万人，污其土，表以污恶名。改曰囚拳，亦曰由拳也。吴黄龙三年，有嘉禾生拳县，故曰禾兴。后太子讳和，改为嘉兴。《春秋》之携李城也。”[①]从干宝所辑录的传说中所引用的秦代童谣“城门有血，城当陷没为湖”来看，陆陷传说的滥觞期，可能在秦代或早于秦代。“城门有血”作为陆陷的预兆，在当时已成为此传说类型的基本母题。

就记载的时间来说，干宝的记录并非陆沉传说的最早记载。最早的记载见于西汉时期的著作《淮南子·俶真训》：“夫历阳之都，一夕反而为湖，勇力圣知与罢怯不肖者同命。”所记本事及情节极其简单。到东汉高诱作注，才将历阳陷湖传说大体勾勒出来：

> 昔有老妪，常行仁义，有二诸生过之，谓曰：“此国当没为湖。”谓妪视东城门阃有血，便走上北山，勿顾也。自此，妪便往视门阃。阍者问之，妪对曰如是。其暮，门吏故杀鸡血涂门阃。明旦，老妪早往视门，见血，便上北山，国没为湖。与门吏言其事，适一宿耳。一夕，旦而为湖也。勇怯同命，无遗脱也。

历阳陆陷传说，被后出的各种志异笔记类书多所引述。历阳在今安徽省和县，县治现在还称历阳镇。刘文典《淮南鸿烈集解》注曰：“有注云：汉明帝时，历阳沦为湖。”[②]汉明帝刘庄即位时在公元58年，退位时在75年。和县与含山县为邻，其湖在和县称历湖，在含山县称麻湖。其地望在太湖之西，巢湖之东，与南京、湖孰一带相去不

---

① 任松如编：《水经注异闻录》一五七“作鱼”，上海文艺出版社1991年影印本。

② 刘文典撰，冯逸、乔华点校：《淮南鸿烈集解》，中华书局1989年版，第76页。

远。据考古发掘，含山凌家滩新石器时代墓葬中发现的玉版，其正面，围绕着中心刻有两个大小相套的圆圈。[①] 如果像有的学者所说的，这两个圆圈象征着太阳的话[②]，那么，含山一带居住的族群，与生活在浙江余杭的反山、瑶山，嘉兴的马家浜、双桥，江苏吴县草鞋山、张陵山，上海青浦的福泉山、崧泽等新石器文化遗址的族群一样，都是太阳崇拜的子孙[③]，它们应是有着相似或相近的文化特征的族群。把和县、含山的古文化看作是先吴文化，大概是说得通的。

历阳陆陷传说，到晋代干宝《搜神记》卷二十所收一则异文，其情节显然出现了重大变异：

> 古巢，一日江水暴涨，寻复故道。港有巨鱼，重万斤，三日乃死。合郡皆食之。一老姥独不食。忽有老叟曰："此吾子也，不幸罹此祸，汝独不食，吾厚报汝。若东门石龟目赤，城当陷。"姥日往视。有稚子讶之，姥以告实。稚子欺之，以朱傅龟目。姥见，急出城。有青衣童子曰："吾龙之子。"乃引姥登山，而城陷为湖。

其变异表现在：（一）"城门（阃）有血，国将陷而为湖"，变成了"石龟目赤，城当陷"，出现了一个新的角色——石龟。[④]（二）出现了对陆陷为湖起因的解释：合郡食龙之子的肉，遭龙的报复，城陷为湖。（三）合郡皆食，独老姥一人不食，老叟（龙的化身，龙与水

---

① 安徽省文物考古研究所：《安徽含山凌家滩新石器时代墓地发掘报告》，《文物》1989年第4期。

② 陈久金、张敬国：《含山出土玉片图形试考》，《文物》1989年第4期。

③ 陈勤建：《中国鸟文化》，学林出版社1996年版，第65页。

④ 陈建宪在《中国洪水神话的类型与分布》（《民间文学论坛》1996年第3期）中说："到了南北朝以后，这个母题（指'神谕奇兆亚型'，即本文所说陆沉传说。——引者注）则变成了石龟眼中流血。"此论不确。在南北朝之前的晋代干宝所撰《搜神记》异文中，石龟眼里出血已取代门阃涂血。

有关，龙的出现，有重要意义）将秘密——石龟眼赤，城当陷——告诉了她（报恩），老姥因而得以逃生。（四）“江水暴涨，寻复故道”——开始与洪水联系起来，但其解释还未达到合理程度。

到梁，任昉《述异记》上也记载了这个传说：

> 和州历阳沦为湖。昔有书生，遇一老姥。姥待之厚。生谓姥曰：“此县门石龟眼血出，此地当陷为湖。”姥后数往视之。门吏问姥。姥具答之。吏以朱点龟眼。姥见，遂走上北山，顾城，遂陷焉。今湖中有明府鱼、奴鱼、婢鱼。

与《搜神记》所载相较，显然，这个传说在流传中丢掉了江水暴涨、合郡食龙肉、龙惩罚人类的情节，老叟变成了书生，他以一个预言家的身份，把城将陷而为湖的秘密——石龟眼出血预兆——告知厚待他的老姥，地陷后只有老姥一人逃生。至此，陆陷为湖的传说成为一种较为固定的型式。

历阳沉湖的传说，其变异一如上述。但在唐代李冗所撰《独异志》中所搜集的文本，与《淮南子》注里的说法却并无多大差别，究其原因，可能是《独异志》中的文本是李冗直接从汉籍移植过来的，而不是取自民间。而吴兴沉湖的传说，由于笔者读书有限，未见在晋代干宝之后的其他文献中有新的记载，但笔者相信，此传说不会在民间断流。

在明代无名氏小说《龙图公案》里有一篇《石狮子》，预兆洪水将至的角色，由以往文献中的石龟变成了石狮子。这是一个不可忽略的转变。这个转变，可能是由于民间流传着的这类传说中，石狮子已经取代了石龟的缘故。

二、以石狮预兆为标志的近代传说

20世纪以来，在吴文化圈内，在太湖周围的广大地区，搜集记录的陆陷为湖的传说，仅笔者读到的就至少有九篇：浙江富阳两篇；长兴一篇；上海三篇（一篇是金山的、一篇是淀山湖的、一篇是阳澄湖的）；江苏宜兴一篇；常州一篇；淮安一篇。其他地方不一定没有流传，只是笔者没有看到，或没有搜集到而已。（笔者在此呼吁，吴文化圈内各地同好，不妨留意此类传说，加以搜集，以便对这一文化现象作进一步的考察。）这九篇陆沉传说，大致可分为两个类型，即Ⅰ型：陆沉母题；Ⅱ型：陆沉母题与兄妹婚母题融合。

先说Ⅰ型：陆沉母题。

属于陆沉母题的传说有七篇，与古代记录的异文有连续性，但也有变化，最大的变化是：城（陆）陷或洪水到来的预兆，由城门（阃）有血——石龟眼睛出血，变成了石狮子眼睛出血。这个类型以民族学家陈志良于20世纪30年代在上海记录的《沉城的故事》[①]为代表。情节构成大致如下：（一）东京城一孝子，仙人对他说，城隍庙前的石狮子眼睛里出血，此城将沉没。（二）孝子天天往看，被杀猪的看见，盘问何故，孝子实告。（三）杀猪的将猪血涂在石狮子眼睛上。（四）孝子见状，回家背了老母逃命，东京城陷而为湖，崇明岛渐渐氽了出来。

宜兴的异文《水淹半边胡》[②]，陆陷的原因是玉皇大帝为了惩恶：（一）相传太湖有座山阳城，城里有七十二个留着半边胡子的异人，在街市上作恶欺人。（二）为惩治恶人，玉皇大帝命地藏王于某日陷落山阳城。（三）南海观音扮作小贩，卖油煎饼子，大饼便宜，小饼

---

① 陈志良：《沉城的故事》，《风土什志》1940年第1卷第2—3期。

② 韩荣、正秉群搜集：《水淹半边胡》，韩金山等口述，载江苏省宜兴县文化局编：《陶都宜兴的传说》，中国民间文艺出版社1983年版，第89—93页。

卖得贵。有一孝子，花钱来给父母买了一张小饼。南海观音把玉皇大帝决定陷湖的秘密告诉他。城隍庙前石狮的眼睛变红，就是城要沉没的日子。（四）孝子天天去看石狮子眼睛是否变红，被屠夫发现。（五）屠夫为了捉弄他，在石狮子眼里涂了猪血。（六）孝子带了全城老百姓和老母逃出城去，山阳城陷于湖中。

这个传说比上海的异文多了作恶的七十二个留着半边胡子的恶人和玉皇大帝决定陷湖，以及南海观音考察实情的情节。情节与宜兴的异文大致相同的，还有采录于常州的一篇题为《滆湖的传说》[①]。该传说前半部分与《水淹半边胡》相同，观音菩萨对恶人的作为生气，一跺脚，村子就沉了下去。然而，后半部分，即（三）（四）（五）（六）都在流传中丢失了。因而可以断言，这是一个残缺不全的传说。

长兴的异文《瓷州城与太湖》和淮安的异文《洪泽湖的传说》也有神仙惩恶扬善的思想，但在构思上强调了洪水是怎么来的。

《瓷州城与太湖》[②]的主要情节是：（一）瓷州城的人很贪婪，老神仙决定发大洪水惩治这些贪得无厌的人。（二）对小姑娘说出秘密：城门口石狮子的眼睛红，就快去逃命。要带上一把筷子，跑到一地，就插一根。（三）小姑娘每日往看狮子。一日，狮子眼红，带了筷子逃出城去。（四）瓷州人发现他们的水缸旁长出了许多笋，洪水从笋窝里涌了出来，瓷州城变成了太湖。（五）小姑娘每走一段路，便插上一根筷子，这些筷子成了一排排芦苇，挡住了洪水。

《洪泽湖的传说》[③]的主要情节是：（一）世人要遭难，观音老母下

---

① 潘晓艳采录：《滆湖的传说》，潘克勤口述，载常州市民间文学集成编委会编：《常州民间故事集》，中国民间文艺出版社1989年版，第212—213页。

② 《瓷州城与太湖》，钦利群口述，载浙江省湖州市长兴县民间文学集成编委会编：《中国民间文学集成·长兴故事集》，1990年，第172—173页。

③ 华士明、陈民牛搜集：《红泽湖的传说》，王步生口述，《江苏民间文学》（内刊）1981年第2辑，江苏省民间文学工作者协会编，第68—70页。

凡，变成卖馒头的老太。（二）没有一个孝敬老人的人，只有一个小伢子心眼好，孝敬老人。（三）观音老母告诉小伢子，石狮子眼一红，大水就到，快带他奶奶逃走，不准泄露天机。（四）小伢子天天往看，被杀猪的察觉，小伢子照实告之。（五）杀猪的要弄他，在石狮子眼里涂了猪血，小伢子带上奶奶就逃。（六）小伢子回去刨聚宝盆，大洪水从聚宝盆窝里往外冒，泗州城变成了洪泽湖。

传说中的瓷州城和泗州城，其地望分别在太湖之南和太湖之北，相距有一定的距离，其故事情节却惊人地相似。不同处在，一个是洪水从笋眼里涌出来，一个是洪水从聚宝盆窝里涌出来。

再说Ⅱ型：陆沉母题与兄妹婚母题复合。

其特点是陆沉造成洪水，洪水之后仅存兄妹二人，二人结为夫妻，延续人类。有两例：一例系叶镜铭于20世纪30年代采录于富阳县的一篇，题为“石狮嘴里出血”；一例系1988年出版的《中国民间故事集成·富阳县故事卷》中的一篇，题为“合石磨”。但后者是编辑者根据自己的理解，综合流传于不同乡的三个讲述人讲述的多种异文整理而成的，无法看出其时代特点、情节变异的情况，因而并无研究价值。《石狮嘴里有血》[①]的情节型式如下：

（一）有姊弟二人。弟每日必以“镬焦团”一个投石狮口中。经三年。（二）一日，石狮谓弟曰：“我口旁有血时，世间必遭大难。届时，你可入我腹中避之！”（三）越数日，弟果见石狮口旁有血。是某屠夫无意中所涂上之猪血。他即奔告其姊，相率入石狮腹中避之。狮腹甚大，且通大海。（四）当姊弟俩出来时，世间已无人类踪迹。弟因向其姊提议，二人结为夫妻，以免人类消亡。姊说：“我们俩可以磨一具石磨，搬至山上。每个人取一扇，向山下滚去。如能合，则我们俩

① 叶镜铭搜集：《石狮嘴里有血》，《民俗》1930年第107期，中山大学语言历史研究所民俗学会编。

结为夫妻。”（五）照话去做。两扇磨滚下山时，果相合。姊弟结婚。

这一型式，过去未见记载。该传说搜集和发表于1930年，叙述语言简洁凝练，尽管系由作者写定而非直接从民间讲述者口中记录的，但从叙事方式和风格来看，搜集者仍然是忠实的，在情节上没有主观的随意取舍。其中的一些观念及其由来，与Ⅰ型诸式不同，颇值得深入研究。

这一型式中还有一个特例，洪水和血缘婚的因果与上例完全相反，不属于洪水后血缘婚母题。不在这里论列。

兹将上述陆沉传说的两种型式作一简单比较。

（一）Ⅰ型与Ⅱ型的前半部分大体相同。门阃、石龟或后起的石狮，是天机（洪水、城陷）预告者，当它嘴边有血时，将有灾难，洪水陷城。

（二）Ⅰ型故事结局是，一人（孝子或善心者）得知天机，负母逃脱洪水。Ⅱ型的最大区别是，大难（大洪水）来临时，姊弟二人同入石狮子腹中躲避，洪水退后，二人出来，以占卜的方式决定是否婚配。后半部分可能是融合了“洪水后再造人类”血缘婚神话。

（三）晚近流传的Ⅰ型较之早期的流传的型式，增加了较浓重的晚期民间信仰色彩。角色也发生了转换：古代异文中作为预言家的是书生，晚近异文中则转换成为惩罚作恶者、贪婪者的神仙（玉皇大帝、观音菩萨）。有的异文（如宜兴）中，城陷时要拯救大多数人、淹没少数坏人的观念，显然是搜集者主观加上去的，并非原来就有的观念。

（四）Ⅰ型侧重在解释某城（地）陷落的原因。如东京城怎样陷落而崇明岛怎样氽起来的，苏州与无锡之间的山阳城怎样陷而为太湖的，青浦朱家角附近的淀山湖是怎么来的，历阳是怎样陷而为历湖的，泗州城是怎样沉没而成为洪泽湖的，等等。

三、陆沉传说的形成

许多学者把伊尹生空桑的古神话与陆沉传说列为同型传说。笔者在《陆沉传说试论》一文中，也接受了这种观点。在搜集和研究了更多的材料后，反而感到陆沉传说与伊尹生空桑神话相同的因素毕竟少于不同的因素。因而对有学者所说的，陆沉传说“最初出现于山东与河南交界的有莘氏族故地，随着时间的推移，这个传说开始向四周传播，在南北朝时已达安徽、浙江和四川，近代又传到了北至吉林、南至湖北的广大区域”[①]的观点产生了怀疑。这一见解，恰恰没有提到古来以“五湖”为中心的吴地。笔者趋向于认为，陆沉传说最早出现于吴地的沼泽湖网地区（《搜神记》记载的陆沉传说的发生地就在由拳，即今之浙江嘉兴），而且在吴地的流传比其他任何地区都更为密集。

吴地东濒大海，北抵长江，河港泾浜纵横交错，湖泊漾荡星罗棋布，史有“三江五湖”(《史记·河渠书》)之称。这样的自然环境，为农业文明的发展创造了极为优越的条件。在这广袤的水乡泽国之地，古来也时常因地壳变动或海水上涨而发生地陷为湖、洪水横流的事情。据《淮南子·俶真训》记载，历阳一夕沦而为湖。春秋时代越之武原乡，在汉顺帝（126—144年在位）时陷而为湖。《吴越春秋》也有记载：“海盐县沦为招湖。”海盐即武原乡，历史上曾属嘉兴府。《吴地记》记载：“当湖在平湖治东，周四十余里，即汉时陷为湖者。亢旱水涸，其街陌遗迹，隐隐可见。”据《中国古今地名大词典》：泗州在清康熙时沦入洪泽湖。1935年吴越史地研究会进行江浙两地的考古调查，一个引起热烈讨论的论题就是当地湖泊纵横地带的陆沉现象。据说吴稚晖先生说过，在无锡、苏州与太湖之间，从前曾有个山

① 陈建宪:《中国洪水神话的类型与分布》,《民间文学论坛》1996年第3期。

阳县，后来沉而为湖了。水清的时候，还能看到水底的房屋。（据陈志良文章）好端端的城池和村庄，在一夜之间，就陷而为湖，被洪水淹没。这种自然界发生的突发事件，足以造成天崩地裂般的印象，给由于科学的不发达、迷信思想十分严重的附近的人群和后世的人们，留下了一个无法理解也无法解释的疑团。于是，关于陆沉的传说，就在一种特定的背景下产生了。开始时，这个传说还局限于陆沉的事实，但在不断流传中，就会像滚雪球一样，把若干本来与陆沉无关的东西，都粘连进来了，或把其他母题的洪水神话也兼并进来了。这就是陆沉传说为什么最早在吴地和吴文化圈里出现，并且流传比其他地区密集的原因。

在陆沉传说的两种型式中，有一个共同的骨干性的情节，即神话学上被称作“母题”者，就是城门（阃）有（鸡）血——石龟眼出血——石狮眼出血（涂血），预兆着将陆陷为湖或洪水泛滥大难将至。这个母题，或这个表征，是怎样形成的？有何象征意味？

无疑，在这个“母题”中所包含着的，是一些古老的、甚至是原始的观念。据《史记·封禅书》载：“秦德公时，磔狗邑四门，以御蛊菑。”《六艺流别》十七引《尚书大传》：“季春之月，九门磔禳，出疫于郊，以禳春气。”《齐民要术》卷三引《四民月令》：“东门磔白鸡头。”古人为什么要在九门悬挂狗头或鸡头呢？《风俗通义·祀典》作者应劭解释说：“盖天子之城，十有二门，东方三门，生气之门也，不欲使死物见于生门，故独于九门杀犬磔禳。”古代帝王，多是重视城门的建设与安全的，认为城门是“生气之门”，是具有灵性的，所以在季春时，要杀狗杀鸡并悬挂其头以毕春气。春秋战国时的吴国，也是特别重视城门的建设和文化取意的。伍子胥到吴后，为吴王阖闾建苏州城和城门时，“相土偿水，象天法地”，赋予各个城门以特殊的文化含义。据唐代陆广微《吴地记》：全城十六个门，八个为“陆门”，“象天”的“八风”；八个为“水门”，“法地”的

"八卦"。阊门即取于"天通阊阖风"之象征。古人认为，血是生命的象征，一切生物的生命都在血中。因此，磔狗于门，或涂血于门，乃是借助于血光之气来禳灾纳吉。

但是，以血涂门，也可以反其意而用之。《风俗通义》卷九："世间多有狗作变怪，扑杀之，以血涂门户，然众得咎殃。"古人是普遍信巫的，吴越之地尤甚。从他们的巫术观念看来，牲血是一种禁忌，人类可以用狗血、鸡血，后来发展为用猪血来禳灾，他人（他种势力）自然也可以用牲畜的血来对付人类。因此，一旦在具有"象天法地"含义的城门（阃）上见到了他人涂抹上的牲畜的血（由拳县的那个老妪在城门上所见到的是犬血），此举便预示着外力（往往是神力）加给该城的灾难将至：城将陷而为湖或洪水将淹没城池与村庄。这种血的禁忌，在吴地大概也曾相当的流行。《搜神记》卷九："东阳刘宠……居于湖熟。每夜，门庭自有血数升，不知从何来。如此三四。后宠为折冲将军，见迁北征。将行，而炊饭尽变为虫。其家人蒸炒，亦变为虫。其火愈猛，其虫愈壮。军败于坛丘，为徐龛所杀。"刘宠见血于门庭，而后被徐龛所杀，血成为灾祸的预兆。

早期的陆沉传说中，作为灾难征兆的是动物的血，见诸记载的是鸡血和狗血，后期的传说中则是猪血。以鸡作为祭牲和鸡卜巫术的习俗，较为广泛，在《山海经》等著作中多有记载，至今也还在西南一些属于百越族群系统的少数民族中流行着。"磔狗于门"是周的风俗。在周人看来，"犬者金畜，禳者却也"。周人的习俗也带到了吴族。在 7000 年前的河姆渡遗址也出土了狗的遗骨，作为河姆渡人的后人，吴族或越族也有以狗血涂门和禳灾的习俗。猪是农业民族的家畜。在河姆渡遗址出土有不少残缺不全的猪的上下颌骨和不完全的牙齿及一些破碎头骨、骨骼，以及造型精美的陶塑猪，说明河姆渡人已经饲养家猪。江苏吴江龙南新石器时代遗址（距今 4000

年前）在居住面旁边，出土了猪圈遗址和完整的猪骨架。[①]有研究者认为，葬猪的坑在房址附近，在史前遗址中是比较少见的，可能是以猪奠基，反映着当时的一种信仰。[②]猪在农业民族中是一种常见的家畜，猪与人有亲和的关系，在文化的意义上，猪与人处于同一阶梯上，可以用来作奠基之用，也广泛地用于祭祀和禳灾，猪血与狗、羊、鸡的血一样，既具有禳灾的功能，也作为禁忌用于模拟巫术，致害于他人，带来灾难。

龟是作为四灵之一出现于中国古文化之中的。以往，一般认为龟是从殷商起成为人们观念中的灵物的。近年来，已经把这个时间大大提前了。在上文提到的含山凌家滩新石器时代文化遗址出土文物中，刻画有象征太阳的双层圆圈的玉版，就是夹在两片完整的龟甲中间的，说明当时的原始先民就已经把龟当作灵物来崇拜了。宋代吴淑《事类赋注》云："伊神龟之效质，实瑶光之散精。负《河图》之八卦，标《礼经》之四灵。"[③]在这样的观念和信仰下，神龟取代城门，担任着预言家的角色，想来是势所必然的，尽管我们还未能弄清楚龟是在什么时间开始担任这个角色的。《搜神记》里同时收入了由拳县和古巢陷而为湖的传说，前者的征兆是"以犬血涂门"，后者则是"以朱傅龟目"，显然这两则传说不是一个时代的产物，但至少在晋代（虽然干宝原书散佚，但后来的辑本，被学术界认为大部分是干宝原书）已经出现了石龟作为城陷或洪水预言家的传说。

笔者在《石与石神·石狮子：洪水的预言家》中说过："到了辽宋金元以后，龟作为神授权力的象征，依然随处可以见到它驮着沉重

---

① 苏州博物馆、吴江县文物管理委员会：《江苏龙南新石器时代村落遗址第一、二次发掘简报》，《文物》1990年第7期。

② 钱松林：《吴江龙南遗址房址初探》，《文物》1990年第7期。

③ 吴淑撰，冀勤等校点：《事类赋注》，中华书局1989年版，第559页。

的石碑，但它在世俗生活中的地位逐渐下降了，甚至成了市井中人们讥讽嘲笑的卑物。”[①] 狮子从汉章帝时代从西域传入中国后，已经逐渐进入了中华民族的民俗生活，在陆沉传说中代替了神龟，而成为新的预言家。

四、陆沉传说与洪水后人类再殖神话

前面所引的富阳石狮子预告陆沉的传说，即陆沉传说Ⅱ型，其内容讲的是：石狮子把必遭“大难”（地陷？洪水？）的天机告诉了三年来喂它食物的弟弟，姊弟二人在灾难来临之前，从狮子的口中，进到狮子的肚子里躲避洪水。狮肚通大海。洪水消退后，当他们从狮子的肚子里出来时，世上已经没有人烟，只剩下姊弟二人。于是，弟弟提出结婚的建议。姊姊提议以滚磨盘的占卜方式，来决定是否结婚。两扇磨盘在山下合在一起，“天意”让他们结为夫妻（人类得以延续）。这一型式的特点是融合了陆沉（洪水泛滥）与兄妹结婚两个原本各自独立的神话母题，成为“洪水后兄妹结婚再造人类”神话之一式。

中国的兄妹婚神话，以伏羲女娲神话为代表。关于伏羲女娲兄妹婚的神话，最早的记载，过去公认为是唐代李冗撰《独异志》中的记载：“昔者宇宙初开之时，只有女娲兄妹二人在昆仑山，而天下未有人民，议以为夫妇，又自羞耻。兄即与妹上昆仑山，咒曰：‘天若遣我兄妹二人为夫妻而烟悉合；若不使，烟散。’于是烟即合。其妹即来就兄，乃结草为扇以障其面。今时人取妇执扇，象其事也。”[②] 但正如袁珂和钟敬文两位学者先后指出的，这个兄妹婚神话，并没有洪水的母题，因而只有兄妹结婚传衍人类的母题，而缺乏洪水后再造人类

---

① 马昌仪、刘锡诚：《石与石神》，学苑出版社 1994 年版，第 119 页。

② 李冗：《独异志》，中华书局 1983 年版，第 79 页。

的母题。[①] 近年来，敦煌写本伯4016号《天地开辟以来帝王纪》的发现和考证，不仅使洪水后伏羲女娲兄妹结婚再造人类神话的文献记载的时间提前到了六朝时期[②]，而且找到了洪水和兄妹婚两个母题连在一起的伏羲女娲兄妹婚神话文献。吕微指出：敦煌残卷中的伏羲女娲故事的特点是：（一）说明了洪水发生的原因是“天”为了惩罚“人民”之“恶”，而伏羲女娲能够存命，是因为他们“有德”。（二）二人所以能够在洪水中存命，是因为他们穿着龙衣。（三）出现了占婚的情节。（四）二人成为洪水后人类共同始祖。（五）与梵经及佛经中的印度洪水故事有较大差异，因而“可以推断伏羲女娲兄妹婚型的洪水神话是一个印度佛经洪水故事传入之前本土已有的传说”。[③]

富阳传说虽然记录简单，甚至显露出内容上的缺环，但它既有别于敦煌写本中的洪水后伏羲女娲兄妹婚神话，也不同于印度佛经的洪水故事，它是一个把主要流传于吴文化圈、以石狮子眼睛出血作为预兆的陆沉传说与兄妹婚传说融合在一起，从而进入中国“洪水后兄妹婚再造人类”型的神话。有些意见已经在《石与石神》一书中说过了，这里不再赘述。

陈志良20世纪30年代在上海搜集到的另一则陆沉传说，其中包含了陆沉母题与血缘婚母题两个部分，但却与洪水后兄妹婚繁衍人类

---

① 袁珂说：“这个神话（指《独异志》所录）本来是以洪水遗民、再造人类为主题的，但这里所记并无洪水，所以神话所写只是创造人类而不是再造人类。”袁珂：《古神话选释》，人民文学出版社1982年版，第46页；钟敬文说：“这个所谓‘女娲兄妹’的故事，主要只有这类神话的后一母题——兄妹结婚传衍人类。像许多较古记载没有这后一部分的母题一样，它缺乏前面洪水为灾的母题。”《洪水后兄妹再殖人类神话》，载《钟敬文学术论著自选集》，首都师范大学出版社1994年版，第235页。

② 郭锋：《敦煌写本〈天地开辟以来帝王纪〉成书年代诸问题》，《敦煌学辑刊》1988年第1、2期。

③ 吕微：《楚地帛书敦煌残卷与佛教伪经中的伏羲女娲故事》，《文学遗产》1996年第4期。

的神话型式迥然有别。由于材料较为难得，又值得研究，现全文引在下面：

> 从前某朝，天下大乱，人民四处逃难，骨肉分离。有母子二人，也在逃难时纷乱中失散了。几年之后，儿子已经成人，其母为贼人掳得，扎在麻袋内，称斤变卖。有人要买女人做老婆时，只能用手向袋中摸，不能用眼看，中意了称斤买去。其子因为要成家立业，摸得了年纪较大的一位妇人做了妻子，住在阳城县。后来生了一个孩子，可是那孩子的头发是逆生的，大家都觉得奇怪。据说母子相配而生的孩子，头发才是逆生的。他们才仔细地盘问各人的根由底细，方才明白他们原是分散的亲母亲子。但是，木已成舟，没有别法可想。这个消息却为阳城县大老爷查到了，以为母子相交，是个大逆不道的事，把他们都杀了。皇天见到阳城的百姓太坏，于是在一夜之间，将那座城池，沦陷到地下去，变成了湖，就是现在的阳城湖。①

在这个传说的情节结构和叙事逻辑中，不是陆沉为湖、洪水泛滥造成人烟灭绝，仅存兄妹（姊弟、母子、父女）二人，天意令其成婚；而是母子结合的血缘婚为人们所不容，惨遭杵杀，皇天对百姓此举恼怒，决定陷城以示对他们的惩罚。这种结构和价值取向显然与一般所论的洪水后再殖人类的结构和价值取向有所不同，因而显然不能认为属于同一型式的神话传说。百姓对母子杂婚这种血缘婚的大逆不道表示不容，与皇天对这种血缘婚的宽容形成鲜明对照，又当作何解释呢？

1996年12月26日

---

① 陈志良：《沉城的故事》，《风土什志》1943年第1卷第2—3期。

葫芦与人类起源神话

在长达三四千年的新石器时代里，我国的原始先民就地取材，制造出了散布于黄河流域、长江流域、沿海一带以及华北、东北等广大地区的陶器、牙骨器和玉器等器皿或装饰品，并且在这些造型精美的器皿和装饰品上，刻制或绘制一定的花纹或图案，使之成为具有审美价值的原始艺术品。

作为史前时代的艺术，大量的新石器时代的陶器（特别是彩陶和黑陶），悠悠几千载，埋藏在地下，只是靠了学者们的考古发掘，才得以使其中的一部分重见天日，恢复其本来面目，也从而使重构原始文化和史前艺术的规律和体系成为可能。比较起其他原始艺术门类（如口传的原始艺术，如神话、诗歌；身体动作的原始艺术，如舞蹈）来，以陶器为代表的造型艺术，因为有物质外壳的依托而得以完整地把原始艺术原来的面貌保存下来。

本文拟从葫芦与原始陶器的造型、葫芦与原始神话、葫芦与原始巫术三个方面，来讨论葫芦与史前艺术的关系。

一、葫芦是新石器时代陶器造型的原型之一

由旧石器时代过渡到新石器时代，主要的标志固然是人类所使用的工具，由打制石器即粗石器进步到了磨制石器即细石器。然而人类

对火的利用，改变了泥土等物质的化学性质制成陶器，从而结束了单纯依靠自然力恩赐的历史。因此，陶器的发明，又被认为是新石器文化的一个标志。

考古学确认的属于新石器时代的陶器，有碗、钵、罐、盆、壶、豆、瓶、鼎和鬶等十余种类型。这些陶器具有一定的造型，实用性很强，同时制作时也考虑了器表的光洁和美观。这里面，既包含着制作的技巧，也包含着审美的观点。因此，陶器造型本身就构成艺术。

陶器的造型，有形象的、也有非形象的。就其起源来说，是多元的，而不是一元的。原始先民由于生活和生产的需要，在制造出陶器之前，曾经经历过一个利用自然界提供的现成物件当作器皿的阶段。这是无可怀疑的。

考古学已经证明，可能从旧石器时代起，人的头盖骨就曾经是人们用来喝水的杯子。如“北京人”的洞穴里发现的 14 件头盖骨，被认为是“把头盖部分作为盛水的器皿”的例证。[①]

野生的或经驯化的葫芦，也是自然界为人类提供的一种现成的器皿。吴山先生在 1982 年提出：“我国新石器时代的居民，早先很可能利用自然形态的葫芦果壳，作为器皿使用。”[②] 刘尧汉先生于1987 年进一步指出：“我们根据民族志资料可以推断：世界上凡是远古曾生长葫芦的地方，那里的原始先民，在使用陶容器之前，曾先使用天然容器 —— 葫芦。”[③] 虽然我们没有直接的证据，但我们相信，还处在采集阶段或采集渔猎阶段上的原始人，就可能用野生的葫芦作为容器了。原始先民在使用过一段时期的自然界提供的现成器皿之后，才开始模仿这类现成的物体的形状，或以这些现成的物体为模型，创造出各种形状和不同用途的陶器来。葫芦就是其中的一种。

---

① 贾兰坡：《远古的食人之风》，《化石》1979 年第 1 期。

② 吴山：《中国新石器时代陶器装饰艺术》，文物出版社 1982 年版，第 2 页。

③ 刘尧汉：《论中华葫芦文化》，《民间文学论坛》1987 年第 3 期。

在新石器时代，以葫芦为原型制陶的方法，可能有两种情况。其一，制陶者把葫芦作为模型，将和好的细泥糊在葫芦的外面，做成一个葫芦状的泥坯，然后放在火上烧。待烧成后，葫芦因被烧成灰烬而自然脱落，剩下来的便是陶瓶或陶壶了。恩格斯在《家庭、私有制和国家的起源》中说："可以证明，在许多地方，也许是在一切地方，陶器的制造都是由于在编织的或木器的容器上涂上黏土使之能够耐火而产生的。"[①] 友人宋兆麟先生告知笔者，他曾在云南文山的彝族中见到，他们还保留着这种最原始的制陶方法。其二，以葫芦为原型，模仿葫芦的样子，将泥片塑成葫芦形状的泥坯，然后放到火上烧制。原始先民模仿葫芦的形状或以葫芦为模型制陶，制出来的陶器可能呈现出各种不同的造型。以造型来区分，葫芦形陶器大致可分两类：一类为完整的葫芦造型，呈丫丫葫芦状，鼓腹、敛口、平底或尖底，如瓶、壶；一类为经过切割后的葫芦造型，截去上半部分为罐、瓮，纵面切开为碗、瓢。

迄今发掘出土的最早的完整的葫芦形陶器器皿，如西安半坡遗址出土的长颈葫芦形陶瓶、细颈陶壶，是属于仰韶文化早期的，距今约6000年。[②] 这种葫芦形陶瓶（壶）在仰韶文化中也是有时期性和地区性特征的，而不是普遍的。有学者指出，葫芦形陶瓶（壶）是半坡早期的遗物，而与半坡早期的文化特征相同的遗址，又主要分布在陕西中部的关中平原。因此，半坡类型的葫芦形陶瓶（壶），多见于关中地区，而基本上不见于关东地区。[③] 这里面必有我们还不知道的原因，

① 恩格斯：《家庭、私有制和国家的起源》，《马克思恩格斯选集》第4卷，人民出版社1972年版，第19页。

② 中国社会科学院考古研究所、陕西西安半坡博物馆：《西安半坡》，文物出版社1963年版。

③ 严文明：《论半坡类型和庙底沟类型》，《仰韶文化研究》，文物出版社1989年版，第111—112页。

譬如，半坡或关中一带6000年前曾经是葫芦的生长和种植的区域，当地氏族部落存在着崇拜葫芦的信仰等。

同属半坡类型的宝鸡北首岭出土的几件彩陶壶和陶瓶，与完整的葫芦形象酷似。其中XIII式陶瓶，口部葫芦形，腹下坠，最大颈近底部，平底，整个器形像个葫芦。III式细颈陶壶，口部作葫芦形，腹壁作流线形，底呈尖锥状，腹侧有双耳，颈部有戳刺纹，腹部饰斜绳纹，通常称作尖底瓶。① 陕西临潼姜寨出土的葫芦形彩陶瓶共114件，数量极为可观。此类陶器是姜寨第二期文化遗物中的主要器形之一。陶质细腻，造型美观。多为泥质红陶及细砂红陶，多数素面，少数饰黑彩，个别饰绳纹。标本ZHT8M168：3葫芦形瓶，口微敛，口颈分界不明显，平底。腹部绘有两组黑彩变体鱼纹图案。标本ZHT5M76：10葫芦形瓶，口和腹全饰黑彩，腹周饰黑彩变形人面四组。每组绘一圆形人面，眼、眉、鼻、嘴俱全。② 陕西渭南史家遗址出土的葫芦瓮，眉县马家镇杨家村发现的泥质红色葫芦瓶，也都是依照葫芦的形状作为彩陶的造型的实例。③

甘肃甘谷县西坪和武山县傅家门出土的庙底沟类型和石岭下类型时期的人面鲵鱼纹彩陶瓶④，甘肃秦安大地湾出土的庙底沟类型时期的人头形器口彩陶瓶⑤，也都属于葫芦形的陶器。

马家窑类型甘肃永登遗址出土的束腰陶罐，也是葫芦形的。马厂类型甘肃临洮出土的一件陶勺，被认为是葫芦纵剖面的形象。这件作品被瑞典人安特生1923—1924年在甘肃地区考察时在兰州买到，近

① 中国社会科学院考古研究所：《宝鸡北首岭》，文物出版社1983年版，第104—105页。

② 西安半坡博物馆、陕西省考古研究所、临潼县博物馆：《姜寨》，文物出版社1988年版，第245页。

③ 《眉县杨家村遗址调查报告》，《考古与文物》1990年第5期。

④ 甘肃省博物馆编：《甘肃彩陶》，文物出版社1979年版。

⑤ 张朋川：《甘肃出土的几件仰韶文化人像陶塑》，《文物》1979年第11期。

几十年来多次考古发掘中再也没有见到类似的遗物，因而成为稀世珍品。[1]

云南鲁甸马厂新石器时代遗址出土的9件陶器，其中一件发掘报告称之为“陶勺形器”，形状酷似葫芦，在颈部有一小圆孔，体部有一大圆孔，内部实心而不相连，显然不是葫芦笙一类的乐器。有学者认为是一件自然崇拜物，而且从艺术的角度看，是对葫芦模仿得极像的陶葫芦，可以归于象形的即葫芦（植物）形的原始造型艺术品。[2]

为什么原始先民选择葫芦作为陶壶或陶瓶的造型原型呢？

首先是葫芦种植普遍并容易得到，就决定了葫芦能够成为原始先民最先选择的简单而又轻便的容器和仿制陶器的原型。1973年和1977年考古工作者两次对浙江余姚河姆渡新石器时代遗址的发掘，出土了被认为是我国最早的葫芦种子，说明六七千年前葫芦就已经被栽培了。由此可以推断，远古时代，葫芦在江浙一带不仅有野生的，人工种植也已经相当广泛和普遍了。关中一带当年是否种植葫芦，没有可靠的考古材料可资证实，以陶器的形器作为反证，倒也能够说明一些问题。

其次是葫芦的实用性。葫芦是原始采集与农业民族的重要作物，有很高的实用价值，可食用、药用，晒干后经剖切制作，可作各种形态的容器和渔网的浮子，以及泅水的工具等。葫芦作为容器，在同等的圆口器皿中，容量最大，又容易倾倒入水，方便出水，因而为原始先民制作陶器提供了天然模型。

再次，葫芦可能是被当地居民崇拜的神物。由于葫芦的形状是鼓腹而有细颈，而鼓腹的形象，多籽的特性，很像是妊娠女性的身体。

---

① J. G. Andersson, *Researches into the Prehistory of the Chinese*, BMFA, No. 15, 1943, p.162.

② 申戈：《云南原始艺术初论》，载云南省博物馆编：《云南人类起源与史前文化》，云南人民出版社1991年版，第385—386页。

原始先民便根据同构的原理生出联想，认为葫芦具有繁盛的生殖力。于是在其信仰中，就赋予葫芦以人类孕育和出生的母体的象征意义。《诗经·大雅·緜》说："緜緜瓜瓞，民之初生。"这个"瓜瓞"就是葫芦。葫芦在诗里被隐喻为人所由出生的母体。在原始观念中，葫芦逐渐由受崇拜的"母体"而兼为受崇拜的"祖灵"。人死后，其灵魂也回归到葫芦里或通过葫芦这座"桥梁"返归祖地。葫芦作为祖灵被崇拜的观念，在现代一些少数民族中也还有遗留，如云南楚雄彝族自治州南毕县摩哈苴村，还有少数彝族家庭仍把葫芦当作祖先的化身来供奉。[①]这样说来，葫芦在古代可能是一种被普遍使用的祭器。把葫芦作为陶器造型取象的来源之一也是不足怪的。

第四，葫芦的造型美观。"葫芦外形美观，不须任何加工，它的外壳剖开后就可制成碗、瓶、勺、罐等实用器皿。我国历代很多工艺品就模拟它来造型；古代不少绘画作品，也有以葫芦作为器皿的描绘。"[②]葫芦那坚硬而光洁的外皮，流线型的曲线造型，都给人一种审美的快感。而对审美的追求，在早已脱离了野蛮状态而进入新石器时代早期或中期的先民来讲，已经成为一种现实而正常的要求。这也就成为原始先民把自然界的葫芦作为陶器造型的原型的一个重要原因。随着原始的创造思维的提高和加工能力的改善，在原来粗拙的造型的基础上，进一步改善其外形，达到匀称均衡，使其更实用、更合理、更美观。

二、人类起源神话中葫芦的原始意象

原始神话是原始艺术的重要组成部分。原始神话是人类童年时

① 普珍：《中华创世葫芦》，云南人民出版社1993年版，第111—130页。

② 吴山：《中国新石器时代陶器装饰艺术》，文物出版社1982年版，第2页。

代的叙事故事，它的特点是神圣性、真实性以及与信仰紧密连接在一起。神话是一种以语言传述为主，以巫术、绘画、岩刻、纹饰等多种原始艺术符号表现为辅的综合性艺术。用文字记录下来的神话，是比较晚近的事。由于靠语言传承，变异性很大，在漫长的岁月中往往会发生变异，因而我们很难看到原始神话的原貌；而一些出现于新石器时代岩画上的图像、彩陶和玉器上的纹饰，却将某个特定时代的原始神话意象凝固在线条和形象中，使一些神话意象得以以较早和较为原始的形态保存下来，成为我们在文字记载之外认识神话的又一条重要途径。

前面说过，6000 年前的仰韶文化遗址出土了先民制作的各种形态的葫芦形陶瓶（壶）。甘肃甘谷西坪出土了仰韶文化庙底沟类型的人面鲵鱼纹彩陶瓶，其腹部绘有身体弯曲、充满着生命力的人面鲵鱼纹饰。继而，又在甘肃武山出土了一件马家窑文化石岭下类型的人面鲵鱼纹彩陶瓶。这两件彩陶瓶及其腹部所绘制的鲵鱼人面纹饰所表现的，很可能是“葫芦生人”神话的意象。

这个图像上的“鱼纹”，可能是鲵鱼，也可能是蜥蜴。鲵鱼，俗称娃娃鱼，状若蜥蜴。鲵鱼和蜥蜴都是在古代受到崇拜的动物。据何新先生的研究，鲵鱼古代被奉为虹神，蜥蜴被称为“龙子”。鲵鱼或蜥蜴就是被人们崇拜的“龙”的原型。有记载以来，“所谓‘龙’就是古人眼中的鳄类、蝾螈及蜥蜴类动物的名称”[①]。在新石器时代，蜥蜴在世界许多民族中都是先民崇拜之物。澳大利亚人的图腾中，在陆上的动物中，通常以袋鼠为图腾；在近水的动物中，就有蛇类和鬣蜥蜴。原始先民所以把蜥蜴当作图腾来崇拜，首先与当地当时的自然条件有关。

甘谷和武山毗邻而居，不论是庙底沟时期，还是石岭下类型时

① 何新：《龙：神话与真相》，上海人民出版社 1989 年版，第 96—116 页。

期，先后在这里居住的先民，可能都是以鲵鱼或蜥蜴为图腾祖先的氏族部落。人面鲵鱼纹或人面蜥蜴纹可能是他们的氏族祖先图徽。这里的先民，把他们所崇敬的图腾祖先的形象绘制在葫芦形的陶瓶的腹部，绝非随意之作，而是一种很严肃神圣的事情。想必他们在制作这件彩陶瓶时，可能还要举行某种仪式。根据原始先民的思维特点来推论，器表所绘制的动物图像，往往也就是装在陶瓶里面的动物的透视图像。这个蜥蜴图像可能意味着他们的图腾祖先是孕育在葫芦里、从葫芦里生出来的，葫芦是孕育人类祖先的原始母体。这个绘制着人面鲵鱼或人面蜥蜴图像的陶瓶，因而可能变成了一件渗透着人类起源神话意象的圣物，这些图像也许隐含着一个早已消失在历史深处的人类起源的原始神话。

我国许多民族至今还保留着这种十分古老的“葫芦生人”母题的神话。从今人记录的这些人类起源神话来看，以“葫芦生人”为母题的神话分布是相当广泛的，包括汉族在内的许多民族中都有，特别是南方民族。我们不妨把新石器时代葫芦形陶瓶（壶）上的人面鲵鱼/人面蜥蜴图像所隐含的“葫芦生人”神话意象，与今人记录的“葫芦生人”神话作一简单的比较。

今人记录的“葫芦生人”神话，仍然保留着“葫芦生人”的基本母题：人最初是从葫芦中走（生）出来的。傣族神话说，在荒远的古代，地上什么也没有。天神见了，就让一头母牛和一只鹞子到地上来。这头母牛已经在天上活了十几万年，到地上只活了三年，生下三个蛋就死去了。此后，鹞子孵蛋，其中一个蛋孵出了一个葫芦，人即从这个葫芦里生了出来。拉祜族的天神厄莎创造人类时，用的是自己种的葫芦。葫芦长大，发出人的声音和歌唱，厄莎叫老鼠把葫芦咬两个洞，人便从葫芦里爬了出来。佤族神话说，主宰世上一切最大的鬼神“达摆卡木”与一头母牛交配后生产出一颗葫芦籽，栽种后结了一个大葫芦。洪水滔天，淹没了大地，黑母牛把葫芦放进船里守着，后来，当水退落，黑母牛用舌头舔开葫芦，人类便从葫芦里出来，一代一代繁衍到今天。

除了人类外，从葫芦里走（生）出来的还有各种有生命的动植物。佤族神话说，古时像开水一样沸腾的洪水淹没了大地，世上的人都死光了，只剩下达梅吉和一条母牛。达梅吉和母牛交配，母牛受孕，产下一个葫芦。人和万物就从这个葫芦中诞生出来。[①] 原始思维认为，万物有灵，人与动物常有血缘关系，是兄弟，所以人与动物同出于一个母体。

在这些后代记录的人类起源神话中，最基本的神话素是葫芦和人祖。二者之间的关系是：葫芦是孕育人祖的母体。这就是说，这些神话素是从仰韶文化彩陶瓶（壶）上人面鲵鱼/人面蜥蜴图像所凝聚着的“葫芦生人”神话意象中传袭下来的。后世记录的神话文本与陶瓶图像的神话意象之间的不同，或陶瓶图像上的神话意象中所没有的东西是：葫芦是从哪儿来的？记录的神话文本提供了三种答案：一，葫芦是从母牛生下的蛋中孵出来的。二，葫芦是母牛与鬼神“达摆卡木”交配生的葫芦籽长的，或母牛与达梅吉交配生的。三，葫芦是天神厄莎种出来的。记录这几则神话时，这几个民族虽然已经不同程度地受到汉民族文化的影响，但还大都处在氏族社会解体阶段。显然，在从新石器时代中期到记录神话的漫长的传承过程中，人们时时在寻找一个合理的答案，而这三个答案在不同程度上都存在着合理化的倾向，其中葫芦是天神厄莎种出来的这个答案，带有相当发展的农耕社会（出现了“种植”的观念）和相当进步的原始宗教（天神信仰）的色彩。这是我们在彩陶瓶的图像中所看不到的。尽管这些神话文本是

---

① 所引神话，分别见李子贤：《傣族葫芦神话探源》，《探寻一个尚未崩溃的神话王国——中国西南少数民族神话研究》，云南人民出版社 1991 年版，第 135—136 页；陶阳：《中国创世神话》，上海人民出版社 1989 年版，第 220 页；邓启耀：《宗教美术意象》，云南人民出版社 1991 年版，第 22 页。

现代记录下来的，我们仍然可以把这种带有一定合理化因素的“葫芦生人”神话看作是比较原始形态的“葫芦生人”神话。

关于“葫芦生人”神话，以及它在我国人类起源神话中所占的地位，闻一多先生早在20世纪40年代就已经论述过。他对所搜集到的49个洪水神话进行比较分析后，也得出结论说：“最早的传说只是人种从葫芦中来，或由葫芦变成。”他指出，葫芦生人在人类起源神话中是原始的、基本的情节核心，在其演变过程中，洪水神话是后来黏合上去的。也就是说，洪水故事本无葫芦，是在造人故事兼并洪水故事的过程中，葫芦才以它的渡船的角色，巧妙地做了缀合两个故事的连锁。①

葫芦形器出现在新石器时代墓葬中，也许还有其他的意义。绘有图腾祖先图像的葫芦形器，如果把属于个人图腾的标志这种情况排除在外，那就很可能是整个氏族的祖灵世界的象征。大量的考古资料证明，在新石器时代，人们已经出现了活人的世界与祖灵世界这种二分世界的观念。死人的亡灵进入到葫芦形器中，通过葫芦形器而变成祖灵，即意味着回到了祖灵世界。后世的明器——“壶”形器，作为灵魂从现世升入天上的桥梁的观念②，是从原始的沟通活人世界和祖灵世界二者之间的桥梁观念承袭和发展而来的。

有史以来的史籍有很多关于人首蛇身的人类始祖伏羲的记载 。如《帝王世纪》：“庖牺氏蛇身人首。”《拾遗记》：“蛇身之神，即羲皇也。”何新认为，甘肃甘谷和武山彩陶瓶上的人面鲵鱼或人面蜥蜴纹图，很可能就是人类始祖伏羲的原始形象。他说：“这一人首蛇身、尾交首上的原始‘伏羲’神形象，发现于距今约7000年的仰韶

① 闻一多在《伏羲考》中说：“最早的传说只是人种从葫芦中来，或由葫芦变成。”见马昌仪编：《中国神话学文论选萃》，中国广播电视出版社1994年版，第738页。

② 小南一郎：《壶形的宇宙》，朱丹阳、尹成奎译，《北京师范大学学报》1991年第2期，第29页。

文化的陶饰图纹中。”[①] 这当然还是一个推断，还要更多的考古资料来证实。

“葫芦生人”的神话意象，在沧源岩画中也有体现。汪宁生先生认定，沧源岩画作画的绝对年代在两三千年以前，时值新石器时代晚期。[②] 沧源岩画第六地点五区绘有一幅“出人洞”的画面。1985 年 5 月，笔者曾亲自去那里做过考察。有学者认为“出人洞”画面所显示的“葫芦生人”神话意象，也许与佤族现在还流传着的“司岗里”神话有关。“司岗里”又有“葫芦”或“成熟的葫芦”的意思。“在佤语里，‘司岗里’意为人从葫芦出。滇西南沧源和西盟两个佤族自治县之间的阿佤山有一个岩洞，就叫‘司岗里’。‘司岗里’（出人洞）……意译为‘最初之路’或‘人类发祥地’。而沧源县旧称‘葫芦国’。它们与人出自葫芦的神话可能都有关系。”[③] 岩画所描绘的是一个略呈葫芦形的山洞，在山洞四周是众多刚从洞中出来的人和动物，大多呈现出急匆匆的样子，也有互相争斗的场面。佤族的《司岗里》神话说，利吉神和路安神造了天和地，又造了人、太阳和月亮。把人放在洞里。人在司岗里岩洞里闷得很。很多动物来凿岩洞，扫哈神、马大头鸟神用喙来凿岩洞，老虎神、熊神也来凿。但谁都凿不开。小米雀把长刀（喙）磨快，终于把岩洞凿开了。岩画上的“出人洞”画面上所显示的神话意象，与这则记录神话的内容大体上是相吻合的。

此外，在沧源岩画第三地点（曼坎）画面的下端，画有一个葫芦形图形和一组人物图像。对于这个葫芦形图形及相关人物的图像，有学者认为是许多民族中都有流传的洪水后兄妹血缘婚神话的具象形态。“就在这个葫芦图像的上端，有一个非常奇特的图形：两个双手

---

① 何新：《诸神的起源——中国远古神话与历史》，生活·读书·新知三联书店 1986 年版，第 23 页。

② 陈兆复：《中国岩画发现史》，上海人民出版社 1991 年版，第 365—366 页。

③ 邓启耀：《宗教美术意象》，云南人民出版社 1991 年版，第 19 页。

平展的人物并列在一个三面画有连线的框内，在这个用线条构成的栏框的顶部中央，尚画有一只长着长长的尾巴，类似今天雉鸡一样的雀鸟。值得注意的是栏框内的那两个人：其左者身体部位用颜色涂红染实，并在下身部位套绘着一个倒置的三角形；而其右者的下身部位则未加任何标志。很明显，作者是在表现不同性别的两个人。如果这个推测可以成立的话，那么，结合上述葫芦图形的认识，我们是否可以认为：岩画的作者正是通过这种奇特的符号和方式，向后人讲述着那遥远的洪荒时代，同居在葫芦内的兄妹近亲婚配，繁衍人类的传说和故事。”[①] 沧源岩画作于大约二三千年前，大体与良渚文化和龙山文化晚期相当，当时玉器已经相当发达，礼器已经出现，社会分层现象大为强化，出现了拥有精致玉器和专业玉工的富有者阶层。总之，已经迈入了早期文明的门槛。当然不同地区社会发展是不平衡的，地处云南边疆的沧源，其社会进步的程度很可能比良渚文化或龙山文化居民要慢得多。这幅画面是否意味着，比“葫芦生人”神话母题要晚得多的“洪水神话”，那时已经产生了呢？

从仰韶文化庙底沟类型时期出土的彩陶葫芦瓶上的人面鲵鱼 / 人面蜥蜴纹图，到新石器时代晚期的沧源岩画中的“出人洞”和葫芦图形岩画，我们都读到了“葫芦生人”神话的意象。我们是否可以作这样的推想：“葫芦生人”神话最早出现于黄河上游地区，随着文化的变迁与传播，黄河上游地区的“葫芦生人”神话兼并了南方的洪水神话，从而铸造了沧源岩画第三地点曼坎的葫芦图形所代表的兄妹血缘婚神话意象；“葫芦生人”神话是农业民族的精神产品，从神话意象到神话文本，始终都是在以农耕为主要生产方式的地区和民族中存在，而从未涉足地处北方的猎牧或游牧民族。

---

① 徐康宁：《推原神话与沧源岩画中的解释形图形》，《云南美术通讯》1987 年第 2 期。

三、沟通人神之器

原始宗教信仰中的葫芦，带有神圣性和神秘性。它既可以作为巫师作法的巫具，具有通天地、连人神，沟通过去与未来的功能，又是人类始祖、氏族家庭祖灵的象征。

关于葫芦形陶瓶的远古时代的用途，其说不一。有些人解释为汲水器，即用于提水的工具，其形制符合力学原理，入水即倾倒，水满后即自动直立。经有关专家实验，指出这种说法是站不住的。另有些人将细颈葫芦壶葫芦瓶解释为“携水器”，即先民外出狩猎或农耕时所带的水壶。据有关气象学家和动植物专家研究，仰韶文化时期，气候比现在温暖、湿润，到处是河流湖沼，到处可以饮水解渴，先民外出没有必要带水。有研究者认为，这些长颈葫芦瓶最大的可能是装酒的酒器。酒既可以在劳动之余作解乏之饮料，又能在出现伤害时用以消肿治病。①

其实，新石器时代先民制作的葫芦形彩陶瓶，其中有许多并非实用器，特别是尖底瓶，很可能是家族或巫师祭祀天地、氏族祖灵时用的祭器。苏秉琦在论到半坡遗址的一些文化现象昭示着氏族制度原则开始遭到破坏、社会面临着转变期时指出：“小口尖底瓶未必都是汲水器。甲骨文中的酉字有的就是尖底瓶的形象。由它组成的会意字如‘尊’、‘奠’，其中所装的不应是日常饮用的水，甚至不是日常饮用的酒，而应是礼仪、祭祀用的酒。尖底瓶应是一种祭器或礼器，正所谓‘无酒不成礼’。”② 其实，作为祭器的不仅是小口尖底瓶。各类作为祭器的葫芦形彩陶瓶（包括小口尖底瓶）的出现，至少说明了：

---

① 张瑞岭、巩启明：《清醠之美 始于耒耜》，《考古与文物》1990 年第 5 期。

② 苏秉琦：《关于重建中国史前史的思考》，《中国考古学论丛》，科学出版社 1993 年版，第 6 页。

一，在仰韶文化社会中，专司祭祀的巫觋已经出现，巫觋承担着，或垄断了沟通天地的神圣职责，并因而受到社会的重视。二，葫芦形彩陶瓶（壶）上绘制的人面鲵鱼/人面蜥蜴祖先图像，显示了原始信仰已经开始从图腾崇拜逐渐向祖先崇拜过渡，图腾崇拜还大量存在，而祖灵崇拜已经随着葫芦形彩陶瓶的出现而得到强化。

许多文章已经指出，在仰韶文化中已经出现了巫觋。巫师的出现，说明人神相通的通道开始被巫觋集团所垄断，即古籍中所说的"绝地天通"之后的事。张光直说："总括地说，仰韶文化的社会中无疑有巫觋人物，他们的特质与作业的特征包括下列诸项：（1）巫师的任务是通天地，即通人神，已有的证据都说巫师是男子，但由于他们的职务有时兼具阴阳两性的身份。（2）仰韶时代的巫觋的背后有一种特殊的宇宙观，而这种宇宙观与中国古代文献中所显示的宇宙观是相同的。（3）巫师在升天入地时可能进入迷幻境界。进入这个境界的方法除有大麻可以利用以外，还可能使用与后世气功的入定动作相似的心理功夫。（4）巫师升天入地的作业有动物做助手。已知的动物有龙、虎和鹿。仰韶文化的艺术形象中有人（巫师）乘龙上天的形象。（5）仰韶文化的艺术中表现了巫师骨架化的现象；骨架可能是再生的基础。（6）仰韶文化的葬礼有再生观念的成分。（7）巫师的作业包括舞蹈。巫师的装备包括黥面、发辫（或头戴蛇形动物）与阳具配物。"①

除了这七个特征而外，还要补充一点，葫芦形彩陶瓶可能充当着巫觋做法时的巫具。巫觋在做法时，为了沟通人神，可能使用自然形态的葫芦，也可能使用葫芦形陶瓶（壶）作为巫具。自然的葫芦都已湮没无闻了，而这些葫芦形的陶瓶（壶）经历了几千年的历史，保存到了今天。许许多多的新石器时代制作的葫芦形陶瓶（壶），从陕西

---

① 张光直：《仰韶文化的巫觋资料》，《"中央研究院"历史语言研究所集刊》第64本第3分，1993年12月，第622—623页。

洛南出土的仰韶文化葫芦形红陶人头壶，甘肃秦安大地湾出土的庙底沟类型的人头形器口彩陶瓶，到甘肃秦安寺嘴出土的马家窑文化的人头形红陶瓶，青海民和山城出土的马家窑文化腹部塑有人头像的彩陶壶，应该说，都不是实用性的器皿，而很可能是巫觋做法时用的巫具。

青海民和山城出土的这件腹部塑有人头形的彩陶壶，其腹部用黑彩绘成两个V字形的蛙形，而在这两个V字形交叉点上则有一个泥塑的人头，在人头的面上，还有黥纹。有学者认为，陶壶上绘制的这两个V字形交叉点处的人头像，就是巫师的形象。这样看来，这件陶壶要么是巫师的巫具，要么是巫师死后用以陪葬的明器，人们期望通过这个葫芦形的陶壶能够引导巫师的亡魂到达天界或成为后人崇敬的祖灵。

宝鸡北首岭出土的一件Ⅲ式葫芦形彩陶壶，即标本M 52:1，俗称蒜头壶。颈部较大，作花苞状，内壁弯曲，颈腹相连不分，折腹，平底。[①] 有学者认为，这件蒜头壶同样也不是实用器，而是一种用于祭祀的祭器或酒器。在原始时代，酒与巫师和巫术的关系密切，可以使巫师在做法时产生与巫术目的相关的幻觉。此外，其腹部绘制的“鸟衔鱼图”，很可能取意于鸟能上天，鱼能入水，因而鸟衔鱼纹可能是沟通天地和人神的象征。

葫芦形陶器，除了作为巫师的巫具外，还用于丧葬。甘肃兰州青岗岔半山遗址第二次发掘时，在住室紧靠北壁的两柱洞之间，出土了一座瓮棺葬，瓮棺是葫芦形的，上下两鼓腹部都有双耳，瓮棺顶部还置有一单耳彩陶罐。[②] 这种葬式，在新石器时代是颇为流行的。在仰

---

① 中国社会科学院考古研究所：《宝鸡北首岭》，文物出版社1983年版，第102页。

② 甘肃省博物馆文物工作队：《甘肃兰州青岗岔半山遗址第二次发掘》，《考古学集刊》第2辑，中国社会科学出版社1982年版。

韶文化社会，夭折的儿童常行瓮棺葬。半坡发现的瓮棺就有 73 座，成群或零星地分布在住地房屋的旁边。充当瓮棺的葬具有瓮、缸、钵、盆等陶器。所以流行这种瓮棺葬的葬式，是否蕴含着让人死后回到他所出生的葫芦母体中去的含义，不得而知。但绝大多数葬具的底部中间部位，都有一人工钻制的小圆孔，供死者的灵魂出入。

1996 年 6 月

神话昆仑与西王母原相

在古代神话里，昆仑之丘，亦名昆仑之虚。昆仑之丘是古代诸神聚集之山。昆仑丘与西王母有着不解之缘。昆仑丘与西王母的神话，被历代百姓众生和文人学者千遍万遍地述说着，时间长达两千余年。经历过漫长的时代，在数不清的述说中，西王母从一个原相“豹尾虎齿”人兽合体的西部山神，逐渐演变而成为一个具有神格的人王，最后成为一个代表仙乡乐园的全能之神。昆仑神话，也像滚雪球一样，穿越历史的风霜，逐渐演变成中国神话的一个庞大体系。

一、神话昆仑

昆仑是个千古之谜。近代学者顾实说：“古来言昆仑者，纷如聚讼。”现代学者苏雪林说：“中国古代历史与地理，本皆朦胧混杂，如隐一团迷雾之中。昆仑者，亦此迷雾中事物之一也。而昆仑问题，比之其他，尤不易董理。”①

神话学家们大多认为，在中国古代文献里，“昆仑”有两义：一是地理的昆仑，一是神话的昆仑。地理昆仑的地望究竟在哪里？这个问题困扰着一代代的学者，出现过许许多多的说法，至今也还是难有

① 苏雪林：《昆仑之谜·引言》，台北，1956年。

定论。凌纯声在《昆仑丘与西王母》一文中，捡其重要的论点，列举了丁山《论炎帝大岳与昆仑山》、卫聚贤《昆仑与陆浑》、苏雪林《昆仑之谜》、程发轫《昆仑之谜读后感》、杜而未《昆仑文化与不死观念》、徐高阮《昆仑丘和禹神话》六家之言，再加上他自己的昆仑即“坛墠”之说，就是七家。[①]何其纷纭！神话昆仑，虽然也有史实的影子，但更重要的，是一个奥林匹斯式的西部华夏神山的象征。笔者撰写本文，无意对昆仑作全面探讨，只局限在“神话昆仑”上，试图做一点小小的开掘。

（一）“帝之下都”，众神所集之山

已故史学家徐旭生在20世纪40年代写的《读〈山海经〉札记》里说，《山海经》在史料上是“我国有很高价值的”十部书之一，而“《西山经》各山均在今陕西、甘肃、青海境内，虽间有神话而尚历历可指”。[②]《山海经》里提到的昆仑共有八处，或“昆仑之丘”，或“昆仑之虚”，虽直接间接地标注有地理坐标或特有物产和生物，但由于作者受当时流行的神话思维和巫风的深刻影响，在叙述时亦真亦幻，幻中有真，真中有幻，昆仑之丘的地理位置也便不免扑朔迷离。或如蔡元培先生所说：“这部书固然以地理为主，而且有许多古代神话的材料，但就中很有民族学的记载，例如《山经》，每章末段，必记自某山以至某山，凡若干里，其神状怎样，其祠礼怎样；这都是记山间居民宗教状况。”[③]古代神话与史实的混杂交织，使我们今人难于理清哪些因素是昆仑丘的史地事实，哪些因素是基于幻想的神话因素。在上

---

① 凌纯声：《昆仑丘与西王母》，载氏著《中国边疆民族与环太平洋文化》，台湾联经出版事业公司1979年版，第1569—1613页。

② 徐旭生：《读〈山海经〉札记》，载氏著《中国古史的传说时代》（增订本），文物出版社1985年版，第293、295页。

③ 蔡元培：《说民族学》，《一般杂志》1926年第12期。

面提到的八处经文中，至少有三处直接叙述了昆仑神话或神话昆仑。

其一，《西次三经》：“西南四百里，曰昆仑之丘，是实惟帝之下都，神陆吾司之。其神状虎身而九尾，人面而虎爪；是神也，司天之九部及帝之囿时。有兽焉，其状如羊而四角，名曰土蝼，是食人。有鸟焉，其状如蜂，大如鸳鸯，名曰钦原，蠚鸟兽则死，蠚木则枯。有鸟焉，其名曰鹑鸟，是司帝之百服……”

“昆仑之丘”是神话中的“帝之下都”。这个“帝”指的是天帝。郭璞云：“天帝都邑之在下者。”有学者指出，此“帝”指的就是黄帝，黄帝把自己比作天帝。[①] 其根据是《穆天子传》卷二的下述文字：“吉日辛酉，天子升于昆仑之丘，以观黄帝之宫。”笔者对这个看法，实不敢赞同。昆仑之丘的守护神是陆吾，他虎身而九尾，人面而虎爪，是人兽合体之神，其职责是看守九部（九域）和天帝的园林与祭坛（时，即畤）。《庄子·大宗师》里的那个山神肩吾，就是陆吾的异名。此外，在昆仑丘上还有其他一些神兽，如“状如羊而四角”、“食人”的土蝼（有学者认为，土蝼属于幽冥恶兽[②]）；蜇鸟兽致死的钦原；“司帝之百服”的鹑鸟。

其二《海内西经》：“海内昆仑之虚，在西北，帝之下都。昆仑之虚，方八百里，高万仞。上有木禾，长五寻，大五围。面有九井，以玉为槛。面有九门，门有开明兽守之，百神之所在。在八隅之岩，赤水之际，非仁羿莫能上冈之岩。……昆仑南渊深三百仞。开明兽身大类虎而九首，皆人面，东响立昆仑上。开明北有视肉、珠树、文玉树、玗琪树、不死树。凤皇、鸾鸟皆戴盾。又有离朱、木禾、柏树、甘水、圣木、曼兑，一曰挺木牙交。开明东有巫彭、巫抵、巫阳、巫履、巫凡、巫相，夹窫窳之尸，皆操不死之药以距之。窫窳

① 袁珂：《山海经校注》，上海古籍出版社1980年版，第295页。

② 张劲松：《中国鬼信仰》，中国华侨出版公司1991年版，第65—66页。

者，蛇身人面，贰负尸所杀也。”

图 1　明代蒋应镐《山海经绘图全像》开明兽

此经中的“昆仑之虚”与《西次三经》里的“昆仑之丘”同。《说文》云：“虚，大丘也。”何以这个被称之为“帝之下都”的昆仑，称丘或虚，而不称山呢？因为昆仑山没有恒山高，所以称丘。《尔雅》说：“三成为昆仑丘”，“恒山四成”。经文说，方八百里的昆仑丘，“面有九门”，由开明兽负责把守着。“九门”与“九井”，以及前引的“九部”的“九”字，是同义的。但“九”这个数目字，在这里究竟何解？是否是当作“天数”中的最大数？尚难作出定论。有学者用古汉语中语义通假的原理，把“九门”解释为“鬼门”，看来也没有多少道理。在被认为记录昆仑神话最为完整的《淮南子·坠形训》

里，“九门”就演变成了四百四十门。当然四百四十门作何解，也是一个悬案。有学者认为，开明兽，就是《西次三经》中的陆吾。笔者认为证据不足，陆吾应是司守昆仑的较高一级的大神，而开明兽的职责，不过只是管理看守九门而已，尽管昆仑丘的神兽们的形体大都是类虎。出身类虎或身具虎形，很可能说明他们是同属于一个以虎为图腾祖先的血族。有待考证。

昆仑丘上的神很多，经文里说是“百神之所在”。除了《西次三经》里的土蝼、钦原、鹑鸟，《海内西经》中的开明兽、窫窳、贰负等外，还有凤凰、鸾鸟、众巫等。如此神灵众多、氤氲迷障、非仁羿莫能上的“冈岩”之地，昆仑之丘，如同古希腊神话里集中了众多神灵的奥林匹斯山一样，自然是座西方神山、灵山。羿，即那个“尝请不死之药于西王母”者，亦即那个“在昆仑虚东”“与凿齿战于寿华之野，羿射杀之”（《海外南经》）的羿。

其三，《大荒西经》：“西海之南，流沙之滨，赤水之后，黑水之前，有大山，名曰昆仑之丘。有神——人面虎身，有文有尾，皆白——处之。其下有弱水之渊环之，其外有炎火之山，投物辄然。有人，戴胜，虎齿，豹尾，穴处，名曰西王母。此山万物皆有。”

此经中“人面虎身，有文有尾，皆白”之神，应就是《西次三经》中那个主管昆仑之丘的陆吾。在这段经文里出现了西王母，而这里的西王母是人，但其形象却又是“戴胜、虎齿、豹尾”，即人兽共体，头上戴着玉质的饰物“胜”。关于西王母的话题，姑且先按下不说。《海内西经》说开明东有巫彭等十巫，他们“皆操不死之药”；又说开明北有珠树；《海外南经》说“三珠树生赤水上”。据《列子·汤问篇》：“珠玕之树皆丛生，华实皆有滋味，食之不老不死。”这种珠树，就是巫彭等众巫所操之不死之药，或是后来传说中的不死不老之药的原形。在昆仑神话后来的发展演变中，不死之药的情节大为膨胀，操不死之药的西王母，成为昆仑神话中的大神，昆仑之丘也从原始的诸神之山，变成了神话学家所说的西方的“仙乡”。[1] 在这段经文中，还有一句话不可忽略：“此山万物皆有”。《十洲记》说此山“品物群生，希奇特出”。这就是说，昆仑之丘不仅是集诸神之山，而且有享用不竭的物产。“品物群生”也是“仙乡”的一个重要条件。

（二）天地之脐、天之中柱

《淮南子·坠形训》：“禹乃以息土填洪水以为名山，掘昆仑虚以为下地，中有增城九重，其高万一千里百一十四步二尺六寸。上有木禾，其许五寻，珠树、玉树、璇树、不死树在其西，沙棠、琅玕在其东，绛树在其南，碧树、瑶树在其北。旁有四百四十门，门间四里，里间九纯，纯丈五尺，旁有九井玉横，维其西北之隅，北门开以内（纳）不周之风。倾宫、旋室、县圃、凉风、樊桐在昆仑阊阖之中，是其疏圃。疏圃之池，浸之黄水，黄水三周复其原，是谓丹水，饮之不死。河水出昆仑东北陬，贯渤海，入禹所导积石山。赤水出其东南陬，西南注南海丹泽之东。赤水之东，弱水出自穷石，至于合黎，余波入于流沙，绝流沙南至南海。洋水出其西北陬，入于南海羽民之南。凡四水者，帝之神泉，以和百药，以润万物。昆仑之丘，或上倍之，是谓凉风之山，登之而不死。或上倍之，是谓悬圃，登之乃灵，能使风雨。或上倍之，乃维上天，登之乃神，是谓太帝之居。”

《论衡·道虚篇》：“如天之门在西北，升天之人，宜从昆仑上。淮南之国，在地东南，如审升天，宜举家先从昆仑，乃得其阶。如鼓翼邪飞，趋西北之隅，是则淮南王有羽翼也。”

《山海经·大荒西经》：“有灵山，巫咸、巫即、巫朌、巫彭、巫

---

① 王孝廉：《绝地天通——以苏雪林教授对昆仑神话主题解说为起点的一些相关考察》，载氏著《领云关雪——民族神话学论集》，学苑出版社 2001 年版；又见《西南学院大学·国际文化论集》第 14 卷第 2 号，2000 年 2 月，日本福冈。

姑、巫真、巫礼、巫抵、巫谢、巫罗十巫，从此升降，百药爰在。有西王母之山、壑山、海山。有沃民之国，沃民是处。沃民之野，凤鸟之卵是食，甘露是饮。凡其所欲，其味尽存。爰有甘华、甘柤、白柳、视肉、三骓、璇瑰、瑶碧、白木、琅玕、白丹、青丹，多银铁。鸾凤自歌，凤鸟自舞，爰有百兽，相去是处，是谓沃民之野。”

《神异经》：“昆仑有铜柱焉，其高入天，所谓天柱也。”

《河图括地象》：“昆仑山为柱，气上通天。昆仑者，地之中也。地下有八柱，柱广十万里，有三千六百轴互相牵制，名山大川孔穴相通。天不足西北，地不足东南。西北为天门，东南为地户。天门无上，地户无下。”

《艺文类聚》：“昆仑山，天中柱也。”

这些来自不同时代（从战国到汉唐）和不同作者的文字，包含了好几个各自独立、又互有联系的神话，其中以《淮南子·坠形训》所述最为完整、广泛而细致，其他几段，当可与之互相补充参证。这些关于神话昆仑的表述，其中心意思是：（1）百神所居的昆仑之丘，乃是上接天下通地的天柱。灵异之人如巫咸等十巫者可援昆仑山天柱而升降，将人间之情况上达于天，再将上天的指令下达于地。他们的角色是充当人神两界的中介。（2）昆仑地处神州之中心，故为中柱，即神话学上所说的“天地之脐”。而地下还有八根柱子支撑着。这个时代，昆仑天柱使天地宇宙处于一种稳定平衡的原始状态，群巫可以沿着山体天柱自由上下，沟通信息。后来，“共工与颛顼争为帝，怒而触不周之山，天柱折，地维绝。天倾西北，故日月星辰移焉；地不满东南，故水潦尘埃归焉”（《淮南子·天文训》）。这被“折”的“天柱”，指的自然是“百神所居”的昆仑之丘，但这里所包含的文化象征意义，可能意味着昆仑之丘至高无上的垄断地位，受到了新的挑战。总之，旧的宇宙秩序遭到了破坏。于是，才出现了“绝地天通”的神话。

天柱的意象，显示着一种古老瑰丽的幻想。按照《坠形训》的叙述，自昆仑天柱而上，共有三层：第一层是凉风之山，登上此山者可不死；第二层是悬圃，登之乃灵，能使风雨；第三层才是上天（天庭），那里便是天帝的居所。《楚辞·天问》："昆仑悬圃，其尻安在？增城九重，其高几里？四方之门，其谁从焉？西北辟启，何气通焉？"凉风和悬圃，都是人们幻想中的空中神话乐园，只有那些异人、巫觋们才能够登临和享受；而第三层，那是天帝——天神专有的居所，与人类有无法逾越的距离。

图 2　山东沂南汉画像石天柱昆仑图

（三）幽都之山

魂归圣山的观念，大概是与神居圣山的观念同时产生的。作为"帝之下都""百神之所"的昆仑之丘，同时也是一座幽冥之山。《海内经》："北海之内，有山，名曰幽都之山，黑水出焉。其上有玄鸟、玄蛇、玄豹、玄狐蓬尾。有大玄之山。有玄丘之民。有大幽之国。有赤胫之民。"这"幽都之山"的地理坐标在哪里，可从黑水的发源地而得到一些消息。《大荒西经》说，昆仑之丘的位置，在"西海之南，流沙之滨，赤水之后，黑水之前"。一个是"黑水出焉"，一个是"黑水之前"，大致可以断定《海内经》所指的"幽都之山"，就在昆仑之丘的方圆八百里的范围之内，或者这"幽都之山"就是指的昆仑之丘。

二、山神西王母

最早记载西王母而又流传至今的资料，当是成书于战国初年的《山海经》。陈梦家在《古文字中之商周祭祀》一文中说，殷甲骨卜辞中的“西母”二字，就是战国文献中的神话人物西王母。[①] 但不少学者对“西母”就是西王母，表示了怀疑，因为在此孤证之外，尚没有更多的材料可资证实。《山海经》里写到西王母的地方有四处，这四处所写西王母，各有不同的内涵，也可以说，这些不同之处，昭示着西王母形象演变的不同时期。下面作一简略的分析和判断。

《西次三经》：“又西三百五十里，曰玉山，是西王母所居也。西王母其状如人，豹尾虎齿而善啸，蓬发戴胜，是司天之厉及五残。”

图3　明代蒋应镐《山海经绘图全像》昆仑山神西王母图

《大荒西经》：“西海之南，流沙之滨，赤水之后，黑水之前，有大山，名曰昆仑之丘。有神——人面虎身，有文有尾，皆白——处之。其下有弱水之渊环之，其外有炎火之山，投物辄然。有人，戴胜，虎齿，有豹尾，穴处，名曰西王母。此山万物尽有。”

西王母的居住地是玉山。玉山是昆仑丘诸山中的一座山，或为昆仑丘的异名。朱芳

---

① 陈梦家：《古文字中之商周祭祀》，《燕京学报》1936年第19期，第131—133页。

圃说："《山海经·西山经》：'玉山为西王母所居。'又《海内北经》：'西王母在昆仑虚北。'《大荒西经》：'西王母穴处昆仑之丘。'考玉山为昆仑的异名，《淮南子·坠形训》：'西北方之美者，有昆仑之球琳琅玕焉。'高诱注：'球琳琅玕，皆美玉也。'因为山出美玉，所以又名玉山。"[①] 西王母其神容为半人半兽："状如人，豹尾虎齿，蓬发戴胜"。这个半人半兽、人兽共体的西王母，可能是最原始的西王母形象。日本京都大学教授小南一郎认为："属于《五藏山经》的《西山经》的记载在《山海经》中属古老层次，可推定所记载为上溯至战国初期的观念。"[②]

这个半人半兽的西王母，豹尾虎齿，善啸，样子像野兽；但她披散着头发，头上戴着饰物"胜"，"状如人"。"胜"是古人戴在头上的一种玉质饰物。据《尔雅翼》卷十六："胜者，女之器。"这说明：西王母的性别是女性。尽管"胜"的古代含义，我们今天已经不能完全了解，但玉器在古代作为王权的象征，在后世的考古发掘（如汉画像石）和文献记载中，其影子还依稀可辨。"虎齿"的西王母，与"虎身""虎爪"的陆吾——"司天之九部及帝之囿时"的昆仑之丘守护神，是同一血族，这一信息也向我们预示了：昆仑之丘的诸神，应是一个大的部族——虎族，一个以虎为图腾祖先的族群。而西王母占据的玉山，作为昆仑之丘众多山头中的一个，以产玉而闻名。西王母的"穴居"，也至少说明了两点：第一，西王母还没有完全脱离神话中的兽人时代；第二，穴居是昆仑之丘群山中原始人类的居住方式。

豹尾虎齿、蓬发戴胜的昆仑山神西王母，其职司是"司天之厉及五残"。通俗地说，就是主管刑杀与安全之神。"厉"和"五残"都是天上的星名。郝懿行《笺疏》云："按厉及五残，皆星名也。……《月

① 朱芳圃：《中国古代神话与史实》，中州书画社1982年版，第148页。

② 小南一郎：《中国的神话传说与古小说》，孙昌武译，中华书局1993年版，第26页。

令》云：‘季春之月，命国傩。’郑注云：‘此月之中，日行历昴，昴有大陵积尸之气，气佚则厉鬼随之出行。’是大陵主厉鬼，昴为西方宿，故西王母司之也。五残者，《史纪·天官书》云：‘五残星出正东，东方之野，其星状类辰星，去地可六七丈。’《正义》云：‘五残一名五峰，出则见五方毁败之征，大臣诛亡之象，’西王母主刑杀，故又司此也。”朱芳圃认为：“古代四方之神——东勾芒，西蓐收，南祝融，北玄冥——为春秋以来天文学发达与五行学说相结合的产物。东方为春而主生，西方为秋而主杀，既已各有专司，又复以西王母司刑杀者，因为西王母位在西方，且与蓐收同为猛兽，一虎一豹，物类相连，所以也成为主刑杀的凶神。”[①]

《山海经》原本以木简刻成，每简刻一小节文字，被发现时，连接简册的绳索已朽烂，简册散乱。现在的《山海经》是后人编排组合，成书也并非同一时代，是陆续附益而成的。种种错乱的情况，已陆续有学者指出。《大荒西经》和《西次三经》多处写到西王母其人其事，现在的编排可能有错乱之处，但重要的是《大荒西经》可能要比年代最早的《西山经》晚出。《大荒西经》里写的西王母，其神容，虽然也还是“戴胜虎齿，有豹尾”，但《西次三经》里的“状如人”，在这里却变成了“有人”，而且增加了“穴处”的内容。“穴处”当然是指原始人类的居住方式。较之《西次三经》里作为原相的半人半兽、人兽合体的西王母，《大荒西经》里作为“人”的西王母，已经“人”化了。尽管她已“人”化，却也无法全部脱去原始山神的形态（豹尾、虎齿、蓬发、戴胜、善啸）和功能（司天之厉及五残）。对照《海内西经》中所说之“在八隅之岩，赤水之际，非仁羿莫能上冈之岩”神话，仁羿（应为夷羿）之所以“上冈之岩”，是为了向西王母讨不死之药。那么，这无疑说明，作为昆仑（身处“八隅之岩”）山

① 朱芳圃：《中国古代神话与史实》，中州书画社1982年版，第160—161页。

神的西王母，此时在“司天之厉及五残”之外，已负有掌握不死之药的重任了。“不死之药”观念的出现，是人类希望延长生命的一种愿望，最初是有其积极意义的。后来，衍化出姮娥盗食得仙奔月的千古故事，在现实生活中，被黄老道徒与最高统治者们用以满足追求其长生不老的奢望。

三、统属关系顶端的西王母

神话中的西方山神的西王母，在适宜的社会条件下，即历史化、合理化的社会条件下，逐渐演变为神话统属关系顶端的、部落王者的西王母。

《海内北经》：“西王母梯几而戴胜，杖，其南有三青鸟，为西王母取食。在昆仑虚北。有人曰大行伯，把戈。”

《大荒西经》：“大荒之中，有西王母之山、壑山、海山。……有三青鸟，赤首黑目，一名曰大鵹，一名少鵹，一名曰青鸟。（郭璞注：皆西王母所使也）”

与《西次三经》里的那个豹尾、虎齿和善啸的西王母不同，出现在《海内北经》里的西王母，是个“梯几戴胜，杖”的部落头领或王者，而且在她的身边，出现了供她使役的三青鸟和大行伯等一批役者。相比之下，这里所描写的西王母，不仅消失了原始神灵通常必具的动物形貌特征，而且拥有了为其取食的三青鸟和为其传递信息的行者大行伯这两个役者角色，显示出这个原始的神话，已形成了简单的神际统属关系，而不同层次的神祇之间的统属关系的出现，乃是原始神话向着体系神话演进的一个标志。

图 4　山东嘉祥汉画像石：作为统领的西王母

作为昆仑之丘的山神，西王母最初的活动地点，《西次三经》说是玉山。根据经文所述，其方位应在昆仑之丘以西的一千里左右，距流沙之滨不远。据《海内东经》："西胡白玉山在大夏东，苍梧在白玉山西南，皆在流沙西，昆仑虚东南。昆仑山在西胡西，皆在西北。"前引《大荒西经》的经文说是昆仑之丘，其方位在"西海之南，流沙之滨，赤水之后，黑水之前"。笔者认为，把这一条置于《大荒西经》里，可能是错置，因为它与我们在本节开头引用的《大荒西经》的另一条关于西王母之山的经文颇有差异。

如前所说，"梯几戴胜"、有三青鸟可供使役的西王母，与"豹尾、虎齿"的西王母，已不可同日而语。如果说"豹尾、虎齿"的西王母是昆仑山神的话，那么，"梯几戴胜"、有三青鸟取食、有大行伯传递信息的西王母，已俨然是一个部落的女头领了。况且她已在群巫上下采药的"天梯"灵山不远处，建立了一个西王母之山；而在此西王母之山附近，是"鸾鸟自歌，凤鸟自舞，爰有百兽，相群是处"的物产丰饶的沃民之野。据《穆天子传》卷三云："天子遂驱升于弇山，乃纪丌迹于弇山之石，而树之槐，眉曰西王母之山。"

从社会学的立场来透视隐藏在《海内北经》和《大荒西经》这两段经文背后的社会景象，那么，我们看到的是，西王母是一个以西王母为名、以玉山和西王母之山多处地盘为根据地的原始部落的头领。据历史学家朱芳圃考证，《山海经》中所见之动物形体的"西王母为西方貘族所奉祀的图腾神像"。古之西膜（貘）族，亦即神话中所说的西王母。在《穆天子传》中描写的穆王西征昆仑所见之西王母，已不再是图腾神像，而是西膜族的君长。[1] 笔者并不赞成把动物形体的西王母看作是部落图腾神像这样一种观点，但如果说这种解释还有其合理性的话，那么，为西王母取食的三青鸟，即大鵹、少鵹、青鸟，为西王母传递消息的大行伯，当系被西王母所代表的膜族所兼并的小部落，以昆仑之丘的玉山和西王母之山为根据地的西王母部落或族群，也就成为一个以女性为首领的大的部落联盟了。

从上面的分析，大体可以认定，《山海经》不同的经文和其他古籍中的西王母形象，经历了一个从神话中的人兽合体的山神，到神话中的人神，再到部落大头领的漫长的演变过程。在后来的发展中，西王母从一个仅仅"司天之厉及五残"的西方山神，超越了受命守护"天之九部及帝之囿时"的大神陆吾的地位，成为昆仑神山众神之中具有显赫地位的神祇——一个高踞于昆仑神话所呈现的统属关系顶端的大神。

2001 年 7 月 30 日

① 朱芳圃：《中国古代神话与史实》，中州书画社 1982 年版，第 146—147 页。

伏羲神话的现代流变
——《淮阳神话传说故事》序

淮阳，古称宛丘、陈。传说是太昊伏羲建都和薨葬之地。《竹书纪年》载："太昊伏羲都宛丘。"据神话传说，上古时代，伏羲从西北高原的成纪（今天水）沿黄河而下，来到宛丘这块土地上建都，并在以宛丘为中心的黄淮大平原上创网罟、画八卦、制嫁娶、正姓氏、以龙纪官，从而结束了远古狩猎时代，开辟了远古的畜牧时代；结束了茹毛饮血的时代，人类开始熟食；结束了群婚、乱婚，创始了一夫一妻的对偶婚；结束了原始母系社会，肇始了父系社会；结束了部落万邦的天下，开辟了龙天下，完成了中国历史上第一次民族部落大统一，构建了中华民族的雏形。于是太昊伏羲被传为中华民族的人文始祖。

世界上任何一个民族及其始祖都有自己的神话，传为中华民族人文始祖的伏羲同样也有种种瑰丽的神话。如"华胥履巨人迹"而生伏羲。如"伏羲氏人首蛇身"（《艺文类聚》卷十一引《帝王世纪》），伏羲"始作八卦"（《易・系辞下传》），等等。尽管学界一向认为，伏羲出现于中国古文献中的时代甚晚，最早见于战国以后的《易》《庄子》《荀子》等诸子之文，而一旦出现，便将其地位置于三皇之首（顾颉刚"层累说"；白川静"加上说"）。伏羲的神话传说见诸文献较晚，但在民间却应该一直是大量流传而不绝的少数古神话之一。这一点，在古称中原地区、古宛丘今淮阳及其周边地区所搜集到的“活”在民众口头上的神话传说就是一个明证。

记得1986年，在郑州召开的中国神话学会成立大会暨第一届神话学术研讨会上，我第一次听到来自淮阳的文化工作者杨复竣同志的发言，向与会者介绍他于20世纪60年代在淮阳一带搜集到的伏羲女娲神话。这些在现代条件下还流传于民众口头上的古神话，其中《玄武星》《抟土造人和黄帝的传说》《女娲补天》《伏羲画八卦》四篇被选刊于周扬、陈荒煤主编的《中国新文艺大系·民间文学集（1949—1969）》中。

活跃于20世纪20年代至40年代的神话学学者们，如闻一多、芮逸夫、常任侠诸位对中国神话研究做出过重要贡献的学者，由于那时北方的材料还没有得到收集和发表，看到的材料有限，便认为伏羲女娲神话是起源于南方或是南方民族的神话。如果他们看到杨复竣及稍后其他河南民间文学工作者们收集到的神话材料，相信他们会修改他们的结论。倒是日本学者白川静在他著的《中国神话》一书里说得好：“在神话上，却是与前述的洪水之神一样，都是很古就已经成立的了；只不过因为拥有这个神话的苗人，以后被驱赶而南下，逐渐与中原失去了接触，因此这些神话没有被记录在古文献之中罢了。”[①] 现在杨复竣在这本《淮阳神话·传说·故事》里收录了他历年来收集的166篇民间作品，属于神话的47篇，属于人物传说与地方风物传说的80篇，故事39篇。《白龟救姐》《滚磨成亲》《女娲抟土造人》《伏羲女娲创世》《女娲造六畜》《伏羲画卦台》《女娲补天》等神话文本，构成了一个现代流传的伏羲女娲神话群，把这些作品与古文献记载的作品相比较，就可以看出在历史的长河中神话发生了怎样的流变！

---

① 白川静：《中国神话》，王孝廉译，台湾长安出版社1983年版，第48页。

从1984年起，围绕着编纂“中国民间文学三套集成”（民间故事、歌谣、谚语）在全国开展了一次长达近十年的普查工作。从1986年起，杨复竣主持并参加了淮阳的普查，组织队伍，走街串巷，深入民间，共收集记录了100多万字的资料。他们所调查的地区，除了淮阳、西华、太康、郸城、项城、商水等县市，还特别重视太昊伏羲朝祖庙会和农历每月初一、十五祭祖日的调查采录，收集到不少伏羲女娲神话和庙堂经歌，材料弥足珍贵。

杨复竣同志在基层文化工作岗位上孜孜矻矻二十多年，深入民间采录收集神话传说，从未中断，为构建淮阳乃至中原地区的民间文化做出了自己的贡献。这本《淮阳神话·传说·故事》不仅包括伏羲女娲人祖神话，还收录了流传于淮阳一带的人物传说、风物传说和民间故事，堪称是淮阳地区的一部民间文学之大全。他为抢救和传播民族民间文化所付出的辛劳、收获的成果，令我敬佩!

全球化、现代化的浪潮席卷了全世界。城镇化和新农村建设正在改变着传统的农业结构和社会结构，民间文学以及所有民间文化所依存的传统农耕文明，正在转型，甚至消失。民间文学以及所有民间文化逐渐衰微的趋势，随处可见。着眼于保持文化的多样化和可持续发展，着眼于保护我们民族的文化之根——民间文化、非物质文化遗产，我国正在开展非物质文化遗产的保护工作。在“政府主导，社会参与”的方针下，许多热爱民族文化、有责任感的文化工作者，参与到21世纪这项巨大文化工程中来，深入民间，进行深入、细致、艰苦的调查，采取多种方法和手段进行保护工作。杨复竣（及其同时代人）主要于20世纪60年代至80年代收集记录的这些神话故事所显示的，是民间文化在那个时代的生存状态和特点，现在，时代已经过去了20年、甚至40年，民众的生活条件和世界观普遍都发生了巨大的变化，神话传说也无可置疑地发生了流变。我们民间文学和民间文化工作者，有责任以正确的理念和科学的方法，对我们曾经在20年或40年前做过调查的地区（村落），再做一次“跟踪调查”，忠实地、全面地记录在今天（21世纪第一个十年）社会条件下的民间文化及其现代流传形态来。

当《淮阳神话·传说·故事》出版之际，杨复竣向我索序，故写了上面这些话，是为序，以表祝贺。

2007年8月31日于北京寓所

九尾狐的文化内涵

夏代似乎就有了九尾狐的身影。《汲郡竹书》记载了帝杼的故事："柏杼子征于东海及王寿，得一狐九尾。"王寿在哪里，说法不一样；王寿的地名，也大有分歧。《路史》作"三寿"。但这个故事记述得过分简单，意思不明，只有与有关九尾狐的其他资料文献对照来读，才能明白其意。大概是说，得一九尾狐是个吉兆。

《吴越春秋·越王无（吴）余外传》讲到夏禹与九尾狐的故事，情节就丰富了些："禹三十未娶，行到涂山，恐时之暮，失其度制，乃辞云：'吾娶也，必有应矣。'乃有白狐九尾造于禹，禹曰：'白者，吾之服也。其九尾者，王之证也。'涂山之歌曰：'绥绥白狐，九尾庞庞。我家嘉夷，来宾为王。成家成室，我造彼昌。'天人之际，于兹则行，明矣哉！禹因娶涂山，谓之女娇，取辛壬癸甲。"[①]

在这则神话传说里，九尾狐的出现，不仅给禹娶女娇显示了征兆，甚至指明谁看见了九尾白狐，谁就能当国王。如此看来，夏代出现的庞庞九尾之狐，并不是一只普通的狐，而是一只瑞兽、神兽。

据说，商汤王还是王子的时候，也有九尾狐出现的事。不过记载这段故事的《田俅子》已成了佚文，不足为凭了。

---

① 《吴越春秋·越王无余外传》，江苏古籍出版社 1999 年版，第 96—97 页。这段文字，诸家理解不同，故而断句也有差异。

郭璞在为《山海经·大荒东经》的“有青丘之国，有狐九尾”作注时写道：“太平则出而为瑞也。”作为佐证，清代注家郝懿行云：“郭氏此注云‘太平则出为瑞’者，《白虎通·封禅篇》云：‘德至鸟兽，则九尾狐见。’《文选》王褒《四子讲德论》云：‘昔文王应九尾狐而东国归周。’李善注引《春秋元命苞》曰：‘天命文王以九尾狐。’”这段记载和议论的中心意思是说，在周文王的时代（公元前11世纪），也有九尾狐的出现，而且作为一种祥瑞的象征，导致了当时相当强大的东夷部族的归顺周王朝。《孟子·梁惠王》说文王施行仁政，用我们今天的语言来表述，就是由残暴不仁的奴隶制度而过渡为封建制度，使生产关系适应了生产力的发展，从而促进了生产力的飞速发展，周也用一个象征祥瑞之气的九尾狐，来与先是保持西伯名号、后来“受天命”的周文王联系起来。

据《东汉观记》记载，汉章帝（76—88年）时，也曾有九尾狐出现。汉光帝、汉明帝时，政治严切；到了汉章帝时，则改变严切政治，史称“宽厚长者”。[①] 九尾狐的出现，一方面与当时滋长起来的追求、崇尚祥瑞的社会思潮相吻合，另一方面自然也与章帝之清明宽厚相符。自夏、商以来，虽历千载，九尾狐最初的民俗文化内涵——祥瑞的象征，其主要之点，尚没有多大变化。同时代的著作，东汉应劭所撰《风俗通》亦可证明这一点。该书《封禅篇》云：“德至鸟兽，则九尾狐见。”“白虎到，狐九尾，白雉降。”这三种兽禽，都是当时人们心目中的瑞兽、义兽或神兽。《毛诗·驺虞》篇注曰：“驺虞，义兽也，白虎黑文，不食生物。”汉纬书《孝经援神契》：“德致鸟兽，白虎见。”汉纬书《瑞应图》：“白虎者，仁而善，王者不暴则见。”关于白雉，《汉书·平帝纪》说：“元始元年春正月，越裳氏重译（笔者案：传说）献白雉一。”又《西域传赞》：“大禹之序西戎，周公之让

① 范文澜：《中国通史简编》（第二编），人民出版社1965年修订本，第141—142页。

白雉，太宗之却走马。”可见，在预兆祥瑞上，白虎、白雉与九尾狐是等价的圣物，而且在记载中，多与王公贵族的品德、社会政治的清明有关，所不同者，在于白虎、白雉似为泛指，而九尾狐则似专指。

深藏地下而未经风雨剥蚀的汉画像石、画像砖，给后人保留下了九尾狐的形体并展示了九尾狐文化内涵的另一面，实为弥足珍贵。在这些画面中，九尾狐常常与玉兔、蟾蜍、三足乌在一起，或并列于西王母之旁，从而粘连于西王母神话之中，并赋予它以天象上的含义。郑州出土的一幅画像石刻上只画了三足乌、玉兔和九尾狐，没有别的人物。据远古传说，这三种动物是西王母的三宝。三足乌的任务是为西王母寻找珍食玉浆，玉兔的任务是为西王母造长生不老药，而九尾狐的任务则是供传唤使役。从画面上看，三种动物都异常生动。三足乌站在枝头（是否为桂树不得而知）上，张开嘴喙，在警觉地寻觅着什么；玉兔因形体较小，显得图案化，作奔跑状；九尾狐是这幅画的主角，不仅占了画面的四分之三，而且昂首挺尾，形态逼真，四蹄同时向前后伸直、肚皮贴地奔驰在太空之中，肌肉丰腴，显示出强健的力量，要么是在追赶什么，要么是在传递消息。

这幅画技超绝的石刻画，使我们与唐人段成式撰《酉阳杂俎》中的一段话联系起来。段曰：“道术中有天狐别行法，言天狐九尾金色，役于日月宫，有符有醮日，可洞达阴阳。”[①] 大约该画写的就是此意。九尾狐是天狐，平时在日月宫里服役，一俟人间设醮祈祷，则可以通阴阳，充当天地的中介和使者。于是，九尾狐有了神格的意义。

山东嘉祥洪山的一幅汉画像石刻（见图 4），其画面更为复杂。画面人物，除了上述三个角色而外，还有蟾蜍、凭几而坐的西王母、跪捧芝草的三人和鸡头人。三只白兔正在持杵捣药，蟾蜍两手（爪）

① 段成式：《酉阳杂俎》第 586 节“诺皋记下”，中华书局 1981 年版，第 144 页。

擎杵伴着玉兔，而三足乌与九尾狐则持剑护卫。画像石刻摄取这许多角色的捣药场面于一瞬，显示着真实的流动感。

四川新繁县的一幅画像石，构思与嘉祥的此画近似。西王母坐在龙虎座上，雍容华贵，仪态威严。在她的周围，云气缭绕，前面是蟾蜍在手舞足蹈，蟾蜍的左边是仙人大行伯和三足乌，右边是两位使者和正在制作长生不老药（烟气氤氲）的玉兔，唯独九尾狐神采奕奕地立于西王母的身旁待命，地位十分突出。这位服役于日月宫的神兽，是否担负着通达阴阳的使命呢？我想回答应该是肯定的。

图5 四川新繁县画像石 西王母家族

既然九尾狐从地上擢升到了天上，就与日月的构成特点、日月天体的运行等天象挂上了钩。我想，丁山先生的九尾狐即天象上的“尾为九子”的论断，也就不无道理，值得进一步研究。如果这一论断成立，袁珂先生的“九尾狐象征子孙繁息”[①]的假想，也就有了更牢靠的根基。丁先生说：

① 袁珂编著：《中国神话传说词典》，“九尾狐”条，上海辞书出版社1985年版。

《天问》所见“岐母”，是否即古代求子者所祭祀的高禖，今则难征其详。然而，《史记·天官书》东宫苍龙有云：“尾为九子，曰，君臣，斥绝不和。”宋衷注：“属后宫场，故得兼子。子必九者，取尾有九星也。”张氏《正义》云：“尾九星，为后宫，亦为九子星。占，均明，大小相承，则后宫叙而多子；不然，则否。”假定尾可读为“鸟兽孳尾”，那末，“尾为九子”可能即是九尾狐。……将尾宿九颗星联系起来，如：

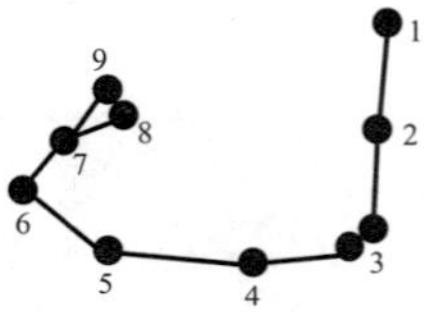

这也与弓弧之形相似，所谓“九尾狐”，可能是弓弧的语言之讹。而“女岐”当是指七、八、九三颗星系联成狐尾的两歧而名。……弧、尾、九尾狐、九子，这一贯的名词，只是求子的寓言。[①]

再证之以“绥绥白狐，九尾庞庞”的硕大尾巴，在人们面前摇来摆去，所表现出来的求偶、求子意识，以及禹经九尾狐介绍而娶涂山女的神话（涂山女变作山石裂开而生启），九尾狐的子孙繁息之说也就变得有几分可信了。

奇怪的是，汉以后，那个摇着庞庞硕尾的九尾狐，在史籍上就羞于露面了。至唐，它的文化内涵出现了显著的变化。

写于 1990 年 7 月 23 日

① 丁山：《中国古代宗教与神话考》，上海龙门联合书局 1961 年版，第 298—299 页。

“东南亚文化区”与同胞配偶型洪水神话

非物质文化遗产是民众以口传心授的方式世代传承、与民众生活密切相关的文化形态，它浸润着不同时代民众的世界观、社会理想与憧憬，承载着民众的智慧和人类的文明，体现着民族精神、思维方式和文化传统。因此，我们有理由说，非物质文化遗产是民族文化之渊薮，民族精神之根脉。21世纪初，世界已进入现代化、经济全球化的时代，亚洲各国社会出现了转型，传统意义上的文化被边缘化，民族文化受到西方强势文化和通俗文化的巨大冲击甚至吞噬。在农耕文明条件下产生和传承，并与农耕文明相适应的非物质文化遗产，逐渐失去了生存的条件。于是，大多数发展中国家开始认识到保护本民族的非物质文化遗产对于保护民族的传统文化和文化传统，提高民族和国家的自信心、自尊心和民族凝聚力，提高国民的文化素质和文化自觉的重要性。

亚洲是一片古老的大陆。在古代，亚洲人民就创造了灿烂的文化，对世界经济的发展做出了重要的贡献。只是16世纪以后，西方殖民主义和帝国主义相继侵入，许多国家和地区先后沦为殖民地和半殖民地，经济遭到了严重摧残，民族文化遭受到西方文化的冲击或侵蚀，致使许多国家和地区长期处于贫困落后的状态。20世纪七八十年代后，亚洲走上了内部调整和外部合作的转型之路。然而对于任何民族来说，其本土文化毕竟是强国之本，要守住亚洲文化的光辉传统，复兴和弘扬亚洲文化，增强亚洲文化的软实力，保护亚洲的非物质文化遗产应该是亚洲各国政府和民众的重要使命。我以为，保护非物质文化遗产的核心不外两点：一是保持和守护住千百年来民众以口传心授的方式创造和传播的文化及其传统，从而弘扬和发展民族的文化；二是既要吸收外来文化优秀的东西，又要遏制外来的强势文化对本土文化的吞噬与覆盖。

亚洲各国和各地区民众所创造和传承的非物质文化遗产，反映了亚洲人的宇宙观和价值观，历史观和审美观，是东方文化传统的珍贵财富。过往的情况是，亚洲国家和地区对其他亚洲国家、民族和地区的非物质文化遗产的了解，远远少于对西方、特别是欧洲非物质文化遗产的了解。其原因，无非是若干世纪以来西方殖民主义者的侵犯和占领，将其变成自己的殖民地和半殖民地，向亚洲国家宣传和推销西方文化，从而导致了亚洲各国对自己国家的非物质文化遗产的价值认识不足，保护和宣传不得力。所以，我们这一代人的使命就是，保护好我们所拥有的不同表现形式的非物质文化遗产，如此，既有利于以亚洲为主体的东方文化传统的复兴和传播，也有利于保持世界文化的多样性。在非物质文化遗产的保护上，除了各国政府强有力的举措外，政府以外的组织和个人也有很多事情可做，学者、专家们尤其应发挥其作用。同时，亚洲各国和各地区携手合作，保护非物质文化遗产，也是时代赋予我们这代人的使命。

20世纪30年代，中国学者芮逸夫提出了“东南亚文化区”的概念。他认为，所谓“东南亚文化区”，是由铜鼓、芦笙、兄妹（姊弟）配偶型遗传人类的洪水神话三个文化元素为标志构成的。他指出，普遍流传于东南亚各民族中的这种“兄妹（姊弟）配偶型洪水故事”是在世界上普遍存在的洪水故事中别立一型的。

> 以上这些洪水故事，都是大同小异的兄妹或姊弟配偶遗传人类的神话。依巴林高尔德（S. Baring Gould）氏的印欧民间故事分类的方法，我们可以把这些洪水故事与前述苗族洪水故事归入同一种型式的故事，而称之为“兄弟（兼指姊弟）配偶型”的洪水故事。这种型式的洪水故事的地理分布，大约北自中国本部，南至南洋群岛，西起印度中部，东迄台湾岛。从地理上察看，它的文化中心当在中国本部的西南。所以我推测，兄妹配偶型的洪水故事或起源于中国的西南，由此而传播到四方。因而中国的汉族会有类似的洪水故事；海南岛的黎族、台湾的阿眉族、婆罗洲的配甘族、印度支那半岛的巴那族，以及印度中部的比尔族与卡马尔族也都会有类似的洪水故事。①

“兄妹（姊弟）配偶型”洪水神话作为亚洲广大地区流传的一个非物质文化遗产（神话）的“原型”，在亚洲文化史上的历史认识价值和重要性是不容置疑的。在芮逸夫的时代和之后，国内外学者对这个问题的研究一直没有停止过，他们积累了大量的采自中国以及亚洲其他国家流传的“兄妹（兼指姊弟）配偶型”洪水神话的材料。台湾学者李卉女士根据这类传说故事的特点，将其定名为“同胞配偶型洪水传说”。她解释说：“所以采用‘同胞配偶型洪水传说’的名称，是因为：洪水故事的传说虽遍及世界各处，但‘同胞配偶型’的洪水传说却是在东南亚区域的一个特征。然而，在东南亚各区中这类传说中的人物，有的是兄妹，有的是姊弟；二者之不同，也许正表示着某种意义，或不宜完全忽视，故用‘同胞’一词以包括‘兄妹’与‘姊

---

① 芮逸夫：《苗族洪水故事与伏羲女娲的传说》，《人类学季刊》1938年第1期，第191页。

弟’。”[①] 亚洲文化区各相关国家和地区的政府和学界，理应携起手来对亚洲洪水神话类型进行调查、记录、研究和保护。

我所提议的亚洲携手合作保护的“兄妹（兼指姊弟）配偶型”洪水神话，在巴渝文化圈里也有流传，也应被视为巴渝之地远古口头文学的珍品。《路史·后纪一》：“伏羲生咸鸟，咸鸟生乘厘，是司水土，生后照。后照生顾相，降处于巴，是生巴人。巴灭，巴子五季流于黔而君之，生黑穴四姓，赤狄巴氏服四姓，为廪君，有巴氏、务相氏。”这是古籍的记载。前文说到，可能在巴人的先祖后照的时代，他带领原属于东夷部族的巴人过关斩将，兼并了许多异部落异民族，一路来到了九江（重庆一带），并与当地的土著一道，在此建国，先后长达900年之久。在这些巴人（包括被兼并的和当地的土著在内的新的巴人部落联盟）的记忆中，理应有关于他们的先祖伏羲（太昊）洪水后再造人类的神话。

让我们回到1939年。这一年的2月28日，流亡到重庆的美术史学家常任侠先生写了一篇《重庆沙坪坝出土之石棺墓画像研究》，其所报道和描绘的在嘉陵江畔的沙坪坝前中央大学农场附近的汉墓中出土的两个交缠在一起的人首蛇身画像，乃源自广泛流传于苗汉两族中的伏羲女娲神话，并指出“盖其时民俗所尊崇耳”[②]。“其时民俗尊崇”六个字告诉我们，学界一向认为起源于南方民族的伏羲女娲及洪水神话，至少在汉代还在嘉陵江畔的重庆地区广为流传。

---

① 李卉：《台湾及东南亚的同胞配偶型洪水传说》，《中国民族学报》1955年第1期。

② 常任侠：《沙坪坝出土之石棺画像研究》，《常任侠艺术考古论文选集》，文物出版社1984年版，第11页。

图 6 重庆璧山县蛮洞坡崖墓出土 伏羲女娲画像

40 年后，1979 年 4 月，在一次民族调查中，重庆的基层文化工作者胡长辉和尚云川在酉阳土家族苗族自治县搜集到一则题为《布所和雍妮》的神话传说，其内容说，洪水中牛羊没有了，鸡狗也被淹死了，人也没有了，宇宙间只剩下了布所和雍妮两兄妹。他们坐在一个大木箱子里，得以逃生。乌龟、青蛙劝他们成婚以繁衍人类。雍妮总是以一母所生拒绝成婚。经过滚磨盘相合、劈竹子相合、种葫芦藤蔓缠在一起三个环节，雍妮还是不从。最后，乌龟劝他们围着古王界转，七天七夜，谁也追不上谁。老乌龟教导布所回头，于是布所与妹妹雍妮相遇，二人不得不结婚。生下来的是些肉团，劈开撒在大地上，变成了帕卡（汉族）、毕兹卡（土家族）、白卡（苗族）等。从此，世界上有了人，并且一天天多起来。5 年后，1984 年，在根据文化部、国家民委、中国民间文艺研究会共同制定的《民间文学三套集成》编辑计划进行的民间文学大普查中，同样是酉阳的基层文化工作者刘长贵和彭林绪搜集到另一篇题为《洪水朝天和百家姓的由来》的洪水神话。内容与前一篇神话大同小异。①

1986年，基层文化工作者李德乾、张继青、陈万华、熊平等人，在奉节县的新政乡何家村、高治乡大力村、白帝乡浣花村，城口县的白芷乡和平村②；1987年，王良裔在巴县姜家乡农民村、刘谦胜在大足县对溪乡跑马村③，也都搜集到这些地方口头流传的洪水后伏羲兄妹婚的神话传说。

在酉阳、巴县、奉节、城口等地先后搜集到的这些古老的人类起源神话——洪水后兄妹婚神话，说明在20世纪70年代末到80年代初，在三峡地区群众中还以口传的方式广为流传，虽然神话中的兄妹名字不同，实则与《玄中记》《史记补·三皇本纪》《帝王世纪》《淮南子·览冥训》等古籍中记载的伏羲女娲故事、与20世纪40年代在重庆沙坪坝出土的汉画像中的伏羲女娲人首蛇身画像背后所隐含的人类起源神话，同属于一个古老的母题或原型，是在不同民族、不同地区、不同时代的不同口头流传版本。这意味着酉阳、巴县、奉节、城口等这些地方，因其独特的地理环境和独特的文化传统，保存下来了如此古老的人类起源神话，见证了民间的神话传说的顽强的生命活力。笔者近读重庆女作家方棋所著的长篇小说《最后的巫歌》，发现作者在对生活于三峡中从重庆的巫溪到湖北的清江流域的古巴人的悲壮历史和文化传统的描写中，也写到了这个古老的民族对这个人类起

---

① 《洪水朝天和百家姓的由来》，见《中国民间文学集成·四川卷（少数民族）》，1991年编印。

② 《中国民间故事集成·四川万县地区卷》，1988年编印。

③ 《中国民间故事集成·重庆市卷》，科学技术文献出版社重庆分社1990年版；《中国民间故事集成·重庆市巴县卷》，1989年编印。

源神话的鲜活记忆。

图 7　重庆沙坪坝汉墓石棺画像伏羲（常任侠）

古代巴人曾经的驻地也好，酉阳土家族苗族自治县也好，嘉陵江畔的沙坪坝也好，以及巴县、奉节、城口等三峡地区也好，无疑都是这个洪水后遗民再殖人类起源神话——“兄妹（兼指姊弟）配偶型”洪水神话——的重要的原生家园和流传人群，都应该纳入这个类型的神话的保护范围，从而，古代的九州、如今的重庆，似也属于芮逸夫所发现的“东南亚文化区”！当然在重庆尚未见到报道芮逸夫所说的其他两个文化构成元素：铜鼓、芦笙。重庆市作为“亚洲文化论坛”的主办者，有责任有义务成为在亚洲（南亚）范围内对这个神话类型进行携手保护的带头者和主持者。

2011 年 10 月 11 日

神话与象征
——以哈尼族为例

神话产生于人类社会的早期阶段，距离现在实在是太遥远了，因此神话的真实含义是很难了解的。现在我们对神话的种种解释，如此充满着歧义，在某种程度上说，都是由于猜测和臆断所造成的。神话就其本质来说是非理性的，与其把神话看成是人类早期的一种有意识的精神产品（这在我国学术界在一个很长的时期中是相当普遍的一种倾向，在某种程度上甚至曾经是一种主导的倾向），毋宁把神话看作是人类早期的某种文化象征、某种文化符号，更符合神话的实际情况。它的真实的意义，就隐藏在这些神秘的象征和符号的后面。解释或曰破译这些象征和符号，就成为一代又一代神话学家和哲学家们无穷无尽的繁重的工作。

现今生活于云南哀牢山和蒙乐山之间广大地区的哈尼族，是一个有着悠久的历史而又残留着较多原始生活习俗的古老民族，尽管对于它的族源和历史，学术界已经进行了许多富有成效的探讨，而且在探讨中不免出现分歧，但它所拥有的神话（多为口承形态，近四十年来才始有完整的记录）却以其古老、多元、神秘而吸引和困扰着研究者。本文仅就所接触到的极其有限的资料，从文化象征的角度对哈尼族的神话作以下探索性论述，不当之处，请专家指正。

一、隐藏在石头背后的密码

石头文化是散布很广的环太平洋文化的一个具有普遍意义的重要因子。在哈尼族的神话材料中也无例外地透露出一些有趣的信息，值得我们加以梳理和分析，看一看能否尝试着进行一些破译的工作，从中得到有意思的结论。

爱尼人的神话《奥颠米颠》说：很古很古的时候，既没有天，也没有地。天和地是女天神阿波米淹派遣加波俄郎造的。加波俄郎神身材高大，力大无比，聪明能干。他的手长得可以伸向天空，他的脚大得可以踏平山川。他用三颗马牙石造了天。接着，他又用三坨泥巴造了地。[①] 流传于元阳县的一则补天神话说：山上的一棵大树长得太高了，把天戳破了。天上出现了一个大洞，雨水从这天洞里流下来。大雨滂沱，灾难深重。阿哥艾浦和阿妹艾乐挺身而出补天。兄妹先后跳进了天洞里，把水流如注的两个天洞堵住。当他们跳进天洞的当儿，一阵雷鸣闪电，随之他们变成了两块大石头。[②]《造天造地》说，造天造地要用金银和绿石头。[③]

天是女天神阿波米淹派遣加波俄郎用三块马牙石造的，这种观念是十分古老的。甚至比用泥土造人这样的观念还要古老得多，因为马牙石作为自然物存在着，只要拿来用就是了。而用泥土造人，则有可能在制陶术得到一定发展的阶段上才得以实现。用马牙石造天的神话，不由得使我们想起女娲神“炼五色石以补苍天”的古典神话来。

---

① 《奥颠米颠》，流传于西双版纳爱尼人居住地区，飘马讲述，载李子贤编：《云南少数民族神话选》，云南人民出版社 1990 年版，第 115—118 页。“奥颠米颠”，意即造天造地。

② 《补天的兄妹俩》，朱小和讲述，载云南省民间文学集成办公室编：《哈尼族神话传说集成》，中国民间文艺出版社 1990 年版，第 66—67 页。

③ 《造天造地》，朱小和讲述，载云南省民间文学集成办公室编：《哈尼族神话传说集成》，中国民间文艺出版社 1990 年版，第 4 页。

在补天神话里，女娲作为女神存在时，天已经作为原物先于女娲而存在了，只是因为天地发生了变故（“四极废，九州裂；天不兼覆，地不周载；火炎而不灭，水浩洋而不息；猛兽食颛民，鸷鸟攫老弱”），女娲才炼五色石补残破的天。而在哈尼族的这则神话中，女天神阿波米淹派遣加波俄郎用石头造天，是因为当时还没有天和地，天和地是神人的创造之物，而不是已经存在的原物。石头既然是作为原物而存在的，因此石头常常被笃信万物有灵的原始人类赋予灵性，直至成为造成天的材料，从而形成传播极为广泛的灵石信仰。在艾浦和艾乐化石补天的神话里，人石互化、人石一体的观念，可能也来自于灵石信仰（这种人石互化的观念在另一个题为《阿扎》的传说里有更为充分的表现）。天是由石头造成的这种观念，在哈尼族，可能是某一支系或某一地区的一种观念，并不是普遍的观念，因为我们在其他的神话里还看到，天是由别的物质（如《神的诞生》里是金鱼娘的左鳍扇出来的；《沙罗阿龙造天地》里是用气造成的；《青蛙造天造地》里是用青蛙的唾沫和屎一类物质造成的等）造成的。

流传于元阳、红河一带，由朱小和讲述的一则哈尼神话《查牛补天地》中提到，他们的祖先最古老的家乡，是一个叫作“虎尼虎那”的地方。天神俄玛的姑娘俄白，用查牛身上的两节最大的骨头（一块红骨、一块黑骨）做成了虎尼虎那高山，而哈尼族最早的祖先就诞生在这座高山上。[①] 这座虎尼虎那山，因而成为哈尼族神话中的圣山；虎尼虎那山上的石头，也就成了人们心目中的圣石、神石。同一讲述者讲述的另一则神话《红石和黑石的岩洞》说，人们最早是居住在红石头和黑石头的岩洞里，随着生齿日繁，洞里住不下了，才陆续离开了岩洞。由于种种原因，哈尼神话的情节和神祇呈现出层次繁杂、不

---

① 云南省民间文学集成办公室编：《哈尼族神话传说集成》，中国民间文艺出版社 1990 年版，第 16—24 页。

连贯性和矛盾性。如果可以进行合理的重构，把不连贯的情节和人物人为地加以串联的话，我想，这个红石头和黑石头的岩洞就是上面所说的虎尼虎那了。[①]

《祖先的脚印》里说的，由于瘟疫蔓延，哈尼人面临灭顶之灾，因而不得不进行民族大迁徙。离开故土的时候，哈尼祖先们从高山上携带着一块神石，直到找到新的居住地，把这块神石重新在驻地安放下来。[②]后来，哈尼人每每建立新的村寨时，都要立一块神石，并对它敬之如神，崇拜有加。不难设想，这种相传已久的风习，可能就是从这儿来的。

思茅地区孟连县流传的一则哈尼神话说："有一天，从天上掉下三个绿茵茵的大石头，石头落到地上，发出几声惊天动地的巨响。石头炸开了，地上隆起了几座又高又大的山峰。在石头炸开的时候，从里面跳出一个顶天立地的汉子，他叫阿托拉扬。阿托拉扬食量很大，力大无穷，他身挎一张大弓，背上背着长长的可以射穿天地的箭。阿托拉扬在大地上走，看到大地一片荒凉，没有什么东西吃，便搭上一支箭，朝天上'嗖——'地一放，长箭射穿了飘在天上的一只大口袋，大口袋张开了口子，朝大地上撒下了谷种、树籽、飞禽、走兽。"后来，从石头里出来的阿托拉扬和从金葫芦里出来的阿嘎拉优成了亲，他们就是人类和魔鬼的祖先。[③]

把上述几则神话进行一番综合比较，不难看出，无论是作为哈尼祖先的诞生地，还是作为哈尼祖先生存或居住的洞穴，虎尼虎那很像是"帝禹夏氏修己……剖背而生禹于石纽"（《竹书纪年》）神话中

① 云南省民间文学集成办公室编:《哈尼族神话传说集成》，中国民间文艺出版社1990年版，第241页。

② 刘辉豪、阿罗编:《哈尼族民间故事选》，上海文艺出版社1989年版，第80页。

③《天、地、人和万物的起源》，李格、王富帮讲述，载云南省民间文学集成办公室编:《哈尼族神话传说集成》，中国民间文艺出版社1990年版，第34—37页。

的那个“石纽”。石纽在现今羌族居住地四川汶川县。古羌族神话中的先祖神禹生于石（石纽）。哈尼的先祖塔婆也生于石（虎尼虎那）。石头具有生殖的象征。二者何其相似！如果哈尼族历史上确系从青海一带的古代西羌住地迁徙而来，这种意见能站得住的话，那么，作为古代氐羌后裔的羌族和哈尼族，有着相似的神话也就不足为怪了。虎尼虎那，作为一个象征的意象，似乎可以理解为母体（山石），它生出了人类的先祖；也可以理解为子宫（岩洞），它孕育了人类和各类动物，人类和动物从洞中走（生）出来。

从阿托拉扬的出生神话里，至少可以看出下面三层意思：其一，人类的祖先阿托拉扬是石头炸开而从石头里生出来的，其出生方式与大禹的儿子启的出生方式是相同的，石头是能够生育人类先祖的母体，或者是孕育人类先祖的子宫；其二，石头作为母体，她所生育的人类先祖阿托拉扬，是一个男神，而不是女神，这一点与禹的妻子涂山氏化石生启是一样的，她所生育的启也是男神，而不是女神。这一点也是有意义的，男神阿托拉扬的出生和男神启的出生，都曲折地体现着，该神话产生的时代男权已经或正在取得优势地位。其三，阿托拉扬的出生，几乎如同所有的民族的先祖一样，是神奇的出生，一生下来就顶天立地，食量很大，力大无比，能挽弓射箭，特别值得指出的是，他用原始的弓箭射穿了天上悬挂着的大口袋，在这个大口袋里装着的原始谷种、树籽、飞禽、走兽才从口袋里落到大地上，于是大地上才有了第一批生物和无生物，阿托拉扬也因此而完成了他作为一个神话中的创造文化的文化英雄的伟大业绩。阿托拉扬手中的原始弓箭，根据民族学对世界许多民族的民族学材料的研究，弓是女性生殖器的象征物，而箭则是男性生殖器的象征物。正是这支箭射到了天空上的那些原物，使之成为大地上的第一批经过创造而诞生的文化物。其四，男神阿托拉扬是由石头生的，而不是由女性与男性交合受孕而生的，其更为深层的象征含义，是感孕而生，即男人可以不通过性交，不需要女人的帮助，就能独立地生育孩子。这一情节更加强了前面所说的，在当时的社会生活中，男权可能正在取代女权。

由于支系的繁多，山川的阻隔，文化的闭锁，哈尼族的神话及其观念呈现出多元而复杂的状态。相应地，石头作为哈尼文化的一个因子，在不同的神话和民俗事象中，也就呈现出不同的象征含义。比如一些神话中所记述的寨神石、寨门石，一般说来，是作为大地守护神的表象而存在的，主要功能是村寨神。哈尼族的寨神石是从神山上选来的一块长方形石板，传说是哈尼族先祖的骨殖变成的，置于神树之旁，既是神石又是祭台，因而不像有些民族（如与其比邻而居的彝族）那样，其寨神石是一根形似勃起的男性生殖器那样的石柱，主要功能是象征宗族繁盛。

二、“双生子”的象征意蕴

在哈尼神话系统中的“双生子”题材，不是一个孤立的、可以轻易忽略的现象，而是一个世界性的题材，因而也是一个值得从神话语义学的角度加以研究的问题。尽管在国际神话学和文化人类学的研究中，关于“双生子”的神话，已经在许多著作中（如列维-斯特劳斯、叶·莫·梅列金斯基等人的著作）有所涉及和论述，然而，由于哈尼神话中的“双生子”题材至今还在口头上流传，而且有自己的特点，在现代民俗生活中还实际上存在着处死“双生子”、六指（趾）和兔唇儿等的习俗，因此，对这种文化现象进行研究，无疑是有意义的。

目前所见叙述最为完整的“双生子”神话，是记录于墨江县的《青蛙造天造地》和记录于元阳县的《太阳和月亮》，有所涉及而语焉不详的是记录于元阳县的《神和人的家谱》[①]。这三则神话中的双生子，

① 这三则神话均收入《哈尼神话传说集成》一书中。

都是属于兄妹孪生，即异性孪生形态。而神祖塔婆所生双生子的神话[①]，尽管尚未看到完整的记录，只见到一个概要，但仅从其概要的叙述中可以知道，其属于兄弟孪生，即同性孪生形态。无论是同性孪生子还是异性孪生子，他们都属于创世的始祖，文化英雄之列。

《青蛙造天造地》说，青蛙奉海龙王之命造天地，当功业没有完成之际，就怀了身孕（至于是怎样怀孕的，神话中没有交代）。他怀了九百九十九天，生下了一对双胞胎，男的阿哥叫纳得，女的阿妹叫阿依（请注意：这是一对异性孪生子）。他们一出生，就成了一对创世的巨人。他们用老青蛙吐出的沫子掺着骨头变成的石头和屎，造成了地，后来又用老青蛙的手臂托着摊开的屎造成了天。接着，纳得在造天的时候也怀了孕（至于是怎样怀孕的，神话中也没有交代），在天上生了一个女儿。阿依嫉妒纳得，诅咒男人不得生孩子，于是，从此变成女人才能生孩子。然后，他们用老青蛙的黑眼珠做太阳，白眼珠做月亮，血做星星。他们经受了种种磨难。青蛙纳得和阿依造完天地，龙王却不许他们变成人。兄妹很不甘心，在天阴下雨时，便在水塘里“呱呱”地叫，表示对龙王的不满。老青蛙很像是古典神话里开天辟地的盘古，用自己的肢体创造（化生）了宇宙万物。而青蛙孪生兄妹纳得和阿依才是一对真正的创世英雄，他们不仅有巨人的体躯，而且是他们用现有的物质（老青蛙的排泄物和肢体）和艰苦的劳作创造了天地和万物。但是，尽管他们功莫大焉，到头来却受到了严厉的惩罚，他们不能变成人，而只能永远是青蛙，永远在水塘里发出“呱呱”的不平之声。《神和人的家谱》里引用哈尼第十三代先祖乌突里的一段古歌说：“听啊，先祖的儿孙，／后世的歌手，／你们要把远古的烟嘎（故事）记好：／乌突里前面的先辈，／生小娃不会用手去接，／你们的小娃生在哪里？／——生在薄薄的蛋壳里。／阿妈抱过

① 参见杨万智：《祈生与御死》，云南大学出版社 1991 年版，第 49 页。

十天蛋，/蛋里才会爬出小娃，/阿妈抱过的蛋是双黄蛋，/里面爬出儿子和姑娘。”这里说的双黄蛋出生的儿子和姑娘是哪代神人并不清楚，也无关紧要，重要的是，这则哈尼神话中传说人类的先祖曾经有过一个卵生的阶段（这也是许多民族的神话中都有的），而且这对双生子不是同性孪生，而是异性孪生。如果允许我们对青蛙造天地神话中所缺少的某些环节做某种合理的修补，使之成为一条完整的神话链的话，我想，卵生的方式也许补充了老青蛙是通过什么方式生了纳得和阿依两兄妹的。

在南美和北美印第安诸民族的神话中，孪生兄弟——创世者或创造了文化业绩的文化英雄，有两种模式：一种模式是二人合作，由于某人或神的暗示，找到并最终战胜了曾经残害了他们的母亲的恶魔——美洲豹；一种模式是他们中间一个好、一个坏，二人在创世的过程中反目为仇，成为冤家对头。[①] 哈尼族神话中的孪生兄妹纳得和阿依，他们的文化业绩是创造天地；他们在创世的过程中，是一对亲密的合作者，属于前一种模式。但他们在合作创世过程中也是充满着斗争的。斗争的焦点是二人谁有生育的权力。虽然纳得先生育了天女伢迷（当然是不靠女人与男人的媾和而生的），最终还是阿依战胜了纳得而得到了生育的权力。作为一种报复，在他们造好了天地和日月星辰之后，大风把大地吹得开裂，树木花草几乎死亡。还是纳得的女儿作为其父亲方面势力的一种补充，在天上擂鼓、跳舞，才使狂风停息、雷雨大作，大地得以滋润，草木得以复生。

《太阳和月亮》是说：一个哈尼人家在属羊日生了两个小娃，大的叫约白，是姑娘；小的叫约罗，是儿子。有一个叫俄罗罗玛的野

---

① 参见刘锡诚：《〈印第安人的神奇故事〉序言》，《印第安人的神奇故事》，易言、易方译，中国民间文艺出版社 1988 年版，第 8 页；叶·莫·梅列金斯基：《神话的诗学》，魏庆征译，商务印书馆 1990 年版，第 210—212 页。

物（魔鬼），偷吃了他家的苞谷，残害了他们的阿爸和阿妈，并穿上阿妈的衣服，假装阿妈，吃了弟弟约罗的手臂。约白逃了出来，遇到一个赶马人。赶马人指给她一种草药，救活了约罗。姐弟二人又得到“阿匹”（老妈妈）指给的花，约白吃了红花，变成了太阳神；约罗吃了白花，变成了月亮神。他们轮流出来照亮世间，俄罗罗玛再也不敢来害人了。至此，这则双生子神话就告结束了。但在这段情节之后，这则神话还把另一个兄妹做夫妻的原始神话以及天狗吃太阳和月亮的神话（日食、月食）也包括了进来，成为一个容纳了复杂内容的复合神话。双生子约白约罗的神话，与法国结构主义神话学家列维-斯特劳斯在其著作《神话与意义》中所列举的美国落基山一带的库得奈（Kootenay）印第安人的一则双生子神话有类似之点。印第安人的这则神话说，一个女人受骗只受孕一次，结果却生了一对孪生子，后来一个变成了太阳，一个变成了月亮。[①]研究者们指出，把孪生子与大气层的反常现象联系在一起，是在世界范围内很多地方都有的一种观念。加拿大西部英属哥伦比亚海岸地区的印第安人认为，孪生子能够带来良好的气候，也能驱走风暴等。把孪生子与太阳和月亮这种特定的天文现象联系起来，当然也是这样一种思维逻辑。孪生兄妹在历尽艰险之后，变成太阳和月亮，以及孪生兄妹创世之后成亲繁衍后代的观念，在神话中是一种象征形式，是历史上的血亲婚的一个证明或回忆和古代人关于双生崇拜的反映。在印欧神话中，这类神话还表现为几个兄弟与几个姊妹婚配的模式。非洲神话中的两性合体形象，也是兄妹双生子神话的一种变态演化形式。

杀害双生子的习俗在世界许多民族中都非常盛行。人们常常把他们置于袋中或罐中投入水中，或把他们扔到森林里，让野兽吃掉。但

---

① 列维-斯特劳斯：《神话与意义》，王维兰译，台湾时报文化出版事业有限公司 1982 年版，第 39 页。

传说中却往往说他们死后均变成了神。哈尼族也是把生养了双生子看成是不吉利的大事，并杀害双生子的民族之一。调查证明，金平县“格邹支哈尼族认为，妇女生双胎为最大不吉，要杀死婴儿，并用母猪一口招待全寨，求其宽恕。生双胎的父母要搬到寨外居住三年。至于婴儿为六指虽可养，但父母必须杀一口猪赎罪”[①]。而在西双版纳傣族自治州的哈尼族那里，“寨内如有人生双胎或生五官四肢不全的小孩，全寨停止生产三天，连鸡猪都不关，婴孩被敲死，孩子的父母被脱光衣服赶上山去，房子被烧毁，牲口杀光，除现钱外所有财产都分光。若是有钱人家，举行隆重的祭祀两三天后就可回寨子，否则要在山上住一月，在一年内，无人和他俩说话，家里的人除外。出进寨子不得遇着外人，否则将被人骂。夫妇俩一年内不能同居。一辈子不能参与隆重的宗教祭祀”[②]。生六指、双胞胎和缺嘴婴儿等现象，还往往导致全寨迁移，另建新寨。在勐海县西定山坝丙哈尼族的调查表明，尤其是追玛家里出生了这样的婴儿，不仅要立刻另选追玛，而且要全寨迁移。[③]

从表面看来，人们对神话中的双生子的事迹的描绘，与现实生活中对双生子一类不健全婴儿的处置之间，存在着一个不易理解的矛盾。列维-斯特劳斯有一段关于双生子的论述，对于我们理解这种矛盾的态度，也许有一些启发。他说：“孪生子和出生时脚先着地，都是难产的前兆。我甚至可以说，这是一个英雄式的生产，因为小孩要主动成为一个英雄，有些时候就成为一个害人的枭雄，然而他却完成

---

① 宋恩常：《金平县三、四两区格邹支哈尼族习俗》，《哈尼族社会历史调查》，云南民族出版社 1982 年版，第 64 页。

② 西双版纳傣族自治州调查整理：《西双版纳哈尼族社会历史调查》，《哈尼族社会历史调查》，云南民族出版社 1982 年版，第 106 页。

③ 宋恩常、董绍禹整理：《勐海县西定山坝丙哈尼族宗教调查》，《哈尼族社会历史调查》，云南民族出版社 1982 年版，第 132—137 页。

了一个很重要的事迹。这说明了为什么在许多部落里，孪生子和出生时脚先着地的小孩都会被弄死。”[①] 在一些部落中有这样的观念：一对双胞胎在母体内就开始打架和竞争，看谁争得先出世的荣誉，因此，其中的一个，而且通常是秉性坏的那一个胎儿，往往不遵照自然的规律，争先恐后地逃出母体，造成母亲的难产甚至死亡。先出生的这个孩子想成为一个顶天立地的巨人、一个盖世的英雄，但由于他同时是一个“害人的枭雄”，所以遭到人们的扼杀。也还有另外的一种解释，如认为双生子是野兽或人兽转生，或与恶灵和魔鬼有关，所以生下来后必须处死，否则将成妖孽。调查说，居住在库页岛的尼夫赫人就认为双生子是兽类。[②]

塔婆的神话给我们提供了哈尼神话这方面的一些重要信息。“侃”是游弋于天地间的魂灵，而“侃”与人是神祖塔婆所生的一对孪生兄弟。“侃”出生时就相貌怪异，胸前有七只奶，脑后有两双眼睛，而且脾气好恶无常。塔婆阿妈不喜欢它。塔婆死后，人和“侃”在深山打猎，并以耕种为生。“侃”很懒惰，常在人外出时偷吃人放在家中的食物。因而，人与“侃”不和，便在天神奥咪的劝解下分家离异。长期的林间生活中，人和“侃”常常发生冲突，也发生过人在鬼魂的属地范围内被侵害而死的事。因此，人便于一年中举行几次围歼侵寨鬼魂的活动。[③] 这个神话属于同性孪生子神话模式中兄弟反目为仇的一种。孪生兄弟不和的原因，是由于其中的一个是恶鬼；人鬼这两种相互对立的力量，在娘胎里的时候就竞相争斗，出世之后变本加厉，不能和平共处。一个代表善，一个代表恶，善恶构成了神话的二元对

---

① 列维－斯特劳斯：《神话与意义》，王维兰译，台湾时报文化出版事业有限公司 1982 年版，第 42 页。

② В. В. Иванов, “Близнечые мифы”, “Мифоло гический словарь”, Изд. Советск-ая Энциклопедия, 1980: 175.

③ 杨万智：《祈生与御死》，云南大学出版社 1991 年版，第 49 页。

立结构。

列维-斯特劳斯认为，在所有美洲神话里，也可以说在全世界神话里，孪生子担任着神祇和超自然之间、上界力量和下界人性之间的中介的角色。从隐喻而言，孪生子和脚先着地的孩子（常说的臀位生产）是雷同的。他还指出兔唇孩子（以至兔子）与双胞胎之间有着一种亲密的关系。兔子不是孪生子，但兔子是孪生子的前身。兔唇孩子在母体中的时候，就出现了本体的分裂；孪生子则在母体中就彻底实现了分裂。在哈尼族中也有类似的习俗。无论是兔唇儿，还是双生子，人们认为他们都是怪胎，是孽种，是不吉利，因而一律将其处死。遗憾的是，我们还缺乏更细致的调查，还难以说清楚哈尼族居民中与这些习俗相对应的观念是什么。

三、鼠——造物主及其两重性

在哈尼族的神话中，鼠既是天神的使者、人神的中介——神兽，又是暗喻着深厚的文化意蕴的、参与创世的文化英雄。为了分析的方便，现在我将两段神话情节的梗概引在下面：

爱尼人传说，天地形成以后，天上出现了太阳（“巴拉”）、月亮（“难玛”）、星星（“阿给”）、云彩（“吴东”）。以后，燕子第一个由天界飞到地下，衔来的三块泥土中钻出三个会飞的白蚂蚁（“查补”）。地下的鱼和螃蟹开沟引水淹成了河，河水又使天地衔接起来。有了水，地边有了锈（“贴”），结成石块，长成芦苇，养出老鼠，老鼠衔来了树种，长出各种各样的大树。树林中钻出禽兽，树边成为大路，猴子从树上下来，变成了人类。[①]

---

① 杨万智：《祈生与御死》，云南大学出版社1991年版，第71页。

在有人类始祖“松咪窝”以前，女神陂皮密依摇动三块巴掌样大小的红石头，让它们在摇晃中长大，升为平展展的天空。摇动三块巴掌大小的黑石头，在晃动中铺成凸凸凹凹的大地。天地形成以后，天神又创造了太阳和月亮，以后，又派遣老鼠从乌黑的天洞窜到人类居住的地下寻来种子，撒育出葱绿的密林。后来，人与鬼魂“倪”隔河分居，各自居踞阴阳两极，人与鬼魂之间形成了势不两立的局面。①

在天地开辟之际，万物是怎么来的？对于这些长期困扰着人类的问题，世界各地的不同民族在自己的神话里作了大相径庭的回答。汉民族是融合了历史上许多民族而形成的一个人数众多的民族，现在我们从古籍里保存的神话中得知，是神农氏尝百草而教会人们懂得种植庄稼。神农因而成为千古称颂的农神。但是，似乎没有一个衔来树籽的专门的神祇——树神。而我们从哈尼族的神话中，却看到了鼠在创世之初充当着这个重要的角色。是它在天地初成之时，衔来了树籽，撒向大地，使之长出了葱茏茂密的森林，因而成为一个文化的创始者。没有树林，就没有飞禽走兽的栖息之所，就谈不上适宜于人类和动物生存的生态环境。鼠是受天帝之命从“乌黑的天洞”里窜到大地上来的使者，理所当然地以上天与人间的中介者出现于神话中。

在另外一个材料中，天神奥玛说：“金葫芦里孕育着人类。”奥玛还说，谁有本事把金葫芦啄开，谁就有吃人类粮食的权利。麻雀没有啄开，长长的喙就秃了。老鼠接着麻雀啄的地方继续啃，终于啃通了。从葫芦里出来了一个女人，这就是人类的女祖先阿嘎拉优；她与阿托拉扬婚配，然后生了爱尼人、佤族、傣族和汉族等。阿托拉扬造了天地，阿嘎拉优生了人类和魔鬼。作为繁殖力特别强的鼠类，在此神话里是否也有子孙繁衍的喻义呢？鼠啃破金葫芦，救出了阿嘎拉优，

---

① 转引自邓启耀：《民族服饰：一种文化符号》，云南人民出版社 1991 年版，第 267 页。

也因此同人类一样成为吃粮食的动物。[①] 这则神话里的老鼠，与爱尼人的古歌《虾依依》中所说的天地形成以后，咬来物种，从而使暖风吹来万物滋长的老鼠一样，无愧是一个创造了人类文化的造物者。

在哈尼族的民俗生活中，特别是近代，老鼠在人的观念中具有两重性。一方面，老鼠是谷物收获的象征，没有任何收成的人家，当然就不会有老鼠的光顾；另一方面，老鼠又是一种偷吃人类粮食的害兽，因此在民俗活动中对它施行种种驱避的仪式（这在哈尼族中亦然）。但是，在古人的观念中，老鼠无疑是一种创造力和造物者的象征。有的民族（如汉族的一些地区）至今还有老鼠节，对它进行祭祀礼拜；有的民族（如贵州的苗族）在腊月间有以鼠祭祖之俗；有的民族（如湘西土家族）在先祖的墓碑上刻着鼠的形象，作为子孙繁盛的象征。我没有到哈尼族的居住地做过实地考察，掌握的材料甚少，不敢妄断。但上面列举的这些民俗材料，不是堪可作为这个立论的佐证吗？

1992 年 12 月 27 日于北京

① 《天、地、人和万物的起源》，载云南省民间文学集成办公室编:《哈尼族神话传说集成》，中国民间文艺出版社 1990 年版，第 35—36 页。

东巴神话的象征思维
——白庚胜《东巴神话象征之比较研究》序

在我的印象中，白庚胜（纳西族）同志在中国社会科学院少数民族文学研究所成立之初就到所从事纳西文化的研究，至今已有十多年了。他在这个高等专业研究机构里，从青年步入了中年，在学术上也进入了成熟时期。他发表和出版过多种著作，包括《东巴神话研究》等专著，可惜我只读过其中的一部分。近年来他又同时师从我国资深学者马学良教授和日本著名学者伊藤清司教授，并以长达27万字的《东巴神话象征之比较研究》论文取得了博士学位。他并不以此为满足，又在北京师范大学受教于钟敬文教授门下，继续攻读博士后。在他的博士论文即将正式出版之际，他在马学良先生的建议下携稿来到我的住处，要我给他的著作写一篇序言。我虽然多年来在注意研究中国文化象征问题，但对纳西族文化却知之甚少，因此对写序之事颇感惶恐。在读了他的论文之后，才下决心写点意见，权当是对他的著作出版的祝贺。

中华民族是一个极富象征思维的民族。文化传统源远流长的中国人，不仅在原始文化（无论是新石器时代的玉器或陶器的形制及图案，还是通过各种方式保留下来的原始诗歌）中，而且至今在不同地区不同民族的乡村生活中，人们也还相当普遍地习惯于以象征来表达思想和意图。在中国人的语言、神话、文学、艺术、民俗、礼仪、信仰、巫术等领域中，到处都会遇到深藏着代表某种特定含义的象征。常被称为“神秘文化”的中国传统文化，其“神秘”之处，实在说来，有许多就是指的那些不被今人所理解的原始象征和意义。令人遗憾的是，包括纳西族在内的中国各民族的如此丰富多样的文化象征，直到 20 世纪 80 年代之前，却没有哪一位中国学者下功夫专门研究过这种文化现象；换句话说，象征研究在我国人文科学中一直是个空白。1987 年 9 月我着手筹划编辑《中国象征词典》时，同时拟定了另一部专著《中国象征论》的选题，为其姊妹篇，并请一位青年学者主持撰写，前者于 1991 年由天津教育出版社出版，后者却由于种种原因流产了。关于中国各民族的文化象征，我们所能看到的，只有 20 世纪以来国外出版的寥寥几本由外国文化人类学家、民俗学家和汉学家们撰写的以汇集和阐释中国文化象征为主要内容的专著，如 20 世纪 50 年代在莫斯科出版的俄国汉学家阿列克赛耶夫的《中国民间年画》和 80 年代在科隆出版的德国汉学家爱伯哈德的《中国文化象征词典》以及日本学者所写的有关文章（如伊藤清司的《眼睛的象征——中国西南少数民族创世神话的研究》）等。尽管这些著作给我们的研究提供了一种新的视角和立场，可作我们开展民族文化研究的很好的借鉴，但他们毕竟是长期生活于不同文化背景中的外国人，他们在研究和阐释中国文化象征时，有的（不是全部）难免流于表面，读来常给人以隔靴搔痒之感，有的甚至难免失之谬误。白庚胜这部有关神话象征的研究著作，正是在这样一个大的文化学术背景下问世的，在中国神话研究和象征研究领域里无疑具有重要的意义。

作者选择纳西族神话象征的比较研究这一课题，无论在我国象征人类学的学科建设方面，还是在深入研究和阐发古老的纳西文化方面，都有着不可等闲的意义。他为了做好这一课题，做出新意，前后三年深入他的家乡丽江市纳西族聚居地区，拜老东巴为师，敬听他们讲经释义，学习并掌握了古老的象形文字。他广泛运用当代文化人类学的比较研究方法和所取得的积极成果，从纳西族对神龟、神山、神树、眼睛、神海、色彩和桥的信仰这六个涉及纳西族文化的重要方面入手，力求梳理来源各异、纷繁复杂的象征表象，考辨其隐蔽的真实意义，使其系统化、序列化。作者在梳理、考辨和论证时，广泛运用了在文化人类学中行之有效的比较研究法，从那些在族源上与之有渊源关系的藏族文化、在地缘上与之毗邻而居而又传统悠久的汉族文化，以及在东方文化中发生过重大影响的古印度文化等的多层面比较中，厘清哪些属于外来文化影响的因素，哪些属于本民族原生的象征核心，哪些属于文化历史发展的产物，从而在一定程度和一定范围内揭开了纳西族神话象征符号的扑朔迷离的面纱，开掘出在纳西族特有的语音、语义、语音语义组合形式下的神话象征的神秘内涵，探寻在象征表象掩盖下的以东巴神话为其主要组成部分的纳西族神话的基本特点，即作者所概括的：在自然崇拜和图腾崇拜的原始、创造天地和争夺日月的超越以及社会冲突和氏族战争的悲歌这种种荒诞诡谲的表象下，隐藏着的人类对宇宙与生命的沉重思考。在许多问题的探讨和考辨上，作者的眼界是开阔的，见解是独到的，跳出了人云亦云的窠臼。从这样的意义上来讲，作者的研究成果，至少在神话学和象征人类学研究领域中应是具有前沿性的。因此也就值得向从事中华传统文化研究、从事纳西族传统文化研究、有志于从事神话研究和文化象征研究的同好和读者推荐。

从象征人类学的整体进展来衡量，作者对纳西神话象征的研究，既有静态的研究，也有动态的研究。静态的研究，易于把不同来源、不同形态而又处于同一层面的材料聚拢来加以归纳和比较。静态的研究能够深入到常人容易忽略的领域，如作者在非物质化的“眼睛”和“颜色”课题下所作的探讨，挖掘出仅在东巴神话和纳西族民俗中可见而在其他民族（如汉族）中所没有的象征表象，并从民族心理的层面上加以深化，因而其见解就称得上是独到而有益的。但静态的研究也存在着天然的缺憾，不像动态的研究那样易于揭示出某种象征所以形成及其与一定生存环境的关系。而以动态的研究，特别是以与神话紧相粘连、互为表里的仪式的动态考察相配合，则更能深入到神话象征表象的内部，窥见其原始观念的神秘性怎样衍化为象征的特定表象，认识此一象征何以不是彼一象征的必然性，等等。把静态研究与动态研究结合起来，也就能够实现以实证研究为主导的学术理想。这一特点，在关于“神山象征”与“神树象征”的研究中显示得较为突出。神山（石）、神树在纳西族的民间信仰中占有重要地位，如若要用今人的观念和语言来破译被原始神秘外衣包裹着的“神山”与“神树”这两个象征符号，仅靠静态研究的方法，恐难以完全奏效，而一旦将至今残存于纳西族日常生活中的有关祭祀仪式引入，配合以动态的研究，那么展现在人们眼前的，将是“不觉碧山暮，秋云暗几重”的一种完全不同的气象了。白庚胜所做的，正是这样。

上面我粗略地列举了白著中的几个显著的特点和优点，但绝非该书的全部。还要啰唆几句的是，在象征研究方面，我们未知的东西还很多很多，前面的路还很长很长。象征是人类的一种重要思维方式，特别是原始先民的一种重要思维方式。尽管象征是非时间的存在，是随着社会和时间的变异而不断发生变化的，但从远古时代就产生和积淀起来的象征，毕竟是今人难以理解或完全理解的。而不研究、不了解象征，几乎就无法了解原始文化，也就无法了解一个民族的神话、巫术、艺术、仪式、梦幻、观念，甚至语言等人类的诸种文化现象。对象征开始加以注意和研究，是相当晚近的事，大约肇始于 18 世纪的西欧浪漫主义运动。到 19 世纪的民族志研究者们，才把象征作为一种知识的系统加以注意，如诺瓦利斯（Von Hardenburg Novalis）对巫术语言的研究，利希腾伯克（Georg Christoph Lichtenberg）对梦幻的象征性的研究，以及古典学家们对希腊神话的重新解释等。现代人类学家把象征纳入了人类学的研究领域，泰勒、弗雷泽、博厄斯、埃利亚德、迪尔凯姆、马林诺夫斯基、弗洛伊德及其后继者荣格，都从不同的角度和立场研究过象征。20世纪文化人类学在象征的研究上，时起时伏。有一个时期因注重现存事象的田野考察与记述，而对象征的研究有所削弱；而在晚近新的理论构架的调整中，从侧重社会研究转到侧重文化研究，象征的研究再次受到了人类学家们的重视。这种对象征和意义的重视，超越了民族志的记述和田野工作的简单分析，因而促进了对方法论的反省和批判。现有的理论成就和方法探索，都是我们应该借鉴和参考的，我们不能对世界闭目塞听，自以为是；但在我们掌握了一定的武器之后，摆在我们面前的更重要的事情，是全面搜集我们自己民族的象征资料，包括几千年来积累起来的古籍文献资料，用科学的方法加以梳理，使其系统化，并进行科学的合理的阐释，从而深化我们的传统文化研究，为我们未来的文化发展做出应有的贡献。

是为序。

1998年3月22日于北京

下编

20 世纪中国神话学概观

中国神话学是晚清末年现代思潮即民族主义、平民意识以及西学东渐的产物。没有民族主义和平民意识这些思潮的崛起，就不会有西学东渐的出现，即使西学在部分知识分子中发酵，也难以引发天翻地覆的社会变革与思想革命。中国神话学就是在这样的社会和文化背景下滥觞的。

在中国的原始时代，先民原本有着丰富的神话，包括西方神话学家们所指称的自然神话、人类起源神话、宇宙起源和创世神话以及神祇的神话等，并以口头的以及其他的种种方式和载体传播。尽管这是一种假说，但这个假说已由近代以来的考古发掘（如多处新石器遗址，包括在许多地方发现的岩画、殷商甲骨卜辞、长沙子弹库帛书、马王堆帛画、三星堆、汉画像石等）和现存原始民族的文化调查得到了印证。[①] 但由于没有文字可为记载和流传的媒介，而物化了的考古文物又无法复原原来丰富的表现形态和思想，春秋时代及其后来的一些文

---

① 吕微在《夏商周族群神话与华夏文化圈的形成》里说："山东大汶口文化、山西和陕西仰韶文化，以及河姆渡文化、良渚文化的遗存中，都发现了'三足乌载日'的神话意象。"见郎樱、扎拉嘎主编：《中国各民族文学关系研究》（先秦至唐宋卷），贵州人民出版社 2005 年版，第 4 页。陈梦家在《商代的神话与巫术》一文里，以甲骨卜辞为对象，以考据学为手段研究神话，挖掘和论证了一些有关动物的神话：由"商人服象"而衍生的种种关于"象"的神话。见《燕京学报》1936 年第 20 期。

学家、哲学家、历史学家、谶纬学家根据当代或前代口头流传和记忆中的形态，保存下来了其中的一部分，即使这些并非完整的神话，到了汉代以降儒家思想霸权的挤压下，有的或历史化，或仙话化，或世俗化了，有的在传承过程中被遗忘了，有的虽然借助于文人的记载而得以保留下来，却也变得支离破碎、语焉不详，失去了昔日的形态的丰富性和完整性，有的连所遮蔽着的象征含义也变得莫解了。

芬兰民间文艺学家劳里·航柯于20世纪70年代在《神话界定问题》一文中在界定神话的四条标准——形式、内容、功能、语境——时说，除了语言的表达形式外，神话还“通过其他类型的媒介而不是用叙述来传递”，如祈祷文或神圣图片、祭祀仪式等形式。① 他的这个观点，即神话（特别是没有文字作为媒介的史前时代的神话）是多种载体的，在我们审视华夏神话时，是可以接受的。在这方面，中国神话学史上的一些学者，如顾颉刚、杨宽、郑振铎、钟敬文、闻一多、陈梦家、孙作云等，都曾有所涉及，或做过一些研究，不过中国学者没有上升为系统的理论而已。在中国人文学术界，虽然前有王国维1925年就提出的“二重证据法”②，并为一些大家所接受和倡导，但在神话研究中，多数人还是大抵认为只有“文献”（“文本”）才是神话研究的正宗和根据。到40年代闻一多的系列神话论文问世，将“二重证据法”成功运用于伏羲女娲神话、洪水神话的论证，“二重证据法”才在神话研究中得到实际认可，并成为从单纯的文本研究

---

① 劳里·航柯：《神话的界定问题》，朝戈今译，载阿兰·邓迪斯编：《西方神话学读本》，广西师范大学出版社2006年版，第52—65页。

② 王国维：“吾辈生于今日，幸于纸上材料之外更得地下之新材料。由此种材料，我辈固得据以补正纸上之材料，亦得证明古书之某部分全为实录，即百家不雅驯之言亦不无表示一面之事实。此二重证据法，惟在今日始得为之。虽古书之未得证明者，不能加以否定，而其已得证明者，不能不加以肯定可以断言也。”见王国维：《古史新证》（1925年），北京来薰阁书店1934年影印版。又见《最近二三十年中中国新发现之学问》，载《王国维学术经典集》（上），江西人民出版社1997年版，第175—180页。

通向田野研究的桥梁。

历代文献典籍里保留下来的中国神话，所以在晚清末年、民国初年被从新的视角加以认识、估量，完全是因为一部分从旧营垒里冲杀出来的先进知识分子的民族主义精神和平民意识使然。如以“驱逐鞑虏”为社会理想的民族主义、以破除儒学和乾嘉之学的霸权而显示的反传统精神、“疑古”思潮的勃兴把神话从历史中分离出来。蒋观云说：“一国之神话与一国之历史，皆于人心上有莫大之影响。”“神话、历史者，能造成一国之人才。”“盖人心者，……鼓荡之有力者，恃乎文学，而历史与神话，其重要之首端矣。”[①] 如此，“增长人之兴味、鼓动人之志气”的神话价值观的出现和形成，把一向视神话为荒古之民的“怪力乱神”、“鬼神怪异之术”的旧案给推翻了，显示了中国神话学从其诞生之日起就以“现代性”学术品格与传统决裂为本色。

反观百年中国神话学发展史，始终存在着两股并行的学术思潮：一股思潮是西方传来的人类学派神话学的理论和方法，一股思潮是以搜神述异传统为主导的中国传统神话理论和方法。一方面，西方神话学从20世纪初就开始得到介绍、翻译和研究，一百年来，可以说从未间断过。20世纪初至20年代引进的英国人类学派神话学，30年代引进的德国和法国的社会学派神话学，40年代引进的德国语言学派与英国功能学派神话学，80年代引进的苏联（俄国）神话诗学和美国文化人类学神话学，90年代以至当下引进的美国口头诗学和表演理论，等等，都曾对中国神话学的研究产生过或多或少的影响，而特别深远者，则莫过于主要建基于非西方原始民族的材料上的西方人类学派的神话学。另一方面，在中国传统文化理念下成长起来的理论和方法，在神话研究和神话学构建中不断得到拓展、提升、深化、发展。后者在其发展中又分成两个方向或支流：一是把神话作为文学之源和文学形态

① 蒋观云：《神话·历史养成之人物》，《新民丛报·谈丛》1903年第36号，日本横滨。

的文学研究，主要依附于古典文学研究中，如对《楚辞》神话、《山海经》神话、《淮南子》神话等的研究，一个世纪来可谓筚路蓝缕，洋洋大观，自成一体；二是把神话作为历史或史料的史学研究，或围绕着“神话”与“古史”关系的研究（如“疑古”神话学的形成和影响），后浪推前浪，形成神话研究的一股巨流。神话的文学研究和历史学研究，其贡献最著之点，表现于对中国载籍神话，特别是创世神话、洪水神话、古史传说等的“还原”和“释读”上。

中国神话学构成的这两股来源不同、体系有别的神话学理论和方法，应该说，在一定程度上都体现了“现代性”的学术自觉，并不像有的学者说的那样，只有西方传来的学说才是体现和确立了学术的现代性，而承袭和发展了中国传统文化理念及某些治学方法（如考订、训诂、“二重证据”等）的神话研究，就没有或不能体现学术的现代性。在中国神话学的建设过程中，二者互为依存、互相交融、互相会通，如西方的进化论的影响、比较研究方法以及以现存原始民族的文化观照的方法等，都给传统的神话研究带来了持续的、有益的变革和强大的驱动，但两者又始终是两个独立的体系。近年来有学者指出，中国神话学的研究要走出西方神话的阴影。[①] 这个论断固不无道理，西方神话学（主要是人类学派的神话学及进化论）理论和方法的确给中国神话学的建立和发展带来了深刻的影响，但还要看到，中华文化毕竟有自己坚固的系统，西方神话学并没有全部占领中国神话学的疆土，在移植或借用西方的理论与方法上，除了少数修养不足而生吞活剥者外，多数人只是将外国的理论与方法作为参照，以适用于并从而推动了中国神话的研究和中国神话学的建构，并逐渐本土化为自己的血肉。相反，中国神话学者在神话学研究上所做出的有价值的探索、

① 陈连山：《走出西方神话的阴影——论中国神话学界使用西方神话概念的成就与局限》，《长江大学学报（社会科学版）》2006 年第 6 期。

经验和贡献，却长期以来为西方神话学界视而不见。① 甚至可以说，西方神话学家们对中国神话学的状况是颇为隔膜的。即使到了20世纪八九十年代，除了一些西方汉学家和日本的一些神话学者与民俗学者的中国神话研究著述②，包括美国的邓迪斯、芬兰的劳里·航柯这样一些知名的当代西方神话学家，至少在他们于20世纪80年代中期亲身来中国考察访问之前，对中国神话学家们的神话研究及其对世界神话学的贡献，也几乎一无所知。

如果说，蒋观云于1903年在日本横滨发表神话学专文《神话·历史养成之人物》，夏曾佑于1905年在《中国历史教科书》里开辟《传疑世代》专章讲授中国古神话，鲁迅于1908年在《破恶声论》里作"夫神话之作，本于古民，睹天物之奇觚，则逞神思而施以人化，想出古异，淑诡可观，虽信之失当，而嘲之则大惑也"之论，在第一代学人手里宣告了中国神话学的诞生，那么，20世纪二三十年代，周作人、茅盾、钟敬文、郑德坤、谢六逸、黄石、冯承钧等学人

---

① 1962—1963年，笔者曾组织翻译了美国民俗学会的机关刊物《美国民俗学杂志》1961年第4期（即第74卷第294期）发表的一组由不同国家民俗学家撰写的介绍世界各国民俗学历史和现状的文章。其中包括刚果、南美洲、斯堪的那维亚、英国、德国、芬兰、挪威、西班牙、意大利、土耳其、俄罗斯、加拿大法语地区、墨西哥、日本、印度、波利尼西亚、澳大利亚、非洲等，共15篇。这组文章没有述及包括神话研究在内的中国民间文学研究的历史与现状、成就与经验。中国民间文艺研究会研究部编印：《民间文学参考资料》1962年第4辑、1963年第8辑。美国神话学家阿兰·邓迪斯（Alan Dundes）于1984年出版的 *Sacred Narrative Readings in the Theory of Myth*（第一个译本译为《西方神话学论文选》，显然是视其内容而取的译名，后广西师范大学出版社的再版本，改用了《神话学读本》的译名，比较恰切）中，其中也没有一篇中国人写的或关于中国神话学的文章或介绍。

② 据俄罗斯汉学家李福清在《外国研究中国各民族神话概况》一文所提供的材料：最早研究中国神话的是法国汉学家，于1836年发表了文章并翻译了《山海经》。19世纪70年代英国汉学家F. Mayers发表了第一篇关于女娲的短文。1892年俄国汉学家S. M. Georgievskij在圣彼得堡出版了世界上第一本研究中国神话的专著《中国人的神话观与神话》。见李福清编：《中国各民族神话研究外文论著目录（1839—1990）》，北京图书馆出版社2007年版。

于中国神话学的初创期把西方神话学介绍到国内，继而以顾颉刚、童书业、杨宽、吕思勉等为代表的“古史辨”派就古史与神话的纠缠与剥离进行的大论战，卫聚贤、白寿彝、吴晗、江绍原、刘盼遂、程憬等的帝系神话研究，以及凌纯声、芮逸夫、林惠祥等前“中研院”系统的学者在神话学的田野调查方面所取得的成就和在学理上取得的经验，苏雪林、闻一多、游国恩、陆侃如等对《楚辞》《九歌》神话的文学研究，曾经在中国学坛上掀起了第一次神话研究的高潮，而在这个研究高潮中，中国神话学一下子上升为一个众所瞩目、羽毛丰满、为相邻学科争相介入和征引的人文学科。

到了 20 世纪 40 年代，特别是在抗日的大后方——大西南，一方面抵御外侮的民族情绪的空前高涨，另一方面，学人们走出书斋来到了少数民族聚居或杂居的地区，一时间涌现出了闻一多、郑德坤、卫聚贤、常任侠、陈梦家、吴泽霖、马长寿、郑师许、徐旭生、朱芳圃、孙作云、程憬、丁山等一大批倾心于神话研究的学人，神话学界群星灿烂。他们一方面承继了前贤们的研究传统，运用考证、训诂等传统的治学手段，进行古神话的“还原”研究，另一方面对南方诸少数民族的活态神话进行实地调查、搜集和研究，拓展了神话的疆域和神话的构成（如对尚未人文化或帝系化的“自然神话”，洪水神话与伏羲女娲神话，太阳神话与射日神话，武陵一带的盘瓠神话，廪君、九隆、竹王神话等多种口头神话遗存的发现和材料的采录）[①]，开启了从神话的纯文本研究到神话与民间信仰综合研究的阶段，从而催生了中国神话和中国神话学的多元构成以及多学科研究格局的形成。中国

① 参阅拙著《20 世纪中国民间文学学术史》（河南大学出版社 2006 年版）第三章“学术转型期”之“民族学调查中的民间文学”、第四章“战火烽烟中的学科建设”之“社会—民族学派”、“大西南的民间文学采录”“神话的考古和史学研究”“闻一多的民间文学研究”等节。刘亚虎：《少数民族口头神话与汉文文献神话的比较》，载郎樱、扎拉嘎主编：《中国各民族文学关系研究》（先秦至唐宋卷），贵州人民出版社 2005 年版，第 70—115 页。

神话学进入了一个新的阶段。

20 世纪 50—60 年代，由于社会政治、学术等的多种原因，以及上文所说的意识形态与学术现代性的矛盾，中国神话学的研究一度从 20 世纪 20—40 年代形成的多学科参与的综合研究，萎缩到了几近单一的社会政治研究。许多原来在神话研究上造诣颇深的学者，除孙作云、丁山等几位外，大多只专注于自己的本业，而不再流连于神话学的研究了。孙作云的神话研究始于 20 世纪 40 年代，最突出的成就在于运用图腾学说，希图建构一个图腾式的神话体系；到了 50—70 年代，开辟了新的研究领域，以楚帛画和汉画像石的神话母题为研究方向。丁山的神话研究，以宏阔的视野和缜密的考证为特点，从古代祭祀起，后稷与神农、日神与月神、四方神、方帝与方望、洪水传说、尧与舜、颛顼与祝融、帝喾、炎帝与蚩尤、黄帝……从史前神话人物，到秦建国前的先王世系，一一论列。他以神话研究而活跃于 40 年代学坛，可惜于 1952 年英年早逝。其神话学代表作《中国古代宗教与神话考》，于 1961 年由龙门联合书局出版；另一遗著《古代神话与民族》于 2005 年由商务印书馆出版。袁珂是这一时段有代表性的神话学者，他的研究方向和学术贡献，主要在对典籍神话的考释和对神话进行连缀，使其系统化。《中国古代神话》是他本人以及中国神话学界这一时期的代表性成果。此外，游国恩、高亨、杨公骥、胡念贻等在古典神话的文学研究上所取得的成绩，也值得称道。

经历过十年“文革”之后，从 1978 年起，中国进入了改革开放的历史新时期。中国神话学研究重新起跑，到 20 世纪末的 20 年间，逐步把间断了十多年的中国神话学学术传统衔接起来，并提升为百年来最活跃、最有成绩的一个时期。以学者队伍论，这一时期，除了茅盾、顾颉刚、杨宽、钟敬文、杨堃、袁珂等老一辈神话学家们的学术贡献以外，陆续成长起来了一大批中青年神话学者，如萧兵、李子贤、张振犁、陶阳、潜明兹、叶舒宪、吕微、陈建宪、常金仓等，他们借鉴和吸收各种外来的当代学说和理念，采用包括比较文化研究、多学科和跨学科研究在内的多种研究方法，对中国神话和神话学进行了多学科全方位的探讨研究。新时期以来，持有不同学术理念的神话研究者们在两个方面做出了跨越式的开拓：（一）在古神话的研究、校勘、考订、阐释、构拟和复原方面［袁珂的《山海经校注》（1980 年）和钟敬文的《洪水后兄妹再殖人类神话》（1990 年），可以看作是这种研究的代表性成果］，对长沙子弹库战国楚帛书、睡虎地秦简日书等所载创世神话文图的解读与阐释（杨宽的《楚帛书的四季神像及其创世神话》、李零的《长沙子弹库楚帛书研究》、刘信芳的《中国最早的物候历月名——楚帛书月名及神祇研究》以及许多学者的多种考释性著作）方面；（二）在汉民族居住的广大地区和各少数民族居住的地区的"活态"口传神话的搜集、整理、翻译、研究领域，包括神话思维、结构、类型、象征等神话理论研究方面。对不同地区、不同语系的少数民族神话的发现、采集、研究，不仅填补了中国古神话系统构成中某些缺失，而且全面推动了中国神话学从文本研究到田野研究的过渡或兼容，亦即神话研究的学术理念的更新和研究方法的转换。

当然，也还要看到，中国神话研究中的一些难题和悬案，如神话的历史化问题，还远未取得令人满意的结论，甚至还没有较大的进展。在运用考据、训诂、校释等传统的研究方法和西方人类学与民族学的方法（如社会进化论、原型理论、图腾理论、象征理论等），来"还原"中国远古神话并建立中国神话系统，以及阐释"活态"神话传说（包括汉族和各少数民族）方面，脱离严谨的科学论证而以随意性的玄想为特点的、被批评为"歧路"的倾向（如遭到学术界批评的用"产翁制"、图腾制等理论来阐释鲧禹神话的递嬗就是一例），在近些年的神话研究中并非孤例。

在百年中国神话学的历史途程中和学理构成上，居住在台湾、香港的神话学者们的学术贡献，是不能忽略的。一般说来，近 50 年来台湾和香港的神话学研究表现出两个重要的特点：一是学理的连贯性的延续，他们以自己的研究成果填补了大陆学者“文革”十年被迫停止工作的那段空白；二是他们以开放的心态和理念面对世界，更多地吸收了国际神话学的一些新的理论和方法。无论是老一辈的学者如凌纯声、芮逸夫、苏雪林，还是继之而起的李亦园、张光直、王孝廉、文崇一、李卉、胡万川以及更年轻一代的学者，他们在典籍神话和原住民神话的研究方面，以现代的学术理念、扎实的考据、微观的阐发，对中国神话学的建构和提升贡献良多。

20世纪已经成为历史了。回顾一百年来的神话学历史，从20世纪初茅盾所撰《中国神话研究ABC》起，到20世纪末袁珂所撰《山海经校注》止，许多学者都在为“创造一个中国神话的系统”这一学术理想而不停息地贡献着自己的智慧和力量。茅盾说：“用了极缜密的考证和推论，也许我们可以创造一个不至于十分荒谬无端的中国神话的系统。”[①] 当然，前辈学者所说的这一理想，是指典籍神话和汉文世界的神话而言，包括通过“缜密的考证和研究”对“零碎”的神话片断的阐释与连缀，和对被“多次修改”而“历史化”了的神话的“还原”，而并未包括居住在中国各地的55个少数民族的神话。应该说，典籍神话的“还原”“梳理”“阐释”只是问题的一个方面，典籍神话在现代社会不同地区和群体中的流变，也理应在中国神话的构成之列，但典籍所载之日，就是其生命的结束之时，而在民间，神话却似滔滔逝水永不停息地流传。20世纪80年代以河南王屋山一带为中心对“中原神话”的搜集与研究，弥补了中国典籍神话的某些缺环，丰富了典籍神话的链条，延长了典籍神话的生命。[②] 而少数民族的神话，如

① 茅盾：《中国神话研究ABC》，载氏著《茅盾说神话》，上海古籍出版社1999年版，第109页。

② 张振犁有《中原古典神话流变论考》（上海文艺出版社1991年版）一书，记录和描绘了中原典籍神话在现代社会条件下在王屋山一带的流传变异情况。

茅盾所说："中国民族在发展的过程中，不断地有新分子参加进来。这些新分子也有它自己的神话和传说，例如蜀，在扬雄的《蜀王本纪》、常璩的《华阳国志》内还存留着一些，如吴越，则在赵煜的《吴越春秋》内也有若干传说。此种地方传说，当然也可以算为中国神话的一部分。这也需要特别的搜集和研究。至于西南的苗、瑶、壮各族，还有活神话在他们口头的，也在搜采之列。"[①] 袁珂于20世纪80年代发表的"广义神话论"[②]，实与茅盾20世纪初所论一脉相承。20世纪以来，至少自30—40年代起，尤其是80—90年代，"中国民间故事集成"的搜集编辑过程中，对各兄弟民族的神话（无论是抄本的、还是口头的）的调查搜集和采录编定，不仅发现了许多新的神话类别和文本，有些汉文文献中已有的著名神话，如盘古神话、洪水神话，新的材料也有了大量的增益，大大地丰富了中国神话的武库。几代学人的这一学术理想，到20世纪末已接近实现。我国不仅有一个庞大的帝系神话系统，还有一个丰富多样的自然神话系统；不仅有一个宇宙和人类起源神话系统，也有一个创造文化的文化英雄神话系统。中国神话的系统和中国神话的武库，在多样的世界神话系统中，以其悠久的传播历史和独具的文化特色，为世界文化的多样性和可持续发展，提供了一个样本，同时，要求有中国独具的神话理论来阐释。

对于中国神话学来说，20世纪是其学科建设从草创到初步建成的重要时期。在这百年中，我们基本上摆脱了跟在外国人后面蹒跚学步的阶段，初步建成了自己的神话学学科体系，并在一些包括古神话"复原"、创世神话阐释、少数民族口传神话发掘与研究在内的重要神话学问题上，取得了值得骄傲的成就。尽管这样说，并不意味着中

---

① 茅盾：《中国神话研究ABC》，载氏著《茅盾说神话》，上海古籍出版社1999年版，第109页。

② 袁珂：《从狭义的神话到广义的神话》，《社会科学战线》1982年第4期；《民间文学论坛》1983年第2期；《再论广义神话》，《民间文学论坛》1984年第3期。

国神话学的学科建设已经很完善了。20世纪末，我国的神话学界虽然先后痛失了几位巨擘，但更多的年轻学子在神话学的学坛上挺立了起来，以优秀的神话学专著和论文，叩开了21世纪的大门。我相信，21世纪，随着中国传统文化的复兴和预言中的“东学西渐”文化移动潮流，中国的神话和中国的神话学，必将取得更加骄人的成绩和更大的影响。

2010年1月9日于北京

民俗学神话学：过去、现在和未来
——2006 年 10 月 26 日在中央民族大学的讲座

历史不是某个英雄豪杰的主观意愿和作为造成的，尽管个人的历史作用是不可否认的。中国百年的民间文学或民俗学的历史也不是哪一个人写成的，而是一大批不同观点的民间文学研究者和民俗学研究者矢志不移、前赴后继写定的。21 世纪之初的今天，已经到了对这百年的学术史进行一番回顾和总结的时候了。我们不能盲目地前行，不知“所来径”的人，是悲哀的。回顾和总结历史，对于现在和今后的学术发展，无疑是有益的。在我国，20 世纪的一百年来，民间文艺学和民俗学是两个既有密切联系又各自分离的学科。百年的民间文艺学（包括神话学）和民俗学学术史的经验是什么呢？说明了什么呢？

一、“20 世纪中国民间文艺学”作为概念

据多年来民间文学研究者业已公认的说法，中国现代民间文学学术史 —— 民间文艺学[①] 史发端于五四新文化运动前后。具体地说，其

① “民间文艺学”这个术语，最早是钟敬文于 1936 年 1 月出版的《艺风》杂志（杭州）第 4 卷第 1 期上发表的《民间文艺学的建设》一文中提出来的。到《钟敬文文集·民间文艺学卷》（安徽教育出版社 2002 年版，第 211 页）收入此文时，作者加了一条注解：“‘民间文艺学’这个术语，一般用以指关于民间文学的理论、研究，有时也兼及民间文学的收集、整理等学术活动。”

起点是 1918 年 2 月北京大学歌谣征集处的成立，由刘复、沈尹默、周作人负责在校刊《北大日刊》上逐日刊登近世歌谣。此后，1920 年冬歌谣征集处改为歌谣研究会；两年后创办《歌谣》周刊，出版了 97 期；再后，《歌谣》并入《国学门周刊》（后再改为月刊）；1923 年 5 月 24 日又成立了风俗调查会。

近年来，随着"重写文学史"的呼声的日高，一些文学史家提出了"20 世纪文学"的概念。几部题为"20 世纪文学史"的著作相继出版，以五四为开端的现代文学史的格局，正在失去大一统的地位。文学史写作的这种思路的出现，也给民间文艺学史的研究以启发："20 世纪民间文艺学"这一概念是不是更切合科学的真实？

需要指出的是，中国现代民间文艺学的滥觞，实际上确比五四新文化运动更早，应在晚清末年。从文化发展的一般道理上说，五四新文化运动是划时代的，但它不是突发的、孤立的事件，而是以科学、民主为核心的新思潮积累到一定程度才爆发起来的。从 20 世纪初起，严格地说，从 1898 年维新运动及其失败之后，西学东渐，对抗传统的新思潮一浪高过一浪。政治领域里改良派发动的维新运动和革命派发动的推翻帝制的革命运动，文化领域里旨在对抗旧传统而兴起的白话文、通俗小说等文化浪潮，为五四运动的爆发做了铺垫和积累。中国现代民间文学学术史，正是在晚清的改良派和革命派这两股势力从政体上和文化上改变中国传统社会的情况下肇始，而在五四运动爆发及其以后，汇入了文学革命的洪流中去，成为文学革命的一支的。

晚清时代，中国的政治处在激烈的动荡和变化之中。文学史家陈子展先生在其《中国近代文学之变迁》（1929 年）一书中说："所谓近代究竟从何说起？我想来想去，才决定不采取一般历史家区分时代的方法，断自'戊戌维新运动'时候（1898 年）说起。……中国自经 1840 年（道光二十年）鸦片之战大败于英，割地赔款并开五口通商；……尤其是 1894 年（光绪二十年）为着朝鲜问题与日本开战，海陆军打得大败，以致割地赔款，认输讲和。当时全国震动，一般年少气盛之士，莫不疾首扼腕，争言洋务。光绪皇帝遂下变法维新之诏，重用一般新进少年。是为‘戊戌维新运动’。这个运动虽遭守旧党的反对，不久即归消灭，但这种政治上的革新运动，实在是中国从古未有的大变动，也就是中国由旧的时代走入新的时代的第一步。总之：从这时候起，古旧的中国总算有了一点近代的觉悟。所以我讲中国近代文学的变迁，就从这个时期开始。”① 有学者指出，陈先生的划分未免过于笼统，并认为，中国新文学的起点不是“戊戌维新运动”，而是它的失败之日。② 维新变法虽只有百日，但维新运动的彻底失败，在1900年。应该承认，这个修正是有道理的。“戊戌维新运动”失败之后，中国思想界和学术界的思想变得深沉而活跃了。西方的或外国的文化思潮对中国知识界发生了重大影响。失败后逃往东京的梁启超后来说：“既旅日数月，肄日本之文，读日本之书，畴昔所未见之籍，纷触于目；畴昔所未穷之理，腾跃于脑。如幽室见日，枯腹得酒。”③ 说明了维新运动失败之后知识界思想界所起的变化。中国文化从此真正进入转型期。中国的现代民间文艺学，正是在这样一种社会政治情景下和文化转型期里产生的。

关于中国现代民间文艺学的滥觞期的时限问题，民间文艺学界早就有人在思考，并且早已提出新的见解来了，不过由于当时社会政治时机的未成熟和表述语言的欠明确，而没有受到学术界的注意和响应而已。钟敬文早在20世纪60年代写作的三篇关于晚清民间文艺学的

① 陈子展：《中国近代文学之变迁》，载陈子展撰，徐志啸导读：《中国近代文学之变迁·最近三十年中国文学史》，上海古籍出版社2000年版，第5—6页。

② 孔范今：《新文学史概念提出的依据和意义》，载孔范今主编：《二十世纪中国文学史》，山东文艺出版社1997年版，第22页。

③ 梁启超：《论学日本文之益》，《饮冰室合集》第四册，中华书局1989年版。

文章，较早地提出并论述了这个问题。[①]40年后，他在《建立中国民俗学学派》中说："其实，严格地讲，中国的科学的民俗学，应该从晚清算起。"[②]

我很赞成钟敬文关于中国现代民间文艺学（晚年他的学术立场从民间文艺学转向了民俗学）的肇始的见解。1992年12月15日，中国俗文学学会在北京大学召开的纪念《歌谣》周刊创刊70周年暨俗文学学术研讨会，笔者在向大会宣读的题为"中国民俗学的滥觞与外来文化的影响"的论文里提出，中国现代民间文学运动，是在20世纪初一批眼界开阔、知识深厚、思想进步的哲学家、历史家、政治家、外交家们掀起猛烈的反孔运动，抨击摇摇欲坠的中华帝国的种种弊端，呼吁参照西方社会模式改造中国、疗救中国的新思潮和启蒙运动中诞生的。我把较早地接受了日本和西方民俗学熏陶的周作人为所翻译的英国小说家罗达哈葛德和英国人类学派民俗学家安度阑俱根据神话合作撰写的《红星佚史》（上海商务印书馆1907年版，《说部丛书》第78编）一书写的序言，认定为中国最早出现的民间文学理论文章。[③]1995年5月，正值对中国民俗学运动，特别是开民俗学田野调查之先河的1925年顾颉刚先生一行的"妙峰山进香庙会调查"70周年时，中国旅游文化学会旅游民俗专业委员会在北京召开"中国民俗论坛"学术研讨会，我再次捡起这个三年前作过但意犹未尽的题目，作了一篇《世纪回顾：中国民俗学面临的选择——为顾颉刚等

① 指钟敬文的《晚清革命派著作家的民间文艺学》《晚清革命派作家对民间文学的运用》《晚清改良派学者的民间文学见解》以及写作于20世纪60年代而发表于1980年的《晚清时期民间文艺学史试探》等文章，后收入钟敬文：《民间文艺学及其历史》，山东教育出版社1998年版。

② 钟敬文：《建立中国民俗学学派》，黑龙江教育出版社1999年版，第6页。

③ 刘锡诚：《中国民俗学的滥觞与外来文化的影响》，载吴同瑞、王文宝、段宝林编：《中国俗文学七十年》，北京大学出版社1994年版，第13—14页。

妙峰山进香调查70周年而作》提交大会。[1]在该文中，我根据马昌仪在《中国神话学文论选萃》中提供的材料，修改了以前的看法，把蒋观云（智由）发表于1903年《新民丛报·谈丛》第36号上的《神话·历史养成之人物》，指认为中国现代民间文艺学最早的论文，于是把我认为的中国民间文艺学发端的年代提前到了1903年。到20世纪末，陈建宪的《精神还乡的引魂之幡——20世纪中国神话学的回眸》一文，也持这种说法。

近几年来的研究工作，使"百年民俗"问题有了新的进展。对黄遵宪的研究，使我们有理由认为，他是"前五四时期"中国民间文艺学和民俗学的一位重要的先驱。黄遵宪在政治上是个改良派，但并不妨碍他在民间文艺学和民俗学理论上和民俗学实践上所做出的建树。他兼有政治家、外交家、诗人和学者的多重素质和身份，不仅有中国传统文化的修养，而且深受西方和日本资产阶级学术思想的浸染。1877—1882年出使日本任参赞，其间在当地做民俗学调查，后于1887年完成《日本国志》，全书共四十卷五十余万言，其中有《礼俗志》四卷。1897年在湖南推行新政，大刀阔斧地进行的移风易俗改革，实现他的"治国化民""移风易俗"的民俗观和政治社会改革抱负。在文学创作上，他以家乡客家人的民俗为本，创作了具有民俗风味的《己亥杂诗》及诗论。他说："虽然，天下万国之人、之心、之理，既已无不同，而稽其节文，而乃南辕北辙，乖隔歧异，不可合并，至于如此；盖各因其所习以为故也。礼也者，非从天降，非从地出，因人情而为之者也。人情者何？习惯也。川岳分区，风气间阻，此因其所习，彼因其所习，日增月益，各行其道。习惯既久，至于一

① 刘锡诚：《世纪回顾：中国民俗学面临的选择》，《民俗研究》1995年第3期；收入刘锡诚主编：《妙峰山·世纪之交的中国民俗流变》，中国城市出版社1996年版。《广东民俗》杂志主编刘志文又将其转载于该刊1998年第3、4期上。

成而不可易，而礼与俗皆出于其中。”他又说：“风俗之端，始于至微，抟之而无物，察之而无形，听之而无声；然一二人倡之，千百人合之，人与人相接，人与人相续，又踵而行之，及其既成，虽其极陋其弊者，举国之人，习以为常；上智所不能察，大力所不能挽，严刑峻法所不能变。”①他还自称“外史氏”，在其所供职的日本国，“采其歌谣，询其风俗”，并“勒为一书”。所有这些，特别是《日本国志》一书，都应看作是中国现代民俗学早期阶段，即“前五四时期”民俗学的重要遗产。黄遵宪对于民俗学的关注以及论述，显示了他对民俗的本质和社会功能的真知。尽管在钟敬文之后，近年来又有人写过有关黄遵宪民间文学、民俗学思想的文章②，但遗憾的是，民俗学界似乎并没有给他在中国现代民间文艺学、民俗学形成初期的地位和作用以足够的重视。

1900年维新变法失败，八国联军入侵。留日学生戢翼翚于同年在日创刊《译书汇编》月刊，系统介绍西学，是我国近代第一份哲学社会科学综合杂志。梁启超逃亡日本，于1902年在横滨创办《新民丛报》半月刊，发表维新派政论，介绍西方资产阶级政治，抨击封建顽固派，也发表维新派诗人的作品文章。蒋观云于1902年将自己介绍西方文化和进化论思想所撰之人类学、社会学、民俗学的文章，集为《海上观云集初编》交付出版。在该书《风俗篇》里，蒋观云对风俗的形成和社会作用发表了系统的意见。他说：“国之形质，土地人民社会工艺物产也，其精神元气则政治宗教人心风俗也。人者血肉之躯，缘地以生，因水土以为性情，因地形以为执业，循是焉而后有理想，理想之感受同，谓之曰人心，人心之措置同，谓之曰风俗，同此人心风俗之间，而有大办事之人出，则政治家焉。……大政治家、大

① 黄遵宪：《日本国志·礼俗志》，上海古籍出版社2001年版。

② 参阅杨宏海：《黄遵宪与民俗学》，《中国文化》（研究集刊）第2辑，复旦大学出版社1985年版。

宗教家，虽亦以其一己之理想，欲改易夫人心风俗……是故人心风俗，掌握国家莫大之权，而国家万事其本原亦于是焉。”他的风俗观，旨在从中西风俗的比较中，强调中国人的风俗有亟待改革的必要。他说：“安田里，重乡井，溪异谷别，老死不相往来以为乐者，中国人之俗也；而欧洲人则欲绕游全球，奇探两极，何其不相类也。重生命，能屈辱，贱任侠而高名哲，是非然否，争以笔舌，不争以干戈者，中国人之俗也；而欧洲人则知心成党，流血为荣……事一人之事业，一人之业，朝政世变，则曰吾侪小人，何敢与者，中国人之俗也；而欧洲人……人人有国家之一份，而重有国家之思想”。“今夫中国，风教因已相安，制度固已相习，使果能锁国，果能绝交，虽循此旧俗，无进步之可言。”他的结论是：“中国入于耕稼之期最早，出于耕稼之期最迟。”“数千年便安之风俗，乃对镜而知其病根之所在。”[①] 1902 年冬蒋赴日，在梁启超主编的《新民丛报》做编辑，并于 1903 年在该刊《丛谈》上发表了《神话·历史养成之人物》一文。[②] 这篇文章被学界认为是最早的神话学论文。

王国维、梁启超、夏曾佑、周作人、周树人、章太炎等，相继把“神话”作为启迪民智的新工具引入文学、历史领域，用以探讨民族之起源、文学之开端、历史之原貌。[③] 晚清末年，革命派“驱逐鞑虏”的反清情绪和政治运动，也直接激发和推动了神话学和民俗学的发展。章炳麟、刘师培、黄节等以民族主义的立场，对感生神话和图腾主义的研究和阐释，除了对民俗学、神话学等学术思想的推进外，还用来

---

① 蒋观云：《海上观云集初编》，上海广智书局 1902 年（光绪二十八年）版，第 17—22 页。

② 蒋观云：《神话历史养成之人物》，原载《新民丛报·丛谈》1903 年第 36 号；又见马昌仪编：《中国神话学文论选萃》上册，中国广播电视出版社 1994 年版。

③ 马昌仪：《中国神话学发展的一个轮廓》，载马昌仪编：《中国神话学文论选萃》，中国广播电视出版社 1994 年版。

从政治上指斥异族统治者的民族压迫。钟敬文说："他（章炳麟，指他在《訄书》中对感生神话的论述）用原始社会的母系制度，图腾主义（托德模即图腾的异译）等事例来解明中国古帝王感生神话的谜。尽管阐发并不充分，可是，的确在这个长时期以来经师、学者们所困惑的老问题上作了另一种答案。从当时世界学术史的角度来看，这种答案，自然不能算是怎样新创，但是，从我们传统的神话学看，它无疑走上了一个新的阶段。从学术的道理说，它基本上是正确的。同时，还使我们原来闭关自守的神话学，向世界性的学术坛坫迈进了一大步。"[①] 潜明兹说，他们"提出了一些超越前人的见解，例如感孕神话和图腾制的关系；对帝王感生说的批判；通过感孕神话推断人类社会的母系制；以及世界上不同民族间有类似的洪水神话等等问题，都是前人未曾接触过，或接触过但说不清楚的问题，他们都做了一定的探索。而对神话与历史关系问题的论述，肯定神话的教育作用，更是对封建文化的直接冲击"[②]。晚清时期，无论是改良派还是革命派学者，虽然他们不是专门从事民俗学或民间文艺学的研究者，但他们关于民俗学和民间文艺的理论和实践，都是为他们张扬的资产阶级民主主义理想服务的，无疑也催生了或奠定了一门新的人文学科——现代民间文艺学及神话学——的基础。

五四新文化运动的历史意义在于，它是一次思想革命、语言革命和人性解放的革命。晚清近20年间在外来文化的影响下萌生和成长起来的中国现代民间文艺学，虽然在学理上还显得幼稚，却因其以蕴藏在普通老百姓中间、对民族团结和社会整合起着重要作用的民俗事象，特别是民间文艺为对象，而对抨击和对抗封建思想、拯救人的

---

① 钟敬文：《晚清革命派著作家的民间文艺学》，载氏著《民间文艺学及其历史》，山东教育出版社1998年版，第288—289页。

② 潜明兹：《晚清神话观》，《吉林师范学院学报》1986年第1期。

灵魂起着更为深入的作用，所以在五四新文化运动前后，受到了许多进步知识分子的重视，并被纳入新文学运动的洪流之中，成为新文学运动的一翼，得到了迅猛的发展。这也就决定了中国现代民间文艺学从这时起，暂时放弃了从西方移植来的在文化人类学的学理方面的探讨，而转向了主要以文化对抗和心灵教化为旨趣的民间文艺的搜集研究为方向的发展道路。

二、民间文艺学神话学与民俗学流派的消长

在回顾和梳理已经逝去的20世纪百年民间文学学术史时，我们遇到的第一个问题是：我们把民间文艺学、神话学看作是人文科学的一个分支学科，那么20世纪中国民间文学学术发展史上有没有出现过流派或学派？如存在着和存在过流派或学派的话，都是些什么流派，其代表人物是谁，代表作和主要观点是什么？这些流派都是什么时候形成的，后来的发展状况怎样？等等。流派的消长，将是笔者对百年民间文学学术史进行梳理的一个重要的甚至是基本的视角。

在判断和考察百年中国民间文学学术史上的学派或流派以及研究这些学派或流派的消长时，笔者所遵循的是以下四个方面的原则：（一）学派或流派是历史的（社会的和文化的）产物，一定的社会历史条件必然催生学派或流派的出现，如果这种社会条件变化了、不存在了，与其相适应的学派或流派也就或衰落或消亡了；（二）不论是否自觉，大凡学派或流派必然拥有一个基本学者队伍，这个队伍阵容一般是由小到大逐渐发展起来的；（三）大凡称得上学派或流派的学者群体，大体会有他们共同的纲领或共同的学术理念；（四）大凡称得上学派或流派，肯定有其代表性著作。

笔者认为，中国民间文学百年学术史上，在学科内部，大体上有两种思潮：一种是以“文以载道”的中国传统文学价值观为引导和宗

旨的文学研究和价值评判体系；一种是以西方人类学派的价值观和学术理念为引导和评价体系的民俗研究。这两种思潮几乎是并行地或错落地向前发展的，两者既有对抗，又有吸收。而在学科外部，由于民间文学属于下层民众所传承的文化，始终受到以儒家文化为代表的上层文化的挤压，虽有一大批文化名流的不懈提倡，但始终未能获得像西方社会那样的人文条件，民间文学始终处于被压抑的地位。具体说来，一部中国民间文学百年学术史，并非由一种流派或一种思潮一以贯之，而是存在过若干的流派，这些不同的流派之间也互有消长。大略说来，前50年，除了断断续续延续几十年之久的“民俗学派”[①]外，至少还出现过以乡土研究为特点的歌谣研究会；以沈雁冰（茅盾）、鲁迅、周作人为代表的“文学人类学派”；以顾颉刚、杨宽、童书业为代表的“古史辨”派神话学；以凌纯声、芮逸夫、吴泽霖等为代表的“社会—民族学派”；以郑振铎、赵景深为代表的“俗文学派”；以何其芳、周文、吕骥、柯仲平为代表的“延安学派”等流派。1949年后的50年间，除了十年“文化大革命”外，又可分为“十七年”（1949年10月—1966年6月）和“新时期”（1976年—2000年底）两个阶段。主要由于意识形态的原因，“十七年”时期，“延安学派”所倡导的民间文学的文学研究，得到了很大发展，换言之，在学术界占了绝对优势，而其他流派，诸如20世纪30年代兴盛一时的民俗学派和40年代兴盛一时的俗文学派，在多次学术政治批判运动中受到批判，从而逐渐归于消歇。而到了“新时期”的大约20年中，特别是80年代中期到90年代末，被冷落了多年的民俗学派又再次中兴，

① 见钟敬文：《建立中国民俗学派》，黑龙江教育出版社1999年版。在写作这篇绪论时，我注意到有学者著文说，钟敬文所说的是要“建立民俗学的中国学派”。但纵览百年来的中国民间文学学术发展史，确有一个“民俗学派”，而钟敬文本人，早年基本上可算是一个从文学的立场研究民间文学的学人，甚至有点儿乡土研究派的色彩，但到了晚年，他放弃了他的民间文艺学理念和对民间文学的研究，全力倡导民俗学。

而俗文学派虽也有人倡导，但由于种种原因，却再也未能重振起来。

有的学者不赞成以社会历史分期、以社会政治事件作为学术分期的标准或参照。其实，这是一种无异于自命“纯”学术研究的错误选择。20 世纪的中国，是一个革命、战争、政治运动和社会变革连绵不断的世纪，这种社会背景对于人文科学的学术命运的影响常常是不可抗拒的，其实这才是 20 世纪人文学术发展的最大的特点。如 20 年代奉系军阀在北平的暴政，打断了处于创始阶段的中国民间文艺学的正常进程。抗日战争的爆发，再次使在南方兴起的民俗学运动夭折。决定中国之命运的第三次国内革命战争，促使许多学者走向民间，但他们几乎无暇投入稳定的民间文学的学术研究。至于新中国成立后此起彼伏的政治运动和学术批判斗争怎样地影响了学术的建设，就不需细述了。鉴于这种情况，本课题的分期，基本上以社会政治的进程和制度的转型为依据，想来是大体符合实际的。

由于社会历史文化背景的制约，中国现代民间文艺学史上出现的流派或学派，大都是发育并不成熟、也不完善的。而且即使有流派或学派的存在，也会有些有成就的学者并不属于任何流派。还有的学者，先是属于这一派，后又成为另一派；各流派或学派之间的关系，也并不是泾渭分明的，它们之间往往是既有差别和对抗，又有交叉和融汇。

从学术发展史的角度说，笔者对百年民间文艺学的流派和思潮的梳理与述略，旨在表达一个观点：在百年民间文学学术发展史上，理论、观念、方法，甚至流派（学派），是多元而不是一元的，而且从来也没有统一过。这一方面说明了民间文艺学作为学科的不成熟性，另一方面又显示了民间文艺学的边缘性和跨学科性。

三、起点和主流

对中国民间文学的搜集与研究，是百年中国民俗学的起点和主流。这一特点，最初源自英国人类学派的神话学理论，在其后的发展中，逐渐形成了中国民俗学的最重要的特色。前50年如此，后50年亦然。

北京大学歌谣研究会主要以歌谣（逐渐扩大为民间文学）的搜集和研究为主，到了后期，在一些同仁中成立风俗调查会的呼声日高。风俗调查会成立并存在的时间甚短，没有什么成绩可言。民俗学真正成为气候，自中山大学民俗学会始。

中山大学民俗学会的贡献何在？

20世纪30年代时任上海中华艺术大学校长的作家、翻译家、民间文艺学家汪馥泉综合各家之言，概括地评论道："民俗学的对象，曾有张竞生（北大所发风俗调查表），林幽（见《厦大国学研究所周刊》），陈锡襄（见中大《民俗》），钟敬文（风俗学资料征求范围纲目）四先生拟议过。至于任务及方法，似乎还没有看到正式谈论过。如其有的话，如最初的北大歌谣征集，一方面'汇集与发刊'，'清歌雅词'，一方面由钱玄同、沈兼士二先生担任考订方言；如顾颉刚先生，用载籍文献考订古史的方法，整理孟姜女故事；如刘经菴先生在歌谣之中来看妇女问题；如赵景深先生、钟敬文先生，用'型式'来研究故事，这便是了。……现在最为中国研究民俗学的人重视的老密斯班（Miss Burne）的《民俗学要览》（*The Handbook of Folklore*），也分为三部：（一）信仰与行为；（二）习惯；（三）故事、歌谣与俗语。钟敬文先生的范围纲目，系据班女士，略加增损而成的：（一）信仰与行为；（二）制度与习惯；（三）艺术与语言。（除第一部分仍班女士之旧外，第二部分第一段修改了好些，第三部分的修改，很有特色）……钟先生所拟议的对象，大体说来是对的。"他在肯定钟敬文关于民俗学的研究对象方面的贡献之外，在民俗学的方法上，他比较肯定江绍原的建树："在我的眼中，觉得江绍原先生的研究，较为正确，这大概与他专门的学问‘宗教学’是有关系的。”[①] 至于民俗学的任务问题，他提出的第一说明现在社会的情况、第二说明历代社会的情况、第三研究经济形态与上层建筑的关系的见解，不仅在中山大学民俗学会时代没有得到较好的解决，甚至直到20世纪末也还没有得到比较令人满意的解决。

从民间文学学术发展史的角度来看，中山大学民俗学会及其主要成员，一开始就以范围狭窄为由，企图摆脱北大歌谣研究会以歌谣、传说等为研究对象的学科定位，而把包括风俗、信仰、社会制度等在内的民俗生活作为研究对象；即使对民间文学（故事、传说、歌谣、谚语等）的研究，也是力图摆脱北大歌谣研究会所标榜的文艺的研究，而侧重于民俗学的学术的研究。因此，中山大学民俗学会的存在，促成了中国民间文学学术研究的转型。由北大风俗调查会开启、由中大民俗学会接续的主要是风俗与信仰两方面的资料汇集和研究，取得了一些成绩，并办过民俗学的传习班，为民俗学的学科建设奠定了基础，培养了人才。但可惜的是，由北大歌谣研究会开启的民间文学研究传统却没有得到很好的继承、推动与发展，甚至在一定程度上出现了滑坡和倒退。与同时代的一些学术期刊上发表的同类文章相比，《民俗》周刊上发表的研究文章，除了上面所举之外，大多是些民间作品的序跋和随笔之类，对后人了解学术发展的历程固然有益，但因其学术含量不高，价值不大。站在历史的高度看，顾颉刚与傅斯年在办会（民俗学会）和办刊（《民俗》周刊、丛书）上的争论与芥蒂，固然不是没有缘由的，但傅斯年对中大民俗学会和顾颉刚的责难和批评，也不是完全没有道理的。至于有的外国学者说，中山大学民俗学会成立后，中国民俗学研究才进入科学研究的轨道，这种论述和评价，也许在民俗的研究上勉强说得过去，而在民间文学的研究上，

---

① 汪馥泉:《民俗学的对象任务及方法》,《民俗学集镌》1931年第1辑。

则未必。中山大学民俗学会的成败得失，到1930年江绍原、钟敬文、娄子匡发起成立的杭州中国民俗学会时代，就看得更清楚了。

随着中山大学民俗学会的一波三折，民间文学和民俗学的研究几起几落。《民俗》周刊在1933年6月13日出版了第123期后宣告停刊，中大民俗学会也随之解散了。这一停就是差不多四年。到杨成志从国外回来，1936年9月重新复刊《民俗》季刊时，已经是物是人非了。杨成志是专修人类学的，他虽然对民俗学葆有热心和志愿，但在实际工作和治学中，是要把民俗学带到人类学的道路上去的，尽管他在出国留学前也曾写过几篇有关民间文学的文章，包括与钟敬文合作翻译的《印欧民间故事型式表》，但在他主持中大民俗学会时期所执掌的民俗学活动，包括他主编的民俗学刊物，已与民间文学有一定距离，对民间文学的理论研究和学科建设的探索，也在其中没有任何地位了。

以《民间文艺》和前期《民俗》周刊为标志的中大民俗学会，虽然仍属中国民间文学和民俗学的初创时期，但在民间文学的材料征集上，特别是在《歌谣》周刊没有做到的故事、传说的征集上，做了许多开创性的工作，取得了令人瞩目的成绩。在其影响下，差不多从1930年起，许多地方都陆续成立了地方性的民俗学会，如福建的厦门最先成立分会（主持人谢云声），继而浙江的鄞县成立民间文艺会（主持人娄子匡），继而广东揭阳（后扩大为汕头）成立民间文学会（主持人林培庐），继而杭州、绍兴、福州、漳州、重庆等地，也相继成立了民间文学研究会或民俗学会，有的成为中山大学民俗学会的分会。这些在中大民俗学会之后成立的民俗学社团，多以民间文学搜集和研究为职志，薪火相传，使民间文学和民俗学的研究出现了勃兴之势。各地的民俗学会及民俗刊物，如雨后春笋，一大批新的民间文学和民俗学研究者随之脱颖而出。借用娄子匡的话说："一方面中大民俗学会在快将没落中太息，另一方面有几个受它指引的各地的民俗学会，已在承接它的未尽的声息，于是杭州、宁波、厦门、福州、漳州、汕头……内地和沿海线一带，都现出民俗运动的熹微的光辉，联接青黄不接的时代，维护民俗学的生命线的延长，这也是值得记录的一页。”①

钟敬文是中山大学民俗学会同仁中唯一对民间文学有造诣而且是唯一从文艺学的立场研究民间文学的成员，故他不仅写过比较有分量的民间文学文章，而且在《民俗》周刊上选发较多的民间文学材料与文章。因编辑《吴歌乙集》，他被中大校长戴季陶以语涉“猥亵”而解聘；解聘钟敬文不过是大形势的表面，背后则是语言历史学研究所里，甚至是中大文科中更深层次的人事纠葛和学术观点的对立。钟敬文不得不离开中山大学，于1928年8月26日编完《民俗》周刊第23/24期并发表了一则《敬文启事》之后，便结束了在中大的不到两年的民俗研究和编辑生涯。他在为《民俗》周刊写的最后一篇《编辑余谈》里就辞退他和两派的对立发表了一篇不无激愤的文字，因其所表达的不仅是个人的情绪，而涉及在民俗学的地位和民俗学研究方向等问题上的两派对立，故将其要点引在下面：

> 我们这个老大的中国，虽然负荷着一块“数千年文化灿烂之邦”的金字招牌，其实，它店里所陈列着的货色的价值，是很要使我们怀疑的。随便举个例，就譬如文学吧，二三千年来文人学士接踵产生，文学作物，真可说汗天下之牛，而充天下之栋，这还不能说是“懿欤休哉”吗？然而，一考其实，连“文学”两字的定义尚弄不清楚，你说“文以载道”，我说“文以匡时”，你说“必沉思翰藻，始谓之文”，我说“著之竹帛谓之文，论其法式，谓之文学”，众说纷纭，

① 娄子匡：《中国运动的昨夜和今晨》，杭州中国民俗学会编：《民间月刊》1933年第2卷第5号。

莫得要领。又如文学批评，除了刘勰的《文心雕龙》和钟嵘的《诗品》两部略具雏形的著作外，简直更找不到一册系统的书，虽然评头品足、鸡零狗碎的诗话文评是写得那么多。我们自己本国过去学术成绩是这样低薄浅陋，再看看外人的这种园地，却那样开拓得扩大，兴盛有条理，苟不是甘于长此做落伍者的人，其能再安然不思有以自奋吗？在学术的丛林中，选择了一种急待下手的，并且是自己颇感到兴味而略能致力的，不恤人言地，不顾辛苦地，努力去做一个忠实的园工，这就是我们几个浅学的人所以要来创立民俗学会的动机，也就是本刊所以出版的一点旨趣！

为了以上的原因，本刊终于刊行了，到现在虽只及半年，却出满了 24 小册，共 20 余万字，同时，本会所印行的丛书，亦出至 20 余种，字数在数十万以上。我们很明白自己工作的浅陋，不敢夸说这样一来，已稳当地奠定了中国民俗学的基础，但我们可以自信而信人，这个小小的努力，最少是在我们敝国这门新茁芽的学问上，稍尽了一点宣传启发的任务。一种学术的创设成立，自然需要有极伟大的心力的合作，与相当岁月的培栽，但我们这个小小的发端，无论如何，是应有的，是颇可珍贵的！

但是，我们不能因为我们这个工作在历史上的价值，便把它本身所具有的许多缺点疏略看过。真的，我们不能否认、也不想否认，本刊确有种种不满人意的缺点！现在，把比较重要的两三点提出说说。

第一，我们最感到惭愧的，是每期没有比较精深有力的论著发表。综观 24 小册中，除了崔载阳、何思敬、顾颉刚诸先生三数篇关于学理及整理的文字外，其余，比较精审之作殊不多。

第二，各人对于这个学问的意见，颇有未能尽同之处，这也是我们所觉得缺憾的。譬如，我们第一期所披露的《发刊词》，便很可作这个的证见。……这个发刊词，就是他（顾颉刚）用他史学家的眼光写成的——是否有意，我不得而知——我们只要把它和同期所载何思敬先生的《民俗学的问题》略一比看，就可明白。又在许多文字里，颇有些话，不很与民俗学的正统的观念相符的……

第三，每期材料的分配，似乎不能很均匀，这就是说，各期中，最占多数的，大概是民间文学方面的材料或论文，关于初民生活习惯及信仰宗教等材料来得太少，这也是一个小小的缺点。……

这些显然的缺点……我们也相略作点辩解。

我在本刊第六期的《编后》上，曾经说过如下的几句话："我们都不是什么民俗学的专家，我们只以爱好者的资格，来从事于这刻不容缓而又重大非常的工作。我们大家都差不多各有别的要努力的学业与任务，我们对于这个学问的致力是基于一种心理的兼爱与余力的奋展。所以，我们的工作，不能使高明的读者满意，那是自己早意料到而又很当然的事。"我们民俗学会里几位朋友，都是终日以教书为职业的人，这想大家都知道的。加以所学不同，同时研究所尚有《语言历史学周刊》，执笔的也多半是这几个人，你想想，在这种情况下，本刊怎能每期都有精心结构的文章发表？至于见解不能尽同一点，我也要来多说几句，我们这几个人中，差不多没有一个是专门研攻民俗学的，如顾先生是专治史学的，这可不用说了。何思敬先生，他是学社会学的，崔载阳先生，他是治心理学的。他们的注意民俗学，乃是因它和它们有些关系的缘故。其他如庄泽宜、陈锡襄、黄仲琴诸先生，都是因个人兴趣或与其所学略有关系而热心于民俗学的。我自己呢，说来更是惭愧，我只对于民间文学略注意过一二，其余都不是我所在行的。为此缘故，大家文字里所表露的见解，有时不能齐一，这是很可原谅的。……

材料或论著，不能有均匀的分配，这个缘故也很容易解答。第一，民间文学，比较其他材料来得有趣，并且在中国已有多年运动的历史，所以关于它的投稿要比较多点，这是很自然的。我自己是一个对它较有兴味的人，写起文章来，就不免关于它的多，又因为几位会外的朋友，兴趣及研究的对象也多半是倾注于此面的，因之，就难免有这项色彩独浓厚点的表象了。说句笑话，本刊的前身，原是《民间文艺周刊》，现在如此，倒也是不背根源呢。……

自本刊产生以来，局外的人对它大概抱着两种不同的态度。一种是赞成的，一种是鄙视的。赞成方面的，以为我们这种努力，是一个可贵的贡献，于中国的学术坛上。他们不但用语言文字赞美和鼓励我们，有的还十分诚意地予我们以实力上的援助，如周作人、赵景深、徐调孚、顾均正、黄诏年、清水、谢云声诸先生，都是我们所分外感激的！鄙视方面的，似可分为两种。那受支配于因袭社会的伦理和陋见的近视论者，这在我们是犯不着去计较的。稍可惊异的，是有些素号为头脑清晰的学者们，也不能予我们以同情，甚至深恶而痛恨之，几比它于洪水猛兽！我们的工作，诚然是幼稚可议，但自信总是为学术为真理而努力，至少心是纯洁可谅的！我们不恤承受社会一般盲人的咀骂，头脑混浊者的仇视，但我们却要求大度的学者们平心静气的理解、鉴别，甚而至严厉的指摘亦得，只要他是确能为真理的！为了保护学术的庄严，我们实在没有受鄙视的惧怕。公平的判断，终当有个出现的时辰，即使不是在现在！①

在这篇《编后余谈》里，钟敬文讲了中山大学民俗学会、《民俗》周刊半年来的艰难创业和取得的成绩，也谈了民俗学会和周刊的一些突出缺点，如同仁中见解不一（如对顾颉刚所拟《〈民俗〉发刊词》的批评）、均非民俗学专攻等，特别是《民俗》上发表的“精审”的论著不多，而正是这些缺陷引来了校内某些学者的非议、甚至尖锐攻讦。应该说，其对民俗学会和刊物的评价是比较冷静的、客观的。此外，最值得注意的是，从字里行间表达了他对“素号为头脑清晰的学

---

① 钟敬文：《编辑余谈》，《民俗》第23、24期合刊，1928年9月5日。

者们”对他们这批为建立民俗学学科而努力的人的“深恶而痛恨”的激愤之情；而这些学者们的非议和攻讦，不仅是导致钟敬文去职，甚至也是后来导致容肇祖去职以及《民俗》周刊停刊和学会停办的主要原因。在这一派学者中，曾经是顾颉刚好友的傅斯年大概是脱不了干系的。

钟敬文于1928年秋天到了杭州。为了创建中国的民俗学学科，组建新的中国民俗学会和创办民俗学刊物，在文学朋友之外，他又广泛与旧日的民俗学朋友建立联系。1929年2月18日他在给容肇祖的信里写道：

> 民俗的研究，是一种纯粹的学术运动——最少在我们从事者的立意和态度，应该是如此！——致用与否，是另外一个问题，不能混为一谈，更不该至于喧宾夺主！民俗中文字，有时不免稍犯此嫌，在写作诸君，自然有他们的苦心，不能过责；但为严肃我们学术研究的营垒起见，以后不能不望兄略加注意于此！……颉刚兄于旧历年底来信，提起我们在此谋出版民俗杂志的事。记（得）我刚到此间不久时，曾经有过这样的一种计议。负责撰著文稿者，由赵景深先生拟定周作人、江绍原、郑振铎、徐调孚、顾均正、招勉之及他和我八个人，我并拟加上崔载阳、黄石二位。每期稿子编好，由上海某书店付印发行，我们只拿一点稿费和编辑费。我当时曾和江先生接头谈商了一两次，赵先生处，也函商了几回。后来因为别的问题发生，此事便致搁浅。到现在没有一点消息，大约暂时是这样的无望了。所可喜的，是据说郑振铎先生已翻译了一部关于民俗学的巨著，将印以奉献国人。最近《小说月报》启事，又自有今年起，将兼讨论及民俗学与文学有关系的问题，那真略可以使人告慰了。[1]

---

① 钟敬文：《与容肇祖的通信》，《民俗》第52期，1929年3月20日。

为了重振民俗学研究，钟敬文第一个选择就是寻求创办刊物，通过刊物重新组织起研究队伍。1929年夏，他与钱南扬始在杭州《民国日报》上编发《民俗周刊》。[①] 为此，钟敬文为杭州《民间月刊》写了一篇《关于〈民俗〉》的文章，中大《民俗》周刊第85期予以转载。这篇文章中的一些观点，也很能表达他当时的学术观点和心情：

> 民俗学的研究……已有着鲜薄的一点成绩的贡献。……真的研究攻伐的工作，自然还没有很正式的开始，可是这不必引为诟病，或过于心急。……我们只能愿就自己暂时能力所能够做的，去尽一点应该而乐意的职责——广泛收集我们所需要的材料，在可能范围中，施与细心的整理及部分的尝试研究，这是我们最近的工作的目标。
>
> 在我们意料之中，本刊开始发行后，除了许多贤明的头脑清晰的先生们，将由衷地眉飞色舞着同情我们的工作外，必然地有一部分的人要冷酷地或恶心地恣肆着他们的嘲讽与鄙蔑，最少呢，是不免蕴着满肚子莫名其妙的心情而怀疑起来。过去的经验告诉我们是这样，在推理上也是个必然的结论。我们怎样去应付这个未来而必定到临的不

---

① 杭州《民国日报·民俗周刊》到底出版了多少期？钟敬文在1929年9月25日给容肇祖的信《别来无恙的一封信》里说："两三月前，因刘大白先生的高兴，我们曾在此间的《民国日报》，附出一种《民俗周刊》，由我与南扬兄负责编辑。前后共出了九期。嗣以南扬兄回家去，我又搬居到西湖上的庄子中居住，力薄机滞，因之便停了刊。"（《民俗》第83期）至于它的创刊日期，据王文宝推算，创刊于1929年5月30日（《中国民俗学运动的分期》）。另据袁洪铭《民俗学界情报》之五《杭州〈民间月刊〉征求读者》称："钟敬文、娄子匡二先生在杭州组织中国民俗学会，其成绩之高，较之北大歌谣研究会暨中大民俗学会，可谓不相上下。这点事情，凡稍微留心斯学运动的人，是谁也不能加以否认。它过去的工作：除出版60余期的《民俗周刊》及内容丰富、为'过去'与'现在'的中国出版界所未曾有过这样鸿篇巨帙的民俗研究论集的《民俗学集镌》第一、二辑，并其他一些民俗丛书。在去年十月间，复与绍兴民间出版部陶茂康先生合编一《民间月刊》，由该会发行出版。"（《民俗》周刊第123期，1933年6月13日）

幸的对手呢？漫骂吗？这徒然深增了误解而已，又何必！我们愿意诚恳地在这里先做点表白，倘使这表白在事实上能招来我们所不敢十分预期的效果，那真将不知怎样来述说我们的高兴好呢！

“这种触目都是凡庸贱俗的材料，也值得你们受了高等教育和在从事着高等教育工作的学人们的费心研究吗？要研究中国的国故，那材料可不是多着，周鼎汉壶，唐诗宋词，何一不可作专门的研攻，而必以这些粗野之至的东西当对象呢？是研究不来那些而只好以此为足？抑天生贱骨头，只配弄弄这些凡品呢？”对于这样的说着，而显出一种嘲笑的脸色的朋友，我们以为他还是未明近代的所谓科学吧！只要是一种在时间空间上曾经存在过，或者正在存在着的事物，无论它所具的价值，怎地高贵或凡贱，都可作学者研究的对象。在这研究的范围内，只要是真实的材料就是一点一滴，都是很尊贵而有用的。植物学者的对象，是树木花草，矿物学者的对象，是岩石金属，动物学者的对象，是鸟兽虫鱼，他们只问能否求到事物的真相，从不计及所研究的现象，在商品上价格的高下。非然者，将以研究人类及事物某部分的科学为尊荣，而贱视其他一切的研究了。这种不合理的观念，和吾国传统思想上以官吏为贵人，士子为高品等，有什么不同的分别？朋友，已经开明的20世纪时代，是不容许我们做这样非理地妄生轩轾的谬想的了！①

钟敬文在此所作的辩解和论述，与顾颉刚在离开北大之前为《北京大学研究所国学门周刊》所写的《1926年始刊词》之所论几乎是完全一样的。呜呼，三年后的南方的中山大学的和杭州的民间文学研究者们，与三年前北大的民间文学研究者们所面临的处境和指摘，并

① 钟敬文：《关于〈民俗〉》，中山大学《民俗》周刊第85期（1929年11月6日）予以转载。

没有太大的变化。他们甚至还要在学科的研究对象的是否合法性上进行抗争。顾颉刚在那篇文章里不无激愤地写道：

凡是真实的学问，都是不受制于时代的古今、阶级的尊卑、价格的贵贱、应用的好坏的。研究学问的人只该问这是不是一件事实；他既不该支配事物的用途，也不该为事物的用途所支配。所以我们对于考古方面、史料方面、风俗歌谣方面，我们的眼光是一律平等的。我们绝不因为古物是值钱的古董而特别宝贵它，也决不因为史料是帝王家的遗物而特别尊敬它，也决不因为风俗物品和歌谣是小玩意儿而轻蔑它。在我们的眼光里，只见到各个的古物、史料、风俗物品和歌谣都是一件东西，这些东西都有它的来源，都有它的经历，都有它的生存的寿命；这些来源、经历和生存的寿命都是我们可以着手研究的，只要我们有研究的方法和兴致。固然，在风俗物品和歌谣中有许多是荒谬的、猥亵的、残忍的，但这些东西都从社会上搜集来，社会上有着这些事实乃是我们所不能随心否认的。我们所要得到的是事实，我们自己愿意做的是研究；我们并不要把我们的机关改做社会教育的宣讲所，也不要把自己造成“劝人为善”的老道士。何况这些荒谬、秽亵、残忍的东西原不是风俗和歌谣所专有，考古室里的甲骨卜辞和明器便是荒谬思想的遗迹。史料室中更不少残忍的榜样，如凌迟处死、剉尸枭士等案卷。但这些荒谬和残忍的遗迹却是研究的最好的材料，因为它们能够清楚地表出历史的情状。假使我们一旦得到了汉代“素女图”，当然不嫌它的秽亵，也要放到考古室里备研究。如果风俗室里有“磨镜党”的照片，我们当然可以把它和素女图比较研究。我们研究这种东西的不犯淫罪，正如我们研究青洪帮不犯强盗罪，研究谶纬的不犯造反罪一样。我们原不要把学问致用，也不要在学问里寻出道德的标准来做自己立身的信条，我们为什么要对于事实作不忠实的遮掩呢！[①]

就是在这样的思想和学术形势下，由江绍原、钟敬文和娄子匡三人发起，中国民俗学会于1930年春天，在杭州正式诞生了。

抗日战争爆发，杭州的中国民俗学会经历了七年的聚合之后，终于被彻底打散了。发起人之一的江绍原在中国民俗学会成立后不久便离杭返京，后曾任北京女子文理学院、北平大学、中法大学、河南大学等校教职；国难当头时，困留北京。在杭州民众教育实验学校任教的钟敬文则随校西迁，辗转去了前线。时任国民党高官的娄子匡也去了大西南，而后到了重庆，再后与顾颉刚会合。当年中国民俗学会的同仁们，如今天各一方了，队伍四散了。杭州的民俗学之梦，因抗日战争的爆发无果而终了。

顾颉刚和江绍原两位对于中国民俗学和民间文学的理论建设，起过他人无法超越的作用。顾颉刚在民间文学上的成就有二：一个是"古史辨"派神话学"层累说"的提出；一个是孟姜女故事和吴歌的辑录研究。但他的主业是古史学，抗战时期，他兼职很多，往来于成都、重庆等地之间，授课、编刊、参加社会活动，不可能更多地沉入民间文学的研究中。江绍原对民俗学学科建设的贡献，在论者中都是给予高度评价的，除了前面提到的钟敬文、汪馥泉对他的评价而外，叶德均在《中国民俗学的过去和现在》一文中也对他的研究极尽赞叹之能事，称"他的研究，在民俗学各部分中是最有生计的一部分"[②]。江绍原对迷信的研究，涉及领域之广，挖掘内涵之深，都是学界公认的，如发、须、爪的迷信和象征，如端午竞渡的法术含义，如礼俗迷信的

① 顾颉刚：《国学门周刊1926年始刊词》，《北京大学研究所国学门周刊》1926年第1期。

② 叶德均：《中国民俗学的过去及现在》，《草野》第5卷第3号，1931年4月25日。

文化剖析，等等[①]，既显示了他的思维的缜密和逻辑的严谨，又见出他“拿来”外国的研究方法又将其变为自己血肉的功力。但这些著作基本上没有涉及民间文学的问题。倒是他所著《中国古代旅行之研究》（商务印书馆 1937 年版）对《山海经》及其神话的研究，以及所译瑞爱德著《英吉利谣俗与谣俗学》一书和关于谣俗的讨论，特别是与清水关于《海龙王的女儿》的讨论，在民间文学理论上具有积极的意义。新中国成立后，他又研究恩格斯早年写作的《德国民间故事书》中提到的龙鳞胜和故事，撰写了长篇论文，在 20 世纪 60 年代的学坛上闪烁出一道光彩。[②] 作为科学出版社的编审，他于 60 年代编辑出版了已故神话学家丁山的遗著《中国古代宗教神话考》，使这部著作免遭被埋没的厄运。

民俗学派的中坚人物，还应该提到《歌谣》周刊时期就崭露头角、后一度担任过中山大学民俗学会主席和《民俗》周刊主编的容肇祖。容肇祖除著有《迷信与传说》外，当年在《民俗》周刊上撰著过许多有分量的文章。可是到了 40 年代，他就几乎无暇他顾了。还应提及中山大学文科研究所的那些人类学家们，如杨成志、陈序经、罗香林、江应梁、岑家梧、王兴瑞、罗致平等学人。抗战时期，罗香林去了重庆，江应梁去了凉山考察。在民族问题受到普遍关注的时代里，他们也从人类学—民族学的角度，介入民间文学的收集与研究，但他们距离民间文学较远。只有岑家梧的民间艺术和图腾艺术研究和王兴瑞的南方少数民族民间文学研究，颇为人瞩目。有些侧重或重点研究民间文学的民俗学者，虽然一度放出耀眼的光芒，但他们就像是一颗颗一闪即逝的流星，在天穹中一划就消失了。

---

① 江绍原：《发须爪——关于它们的迷信》《端午竞渡本意考》《礼俗迷信之研究概说》等，均见《江绍原民俗学论集》，上海文艺出版社 1998 年版。

② 江绍原：《恩格斯论德国民间传说中的英雄龙鳞胜和》，《民间文学》1961 年第 1 期。

尽管广州中大民俗学会时期和杭州中国民俗学会时期，部分学者提倡扩大研究范围和扭转以往以民间文学研究为主的学术方向，但在实际上，仍然是民间文学的搜集和研究成绩最大，学术深度远远超过对民俗事象的搜集和研究，民俗研究，尤其是学科建设，并没有取得可以称道的成绩。包括钟敬文在内，他一生中最有影响的、最重要的几篇论文，都是在杭州时期撰写的民间文学方面的论文。抗战爆发，打断了钟敬文将理想中的民俗学和民间文艺学建设成“纯粹学术”的梦想，大部分民俗学家都从不同地点转移到了大西南，在那里开始了新的学术征程。

四、与国家命运与共

晚清以降，百年来，先进的中国的知识界及其学术活动，总是与国家和民族的命运联系在一起。追寻民族精神，具有忧患意识，与国家命运与共，是一切进步知识分子共同的思想境界和人生追求。20世纪初的梁启超、蒋观云，20年代的茅盾、郑振铎等，都是亡命异域后进入民间文学和民俗学领域的。抗战爆发后南迁的民俗学家们，在民族危亡之际，和全国人民站在一道，以民俗调查和研究为武器，为国家凝聚、民族团结御侮做出了自己的贡献。作为个案，下面笔者要特别着墨于民族学—社会学学者们的民俗学研究的学术理念和学术方向。

“七七”事变后，中国的半壁江山沦陷于日本帝国主义的铁蹄之下，北方和沿海的许多大学，都被迫转移到了大西南。长沙、昆明、贵阳、桂林、柳州、成都、重庆，麇集了大批的人文科学家和作家艺术家。“中央研究院”也转移到了四川南溪县的李庄。西南成为战时中国的学术中心。在民族危亡之际，民族精神和民族凝聚力成为中华民族团结御侮的精神力量，在此新的形势下，民族学家、考古学家、人类学家、社会学家、历史学家、民俗学家们，纷纷把注意力投向西南边疆地区的少数民族的活态的民间口头文学，并以各自的成绩，大大地拓展了以往仅仅根据文献来研究中原文化和阐释国学的畛域，丰富和提升了我国的社会人文学科的品格。民间文学从来没有如此受到学界的重视，也从来没有对人文社会科学发生过如此强有力的影响。

这些社会—民族学家们，都是在国外受的学科教育，国难当头激励了他们的民族情感和民族意识；表现在学术思想上，他们既接受了西方的民族学理论，又希望把外国的理论与我国的实际结合起来，走自己的路。在研究中，对西方人类学民族学不同学派表现出一种强烈的"综合"意识。受到德国民族学更多影响的陶云逵提出："我们颇希望功能与体相派的生理学、腺学、体格学式的研究法去研究边疆民族文化。但是功能或体相研究的大前提是在知道其文化形态之后，因此，历史重造派的详尽的文化形态描写也为必不可少的入手步骤。我们须得综合各法，择善而取，以应当今之需要而树百世之基。"李济也主张"要研究人类学，中西名词和中西观念都要融会贯通。因此不论是西洋玩意儿，还是中国固有文化，只要与研究论题有关，都得采用。进一步说，只要与研究论题有关，不论哪种资料，哪种学科，都可以毫无顾忌地拿来使用"。吴文藻、杨堃、凌纯声、黄文山、孙本文、芮逸夫、江应樑等许多学者也都主张和实践了学术探索的"综合取向"。这种"综合取向"在当时民间文艺学领域里的社会—民族学派学者们中间，也成为研究的主流。

春城昆明，集中了一大批原本从事西南民族社会文化和转向西南民族社会文化研究的知名学者。当地学者中，有如楚图南、徐家瑞、方国瑜、蒙文通、李霖灿等。顾颉刚也于1939年受聘于云南大学讲授中国上古史。外来的学者中，有由北京大学、清华大学和天津南开大学组成的西南联合大学的教授们，如闻一多、朱自清、游国恩、马云逵等。有中央大学的民族学家马长寿。有中山大学（后又迁至广东坪石）的人类学、民俗学家们，杨成志主持的文科研究所里，有陈序经（后转到南开大学任经济研究所所长，研究西南社会文化）、罗香林、江应樑、岑家梧（后转到南开大学，再转到大夏大学）、王兴瑞、罗致平等学人。可供发表民族学和民间文学调查与研究文章的学术刊物也有好几家，如《国文月刊》《西南边疆》《边政公论》《边疆人文》《边疆研究论丛》等。

作为社会—民族学派神话学的代表人物，闻一多在北平清华园时，就已发表过《高唐神女传说之分析》（《清华学报》第 10 卷第 4 期，1935 年 10 月）。抗战开始后，他随校南迁到长沙，不久，在从长沙迁往昆明时，他又随步行团长途跋涉，途中深入少数民族地区民众中访谈，支持和指导南开大学学生刘兆吉进行沿途采风，最后辑为《西南采风录》一书。在昆明，他广泛吸收和运用民族学、社会学和民俗学的新成果和研究方法，以文化史家的眼光和立场研究神话，陆续写作和发表了一组论文，如《从人首蛇身谈到龙与图腾》（《人文科学学报》第 1 卷第 2 期，1942 年）、《伏羲与葫芦》（《文艺复兴》中国文学研究专号，1948 年 9 月）等，把王国维 1925 年在清华学校研究院讲课的讲义中提出的把“纸上之材料”与“地下之新材料”互相参证的“二重证据法”扩而大之，把考古学、民族学、训诂学、文化史、文艺理论的材料、理论和方法熔为一炉，拿现时还存在于少数民族中间的种种文化现象（包括活态神话及其残留的破碎情节），参证和解读古代已经死亡了的神话，取得了重大进展，开了“以今证古”加跨学科比较研究的先河。尽管他的某些结论尚有可以讨论之处，他的研究也受着当时材料发掘的局限，但最重要的，无疑在于他在方法论上所做出的成功试验。有论者指出，闻一多的研究特点是：“注意将民族志神话与古典神话进行联系比较，用民族口传神话和相应习俗论证古典神话。同时注重研究神话在社会、文化整体结构中的地位，注重将流传于民众口耳的神话与存活于民众行为中的礼俗进行联系的整体考察。”“在资料的搜集使用上则更注重文献记载、文物发掘与现存活资料的比较互证。”①

马长寿是另一位采用与闻一多相似的方法研究西南民族神话的民族学家。这位出身于山西晋阳的学者，早年就曾经参加过“中央研究院”和“中央博物馆”组织的民族学和民间艺术调查。抗战时期在“中央大学”边疆政治系任教。他所著《苗瑶之起源神话》一文，其研究方法与闻一多如出一辙，运用考古学、史学、训诂学、神话学的多重互证与古今及相邻民族的综合比较，探讨与苗瑶神话起源有关的问题。何以要选择苗瑶神话为研究课题呢？他自问自答说：“欲明晰中原与西南古代交错之迹者，当自研究西南神话始。”所以选定这样的课题和做出这样的回答者，我想，决非马长寿一人，许多爱国的民族学家和民俗学家都会这样的。马长寿以“综合”之法和多重互证比较研究之后认为，中原神话中的伏羲与女娲原为楚籍，系“楚中苗族创世之祖”。“自中原与楚苗交通后，汉苗文化交流，于是楚苗之古帝王及主神，不特通行于苗族，汉族亦从而假借之。时代亘远，于是中原人士不复知伏羲女娲为楚苗之始祖矣。盖汉族之假借苗族伏羲神农为古帝王，亦犹苗倮之祀孔子，与夫汉族之以瑶祖盘古为开辟之神，其例相同。”②如前所说，他的结论如何，也许是可以继续探讨的。

楚图南是云南当地的作家和学者，早年在东北、山东从事革命活动，20世纪30年代回昆明从事民主运动。1937年起任云南大学文史系主任、教授。对西南民族的民间文学传统十分熟悉。写诗，还翻译过惠特曼的《草叶集选》和涅克拉索夫的长诗《严寒，通红的鼻子》。1938—1939年在《西南边疆》上发表长篇论文《中国西南民族神话

① 郭于华：《论闻一多的神话传说研究》，《民间文学论坛》1988年第1期。

② 马长寿：《苗瑶之起源神话》，《民族学研究集刊》1940年第2期。此处据马昌仪编：《中国神话文论选萃》上册，中国广播电视出版社1994年版，第511页。

的研究》。他对自己的神话观和方法论作了这样的表述："要想对于西南民族及其文化得到一个明确的认识，最先得探险，调查，搜集，和根据于过去的成文的与未成文的史实，各作分科或专题的研究。譬如言语，文字，民族，社会组织，风俗习惯，宗教思想等，由初步的分析，比较，以进于统整的认识和理解。又由统整的认识和理解，以进于与四邻文化和民族的交互的影响的研究。在所能得到的资料中，有属于神话，或是近于神话的，也只能把它作为神话或传说来加以研究和处理，不能即直截了当的作为史实或信史来应用。过去已被误认，或误用了的史实，现在也得先将它们还原为神话，然后以对于神话的态度，以神话学的一般的方法，来将它们清疏，整理，研究，判断，得出正确的结论。又从这些结论中，来推论，来研究出西南民族的比较可靠的信史来。"[①] 他正是运用这样的研究方法，将西南民族的神话传说，和别的民族（包括印度）的神话传说"互相对证，比较，或者探究出它们之间的相互关系"。

岑家梧也是属于社会—民族学派的学者，他的民间艺术和图腾艺术研究自成一家，其《史前艺术史》《图腾艺术史》和《中国艺术论集》（1949 年辑成），以及论民间传说的《槃瓠传说与瑶畲的图腾制度》[②] 一文，至今也还没有失去学术魅力，仍然是民间文艺学界不可或缺的参考著作。[③] 他于 1943 年夏偕贵阳大夏大学社会研究部的同行朋友到黔南考察仲家文化，撰成的《黔南仲家的祭礼》一文，其对仲家祭礼的研究，实际上是对仲家神话传说和古歌的研究，述及他所接触到的许多在其他地方苗族中没有见到的神话传说材料。他对芮逸夫

---

① 楚图南：《中国西南民族神话的研究》，载《西南边疆》第 1、2、7、9 期，1938—1939 年。此处据马昌仪编：《中国神话学文论选萃》上册，中国广播电视出版社 1994 年版，第 448 页。

② 岑家梧：《盘瓠传说与瑶畲的图腾制度》，《责善》半月刊 1941 年第 6 期。

③ 参阅罗致平为岑家梧《民族研究文集》（民族出版社 1992 年版）所作的序言。

在《苗族的洪水故事与伏羲女娲的传说》一文中根据南方民族洪水神话的流传地区而提出的“东南亚文化区”说表示赞同。他说：“这个文化区的文化性质，除铜鼓、芦笙及芮氏所谓兄妹配偶型的洪水故事外，尚有口琴（Harp）、蜡染、文身、几何纹及盘瓠传说。但芮氏推测兄妹配偶型的洪水故事起源于苗人，我们却未敢同意，因为这种传说，除芮氏所述者外，如广西都安，象县板瑶（陈志良《广西特种部族歌谣集·历史歌类》，第4—9页，1942年，《说文月刊》丛书，桂林版），融县罗城的瑶人（常任侠《沙坪坝出土之石棺画像研究》一文所引，《说文月刊》第10、11期合刊，第61—66页，1939年，上海），川南的苗人，贵州威宁的花苗（见大夏大学社会研究部编：《社会研究》第9期所载《威宁花苗之洪水滔天歌》），下江的生苗（《社会研究》第21期所载《生苗的人祖神话》），黔南的侗家（《社会研究》第8期所载《侗家洪水歌》），云南鲁魁山的黑夷（陶云逵《大寨黑夷之宗族与图腾制》，《边疆人文》第1卷第1期，1943年9月，昆明南开大学文科研究所边疆人文研究室油印本），西康的罗罗（庄学本《西康夷族调查报告》第5页，1941年5月，西康省政府印行），以及荔波、三都的仲家水家（荔波仲家水家的洪水传说，作者采得8种），贵州西南部的苗人（S. R. Clarke, *Among the Tribes in South-west China*, p.55, London, 1911），都极盛行，所以此刻要解决它的起源问题，颇觉为时过早。”[①] 他的老师陈钟凡评论说：“家梧应用社会学的方法，详细分析唐代仕女画、妇女装饰及唐宋花鸟画的发展，与当时的社会背景，均有密切的关系；同时又指出中国民间艺术及边疆艺术，都是中国人民社会生活的一面，由此说明一切艺术，无不受时代社会

① 岑家梧：《黔南仲家的祭礼》，重庆《风物志集刊》1944年第1期；后经修改收入《西南文化论丛》，改题为“仲家作桥的道场与经典”，1949年；后李绍明、程贤敏又据原发表文本选入所编《西南民族研究论文集》，四川大学出版社1991年版，第390—396页。此处所引据岑家梧《民族研究文集》（民族出版社1992年版）所载修改后的文本。

的影响。我觉得这是家梧特殊的成就。”①

在贵阳，有上海迁黔的大夏大学社会学部及吴泽霖和他的同事、学生陈国钧、李植人、张少微等，以及他们在《贵州日报》办的副刊《社会研究》、在《贵州晨报》办的副刊《社会旬刊》等。原本在上海的谢六逸，也回到家乡贵阳，在大夏大学文学院任院长。他们以社会学的理论和方法深入贵州的少数民族地区进行民族调查和民间文学采录，其成绩甚为可观。多年前，笔者在编纂《中国新文艺大系·民间文学集（1937—1949）》所撰序言中说过：“社会学家们不仅在搜集少数民族的神话、传说、歌谣方面作出了成绩，在考察神话、传说的社会文化背景方面迈出了扎实的一步，而且对神话、传说的母题的考察和社会文化功能进行了极为有益的探讨。继民族学家芮逸夫在《苗族的洪水故事与伏羲女娲的传说》（1938）中提出‘兄妹配偶型’洪水故事的地理分布大约北自中国北部，南至南洋群岛，西起印度中部，东迄台湾岛，并且进一步论证了所谓东南亚文化区，从地理上察看，其中心当在中国本部的西南，从而推论兄妹配偶型洪水故事或即起源于中国的西南，由此而传播到四方。吴泽霖和陈国钧进而就兄妹配偶型洪水故事提出了若干有价值的探讨性见解。如关于神话中透视出的苗民（生苗、花苗、鸦雀苗等他们曾亲自调查过的地区）对于血亲婚的观念，说明禁止血亲婚，优生的事实在他们的神话时代已被重视。”②与我国传统的国学和儒家思想不同，也与五四之后兴起的新文学理论不同，吴泽霖受博厄斯理论的影响，特别重视神话传说的社会文化功能的考察，他对八寨苗民神话的考察研究后提出，那些神话传说并非开天辟地之后的第一代始祖的故事，而是人类遇灾后“民族复兴的神

① 岑家梧：《中国艺术论集·序》，中国书店1991年影印本。

② 刘锡诚主编：《中国新文艺大系·民间文学集（1937—1949）》序言，中国文联出版公司1996年版。

话”；根据神话中关于火的起源，提出了苗族关于撞击生火的说法，打破了美国人类学家关于摩擦生火的单一见解，具有开拓性的意义。他们对神话、传说和歌谣的研究，显示出明显的社会—民族学的色彩。在大夏大学社会学部里，当时还是学生的陈国钧在民间文学的调查和研究上成绩最为显著，他先后出版过《炉山黑苗的生活》（与吴泽霖合作）、《贵州苗夷歌谣》等书[1]，而且还发表了不少文章（有时用赤子的笔名）。张少微在为《贵州苗夷歌谣》写的序里有一段话，可以看作是社会—民族学派民间文学研究的学术理念：“人类社会文化有了种族性和地方性的区别，学术上的研究便不能够一概而论，除非个别的加以分析之外，结果一定难望深刻彻底。个别研究的途径固然很多，但是利用歌谣来作分析的资料，实不失为犀利的工具之一，倘若所研究的社会文化是属于缺乏文献的落后民族，则这种工具尤擅重要。因歌谣是人类社会生活的副产品，可以反映出来各种族和各区域的特有形态。不过歌谣的研究系客观研究的性质，必须首先从事于多量歌谣的汇集，否则便无法着手研究。是以汇集歌谣乃是以分析歌谣为研究人类社会文化的途径的初步工作。”[2]这个申明，即把歌谣作为研究人类文化尤其是缺乏文献的民族的文化的“工具”，与文学派、文学人类学派、俗文学派，甚至与民俗学派等的学术理念，存在着显然的差异，甚至恰恰是反过来，文学派的研究者是强调把与歌谣产生与流传相关的社会文化事象（如民俗、传统等）来作为解读歌谣的资料。

在四川，从事民间文学研究的学者分在两地。一地是南溪李庄，有“中央研究院”的语言学家李方桂、马学良等，刊物有《史语所集刊》等。马学良是西南联大的学生，毕业后进“中央研究院”工作。

---

① 吴泽霖、陈国钧：《炉山黑苗的生活》，大夏大学社会研究部，1940年版；陈国钧：《贵州苗夷歌谣》，文通书局1942年版。

② 张少微：《贵州苗夷歌谣·序》，陈国钧：《贵州苗夷歌谣》，文通书局1942年版。

在西南的彝族地区做过大量田野调查，民间文学方面撰有《云南土民的神话》《云南罗族（白夷）之神话》等文章。[①]另一地是成都，齐鲁大学国学研究所主任顾颉刚，办有《责善》（顾主编）半月刊；华西、金陵、齐鲁三大学办有《中国文化研究汇刊》；齐鲁、华西、金陵、金陵女子四大学成立中国边疆学会（因重庆有中国边疆学会，故后改为四川分会）。成都还有几种发表民间文学材料和研究文章的杂志：《风土什志》，编辑部都是本地研究乡土文化和民间文艺者，四川著名作家李劼人也参与其中；中山文化教育馆研究部民族问题研究室主办的《民族学研究集刊》；四川"国立"礼乐馆办的《采风》杂志；西康的杂志《康导月刊》也在成都出版。研究西藏问题的李安宅、任乃强、庄学本等也在成都，庄学本还曾于1942年4月在蓉举办过"庄学本先生西康摄影展览会"。

重庆作为当时的政治和文化中心，民间文学的研究，无论从规模看，还是从学术水平看，也都显示出相当的优势。从事民间文学或兼顾民间文学的学人有顾颉刚、娄子匡、罗香林、朱介凡、樊縯、于飞等，他们恢复了中国民俗学会，主办《风物志集刊》（娄子匡主编）。在这些民俗学者中，只有顾颉刚关注西南民族问题，在他的促进下成立了成都的中国边疆学会，他也多次参加边疆文化问题的讨论，但其他人则仍然固守着他们过去的民俗学的学理原则，与西南民族问题研究界缺少联系与沟通，故而在学术研究上并没有太大的成就。与顾颉刚的关系较近的还有《文史杂志》（顾颉刚主编）、《益世报·边疆研究》周刊（重庆）、《文讯》（白寿彝主编）。还有一位从西北来重庆的花儿研究者张亚雄。在学术界影响颇大的是《说文月刊》。《说文月刊》在上海和重庆两地出版，在主编卫聚贤的周围，团结了一大批学

① 马学良：《云南土民的神话》，《西南边疆》1941年第12期；《云南罗族（白夷）之神话》，《西南边疆》1942年第15—17期。

者，他们在关注的焦点上和学术观点上，都与在西南的社会—民族学派很是相近。包括“卫派”史学家孔令谷（他的“神话还原论”就是在《说文月刊》上发表的）。[①] 常任侠、郑德坤、陈志良、罗香林、程憬、黄芝冈、丁山、苏梅都在该刊上发表过有关民间文学（主要是与神话有关）的文章。由于该刊曾就禹的出生地和禹神话问题，组织过对据传是禹的出生地刳儿坪的实地考察，故在该刊上开展过相当深入的理论探讨。

在桂林和柳州，作家兼民俗学家薛汕创办了《柳州日报·民风》双周刊。薛汕除了搜集发表西南少数民族的民间文学作品和民俗材料外，也很关注西南民族的民俗文化研究，曾在自己办的双周刊上，就贵阳大夏大学社会学研究者们的所谓“特种部族”称谓展开讨论。

作为民间文学研究的一个派别，社会—民族学派在20世纪中国民间文艺学史上自有其不可磨灭的贡献：

（一）民间文艺学中的社会—民族学派，以科学的田野调查为其强项和特质。他们在不同的民族和地区所作扎实的调查，获得的材料经得起时间的检验（当年“中央研究院”的文字材料和图片，还藏在台湾“中央研究院”的档案库里，日前有目录公布在网上），因而异常珍贵。较之其他流派的民间文学工作者，在这方面做出了更多的贡献。

（二）把外来的理论和方法与中国的考据注疏传统相结合，以综合研究为取向；吸收人类学、社会学、考古学、训诂学、文化学等相关学科的成果和方法，将其融为一体；进行多重互证和比较研究，是这一派的又一强项和特质。[②]

---

① 见孔令谷：《说文月刊·序》1940年合订本。

② 这一节论述，详见刘锡诚：《中国民间文艺学史上的社会—民族学派》，《民族艺术研究》2003年第6期，云南省民族艺术研究所、云南大学文学院、云南大学艺术学院、云南人民出版社合办。

五、学科与国情

从其诞生之日起，中国现代民间文艺学就显示出“反传统”的思想锋芒和“到民间去”的平民意识，百年的发展历程中时刻与国家民族的命运休戚相关。换言之，中国现代民间文艺学绝不是几个人想象出来的、不食人间烟火的“纯”科学，而是一个具有鲜明的时代性和强烈的社会功能性的人文学科。

学科的发展和沿革的每一步，都与中国社会发展有割不断的联系。美国的中国民间文学运动研究者洪长泰说：“鉴于政治和社会的责任，民间文学运动的发展使中国知识界把目光逐渐转向关心农村。他们认为民间文化正是从那里发源的，因此把研究的焦点也汇集到乡村问题上。”[①] 有些生活于本土的研究者，往往就事论事地研究民间文学运动的历史及其成败得失，把民间文艺学看成是一个自我发展、自我调整、自我完善的封闭性的学科，而洪长泰却看到了中国民间文学的研究者们自觉地肩负着“政治和社会的责任”；他看到了这一特点，也就使他一下子抓住了研究中国民间文学运动或民间文艺学史的钥匙。钟敬文在看了洪先生的这个论点后说：“当时我们提倡收集、研究民间文学，不但在活动的产生上，有显著的时代、文化背景；就是在活动的行为动机上，也跟当时的国情和民众（包括儿童）的文化现状和改革要求，密切联系在一起。”[②] 历史是正如他们所说的这样发展过来的。

“到民间去”不是民间文学研究者们发明的。最早是李大钊在1919年写的《青年与农村》一文中提出来的。他所以提出“到民间

① 洪长泰：《到民间去——1918—1937年的中国知识分子与民间文学运动》，董晓萍译，上海文艺出版社1993年版，第3页。

② 钟敬文：《洪长泰〈到民间去〉序言》，见洪长泰：《到民间去——1918—1937年的中国知识分子与民间文学运动》，董晓萍译，上海文艺出版社1993年版，第13页。

去”，是基于这样一个认识：中国是一个农民占劳动阶级人口绝大多数的国家，而农民的境遇就是中国的境遇，唯有解放农民才能救中国。如果从社会文化的角度来考察，“到民间去”在中国有两翼：一翼是以北京大学为中心的征集歌谣运动；一翼是“民众（平民）教育”运动。后者是从维新派的兴民权、开民智、育新民思想，到孙中山的三民主义学说，直至五四新文化运动，应着中华民族救亡图存的需要而产生的。这两翼都是在民主主义思潮影响之下产生的。笔者见到的民间文学研究者使用“到民间去”这个说法，最早出于常惠的《我们为什么要研究歌谣》：“依民俗学的条件：非得到民间去搜集不可；书本上的一点也靠不住；又是在民俗学中最忌讳的。”[①] 而常惠也曾是（1919 年 1 月）李大钊影响下组成的北京大学“平民教育讲演团”的成员。

洪长泰和曾蓝莹两位美国学者都认为“到民间去”这个口号，是从俄国民粹派那里取来的，其实，这是一种对历史的误读。洪长泰说：“自 1910 年后期至 20 年代，许多中国知识分子接受了 19 世纪 70 年代俄国民粹派的理论，开始倡导‘到民间去’。这一趋势无疑对中国现代民间文学理论和运动产生了直接的影响。”[②] 曾蓝莹说：“‘到民间去’的文化运动可视为广义的五四运动的一个分支，其主要源头大抵有三：一是由民间歌谣研究而兴起的民俗调查活动，先是 1918 年以刘复、周作人、钱玄同等为首成立的北大歌谣研究会开其端，再由 1923 年常惠发起组织的风俗调查会踵继之，特别提倡到民间进行实地调查；另一源头则来自俄国 19 世纪下半叶的民粹经验，由李大钊在 1919 年首先摇笔介绍，号召青年到农村去，并促成北大平民教育演讲团的组成，其所进行的社会启蒙工作一直持续到 1925 年左右，而中国共产党于

① 常惠：《我们为什么要研究歌谣》，《歌谣》周刊第 2、3 号，1922 年 12 月 24、25 日。

② 洪长泰：《到民间去——1918—1937 年的中国知识分子与民间文学运动》，董晓萍译，上海文艺出版社 1993 年版，第 19—20 页。

1921年成立之后，部分演讲团团员开始投身政治化的农民运动，邓中夏在1923年左右已经为文论述农民问题；第三个源头是由推行民众教育进而开展的乡村建设活动，为首的晏阳初和梁漱溟，尽管理念不同，却分别在1929年、1931年先后深入乡间，选择河北定县和山东邹平进行实验。这三股思潮纷沓而至，交相汇聚，形成二三十年代'到民间去'的洪流。"[①] 他们在对早期民间文学运动的研究中发掘出了"到民间去"这一思想并描述了沿革的图景，但看来，他们并没有懂得是中国的社会发展和特殊国情造就了"到民间去"的思想。

与歌谣运动交相辉映的"民众教育运动"，以晏阳初为代表的平民教育派、以梁漱溟为代表的乡村建设派、以陶行知为代表的生活教育派、以黄炎培为代表的职业教育派，无论是哪一派，都是以启民智为己任，尽管在思想理念上与平民文学运动相通，但他们并没有专心于歌谣的搜集和研究。只有晏阳初所率领的"中华平民教育促进会"1929年在河北定县和山东邹平县所做的社会调查中，在其"文艺教育"的平民文学研究项目下，采集了当地的秧歌和歌谣、鼓词等民间文艺，并编辑出版了《定县秧歌选》（李景汉、张世文编，中华平民教育促进会刊行，1933年）、《定县歌谣集》（钢板写印本）和《邹平民间文艺集》（1948年，海外版）。[②] 历来的研究者大都注意于《定县秧歌选》一书，该书选辑了在定县根据传承老人刘洛便的演唱和背诵而采录下来的48出秧歌，同时还由调查者撰写的秧歌发展沿革的论文；而在调查中采集的鼓词203段、歌谣200余则、歇后语300则、谜语300余则、谚语600余则、故事笑话100余则，是否就是前面说的那本《定县歌谣集》所选，因笔者没有见到原书，不敢断

① 曾蓝莹：《图像再现与历史书写——赵望云连载于〈大公报〉的农村写生通信》，黄宗智主编：《中国乡村研究》第三辑，社会科学文献出版社2005年版。

② 钟敬文在为洪长泰《到民间去》作的序中写道："至于邹平的这方面的工作及其成果（《邹平民间文艺集》，1948年，海外版），我们以前简直就不太知道了。"

言，有待再作研究。[1]

20世纪40年代从内地迁徙到大西南的社会学—民族学学者们所做的民间文学调查与研究，不仅以学者的亲身的民族调查，为中国民间文艺学开了田野调查的先河，积累了大量极其珍贵的第一手资料，而且，更为珍贵的是，使民间文学及其研究发挥了国家民族团结御侮的凝聚力的作用。在民族危亡的大时代，民间文学研究者们以国家存亡、民族大局为至上，推动了学科的变革。同样，40年代延安的学者和文艺工作者们在解放区所做的民歌与民间艺术收集工作，改造旧说书、旧秧歌的工作，不也是在抗战的大时代中适应时代和社会需要而符合规律的学科变革吗？正是他们，不仅使陕北民歌（信天游）从偏远的陕北传遍了大江南北，成为以激越高昂的风格而在文学艺术百花园中一枝不朽的民间文学奇葩，还使韩起祥等说书艺人的名字和作品传之后世，不被历史烟尘所湮没。

六、民间文艺学学科体系问题

回顾百年的中国民间文学学术史，虽然有许多文学家、包括一些造诣高深的文学大家提倡搜集和研究民间文学，在某些方面做出了贡献，但毕竟没有能够提出一套比较科学的理论设想，更谈不上建立理论体系。而从不同学科（如史学、民族学等）先后走到民间文艺学的研究道路上来的学者，着实不算少，也不乏大家，各自做出了不同的贡献。从蔡元培、刘半农、周作人、钱玄同一路数下来，还有顾颉刚、茅盾、郑振铎、董作宾、常惠、容肇祖、凌纯声、芮逸夫、闻一多、朱自清、陈梦家、徐旭生、杨宽、孙作云、程憬、丁山、何其芳、钟敬文……这一长串名字，构成了百年中国现代民间文艺学的

---

① 此数据据李志会：《晏阳初与定县乡村建设》，《集美大学学报（教育科学版）》2003年第3期。

史册。从北大于1918年开始征集歌谣、国学门设立歌谣研究机构始，民间文学的课程就开始登上高等学校的讲坛，除北大外，清华（朱自清）、女师大（周作人）、中央大学（程憬）、齐鲁和山大（丁山）等校，都曾开过民间文学或神话学的课程。到新中国成立前，虽然断断续续，却也一直没有中断过。新中国成立后，举凡重要的大学中文系，也都开设了民间文学（或人民口头创作）课程，20世纪60年代我国开始培养民间文学的硕士研究生，80年代末开始培养博士生。唯感遗憾的是，许多从事民间文学研究的人，多半是“客串者”，没有从一而终地把民间文学研究作为终生的事业，只有极少数人坚持了下来。学者队伍的有欠稳定，学科建设的有欠完善，这二者之间是否存在着相互的影响，至今依然是一个值得探讨的问题。

前面说，第一个提出建立“民间文艺学”这门学科的，是钟敬文。他在1936年发表了《民间文艺学的建设》，阐述了建立民间文艺学的必要性和设计了这门学科的大体框架。50年后，他在1986年为《中国大百科全书·中国文学卷》写的《民间文学述要》中，虽然没有放弃早年的那些观点和希望，但实际上从这个时候起，他的学术的兴趣和方向，已转到了民俗学上，直到他的逝世，在民间文学方面再也没有付出较多的辛劳，同样也没有取得引人注目的成果。而传统的文学研究流派的学者及其研究方法，在“新时期”以来受到某些质疑后，也多彷徨于道，处于踯躅不前的状态。经过众多青年学人的努力耕耘，包括引进西方和日本现代民间文学的研究成果和方法，我们的民间文学学术研究，特别是神话学和史诗学领域，在恢复中呈现出令人欣喜的势头和局面。

对流派及其起伏消长进行探索性的耙梳，使我们有机会回首往事，启示未来。如果我们的前辈所说的民间文学应该是我们的“国故”的题中应有之义这个命题还不致大错的话，那么，摆在年轻一代民间文艺学学者面前的责任，将仍然是任重而道远的。

顾颉刚是20世纪最早提倡民俗学、也是始终如一地钟情于民俗学的主要学者之一。他从1926年离开北平南下厦门、广州，于1928年在中山大学创立了民俗学会；1936年5月，在中山大学民俗学会、杭州中国民俗学会均告风流云散之后，又在北大向胡适提议在北京大学歌谣研究会之外成立北京大学风谣学会，“集合研究歌谣、故事、风俗之同志所组成”[①]。但由于他的主业是历史研究，即使短暂的传说和风俗研究，也不过是为了他的研究历史，故而他对于他心目中的以风俗研究为主要内容的民俗学的学科建设，也还谈不上有太大的贡献。倒是常常以他的学生自况的钟敬文，几乎放弃了本来颇有成就的散文创作，而终生投入先是民间文学、后是民俗学的研究。经历过几度人生沉浮之后，他于十年“文革”后万木复苏的1978年，在中国文联三届三次扩大全委会期间，与顾颉刚、白寿彝、容肇祖、杨堃、杨成志、罗致平联名向中国社会科学院递交建议信，提出建立民俗学研究所的建议书（后未能成立）[②]，又于1983年与一些老中青民俗研究者一道发起成立了中国民俗学会。他本人的学术研究方向也由民间文学转向了民俗，甚至放弃了民间文学，而全力投入到民俗研究中，以图建立起完整的民俗学学科。他到各地演讲（辽宁、杭州等）、开会（兰州），宣传民俗学相关问题，组织高校老师撰写了《民俗学概论》，实现了招收博士研究生等，为民俗学学科的建立做了大量工作。五六十年代一度被指责和批判为资产阶级学科的民俗学，在新时期20年中从复苏到形成了初步繁荣和兴盛的局面。

但是从全国来看，由于民俗学是在学术积累十分不足的情况下“一哄而起”的，无论是民政领域里的方志研究者、文化领域里的文化干部或各地文联系统的民间文学研究者，还是研究所的专业研究者

---

① 《风谣学会组织大纲》，《歌谣》（周刊）第2卷第8期，1936年5月23日。

② 参阅王文宝：《中国民俗研究史》，黑龙江人民出版社2003年版，第248—251页。

或高校教师，都缺乏足够的理论准备（如学术积累、学科基础建设、基本理论和学术规范的严重缺欠），也没有形成一支素质优良的、数量足够的理论队伍，即使在高校陆续培养了一些研究人员，也因缺乏科学的基础理论和学科体系的培养，以及人员结构和知识结构的“近亲繁殖”等制约，使学科结构（如田野工作的严重缺乏、田野工作与文献研究的脱节）和知识结构的狭窄（如文学、考古、历史、社会学、考据学知识的不足，外语工具的薄弱），使学科和队伍都处于低水平运转的阶段。

更为突出的是，原本处于优势地位的民间文学搜集研究，由于社会的原因（如市场经济带来的冲击和诱惑，研究队伍的老化、流失和断层，研究方向的转向和迷失等），和学科的原因（主要是把民间文学降为三级学科后，导致一些学校将民间文学课程盲目地削弱和教学质量的降低），出现了严重的倒退。笔者曾应邀于 2000 年 9 月 5 日在江苏省民间文艺理论研讨会上做过一次题为“对‘后集成时代’民间文学工作的思考”的演讲，提出和描述过这种渐趋衰微的局面，并表示了对前景的忧虑。虽然有一些孜孜矻矻、矢志不移的学者在这片寂寞的园地里勤奋耕耘、努力攀登，但毋庸讳言的是，中国民间文艺学的学科建设再次进入了一个低谷时期。为此，笔者在 2001 年曾写过一篇《向国家学位委员会进一言》的短文，表达我的隐忧，自然也大体反映出这门学科在现时所面临的困境。拙文如下：

民间文学作为人文学科中的一门新兴边缘学科，在中国，从 20 世纪初开始，经过了几代学者前赴后继的拓荒、垦殖，特别是近 20 年来的建设，近百卷的《中国民间故事集成》《中国歌谣集成》和《中国谚语集成》（总称“三套集成”）的陆续编纂出版，已经初步建立起了包括若干分支学科的学科体系，其中以神话学和史诗学领域的成就最为引人注目。

神话学从单纯的文艺社会学的阐释，发展为多学科的参与，触及了世界神话学几乎所有重要问题，而且提出了许多值得注意的新见解。在古典神话及其文献资料之外，近年又在全国各地、各民族的居民中搜集了大量流传在口头上的活态神话文本，填补了中国神话学的空白。在我国，神话学一时成为显学。

史诗研究虽然起步较晚，却后来居上，如今已成磅礴之势，一批中青年学者成长起来。中国不仅有了研究《江格尔》《玛纳斯》《格萨尔》的知名学者和博士，史诗研究的“中国学派”也已经登上了世界史诗学坛。中国的史诗是活态的，不像古希腊罗马的史诗是已经死亡了的，因此中国史诗的搜集和研究，对于中国文化史和世界文化史的书写，有着特别重要的意义。

除了长篇的史诗以外，中国还是一个富于其他民间叙事长诗的国家。20 世纪 50—80 年代，在云南、贵州、广西、内蒙古等省区的各少数民族中搜集出版了上百部民间叙事长诗。60—80 年代在东南沿海吴语地区的汉民族中也发现、搜集、整理、出版了几十部长篇叙事诗。50 年代鄂西北广袤地带，曾搜集出版过几部长篇叙事诗。到 90 年代，又在武当山后山的吕家河村发现和搜集了 15 部叙事长诗。民间长篇叙事诗的搜集出版，纠正了 20 世纪 20 年代由胡适提出、在人文学术界延续了 80 年的中国民族是“不富于想象力的民族”的结论，在中国文学史上具有重大意义。

传说故事的研究，近 20 年除了着力建立中国自己的理论体系外，主要成就表现在两个方面：一是对故事家的发掘与研究，特别是故事家个性的研究；一是发现了一些故事村，最著名而且开掘和研究得较深的有两个，一是湖北省的伍家沟村，一是河北省的耿村。这两个故事村的发现和研究，在国际学术界发生了广泛的影响，前者还受到了联合国教科文组织的关注。

在改革开放的步伐中，随着社会结构的变化，新的民间文学应运而生。因此，除了旧时代传承下来的口头文学应予继续搜集研究而外，民间文学工作者还应抓住时机采摘新时代的“国风”。古代有“十五国风”留给我们，我们也应把当代的“国风”（31个省市自治区）留给后人。这是时代赋予我们这一代民间文学工作者的历史使命。在这一领域里，民间文学工作者们是大有作为的。

但民间文学事业也存在着令人焦灼的隐忧。

首先，围绕着“三套集成”而开展的全国民间文学普查工作告一段落，编辑工作集中在少数人手中，多数民间文学工作者因缺乏前进的方向，而处于彷徨迷茫状态。从人员结构来说，目前专业人员进入了一个自然换代的高峰时期，专业机构中的高素质研究人员流失严重，又没有及时补充有专业技能的人员，特别是有真才实学的大学生、硕士生和博士生。专业研究人员的青黄不接造成了民间文学工作的断档。我没有这方面的统计数字，但我可以断言，与一些部门比较起来，硕士、博士、甚至大学本科毕业生，在民间文学研究机构人员中的比例是很小的，其人员结构是有欠合理的。

其次，学科调整的不合理，也造成了人员的严重流失和学科水平的下降。几年前，国务院学位委员会决定将民间文学降低为三级学科，导致许多高校文学系的民间文学课程变为选修课或干脆被取消了。（据了解，全国哲学社会科学规划领导小组及其办公室的《课题指南》学科名录，还保持着过去的排列，与学位委员会的决定有别。）一百年来几代人文学者努力争取到的东西，由于这个行政决定的影响，而不仅倒退到了1942年延安文艺座谈会之前，甚至倒退到了五四新文化运动之前。许多老师和研究生都纷纷抛弃民间文学而转向民俗学或其他学科。笔者以为，这样的决策，是一个失误。这样的有违传统的决策所以做出，大半是因为参与决策的某些学者和领导，即使不是站在蔑视民间文化的立场上，也是对民间文学学科缺乏应有的了解与研究。笔者在此呼吁，在调整“十·五”计划期间学科配置时，建议有关部门将这个错误的决策改正过来，恢复民间文学学科原有的二级学科地位，给我们这样一个在农耕文明基地上蓬勃生长起来的民间文艺的搜集、研究、继承和发展，提供一个合理的良好环境，给予一个恰当的地位。

以团结全国民间文艺工作者和推动搜集、编辑、出版、研究民间文艺为职志的中国民间文艺家协会，近年来也迷失了方向，在某种程度上放弃了自己的本行，不再把重点放在民间文学的搜集、编辑、出版、研究，更多地热衷于某些民间艺术的演出活动和民间工艺品的展销（这些是应当做的，但不是其工作的重点，即使要抓民间艺术，也没有真正深入民间去做发现和发掘、整理提高的工作，更不应越俎代庖取代或代替在这方面更有实力和更有经验的那些政府职能部门），向其他艺术家协会靠拢，以组织在城市里的演出活动代替对民间作品的搜集整理和理论研究。民间文学作品和理论刊物也随之转了向，放弃了或改变了历届经中央宣传部批准的民间文学工作方针，放弃了促进民间文学的搜集整理和理论研究，从而建立和建设有中国特色的以马克思主义、毛泽东思想、邓小平理论为指导的民间文学理论体系的任务。作为一个文学评论工作者和民间文学理论工作者，我呼吁恢复发表民间文学作品和民间文学理论的园地，并通过民间文学家们的广泛讨论，改变现状。

有学者说过，在孔子的儒家学说影响下的中国文化之外，还有另一种中国文化。这种独立于儒家影响之外的中国文化，就是包括民间文艺在内的下层文化。下层文化、民间文化在传承流变过程中虽然也受到了儒家文化、上层统治阶级的文化、宗教文化的影响，甚至发生了某种程度的交融，但不论什么影响，民间文化的根本和内核不会消失，总是保持着自己独立的传统，而这些传统是受到历代统治者的鄙视和排斥的。关于这一点，上世纪初，特别是五四新文化运动的前后，许多新文化运动的倡导者和战士，许多进步的知识分子，都曾指出过。近世歌谣运动的发生，虽然先于五四运动，但它无疑是思想解放运动的产物，是五四新文化运动的一支和成果。现在看来，这个成果仍然需要我们大声疾呼地加以捍卫。

儒家思想影响下的上层文化，两千年来固然达到了相当的高度，但也有严重的阶级局限和思想局限；下层文化固然掺杂着许多不健康的杂质，但它却饱含着劳动者的智慧和有着比儒家思想更为久远的原始文化的传统。二者共同构成源远流长、多元一体的中华文化。从下层文化中，我们可以更直接地观察到下层民众的世界观、生活史、风俗史、礼法史，可以从中研究导致中国历代社会稳定和发展的多种因素，从而为中国的现代化服务。搜集、研究、继承、发扬民间文学及其传统，建设和完善民间文学学科，仍然任重而道远。[①]

拙文发表后，有好几位同好在报刊上撰文予以支持，发表了同样的见解，表达了同样的隐忧之情。现在的情况是，除了神话研究和史诗研究，随着国家文化研究和文化建设的步伐一路领先，做出了让人兴奋不已的成绩外，其他分支学科大致处在涣散无闻、萧条寂寞的景况之中。

七、民俗学向何处去?

回顾20世纪末，对民俗学的现状和前景的困惑，已经开始缠绕着肯于思考的学者。围绕着“民俗学向何处去？”这一命题，一时间出现了多篇文章，从不同视角对中国民俗学的现状表示了忧虑。有代表性的文章如：叶涛《民俗学的叛徒——一段关于民俗学研究者

① 刘锡诚:《为民间文学的生存——向国家学位委员会进一言》,《文艺报》2001年12月8日，第2版。

和研究对象的小插曲》，《民俗研究》1999年第3期；宋兆麟《中国民俗学向何处去？》，《广西民族学院学报》1997年第1期；钟富兰《中国民俗学：先天失调，后天不足》，《文汇读书周报》1999年1月16日摘要；叶涛《中国民俗学的困惑与前瞻》，《民族艺术》1999年增刊。这几篇文章从不同方面指出了民俗学的若干严重缺陷和不足，表达了希望突破现状提升民俗学体系建构和学术水准的愿望，一度在民俗学圈子里引起一场风波。当时还健在的钟敬文老前辈似乎很不同意这几篇文章对民俗学现状的估价。1999年，钟敬文先生曾著文说："现代意义的中国民俗学开始于北大近世歌谣征集处的活动。""虽然经过百年来的曲折发展，中国民俗学已经正在接近世界的民俗学，但从主要点来说，我们是否需要升上一面旗帜，说我们的民俗学就是中国学派？"[①] 他还说，一个由顾颉刚、江绍原和钟敬文等人为代表的中国民俗学派，到20世纪末已摆脱了"描红模子"的阶段进入了成熟期。[②] 这两种不同的估价，在20世纪并没有取得统一的意见，不管是否承认，民俗学学科建设中存在的问题依然存在。

进入21世纪以来，这一问题又被重新提起。先是在《民间文化青年论坛》网站发起者们的一次学术对话中，有过一次讨论。赵世瑜著《眼睛向下的革命——中国现代民俗学思想史论》（北京师范大学出版社1999年版）出版后，有彭牧的《民俗学向何处去》（《中国图书商报》2001年1月11日）的评论；周星主编的《民俗学的历史、理论与方法》（商务印书馆2006年版）出版，载有李霞的文章《民俗学向哪里去？》。笔者也曾先后写过《民俗与国情备忘录》（《报告文学》2002年第9期）和《文化对抗与文化融合中的民俗研究》（《理论与创作》2003年第4期）两篇文章，也是讨论民俗学的不足的。

---

① 钟敬文：《建立中国民俗学派·自序》，黑龙江教育出版社1999年版，第1页。

② 钟敬文：《建立中国民俗学派》，黑龙江教育出版社1999年版，第6页。

彭牧是评论学科历史的，李霞则是着重于现状的。李霞指出，民俗学面临着困境是“内部的学理反思和外部的挑战机遇”。她说：一方面，“民俗学似乎走到了某种停滞或者说尴尬的阶段。……它到底属于人文科学还是社会科学？是古代学问还是当代学问？……这一困境引发了许多民俗学者对以往研究的反思：这些年来普遍采用的标本采集式的调查、将民俗事象抽离出其语境的研究，能否形成有意义的学术积累？能否有效地达致它所宣称的目的，即全面了解中国民众的生活及其文化精神？”“另一方面的压力来自外部，即民俗学所处的当今中国的社会环境。这种压力既可以理解为挑战，也可以理解为机遇。挑战在于：中国社会生活的方方面面已越来越被工业化和全球化所渗透，传统‘遗留物’意义上的传承性现象已越来越少见；那么，作为民间传统风俗的民俗学是否还有存在的必要？但同时，近年来出现的一些重大社会现象或文化动向，例如，为塑造民族认同而进行的文化建设中对民间传统的重视，非物质文化遗产保护热潮，以及日常生活中出现的传统文化复兴等，又为民俗学提供了巨大的发展机遇：以往被认为是建设新文化新生活之障碍的、被贬为‘封建迷信’的民俗文化，现在开始成为重建民族文化的重要资源，而民俗学正可借此发挥重大的影响。于是，问题仍然被归结为：我们应该怎么做？”[①]

看来，中国民俗学的困境之所以引起同行们长达十年的关切与讨论，并非是没有缘由的。

20世纪90年代以来，原本处于幼稚阶段的民俗学学科出现了一些新的趋向。

其一，在跨学科研究和比较研究的学术潮流中，有些对民俗学学科缺乏信心的青年学者，跨界到其他学科的领域里，如前面所说，有些青年学者为民俗学的现状所困扰，希望有所突破，希望借鉴文化人

---

① 李霞：《民俗学向哪里去？》，《中华读书报》2006年8月16日。

类学和社会学的方法与理论，是情有可原的。但若放下自己的自留地不种去种别人的自留地，甚至以人类学或社会学的取向代替民俗学的研究，则会使学科出现学科建构上的混乱。

其二，田野调查的缺乏和被忽视，已成为阻碍学科进步的痼疾，甚至动摇了学科存在的基础。民俗学是一门实证性很强的学科，而基本上不是一门理论的学科。民俗学的理论原则，都要建立在田野调查所得来的资料上。无论哪一种研究方法，都离不开丰富而多样的资料。当然，也出现了列维-斯特劳斯这样的书斋学者，在书斋里构建了结构主义神话学理论体系。但，试问，没有前人或他人搜集的大量神话资料，斯特劳斯也是不会出现的。而检视我们的学界，除 20 世纪 30 年代在蔡元培先生领导下，出现了“中央研究院”的学者凌纯声做了《松花江下游的赫哲族》、凌纯声和芮逸夫做了《湘西苗族调查报告》等包含一部分民俗事象和民间文学内容的民族学调查报告，新中国成立初期民族调查的成果中包含了一部分民俗事象和民间文学外，我们有什么像样的调查报告呢？笔者在研究 20 世纪百年民间文学史的过程中，发现只有 80 年代马名超主持并撰写的《赫哲族伊玛堪调查报告》和张振犁主持由多人撰写的《中原神话调查报告》称得上是有科学意义的、严肃的民俗学调查报告。我们现在读到的民俗学著作的大部分，包括《中国民俗大系》和《中国民俗通志》，几乎都属于将已有的文献资料进行归纳分析研究的著作，而不是在田野调查基础上、取自某个特定的时代的民俗事象民俗学著作。读者不欢迎材料搬家的著述，因为它们没有为我们今日的学术增添什么新东西。我的眼界很狭窄，我的意见很可能是片面的。读者为什么对《海州民俗志》给以热烈的反响呢？ 80 年代，笔者曾读过这部书的打字稿，知道它产生于作者的实地调查。这就是其所以受欢迎的答案。中国民俗学学科需要田野调查的重要成果做支撑，没有田野调查的重要成果的支撑，中国民俗学将永远因患软骨症而难以站立起来。民俗学的老师和学生，应该花费较多的时间和精力在田野调查上。像考古学一样，不到考古发掘现场的人，算什么考古学家？不做或没有主持过像样的田野调查项目的老师或博士生，算什么专家？

其三，学科范围的无限扩张，既表现了学科的不成熟性，又把民俗学推到了泯灭自己的境地。民俗学的研究对象，是民俗学最基本的问题。早期民俗学家们，如顾颉刚、江绍原，以及早期介绍英国民俗学有功劳、后来不再染指民俗学的一些学者，大都主张民俗学的研究对象是风俗习惯。改革开放新时期以来，越来越成为主流的学术主张，是把民俗文化定位为民众的生活形态或生活文化，既包括各种形态的生活文化，又包括所有的制度文化，从物质生产生活到消费、文化娱乐，无所不包，无所不及，这种无限扩大自己的领地的意图，是不成熟的，也是缺乏学理支持的，哪一领域都没有深入的研究和成熟的研究成果，因而要么成了自我欣赏的、把玩古董的玩家的博古架，要么变成了一场“跑马圈地”式的游戏。许多学者已经注意到了这种不合理的学术倾向，并发出了改变现状的呼吁，但这种理念还在大行其道。笔者在参加评审国家级非物质文化遗产代表作名录时深深感到，民俗学专家们几乎是各说各的，各有一套，是所有学科中最没有学术规范的一个学科。

其四，封闭式的学术体系亟待改变。几年前，我在《文化对抗与文化整合中的民俗研究》一文中曾指出：“尽管我国民俗学取得了长足的发展和可观的成就，但笔者要指出的是，民俗学家们虽然在近20年中在极力争取学科应有的地位，但现在的学科处境却十分令人担忧。何忧之有？最突出的问题莫过于：下与民众的当代生活形态缺乏必要的血肉联系，不关心和不回答民众生活、特别是精神文化所提出的迫切问题；上与人文科学和社会科学的诸相邻学科缺乏学术上的交流与互动，甚至缺乏与其他学科对话的能力，或干脆就缺乏与其他学科对话与交流的学科意识，长期以来以‘自说自话’为满足，既不能提出令其他学科关注的观点和理论，又不能提出足以激发学术研发活力的问题。”作为一个现代人文学科，把自己自我封闭在一个狭小的领地里，不知道也不愿意知道外面的世界发生了什么，也不与其他相关学科发生关系，提不出任何可供其他学科关注的新情况、新问题，本来是国情调查的一部分的，却与国情不发生任何关系，不是濒临僵化境地了吗？几年来，每到春节，都要面临保护的讨论，包括笔者在内的民俗学家们，要么是翻炒历史旧闻，要么是根据自己的知识发表感想，缺乏对现代化社会条件下民众心理和民俗关目流传情况的实地调查。那么多研究所、教研室，有哪一个单位，能提供调查的数据来？几年来，我看到的数据，只有北京勺海市场调查工作室一家提供过一个调查报告，它显然不是民俗学的专门机构。

其五，如今是一个多元化的时代，西方的各种理论，特别是文化人类学和民俗学理论，蜂拥而至。对于民俗学来说，自然也是件大好事，起码可以较快地改变我们长期存在的“近亲繁殖”的弊端，使我们的民俗学能在多元的学理支持下获得较快的发展和提升。但现在的情况是，存在着生吞活剥的现象，把外国的理论框架照搬过来，缺乏本土化的工夫。我们应建立自主的理论体系，外国的理论不能解决我们如此丰富多样的民间文化问题。即使引进外国的理论和方法，也要加快本土化的工作。中国民间文化异常丰富多样，历史悠久，是从来没有断流的文化。一些历史较短、但近代发达的国家的民俗学理论，特别是在方法上，对我们有借鉴的作用，我们不能闭目塞听，回到愚昧的时代；但他们的理论和方法终究不能解决我们中国文化和民间文化的问题，我们不能在外国的理论面前俯首帖耳、盲目搬用，简单地充当文化买办。我们必须恢复和重建这样的一种信心和理念：建设自己的民俗学理论体系。

2006 年 10 月 26 日

神话学百年与中华民族精神

如果把梁启超在1902年发表的第一次使用“神话”一词的《新史学》，或蒋观云在1903年发表的《神话历史养成的人物》认定为中国现代神话学史上的第一篇神话专论的话，那么，中国神话学已经走过了百年的历程。百年来，在几代学人的苦心经营下，中国神话学已经发展为一门独立的人文学科。

一、人类学派神话学的传入

19世纪后半叶，欧洲文化人类学达到了一个繁荣时期，出现了摩尔根、泰勒、弗雷泽、安德留·兰、马林诺斯基等一大批著名的人类学家，出现了《古代社会》《原始文化》《金枝》《神话、仪式与宗教》《文化论》等一大批赫赫有名的人类学著作。20世纪初，人类学派的神话学说以及“神话”与“比较神话学”这些词汇传入了我国。我国开始有人向国人介绍欧洲（古希腊罗马、北欧）的神话，并试图用西方的人文理论来解释和评述神话了。

回顾历史，人类学派学说的传入中国，主要表现为两个方面：一是翻译、介绍其理论与作品，二是运用其学说和方法来研究中国的神话和故事。

（一）翻译和介绍

1907年留学日本的周作人以周逴的笔名翻译了英国哈葛德和安德留·兰合作，根据荷马史诗而撰著的神怪冒险小说《红星佚史》（原名《世界欲》）。周作人在《前言》中对作者之一的英国人类学神话学家安德留·兰作了简要的介绍。这可能是中国人第一次介绍安德留·兰的文字。1913—1914年周作人用文言文写的《童话略论》《童话研究》（见周作人：《儿童文学小论》，上海儿童书局1932年版）等文章，对安德留·兰的神话观点做了相当详细的阐述，是我国最早直接介绍人类学派神话学，并运用它来研究神话的重要文章。周作人还于1926年翻译了英国哈里孙的《希腊神话引言》。

赵景深先后翻译了哈特兰德的《神话与民间故事的混合》（《新民意报·副刊》1923年第8期）和《神话与民间故事》（《小说月报》1926年第17卷第8期）；麦苟劳克的《民间故事的探讨》（《文学周报》1927年8月 第4期）、《季子系的童话》、《友谊的兽的童话》、《兽婚故事与图腾》（《民众教育季刊》1933年1月31日第3卷第1期）、《民间故事之民俗学的解释》（《青年界》1936年11月第8卷第4期）等。麦苟劳克的《小说的童年》一书，他差不多译全了。他不仅翻译，也在自己研究童话和故事的著述中，介绍和运用人类学派神话学的理论和方法。

杨成志翻译了英国该莱《关于相同神话解释的学说》（中山大学《民间文艺》1927年第3期）、英国班恩《民俗学概论》一书的附录部分《民俗学问题格》（《民俗》1928年）。郑振铎翻译了英国柯克士的《民俗学浅说》（1934年）。对泰勒、弗雷泽原作的翻译和介绍，散见于各种书刊之中。如周作人曾写《金枝上的叶子》，介绍弗雷泽的《金枝》（见《夜读抄》，1934年）；苏秉琦曾译弗雷泽的《旧约中的民俗》第4章《洪水故事的起源》，收在徐旭生《中国古史的传说时代》一书中；秋子曾译弗雷泽的《迷信与社会诸制度》（《民间月刊》1933 年）与《外魂 —— 见于民间故事的》(《文讯》1946 年)；等等。

从日文的翻译也是一个重要渠道，如小川琢治的《天地开辟与洪水传说》与青木正儿的《中国小说底渊源与神仙说》(汪馥泉译，1929 年)，小川琢治的《山海经考》(江侠庵编译，收入《先秦经籍考》下，商务印书馆 1931 年版)，松村武雄的《地域决定的习俗与民谭》(白桦译，1931 年)、《狗人国试论》(周学普译，1933 年)、《童话与儿童的研究》(钟子岩译，1935 年)、《中国神话传说短论》(石鹿译，1936 年)等，都是一些有影响的著作和文章。

此外，在人类学派学说的介绍方面，还有一些文学史著作，如：1906 年新城王树枏著《希腊春秋》(8 卷，兰州官报局藏版，日本三省堂书店发行)、1916 年孙毓修著《欧美小说丛谈》(商务印书馆)与 1923 年谢六逸著《西洋小说发达史》(商务印书馆)等。

（二）研究

鲁迅、茅盾、周作人、赵景深、钟敬文、郑德坤、郑振铎等都运用人类学派神话理论和方法进行中国神话的研究，做了许多有益的探索。

鲁迅有关神话的著述，如《破恶声论》(1908 年)、《神话与传说》(《中国小说史略》第二篇，讲义本，1923 年)、《从神话到神仙传》(《中国小说的历史变迁》第一讲，1924 年)、《关于神话的通信 —— 致傅筑夫、梁绳袆》(1925 年)，以及他的某些神话见解（例如关于神话的产生、神话与巫的关系、神话演进为传说、神话的分类等)，明显受到人类学派的影响。他在《汉文学史纲要》中，提出“试察今之蛮民”，“证以今日之野人，揆之人间之心理”，这种取今以证古，以今日之蛮人来推测荒古无文时代人类心理的方法，也是人类学的方法。

周作人在神话学（故事学）研究方面，写了《童话研究》(《教育部编审处月刊》第1卷第7期，1913年8月)、《神话与传说》(收入《自己的园地》，1923年)、《神话的辩护》(收入《雨天的书》，1924年)、《习俗与神话》(收入《夜读抄》，1933年)等，进一步阐发了安德留·兰的人类学派观点。

茅盾（沈雁冰、玄珠）从1918年开始研究神话，1923年在上海大学讲授希腊神话，1925年开始发表神话论文，“处处以人类学的神话解释法以权衡中国古籍里的神话材料”(《中国神话研究ABC》序)。其先后撰著的《中国神话研究》(写于1924年，发表于《小说月报》1925年第16卷第1期)、《楚辞与中国神话》(《文学周报》1928年第8期)、《神话杂论》(1929年)、《北欧神话ABC》(世界书局1930年版)等，都是人类学派在中国土壤上的产物。他1928年撰写的《中国神话研究ABC》(1929年由世界书局刊行，1978年再版时易名为《中国神话研究初探》)成为中国神话学早期的代表作，并由此奠定了他在中国神话学史上开拓者与奠基者的学术地位。

赵景深早年出版的几部童话研究集子，如《童话论集》(1927年)、《童话学ABC》(1929年)、《童话评论》(1935年)等，都是运用人类学派观点研究童话和神话的。

郑振铎早期也受过人类学派学术思想很深的影响。在他写的大量民间文学文章中，20年代写的《中山狼故事之变异》、《螺壳中之女郎》(《小说月报》中国文学研究专号，1927年6月)，30年代写的《民间故事的巧合与转变》(《矛盾月刊》第1卷第2期，1932年)、《汤祷篇》(《东方杂志》1933年第30期)等比较研究文章，字里行间无不渗透着人类学派学术思想和理念的因素。他在论述神话、故事的相似问题时写道：“如今，正是人类学派的故事与神话研究者的专断时代。他们说的很好：自古隔绝不通的地域，却会发生相同的神话与故事者，其原因乃在人类同一文化阶段之中者，每能发生出同一的神话与传说，正如他们之能产生出同一的石斧石刀一般。而文明社会之所以尚有与原始民族相同的故事与神话，却是祖先的原始时代的遗留物，未随时代的逝去而俱逝者。”[①]《汤祷篇》借汤祷的故事，旨在对中国的“蛮性的遗留”做一番清理，并由此指出，原始生活的古老的“精灵”常常会不经意地侵入现代人的生活，为神话研究另辟蹊径。这个时期他还翻译过柯克斯的《民俗学浅说》。30 年代后期，他以更多的精力搜集和研究俗文学，更多地转向俗文学的学术立场，成为民间文学研究领域中俗文学派的领袖。

钟敬文二三十年代写作的有关神话、故事的文章有二三十篇之多，如《楚辞中的神话和传说》（1928 年）、《与爱伯哈特博士谈中国神话》（1933 年）、《中国神话之文化史价值》（1933 年）与《老獭稚型传说底发生地》（1934 年）等，都很有见解。他的神话观点有自己的特色，在接受人类学派学说的同时，还受了法国和日本社会学民俗学的影响。

二三十年代出版过几部采用人类学派观点写作的神话理论专著，如黄石的《神话研究》（1927 年），谢六逸的《神话学 A B C》（1928 年），林惠祥的《民俗学》（1931 年）与《神话论》（1934 年）等等。这几部专著不仅在中国神话学的初创阶段产生过重大的影响，直到 20 世纪 80 年代还作为神话学、故事学的入门书，受到研究者与读者的重视与欢迎。

追随茅盾，运用人类学派神话学说研究《山海经》的郑德坤，也取得了可喜的成绩。他在《山海经及其神话》（《史学年报》1932 年第 4 期）一文中，运用人类学派的万物有灵学说、心理共同说来探讨《山海经》与经中的神怪鸟兽。他说：“神话确能或明或晦地反映出原

---

① 郑振铎：《民间故事的巧合与转变》，《矛盾月刊》1932 年第 1 卷第 2 期；后收入《郑振铎文集》第 6 卷（下），人民文学出版社 1988 年版，第 255—258 页。

始人类心理状态的生活情形，是很可贵的文明史的史料。”在当时的《山海经》研究中，给人耳目一新之感。

由于英国人类学派神话学在中国的传播，主要是由文学家或文学理论家们完成的，故而笔者把中国的人类学派神话学称之为文学人类学派。当然，这里所说的神话学是广义的，包括所有散文体的叙事作品的研究。如果说20世纪20年代初北京大学歌谣研究会主办的《歌谣》周刊以及《晨报副刊》《京报副刊》《语丝》等报纸杂志，也发表过一些翻译介绍英国人类学派、阐发研究其观点方法的文章，但该会及其代表的流派所倡导的主要是乡土研究思潮的话[①]，那么，上海出版的《妇女杂志》和文学研究会在上海主办的几个刊物等，则是民间文学研究中的文学人类学派的主要阵地，胡愈之早期的著名论文《论民间文学》，就是在《妇女杂志》（第7卷第1号，1921年1月）上发表的。关于《妇女杂志》在介绍英国人类学派神话学上的功劳，赵景深曾写道：“关于神话和传说的研究，历来的学者多所争论。……直到人类学的解释出，神话和传说的研究方才愈加精密。完成此说的不可不推功于安德鲁·朗（Andrew Lang）。……要走这条路第一步工夫便是搜集类似的神话和传说。……我国最初以人类学研究民间故事的自然要推妇女杂志社诸君。他们已很能做到照农民口吻一点不加修饰的复写下来这一层，却没有做到搜集大同小异的材料这一层，对于犯重复的故事每不采录。这一工夫最方才从单行本《徐文长故事》看到。《徐文长故事》重复的很多，均未删去，这便是这本书的价值所在处。”[②]20世纪20—30年代北新书局出版的《徐文长故事》，收录同一母题的故事的不同异文，这种编辑思想，正体现了人类学派故事研

① 参阅刘锡诚：《歌谣研究会：民间文艺学史上的第一个流派》，《民间文化论坛》创刊号，2004年6月；《董作宾：乡土研究的先驱》，《西北民族学院学报》2004年第2期。

② 赵景深：《徐文长故事与西洋传说》，《潇湘绿波》1925年第2期；后收入林兰编：《徐文长故事》，上海北新书局1933年版，附录。

究的方法和原则，被赵景深看作是20世纪20—30年代中国民间文艺学界的一个成功范例。

二、顾颉刚和“古史辨”派神话学

以《与钱玄同先生论古史书》（1923年）为起点，顾颉刚所代表的“古史辨”派古史研究和神话学，以“疑古”“辨伪”为思想武器、“古史即神话”为理念，把与古史纠缠为一体的古神话剥离出来。他的“层累地造成的古史观”亦即神话观和“历史演进法”，开了系统地梳理与研究中国古神话（古史传说）的先河，为中国神话学的创立铺设了一块基石，成为中国神话学初创时期西方人类学派神话学之外的又一重要学术渊源和流派。“古史辨”神话学的特点，在神话学研究中被概括为“古史的破坏、神话的还原”。

“古史辨”派的活跃期，前后持续了30多年，可以认为，在杨宽的《中国上古史导论》发表和吕思勉与童书业编的《古史辨》第七册出版后，“古史”辨伪浪潮渐告消歇。杨宽的贡献在于提出了古史传说“分化演变说”，并用以补顾颉刚的历史演变说的缺陷和不足。童书业于1940年8月在《〈古史辨〉第七册序》里阐述了“分化”说与“层累”说之间的关系：“分化说是累层说的因，累层说则是分化说的果。”[①] 杨宽和童书业等进一步发展和完善了顾颉刚的神话研究理念，使“古史辨”神话学派得以最终形成。从神话学的角度而言，如果说顾颉刚所做的主要是“古史的破坏”，那么，杨宽和童书业等人所做的，则主要是“神话的还原”了。

古史辨神话学派作为我国现代第一个神话研究流派，以“层累”

---

① 吕思勉、童书业编著：《古史辨》第七册（上编），上海古籍出版社1982年版，序，第6页。

和“演变”的理论与坚实的辨伪和考据的实践，成为中国现代民间文艺学史上“神话研究的开拓者”[1]，为中国现代神话学的学科建设奠定了坚实的基础。“古史辨”派在中国史学建设与发展和中国神话学建设与发展中的作用与影响是十分深远的。

三、陈梦家的神话考释及其贡献

陈梦家在《燕京学报》第20期（1936年12月）发表的《商代的神话与巫术》长篇神话研究论文，对一些失落了的古神话进行挖掘和考释，他的古史神话观，大体如下面的表述：“古代历史，端赖神话口传，神话口传，遂分衍化：由于口传一事，言人人殊，故一事分化为数事，各异面目；由于人与神与兽之间分界不清，故人史与神话相杂；由于神道设教，人史赖神话以传，故人史尽皆神话。有此三故，古史因具重复性与神话性。古史有神话性，故以人为兽为神，以兽为人为神，以神为人为兽；古史有重复性，故虞夏商三系实本于一种传说。”

在整理论证古史神话系统时，他以“重复性”为原则，考定了：（一）“虞夏商为一系”：舜即帝喾，喾之子商即舜之子商均，商契即仓颉等。（二）商民族的玄鸟故事有分化和转衍：始祖生于燕卵神话，经分化转衍，流行于东北民族、淮夷民族以及扶余国。除了对古史神话系统的考证外，他还论证了此前其他神话学者没有触及或没有下功夫加以挖掘和论证的一些神话问题，主要是一些有关动物的神话。如自“商人服象”而衍生的种种有关“象”神话——象耕、弟象等。如以明义士牧师所据之甲骨卜辞拓片为根据，论证了王亥系畜牧之神和蓐收之神。陈梦家“还原”殷人关于“象”的古神话的论述发表

① 王孝廉：《中原民族的神话与信仰·附录》，《中国的神话世界》（下编），台湾时报文化出版企业有限公司1992年版，第325页。

后，曾对“古史辨”派神话学的后继者杨宽的神话理论发生过一定的影响，促进和成就了杨宽关于推原神话和器物创制神话的阐发。[①]陈梦家还论证了“荒古记忆”中的一些有关“人兽之争”的神话和水神神话。

在水神和旱神神话的研究上，陈梦家关于上帝与先祖的分野的论说，也属发前人之所未发。他写道：

> 卜辞中的“帝”是惟一降暵降雨的主宰，然而所有求雨求年的对象是先祖（先公、先王、先妣、先正）与河岳之神而不是帝，而先祖与河岳之神也绝无降祸降雨的权能；这是上帝与先祖间最紧要的分野。帝是自然的主宰，所以风是帝的使者，《卜通》（三九八）“于帝史凤二犬”，所以卜辞说“帝隹癸其雨”（前3·21·3）就是帝命于癸日下雨；帝是超能力的自然之存在，所以，商的“帝”演进到周的“天”，仍不失其为自然主宰之意义。商人之帝，为纯粹对自然的崇拜，其帝为普遍存在的宇宙之帝，与以色列的上帝不同；……而商人自始即以“大公无私”的天帝为至高无上的主宰，平等的以灾祸刑罚下民，故其观念易于为异族的周人所袭用，而造成后来的“天命观念”，此观念直支配到如今，以为一切灾祸乃天意的表现，一切福佑乃天意公平的赏赐。[②]

他对郭沫若根据《山海经》帝俊有天神人王的双重资格而认定“卜辞中的帝便是高祖夒”的论断提出商榷，认为郭沫若的“论断是错的”。他认为，高祖夒“在卜辞中仅为求雨求年的对象而从无降暵

---

① 参阅杨宽：《〈古史辨〉序》，吕思勉、童书业编著：《古史辨》第7册（上编），上海古籍出版社1982年版，第2—7页。

② 陈梦家：《商代的神话与巫术》，《燕京学报》1936年第20期，第526—527页。

施雨的权力，他实是人王而非天帝。《山海经》虽为富有殷色彩的古籍，然在其作成时代已跻‘帝俊家族’为‘自然神族’。此因它经过了神话的演进，与卜辞时代的商人观念已距离极遥了”[①]。

陈梦家这篇关于商代神话和巫术的论文，以历史学的研究视角探讨商代历史与神话的混杂性与重复性，又从中发掘、考证并进而连缀成一个神话的系统；而这个系统，虽不能说独树一帜，却也显然与以前“古史辨”派所提炼的古史神话（传说）系统有同有异，显示了他与“古史辨”学者在神话观上的立场。他对商代神话的整理和系统化工作，在中国古代神话的整理上，以其扎实的考证功夫，做出了自己的贡献。

此文发表时，正值北方（北平）和南方（杭州）的民间文学学坛的萧条期，他的研究成果恰如旷野里的一声呼喊，没有响应者，没有引起学界的重视。此时，胡适正在重整旗鼓，筹备复刊《歌谣》，希图以此拯救衰落中的民间文学学科。此时在北平任教的陈梦家，也聚集到胡适的大旗下，为《歌谣》周刊写了一篇《“风”“谣”释名——附论国风为风谣》的短文[②]，加入到意欲重新崛起的歌谣（民间文学）研究的文学派行列之中。

四、芮逸夫、闻一多：开“以今证古”与比较研究先河

1938 年“中央研究院”历史语言研究所《人类学集刊》第 1 卷第 1 期发表了凌纯声和芮逸夫 1933 年 5—8 月在湘西的凤凰、乾城、永绥三县边境地区对苗人进行民族调查时所得到的几个洪水神话。1947

---

① 陈梦家：《商代的神话与巫术》，《燕京学报》1936 年第 20 期，第 526—527 页。

② 陈梦家：《“风”“谣”释名——附论国风为风谣》，《歌谣》周刊第 3 卷第 12 期，1937 年 6 月 19 日。

年他们又出版了《湘西苗族调查报告》一书。他们所记录的神话传说故事，其中一部分是在亲听苗人讲述时记录的，一部分是他们的苗族助手乾城的石启贵、凤凰的吴文祥和吴良佐从当地苗族讲故事人口中记录下来的。他们在考察神话、传说的社会文化背景方面迈出了扎实的一步，而且对神话、传说的母题的考察和社会文化功能进行了极为有益的探讨。芮逸夫在《苗族的洪水故事与伏羲女娲的传说》中提出了“兄妹配偶型”洪水故事及其地理分布：北自中国北部，南至南洋群岛，西起印度中部，东迄台湾岛，并且进一步论证了所谓东南亚文化区，从地理上察看，其中心当在中国本部的西南，从而推论兄妹配偶型洪水故事或即起源于中国的西南，由此而传播到四方。[①] 他十分重视神话传说的社会文化功能的考察，不仅根据他在八寨各苗民中记录的神话、传说确认其中所述都不是开天辟地之后的第一代（第一个）始祖的故事，而是“人类遇灾后民族复兴的神话”，而且从神话中所提到的金属制品（铁器）判定神话产生于春秋以后，根据神话中关于火的起源，提出了苗族关于撞击生火的说法，从而打破了美国人类学家关于摩擦生火的单一见解。

湘西苗族的调查报告，最初发表在“中央研究院”主办的《人类学集刊》上，而完整的调查报告，则是在两作者去了台湾十多年后，以《湘西苗族调查报告》的书名，由台湾“中央研究院”历史语言研究所于 1947 年出版的，是我国学者第一次有计划、上规模的实地科学考察记录。有论者说：“他把由蔡元培开创的田野调查与书面文献相结合的民族学研究传统带进了神话学领域。”[②]

作为社会—民族学派神话学的代表人物，闻一多在北平清华校

① 芮逸夫：《苗族洪水故事与伏羲女娲的传说》，《人类学季刊》1938 年第 1 期，第 191 页。

② 马昌仪：《中国神话学发展的一个轮廓》，《中国神话学文论选萃》序言，中国广播电视出版社 1994 年版。

部时，就已发表过《高唐神女传说之分析》(《清华学报》第10卷第4期，1935年10月)。抗战开始，他随校南迁到长沙，不久，在从长沙迁往昆明时，他又随步行团长途跋涉，途中深入少数民族地区民众中访谈，支持和指导南开大学学生刘兆吉进行沿途采风，最后集为《西南采风录》一书。在昆明，他广泛吸收和运用民族学、社会学和民俗学的新成果和研究方法，以文化史家的眼光和立场研究神话，陆续发表了《从人首蛇身谈到龙与图腾》(《人文科学学报》第1卷第2期，1942年)、《伏羲与葫芦》(《文艺复兴》中国文学研究专号，1948年9月)等神话学论文，把王国维1925年在清华学校研究院讲课的讲义中提出的把“纸上之材料”与“地下之新材料”互相参证的“二重证据法”扩而大之，把考古学、民族学、训诂学、文化史、文艺理论的材料、理论和方法融为一体，拿现时还存在于少数民族中间的种种文化现象（包括活态神话及其残留的破碎情节），参证和解读古代已经死亡了的神话，取得了重大进展，开了“以今证古”加跨学科比较研究的先河。

五、历史新时期的神话学研究

如果说20世纪50—60年代的中国神话研究，一度从20—40年代形成的多学科比较研究，萎缩到了单一的社会政治研究的话，那么，从1978年起到世纪末20年间的神话学研究，则又把从20—40年代的多学科比较研究的传统衔接起来，并成为百年来最活跃、最有成绩的一个研究领域。

（一）神话的文学研究

新中国成立之初，从文学研究的视角研究神话或把神话当作文学现象研究的学者颇多，如游国恩对楚辞神话的研究，胡念贻关于后羿传说的研究[①]，李谦《略论中国古代神话》[②]、高亨与董治安的《上古神话初论》[③]等，都属于这种研究的代表性著作。50年代在神话研究领域里，特别是在神话考释和重构方面，崭露头角的新秀，是后来做出巨大贡献的袁珂。袁珂是一位几十年如一日徜徉在中国神话、主要是中国上古神话的宝库之中，辛勤耕耘、著述丰厚的神话学家，是20世纪继鲁迅、茅盾、顾颉刚、闻一多、芮逸夫等人之后成绩卓著的神话学家，他把一生的精力献给了中国神话的钩沉、梳理、考释、整合和构建，努力使其系统化，用他自己的话说，中国神话"汪洋宏肆，有如海日"，而他所做的也是"填海逐日"的工作。[④]

从他的总的学术倾向来看，他应是融合考释学和文艺学神话研究的主要代表。考释是他的研究方法和手段，而神话是文学则是他的基本学术理念。他说："神话本身有一个自始至终不变的属性，其属性为何？曰文学是也。……宗教须靠神话以宣扬、推广其教义，神话却能不靠宗教而独立存在，其支柱就是属于人类共同心声的美学范畴的文学。离开了文学，便无从在神话发生时期的诸种学科中去识别神话，故文学是神话学根本的属性，是它的主旋律。"[⑤]

从历史新时期开始，他的研究领域从上古神话扩展到道教仙话和各少数民族的神话，并宣布他是"广义神话论"者，从而成为"广义神话论"的代表人物，在古典神话的考释研究与文艺学研究之外，

---

① 胡念贻：《关于后羿的传说》，原载《文学遗产增刊》1953年第4辑，后收入《中国古典文学论稿》，上海古籍出版社1987年版；又见马昌仪编：《中国神话文论选萃》(下册)，中国广播电视出版社1994年版。

② 李谦：《略论中国古代神话》，《新建设》1957年第10期。

③ 高亨等：《上古神话初论》，原载《山东大学学报(语言文学版)》1962年第1期；1963年中华书局以"上古神话"为题出版单行本。

④ 袁珂：《〈山海经〉校注·序》，上海古籍出版社1980年版。

⑤ 袁珂：《中国神话研究的范围》，《中国神话与传说学术研讨会论文集》(台湾汉学研究中心丛刊论著类第5种)下册，1996年3月，第746页。

向现代记录的口传神话拓展。1995年，他应台北汉学研究中心之邀，向在那里举行的中国神话传说学术研讨会提供了一篇论文《中国神话研究的范围》，再次系统地概述了他的观点："研究神话，对象范围的问题，是一个很重要的问题。不能把范围定得过狭（自然过广也不相宜，但现在的问题不是过广而是稍狭），视野狭了就见不到神话的全貌，也有失神话的真。固然我们仍须周密细致地研究处于混沌形态多学科综合体中的发生阶段的神话，因为大部分神话是在这种状态中展示其存在面貌的，不这样就见不到神话之真。然而我们更须放开眼光，上探下索，看出神话的本质，始终在于文学，在于富有积极浪漫主义精神的文学。这是从人类心灵深处流露出来的审美的因素，是人类精神的升华，全世界人民都能从这当中找到他们共同的语言。不看到本质上是文学的神话在历史的长河中上下贯通，而仅限于原始社会的某个阶段（虽然这是一个很重要的阶段），就不能见到神话之全。既真且全，这才是我们要研究并向群众推广的神话。"[①]《中国神话大词典》是他的"广义神话"论的代表作。

潜明兹是袁珂之外又一个以文学研究的方法或曰从文学的视角立场研究神话的代表人物。她是新时期20年来始终以神话研究为主要学术方向的学者，除了在期刊上发表论文外，还陆续出版了《神话学的历程》（北方文艺出版社1989年版）、《中国神话学》（宁夏人民出版社1994年版）、《中国古代的神话与传说》（商务印书馆1996年版）、《中国神源》（重庆出版社1999年版）等多部著作。

潜明兹的学术立场，与西方民俗学派及其中国的传人不同，是把神话以至民间文学作为文学来研究的。她说，把"民间文学学科从民俗学中独立出来，这是社会主义新中国成立以后的事，在体系上不同

① 袁珂：《中国神话研究的范围》，《中国神话与传说学术研讨会论文集》（台湾汉学研究中心丛刊论著类第5种）下册，1996年3月，第752页。

于西方各科学派，也不同于新中国成立前的民俗学。它是由革命的文艺工作者在马克思主义文艺学与毛泽东同志在延安文艺座谈会上的讲话的基础上建立起来的。它跟左翼文化一脉相承。神话学作为民间文艺学的一个支系，不应该背离这一基本观点和方法……否定神话的文学性，不但违背我国的实际情况，也跟不上整个世界范围的神话发展趋势。……无视神话的文学性，就是在西方也是过时的。"①

她的神话研究的特点是在清理和批评前人的遗产中提出新见，带有强烈的批判性。她批评了由顾颉刚、马伯乐（法国汉学家）、杨宽、孙作云、茅盾等开创和延续了近百年的将神话"历史化"并看作是中国古代神话演变的"唯一途径"说，提出"历史的神话化"也是"普遍存在"的新神话观。她对于"神话是神们的故事"的理论，对于开天辟地创世神话（如盘古神话）、人类起源神话（如伏羲女娲神话）是"最早出现的神话"等学界流行的观点，都表示了异议，并提出了己见。她提出："最先产生的是图腾神话，图腾神话中最早的是动物图腾神话"，"图腾崇拜活动与有关的神话，相依而存，浑然一体，难解难分"，从成书于战国时期的《山海经》中记载的蛇，到苗族的巨鸟、蝴蝶妈妈，纳西族的白鸡，白族的白鹤，鄂温克族的熊，彝族的虎等，都是图腾神话中的角色。《山海经·海外南经》《山海经·大荒南经》中的讙头国人，人面、鸟喙、食鱼，说明"这个氏族可能以某种水禽为图腾"。她建构了一个神话之萌生与发展的序列模式：最早的神话是图腾神话，以及由它演变而来的祖先神话；其次是自然神话，包括对自然的解释和征服，创世大神多出现于征服宇宙的神话中；然后是英雄神话，包括征服自然的英雄、部落之战的英雄。她认为神话中的龙是由原始的蛇类崇拜演化来的。②

① 潜明兹：《民间文化的魅力·代序》，安徽教育出版社 2006 年版。

② 潜明兹：《中国神话学》，宁夏人民出版社 1994 年版，第 25—34、217—256 页。

（二）创世神话研究

（1）长沙子弹库楚帛书创世神话研究

华夏创世神话，自20世纪上半叶，开始引起我国学界的注意。自玄珠（茅盾）于1924年发表《中国神话研究》，说盘古神话“是中国神话的第一页”，是“中国的开辟神话”[①]之后，屡有论述发表，特别是30—40年代，杨宽《盘古传说试探》（1933年）[②]、卫聚贤《天地开辟与盘古传说的探源》（1934年）[③]、杨宽《略论盘古传说》（1936年）[④]、卫聚贤《盘古的传说》（1937年）[⑤]、吕思勉《盘古考》（1939年）[⑥]的发表，使盘古神话作为中国创世神话得到了更细致深入的论述。但也存在着一些遗憾，学者们普遍认为，盘古神话应属于南方民族的神话，而在三国时代才传入中原地区并被融入华夏神话之中。而先秦典籍中保留下来的其他创世神话资料，除了羲和生日月等资料外，创世神话资料少之又少。1942年在长沙子弹库出土了楚帛书，在某种程度上改变了华夏神话没有创世神话的状况。

此楚帛书的文字和图像涉及地理、考古、民俗、宗教、神话、天文、历法、美术等众多领域，是我国最早的创世神话的载籍材料，近20年来学界在楚帛书创世神话的研究方面所取得的成绩，不仅驳斥了外国神话学家和汉学家关于中国没有创世神话的观点，而且把中国

---

① 玄珠：《中国神话研究》，《小说月报》1925年第16卷第1期；后收入其神话论文集《神话研究》（百花文艺出版社1981年版）、《茅盾说神话》（上海古籍出版社1999年版）。作者在稍后发表的《中国神话ABC》（1928年）中说，盘古开天辟地神话是南方民族的神话。这一观点被后来许多研究者所采用。

② 杨宽：《盘古传说试探》，《光华大学半月刊》第2卷第2期，1933年10月。

③ 卫聚贤：《天地开辟与盘古传说的探源》，《学艺》第13卷第1期，1934年2月。

④ 杨宽：《略论盘古传说》，《大美晚报·历史周刊》1936年第11—12期。

⑤ 卫聚贤：《盘古的传说》，《古史研究》1937年第3期。

⑥ 吕思勉：《盘古考》（1939年），吕思勉、童书业编著：《古史辨》第七册，开明书店1941年版。

神话学大大推进了。现将有代表性的观点简述如下：

连劭名在《长沙楚帛书与中国古代的宇宙论》一文中认为：楚帛书中所记“天地四方起源”的神话，与《系辞》中的记载基本一致。连劭名的观点，大致可以归结为：楚帛书与南方楚文化有关，除了叙述了伏羲、女娲这两位创造宇宙的创世大神之外，还提到了南方之神炎帝，两个商人系统的神话人物——帝俊和契，以及南方楚人系统的共工。特别是关于共工推动十日四时的一段叙述，提供了其他文献所没有的情节，实属珍贵。他的研究结论是：“帛书《神话篇》共提到了伏羲、女娲、禹、契、炎帝、祝融、帝俊、共工等 8 位古史传说中的人物，大多与南方楚文化有关，充分反映了帛书《神话篇》的地方色彩。……长沙楚帛书是研究上古神话与古代文化的宝贵资料。叙述宇宙起源的传说，自成体系，结构完整，其中掺和了当时流行的哲学思想和天文学知识，说明它已经过加工和整理。帛书是楚人直接书写的一篇古代文献，与传世古籍中的记载多有不同，为我们研究传统中国文化提供了新的线索。”[①] 他是很少数在美国华盛顿弗利尔美术馆亲眼观摩过楚帛书原件的学者之一。

院文清在《楚帛书与中国创世纪神话》一文里说，“四时”篇“实质上是一部先秦时期最为完备的中国体系创世纪神话”。他的主要观点是：第一，楚帛书的雹戏（伏羲）是诞生于雷霆闪电之中的造化之神，最为古老的天神。长沙子弹库楚帛书中关于雹戏诞生的文字记载，与战国早期的曾侯乙墓出土衣箱上所描绘的雹戏女娲形象——雹戏龙躯人首——是一样的，雹戏诞生于雷霆之中，故而与龙和雷霆的关系密切。雹戏龙躯人面，半人半兽，表现出了神性的原始性。[②] 第

① 连劭名：《长沙楚帛书与中国古代的宇宙论》，《文物》1991 年第 2 期。

② 院文清：《楚帛书与中国创世神话》，《楚文化研究论集》第 4 集，河南人民出版社 1994 年版，第 598—600 页。

二，他认为，在楚帛书中，雹戏诞生之时，宇宙处在混沌未开的蛮荒状态（“梦之墨墨，亡章弼弼，□每水□，风雨是於”），他并没有着手去开天辟地，创造世界，而是首先娶妻生子（“乃取□□子之子曰女娲，是生子四”），明确了雹戏与女娲的夫妻关系，“并非似后世有关二者的兄妹之说，此乃雹戏女娲之本来面目”。接下来是创世和造物。雹戏女娲的创世之功是：襄理天地，辟涉山岭河川，参化万物，始创四时。第三，雹戏女娲之后“千又百岁”，由帝俊创生了太阳和月亮，“帝俊乃为日月之行”，成为主宰日月之神。太阳、月亮的诞生“使昏暗无际的世界开始有了光明”，是“创世神话中一个非常重要的组成部分”。在史籍中，共工通常是作为“罪恶之神”面目出现的；而在楚帛书中，共工则被尊为“天神”，为创世创下了丰功伟绩。第四，他的结论是：“‘创世篇’从雹戏诞生到共工恒定朝夕昼宵，所表现出了楚人宇宙观中的世界形成之观念，天地、四时及万物皆为天神创造和主宰，帛书所述神话可以说是中国最为古老的创世神话版本。”他不同意此前有些神话研究者（可能是指闻一多）的意见：“神话学界多将之（伏羲女娲神话）作为南方少数民族的创世神话，楚帛书雹戏女娲神话的发现，无疑可以证实其本源则在于中原神话，在于以华夏文化为主体而具有强烈自身文化特色的楚文化之中。”①

杨宽在《楚帛书的四季神像及其创世神话》(《文学遗产》1997年第4期）一文中对楚帛书创世神话的考释与研究，与连劭名有所不同。他认为，楚帛书创世神话，可分为两段（部分）。伏羲是在混沌中开天辟地的创世者，而祝融的使“四神”则属于进一步创世。这是他对楚帛书神话见解的独到之点。“长沙的战国时代楚墓出土的楚帛书，以伏羲为最早的创世者；同时长沙的汉初墓葬出土的帛书《易系辞传》，又以伏羲为最早的造物者”。最早的创世者和最早的造物者，

---

① 院文清：《楚帛书与中国创世神话》，《楚文化研究论集》第4集，河南人民出版社1994年版，第605页。

二者是有渊源和联系的。

董楚平从20世纪90年代末以来陆续发表了《“鸟祖卵生日月山”——良渚文化文字释读之一兼释甲骨文“帝”字》(《故宫文物月刊》第168期，1997年3月)、《良渚文化创世神话补证》(《故宫文物月刊》第174期，1997年9月)，力图通过对良渚玉器文字和纹饰等古史资料“复原”已经在漫长的历史烟尘中失落了的原始创世神话意象。接着，他又写了《中国最早的创世神话》，对长沙子弹库楚帛书中的创世神话进行考释和阐发。[①]

（2）创世神话的整合研究

20世纪最后20年间，有关创世神话（不包括洪水后人类再生神话）研究的文章，据有关方面统计，约在六七十篇以上。尽管这个数字不是一个学术意义上的统计，但还是有一定参考价值的，说明创世神话受到了学界的重视，特别有价值的信息是，一向被忽视的少数民族创世神话受到了空前的重视。探讨少数民族创世神话的文章，如杨知勇《从彝苗两族看创世神话的思想特征》(《云南社会科学》1984年第4期)、兰克《从创世神话看神话的本质特征》(《云南民族大学学报》1986年第4期)、赵永铣《蒙古族创世神话与萨满教九十九天说探新》(《内蒙古社会科学》1989年第4期)、杨秀绿《侗族创世神话的历史价值和科学价值》(《西南民族大学学报》1991年第4期)、萧川《侗族创世神话与史诗的哲学思想论析》(《怀化学院学报》1991年第4期)、德吉卓玛《藏族创世神话与宗教》(《西南民族大学学报》1993年第4期)、张彦平《创世神话——原始初民的宇宙观——柯尔克孜族创世神话探析》(《西域研究》1995年第3期)、向柏松《水

---

① 董楚平:《中国最早的创世神话》,《杭州师范学院学报》1988年第2期。此后，他又在这篇文章的基础上，继续进行开掘和深化，于2002年发表了《中国上古创世神话钩沉——楚帛书甲篇解读兼谈中国神话的若干问题》(《中国社会科学》2002年第5期)，从时间上说，已不属于本课题的研究范围了。

生型创世神话在现代民俗中的沉淀》(《中南民族学院学报》1997年第2期)、才让和杨生芳合著《藏族创世神话中的文化内涵》(《西北民族研究》1999年第1期)、张萍《试论苗族创世神话中的审美意识》(《贵州民族研究》1999年第3期)、王会莹《北方“天空大战”神话的时空哲学满族创世神话原型解读》(《黑龙江民族丛刊》1999年第4期)等。少数民族创世神话研究之外,还提出或触及了人日创世神话(叶舒宪)、鸡子与宇宙卵意象(钟年)和中外创世神话比较研究等问题。

在这些创世神话研究中,最值得重视的是陶阳和钟秀夫妇合著的《中国创世神话》[①]。它是新中国成立近50年来(本文作于2006年。——编者注)出版的第一部、也是唯一的一部有关创世神话的专著。陶、钟著作的最重要的特点是,在运用了中国古代典籍中的盘古创世神话和羲和生日月神话等有关创世神话的资料并进行了一定的梳理和阐发之外,广泛地采用了当代搜集的至今还流传在各少数民族中的创世神话材料。这一特点是新中国成立近50年来民间文学搜集与研究的一个缩影。开拓各少数民族口传神话的研究领域,是1949年以来、特别是历史新时期以来中国神话研究的新的拓展和特点。由于中国上古神话中最具代表性的创世神话——盘古神话——最初在三国时徐整的《三五历记》中才出现,有学者又认为它原本是南方民族的神话而在三国前后被中原民族所吸收和融合,因而华夏古神话中的创世神话极不发达,故而在一定程度上阻碍了学界对创世神话的研究与在理论上的开拓。

陶、钟在其专著中提出了创世神话包括天地开辟神话与人类起源神话两大基本主题说。他们以归纳法为基本方法,梳理历代汉文典籍中的神话材料和新收集的少数民族神话材料,把“开天辟地”创世

① 陶阳、钟秀:《中国创世神话》,上海人民出版社1989年版。

神话归纳为：自生型、胎生型、蛋生型、开辟型、创造型、变生型六种型式，证明中国各民族创世神话及其宇宙形成观的丰富性和多样性。这是他们的贡献所在。但他们对来源不同的神话资料缺乏科学的比较和分析，也带来了不少学理和结论上的缺陷和不周。如在对开辟神话中天和地的认识上，他们没有指出，华夏上古神话与某些少数民族神话是有差异或不同的。他们写道："宇宙起源神话，原始先民称为天地开辟神话（实际情况并非'原始先民称为'，而是学者们'称为'。——引者注）。原始先民通过直观，把整个宇宙分为天和地两个部分，把地看成为一块平板，把天看成是一个笼罩在大地上的半圆体，所以，他们的天地开辟神话，实际上是指整个宇宙的起源。"[①] 天地开辟神话"永远被放在首位""是因为原始先民们当时已认识到，'天'和'地'，尤其是大地，是世间万物（包括人类自身在内）赖以生活和存在的场所"。[②] 学者已经指出，在华夏上古神话中，"地"的观念出现在先，而"天"的观念出现在后。在上古创世神话的研究上，作者完全没有注意到和吸收此前有关长沙子弹库楚帛书中创世神话的研究成果，因而，他们关于创世神话的一些结论受到了时代的局限。

在神话理论上，他们提出的创世神话并不是神话最早的形态，"以其明确的探源主旨的形式出现，大约在人类进入新石器以后，相当于母系氏族公社的中、后期"的论断，已得到了杨坤先生的赞同与肯定。[③] 审视全书，我们也发现，作者并没有始终遵循他们为"神话"所做的界说——"神话就是关于神们超凡行为的故事"[④]——显然这样的定义是陈旧的、过时的，而在对创世神话的具体分析中实际

① 陶阳、钟秀：《中国创世神话》，上海人民出版社 1989 年版，第 145 页。

② 陶阳、钟秀：《中国创世神话》，上海人民出版社 1989 年版，第 146 页。

③ 陶阳、钟秀：《中国创世神话》，上海人民出版社 1989 年版，第 21 页；杨坤：《中国创世神话·序》。

④ 陶阳、钟秀：《中国创世神话》，上海人民出版社 1989 年版，第 2 页。

上已否定了自己的界说。应该说，作者引进多学科的研究方法对少数民族创世神话资料所做的整合与分析研究，提出和解决了一些以往神话研究，特别是创世神话研究中未能很好解决的理论问题，如弥补了自顾颉刚等“古史辨”派起只研究“古史传说”而忽视原始创世神话的其他构成内容的局限，如开辟了“人类起源神话”“文化起源神话”等专章，接受和发挥了西方和国内学者们已经广泛盛行的“文化英雄”的理论，为创世神话的理论构筑了新的学术框架。作者对创世神话的研究，既采用了文学和审美的研究方法，又采用了民族学和比较研究的方法。通过对近代处于不同阶段的原始民族之间创世神话的研究和比较，间接地推测创世神话的大体发展历程和基本发展规律，从而得出结论：创世神话的发展大体上经历了胚胎期、形成和发展期、成熟期三个大的发展阶段。“到了原始社会末期（包括母系氏族公社后期和父系氏族时期），创世神话进入了成熟期，即创世神话发展的第三个阶段，也就是最后一个阶段。成熟期的主要标志：一是宇宙起源神话的出现。这时期的人类已能从整个宇宙的角度来思考问题，把‘天’和‘地’作为一个整体来看待；二是系列创世神话（主要是长篇创世史诗）的产生。这时期人类的思维能力进一步发展，能把零散的各物种的起源神话综合起来，并加以有次序的安排，于是从天地开辟起，依次包括日月星辰的来源、人类的起源、洪水滔天、兄妹婚等大致相同的模式，组成了有系统的创世史诗或散文体创世神话。”[①]

（三）中原地区古典神话流变考察与研究

在古代中原神话发祥之地，调查采录和研究某些上古神话在当世民间流传的新异文、新版本，进行古神话的流变研究，是中国进入改革开放的新时期以来，古神话研究的两股新的研究潮流之一（另一股

① 陶阳、钟秀：《中国创世神话》，上海人民出版社1989年版，第20页。

潮流是对破碎的或被历史化了的上古神话进行“重构”和“复原”。详见后文)。这项研究，以张振犁主持的“中原古典神话流变研究”为代表。

笔者在为张炯主编的新中国文学史《新中国文学五十年》(山东教育出版社 1999 年版)一书所写的《民间文学：五十年回顾》一节中，写了一篇题为“中原神话考察”的专项文章，记载了张振犁主持的在中原地区历时十年、前后七次神话考察的全过程和相关材料：

为执行河南省哲学社会科学科研规划、由河南大学张振犁为课题负责人的《中原古典神话流变考论》，河南大学中文系于 1983—1990 年间连续组织了七次调查队，进行了一次长达 8 年的民间文学调查——中原神话考察。1983 年 11 月 2 日—12 月 6 日，调查组到西华、淮阳、沈丘、项城、新郑、密县等地进行以“古神话流变”为专题的调查。这次调查，有张振犁参加。侧重调查了女娲、伏羲、黄帝的神话传说。调查组采录到各类民间文学作品 109 件，其中神话 68 篇(包括异文及有关资料)，录制磁带 14 盒，拍摄照片 128 幅。[①] 1984 年 11 月 30 日—12 月 26 日，调查组跨越陕西和河南两省在西华山和桐柏山地区进行调查采录。这次调查采录共记录到神话资料 50 余件(包括各种异文)，其他传说故事 30 多件，摄影 100 余帧。这些神话资料中包括：黄帝神话传说、夸父神话、盘古神话、大禹治水神话。[②] 1985 年 4 月 13 日，中原神话调查组考察了豫西太行之阳的盘古寺，采得盘古出世神话。4 月 14 日考察了位于河南西北部的王屋

① 程建军：《中原神话调查记》，中国民间文艺研究会研究部编：《民间文学研究动态》1984 年第 1 期(总第 2 期)，第 2—10 页。又见张振犁：《中原古典神话流变论考》附录《中原神话调查报告之一》，上海文艺出版社 1991 年版。

② 程建军：《漫游在神话世界里——中原神话调查报告之二》，中国民间文艺研究会研究部编：《民间文学研究动态》1985 年第 6—7 期合刊。

山，在济源县采录到了完整的女娲神话。4月17日在孟津县采录到了伏羲神话。4月21日在三门峡大安村采录到了禹王治水神话。这次调查前后20天，采录的神话故事中多受了很重的道教思想影响。[①]

考察的收获是：第一，开辟创世神话在中原地区的被发现，在我国形成了南北各不相同的两大洪水神话体系（从盘古出生、创世、治水、结婚、划九州等）。这样就打破了学术界一直认为这类神话只能产生自南方，然后流传到北方的观点；第二，对我国商周以前传说阶段的口头神话与古文献神话资料的关系，有了比较全面的认识，史前传说时期口头神话的重现，就否定了认为商周以前无神话的观点；第三，明确了古典神话流变中出现的异文与新神话的界限；第四，纠正了对中国古代神话不适当的分期的弊病。[②]考察的成果：张振犁著《中原古典神话流变论考》专著一部；程建军撰《中原神话调查报告》三篇；《中原神话资料》一册；录音、文字资料310余件；碑文、建筑物、实物、实景、档案照片、图片90余件。

（注：张炯主编的《新中国文学五十年》所收拙稿时作了删节，这里是笔者的原稿，材料保留完整。）

《中原古典神话流变论考》（出版于1991年）是张振犁这项研究的最终理论成果，这项成果的基础是在他主持下河南大学中文系师生历时十年的系统的田野调查。在此著完成之前，他与他的学生程建君合编过一本《中原神话专题资料》（中国民间文艺家协会河南分会1987年印行），收录了他们在调查中记录下来的神话文本和辑录的有关史料。这些田野记录资料，包括有关盘古、女娲、伏羲女娲、洪水

① 程建军：《豫西撷英——中原神话调查报告之三》，《民间文学研究动态》1985年第6—7期合刊。

② 参阅张振犁：《中原古典神话流变论考》，上海文艺出版社1991年版，第274—286页。

后兄妹、神农（炎帝）、燧人氏、祝融、阏伯、后羿、嫦娥、牛郎织女、王母、黄帝、夸父、尧、舜、禹、商汤、愚公等不同时期神话人物的神话传说。钟敬文称，这些中原神话资料的收集和编印，“是我国神话研究者的福音，同时也是世界神话学者的一种奇遇。世界一些远古的文明国家如希腊、印度，都曾经产生过许多神话、传说，并且有幸保留下来（主要凭借文字记录），成为人类共有的精神财富。但是时代远远过去，许多宝贵的古典神话消亡了。像希腊、印度等国，未闻他们在今天国民的口头中，还有大量古典神话的遗存。从这个意义上说，中原人口头遗存下来的许多古典神话，便是一种文化史上的奇迹，是十分值得重视的珍宝”[①]。

神话之为神话，就在于它的神圣性，即西方学者所说的“神圣的叙述”（Sacred Narrative），讲述者、演颂者将他们所讲述或演颂的神话信以为真，崇信不疑，如若失掉了这一基本特征，神话就变质了，就不成其为神话了。但是，不能不看到，神话是在历史演变中成为神话的，因此，也不可能不在历史演变中发生着历史化、现实化、科学化、宗教化的变革。一个原始神话的内核，经历过朝朝代代、千年百年的传承，就像滚雪球一样粘连上层层的外延物，当然也免不了在某个时候，因某种因素而失落了些什么。原始的内核、历代的不同积层、历史的失落以及与这些现象有关的社会与自然，都应该加以探讨，这种探讨有助于人类对自身的认识。中原古典神话的现代流变情况大体也是这样的：“神话本来就不是固定不变的。它除在文献中固定下来的特殊情况外，在口头相传的状态（或者叫‘自然之潮流’）中，它从内容到形式，必然是在逐渐流动、变化和发展的。而这种变化和发展，又是受一定的规律所制约的。”[②]

---

① 钟敬文：《〈中原古典神话流变论考〉序一》，上海文艺出版社 1991 年版。

② 张振犁：《中原古典神话流变论考》，上海文艺出版社 1991 年版，第 1 页。

作为《中原古典神话流变论考》一书的总论《中原古典神话流变鸟瞰》，作者曾以“中原古典神话流变初议”为题先期于1983年在刊物上单独发表[①]，所论的三个问题，即：（一）我国“开辟创世”和“洪水遗民，再造人类”神话的融合；（二）古典神话中出现宗教化和非宗教化倾向或世俗化并存的现象；（三）我国著名古典神话的地方化，可以看作是作者研究中原古典神话流变现象的总纲或主要论点。在此总纲的统揽下，作者具体论述和剖析了盘古神话发现的意义和原人的哲学观、女娲神话的地方化、中原洪水神话的多元透视与文化积淀、黄帝神话的传说化和历史化演化、夸父神话的原型与变异、华夏族系的盗火神话“商伯盗火”、牛郎织女神话、羿与嫦娥神话、大禹治水神话、商汤祈雨神话与巫风以及中原文化与楚文化的融合等专题。

张振犁所做的调查与研究是很有价值的，打开了中国古典神话研究的另一片新的天地。调查组的调查和他本人的学术研究，以大量新的材料和新的见解，引起了学界的关注和议论，从一个重要方面推进了古典神话的研究深度。但也有人认为，现时流传于民间的神话材料，并非是某一特定神话的“同质的变异”，因为所有流传地区，不是一个封闭的、不受外来文化影响的真空。

笔者为《中原古典神话流变论考》所写的序言中是这样评价的：

> 张振犁同志多年苦心经营的学术著作《中原古典神话流变论考》就要出版了，他到北京来，要我为他的书写一篇序。这件事实在叫我为难。我虽然在许多场合下（包括一些会议上和我的文章里）支持过他的这项研究课题，但真要作一篇序，则深感缺乏真知灼见，因此不敢答应。我毕竟拗不过他。不久前他又借来京的机会同我商谈，我只好从命。

---

① 张振犁：《中原古典神话流变初议》，《民间文学论坛》1983年第4期。

记得我同振犁初次见面，是在北京西山召开的中国民间文艺研究会第二次学术年会上。那时，我在《文艺报》工作，组织上有意调我到民研会来工作，因而有幸出席了那次会议。开会之前，我曾给胡乔木和周扬同志写了一封信，把3月20日是钟敬文先生80寿辰的事报告给他们。周扬同志接到信后，很快就给钟先生写了一封祝贺生日的信。信里说："您从事民间文学和民俗学研究，勤勤恳恳，数十年如一日，成绩卓著，众所共仰。"参加学术会议和工作会议的同志们决定为钟先生开一个会，庆祝他从事民间文学事业60周年。我自告奋勇去请周扬、林默涵、林林、赵寻等文艺界的领导同志和钟先生的老朋友。张振犁是钟先生的高足，我就是在这个会上认识了他，他那儒雅的风度引起了我的注意；钟先生向我谈到他时，也流露出老师对得意门生的那种满意的神情。后来，我读了他带领学生与河南民研会合作搜集的中原神话以及他写的几篇调查报告，才对他有了较深的了解。

为了推进我国民间文学事业的发展，我的设想是把理论建设抓上去，培养一支理论队伍，从而建设我国自己的以马克思主义为指导的民间文艺学理论体系。这个设想得到了当时担任中国文联主席兼中国民间文艺研究会主席的周扬同志的首肯和支持。于是，才有1984年5月22—28日峨眉山全国民间文学理论著作选题座谈会的召开。会上大家确定理论工作的方针是"全面规划，重点突破"，而神话研究就属于"重点突破"的项目。《中原古典神话流变论考》这个选题，就是在那个会上确定下来的。同时还确定了不少选题。近几年来，神话学方面的选题大都陆陆续续完成并出版了，中国神话学也由于这样一大批学术著作的簇拥而出而傲然挺立于学坛上了。事实证明，当时的规划和选题重点的确定，是符合实际情况的，是起了作用的。

振犁同志的中原神话研究，是以实地考察为基础的一项极富意义的研究工作。这项规模宏大的研究在神话理论上所提出的问题，在我看来，则更为意义深远。比如1987年他的这部论著的打印稿送到一些研究者手里的时候，恰逢中国神话学会在河南郑州召开第一届神话学术讨论会，其间学者们讨论了“中原神话现象”和张振犁的著作，那时我就触及这样一个问题：“一个民间作品能有多长的生命力？”这个问题是苏联汉学家李福清在研究中国的孟姜女传说时提出的。孟姜女的传说在中国本土上流传已有二千多年的历史，尽管情节略有变化和删减，但其基本情节却是保留下来的。而中原神话中的人物和情节，无论是创世造人、治理洪水、三皇五帝，在民间存活的历史，比起孟姜女来则更悠久邃远。居住在比较边远的崇山峻岭中的一些少数民族中，至今还保留着比较原始的神话传说，这一点是不会引起学术界惊异的，但对于居住在并非边远山区、又非远离文明的中原地区，至今还保留着有原始思维形式特点的神话传说，则是一件非常值得研究探讨的事情。因此，我认为对中原神话的研究探讨，是有全国意义的一项课题。我在中国神话学会首届学术研讨会的这次发言，后来收在 1988 年出版的文集《原始艺术与民间文化》中。我所论述的这个问题，不料引起了远在大洋彼岸的德籍哥伦比亚学者李复华先生的注意，他给我来信，从这个问题入手同我探讨人类思维的发展与神话演变的关系，其立论的根据和理论的深奥，倒是能给我们东方人的思想方法以启示。

话扯远了，再回过头来谈神话作品的历史究竟有多长？中外学者们公认的一点是，神话之为神话，就在于它的神圣性，即西方学者所说的“神圣的叙述”（Sacred Narrative），讲述者、演颂者将他们所讲述或演颂的神话信以为真，崇信不疑，如若失掉了这一基本特征，神话就变质了，就不成其为神话了。但是，不能不看到，神话是在历史演变中成为神话的，因此，也不可能不在历史演变中发生着历史化、现实化、科学化、宗教化的变革。一个原始神话的内核，经历过朝朝代代、千年百年的传承，就像滚雪球一样粘连上层层的外延物，当然也免不了在某个时候，因某种因素而失落了些什么。我以为中原神话大体就是这种情况。原始的内核、历代的不同积层、历史的失落以及与这些现象有关的社会与自然，都应该加以探讨，这种探讨有助于人类对自身的认识。振犁在这方面的劳动是很有价值的贡献。

河南、湖北、陕西一带中原地区，是中华民族的发祥地之一[①]，产生并发展于此地的中国远古文化，在中华民族文化传统中占有重要地位。当然，研究中华文化的源流和发展，最直接的材料是古来留下来的史籍与地下埋藏的文物，这是毋庸置疑的。但蕴藏于民间、靠口传方式承继下来的文化（包括巫、民俗、礼仪、神话、传说等）也不容轻视或忽略。君不见那些有关造人的英雄女娲、伏羲的神话是那样的古朴稚拙而栩栩如生，那些出自山野老夫老妇之手的泥狗泥塑，还叠印着《山海经》时代的那些怪异形象和荒诞思维吗！这些材料使我们生出许许多多的遐想，也许这些遐想借助于深入的考察和思索能把我们带到学术研究的彼岸。比如，中原神话与民俗的研究已经取得了成绩，中原神话与巫文化的关系，不是更值得钻探的一个相当广阔的"掌子面"吗？从安阳的甲骨发掘起至今，越来越多的中原巫文化遗迹或遗韵被人们所认识、所掌握，中国远古文化（包括中原神话）与那普遍存在于各阶段社会成员中间的巫文化是什么关系呢？至少中原神话是无法与中原巫文化脱尽干系的。这种研究对于中原文化（包括中原神话）的定性分析，对于中国社会成员主体的世界观的定性分析，将是一把钥匙。

这些年来，振犁甘于寂寞，徜徉于古老而又新鲜的神话材料中，奔走于山野古道上做着执着而有趣的探索，很值得我敬佩。这种默默

① 20世纪60年代以前，我国考古界有一种强有力的观点，认为我国远古文化的中心在黄河流域，更具体地指为黄河中游的陕西、河南及山西、河北局部地区。在当时发掘与研究条件下，认为古史传说中的三皇五帝乃至古史文献中的夏、商、周的主要活动地区——黄河流域即代表了华夏即中国传统文化的主体，是合理的；但很快，随着考古发掘的扩大、深入，中国远古文化的多中心说越来越占了上风。

无闻、埋头钻研的品格，在当今是十分难得的。不禁使我想起《红楼梦》里林黛玉的《问菊诗》来："欲讯秋情众莫知，喃喃负首叩东篱；孤标傲世偕谁隐？一样开花为底迟？圃露庭霜何寂寞？雁归蛩病可相思？莫言举世无谈者，解语何妨话片时。"振犁在"圃露庭霜"之中培育出了一棵丰硕的成果，我真为他高兴。谨作此文为序。

（四）神话的重构或还原

对古典神话进行"重构"和"复原"研究是古神话研究在新时期出现的一股潮流。其主要特点是：运用民族学或民俗学调查中的新材料作为湮没无闻的文献资料为参照物或填充物，对破碎的古神话进行重构和比较研究。

（1）钟敬文的《洪水后兄妹再殖人类神话》[①]

此文是80年代末这种"重构"古神话研究思潮的一个明显的例子，是20世纪40年代芮逸夫（重点在关注同胞配偶型洪水神话与南方民族神话的渊源关系）、闻一多（重点在运用王国维的二重考证法于洪水神话的研究）到50年代台湾学者李卉（重点是对大量山地少数民族的同胞配偶型洪水神话的实证与比较研究）洪水神话研究之后出现的又一重要研究成果，补缀和开掘了石狮子与乌龟同洪水后人类再殖的情节并纳入洪水成因的分析，与以往的洪水神话研究相比，是一脉相承的而又在视野上有较大开拓的。

（2）杨利慧的女娲神话研究

张紫晨和钟敬文共同的学生杨利慧的博士论文《女娲的神话与信仰》[②]对女娲神话的调查与追溯，与她的老师钟敬文的"重构"女娲神话的意图相符，与他的老师的论述相比，在女娲神话的口承文学资料

① 钟敬文：《洪水后兄妹再殖人类神话》，《中国与日本文化研究》第一集，中国大百科全书出版社1991年版。

② 杨利慧：《女娲的神话与信仰》，中国社会科学出版社1997年版。

即神话、传说之外，开拓了“多方面的民间传承文化体系（例如关于她的各种习俗、方言、礼仪、游艺）”的领域，而“民间关于她的信仰、祭祀，不但是这个传承文化体系里的重要方面，而且跟语言、文学的传承密切相关”[①]。开拓和认定女娲神话的多种方式叙事，是杨著的特点和贡献。

女娲是中华民族多民族共有的神话和信仰中的创世母神。作者在她的第一部书《女娲的神话与信仰》（中国社会科学出版社 1997 年版）里已经对该神话的文本和信仰的内涵做了较为充分的阐释，在这第二部书《女娲溯源》（北京师范大学出版社 1999 年版）里为自己提出的命题是“女娲信仰起源地的再推测”。而这个命题不仅是她自己曾经接触到的，而且也是许多前辈人文学者多有论述的，如民族学家芮逸夫，如文艺学家闻一多、常任侠，如历史学家徐旭生、吕思勉……要解决这样的“硬”问题，只能靠超出前人的丰富翔实的材料和在材料基础上的逻辑推理与合理论证，舍此没有他法可循。而如此一种论述之作，与当下民俗学界流行的民俗志式的以罗列资料为特征的著作有着显然的差异，既是多数人所不愿意做，也是多数人力所不逮的。此书在文风上，颇得她的老师钟敬文的真传，而在论述方法上，是实证研究的一个成功范例。

探测女娲神话和信仰的起源地这一命题实在并不算很大，但很艰难，而且需要的是深度。在这位外貌单薄稚嫩的年轻女作者面前站立着的，又是几乎占据压倒地位的女娲神话“南方说”的学术大师们，如前面提到的闻一多和芮逸夫们。她选择了“南方说”论者两个薄弱的侧翼（甚至不是侧翼，而是主要阵地），即女娲与兄妹始祖型神话的“一元论”的漏洞和女娲神话与信仰的发生地的臆断性，广泛

---

① 钟敬文:《杨利慧〈女娲的神话与信仰〉序》，中国社会科学出版社 1997 年版，第 8—9 页。

涉猎 80 年以来全国民间文学搜集者为编辑全国“民间文学集成”所搜集的文字资料，以年轻学者陈建宪所搜集的 433 篇和她自己所搜集的 418 篇洪水神话为基础，进行统计学和类型学等多学科的类比和分析，并借助于谷野典之和王孝廉等学者的武器和结论，直击“南方说”的要害，使“南方论”的伏羲、女娲即苗族、侗族等南方民族神话中的洪水遗民兄妹说，处于左支右绌之势。接着，她又再跨进一步，在古文献学、历史地理学的基础上，引进芬兰学派的和日本学者的传说“中心地”理论，引进我国考古学成就和方法，如以出土于甘肃省甘谷县西坪乡的仰韶文化庙底沟类型的彩陶罐上的鲵鱼纹等，论证了女娲神话和信仰最初肇始于西北部，更具体地指明了甘肃省的天水地区。我们不敢说作者的结论就是在这一问题上的“终极”结论，但我们确信她的研究，无可辩驳地动摇了论者们半个多世纪以来所持的女娲神话与信仰起源于南方少数民族地区的结论，使“北方说”在学理上更为有据了。但民俗学、神话学的起源地问题毕竟是一个难于确指的问题，不像一加一等于二那样简单，除非有考古学的确指性的文物出土。女娲的滥觞时代和原始产地，似乎也还有待于学术界的继续探讨和文物、文献等有力证据的新发掘、新发现。

作者在研究中转而吸收和采用多学科的研究方法，特别是引进考古学的最新成就和研究方法，与民俗学原有的描述和比较方法相配合，弥补民俗学方法的不足和缺陷，用以解决如女娲神话和信仰的滥觞和远古起源地区这类繁难的民俗学问题，增强了理论阐述的穿透力和信服力，取得了相得益彰的效果。为了完成女娲研究的课题和这部著作的写作，作者还走出书斋，到河南、陕西、甘肃、河北等经历过历史风尘而残留至今的女娲遗迹所在地进行了田野采访，取得第一手民俗资料。这些材料的价值，对于其他研究者来说，也许并不一定比她的论述和结论更少。田野调查是民俗学者的题中应有之义，本无须赘言，但这些第一手的民俗资料，显然使她的研究变得色彩斑斓、扎实可信。

（3）吕微《楚地帛书、敦煌残卷与佛教伪经中的伏羲女娲故事》

作为“同胞（兄妹）配偶型”洪水后人类再殖、通常被称为第二次创世神话的伏羲女娲故事，虽经过20世纪40年代芮逸夫、常任侠、闻一多等的学者运用人类学、考古学、“多重证据”等方法的研究，顾颉刚、徐旭生等的历史学研究，以及后来陶阳和钟秀、杨利慧等的民族学、神话学的综合研究，仍然有许多悬而未决的难题留给神话学界。吕微在《楚地帛书、敦煌残卷与佛教伪经中的伏羲女娲故事》（《文学遗产》1996年第4期）里，把先秦两汉文献中有关伏羲女娲的文字记载和画像资料（从伏羲、女娲两神分立像到两神交尾像）、长沙子弹库发掘的楚帛书上乙篇的文字解读，和敦煌遗卷中编号为伯4016（参校伯2652和斯5505）的《天地开辟巳（已）来帝王记（纪）》（定为六朝时期）的比较研究，特别是对楚帛书的资料解读，得出结论：

（战国末年的楚帛书乙篇）与传世文献中的伏羲、女娲故事均不相同，是传说的另一种异文。……诸神均属于创世神，代表着世界秩序，而非秩序的破坏者……

最重要的是，伏羲、女皇（女娲）对偶神的关系可能并不是后来（如汉代）才确立的，而是有着极古老的传承。在帛书中伏羲、女皇（女娲）虽不是以兄妹相婚配，但考虑到同胞配偶型洪水神话中，男性洪水遗民娶“天女”或“帝女”为妻乃是兄妹婚的可置换情节，并以此构成其亚类型的标志，这就使我们可以进一步论证：婚姻的创造被置换于创世之初，或曰婚姻作为神创工作中的必要程序（神婚具有促成天地结合即创世的巫术功能），是中国洪水神话中的原初性和结构性成分，而不是后世附加或拼接上去的可有可无的要素。

……根据……得自民族学的实证调查和神话学的逻辑分析，我们才推断：在楚帛书所载初创世型洪水神话之外，当时可能还流行着以伏羲、女娲为洪水遗民的再创世型洪水传说；而且认定同胞配偶作为洪水—创世神话情节单元的结构性和原初性。[①]

作者对先秦文献的分析、楚帛书的解读（作者认为与《世本》记载的时间相当）和对敦煌遗卷中的佛典的考证，通过这些材料的比较分析，把伏羲、女娲的对偶婚配关系的出现时间，从此前公认的西汉，提前到了战国末年，把文献记载从此前公认的唐代李冗的《独异志》提前到了六朝佛典。由于作者发现和运用了新的材料，并且采用了新的综合研究的方法和视角，使此文成为新时期以来发表的一篇备受关注的重要文章。

（4）常金仓的古史传说研究

常金仓在20世纪末开始进入古史传说——神话研究领域，发表了一组令人耳目一新的论文，如《古史传说中的泛图腾论》（《陕西师范大学学报》1999年第3期）、《鲧禹故事演变引出的启示》（《齐鲁学刊》1999年第6期）、《中国神话学的基本问题：神话的历史化还是历史的神话化？》（《陕西师范大学学报》2000年第3期）、《〈山海经〉与战国时期的造神运动》（《中国社会科学》2000年第6期）等，以及《20世纪古史研究反思录》等多部专著。他的古史传说研究，以学术史反思为宗旨，锋芒犀利，包含着一些重要的批评观点，在新时期古史传说研究领域里独树一帜，对于古神话的重新认识与本体复原，不乏新的见解。

① 吕微：《楚地帛书、敦煌残卷与佛教伪经中的伏羲女娲故事》，《文学遗产》1996年第4期；又见吕微：《神话何为——神圣叙事的传承与阐释》，社会科学文献出版社2001年版，第320—351页。

（五）“新文化学派”的神话研究

采用新的理念（如原型理论等）对破碎的古神话进行“重构”或对他人“重构”过的古神话系统进行“再重构”和比较。萧兵和叶舒宪的神话研究，大体似可属于被称为“新文化学派”的研究。

（1）萧兵的文化考释学研究

萧兵在神话学研究上的特点，是把多学科或跨学科研究引入神话研究。萧兵20世纪80年代至20世纪末年撰写了大量的学术著作：《楚辞与神话》（江苏古籍出版社1986年版）、《楚辞新探》（天津古籍出版社1988年版）、《中国文化的精英——太阳英雄神话比较研究》（上海文艺出版社1989年版）、《黑马——中国民俗神话文集》（台湾时报文化出版企业有限公司1990年版）、《中国神话传说》（与王孝廉合著，台湾适用出版公司1990年版）、《楚辞文化》（中国社会科学出版社1990年版）、《楚辞的文化破译——一个微宏观互渗的研究》（湖北人民出版社1991年版）、《傩蜡之风》（江苏人民出版社1992年版）、《老子的文化解读》（与叶舒宪合著，湖北人民出版社1994年版）。他把台湾神话学家王孝廉、香港学者陈炳良的神话研究和他本人的神话研究并称为“新还原论”，“归属于‘新文化史学派’”[①]。他以与传统研究不同的新视角和新姿态出现在学坛上，旨在重构和“还原”中国神话的体系。他在《黑马·代序——新还原论》一文里详细阐述了他的“新还原论”研究方法：“我的研究方式和办法也没有太多的东西，基本上是乾嘉诸子那一套路数，加上点文化人类学的比较分析罢了。”他将其列为四条：第一，先尽可能汇集、登记、抄录有关的上古文化资料，加上初步的考据和鉴别。尽可能优先使用古老可靠的材料。

---

① 萧兵：《王孝廉〈中国的神话世界〉序》，台湾时报文化出版企业有限公司1988年版，第24页；同书，作家出版社1991年版，第7页。又见萧兵：《黑马——中国民俗神话学文集》，台湾时报文化出版企业有限公司1991年版，第70页。

第二，尽可能尊重和吸收前人的研究成果。第三，在原材料和诸家考据之上再解释和再发现。第四，尽可能利用考古发现和田野调查来印证和充实自己的结论。“我的工作主要是‘神话的还原’——形态和意义最大程度的复原。我以为神话（或古代神秘现象和符号）大致上可分解为四个层面：叙述层次——显义；内容层次——本义；象征层次——喻义；背景层次——隐义。”[①] 他的神话研究，以原始艺术学、文化人类学、民俗学、文艺学等诸学术领域的资料互为印证，以考据和比较为基本的研究方法，阐精发微，条分缕析，力求揭示出早已失去背景因素的古神话的真谛，做出了令人高兴的成绩。袁珂评价他的研究时说：“比较神话学创新、大量而完整的运用，在中国，应该是从作者开始，他完成这项艰巨复杂的工作，是相当出色、相当成功的。”[②] 在当代人文学术界，萧兵以涉猎资料的丰富和思想的敏捷著称，但他的神话研究，有时未免失之于考证的烦琐或求证的不足。

（2）叶舒宪的原型模式研究

年轻的神话学者叶舒宪，20 世纪 80 年代以论文《神话—原型批评的理论与实践》（1987 年）、专著《探索非理性的世界》（1988 年），介绍和研究西方的文化人类学、特别是原型理论而登上中国学坛。[③] 后来，又连续出版了两本独立的神话学研究著作《英雄与太阳——中国上古史诗的原型重构》（上海社会科学院出版社 1991 年版）和《中国神话哲学》（中国社会科学出版社 1992 年版）。他宣称，他所以写《中国神话哲学》一书，是“试图将当代人文科学的研究方法综合应用于中国

---

① 萧兵：《黑马·代序——我怎样写〈楚辞与神话〉》，《古典文学知识》1989 年第 6 期。

② 袁珂：《比较神话学运用的丰硕成果——读萧兵关于太阳英雄神话比较研究的一部新著》，《思想战线》1990 年第 4 期。

③ 叶舒宪：《神话—原型批评的理论与实践》，《神话—原型批评》一书的代序，陕西师范大学出版社 1987 年版。叶舒宪：《探索非理性的世界——原型批评的理论与方法》，四川人民出版社 1988 年版。

古典文学和文化的研究之中。……尝试了一种建立在模式分析基础上的‘发掘’式研究，针对中国上古文献的简略和残缺，运用原型模式构拟方法，去重构和复原已经失传或丧失本义的上古神话，整理出中国神话宇宙观的时空象征体系”[①]。“广泛地借鉴和吸收当代国外人文科学发展中的理论与方法，特别是文化人类学、语言学和文艺学中已经广泛使用的模式分析法，使古老的中国文献得到新的理解，为素以残缺、简短、含混而著称的中国神话材料构拟出原型模式系统，并根据模式的理论演绎功能，参照跨文化的（包括少数民族的和外国的）同类材料，对若干残缺不全或完全失传了的上古神话做出原型重构。”[②]尽管叶舒宪对中国传统的考证方法在理论上多半采取否定的态度，但在此后的研究中，他还是广泛地运用了考据训诂等方法，并逐渐向萧兵的“新还原论”靠拢，把考据方法与文化人类学的比较方法结合起来，选取“原型模式”以“还原”（萧兵）/“构拟”（叶舒宪）某些已经“失传了”的古神话（关于他的神话哲学思想，后文还要谈到），陆续出版了《〈诗经〉的文化阐释》（湖北人民出版社 1993 年版）和《老子的文化解读》（与萧兵合著，湖北人民出版社 1993 年版）。鲧、禹“取土造地”说的成立，乃是萧兵、叶舒宪为代表的新还原派学者的重要成果之一。20 世纪 20—30 年代“古史辨”派神话学家们“破坏”了鲧、禹作为古帝王的旧古史理念，新还原派则把世界其他地区和民族创世神话中的“动物潜水取土造地”类型拿来作为创世神话的一个原型，并用以“还原”华夏大地上的鲧、禹神话。他们改写了鲧、禹神话作为治水神话的结论，根据“窃息壤”“堙洪水”“奠定九州”而认定鲧、禹的业绩是在原始洪水中第一次创世，故鲧、禹神话属于

① 叶舒宪：《英雄与太阳——中国上古史诗的原型重构》，上海社会科学院出版社 1991 年版，第 2 页。

② 叶舒宪：《中国神话哲学》，中国社会科学出版社 1992 年版，第 4 页。

创世神话。[1]而《高唐神女与维纳斯》(中国社会科学出版社1997年版)虽然包含了一些比较神话学的内容和见解，但可以认为基本上不属于神话学而属于大文学史(所谓“宏观文学史”)的范畴。

在神话的构拟和还原上，他与萧兵是同道，他们都认为传统的阐释学、考证法和实证研究已经成为过去，而以跨文化研究和原型解读重构和复原失落了的古神话则是他们的追求。但细细研究他的学术思想，他与萧兵的不同在于，他的最终目的是，并不停止在神话的重构(构拟)上，而是希图沟通中西学术研究方法，并在中西方文化比较的背景上建立中国的比较神话学。

(3)何新的符号学研究

何新也是较早运用文化人类学派的理论与方法研究和还原神话的学人之一。同样，他也广泛运用考据训诂的方法，但他所使用的武器，主要是现代文化人类学中的“符号学”理论。他于1986年出版的《诸神的起源》(生活·读书·新知三联书店)一书，以中国上古太阳神崇拜为主纲，把上古神话归结为日神崇拜。他认为，广泛出现于新石器时代器物上的十字纹，属于太阳纹图案的不同形态，是日神崇拜的见证和太阳神话的渊源。他的结论是：“上古时代的中国曾广为流行对太阳神的崇拜。这些崇拜太阳神的部落也许来源于同一个祖系，也许并非来源于同一个祖系。但他们都把太阳神看作自身的始祖神。并且其酋长常有以太阳神为自己命名的风俗。这些部落后来可能主要分化

① 萧兵:《中国文化的精英——太阳英雄神话比较研究》，上海文艺出版社1989年版，第767—774页；李道和:《昆仑：鲧禹所造之大地》,《民间文学论坛》1990年第4期；叶舒宪:《中国神话哲学》，中国社会科学出版社1992年版，第317—363页；吕微:《“息壤”研究》,《中国文化》1996年第14期。台湾学者胡万川所撰《捞泥造陆——鲧、禹神话新探》也属于这一类型的探讨，但他之所据并非“原型构拟”的方法，该文于1999年首先在台湾清华大学“纪念闻一多先生百年诞辰中国古典文学研讨会”上发表，后收入朱晓海主编:《新古典新义》(台湾学生书局2001年版)及胡万川自著《真实与想象——神话传说探微》(台湾清华大学出版社2004年版)。

为两大系统。在北方的一系（颛顼族）称太阳神为羲（伏羲），以龙为太阳神的象征。这一系可能就是夏人的先祖。在东方的一族（帝喾族），称太阳神为‘夋’，以凤鸟为太阳神的象征。这一系是商人的先祖（其后裔中可能有一支南下，又成为楚王族的先祖）。”① 何新的神话研究，初始时期受到历史学家、神话学家杨希枚的启发与影响。

杨希枚在评价何新的神话思想时说：“研究中国神话的学者多认为中国古代神话不像西方神话的丰富多彩，而且认为大多数神话曾被儒家历史化（euhemerized），修饰得体无完肤，因而缺乏系统和完美性。我们多少承认这个说法，但是若能细加考察，则又可知中国古代神话实远非想象的那样贫乏。过去马伯乐据《尚书·尧典》虽指出中国古代有太阳神话，却不知太阳崇拜似乎是较之祖先崇拜更为普遍而重要的信仰之一。因为文献所见，不仅有古帝为太阳神的传说，古帝因梦日或红光而降生的故事；而且无论是祀典、歌舞、服饰、建筑或文学等方面，都广泛地与太阳相关。如古代人君、天子，就是人间太阳神或其替身。太昊、少昊、炎帝、黄帝，从字义上就都是光帝，即太阳神。天官五帝则不过是四季不同方位的太阳神而已。故一年四季（在五行观念下变成五季）中，天子居于明堂，其意也不过是人间的太阳神。太阳神只是一个例子，其他神话亦可作如是研究，从而说明古人的信仰和相关的生活。……总之，我认为：从符号学的观点出发，我们从古代器物饰纹、图像、神话和祀典的研究上，是可以更多地了解古人的思想信仰和行事背景的。而事实上，这些不同形式的艺术也都是不同的符号。这是古史，尤其是先秦史研究领域中尤须开辟的一块天地，有许多课题都有待我们去深入发掘。”②

---

① 何新：《诸神的起源——中国远古神话与历史》，生活·读书·新知三联书店 1986 年版，第 26 页。

② 杨希枚：《〈诸神的起源〉序》，生活·读书·新知三联书店 1986 年版。

何新的太阳神话学说，在中国神话学史上并非第一人，中国的太阳神话研究起始于20世纪20—30年代。张若谷的《太阳神话研究》发表于《艺术三家言》（1927年11月），赵景深的《太阳神话研究》发表于《文学周报》1928年2月第5期，都是曾经产生过一定影响的论文。何新与前辈学者的不同，在于他更多地吸收了现代文化人类学的观点——主要是符号学的理论与方法。

（4）陈建宪的神话母题研究

陈建宪以神话研究为职志，自20世纪90年代初以来，先后撰著和出版了《神祇与英雄——中国古代神话的母题》（生活·读书·新知三联书店1994年版）、《神话解读——母题分析方法探索》（湖北教育出版社1997年版）。他的研究是"以文化人类学的眼光，通过中国神话来复原原始社会的历史，同时也以考古学、民族学、民俗学、宗教学等多学科的手段，揭示神话世界的奥秘"[①]。他的神话研究，始终以"母题"研究为手段和切入点，其研究领域涉及盘古神话（宇宙卵母题）、女娲神话（泥土造人母题）、昆仑神话（世界之脐母题）、人类再造神话（兄妹婚母题）、夷羿神话（射日母题）、农业神话（弃子母题）、黄帝神话（叛神母题）、治水神话（英雄战水怪母题）、冥界神话（彼岸母题）等，以洪水神话的母题研究最为用力和出色，为学界所称道。1996年发表的《中国洪水神话的类型与分布》一文[②]，对所搜集到的443篇洪水神话的异文进行比较分析，并把中国洪水神话归纳为"神谕奇兆亚型""雷公报仇亚型""寻天女亚型""兄妹开荒亚型"四个亚型。他的研究，不仅弥补了自梁启超的《洪水考》以来近百年中国洪水神话研究的缺项，也补充了国际神话

---

① 陈建宪：《神祇与英雄——中国古代神话的母题·作者序》，生活·读书·新知三联书店1994年版。

② 陈建宪：《中国洪水神话的类型与分析——对443篇异文的初步宏观分析》，《民间文学论坛》1996年第3期。

学界自斯蒂斯·汤普森、阿兰·邓迪斯以至专门研究中国民间文学的爱伯哈特、丁乃通等学人所制定的洪水神话母题索引研究的不足和世界洪水神话系列中的中国缺环，取得了超越性的成果。

"母题"被认为是民间故事的遗传"基因"；"母题研究"是建立在实证基础上的一种研究方法。陈建宪将其广泛运用于内容、形态、结构都异常复杂的中国神话的研究中，特别是大量运用活态的神话材料，其所做的探索性研究及其所得出的初步结论，都推进了洪水神话的研究。

（六）少数民族神话研究

新时期以来，（严格地说是云南）有一批以多民族神话为研究对象的学者，在学界脱颖而出。如云南的王松、张文勋、杨知勇、李子贤、秦家华、赵撸、邓启耀、傅光宇、张福三、郑凡、兰克、白庚胜等；广西的蓝鸿恩、过伟；湖南的林河、龙海清等。相对而言，北方民族的神话研究开展较迟，也相对消沉，到80年代后期，才出现了异军突起之势，出现了富育光、程迅、黄任远、孟慧英等。少数民族神话的研究者们共同的特点是：一方面在田野调查中发掘少数民族的活态神话，一方面进行理论研究、提升学术水平。与古典神话主要以载籍保存不同，少数民族的神话主要是保存在口头上的作品，要研究少数民族的神话，首要的问题就是到实地去调查采录。故而在80年代，田野调查是少数民族神话学者和少数民族地区的神话学者们神话研究的强项，他们在田野调查中调查收集了大量珍贵的神话作品（包括一些以诗体的形式流传和保存下来的神话），在研究中提出了许多带有普遍意义的问题和经验。彝族青年学者兰克（阿南）于1985年发表的《关于阿昌族神话史诗的报告》一文，是80年代国内较早发表的神话学田野调查报告，报道了包括作者在内的云南学者们从1979年起在阿昌族聚居地对该族的诗体神话《遮帕麻与遮米麻》所做的调查和搜集记录的文本，文章发表后，受到了学界的较好评价。

中国社会科学院文学研究所民间文学研究室于1985年5月在南通召开全国神话研讨会，就神话的本质、特征、发生、发展及神话的研究方法等学术界关心的问题进行研讨，曾邀请兰克（阿南）到会发言介绍情况。尽管各地各族情况不同，但总体说来，少数民族地区的神话研究，正是在田野调查的基础上开展起来并逐渐深化的。如果说，20世纪40年代民族学家们在大西南所进行的神话研究，使学界初步了解到少数民族的活态神话的生存状况和丰富内容，第一次使中国神话学从以汉民族的载籍神话为限而走向全面，那么，新时期各民族的神话得到全面收集和全面研究，使中国神话学进入了学术成熟的新阶段。笔者在此只能有选择地作一评述。

（1）李子贤

李子贤以《探寻一个尚未崩溃的神话王国——中国西南少数民族神话研究》[1]一书，特别是从80年代中期起先后发表的《云南少数民族的洪水神话》《丽江纳西族洪水神话的特点及其所反映的婚姻形态》《傣族葫芦神话溯源》《羌族始祖神话》《论佤族神话》等论文，以新鲜的材料和科学的研究揭开了西南各少数民族神话的神秘面纱，从而赢得了同行和前辈学者的赞赏，也因此奠定了他在新时期中国神话学研究中的地位。李子贤的少数民族神话研究的特点之一，是把一般的神话理论和方法，运用于不同社会阶段上形成的各民族的神话形态（大都是“活”形态）的研究中，结合社会发展的独特性，作出独到的剖析，特别是多学科的综合考察，使他能够在多层面上发掘神话所蕴涵的意义和价值。

（2）傅光宇

傅光宇的专著《三元——中国神话结构》[2]一书把法国文化人类

① 李子贤：《探寻一个尚未崩溃的神话王国——中国西南少数民族神话研究》，云南人民出版社1991年版。

② 傅光宇：《三元——中国神话结构》，云南人民出版社1993年版。

学家乔治·杜梅兹尔的“三元结构”模式引入中国神话学领域，第一次考察了中国神话中的“三元”因素，进而揭示其社会文化背景，是一次把神话的阐释性研究转到整体性研究的尝试。他又与张福三合作撰写出版了《原始人心目中的世界》①，其中的“独眼直眼横眼”一节的命题，以古今神话资料为依据，以比较研究和象征学的方法进行分析，在一定程度上阐释了神话中的一个难题。

（3）富育光

新时期的到来，使一向被禁锢的萨满教文化得到了调查和研究的机会。萨满教神话就是在萨满教文化的发掘过程中得到采集和研究的。自80年代初起，富育光开始在东北的满族、鄂伦春、鄂温克、赫哲族等北方通古斯民族中做深入的田野调查，并从90年代初起，先后撰著出版了《萨满教与神话》（辽宁大学出版社1990年版）和《萨满教女神》（与王宏刚合著，辽宁人民出版社1995年版）两部神话学专著，成为以满族为主的信仰萨满教的诸民族的神话研究的先声。由于历史的原因，包括满族在内的北方民族，大体是有语言而无文字，而在满族甚至语言也已近失传，故而北方民族的神话，除了在民间还有一些抄本外，主要是靠口传心授的方式得以流传。富育光的萨满教神话研究是遵循着“萨满教是北方神话的胚基”②的理念，在与萨满教的多神崇拜及仪式的紧密融合中，将其作为“统一体”进行研究的。这成为他的北方民族萨满教神话研究的最重要的特点。他把北方民族的萨满教神话分为五大类：（一）创世神话；（二）族源传世神话；（三）祖先英雄神话；（四）萨满神话故事；（五）中原渗入型神话。他从萨满教神话的研究中所得出的结论是，从萨满教神话的存在形态中可以看到，神话在新的社会条件下可以“复苏”。他说：“过

---

① 张福三、傅光宇：《原始人心目中的世界》，云南人民出版社1986年版。

② 富育光：《萨满教与神话》，辽宁大学出版社1990年版，第186页。

去，不少人认为神话只是远古人类原始思维的产物，是片面的。神话的传播与存在，因所处的地域条件、民族自身的文化素质、生活习惯、信仰以及文明生产进化程度等，有着极密切的关系和因素。我们在衡定神话形态中，是不容忽略的。神话在特定条件和环境里，还有可能复苏或仍具有生命力，甚至有可能在一定文化氛围中仍可衍生神话，并有多种不同的传播形式。所以，神话学研究也和社会其他精神现象一样，是一种复杂而顽强的思维形式与现象。”[①] 由于萨满教的活动长期处于休眠状态，加上有的民族语言一度在民众中被遗忘，所以萨满教神话在传递过程中，可能出现一些缺环，一旦社会环境变了，出现了神话传播的适宜条件，神话可能会出现“复苏”的现象。

从事北方民族神话或萨满教神话研究的，还有一些学者，如乌丙安、满都呼、巴图宝音、文日焕、孟慧英、黄任远、宋和平等，他们也各自有著作问世。

（七）神话思维研究

神话研究中的比较方法，早在20世纪20年代就被大量采用，而且取得了重大成绩。如茅盾、谢六逸、黄石等，这些学贯中西的学者，都在比较神话学的建设上做出过各自的贡献。沿着这条路子走下来，到了新时期的神话研究，从比较研究进入并达到了跨学科研究，特别是引入了当代文化人类学的方法和研究模式，强调在超乎传统的对具体神话现象的解读与研究，研究神话中的原始思维的特点或神话的哲学思想。这种研究思潮的出现，也适应了中国人文社会科学界对原始思维和原始艺术的研究的关注。在这方面取得了一些进展或成绩，但还是初步的，如何把西方的理论模式和框架用来深入研究、剖析、解读、构拟中国神话，还有较大的空间。这种研究以邓启耀

---

① 富育光：《萨满教与神话》，辽宁大学出版社1990年版，第186页。

的《中国神话的思维结构》(1991年)和叶舒宪的《中国神话哲学》(1992年)为代表。

(1)邓启耀《中国神话的思维结构》

在兴趣广泛的摸索中，邓启耀终于把思考集中在用文化人类学和思维学的方法研究神话上，十年磨一剑，经过长时期的研讨，于90年代初推出了一部力作《中国神话的思维结构》(重庆出版社1992年版)。他以中国神话资料(古典的载籍神话和少数民族的活态神话)为对象，进入原始思维的研究领域，解剖人类思维从无序到有序这一漫长的历程中的奥秘。所论可谓发人之所未发，至少在中国神话学界尚属鲜见。该著的特点，正如赵仲牧在序言中所说的，邓启耀"在神话与思维、有序和无序这两个复合地区中开辟了一条新的研究途径"[①]。他从中国神话的思维模式(中国人的文化心理背景对中国神话的思维模式的影响)，到神话的功能结构(认识功能与非认识功能)，逻辑结构(近取诸身、远取诸物，观象于天、取法于地，通神明之德、类万物之情)，思维形式和思维符号，探讨了中国神话的"混沌整体观"和中国传统文化精神。他的结论是："中国民族传统思维方式在走过前综合思维必然要走的那段路(未分化)以后，似乎并没有真正实现一般期望的'分化'。与分化较明显的、以重分析推理和抽象逻辑见长的西方思维方式相比，我们民族似乎沿袭并发挥了前综合思维的更多特点。有机整体观即为其中之一。"[②]

(2)叶舒宪《中国神话哲学》

叶舒宪的这项研究，用他自己的话说，"着眼点在于神话思维与哲学思维的渊源关系，在于神话中的哲学胚胎和神话向哲学的发展演

① 赵仲牧：《思维的分类和思维的演化》，《邓启耀〈中国神话的思维结构〉序》，重庆出版社1992年版。

② 邓启耀：《中国神话的思维结构》，重庆出版社1992年版，第242页。

化过程”，而他的这个选择，是出于他对神话研究传统和现状的不满。他批评中国以往的神话研究，“当人们把神话仅仅当作神话来考据和研究的同时，似乎并未意识到他们已经开始作茧自缚了”。他要“把神话作为前理论阶段的思维方式，作为前哲学的世界观和意识形态来研究，把神话学的研究重心从对个别神话本文的解释转向对神话思维的普遍模式和规则的探讨，转向对中国语言文字与中国神话及中国哲学思想的相互作用关系的探讨”①。神话哲学研究命题的提出，特别是引入原型模式理论于中国神话研究中，无疑具有前瞻性和试验性；也确如作者所言，仅仅停留在具体的神话文本的考释研究上，而不能提升到更抽象的理论层面上，即对神话思维进行研究，许多问题是不能解决的。他从“神话哲学的元语言”“神话的时空哲学”“神话的生命哲学”三个命题的提出和论证，为神话研究注入了新的气象，开拓了新的领域。

叶舒宪把原型模式理论运用于中国古代的“太一”“道”的思维及其仪式的研究，从“黄帝四面”等研究中国神话的时空哲学，以息壤神话为例而建构神话的生命哲学，既打破了传统考据和历史研究等神话研究的一统局面，也使西方的原型模式理论面临着检验。但他呼吁把神话哲学研究，即神话思维研究当作神话研究的“重心”，大家都向这方面“转向”，怕也未必能解决神话研究中的许多疑难，甚至连“失传了”的神话的“构拟”或“复原”也怕是难于达到完全满意吧。台湾学者胡万川就指出：“叶舒宪在《中国神话哲学》中也有专章从同样的捞泥造陆观点，分析息壤神话的意义，他主要从文化哲学的大角度来讨论这一问题，时有启发之见，但对于其中鲧、禹关系，特别是禹在神话中的角色定位仍未清楚，尚待进一步的澄清探讨。”②

---

① 叶舒宪：《中国神话哲学》，中国社会科学出版社1992年版，第2页。

② 胡万川：《捞泥造陆——鲧、禹神话新探》，载朱晓海主编：《新古典新义》，台湾学生书局2001年版，第45—72页。

（八）几点思考

新时期以来，神话研究呈现出繁荣的局面，成为民间文学领域里最有成绩的一个部类和人文社会科学领域里的显学，但也存在着一些带有倾向性的问题。

（1）中国神话学虽然经历了百年的历程，至少有四至五代的神话学家们的苦心经营，但百年后回头检讨一下，我们发现，这门人文学科并没有完善地建立起来。百年来所有的神话学家们的努力，不论采取的是什么样的立场和流派（如文学的、历史的、文化的、社会政治的）、什么样的手段或武器，概括地说来，都没有超出从"还原"到"重构"的框架，但"还原"也好，"重构"也好，都还远没有完成。甚至连已故袁珂先生从 1983 年起一直在呼吁的"广义神话"说也还没有得到较为普遍意义上的赞同。

（2）学术研究的目的，是为了探求真理，推动人类社会和国家民族的团结、进步、发展与繁荣，神话学研究也不例外。回顾百年来，只有清末民初神话学的滥觞期和抗日战争时期这两个历史阶段，中国的神话研究曾经与国家命运休戚与共，也因而使学科本身得到了长足的发展。第一次，进步知识界在推翻帝制建立共和时，用神话来说明其政治理想的合理性；第二次，把西南少数民族的神话纳入中国神话的系统中，不仅使学科发生了一次转折，而且使神话成为全天御侮、民族凝聚的重大精神力量。但对中国古代神话所体现的中华民族精神是什么，它的文化价值和意义以及对当代乃至未来所起的作用和影响，我们的神话学家们却并没有做出明确而响亮的回答。对于一个民族来说，其民族精神是民族延续最根本的基因，而神话精神又是民族精神的最原初的体现形式，这种神话精神具有不可遏制的生命力，能够一代代传承下去，永远成为支撑一个民族的原动力。什么是中华民族的民族精神呢？新国学家们说，我们的民族精神是"和合"，即儒家提倡的"中庸之道"。我认为，这是对中华民族精神的误解或误读。

中华民族是由多个族群融合而成的多民族国家。从 20 年代夏曾佑到 40 年代徐旭生提出华夏民族是由古代华夏、苗蛮、东夷三大集团融合组成的以来，已得到大多数学者的赞同。也就是说，华夏民族，或后来的中华民族的文化是多元一体的文化。到了汉代，儒家得到独尊的地位，其实是在否定和抛弃了此前的许多优秀文化及其传统的情况下取得的，儒家只是多元文化中的一支而已。儒家文化不是原初文化，而是多流中的一条支流。大量的中华古典神话和后来发掘采集的口传神话都显示，神话的文化精神或民族精神是生生不息，而不是中庸之道。我们的神话学者有责任阐明神话的这种生生不息精神，并在全民族的精神建设和物质建设中传递下去、发扬光大。这种精神无处不在，只是缺少我们的关注而已。过去，神话学家们对龙凤神话、英雄神话、太阳神话等做过许多探讨与阐发，但并未在全民中取得共识，更没有成为人们民族和社会精神道德的规范。近年来，神话学界已经就神话叙事的多种方式取得了共识，除了我们已经习惯了的文字的记载外，还有图像、雕塑等。楼家本先生两年前把中国神话以大型雕塑的形式在巴黎联合国总部展览，向国际人士和法国公民宣传中国神话的内涵及精神，不失为一次成功的试验。科技界已决定把下一颗人造飞船的名字叫作“嫦娥”号，率先把嫦娥奔月的美丽神话和神话精神传遍世界，使中华民族的神话得以发扬。在宣扬神话所体现的民族精神方面，我们的神话学者们不会也不应该袖手旁观。

（3）自 20 世纪初起在进化论的世界观和方法论影响下建立起来的神话观、社会观和图腾论，越来越成为我国神话研究，特别是古史神话研究的先验模式。进化论对于人们认识初民社会的进化与发展，起过无可代替的作用。但近年来进化论受到了挑战。尤其在文化领域里，并不是总是后起者一定会比先起者进步或提高。在神话学领域里，如神话学者常金仓所指出的：“进化论哲学对中国学术影响最深，差不多考虑一切问题皆以它为出发点……我们知道进化论作为一种社会哲学，它描述的只是人类社会的一般趋势，而我们研究的个别的、具体的历史文化却是多种多样的，进化论认为社会是从简单到复杂，由低级向高级发展，但不能排除个别文化在特定阶段上的曲折和反复，我们昧于哲学与科学之别，常常无视历史文化的多样性，认定每个民族都要井然有序地经过一些主要进化阶段……可以说在整整一个世纪中，我们的历史文化研究工作没有突破这个思路，因而凡是域外之所有就一定要在中国历史上把它们'发现'出来，因而鲧在担任了普罗米修斯的神职的同时，还得兼任夏族的图腾、女阴象征物、产翁制的执行者。不特鲧禹如此，我们每个传说的祖先现今都是身兼数职，陷入不堪重负的苦境。此外，为了对号入座，将中国史填满进化论的货架，必须打破中国历史文化原有的程序而按照野蛮与文明程度重新组织史料，因而三国时才出现在文献上的盘古被放在进化行列的最前排，女娲、姜嫄、简狄，乃至后世根据这些传说复制出来的脩已、附宝，因为她们是女性，便统统列在母系的社会旗帜下，而黄帝、炎帝、伏羲，乃至一些寓言式人物如愚公、夸父，只因为他们是男性，就并入父系社会的阵营里。如果某些男性人物的事迹不符合他们想象的父权社会特征，就通过考据改变一下他们的性别，他们把复杂的历史简化成小学生都可以掌握的东西了。如果同一人物、同一事件文献上有相互抵触的记载，它们或出于讹传，或出于故意改造，我们则总是用社会形态转变的革命斗争学说来加以解释，'伯禹腹鲧'就是被解释为父权制与母权制斗争的一例。……鲧禹故事的演变既是进化论的一项杰作，也与疑古思潮有紧密的关系，正是疑古思潮把中国的史前史弄成一片空白以后，夹带着单线进化论的神话学才闯入这块领地的。"①

（4）西方文化人类学的种种理念和方法的蜂拥引入，在百年中国神话学史上是第二次。与20世纪初那次西方神话学引进主要是进化

① 常金仓：《鲧禹故事演变引出的启示》，《齐鲁学刊》1999年第6期。

论的社会观和以今证古的方法论相比，这一次引进的特点则主要是多学科的参与和模式的借鉴，打破了中国神话学研究中考据训诂和历史研究的大一统局面，推进了神话研究的进步。以考释训诂等传统方法“还原”神话，并没有失去生命力，但同时也出现了另一方面的隐忧，如生吞活剥、生搬硬套、热衷于理论构架而轻视调查和对本土神话资料的深度研究等。而这种情况在我国学界出现，原因在于过分相信人类文化只有一种形成和发展模式，而不是多元的。关于这一点，近来有好多神话研究者都已指出了，如陈连山、李立等。李立指出：“我们承认人类在童年期在面对相同、相似或相近的思考和回答，这便决定了世界不同地域的不同民族、不同人群团体所创作的神话之比较研究的可能性的存在。运用比较研究的方法研究中国古代神话，学术界老一辈学者已有所实践，并取得了相应的成就；当代学者则更加关注西方神话学理论与中国神话学的比较研究，尤其注重运用西方神话学的理论和方法来研究中国古代神话，所取得的成果，也是有目共睹的。然而，需要注意的是，这样的研究思路和方法并不是神话研究的万能钥匙，单一化、绝对化或方法的目的化，有可能导致学术成果在形式、内容和结论等方面出现问题，如简单或生硬的比较、理论的套用、带有臆想的结论等。”①

2006 年 8 月 11 日

① 李立：《新中国神话研究的回顾与思考》，《文史哲》2002 年第 2 期。

神话研究的现状与展望

——1987年10月23日在中国神话学会首届学术研讨会闭幕会上的总结发言

中国神话学会首届学术年会就要闭幕了。在本届学术年会上宣读了34篇论文，还有几位学者提交了论文而未能到会。正如袁珂先生在开幕词中所宣布的，这些论文围绕着两个论题：一是中国各民族神话的特点；二是中国神话和中国文化。听了各位学者的发言，我学习到很多东西。总的感觉是，这是一次活跃思想、促进学术交流的对话，我和大家一样，受到启发，有不少收获。

首先，围绕着上述两个论题，与会者接触到世界神话学和中国神话学的一些重要问题。例如，萨满教与神话的关系是神话学中的重要问题，是原始巫教、多神教盛行的世界各民族和地区的共同性问题。1984年苏联科学院出版社在著名的"乌龟丛书"中出版了E. C. 诺维克（E. C. Новик）写的一部有趣的书，书名叫"西伯利亚萨满教中的仪式与民俗"（Обряд и фольклор в сибирском шаманизме），专门探讨了这个问题。苏联出版的《世界各民族的神话》（百科辞典）中有专门的"萨满教神话"词条。美国出版的Funk & Wagnalls《民间文学、神话、传说辞典》（*Standard Dictionary of Folklore, Mythology, and Legend*）中也有"萨满与萨满教"词条。外国学者在研究印第安神话中的文化英雄乌鸦的形象时，认为乌鸦具有两重性，它不仅是创世者，而且是个萨满，充当了生与死的世界的沟通媒介的角色。20 世纪 60 年代张光直在讨论我国商周神话中的人与动物的关系时，指出巫觋通神的本事，要借助于神话动物的助力。①他们介绍的美国学者埃里亚特德（Mircea Eliade, 1907—1986）和坎伯（Joseph Campbell, 1904—1987）有关这个问题的一些观点，对我们理解和研究萨满教与神话这个全球性的神话学问题会有所启发。

我国学者早就注意到这个问题了。1925 年鲁迅先生给北师大两位学生的信中，在谈到中国神话的分期时，就是以“根柢在巫”作为分期的标志。②近年来的楚文化研究、各少数民族古文化的研究，都接触到了神话与巫文化，与萨满文化的关系问题使神话研究有可能往纵深发展。

1980 年苏联学者李福清提出，西王母与冥界有关：“豹虎之外形，穴处，都说明她是一只与冥界有关系的山地怪兽。”③在本次会议上，有学者从萨满教的角度剖析西王母，再次提出探讨神话与萨满教关系的重要性，这是很有意义的。另外，从会下得知，这个问题也引起了与会年轻学者们的注意，他们打算就这个问题做进一步的探讨，写一部专著。在这里我预祝他们取得好的成绩，希望他们在与世界神话学界的对话中，不仅在这个问题上，而且也在其他问题上取得中国学者的发言权。

另一个问题是关于中国神话的重构问题。中国汉民族的远古神话

---

① 张光直：《商周神话与美术中所见人与动物关系之演变》，《中国青铜时代》，生活·读书·新知三联书店 1983 年版，第 288—312 页。

② 鲁迅致傅筑夫、梁绳祎信，1925 年 3 月 15 日，见《鲁迅书信集》，人民文学出版社 1976 年版，第 66—67 页。

③ 李福清的《中国神话》系为《世界各民族的神话》（百科辞典）写的词条。译文后收入李福清著、马昌仪编：《中国神话故事论》，中国民间文艺出版社 1988 年版，第 90 页。

向来以零星破碎著称，20 世纪以来，中外学者为重构中国汉民族的远古神话（使之像希腊、罗马神话一样具有系统性）做了大量工作。有学者提出，中国神话是不可重构的，因为中国的神不像西方，来源不一，不成体系，要构成一个完整的东西，必然带有很大的个人创作的成分，把古人的东西加以拼凑，从科学的角度来看是行不通的。的确，中国神话（汉民族远古神话）不同于西方，文字的多源、多义，文辞的残缺、简约，内容的荒诞，对象的不确定，又缺少宗教经典作为参照，因此，要复原（“古史辨”派之为“还原”）如初是不可能的。但是，从一个民族的文化的发展来看，从神话的保存、传播、弘扬来看，神话的重构是有必要的，借助现代各种科学——人类学、民族学、宗教学、发生学、史学、心理学、哲学、文学……我们有可能把人类远古时代的特殊产品——神话的原来面目看得更清楚一些，使神话的重构尽可能建筑在比较科学的基础上。神话的时代是一去不复返了，但是，当代人可以努力去认识神话、理解神话，一部神话学史所记载的，就是处在不同时代的“当代人”是怎样看神话的。我们把荷马史诗和赫西俄德《神谱》中的故事称为神话，把屈原《天问》所记的称为神话，实际上这些作品都是诗人对神话的文学重构，带有那个时代的个人的色彩，只是由于他们去古未远，被后代认可罢了。

我们认为，重构中国神话是有必要、有意义的。但由于中国神话的实际情况，要把多民族的中国神话重构成一个体系是一件十分困难、十分艰巨的事情。无论是全景重构、局部重构、阶段重构、观念重构、形象重构，都必须持严格的科学态度。近一个世纪以来，中外学者曾经尝试过对中国神话进行历史重构、民族学重构、文学重构、哲学（观念）重构、综合重构或称原型重构等等，做了许多努力，也有不少的成果。我们主张多种重构方法，不必分高低优劣，或定于一尊。从目前的发展趋势看，综合性的重构为较多的学者所认同。

在这次学术会议上，有学者企图从文学人类学的角度，以羿神话为例，借用原型理论，为神话重构提供一种尝试，尽管其中有一些可商榷的地方，这种努力是值得肯定的。

其次，不少论文提出了一些值得注意的问题，引人深思。例如，有学者举葫芦、鸟、虎、中国的姓为例，说明图腾是女性生殖器的象征。但是，是否就等于说，一切图腾都是女性生殖器的象征呢？很值得讨论。有学者在分析古籍中人所共知的女神时，从哲学和文化史的高度指出中国没有爱神，婚姻之神代替了爱神，是由于中国文化心理所造成的。两性关系无法回避二元，一是行为的，二是心理的。前者导致生殖，后者产生爱情。按照中国人的观念和文化心理，体现在中国神话中的两性关系是一元的，有行为而无心理，有肉而无灵，从而形成了一个没有爱情的徒具女神形体，或只有生育功能的神的宇宙。这种看法，想必会引起大家的兴趣和思考。

第三，这次会在河南召开，河南地处中原，是中华民族的发祥地，近年来中原神话的采录引起了中外学者广泛的注意。河南大学和河南的学者们为采录、研究这些尚在民间流传的活材料做了大量认真、细致的工作，为中外学者提供了珍贵而可靠的文字资料和田野作业资料。他们的成果，他们的田野作业的方法，他们的精神，都值得我们学习。

记得1961年苏联学者李福清出版他的孟姜女研究专著时，曾经提出过一个理论问题：一个民间作品能有多久的生命力？这是任何从事民间文学研究的人都关心的问题，用西方的材料无法回答，而孟姜女传说却为我们揭示了，在中国，这个传说以各种形式在民间流传，历一千多年而不衰。目前发现的中原古典神话，从它产生的时代来看，自然比孟姜女传说具有更长的生命力，因此，引起外国学者的浓厚兴趣是并不奇怪的。据我所知，在世界范围内，文化高度发展的国家不必说了，有丰富神话传统的希腊、罗马、印度等，似乎未见报道有“活神话”流传。19世纪末，考古学家发现了特洛伊人的都城伊利昂遗址，在迈锡尼还发现了据说是阿伽门农的服饰、兵器，学术界认为荷马史诗所载有不少历史依据。关于这方面的资料很多，但未见有“活神话”记载。就是非洲、美洲、澳洲等原来的土著居留地，我们从《当代的原始民族》等一些资料得知，到了20世纪中叶，这方面的材料也不多。20世纪初美国学者博厄斯在考察北美印第安地区时就注意到了这种现象。只有为数不多的偏远地区（包括我国某些少数民族地区），伴随着某些原始宗教仪式，还有不多的神话在流传。因此，在并非偏远，又并非远离文明的中原地区有如此大量的古典神话“活化石”在流传，实在是一件引人注意的事情，值得从理论上进行深入、认真的探讨。

20世纪60年代《民间文学》杂志上发表了在四川记录的几篇有关女娲、伏羲、大禹的神话，袁珂先生写了一篇文章予以介绍，引起了学术界的注意。此后出现了中原神话、江南神话，不少汉民族地区都有“活神话”流传的报道，外国学者认为这是当前中国神话研究中最值得注意的问题。因此，对中原神话的进一步探讨具有全国性意义。

河南南阳是汉画像石的故乡之一，是举世闻名的汉画像石保存地之一，是中外神话学者向往的地方。德国、苏联和日本都有专门研究汉画像石的专著。在我们的会上宣读的这方面的论文，也是饶有兴味的，提出了值得注意的见解。我国在这方面的研究也应该走在前面。

第四，此次到会的学者中，以中青年学者居多，尤其是青年学者显示了巨大的活力和潜力，交流和对话使他们的活力和潜力得到充分的发挥。前面我说过，青年学者眼光敏锐，思维敏捷，大胆创新，他们是我国神话学理论创新之依靠，希望之所在。重大课题的突破，学科的建设，与国际神话学界的对话，都需要我们几代人付出全部的努力！

上面我讲了这次会议多取得的成绩，当然，毋庸讳言，这次会议的论文也有不足之处，例如，在探讨中国神话的特点时，缺乏比较意识，缺乏参照物，倾向于就事论事。对中国各少数民族已经发掘出来的大量神话材料、民族学材料，研究与观照得很少，甚至在研究中国上古神话时，也没有将其作为一个重要的参照系。对世界神话（比如希腊、罗马、印度、两河流域、北欧神话）虽然有所接触，但也很不够。特别是国际学术界对世界神话研究的许多重要结论，几乎很少引起我们的注意。这样就不能从比较中，从异同中，去认识、去发掘自身的特点和规律。又例如，把中国神话放到中国文化这一大背景上来讨论，换句话说，中国神话与中国传统文化、中国传统文化结构的相互影响和渗透，中国神话与中国人的民族性格、民族心理、思维方式、行为方式的关系，似乎也挖掘得不够。这些方面的课题，有待于神话研究界同行们进一步研究。

1987 年 11 月 23 日于郑州

中国现代神话学的先驱
——纪念蒋观云逝世90周年

蒋观云（1866—1929），名智由，原名国亮，字观云、星侪、心斋，号因明子。浙江诸暨东浒山人。早年就读于杭州紫阳书院，能诗善文，工书法。清光绪二十三年（1897）以廪贡生应京兆乡试举人，授山东曲阜知县，因见国势衰弱，怀救国革新之志，未赴任。同情和支持康有为、梁启超变法。1902年冬自费留学日本，在梁启超主办的《新民丛报》任主编，撰写文章在该报发表。投身诗界革命，前期诗作多反对封建专制、颂扬西方民主，史称"近世诗界三杰"之一（梁启超在《饮冰室诗话》中把蒋智由、黄遵宪、夏曾佑称为"近世诗界三杰"）。晚年寓居上海，诗作转向保守。

撰于清光绪二十七年辛丑（1901）秋冬和二十八年壬寅（1902）春夏的《海上观云集初编》一书，于1902年11月10日由上海广智书局出版。蒋观云在书中论述了"荒古之民"及"鬼神怪异之术"等初民社会，风俗之生成、因袭及其与人心之关系，中西风俗之比较、神道妖怪之说与破迷信、启民智之革命等，但却未见"神话"二字出现于其中。

1903年，他在其主编的《新民丛报》（日本横滨）第36号上以"谈丛"为栏题，发表了《神话·历史养成之人物》一文，采用了梁启超在他之前已经采用的"神话"这一新词。在这篇被称为中国现代民间文艺学史上第一篇神话论文的文章中，作为诗人的蒋观云，是以中国古代“文以载道”的观点来看神话的，他写道：

> 一国之神话与一国之历史，皆于人心上有莫大之影响。……神话、历史者，能造成一国之人才。然神话、历史之所由成，即其一国人天才所发显之处。其神话、历史不足以增长人之兴味，鼓动人之志气，则其国人天才之短可知也。神话之事，世界文明多以为荒诞而不足道。然近世欧洲文学之思潮，多受影响于北欧神话与歌谣之复活，而风靡于保尔亨利马来氏。……盖人心者，不能无一物以鼓荡之。鼓荡之有力者，恃乎文学，而历史与神话（以近世而言，可易为小说），其重要之首端矣。中国神话，如“盘古开辟天地，头为山岳，肉为原野，血为江河，毛发为草木，目为日月，声为雷霆，呼吸为风云”等类，最简枯而乏崇大高秀、庄严灵异之致。至历史，又呆举事实，为泥塑木雕之历史，非龙跳虎踯之历史。故人才之生，其规模志趣，代降而愈趋于狭小（如汉不及唐，不及汉宋，不及唐明，不及宋清，不及明，是其证）。

他反对传统儒学家经学家们特别是乾嘉学派，把神话看成是荒诞怪异（怪、神、谐、异）的梦呓，“以为荒诞而不足道”，而认为神话是文学，是“鼓荡”人心之“有力者”、“重要之首端”，充分地估价了神话有益于世道人心的积极作用，这是他的学术思想的进步之所在。他所重视的神话之“增长人之兴味，鼓动人之志气”、“鼓荡”人心的作用，即我们今天所说的对于人心的启迪和教育作用。在神话学在西方世界（主要是欧洲）已相当发达，甚至趋于成熟，而我国许多进步知识分子如同“盗火者”那样向西方盗取现代文明和思想之火，竭力挣脱旧经学旧儒学的禁锢的时候，作为我国现代神话学史上第一篇独立的学术文章作者的蒋观云，无疑是一个披荆斩棘的开创性角色。但由于他把古代的神话与后世的文学完全等同视之，故而认为中国的神话，即使像盘古神话那样气势恢宏而又神秘莫解的创世和推原神话，都不能不显得“简枯而乏崇大高秀、庄严灵异之致”[①]，特别是他关于中国社会发展“代降而趋于狭小”的断言，可见出他关于神话和历史的阐释，在学理上显示出某种幼稚和偏狭。

20年后，蒋观云又写了一部《中国人种考》（1929年11月）。在这部书里，在其论述中华民族起源地、大洪水等问题时，作者显然也受了日本学者的影响，甚至大量采用了他们的论点，但他对神话的“想象附会”（即幻想性）特性所做的发挥，则特别值得注意，表达了自己的见地。他写道：“基督教中洪水之说，曾有人谓在纪元前2349年，而与中国尧时之洪水，为同一时期之事，其前后相差，仅不过五十余年。西方洪水，以泛滥潴蓄之余，越帕米尔高原，超阿尔泰山，汇合于戈壁沙漠，而从甘肃之低地，进于陕西山西之低地，以出于河南直隶（今河北）之平原，余势横溢以及南方，其间或费五十余年之岁月，然后西方之洪水，东方始见其影响。顾是说也，以为太古不知何年代之事，则戈壁一带，曾有人认为太古时一大海，故西藏今日，尚有咸水之湖，与有人认阿非利加撒哈喇之大沙漠，为太古时一大海者，其说相同。如是，则由戈壁之水，以淹中国之大陆者，于地势为顺。若当尧之时代，则地壳之皱纹亦已大定，山海凹凸之形势，与今日之小有变迁，而必无大相异同之事。然则……且尧时洪水，或不过中国一部分之事，未必当其时，而谓全地球俱浸没于浩浩滔天之中，即征之各国古书，载洪水之事，亦见不一见；然多系一方之小洪水，而不足以当挪亚之大洪水。若必欲据中国之事以实之乎？古史中有云：‘共工氏以水乘火，头触不周山崩，天柱折，地维缺，女娲

---

① 关于中国神话的这句断语，显然来自日本学者白河次郎与国府种德合著的《支那文明史》，上海竞化书局1903年版，第12页。

氏乃炼五色石以补天，断鳌足以立四极，聚炉灰以止淫水。’似明言上古有一次大洪水之事，其云天柱折者，犹后世之言天漏，地维缺者，犹言大地陆沉，雨息而得再见日月云霞，则以为炼五色石而补之矣；水退而地体奠定，则以为立鳌足以扶之矣。上古神话之时代，其言多想象附会，荒诞盖不足怪。要之，惟此洪水，其时期为最古，以吾人始祖亦从幼发拉底、底格里士两河间而来，或者与巴比仑、犹太希腊同载其相传之古说欤？未可知也，而其年代则固未能确定也。”[①] 说华夏民族自幼发拉底、底格里士两河间而来，是当时西方和日本学界十分盛行的一种观点，20 世纪一百年来的考古发掘已经证明此说不过是一伪说而已。

蒋观云一反在《神话·历史养成之人物》里将神话看作是文学之“首端”（滥觞）、强调其作用于人心的文学观，而把古代神话作为考证和论述中国人种起源和历史演化的比较资料，阐述和宣传其社会发展的进化论思想，显然更多地受到了人类学派的某些影响。他写道：“印度书中所言八明之化身，中国书中所言黄土抟人，希腊神话中所言掷石化人，一入于吾辈今日之眼，既不免惊其说之离奇，而又邈无证据，置之于学术界中，无一毫价值可言。然欲认人类为突出，则虽欲不若是之荒诞而有所不可，而试从是等诸说，以回顾达氏（达尔文）之所言，则所谓由万物进化而来者，其说实至平易，而固毫不足为怪异也。”[②] 相比之下，此时他的学术思想，已经比年轻时变得开阔了。

进而，他还从人种学的角度对《山海经》中的异形之神人作释义：“《山海经》者，中国所传之古书，真赝糅杂，未可尽据为典要。顾其言亦有可释以今义者。如云长股之民，长臂之民，殆指一种之类人猿。类人猿中有名‘萨弥阿’者，其前肢盖极长。又所谓‘毛民’

---

① 蒋智由：《中国人种考》，上海华通书局 1929 年版，第 5—6 页。

② 蒋智由：《中国人种考》，上海华通书局 1929 年版，第 14 页。

者，当太古栖息林木中，为防寒暑护风雨，一般无不有毛，其后以无用毛之必要，渐次淘汰而至于尽，而其时原人之一种，或犹有毛，故号之曰‘毛民’耳。又黑齿为文身之俗，今日蛮民中尚多有之，是固易解者，至当时之所谓国，决非如今日之状态，或于一方之间，取其有特异者而言之，如后世称马多者曰‘马国’，象多者曰‘象国’，其所指者或为类人猿，或为兽类，而不必专泥于人类以相求，则亦可稍无疑于其言之怪诞矣。夫今日学问中可据为论点者，自必以科学为本，而无庸引此荒远之书。虽然，既为我国流传之古籍，故亦略举一而二附于其次也。”[①] 他的这种解释，其立场，不是神话学的，而是科学的。论者说：“他企图利用所知道的动物学、民族志及原始文化史等知识，去解释《山海经》里一些奇异的人物、事象，而且对这部古典著作所记载的资料，采取了有区别的对待的态度。虽然他所解释的现象，只限于书里的一部分，解说也不太充分，可是这种说法，大体上还是站得住的，的确进入了过去学者在这问题上所未踏到的境界。它可以说是当时学界，对于这部古典著作的某些疑难部分所作的比较科学的新见解。”（钟敬文《晚清改良派学者的民间文学见解》）

在此书中，蒋观云对《山海经》中的昆仑之丘作了解说：“中国古书，多言昆仑，而又述黄帝之所游（《庄子·天地篇》：黄帝游乎赤水之北，登乎昆仑之丘。《山海经》：流沙之滨，赤水之后，黑水之前，有大山名昆仑之丘。——引者注）及黄帝之行宫。至周之穆王，欲骋八骏，一巡游其地以为快，而屈原作赋，亦若不胜驰慕之情。此明示中国古来，于昆仑若有特别之关系。且观古书所载，述昆仑之形势，亦颇详尽。夫以吾人所知三代以后之事例之，如所谓张骞玄奘之西行者，其事盖少。何则？以中国气候之温和，物产之丰备，土地之平易，既无须出塞西行，为逐水草而谋生计，而以其道路之险难，亦

① 蒋智由：《中国人种考》，上海华通书局 1929 年版，第 16—17 页。

足阻人旅行之情。然则，太古时代，以何因由，而反于往来西方之事独密？此而谓由中国西行，以探其地，毋宁谓由西东来，而道路所经由，因得熟悉其地形也。且犹有不可解者，古书所言西方之事，何以皆归之于黄帝，而取百家之说，以参差互证，又俱言西方盖有乐国，即黄帝之梦华胥，亦云在弇州之西，台州之北。”[①] 今天看来，他的这段解说尽管不无捕风捉影之嫌疑，但他看取问题和立论阐发的角度，却有可取之处。

蒋观云在他的时代，发表了中国神话学史上的第一篇神话专文，为中国现代神话学揭开了第一章，作为开山者的功绩永垂史籍。

2019 年 8 月 20 日

---

① 蒋智由:《中国人种考》，上海华通书局 1929 年版，第 35—36 页。

梁启超是第一个使用“神话”一词的人

中国古文献中没有“神话”这个名词。古人常用“怪”“神”“谐”“异”这样一些词汇，其意思与我们现在所说的“神话”一词大致相同，或更为宽泛些。学界一般认为“神话”一词，是从日本或欧洲移植而来的，而第一个作为概念使用“神话”这个词汇的是蒋观云写于1903年的《神话·历史养成之人物》。马昌仪在《中国神话学发展的一个轮廓》一文里写道：“西方神话学传入我国，主要通过两条途径：间接的通过日本；直接的来自欧洲。‘神话’和‘比较神话学’这两个词，最早于1903年出现在几部从日文翻译过来的文明史著作（如高山林次郎的《西洋文明史》，上海文明书局版；白河次郎、国府种德的《支那文明史》，竞化书局版；高山林次郎的《世界文明史》，作新社版）中。同年，留日学生蒋观云在《新民丛报》（梁启超于1902年在日本创办的杂志）上，发表了《神话·历史养成之人物》一文。此后，一批留日学生，如王国维、梁启超、夏曾佑、周作人、周树人、章太炎等，相继把‘神话’的概念作为启迪民智的新工具，引入文学、历史领域，用以探讨民族之起源、文学之开端、历史之原貌。”① 这一说法得到了神话学界的普遍认同，袁珂先生的《中国神话史》和青年学者陈建宪的《精神还乡的引魂之幡——20世纪中国神

① 马昌仪：《中国神话学发展的一个轮廓》，《民间文学论坛》1992年第6期。

话学回眸》都持这种观点。

就笔者所见，最早使用"神话"这个词汇的中国学者，其实并非蒋观云，而是梁启超。梁启超亡命日本之后，于 1902 年 1 月在东京创办《新民丛报》，继续进行文化革命宣传，提倡民族主义。该刊从 1902 年 2 月 8 日起开始连续刊载他写的系列文章《新史学》，从而拉开了继 1896 年在《时务报》发表的《变法通议》系列文章之后的第二次文化革命行动。《新史学》系列文章中有一篇题为《历史与人种之关系》，他在该文中第一次使用了"神话"这个新的名词。他写道："当希腊人文发达之始，其政治学术宗教卓然笼罩一世之概者，厥惟亚西里亚（或译作亚述）、巴比仑、腓尼西亚诸国。沁密忒人（今译闪族人。——引者注），实世界宗教之源泉也，犹太教起于是，基督教起于是，回回教起于是。希腊古代之神话，其神名及其祭礼，无一不自亚西里亚、腓尼西亚而来。"[①] 在没有发现更早的材料之前，我们姑且认定他是第一个使用"神话"这个词汇的中国人。梁启超以要强大中国必应提倡民族主义为指归的"新史学"观，显然是在当时日本明治维新领袖们的思想影响下形成的，在思想上对陈独秀等人领导的五四新文化运动起了奠基的作用，然而他的"新史学"观也因其将几千年的中国文化定位为"封建专制文化"而发生过不可忽视的负面影响；他关于神话和宗教的观点，显然也受到了当时在日本有很大影响的欧洲人类学派神话学的影响，以进化论的观点反观人类神话与宗教等文化现象的嬗变，但他也或多或少地宣扬了"欧洲文化中心"论的观点。梁启超的"新史学"观，显然包含着很不成熟的方面，后来，1921 年写的《中国历史研究法》，1922 年写的《太古及三代载记》，1926 年写的《中国历史研究法补编》，对早年的《新史学》的偏颇做了修正。

---

① 《梁启超史学论著四种》，岳麓书社 1985 年版，第 255 页。

此后，“神话”一词，便通行于当时出版的人文著作之中。在中国文化史和思想史上，1902—1903 年是一个翻译外国著作极盛的时期，出版了许多影响很大的外国人文学术著作的译本，特别是日本人写的人文学术著作。

梁启超之后，在 1903 年出版的人文学术著作的译本中，采用“神话”这一新词汇的，至少可以举出几种来：（一）白河次郎、国府种德的《支那文明史》（竞化书局译，澄衷蒙学堂印刷，光绪二十九年［1903］五月初六日印刷发行）。该书第二章题为“原始时代之神话及古代史之开展”。作者论道：“书契以前，地球万国，无不以神话为其太古初基之历史者。如支那国于大陆。其民族太古之思想，多产一种大陆的神话者，故不足怪。虽其所有之神话历史，彼邦之历史家，称为系于后世之所作，然不可谓无研究之价值。何则？所谓神话历史者，确以代表其国民之思想焉故也。少亦足知一国民自对于其古代有如何之思想焉故也。”“支那与他邦之历史，同有神话之历史，又有太古史。其最古之年月及事实，概以神话之法记述之。虽极不明不备，然时代迭移，至近世史之初期，则稍正碻。及经研究家后先讨求，发见证佐，而渐仿佛知其太古史之为如何矣。”（二）高山林次郎撰《西洋文明史》（支那翻译会社译，文明书局印刷，光绪癸卯年［1903］五月付印、七月出版）。该书第一章“希腊美术之特色”一节中说：希腊雕刻及塑像“类凭据古代之神话及传说而模仿雕刻之”。在“希腊宗教与政体之关系”一节中写道：“宗教组织，多本神话。神话者，与印度波斯，同起源于人类自然之现象，胚胎于亚利安人种未分裂以前。于印度之韦陀神话，其语原虽同一，而彼此大异其面目。”（三）科培尔著《西学略述》（蔡元培据夏田次郎日译本转译，商务印书馆光绪二十九年［1903］九月出版）。该书第一次采用了“神话学”词语。（四）高山林次郎撰《世界文明史》（作新社译兼发行，光绪二十九年［1903］七月二十五日印刷）。该书第一次引进了在西方已经流行的“比较神话学”这一专有名词。作者还运用欧洲进化论的理论阐述神话在历史发展中的作用，甚至也有保留地借鉴了马克斯·缪勒的“语言疾病说”理论。

中国学者在其著作中使用“神话”这一词汇并对神话进行论述，最具代表性的是蒋观云和夏曾佑。史称“近世诗界三杰”之一的蒋观云（智由），光绪二十八年（1902）十一月十日由上海广智书局出版的《海上观云集初编》一书，虽然也有不小的篇幅论述了“荒古之民”及“鬼神怪异之术”等初民社会，但却未见“神话”二字出现于其中。此著出版后，同年冬日赴日本，在梁启超主办的《新民丛报》做编辑，转过年来，即1903年，在该刊第36号上以“谈丛”为专栏，发表了《神话历史养成之人物》一文，采用了梁启超在他之前已经用过的“神话”这一新词。这篇文章被学术界称为我国现代神话学史上第一篇学术文章，从而为神话学奠定了第一块基石。

同时被称为“近世诗界三杰”之一的夏曾佑，又是青年史学家，于1902年出版了我国近世第一部史学专著《中国古代史》。关于该书的出版年代，学界众说纷纭。有说是1902年的（倪墨炎）；有说是1904年的（方鸣）；有说是1905年的（钟敬文）。作者辟出五节文字专论神话的起因和特点，并指出三皇五帝之说，不过是中国历史上的一个“传疑时代”。他说：“综观伏羲女娲神农，三世之纪载，则有一理可明。大凡人类初生，由野番以成部落，养生之事，次第而备，而其造文字，必在生事略备之后。其初，族之古事，但凭口舌之传，其后乃绘以为画，再后则画变为字。字者，画之精者也。故一群之中，既有文字，其第一种书，必为纪载其族之古事，必言天地如何开辟，古人如何创制，往往年代杳邈神人杂糅，不可以理求也。然既为其族至古之书，则其族之性情、风俗、法律、政治，莫不出乎其间。而此等书，当为其俗之所尊信，胥文明野蛮之种族，莫不然也。中国自黄帝以上，包牺、女娲、神农、诸帝，其人之形貌，事业，年寿，皆在半人半神之间，皆神话也。故言中国信史者，必自炎黄之际始。”[①] 读了夏曾佑在20世纪之初的这段论述，不仅感觉到他的学术胆识，更为他的学术见解的卓著所折服。

应该指出的是，在中国古文献里谈论或演绎神话的文人和文章多如牛毛，但却极为零碎杂乱而了无系统，而且由于受儒家思想的影响，史前神话要么被历史化了，要么被斥为荒诞无稽。因此可以说，直至19世纪末和20世纪初中国的启蒙运动到来之前，欧洲人类学派的神话学形成和兴盛之际，我们还没有形成自己独立的、系统的、完整的中国神话学科。中国现代神话学是在启蒙运动中在欧洲人类学派及其神话学的影响下创立和发展起来的一门新兴的人文学科，并成为20世纪初兴起的新文化运动的重要一翼。

2002年5月4日

---

① 夏曾佑：《中国古代史》，商务印书馆1935年版，第11页。

顾颉刚与“古史辨”神话学
——纪念《古史辨》出版80周年*

20世纪10—20年代，在五四新文化运动的影响下，知识界对传统的批判，尤其是对被汉代以来的史家和儒家们伪造的或理想化了的古史的怀疑情绪日增，在这种思潮中诞生了一个以顾颉刚为代表、以“疑古”和“辨伪”为思想武器的“古史辨”派，他们力求把与历史融为一体的古代神话与历史史实剥离开来。由于“古史辨”派辨伪讨论中的“古史”即神话，所以清理或“破坏”古史的过程，也就是清理或“还原”神话的过程，于是，神话学界又把“古史辨”派延伸为“古史辨派神话学”。“古史辨”派的活跃期，前后大约持续了30多年，可以认为，在杨宽的《中国上古史导论》发表和吕思勉与童书业编的《古史辨》第七册出版，“古史”辨伪浪潮渐告消歇。“古史辨”派在中国史学建设与发展和中国神话学建设与发展中的作用与影响是十分深远的。

一、“古史辨”派形成的文化背景和学术渊源

在中国文化史上，疑古思潮萌生于战国时期，有着两千余年的

* 本文系国家社会科学基金项目“20世纪中国民间文学学术史”（03BZW055）的先期成果。

悠久传统和漫长历史。到明清两代，疑古辨伪之学走向成熟，出现了被胡适称为“科学的古史家”的崔述的《东壁遗书》这样的著作。到20世纪初年，晚清的今文家和外国的汉学家中，疑古辨伪思潮已发展为一种很有势力的学术潮流。在外国汉学家中，如日本的白鸟库吉，法国的马伯乐，他们都是疑古论者，他们的著作大都主张中国传统学者的上古史观是靠不住的，认为中国的上古史实际上是神话传说而非信史。

中国学者方面，如康有为、夏曾佑等，都是这个承上启下的转折时代中的疑古学者。钱玄同说：“推倒汉人迂谬不通的经说，是宋儒；推倒秦汉以来传记中靠不住的事实，是崔述；推倒刘歆以来伪造的《古文经》，是康有为。但是宋儒推倒汉儒，自己取而代之，却仍是‘以暴易暴’，‘犹吾大夫崔子’。崔述推倒传记杂说，却又信《尚书》《左传》之事实为实录。康有为推倒《古文经》，却又尊信《今文经》——甚而至于尊信纬书。这都未免知二五而不知一十了！”①

夏曾佑著中学教科书《中国古代史》于1904年（或1905年，商务印书馆）问世，作者辟出《传疑时代》专章，把炎黄之前的“太古三代”定位为“神话”而非史实，是一个“传疑时代”，并说，那些古史传说都是秦汉间人根据自己的信仰编造出来的。就其古史观而言，夏曾佑无疑是20世纪初的“疑古”论的先驱者。尽管夏曾佑的疑古思想，特别是在对汉儒的学术思想和纬书的依赖上，还显示出他自身学养和历史环境的局限，并不彻底，甚至被钱玄同、顾颉刚等人批评。但顾颉刚到了晚年在为程憬遗著《中国古代神话研究》一书写的序言中说：“从现在看来固然很平常，但在当时的思想界上则无异于霹雳一声的革命爆发，使人们陡然认识了我国的古代史是具有宗教

---

① 钱玄同：《玄同先生与适之先生书》，《古史辨》第一册，上海古籍出版社1982年影印本，第27页。

性的，其中有不少神话的成分。”[①] 他高度评价了夏曾佑作为我国第一个从古史中探询神话者的先驱作用。

五四运动前夕，反传统、反封建、借鉴西方、崇尚科学的浪潮日益高涨，疑古辨伪思潮在一些新思想的学者中以新的姿态兴盛起来。胡适、钱玄同、顾颉刚等北京大学的教授们经常讨论如何审理古史和古书中的真伪问题，他们既承袭并延续了宋代郑樵到清代姚际恒、崔述、章太炎、康有为等人的怀疑古史的思想传统，又接受了民主和科学以及进化论的进步思想，掀起了一个疑古辨伪的新史学运动。

顾颉刚出生于苏州一个书香家庭，幼年时期就饱览群书，喜欢史学，发现许多古书是靠不住的，传说中的古史也是靠不住的。五四运动之后，反封建成为社会潮流，人们对于一切事物都持怀疑态度，要求批判接受，终于，顾颉刚在怀疑、批判中产生了推翻古史的动机。他说：“因为辑集《诗辨妄》，所以翻读宋以后人的经解很多。对于汉儒的坏处也见到了不少。接着又点读汉儒的《诗》说和《诗经》的本文。到了这个时候再读汉儒的《诗》说，自然触到他们的误谬，我更敢大胆的批抹了。到了这个时候再读《诗经》的本文，我也敢用了数年来在歌谣中得到的见解作比较的研究了。我真大胆，我要把汉学和宋学一起推翻，赤裸裸地看出它的真相来。”[②] 顾颉刚读郑樵的《通志》、姚际恒的《九经通论》和崔述的《崔东壁遗书》等书，开始怀疑古史和古书的可信性，而且从怀疑“传”“记”，到怀疑“经”，从辨伪书、辨伪事，到辨伪史。

顾颉刚在胡适指导下标点《古今伪书考》时在给胡适写的一封信中写道：“中国号称有四千年（有的说五千年）的历史，大家从《纲

① 顾颉刚：《程憬〈中国古代神话研究〉序》，《博览群书》1993年第11期。

② 顾颉刚：《自序》（1926年1月12日），《古史辨》第一册，上海古籍出版社1982年影印本，第48页。

鉴》上得来的知识，一闭目就有一个完备的三皇五帝的统系，三皇五帝又各有各的事实，这里边真不知藏垢纳污到怎样！若能仔细地同他考一考，教他们涣然消释这个观念，从四千年的历史跌到二千年的历史，这真是一大改造呢！”[①]胡适对顾颉刚的这种大胆的疑古思想颇为欣赏，他在回信里这样说明他的古史观：“大概我的古史观是：现在先把古史压缩二三千年，从《诗三百篇》做起。将来等到金石学、考古学发达上了科学轨道以后，然后用地底下掘出的史料，慢慢地拉长东周以前的古史。至于东周以下的史料，亦需严密评判，‘宁疑古而失之，不可信古而失之’。”[②]

顾颉刚的疑古辨伪，经过了一段很长时间的酝酿期。他在《古史辨》第1册《自序》里写道：“读了《孔子改制考》的第一篇（即1921年。——引者注）之后，经过了五六年的酝酿，到这时始有推翻古史的明确的意识和清楚的计划。”[③]到1923年5月6日出版的《努力》增刊《读书杂志》第9期上刊登了顾颉刚的《与钱玄同先生论古史书》，在学界引起了一场轩然大波，接着发表了刘棪藜、胡堇人的辩驳文章，于是辩论文章相继见诸报端，一个震动中国学术界的、以顾颉刚为代表的“古史辨”学派便在论争中形成了。

从学术渊源上来说，“古史辨”派不是几个杰出思想家们的凭空杜撰，而是中国传统学术史上的前代疑古学者的思想和学术的继承与延续。顾颉刚说：“在崔氏的信经而重新审查了传、记里的资料的基础上，我们进一步连经书本身也要走姚际恒的路子，去分析它的可信

① 顾颉刚：《告拟作〈伪书考〉文书》（1910年12月15日），《古史辨》第一册，上海古籍出版社1982年影印本，第13—14页。

② 胡适：《自述古史观》（1921年1月28日），《古史辨》第一册，上海古籍出版社1982年影印本，第22—23页。

③ 顾颉刚：《自序》，《古史辨》第一册，上海古籍出版社1982年影印本，第43页。

程度。这就是《古史辨》的产生过程。”[①]钱穆说：“颉刚史学渊源于东壁之《考信录》，变而过激，乃有《古史辨》之跃起。”[②]胡适说：“在中国古史学上，崔述是第一次革命，顾颉刚是第二次革命，这是不须辨证的事实。”[③]钱玄同说：“前代学者如司马迁，如王充，如刘知几，如顾炎武，如崔述诸人，都有辨伪的眼光，所以都有特别的见识。可是前代学者的辨伪，都是自己做开山始祖，所以致力甚劬而所获甚少。咱们现在，席前人之成业，更用新眼光来辨伪，便可事半功倍。”[④]“古史辨”派之于传统学术，既有继承，又有超越。所谓“超越”，一是“用新的眼光来辨伪”（如引进并运用了进化论的理论与方法，如“用故事的眼光解释古史构成的原因”即比较研究等），二是辨伪范围的扩大（顾颉刚说他的“所谓辨伪，大约有三方面：一是伪理，二是伪事，三是伪书”[⑤]），三是提出了推翻非信史的四项标准：第一，打破民族出于一元的观念；第二，打破地域向来一统的观念；第三，打破古史人化的观念；第四，打破古代为黄金世界的观念。[⑥]

晚清末年，正当中国知识界疑古思潮崛起之时，日本学界有些汉学家也起于风气之先，加入到这个疑古潮流中。神话学家白鸟库吉（1865—1942）就是其中一人。白鸟库吉是日本东洋史学与日本研究中国神话的创始人。1890年毕业于东京帝国大学文学部史学科，

① 顾颉刚：《我是怎样编写〈古史辨〉的？》，《古史辨》第一册，上海古籍出版社1982年影印本，第9页。

② 钱穆：《八十忆双亲·师友杂忆》，岳麓书社1986年版，第143页。

③ 胡适：《介绍几部新出的史学书》，《古史辨》第二册下，上海古籍出版社1982年影印本，第338页。

④ 钱玄同：《论今古文经学及〈辨伪丛书〉书》（1921年3月23日），《古史辨》第一册，上海古籍出版社1982年影印本，第29—30页。

⑤ 顾颉刚：《答编录〈辨伪丛刊〉书》（1921年4月2日），《古史辨》第一册，上海古籍出版社1982年影印本，第32页。

⑥ 顾颉刚：《答刘胡两先生书》（1923年7月1日），《古史辨》第一册，上海古籍出版社1982年影印本，第99—101页。

1901—1903年留学德、法、匈牙利等国。历任学习院大学教授，东京帝国大学文科大学教授，东京帝国大学名誉教授。有《白鸟库吉全集》(全十卷)。研究中国神话的论文有:《尚书的高等批评(特就关于尧舜禹的研究)》(《东亚研究》第2卷第4号，明治四十五年[1912]);《支那古代史之批判》，昭和五年稿，未发表，收入《白鸟库吉全集》第8卷(岩波书店昭和四十五年版)。[①] 他于1909年撰有《中国古传说之研究》(原载《东洋时报》第131号，明治四十二年)一文。[②] 该文的主要观点如下:

(一)把古传说视为历史。白鸟氏说:"传说仍有其属于历史之一面。不论传说如何荒唐无稽、难以置信，亦无非该国历史之产物，一国传说若离开其历史，即不能存立。凡传说必有其主角，其人是否真如所传，固值怀疑，然而传说用事实与虚构结合而成，其形成之经过，却依然传出事实真相。加之凡国民必有其理想，而古传说又必包含此理想，故欲研究一国国民之历史并论及其精神，必须探讨其国民固有之传说，加以妥当解释。因此传说之历史研究，决不应等闲视之。欲彻底了解中国之哲学宗教，必须考察其古传说。中国传说之背景以儒教为理想，其中包括负起儒教崇拜角色之主人翁。不少传说一直被视为历史事实，无人提出疑问。现在试以别种解释，批判其所谓之人物遗迹，并探讨其由来。"

(二)尧舜禹三王的历史可疑。白鸟氏说:"尧舜禹三王之事迹……尧之事业主要关乎天文，舜之事业涉及人事，禹之事业则限于土地……吾人不得不疑尧舜禹三王之历史存在。尧主司天事，司人事者为舜，而彼之德为孝，并不为奇。孝乃百行之本，为中国人道

---

① 有关白鸟库吉对中国古代神话的研究，参阅王孝廉:《日本学者的中国古代神话研究》,《大陆杂志》第45卷第1期。

② 见刘俊文主编:《日本学者研究中国史论著选译》第一卷，中华书局1992年版。

德之基本。不难推知，彼等以舜为其道德理想之人格化。禹之事业与土地有关，已如上述。若尧舜禹三王传说之作者，应是心中先有自太古即存在之天地人三才说，始构成此传说。易言之，尧舜禹之三传说，实非一相继（successive，今译为“历时性”）之事，乃一并立（coexistent，今译为“共时性”）之事。因作者眼中存有三才说，故传说整体有不自然及人为之统一。”“尧舜禹乃古之圣王，孔子祖述之，孟子尊崇之，后世儒者之流视为圣贤，言行极受推崇，无人怀疑此等古圣人历史之存在。然而如今检讨研究三王之传说，大有怀疑之理由……尧之至公至明、舜之孝顺笃敬、禹之勤勉力行，即古代中国人对王者之所望，实儒教之理想……三王传说渗入了天地人三才之思想……三才思想，由来甚远，《舜典》中有三礼：祀天神、享人鬼、祭地祇，《甘誓》中有三正，于三才之月以建正。《易经》中有三才之道……此种三才思想，不仅见于中国之古籍，亦为北方诸民族间传播之共有思想。蒙古、东北、突厥诸族莫不有此思想，所谓萨满教拜天之根本思想，即此三才思想。故中国此种思想，其来甚久，尧舜禹之传说为其反映，绝非偶然。”白鸟是历史学家，他怀疑尧舜禹的真实存在而是传说人物，此“疑古”思想也多少给顾颉刚的“疑古”学说和“古史辨”派历史观的形成以影响。

（三）儒教控制上层思想，道教支配民间思想。白鸟氏说：“就吾人所见，尧舜禹乃儒教传说，三皇五帝乃易及老庄派之传说，而后者以阴阳五行之说为其根据。故尧舜禹乃表现统领中国上层社会之儒教思想，三皇五帝则主要表现统领民间思想之道教崇拜。据史，三皇五帝早于尧舜禹，然传说成立之顺序决非如是，道教在反对儒教后始整备其形态，表现道教派理想之传说发生于儒教之后，当不言自明。如是，儒教与道教虽为中国哲学思想之两大对立潮流，然二者均朝拜苍苍皇天，有期于天地，实同为一种自然教。其异处唯在儒教发挥人类性质，不与天地瞑合，老庄及从其胚胎之道教，从其脱化之风水说等则灭却人性机能，与天地瞑合。若以佛语为喻，儒教当为自力教，而道教则为他力教。因此之故，前者主要控制中国上层社会思想，后者主要支配民间思想。”白鸟在这段话里明确地指出，在中国的尧舜禹古史传说中掺杂有浓重的儒家思想的印迹，甚至称其为儒教传说。

顾颉刚是否直接受到过白鸟库吉这篇文章的“疑古”思想的影响，笔者没有直接的证据。但在他身后于台北出版的《顾颉刚读书笔记》[①]（台湾联经出版事业公司 1990 年版）第 4 卷《浪口随笔》（三）里收有《白鸟库吉释梁州名》《匈奴属突厥族或蒙古族问题》二文，都是评论白鸟库吉的中国学论著的短文。故我们有理由认为，顾在发表《古史辨》系列论文的时代，是直接或间接了解白鸟氏的观点的。

从时代来说，时代赋予了顾颉刚以勇气和力量，也赋予了顾颉刚以思想和智慧。五四新文化运动是“古史辨”得以形成的决定性因素。正如顾颉刚本人所说的：“予若不处五四运动时代，决不敢辨古史；即敢辨矣，亦决无人信，生不出影响也。适宜之环境，与少年之勇气，如此真可宝贵也。”[②]五四运动以科学和民主的思想启蒙了和武装了中国的知识界。在学术上，从西方传入了进化论和实用主义，使学术界获得了做学问的利器，而顾颉刚的历史演进说，正是主要来自于进化论学说。

二、顾颉刚的层累的神话观

由于古史与神话之间有着难解难分的关系，而“古史即神话”又是“古史辨”派所信奉的一个重要原则，故而神话学界也把“古史辨”派叫作“古史辨神话学”。“古史辨”派最基本的学术理念是顾颉

① 顾颉刚：《顾颉刚读书笔记》卷四，台湾联经出版事业公司 1990 年版，第 2120—2121 页。

② 顾颉刚：《顾颉刚读书笔记》卷九，台湾联经出版事业公司 1990 年版，第 6616 页。

刚提出的“层累地造成的中国古史观”。

“层累地造成的古史观”的内涵是什么呢？顾颉刚写道：

> 我很想做一篇《层累地造成的中国古史》，把传说中的古史的经历详细一说。这有三个意思。第一，可以说明“时代愈后，传说的古史期愈长”。……周代人心目中最古的人是禹，到孔子时有尧舜，到战国时有黄帝、神农，到秦有三皇，到汉以后有盘古等。第二，可以说明“时代愈后，传说中的中心人物愈放愈大”。如舜，在孔子时只是一个“无为而治”的圣君，到《尧典》就成了一个“家齐而后国治”的圣人，到孟子时就成了一个孝子的模范了。第三，我们在这上，即不能知道某一事件的真确的状况，但可以知道某一事件在传说中的最早的状况。①

“层累”说的根本之点是：“时代愈后，传说的古史期愈长”；或曰：“时代越后，知道的古史越前；文籍越无征，知道的古史越多”②。禹最早见于西周，春秋时又出现了尧舜，战国时又出现了黄帝、神农，秦时又出现了三皇，汉代又出现了盘古。越是后出现的人神，他们的辈分越高或资格越老。这当然是指见诸载籍的，而不是指原来流传在民众口头上的，没有注意到或没有提到神话的口头原始形态，正是顾颉刚的历史局限之所在。而古史的顺序，则恰恰反过来：盘古最晚出现却辈分最高资格最为古老（是创世始祖），三皇（天皇、地皇、泰皇）次之，黄帝、神农再次，尧舜更次，禹的辈分最小。顾颉刚遵循他所发现的这个规律，一方面根据神话传说的演化去审视和判断史

---

① 顾颉刚：《与钱玄同先生论古史书》，《古史辨》第一册，上海古籍出版社 1982 年影印本，第 60 页。

② 顾颉刚：《与钱玄同先生论古史书》，《古史辨》第一册，上海古籍出版社 1982 年影印本，第 65 页。

实，另一方面又反过来根据历史演进去分析神话传说。胡适说，“他这个根本观念是颠扑不破的，他这个根本方法是愈用愈见功效的”。他把顾颉刚的方法概括为四种方式：

（1）把每一件史事的种种传说，依先后出现的次序，排列起来。

（2）研究这件史事在每一个时代有什么样子的传说。

（3）研究这件史事的渐渐演进，由简单变为复杂，由陋野变为雅驯，由地方的（局部的）变为全国的，由神变为人，由神话变为史事，由寓言变为事实。

（4）遇可能时，解释每一次演变的原因。[①]

他说，顾颉刚的主要观点在于研究传说的经历；顾颉刚的方法可以称之为历史演进的（evolutionary）方法。尧舜禹的神话、黄帝神农伏羲的故事等，都可以用这样的方法去研究，研究史事和神话的演进，怎样由简单到复杂，由陋野变为雅驯，由地方的（局部的）变为全国的，由神变为人，由神话变为史事，由寓言变为事实，解释导致每一次变化的原因。

“尧舜禹的地位问题”是顾颉刚最早对古史产生疑窦的问题，也是顾颉刚研究古史进行辨伪的第一个实验性问题。在尧舜禹的地位问题之中，关键又是古代关于禹的观念及其演变。于是他便把禹的“演进史”作为重点讨论的首选。他从古籍的记载中看到，古代对禹的观念是那样的混乱和矛盾：

（一）《诗经·商颂·长发》：“禹敷下土方……帝立子生商。”顾颉刚说，在《生民》一诗里，“作者的意思为后稷始为种植的人，用

① 胡适：《古史讨论的读后感》，《古史辨》第一册，上海古籍出版社 1982 年影印本，第 192—193 页。

不到继续前人之业”。也就是说，“在《长发》之前，还不曾有一个禹的观念”。而到了《商颂》里，作者说，禹是一个“敷下土方”、开天辟地的神。据王国维的考定，《商颂》是西周中叶的作品。

（二）《诗经·鲁颂·閟宫》：“是生后稷……俾民稼穑；……奄有下土，缵禹之绪。”到了《閟宫》，禹已经变成了最古的人，而且是最早的有“天神性”的人王，那个在《生民》里被认为是“始为种植”的后稷，如今不复是“始为种植”者而变成了“缵禹之绪”、继续禹的功业的人物了。

（三）《论语》：“禹拜稽首，让于稷契”。把后生的人和缵绪的人都改成了他的同寅。

同样，尧舜的事迹也是照了这个次序：《诗经》和《尚书》（除首数篇）中全没有说到尧舜，似乎不曾知道有他们似的；《论语》中他们出现了，但还没有清楚的事实；到《尧典》中，他们的德行政事才粲然大备了。“因为得了这一个知识，所以在我的意想中觉得禹是西周时就有的，尧舜是到春秋末年才起来的。越是起得后，越是排在前面。等到有了伏羲神农之后，尧舜又成了晚辈，更不必说禹了。我就建立了一个假设：古史是层累地造成的，发生的次序和排列的系统恰是一个反背。”[①]

他从《尧典》中的古史事实与《诗经》中的古史观念之间的冲突中，意识到中枢的人物是禹，对禹在传说中的地位特别加以注意，并从此旁及他种传说，以及西周、东周、战国、秦汉各时代人的历史观念，“不期然而然在我的意想中理出了一个古史成立的系统”[②]。而这个古史系统，概括说来就是“层累地造成的古史”。

---

① 顾颉刚：《自序》，《古史辨》第一册，上海古籍出版社 1982 年影印本，第 58 页；《与钱玄同先生论古史书》，《古史辨》第一册，上海古籍出版社 1982 年影印本，第 62 页。

② 顾颉刚：《答柳翼谋先生》，《古史辨》第一册，上海古籍出版社 1982 年影印本，第 223 页。

在顾颉刚古史观和古史系统的建立中，禹的性质（最早是天神还是人王）、地位（尧舜禹的顺序和系统）和禹的神话是一个很有典型性的个案，解决了禹的性质、地位等问题，也就证明他的“层累地造成的古史观”是成立的了。他说：“我以为自西周以至春秋初年，那时人对于古代原没有悠久的推测。《商颂》说，‘天命玄鸟，降而生商。’《大雅》说，‘民之初生，自土沮漆’；又说，‘阙初生民，时维姜嫄’。可见他们只是把本民族形成时的人作为始祖，并没有很远的始祖存在他们的意想之中。他们只是认定一个民族有一个民族的始祖，并没有许多民族公认的始祖。但他们在氏族之外，还有一个‘禹’。《商颂·长发》说：‘洪水芒芒，禹敷下土方；……帝立子生商。’禹的见于载籍以此为最古。……看这诗的意义，似乎在洪水芒芒之中，上帝叫禹下来布土，而后建国。然则禹是上帝派下来的神，不是人。”[①] 他又写道：

> 就现存的最早的材料看，禹确是一个富于神性的人物，他的故事也因各地的崇奉而传布得很远。至于我们现在所以知道他是一个历史上的人物，乃是由于他的神话性的故事经过了一番历史的安排以后的种种记载而来。我们只要把《诗经》和彝器铭辞的话放在一边，把战国诸子和史书的话放在另一边，比较看着，自可明白这些历史性质的故事乃是后起的。所以我说禹由神变人是顺着传说的次序说的；刘（棪藜）、冯（友兰）先生说禹由人变神，乃是先承认了后起的传说而更把它解释以前的传说的。更有一层，在实际上无论禹是人是神，但在那时人的心目中则他确是一个神性的人物。[②]

① 顾颉刚：《与钱玄同先生论古史书》，《古史辨》第一册，上海古籍出版社1982年影印本，第61—62页。

② 顾颉刚：《自序》，《古史辨》第一册，上海古籍出版社1982年影印本，第64页。

尽管在论争辩驳中，有人曾讥笑顾颉刚把禹说成是一条虫，但在今天的我们来看，廓清禹的渊源和性质，把禹认定是商族最古的天神，从后起的周族起才把他认作是最古的人王，至于黄帝、尧舜等，无论商族还是周族，都还一概不知道有这些神话先祖的存在（至少是载籍上还没见踪迹）呢。他对禹最早是上帝派下来的天神、后来逐渐变成了人的论断，对禹的职责是陈山（甸山）与铺土（敷土），禹是南方民族的神话中的人物等论断，即对禹的“演进史”的全程描绘，是进化论在中国古史和神话研究上的一个胜利。

尧舜的出现，晚于禹，见于战国时人的《尚书》中的《尧典》和《皋陶谟》。“《诗经》中有若干禹，但尧、舜不曾一见。《尚书》中除了后出的《尧典》、《皋陶谟》，有若干禹，但尧、舜也不曾一见。故尧、舜、禹的传说，禹先起，尧、舜后起，是无疑义的。……尧、舜的传说本来与治水毫没干系，《论语》上如此，《楚辞》上也是如此。自从禹做了他们的臣子之后，于是他们不得不与治水发生关系了。但治水原是禹的大功，口碑载道，尧、舜夺不得的；没有法想，只得请尧做了一时的矇瞳，由他任鲧治水；等到‘九年，绩用弗成’，尧没有办法，就做了尧、舜交替的关键，并为舜举禹的地步。如此，禹的功绩既没有减损，而尧举了舜，舜举了禹，成就了这件事，尧、舜也很有间接的功勋，治水的事是他们三人合作的成绩了。”换句话说，“禹是西周中期起来的，尧舜是春秋后期起来的，他们本来没有关系，他们的关系是起于禅让之说上；禅让之说乃是战国学者受了时势的刺激，在想象中构成的乌托邦。”[①] 他还了禹一个本来面貌，把混乱矛盾的尧舜禹的关系给理清楚了，把他们的地位摆正了。

遵照“层累”说来分析古史上其他的古帝王，顾颉刚认为，如黄

① 顾颉刚：《讨论古史答刘胡二先生》，《古史辨》第一册，上海古籍出版社 1982 年影印本，第 127、129、133 页。

帝、神农、庖牺、三皇（天皇、地皇、泰皇）以及盘古等，其出现的时间，比起尧舜禹来，则更晚，时间大约在战国至西汉间，可是他们都“譬如积薪，后来居上”，在古史上的地位一个比一个更居前，与神话相对照，则“恰是一个反背”。“古人心中原无史实与神话的区别，到汉以后始分了开来。因为历来学者不注意神话，所以史实至今有系统的记载，而神话在记载上就崭然中绝。（在实际上，当然至今没有间断过……）”[①] 经过他的疑古辨伪，追根溯源，初步廓清了古史与神话混淆、人神杂糅的混乱局面，建立起了一个崭新的古史与神话的系统。

三、历史演进法

与“层累说”相适应，顾颉刚也建立了相适应的古史和神话研究方法。胡适把顾颉刚研究古史同时也是研究神话传说的方法，名之曰“历史演进”法。他概括说：“这种见解重在每一种传说的‘经历’与演进。这是用历史演进的见解来观察历史上的传说。”“顾先生的主要观点在于研究传说的经历。”他还把顾颉刚的这种历史演进的研究方法分解为下列四条：

（1）把每一件史事的种种传说，依先后出现的次序，排列起来。

（2）研究这件史事在每一个时代有什么样子的传说。

（3）研究这件史事的渐渐的演进，由简单变为复杂，由陋野变为雅驯，由地方的（局部）的变为全国的，由神变为人，由神话变为史事，由寓言变为事实。

① 顾颉刚：《我的研究古史的计划》，《古史辨》第一册，上海古籍出版社 1982 年影印本，第 215 页。

（4）遇可能时，解释每一次演变的原因。[①]

前面已经说过，禹的故事的发生与演进，是顾颉刚建立“层累说”的根基性的证据；同样，也是他开创古史传说研究的“历史演进法”的一个最具典型性的例证。在顾颉刚笔下，禹的神话的历史演进，大致有三个时期：（一）南方民族的祖先神禹传入中原时期；（二）尧舜禹的故事粘连在一起的时期；（三）禹与后稷发生关联的时期。

商周间，在南方崛起的新民族——越族，因“土地卑湿，积水的泛滥”，“有宣泄积水的需要”[②]，于是禹的神话被创造出来，而且禹被奉为越族的祖先神。禹的神话由越族传至地域毗邻、生存条件相类的楚族。到西周中期，又由楚族传到了交往密切的中原，并为发祥于并居住在中原的周族所接受。周穆王末年的《吕刑》始有关于禹的记载。禹虽被周族所接受，却并不是周族的祖先，而是作为周族信仰的天神。如顾颉刚所说：“他不是周族的祖先而为周族所称，不是商族的祖先而亦为商族所称”，只有天神的神话才有这样的普遍性。[③]作为天神，禹的功绩是敷土、甸山、治水。顾颉刚称这个时期的禹，是“山川之神”。到西周后期有了社祭，禹的神职延伸、扩大了，山川之神之外又兼为社神，其神职是治沟洫、事耕稼。《大雅》《小雅》《商颂》《鲁颂》中屡屡出现禹的名字和事迹了。顾颉刚说：“流播的地域既广，遂看得禹的平水土是极普遍的；进而至于说土地是禹铺填的，山川是禹陈列的，对于禹有了一个‘地王’的观念。”[④]

---

① 胡适：《古史讨论的读后感》，《古史辨》第一册，上海古籍出版社1982年影印本，第193页。

② 顾颉刚：《讨论古史答刘胡二先生书》，《古史辨》第一册，上海古籍出版社1982年影印本，第123页。

③ 顾颉刚：《讨论古史答刘胡二先生书》，《古史辨》第一册，上海古籍出版社1982年影印本，第109页。

④ 顾颉刚：《讨论古史答刘胡二先生书》，《古史辨》第一册，上海古籍出版社1982年影印本，第127页。

据顾颉刚的研究,《诗经》中有若干个禹的记载,却没有尧舜的记载;《尚书》中除了后出的《尧典》和《皋陶谟》以外,有若干个禹的记载,却没有尧舜的记载。这说明尧舜禹的神话传说,禹先起(西周中期),尧舜后起(春秋后期)。从《论语》和《楚辞》的记载看,本来与治水毫无关系的尧舜传说,到战国时与禹的传说粘连起来了,而且本来先起的禹,竟然成了后起的尧舜的臣子。不同的神话传说何以出现这样的粘连呢?顾颉刚说,是战国时的政治背景使然:"战国时,各强国的国王都有统一天下的大志,不息的战争攻伐,贵族又是说不尽的豪侈,残伤民命,暴夺民财;人民憔悴于虐政之下,真是创深痛钜。……解决的方法最直接的无过革命,革命的事原有汤武的好例在前,所以他们竭力地骂桀纣,颂汤武。但当时人民对于国王……虽是疾首痛心到极点,而要自己起来划除他们的势力终是无力的。他们在这般有心无力的境界中,只有把自己的希望构成一种根本解决的想象,做宣传的功夫。根本的想象是什么?乃是政治的道德化。……这一种想象就是禅让说。"于是,"尧舜禹的关系就因了禅让说的鼓吹而建筑得很坚固了"。[①]

禹神话演进的另一路径,是与后稷神话的粘连。西周人关于后稷的神话,见于《诗经》中的《生民》一诗:"阙初生民,时维姜嫄……载生载育,时维后稷。……诞置之隘巷,牛羊腓字之。诞置之平林,会伐平林。诞置之寒冰,鸟覆翼之。鸟乃去矣,后稷呱矣。……诞后稷之穑,有相之道。……诞降嘉种……"顾颉刚说:"在此很可注意的,后稷只是后稷,他没有做帝喾的儿子,没有做禹的辅佐,没有做舜的臣子,也没有做契的同官。"而到《鲁颂·閟宫》诗里,则出现了"是生后稷","赞禹之绪"的字句,把禹这个外来

① 顾颉刚:《讨论古史答刘胡二先生书》,《古史辨》第一册,上海古籍出版社 1982 年影印本,第 127—130 页。

之神（初为周人的天神或山川之神）与周人的先祖、耕稼之神的后稷联系了起来，而且说后稷是“赞禹之绪”；既然耕稼之神后稷是“赞禹之绪”者，那么，禹也就应该是耕稼之神了。顾颉刚说：“《閟宫》对于禹的态度和《论语》是一致的，它们看得禹是在后稷之前的一个耕稼的人王，对于治水方面反甚轻忽。”而对于晚出的《尧典》和《皋陶谟》里所说的“禹拜稽首，让于稷契暨皋陶”故事，顾颉刚认为那是《尧典》和《皋陶谟》的作者“称名的惑乱”，其叙述与《生民》和《閟宫》相去甚远，后稷在虞廷做官是晚出的故事。

用胡适所归纳并分列的顾颉刚的研究方法来对照，禹神话的历史演进，符合他拟定的“由简单变为复杂”规律，尽管顾颉刚所据以分析的材料是古籍的记载，而非禹神话在民众被创造出来并得以流传的最初的口头形态（尽管谈论它的最早的口头形态，不过是一种想象和愿望而已）。对禹神话的演进的分析研究，自然也如胡适所说，同样也适用于尧舜禹的故事、黄帝神农庖牺的故事、汤的故事、后稷的故事、文王的故事、太公的故事、周公的故事等。

但神话的历史演进，不仅仅有由“简单变为复杂”一途，也还有甚至更多的是反向演进的另一途，即由复杂变为简单。胡适没有将由复杂变为简单的演进可能列入他所归纳和分列的四条规律之中，而顾颉刚在后来的研究中，倒是做过一些实际的有成效的分析。例如，他对《周易》卦、爻辞中还依稀可见的五个的故事的片断和词句进行考证、比较，还原了这些几乎消失了的古神话故事。这五个故事乃王庆丧牛羊于有易、高宗伐鬼方、帝乙归妹、箕子明夷、唐侯用锡马蕃庶。

王国维在《殷卜辞中所见先公先王考》一文中考出王亥、王恒系殷人的先公：“甲寅岁莫，上虞罗叔言参事撰《殷虚书契考释》，始于卜辞中发见王亥之名。嗣余读《山海经》《竹书纪年》，乃知王亥为殷之先祖。”“又观卜辞，王恒之祀与王亥同，太丁之祀与太乙、太甲同，孝己之祀与祖庚同，知商人兄弟，无论长幼与已立未立，其名号、典礼盖无差别。于是卜辞中人物，其名与礼皆类先王，而史无其人者，与夫父甲、兄乙等名称之浩繁求诸帝系而不可通者，至是理顺冰释。而《世本》《史记》之为实录，且得于今日证之。”①

顾颉刚撰《周易卦爻辞中的故事》，在王著的基础上对王亥故事进行补缀阐释，大体上还原了这个失传已久的故事。他写道：

> 《易·大壮》六五爻辞：“丧羊于易，无悔。”又《旅》上九爻辞：“鸟焚其巢，旅人先笑后号咷，丧牛于易，凶。”这两条爻辞，从来易学大师，不曾懂得。自从甲骨卜辞出土之后，经王静安先生的研究，发现了商的先祖王亥和王恒；都是在汉以来的史书里失传了的。明白了这件事情的大概，再来看《大壮》和《旅》的爻辞，就很清楚了。这里所说的“丧羊”和“丧牛”，便是“胡终弊于有扈，牧夫牛羊”；也即是“有易杀王亥，取仆牛”。这里所说的“鸟焚其巢，旅人先笑后号咷”，便是“干协时舞，何以怀之？平胁曼肤，何以肥之？有扈牧竖，云何而逢？击床先出，其命何从？”也即是“殷王子亥宾于有易而淫焉，有易之君绵臣，杀而放之”。想来他初到有易的时候，曾经过着很安乐的日子，后来家破人亡，一齐失掉了，所以爻辞中有“先笑后号咷”的话。②

这个由繁到简几至失传的故事，经过王国维和顾颉刚的考释和阐发，得以还原。顾颉刚文章发表之后，王亥被杀、主甲微假师河伯而伐有易的情节，又有新解。吴其昌写道：

> 《竹书》云：“殷王子亥宾于有易而淫焉，有易之君绵臣杀而放

① 王国维：《殷卜辞中所见先公先王考》，《王国维学术经典集》下卷，江西人民出版社 1997 年版，第 122—123 页。

② 顾颉刚：《周易卦爻辞中的故事》，《燕京学报》1929 年第 6 期。

> 之。”一若王亥之被杀，完全由于逗奸有易之女子，故《天问》云：“平胁曼肤，何以肥之。”曼，嫱，美，丽也。(《广雅·释古》)“平胁曼肤”，女子之容也。今《天问》又云：“眩弟并淫，危害厥兄。”则亥及其弟，同时并淫，而其弟忽“危害厥兄”，则是否即为争夺一女子之故，可想见矣。然则王亥之死，乃由与其弟并淫而内讧矣。又《竹书》云：“是故殷主甲微假师河伯以伐有易。”不云主甲微即王亥之子。……主甲微当为王恒之子，不当为王亥之子矣。[①]

王亥的故事，作为殷商先公先王的神话，在他们的时代，应该是十分流行，甚至家喻户晓妇孺皆知的，但在其漫长的发展演变过程中，随着殷商历史本身的被历史烟尘所掩埋而逐渐失传了，而只在甲骨卜辞中和《周易》爻辞中保留下来了一鳞片爪，人们再也无法窥见其全貌，更无法得知其构成叙事文本的枝叶和细节。可以确认，王亥的故事乃是古代神话传说由复杂到简单的一个例子。

四、神话的人化与历史化

顾颉刚神话研究的另一功绩在于，他提出了并在一定程度上合理地阐述了神话的“人化”和“历史化”的问题。从神话学的原理来说，“人化”和“历史化”这两大问题，既是属于神话范畴内的古史传说部分在其演进过程中的普遍性问题，又是他在中国古史的辨伪中遇到的特殊性问题。任何民族的神话中，除了古史传说的部分外，还应有数量更大的非古史传说部分，如对自然和社会万物的想象与崇拜。世界各地的后进民族保留下来的神话遗产，我国许多少数民族保

---

① 吴其昌：《卜辞所见殷先公先王三续考》，《古史辨》第七册下，上海古籍出版社1982年影印本，第360页。

留下来的或还在口头上流传的神话，已经雄辩地证明了这一点。由于过早地人化和历史化的进程，中国古神话中的非古史传说部分大多被改造了或被遗忘了。这一点，顾颉刚在他的时代还没有可能认识到，所以他并没有谈及，这是历史的局限。

（一）“人化”问题

在中国古神话的演变过程中出现的所谓“人化”现象，不外两种情况：一是把神话中的古神和古人“人王化”了；二是把神话中的动物神“人王化”了。顾颉刚说：

> 古人对于神和人原没有界限，所谓历史差不多完全是神话。人与神混的，如后土原是地神，却也是共工氏之子。人与兽混的，如夔本是九鼎上的魍魉，又是做乐正的官；饕餮本是鼎上图案画中的兽，又是缙云氏的不才子。兽与神混的，如秦文公梦见了一条黄蛇，就作祠祭白帝；鲧化为黄熊而为夏郊。此类之事，举不胜举。……自春秋末期以后，诸子奋兴，人性发达，于是把神话中的古神古人都“人化”了。人化固是好事，但在历史上又多了一层的作伪，而反淆乱前人的想象祭祀之实，这是不容掩饰的。[①]

在古神话中，古人对于神和人原本是没有界限的，所谓“人神杂糅”是也。正如顾颉刚在上文中指出的，这种人神杂糅的神话思维，大致有三种情况：一是人与神混的；二是人与兽混的；三是兽与神混的。古神话的这种原始口头形态下的思维结构，到了春秋之际，“诸子奋兴，人性发达”，他们便根据自己的政治需要和学说理念，将这些

---

① 顾颉刚：《答刘胡二先生书》，《古史辨》第一册，上海古籍出版社 1982 年影印本，第 100—101 页。

原本属于原始思维的神话构思做了大量的修改，将其中的古神古人都“人化”了，“淆乱前人的想象祭祀之实”。顾颉刚把这次“人化”的浪潮叫作“作伪”，应该说，这是原始神话因外力而发生的第一次变异。

顾颉刚又说：

禹，《说文》云，“虫也，从厹，象形”。厹，《说文》云，“兽足蹂地也”。以虫而有足蹂地，大约是蜥蜴之类。我以为禹或是九鼎上铸的一种动物，当时铸鼎象物，奇怪的形状一定很多，禹是鼎上动物的最有力者；或者有敷土的样子，所以就算是开天辟地的人。（伯祥云，禹或即是龙，大禹治水的传说与水神祀龙王事恐相类。）流传到后来，就成了真的人王了。[①]

禹本为古代神话所集中的人物，看九鼎、《山海经》、《禹本纪》（《史记》引）诸文物可知。司马迁等虽不信这些东西，但这是用了他们的理性去做量度，他们原是不识得民众社会的神话传衍的本相的。这种神话在书本上流传下来的虽不多，但看《随巢子》有禹化熊的故事，《吴越春秋》又有禹娶九尾白狐的故事，可见在神话中禹与动物原是很接近的。……言禹为虫，就是言禹为动物。看古代的中原民族对于南方民族称为“闽”，称为“蛮”，可见当时看人作虫原无足奇。禹既是神话中的人物，则其形状特异自在意内。例如《山海经》所说“其神鸟身龙首”，“其神人面牛身”，都是想象神为怪物的表征。这些话用了我们的理性看固然要觉得很可怪诧，但是顺了神话的性质看原是极平常的。[②]

---

① 顾颉刚：《与钱玄同先生论古史书》，《古史辨》第一册，上海古籍出版社 1982 年影印本，第 63 页。

② 顾颉刚：《答柳翼谋先生》，《古史辨》第一册，上海古籍出版社 1982 年影印本，第 225 页。

这里涉及的是“人化”问题的另一面，即神话的角色是动物（或怪物）的“人王化”衍化趋向。顾颉刚根据相传九鼎上的图像把禹说成是一条虫（蛇），或者有敷土的样子，可以算是个神话中开天辟地的神，因而受到那些守旧而浅薄的学者的讥笑和挖苦，甚至使顾自己也一度失去了自信。那毕竟是80年前的事，学术界受到知识的局限，不知道动物作为神话的主角甚至民族祖先者，如印第安民族的美洲豹凯欧蒂，非洲布须曼族的蜘蛛，我国古代的犬戎族、现代的瑶族、畲族等的祖先槃瓠（神犬），等等，在世界各地所在多有，并不是什么不光彩的事。蛇的形象在古代的图像中屡见不鲜，如新石器时代的陶器上，如汉画像石上，如马王堆出土的帛书上，蛇、蜥蜴等爬行动物是我们某些或某个民族的神话祖先，大概是不容怀疑的。说禹是一条虫（蛇—龙），是古代陈山敷土的开辟神，原是十分大胆而严肃的一个科学假设。后来，在其衍化过程中，受到包括儒家思想在内的理性思维和文化传统的影响，禹从九鼎上的动物形体——虫，《随巢子》记载的“化熊”的形体，逐渐演变成了一个备受崇敬的“人王”。在顾颉刚看来，禹是虫（蛇，动物），与《山海经》里的那些“鸟身龙首”“人面牛身”的神兽一样，没有什么值得大惊小怪的，“顺了神话的性质看原是极平常的”。

顾颉刚认为，查禹的来踪去迹，本是一个地位独立、流传普遍的神话中的天神，一旦被“人化”而变成了“人王”，也就逐渐脱离神话了。他说：“西周中期，禹为山川之神；后来有了社祭，又为社神（后土）。其神职全在土地上，故其神迹从全体上说，为铺地，陈列山川，治洪水；从农事上说，为治沟洫，事耕稼。耕稼与后稷的事业混淆，而在事实上必先有了土地然后可兴农事，易引起禹的耕稼先于稷的观念，故《閟宫》有后稷缵禹之绪的话。又因当时神人的界限不甚分清，禹又与周族的祖先并称，故禹的传说渐渐倾向于‘人王’方面，而与神话脱离。”[①]

从顾颉刚的论述中可以看出，前后两种情况下的所谓“人化”，其关键都在于“人王化”。而古神话发展的“人王化”趋势，其原因，总的来说，是对春秋末期的诸子以及西汉以降的谶纬家的政治需要和学说理念的适应，是理性对神话的挤压；其结果，是使本来地位独立、流传普遍的神话（如禹神话），逐渐与神话脱离而变成了伪史。

（二）“历史化”问题

顾颉刚说：“凡是没有史料做基础的历史，当然只得收容许多传说。这种传说有真的，也有假的；会自由流行，也会自由改变。改变的缘故，有无意的，也有有意的。中国的历史，就集结于这样的交互错综的状态之中。”[②] 古神话传说“改变”的大趋向，大半就是古神话传说的“历史化”。自春秋以降，神话的“历史化”趋势愈演愈烈，使一部中国古史真中有假、假中有真，真假难辨，故反对“历史化”就成为顾颉刚辨伪的矛头所指。“历史化”不是中国才有，古希腊就有，在西方神话学中称“爱凡麦化”[③]。简言之，“历史化”或“爱凡麦化”就是把神话中的人物解释为帝王或英雄。

顾颉刚在《战国秦汉间人的造伪与辨伪》（1934 年）一文中对古人（特别是战国秦汉间人）的造伪运动，有一句总结性的断语：“战国秦汉之间，造成了两个大偶像：种族的偶像是黄帝，疆域的偶像

---

① 顾颉刚:《讨论古史答刘胡二先生》,《古史辨》第一册，上海古籍出版社 1982 年影印本，第 114 页。

② 顾颉刚:《战国秦汉间人的造伪与辨伪》,《古史辨》第七册上，上海古籍出版社 1982 年影印本，第 4 页。

③ 爱凡麦（Euhemerus, 创作时期为公元前 300 年），又译友赫麦鲁斯、欧伊迈罗斯，希腊哲学家。创立了神话即历史、神即历史英雄的著名理论。

是禹。”[①] 造伪就是把神话传说说成是历史，把神话中的神人说成是人王——帝王或英雄。他指出，在《大戴礼记》的《五帝德》《帝系姓》诸篇中记载的黄帝及其属系，就是把不同的神话“历史化”——造伪的结果。“黄帝生昌意，昌意生颛顼，这是一支；黄帝生玄嚣，玄嚣生蟜极，蟜极生帝喾，这是又一支。靠了这句话，颛顼和帝喾就成了同气联枝的叔侄。二千余年来，大家都以为是黄帝的子孙，原因就在这里。”“他们岂仅把上帝拉做了人王，使神的系统变做了人的系统；而且把四方小种族的祖先排列起来，使横的系统变成了纵的系统。”[②] 禹的情况也一样，在古代传说中他本是一个“平地成天”的神人，可是到了秦代，由于秦始皇的统一六国，也不得不逼得这个原本神话中的古帝王所拥有的土地，也必须和秦始皇的疆域一样广阔。在《禹贡》这部书里，当时的境域分为九州，硬叫禹担任了分州的责任，于是禹便成了“疆域的偶像”。中国的上古史就是在这样一种“历史化”的思绪中构成纵的和横的系统的。

法国汉学家马伯乐[③] 在其《书经中的神话》一书中开宗明义第一句是这样写的：“中国学者解释传说从来只用一种方法，就是‘爱凡麦’（Euhemerus）派的方法。为了要在神话里找出历史的核心，他们排除了奇异的、不像真的分子，而保存了朴素的残渣。神与英雄于此变为圣王与贤相，妖怪于此变为叛逆的侯王或奸臣。这些穿凿附会的工作所得者，依着玄学的学说（尤其是五行说）所定的年代先后排列

---

① 顾颉刚：《战国秦汉间人的造伪与辨伪》，《古史辨》第七册上，上海古籍出版社1982年影印本，第23页。

② 顾颉刚：《战国秦汉间人的造伪与辨伪》，《古史辨》第七册上，上海古籍出版社1982年影印本，第20页。

③ 马伯乐（M. Henri Maspèro, 1883—1945），法国汉学家，敦煌学家、语言学家和史学家，主要研究中国历史，是法国道教研究的奠基者。1921年任法兰西学院汉学讲座教授，1944年任法兰西学院文学部会长。二战中因其子参加爱国抵抗运动被以“恐怖活动嫌疑罪”逮捕，病死于纳粹德国的集中营。主要著作有《古代中国》《中国宗教·历史杂考》等。

起来，便组成中国的起源史。”[①] 马伯乐以这样的思想为指导，对《尚书》中的三个神话（羲与和的传说、洪水的传说、重黎绝地天通的传说）进行了辨伪研究，指出这些传说虽有历史之名，实际上却只是传说。《尚书》中充满着这种纯神话的而误认作历史的传说。而历史家的任务，“不必执着在传说的外形下查寻从未存在过的历史的底子，而应该在冒牌历史的记叙中寻求出神话的底子，或通俗故事来”。马伯乐对中国古史研究中的“爱凡麦化”（历史化）倾向的批评，可谓一语中的，与顾颉刚疑古辨伪的一些见解不谋而合。顾颉刚在马伯乐著、冯沅君译《书经中的神话·序》里写道：

> 《尚书》中所有的神话并不止马先生所举的几条（这一点马先生自己也知道），如《尧典》“胤子朱启明”一语，就包含着一个神话。考《山海经·海内西经》云：“海南昆仑之墟……帝之下都……面有九门，门有开明兽守之。昆仑南渊深三百仞，开明兽身大类虎而九首皆人面，东响立昆仑上。”
>
> 它说昆仑山上有一种神兽，叫作开明，守着昆仑山的九门。开明兽是一种身体大到像老虎，长着九个脑袋和人的面孔的怪物。案“开”“启”古音同，“启明”实在就是“开明”的变文。“朱”呢？《尧典》下文又云：“益拜稽首，让于朱、虎、熊、罴。”
>
> 可见“朱”也是同“虎、熊、罴”差不多的一种大兽之名。《尧典》的作者把“朱”与“开明”连在一起，把“朱”说成了人，把“开明”作为“朱”的表德，这是不是一种“爱凡麦”式的历史解释法的例证？
>
> 《尧典》又云：“舜……辟四门，明四目，达四聪。”

---

① 马伯乐：《书经中的神话·尚书中的神话》，冯沅君译，国立北平研究院史学研究会出版，商务印书馆发行，1937年，第1页。

前人把这两句话解作“广致众贤”，“广视听于四方”（《尚书》伪孔安国传），自是合于《尧典》作者的原意。但是这句话里却也包含着几种神话的素质。考《天问》云：“昆仑县圃，其居安在？……四方之门，其谁从焉？西北辟启，何气通焉？”

这是说昆仑山上有四方之门，只有西北方的门开启着。《尧典》的“辟四门”“达四聪”，我以为就是从这里来的。在战国时，上帝的传说往往化成尧舜的传说，如上帝殛鲧，变成尧舜的殛鲧；上帝“遏绝苗民”，变成尧舜的放伐苗民等。昆仑山是“帝之下都”，它是上帝传说里的一个地名，所以会与舜发生关系。又舜有重华之号、又有“目重瞳子”的传说，这种传说的原始，或许是说舜长着四只眼睛，所以《尧典》又有“明四目”的记载。例如战国时传说“黄帝四面”，这本来是说他一个脖子上长着四张脸，但是《太平御览》七十九引《尸子》载：“子贡问于孔子曰，‘古者黄帝四面，信乎？’孔子曰，‘黄帝取合己者四人，使治四方，不谋而亲，不约而成，大有成功，此之谓“四面”也。’”

经此一解，“四面”的神话就成了“四人治四方”的人事了。这与舜“明四目”的传说的演变何异？这是不是又是一件“爱凡麦”式的历史解释法的例证？

《尧典》同《皋陶谟》中又有夔典乐的记载：“帝曰：‘夔，命汝典乐！……’夔曰：於！予击石拊石，百兽率舞。”（《尧典》）“夔曰：‘戛击鸣球，搏拊琴瑟以咏，祖考来格；……笙镛以间，鸟兽跄跄；箫韶九成，凤凰来仪。”（《皋陶谟》）这位夔能使“百兽率舞”，“鸟兽跄跄”，“凤凰来仪”，本领真大极了！但考《山海经·大荒东经》云：“有龙状如牛，苍身而无角，一足，出入水则必风雨，其光如日月，其声如雷，其名曰‘夔’。黄帝得之，以其皮为鼓，橛以雷兽之骨，声闻五百里，以威天下。”原来“夔”就是这么一个怪物，怪不得他与鸟兽这样关切哩！因为有了这“雷鼓声”的传说，于是讹传

"夔"为乐官，仍说这位乐官是一足。有人觉得不合理，替它解释道：

"鲁哀公问于孔子曰：'乐正夔一足，信乎？'孔子曰：'昔者舜欲以乐传教于天下，乃令重黎举夔于草莽之中而进之，舜以为乐正。夔于是正六律，和五声，以通八风，而天下大服。重黎又欲益求人。舜曰："夫乐，天地之精也，得失之节也，故惟圣人为能和乐之本也；夔能和之以平天下，若夔者一而足矣！"故曰"夔一足"，非"一足"也。'"（《吕氏春秋察传》）

经此一解，"一只脚"就成了"一个就够了"。这是不是又是一件"爱凡麦"式的历史解释法的例证？①

中国古史上何以出现和盛行"历史化"或曰"爱凡麦化"呢？顾颉刚认为有下列原因：

第一，古人没有历史观念，只有致用观念。孔子"只拿了致用的观念来看夏殷，而不拿历史观念来看夏殷"，"在这种观念之下，与周有关的尚可仅凭传说，而与周无关的自然更不妨让它澌灭了"。"古时虽以孔子之圣知，也曾起过'文献不足'的感叹，但究竟受时代的束缚，惟有宛转迁就于致用的观念之下而已。"②

第二，儒家和墨家的提倡。顾颉刚说："孔子的思想最为平实，他不愿讲'怪、力、乱、神'，所以我们翻开《论语》来，除了'凤鸟不至，河不出图'二语以外，毫无神话色彩。其实那时的社会最多神话。试看《左传》，神降于莘，赐虢公土田（庄三十二年），太子申生缢死之后，狐突白日见他（僖十年），河神向楚子玉强索琼弁玉缨（僖二十八年），夏后相夺卫康叔之享（僖三十一年），真可谓'民神

① 马伯乐：《书经中的神话·序》，冯沅君译，国立北平研究院史学研究会出版，商务印书馆发行，1937年，第3—4页。

② 顾颉刚：《战国秦汉间人的造伪与辨伪》，《古史辨》第七册上，上海古籍出版社1982年影印本，第7—9页。

杂糅'。历史传说是社会情状的反映，所以那时的古史可以断定一半是神话，可惜没有系统的著作流传下来。流传下来的，以《楚辞》中的《天问》为最能表现那时人的历史观，但已是战国初期的了。……在《天问》中，禹是一个上天下地，移山倒海的神人，鲧是给上帝禁压在山里的。洪水是开辟时所有；平治水土不是人的力量，乃是神和怪物合作的成绩。有了这个了解，再去看《诗》《书》，那么，玄鸟生商的故事，履帝武生稷的故事，'洪水芒芒，禹敷下土方'之句，'殛鲧于羽山'之文，均不必曲为解释而自然发现了它们的真相。"[①]

在顾颉刚看来，在战国之前，中国古史的性质，大体是宗教的、神话的。所谓"历史化"的过程开始于战国时代。前面提到的顾颉刚给马伯乐《书经中的神话》序里提到的孔子对"黄帝四面"、"夔一足"的解释，以及顾颉刚在此前所写的《战国秦汉间人的造伪与辨伪》一文中提到的"黄帝三百年"的解释，如顾颉刚所说，"出发点虽在辨伪，但是结果则反而成了造伪：造了孔子的假话和古代的伪史来破除神话"[②]。

顾颉刚认为，墨子的"尚贤""尚同"的政治主张，对社会制度的变化发生了重大影响，连与他势不两立的儒家也不能不采取他的学说，而"社会组织的大变动，当然对于思想学术有剧烈的影响，古史传说遂更换了一种面目"[③]。最明显的一个例子是，在墨子的尚贤主义影响之下，出现了尧舜的禅让故事。尧舜禅让故事是神话"历史化"的一个典型案例。

---

① 顾颉刚：《战国秦汉间人的造伪与辨伪》，《古史辨》第七册上，上海古籍出版社1982年影印本，第9—10页。

② 顾颉刚：《战国秦汉间人的造伪与辨伪》，《古史辨》第七册上，上海古籍出版社1982年影印本，第44页。

③ 顾颉刚：《战国秦汉间人的造伪与辨伪》，《古史辨》第七册上，上海古籍出版社1982年影印本，第11—12页。

第三，阴阳五行说的影响。阴阳五行说用了阴阳五行的交互错综所引起的变化，来说明自然界的状况和社会的状态。战国邹衍和西汉刘歆先后创立的五德始终说，不仅对社会政治制度的变革，而且对神话传说的系统化、历史化起了重要作用。顾颉刚说："到了西汉的末叶，刘歆作《世经》，又另创了一种五德始终说，从伏羲的木德为始，以五行相生说为次：木生火，故炎帝以火德继；火生土，故黄帝以土德继；土生金，故少皞以金德继；金生水，故颛顼以水德继；水又生木，故帝喾以木德继；木又生火，故帝尧以火德继；火又生土，故帝舜以土德继；……这样排下去，从伏羲到汉，这五德的系统共转了两次半，比邹衍的原说，丰富多了。因为中国一切学问都是到东汉时才凝固的，所以他的话非常占势力，所有讲古史的书不提伏羲则已，一提到则未有不说他'以木德王'的。"[①] 阴阳五行说及其衍生的五德始终说，一旦被创立出来，由于适合于帝王们的政治需要，故而很快便大行其道，不仅严重地掩盖了史实的真相，同样也以一种新的神话系统和政治逻辑，严重地改变了神话传说的本意。

五、小结

顾颉刚是著名的历史学家，同时又是杰出的神话学家。他在古史"辨伪"的名义下所进行古史学术探索和论争中，阐述了自己完整的神话理论和神话研究方法，创立了一套神话学学术体系，并在他的带动和影响下，逐渐形成了一个中国神话研究上的学派——"古史辨派神话学"。先后属于这个神话学派的有：杨宽、童书业。从更大的范围来看，对于这个学派的神话学的形成发生过重要作用或影响的，前期

---

① 顾颉刚：《战国秦汉间人的造伪与辨伪》，《古史辨》第七册上，上海古籍出版社1982年影印本，第33—34页。

还有对顾颉刚发生过重大影响的胡适和钱玄同，后期还有追随顾颉刚古史辨治史思路的吕思勉等。杨宽曾经这样描述过“古史辨”派对中国神话研究的影响：“国人之治神话学者，如沈雁冰《中国神话研究ABC》，冯承钧《中国古神话研究》（见《国闻周报》）等无不以为古史传说出于神话之演变。迩来国内史学者，信古史传说出于神话者亦渐众，如姜亮夫《夏殷民族考》以禹为夏之宗神，舜为殷之宗神，近人著《中国社会与中国革命》者又云：‘商有水土之神为禹，周有农神为后稷，秦有物神白帝、黄帝、炎帝及青帝，东夷有战神称蚩尤。’”①从此也可见出这个学派在中国现代神话学的建立与发展中发生过多么重要的作用。

概括一下“古史辨”派史学家们的神话研究活动及其理论原则：

第一，这个学派的代表人物在20世纪20年代至40年代的30年间，以顾颉刚的《与钱玄同先生论古史书》为起点，陆续发表和出版了相当数量的、内容坚实的、有着广泛影响的讨论古史和神话的研究著述，其主要论文和大量书信收辑在先后问世的七册《古史辨》中。②

第二，“古史辨”派神话学学派以疑古、辨伪、释古作为共同的学术理念，在古史和神话的研究上所做的，可以概括为：（一）“古史的破坏”；（二）“神话的还原”。顾颉刚于1923年2月在《与钱玄同先生论古史书》中第一次提出了“层累地造成的中国古史”观③与“时代愈后，传说的古史期愈长”④的古史神话传说“演变说”。之后，杨

---

① 杨宽：《中国上古史导论》第1篇注五，《古史辨》第七册上，上海古籍出版社1982年影印本，第119页。

② 《古史辨》第一册初版于1926年，第七册初版于1941年。1982年3月上海古籍出版社重印，并根据顾颉刚的建议，增加了第八册，内容为研究古代地理的专集。

③ 顾颉刚：《与钱玄同先生论古史书》（1923年2月25日），《努力》增刊《读书杂志》第9期，1923年5月6日；又见《古史辨》第一册，上海古籍出版社1982年影印本，第61页。

④ 胡适：《古史讨论的读后感》，《读书杂志》第18期，1924年2月22日；又见《古史辨》第一册，上海古籍出版社1982年影印本，第191页。

宽于 1928 年 1 月在《中国上古史导论》中提出了神话的“自然演变分化说”与“东西民族神话系统”融合说。[①] 继而，童书业于1940 年 8 月在《〈古史辨〉第七册序》里阐述了“分化”说与“层累”说之间的关系是：“分化说是累层说的因、累层说则是分化说的果。”[②] 杨宽和童书业等进一步发展和完善了顾颉刚的神话研究理念，使“古史辨”神话学派得以最终形成。从神话学的角度而言，如果说顾颉刚所做的主要是“古史的破坏”，那么，杨宽和童书业等人所做的，则主要是“神话的还原”了。

第三，这个学派逐渐形成和完善了自己独特的神话研究方法。顾颉刚把这个方法系统作了如下表述：“用新式的话说为分析、归纳、分类、比较、科学方法，或者用旧式的话说为考据、思辨、博贯、综核、实事求是”[③]；换言之，“求真的精神，客观的态度，丰富的材料，博洽的论辩”[④]。“求真的精神，客观的态度，丰富的材料，博洽的论辩”，本来是顾颉刚对罗振玉和王国维的研究方法的评价，但他说“这是以前的史学家所梦想不到的，他们正为我们开出一条研究的大路，我们只应对于他们表示尊敬和感谢”，故也是他所遵循的。胡适在评价顾颉刚提出的“层累地造成的古史观”时说：“顾先生的这个见解，我想叫他做‘剥皮主义’。……这种见解重在每一种传说的‘经历’与演进。这是用历史演进的见解来观察历史上的传说。这是顾先生这一次讨论古史的根本见解，也就是他的根本方法。……他

---

① 杨宽：《中国上古史导论·自序》，《古史辨》第七册，上海古籍出版社 1982 年影印本，第 69、106、113 页。

② 童书业：《〈古史辨〉第七册序》（上），上海古籍出版社 1982 年影印本，第 6 页。

③ 顾颉刚：《孟姜女故事研究的第二次开头》，原载北京大学文科研究所：《国学门周刊》第 1 期，1925 年 10 月 14 日；后收入《孟姜女故事研究集》，上海古籍出版社 1984 年版，第 97 页。

④ 顾颉刚：《古史辨·自序》，《古史辨》第一册，上海古籍出版社 1982 年影印本，第 51 页。

的方法可以总括成下列的方式：（1）把每一件史实的种种传说，依次先后出现的次序，排列起来。（2）研究这件史实在每一个时代有什么样子的传说。（3）研究这件史实的渐渐演进，由简单变为复杂，由陋野变为雅驯，由地方的（局部的）变为全国的，由神变为人，由神话变为史事，由寓言变为事实。（4）遇可能时，解释每一次演变的原因。……顾先生的主要观点在于研究传说的经历。”① 他正是遵循这些原则，把实事求是的态度和分析、归纳、分类、比较等科学的方法引进了神话学研究的领域，从而开创了中国神话学的实证研究的传统。

第四，古史辨神话学家们在辨伪的同时，在“古史即神话”的理念下，“把古今的神话与传说作为系统的叙述”②，即对古今神话与传说资料进行了认真的辨伪和考释，为古史神话的进一步研究提供了可资信赖的文献资料，既是他们对中国神话研究的贡献，又反证了他们所采取的研究方法的可取。

第五，古史辨神话学派作为我国现代第一个神话研究流派，以“层累”和“演变”的理论与坚实的辨伪和考据的实践，成为中国现代民间文艺学史上“神话研究的开拓者”③，为中国现代神话学的学科建设奠定了坚实的基础。

随着考古文物和文献的大量出土，某些曾经被怀疑是“神话传说”的人物或事件，被证实确系真实的历史，“走出疑古时代”的一派向“疑古”“辨伪”学派提出了新的挑战。

---

① 胡适：《古史讨论的读后感》，《古史辨》第一册，上海古籍出版社 1982 年影印本，第 192 页。

② 顾颉刚：《古史辨·自序》，《古史辨》第一册，上海古籍出版社 1982 年影印本，第 61 页。

③ 王孝廉：《中原民族的神话与信仰·附录》，《中国的神话世界》（下编），台湾时报文化出版企业有限公司 1992 年版，第 325 页。

茅盾与中国神话学

茅盾（本名沈德鸿，字雁冰，笔名亦用玄珠、方璧，1896—1981），著名现代作家和社会活动家，也是中国现代神话学的开拓者之一。他在20世纪20年代接受了英国人类学派神话学的一些理念和观点，并在神话研究上做出了突出成就。他的第一篇神话研究论文《中国神话研究》发表于1925年1月出版的《小说月报》上。此后，陆续出版了《中国神话研究ABC》（署名玄珠，上海ABC书社1929年版）、《神话杂论》（署名茅盾，上海世界书局1929年版）、《北欧神话ABC》（署名方璧，上海世界书局1930年版）等神话研究著作，为中国神话学的理论体系的建构奠定了基础。

一、神话研究的历程

茅盾作为五四新文学战线上的重要作家和先锋战士，主要从事小说创作和文艺评论，他从事神话的研究，是业余的，而且主要在20世纪20年代末到30年代初的青年时代。他在正式着手研究神话之前，对神话研究有过相当充分的准备。幼年时，在父母的熏陶下，爱看《西游记》《三国演义》等“闲书”“禁书”，酷爱文学。1916年到上海商务印书馆编译所工作后，该所图书馆的英文藏书十分丰富，这就给青年茅盾打开了一个新的领域。在新思潮的冲击下，他和当时先进的知识分子一样，迫切感觉到中国封建主义的崩溃是不可逆转的；而继之而起的东西则只能到外国去找，必须向西方寻求真理。因此，他如饥似渴地从欧洲各种书报中汲取外国传来的各种新知识、新思想。其中，欧洲的神话及其理论特别引起他的兴趣。他在晚年写的回忆录中写道："在当时，大家有这样的想法：既要借鉴于西洋，就必须穷本溯源，不能尝一脔而辄止。我从前治中国文学，就曾穷本溯源一番过来，现在既把线装书束之高阁了，转而借鉴于欧洲，自当从希腊、罗马开始，横贯19世纪，直到'世纪末'。……因而也给我一个机会对19世纪以前的欧洲文学作一番系统的研究。这就是我当时从事于希腊神话、北欧神话之研究的原因。"[①]

这个时期，他阅读了大量希腊、罗马、印度、古埃及、北欧以及19世纪时尚处于半开化状态的民族（诸如北美印第安、非洲、澳洲、新几内亚、南太平洋诸岛）的神话传说、外国民族志、风土志、旅行游记等，广泛涉猎了19世纪后期欧洲人类学派神话学者的著作，对欧洲的神话理论和神话学史有一定的了解。从1918年开始，他先后编写过十多种童话、寓言故事等，编纂了中国寓言。1921年，茅盾在《近代文学体系研究》一文中，对文学的起源、文学与原始宗教的关系、神话是短篇小说的开端等问题，发表了自己的见解。后一观点，即神话是短篇小说的开端，在中国文学史和小说史上实属首见。[②]他对文学（包括神话）起源的解释，强调原人冥想的作用，显然是受到英国人类学派神话学家爱德华·泰勒（E. B. Tylor, 1832—1917）理论的影响。1923年，茅盾在上海大学英国文学系讲授希腊神话。这期间，他还在《小说月报》上著文介绍过捷克、波兰、爱尔兰等民族

① 茅盾：《商务印书馆编译所》，《新文学史料》1979年第2期，第53页；又见《茅盾全集》第34卷，人民文学出版社1997年版，第150页。

② 最早提出这种观点的是日本汉学家盐谷温所撰《中国文学概论讲话》（孙俍工译，1929年）。

的神话。他在商务印书馆编译所作编辑，还校注了多含神话的《淮南子》《庄子》和《楚辞》等多种古籍，并分别撰写了序言，显示了青年茅盾在古典文献和神话研究上的深厚的学养。

茅盾于 1925 年 1 月 10 日 出版的《小说月报》第 16 卷第 1 号上发表了《中国神话的研究》（署名沈雁冰）。这篇写于 1924 年 12 月 11 日的文章，是他研究中国神话的第一篇长文，也是他运用欧洲人类学派的神话理论以阐释中国神话问题的首次尝试。他在论述中国神话之前，先援引了安德鲁·兰（Andrew Lang, 1844—1912）和麦根西（A. Mackenzie，通译为“麦肯齐”）的主要观点，作为他论述中国神话的理论根据。他写道：

> 神话是什么？这不是一句话就可以说明白的。如果我们一定要一个简单的定义，则我们可以说：神话是一种流行于上古时代的民间故事，所叙述的是超乎人类能力以上的神们的行事，虽然荒唐无稽，可是古代人民互相传述，却确信以为是真的。
>
> 神话是怎样发生的呢？这也有多种说法。已死的解释，我们不必去提及，单讲还活着的解释；安德鲁·兰以为神话是原始人民信仰及生活的反映。他说原人的思想有可举之特点六：（1）为万物皆有生命思想情绪，与人类一般；（2）为呼风唤雨和变形的魔术的迷信；（3）为相信死后灵魂有知，与生前无二；（4）为相信鬼可附于有生的或无生的各物，而灵魂常可脱离躯壳而变为鸟或其他兽以行其事；（5）为相信人类本可不死，所以死者乃是受了仇人的暗算（此思想大概只有少数原始民族始有之）；（6）为好奇心。原人见自然界现象以及生死梦睡等事都觉得奇怪，渴要求一个解释，而他们的智识不足以得合理的解释，则根据他们的蒙昧思想——就是上述六种——造一个故事来解释，以自满足其好奇心。麦根西也说，神话是信仰的产物，而信仰又为经验的产物。他们又是自然现象之绘画的记录。人类的经验并

> 不是各处一律的，他们所见的世界的形状以及气候，也不是一律的。有些民族，是在农业生活的基础上得进于文明的，于是他们的信仰遂受了农业上经验的影响，而他们的神话亦呈现农业的特色。……
>
> 故据上述兰氏和麦根西氏之说，我们知道各民族在原始期的思想信仰大致相同，所以他们的神话都有相同处（例如关于天地开辟的神话，日月以及变形的神话等等），但又以民族因环境不同而各自有其不同的生活经验，所以他们的神话又复同中有异。观于一民族所处的环境以及他们有过的生活经验，我们可以猜到他们的神话的主要面目。[①]

茅盾在引用了上面安德鲁·兰氏和麦根西氏有关神话的界说和基本观点之后，直截了当地说："我们根据了这一点基本观念，然后来讨论中国神话，便有了一个范围，立了一个标准。"可见他是把人类学派神话学的基本观点当作他的神话研究的原则和方法来对待的，足见其重视。他根据兰氏的原则，理出来研究中国神话的"三层手续"（即三条原则）：

第一，区别原始神话与神仙故事。中国神话不但一向没有聚成专书，散见于古籍中的，也非常复杂零碎，而许多古书涉及的神仙故事，大半不能"视作中华民族的原始信仰与生活状况的反映"。他说："应用兰氏对于神话的见解，以分别我们所有的神仙故事何者为我们民族的原始信仰与生活状况的反映，何者为后代方士迎合当时求神仙的君主的意志而造的谰言。"

第二，区别哪些是外来的神话。他说："自汉以来，中国与西域交通频繁，西方的艺术渐渐流入中华，料想那边的神话也有许多带过

---

① 茅盾：《中国神话研究》，原发表于《小说月报》第16卷第1号（1925年1月10日）；见《茅盾全集》第28卷，人民文学出版社1993年版，第1—2页。曾先后收入《神话杂论》（上海世界书局1929年版）和《神话研究》（百花文艺出版社1981年版）。

来而为好奇的文人所引用；于此，我们也应根据‘生活经验不同则神话各异’的原则，以分别何者为外来的神话。”

第三，区别哪些是佛教的影响。“佛教流入中国而且极发达后，一方面自然也带来了一点印度神话（幽冥世界的神话等等），可是一方面中国固有的神话大概也受了佛教思想的影响而稍改其本来面目，犹之基督教化了北欧的神一样；于此，我们又应当找出他改变的痕迹，以求得未改变时的原样。”

他说，如果按照这三条原则来研究中国神话资料，把那些冒牌的货色开除之后，就可以视为表现中华民族的原始信仰与生活状况的神话。他把经过区分之后的中国神话归为六类：

（一）天地开辟的神话。如盘古氏开天辟地，以及女娲氏炼石补天等等。

（二）日月风雨及其他自然现象的神话。如羲和驭日，以及羿妻奔月等等。

（三）万物来源的神话。中国神话里这一类颇少，唯有中华民族的特惠物的蚕，还传下一段完全的神话；其余的即有亦多零碎，不能与希腊神话里关于蛙、蜘蛛、桂、回声，或者北欧神话里关于亚麻、盐等物来源的故事相比拟。

（四）记述神或民族英雄武功的神话。如黄帝征蚩尤，颛顼伐共工等等。

（五）幽冥世界的神话。此类神话，较古的书籍里很少见，后代的书里却很多，大概已经道教化或佛教化。

（六）人物变形的神话。此类独多，且后代亦时与新作增加。①

经过这一番梳理，去伪存真，——当然是以兰氏和麦根西氏的人

---

① 茅盾:《中国神话研究》,《茅盾全集》第28卷，人民文学出版社1993年版，第4—5页。

类学派的是否反映了原始信仰和生活状态为准则——茅盾神话体系中的中国神话宝库，最终只剩下了上面所说的六类。因此，可以说，1925 年 1 月茅盾发表的平生第一篇神话研究文章，虽然是初涉这一领域，但其在中国现代神话学史上的开拓性却是自不待言的。

1925 年 5 月 30 日，上海发生了震惊中外的“五卅”惨案。这一年，茅盾把主要时间和精力投入到了政治斗争之中，文学活动只得抽空做一些。他在晚年写的回忆录里说：“这一年，除了继续在《文学周报》(《文学周刊》从 171 期起改名为《文学周报》，单独发行。——引者注）和《小说月报》上发表一些文学评论和杂文外，有如下三件事值得一提：一是介绍北欧神话和希腊神话，在商务印书馆出版的《儿童世界》上连载；这是我研究和介绍外国神话的开端。二是试写了一些散文，发表在《文学周报》上。在这之前，我只写评论文章和翻译，没有写过散文，‘五卅’惨案使我突破了自设的禁忌，我觉得政论文已不足宣泄自己的情感和义愤。……三是写了长篇论文《论无产阶级艺术》。”①

作为五四新文化运动文艺战线的一名先锋战士和社会活动家、小说家、文艺批评家，他在不同的战线上参加各类活动，写各种文章，开始写文艺评论、杂文和翻译，后来开始写散文。他的神话研究完全是业余的。“五卅”惨案后，茅盾离开上海和商务印书馆，去了广州。第二年 4 月再次回到上海。他在一篇文章里写道：“（1926 年）四月中，我回到了上海；没有职业，可是很忙。那时我的身体比现在好多了，往往奔波竟日以后，还不觉得疲倦，还想做一点自己兴味所在的事。于是我就研究中国神话。这和我白天之所忙，好像有‘天渊之

---

① 茅盾：《五卅运动与商务印书馆罢工》，《新文学史料》1980 年第 2 期；又见《茅盾全集》第 34 卷，人民文学出版社 1997 年版，第 318 页。

隔’，可是我觉得这也是调换心力的一法。”[①]

大革命失败后，茅盾被国民党南京政府列入了通缉名单，于是他不得不隐居起来，开始了长篇小说的创作。到1928年7月，又不得不亡命东京。在东京，他写了许多小说，神话学专著《中国神话研究ABC》就是这时候在东京写成的。此书于1929年由世界书局分上下两册在上海出版，署名玄珠（1978年收入由人民文学出版社出版的《茅盾评论文集》时，易名为《中国神话研究初探》）。同年，茅盾把近几年来发表的四篇神话论文《各民族的开辟神话》《自然界的神话》《中国神话研究》《希腊神话与北欧神话》汇集，出版了《神话杂论》一书，交由世界书局出版。这一年茅盾除了写过几篇介绍北欧、希腊、罗马、埃及、印度神话的文章而外，到年底，又写完了一部神话学专著《北欧神话ABC》（上下册），1930年由世界书局出版。这个时期他的这些关于神话的专著或文章，都是在国外避难时写的，而且写作时缺少必要的参考资料。此后，由于社会政治活动和创作的繁忙，茅盾很少再有时间从事神话的研究了。30年代，他仅写过一篇评论黄芝岗《中国的水神》的文章。

《中国神话研究初探》这部写于半个多世纪前的著作于1978年再版，他在《前言》里谈到他早年的神话研究以及他所采用的人类学派的研究方法时说："我对神话发生兴趣，在1918年。最初，阅读了有关希腊、罗马、印度、古埃及乃至19世纪尚处于半开化状态的民族的神话和传说的外文书籍。其次，又阅读了若干研究神话的书籍，这些书籍大都是19世纪后期欧洲的‘神话学’者的著作。这些著作以‘人类学’的观点来探讨各民族神话产生的时代（人类历史发展的某一阶段），及其产生的原因，并比较研究各民族神话之何以异中有同，

① 茅盾：《几句旧话》，《创作的经验》，上海天马书店1933年版；又见《茅盾全集》第19卷，人民文学出版社1991年版，第438—439页。

同中有异，其原因何在？这一派神话学者被称为人类学派的神话学者，在当时颇为流行，而且被公认为神话学的权威。当1925年我开始研究中国神话时，使用的观点就是这种观点。直到1928我编写这本《中国神话研究初探》时仍用这个观点。当时我确实不知道马克思的《〈政治经济学批判〉导言》中有关神话何以发生及消失的一小段话……当后来知有此一段话时，我取以核查‘人类学派神话学’的观点，觉得‘人类学派神话学’对神话的发生与消失的解释，尚不算十分背谬。”①

二、中国神话的演变：历史化与仙人化

茅盾在其神话研究著作中，论述了中国神话的历史化问题。神话的历史化问题，不仅是中国神话的重要问题，也是世界性（如古希腊神话）的问题，对于神话研究者来说是无法回避的。其时，由于顾颉刚的《与钱玄同先生论古史书》一文于1923年5月6日在《努力》增刊《读书杂志》上发表而引起的“古史辨”大讨论正方兴未艾，神话（古史传说）的历史化问题在学术界备受关注。

茅盾分析了中国神话历史化倾向的必然性，同时，他也指出神话与古史之间的相互作用。他写道：“据我的武断的说法，中国的太古史——或说得妥当一点，我们相传的关于太古的史事，至少有大半就是中国的神话。神话的历史化，在各民族中是常见的；我们知道古代的神话学者中就有所谓历史学派。”“古代的历史家把神话当作历史的影写，竟是屡见而不一见的；从而我们若设想我们古代的历史家把神话当作历史加以修改（因为历史总是人群文明渐进后的产物，那时

① 《茅盾评论文集·前言》（上册），作于1978年2月6日，人民文学出版社1978年版，第3—4页；又见《茅盾全集》第27卷，人民文学出版社1996年版，第293页。

风俗习惯及人类的思想方式已大不同于发生神话的时代，所以历史家虽认神话为最古的史事，但又觉其不合理者太多，便常加以修改），亦似乎并不是不合理的。”[①] 可见，他认为历史家为了追求古史的合理性而把神话当作历史进行修改，是神话历史化的最重要的原因。盘古与女娲神话的演变过程是他论述神话历史化的一个例证：

盘古与女娲的故事，明明都是中国神话关于天地开辟的一部分，然而中国文人则视作历史，女娲氏竟常被视为伏羲之后的皇帝。我们要晓得，凡开辟神话中之神，只是自然力之象征——此在高等文化民族之神话为然——与此后关于日月风雨以至事物起源等神话内的神为渐近于人性者，有甚大的分别，可是中国古代史家尚以为乃古代帝皇，无怪他们把其余的神话都视为帝皇之行事了。譬如羲和这个名字，根据屈原《离骚》经的“吾令羲和弭节兮，望崦嵫而勿迫”一句看来，所谓“羲和”，或竟如《书经》所说羲氏和氏是二人，乃驭日之神，与望舒之为月御（亦见《离骚》：前望舒先驱兮）相对待，我们知道希腊和北欧的神话都说日神驱黄金之车巡行天宇，下民望之是为日，中国的羲和将亦类是，然而《尚书》（《史记》因之）则以为乃尧时主四时之官；这便是把神话中的日御羲和变化为人臣，而把神话中羲和的职掌，变化为“主四时之官”。以此类推，我们竟不妨说尧时的诸官，多半是神话中的神。尧舜之治乃我国史家所认为确是历史的，但我们尚可以怀疑他是历史化的神话，然则尧舜以前，太史公所谓为“其事不雅驯”的三五之事，当然更有理由可说是神话的历史化了。[②]

如上引文所举，茅盾认为，盘古、女娲、羲和、尧舜这些神话中

① 茅盾：《中国神话研究》，《茅盾全集》第28卷，人民文学出版社1993年版，第9—10页。

② 茅盾：《中国神话研究》，《茅盾全集》第28卷，人民文学出版社1993年版，第18页。

的人物，经过历史家们的多次修改，都变成了历史上的帝王。女娲被视为伏羲之后的皇帝，日神羲和成了尧时的“主四时之官”。“盘古的神话……被直截地当作历史材料，徐整收入了他的记载‘三王五帝’之事的《三五历纪》，胡宏更收进了《皇王大纪》。”“禹以前的历史简直就是历史化了的古代神话。黄帝和蚩尤的战争，也许就是中国神话上的神（黄帝）与巨人族（蚩尤）的战争。”“禹以上的历史都有疑窦，都可以说是历史化的神话。”除了这些开天辟地的神话人物之外，其他神话亦然。“‘文雅’的后代人不能满意于祖先的原始思想而又热爱此等流传于民间的故事，因而依着他们当时的流行信仰，剥落了原始的犷野的面目，给披上了绮丽的衣裳。如《山海经》里的‘豹尾虎齿’的西王母，到了《穆天子传》里已成了‘人王’，到《汉武内传》里‘简直成为“年可三十许”的丽人了’。”[①]“我们现有的神话，几乎没有一条不是经过修改而逐渐演化成的。除了上述西王母而外，还有昆仑的神话，月亮及牵牛织女的神话，都是明显的例子。”[②]

---

① 关于西王母神话的演进，茅盾说经历了三个时期。“演进”与“历史化”有同义的地方，似也还有差异的地方，这里不赘。他说的三个时期是：“在中国的原始神话中，西王母是半人半兽的神，‘豹尾虎齿，蓬发戴胜’，‘穴处’，‘三青鸟为西王母取食’是‘司天之厉及五残’即是一位凶神。到了战国，已经有些演化了，所以《淮南子》公然说‘羿请不死之药于西王母’，而假定可说是战国时人所作的《穆天子传》也就不说西王母的异相而能与穆王歌谣和答了。我们从《淮南子》的一句‘不死之药’，可以想见西王母的演化到汉初已是从凶神（司天之厉及五残）而变为‘有不死之药’的吉神及仙人了。这可说是第一期的演化。于是从‘不死之药’上化出‘桃’来；据《汉武故事》的叙述，大概当时颇有以西王母的桃子代表了次等的不死之药的意义，所以说西王母拒绝了武帝请求不死之药，却给他‘三千年一着子’的桃子。这可算是第二期的演化。及至魏晋间，就把西王母完全铺张成为群仙的领袖，并且是‘年可三十许’的丽人，又在三青鸟之外，生出了董双成等一班侍女来。这是西王母神话的最后演化。西王母神话的修改增饰，至此已告完成，然而也就完全剥落了中国原始神话的气味而成为道教的传说了。”（《茅盾全集》第28卷，人民文学出版社1993年版，第211—212页）

② 茅盾《中国神话研究ABC》，《茅盾全集》第28卷，人民文学出版社1993年版，第212—216页。

历史化是世界上所有民族的神话都未可避免的遭遇，希腊神话如此，北欧神话如此，中国神话亦如此。茅盾说，神话的历史化是历史的必然。但他并没有将神话的历史化进程一概否定，而是指出，神话的历史化有功也有过。神话毕竟是靠文学家和历史家们的著作而得以保存下来并传到我们手中的，而且“中国的文学家开始采用神话的时候，大部分的神话早已完全历史化了”[①]。他写道：“神话的历史化，固然也保存了相当的神话；但神话的历史化太早，便容易使得神话僵死。中国北部的神话，大概在商周之交已经历史化得很完备，神话的色彩大半退落，只剩了《生民》《玄鸟》的‘感生’故事。至于诱引‘神代诗人’产生的大事件，在武王伐纣以后，便似乎没有。穆王西征，一定是当时激动全民族心灵的大事件，所以后来就有了‘神话’的《穆天子传》。自武王以至平王东迁，中国北方人民过的是‘散文’的生活。不是‘史诗’的生活，民间流传的原始时代的神话得不到新刺激以为光大之资，结果自然是渐就僵死。到了春秋战国，社会生活已经是写实主义的，离神话时代太远了，而当时的战乱，又迫人‘重实际而黜玄想’，以此北方诸子争鸣，而皆不言及神话。然而被历史化了的一部分神话，到底还保存着。直到西汉儒术大盛以后，民间的口头的神话之和古史有关者，尚被文人采录了去，成为现在我们所见的关于女娲氏及蚩尤的神话的断片了。”[②] 如果将他的这段话的意思加以概括，他的意思是，一方面，神话过早地历史化，容易使神话僵死；另一方面，神话的历史化又保存了一部分神话，尽管失去了原来的完整性，但毕竟能使后人接受其中的一部分而免于全部湮灭于历史的烟尘中。

---

① 茅盾：《中国神话研究ABC》，《茅盾全集》第28卷，人民文学出版社1993年版，第214页。

② 茅盾：《中国神话研究ABC》，《茅盾全集》第28卷，人民文学出版社1993年版，第183—184页。

需要着重强调的是，茅盾在神话的历史化这个命题之下，除了具体地梳理了一些神话被历史化的过程外，还提出并阐发了属于自己的见解，即：一方面分析了盘古开天辟地神话的历史化过程，并论证了中国开辟神话属于兰氏理论中的第二种模式，即“创造天地与万物的是神或超人的巨人，且谓万物乃以次渐渐造成”，与希腊和北欧相似，是“后来有伟大文化的民族的神话”；另一方面他以希腊神话的体系为模本，力图把两个各自独立的盘古开天辟地神话与女娲造人补天神话连接起来，把两者之间的缺环填补起来，特别是批评了补《史记》的《三皇本纪》对女娲神话的修改（“把女娲补天作为共工氏折断天柱以后的事……修改得太坏了”）从而将其整合统一为比较完整的中国创世神话：“把这两段话合起来，便是开天辟地的神话。”① 在这两个问题的论述上，此前和后来的神话研究者，都鲜有人论及，故应视为茅盾在中国神话研究上的独到见解。

茅盾认为，神话的演变，历史化是普遍的，中外神话概莫能外，但在中国神话遭遇历史化之外，则还有另一个方面，即“道化”或“仙化”。这是因为自战国末燕齐之地的方士蜂起，把神话拿来为我所用，并加以修改所致。西王母的演变过程，就显示着神话“道化”或“仙化”的色彩。在论述《山海经》的《海内外经》的著作年代时，他作如是观：“《淮南》本是杂采群书之作，可以不论；然言昆仑及西王母，则《淮南》已谓‘羿请不死之药于西王母’，已经将《山海经》的‘是司天之厉及五残’的西王母来‘仙人化’了。这分明证实汉初已将西王母修改成合于方士辈的神仙之谭。原来言神仙之事，始于战国末的燕齐方士，至秦始皇统一天下前后而盛极一时，所以西王母的‘仙人化’大概可以上溯至秦汉之间，乃至战国末；《海内外经》

① 茅盾：《中国神话研究 ABC》，《茅盾全集》第 28 卷，人民文学出版社 1993 年版，第 185、192 页。

如为西汉时所增加，则其言西王母必不如彼其朴野而近于原始人的思想信仰。”[①] 他从对西王母的“仙人化”过程的分析中，断定《海内外经》著作的时代不能晚于战国，至迟在春秋战国之交。可以认为，“道化”或“仙化”是中国神话发展或传承中的一个有别于其他国家的特殊遭遇。

三、中国神话的再造（重构）

茅盾还论述了中国神话何以仅存零星和如何重构中国神话的问题。他说，鲁迅先生在他的《中国小说史略》第二篇里推究中国神话之所以仅存零星的理由举出了两条：“一者华土之民，先居黄河流域，颇乏天惠，其生也勤，故重实际而黜玄想，不更能集古传以成大文。二者孔子出，以修身齐家治国平天下等实用为教，不欲言鬼神，太古荒唐之说，俱为儒者所不道，故其后不特无所光大，而又有散亡。”[②] 他说，鲁迅的论断已属详尽确当，他就毋庸赘言了；他要说的，是如何用这些零星的材料来“再造”（即我们当代惯用的词汇：“重构”）中国神话。

在中国神话何以仅存零星以及如何重构中国神话这两个问题上，茅盾着重就胡适在《白话文学史》中的观点进行了辩难和商榷。胡适在其《白话文学史》里说：“‘三百篇’里……没有神话的遗迹。”“中国古代民族没有故事诗，仅有简单的神歌与风谣而已。”是因为文字的困难，不曾有记录。“南方民族（指‘沅湘之间’）曾有不少的神话”，而北方民族（指“汝汉之间”）则缺乏神话式的想象力，

① 茅盾：《中国神话研究ABC》，《茅盾全集》第28卷，人民文学出版社1993年版，第204页。

② 鲁迅：《中国小说史略》，《鲁迅全集》第8卷，人民文学出版社1957年版，第16页。

是因为“古代的中国民族是一种朴实而不富于想象力的民族。他们生在温带与寒带之间，天然的供给远没有南方民族的丰厚，他们须要时时对天然奋斗，不能像热带民族那样懒洋洋地睡在棕榈树下白日见鬼，白昼做梦”。茅盾不同意胡适的这个论断，认为：“中国民族确曾产生过伟大美丽的神话”；古代北方民族也曾有丰富的神话，只是到战国时代好像就歇灭了。神话早就消歇的原因有二：一是历史化，其中“大部”是被“秉笔的太史公”“消灭”的；二是没有激动全民族心灵的大事件以诱发“神代诗人”的产生。“‘三百篇’是孔子删定的，而孔子则不欲言鬼神”，况且“时时要对天然奋斗”的北方民族也可以创造丰富的神话。他根据《淮南子·览冥训》《淮南子·天文训》《列子·汤问》等书里的记载，和“天倾西北……地不满东南”所反映的对于宇宙形状的看法，以及《楚辞》里没有说到女娲及共工氏等神话材料，断言“女娲补天”是北方的神话。根据《山海经》十七“蚩尤作兵伐黄帝，黄帝乃命应龙攻之冀州之野”及《史记》载黄帝与蚩尤战于涿鹿之野等材料，他又断言黄帝讨伐蚩尤的神话也应是古代北方民族的神话。

茅盾认为，要“重造”（重构）中国神话，首先要建立正确的神话观。他以自汉至清许多学者对《山海经》这本包括神话最多的书的定位为例，检视其观点的错误所在，有视为地理书者，有视为小说书（广义的用法）者，都没有把握住《山海经》的本质，只有到清代的胡应麟认识到《山海经》是“古今语怪之祖”，表现了他的“灼见”。茅盾说：“所谓‘神话’者，原来是初民的知识的积累，其中有初民的宇宙观，宗教思想，道德标准，民族历史最初的传说，并对于自然界的认识等等。”“据最近的神话研究的结论，各民族的神话是各民族在上古时代（或原始时代）的生活和思想的产物。神话所述者，是‘神们的行事’，但是这些‘神们’不是凭空跳出来的，而是原始人民的生活状况和心理状况之必然的产物。”[①] 茅盾关于神话本质的论述，显然有英国人类学派神话学的影子，无疑应是“重构”中国神话所要遵循的基本原则，如果离开了这个基本的原则，那就不可能给“重构”工作一条路线。

他主张重构中国神话应从古籍中搜辑中国神话入手，而搜辑工作应遵循的理念是：一是材料愈古愈可靠，“不特要以周秦之书为准，并且要排斥后人伪造的周秦或三代的书”。二是也不能排斥后世文人书中所记的材料，“汉魏晋的材料固然要用，即如唐代的材料也未尝不可以采取；只要我们能从性质上确定这些材料是原始信仰与生活的混合的表现就好了”。因为，“神话原不过是流行于古代民间的故事，当原始信仰尚未坠失的地方，这种古老的故事照旧是人民口头的活文学，所以同在一民族内，有些地方文化进步得快，原始信仰早已衰歇，口头的神话亦渐澌灭，而有些地方文化进步较迟，原始信仰未全绝迹，则神话依然是人民口中最流行的故事。这些直至晚近尚流传于人民口头的神话，被同时代的文人采了去著录于书，在年代上看，固然是晚出，但其为真正的神话，却是不可诬的”。他的这个立论，说明他恪守着安德鲁·兰设定的神话原则：“安特里·兰（此为茅盾原译。——引者注）辩论 Rig-Veda（即《梨俱吠陀》）的年代，也说无论它是不是较近代的作品，但其中的故事既合于原始信仰和原始生活，就有神话的价值。我以为这正是我们的一个榜样，正是我们搜求材料时的一个好方针。”[②] 茅盾在此援引了安德鲁·兰的理说，把兰氏的是否“合于原始信仰和原始生活”作为是否是神话的判断原则，在我们当代仍然是有价值的。

---

① 茅盾：《中国神话研究 ABC》，《茅盾全集》第 28 卷，人民文学出版社 1993 年版，第 179—180 页。

② 茅盾：《中国神话研究》，《茅盾全集》第 28 卷，人民文学出版社 1993 年版，第 29—30 页。

茅盾把中国神话划分为北中南三部的理念，在中国神话学的学科建设上是颇有重要意义的。他写道："现存的中国神话只是全体中之小部，而且片断不复成系统；然此片断的材料亦非一地所产生……可分为北中南三部；或者此北中南三部的神话本来都是很美丽伟大，各自成为独立的系统，但不幸均以各种缘因而歇灭，至今三者都存了断片，并且三者合起来而成的中国神话也还是不成系统，只是片段而已。"[①] 尽管在茅盾之前，学界已有人提出盘古神话是南方民族的神话[②]，但"南方"（地区、民族）通常指的是湘沅地区，而更南的南方——两粤地区（民族）的神话资料一向披露得较少，基本上还没有进入学者们的视野之中，所以茅盾第一个提出，把"湘沅之间"的神话即《楚辞》内的神话称作南方（或南方民族的）神话，是不准确的，真正的南方（或南方民族的）神话，应是"更南方"（两粤地方的）民族的神话，盘古的神话就是产生在南方而后渐渐北行的。

茅盾写道："我们可以相信，当神话尚在民间口头活着的时候，一定有许多人采之入书，但已不可深考了。我们现在只知道直到离神话时代至少三千年的战国方有两种人把口头神话摭采了去，一是哲学家，二是文学家。这两种人对神话的保存做出了很大贡献。"

"哲学家方面，《庄子》和《韩非子》都有神话的断片，尤以《庄子》为多。今本《庄子》已非原形，外篇和杂篇，佚亡的很多。所以保存着的神话材料如鲲鹏之变，蜗角之争，藐姑射的仙人，十日并出等，已经不很像神话，或者太零碎。然据陆德明《庄子释文序》则谓《庄子》杂篇内的文章多似《山海经》，或类占梦书，因其驳杂，不为后人重视，故多佚亡。又郭璞注《山海经》，则常引《庄子》为参证。

---

① 茅盾：《中国神话研究ABC》，《茅盾全集》第28卷，人民文学出版社1993年版，第193页。

② 参见顾颉刚：《讨论古史答刘胡二先生》，《古史辨》第一册，人民文学出版社1993年版，第121页。

可知《庄子》杂篇的文字很含有神话分子，或竟是庄子的门人取当时民间流传的神话托为庄子所作而归之于杂篇。《列子》虽是伪书，然至少可信是晋人所作；此书在哲学上无多价值，但在中国神话上却不容抹杀；如太行王屋的神话，龙伯大人之国，终北的仙乡，都是很重要的神话材料。也都是被视为哲学而保存下来的。文学家采用神话，不能不推屈原为首。《离骚》和《九歌》保存了最有风趣的神话；《天问》亦包含了不少神话的片断，继屈原的宋玉亦采用神话；'巫山神女'的传说和冥土的守门者'土伯'的神话，都是宋玉保存下来的可贵的材料。《淮南子》流传了'女娲补天'和'嫦娥'的神话，又有羿的神话。故综合地看来，古代文学家保存神话的功绩，实在比哲学家还要大些。他们一方面保存了一些神话，一方面自然亦加以修改；但大体说来，他们还不至于像古代史官似的把神话完全换了面相。"

除了哲学家和文学家们保存了很多神话材料外，他还提到史家左丘明和一些野史的作者。关于左丘明，他说："左丘明也好引用神话传说，然而在他以前的史官早就把大批神话历史化而且大加删削，所以禹、羿、尧、舜，早已成为确实的历史人物，因此左丘明只能拾些小玩意，例如说尧殛鲧于羽山，其神化为黄熊，以入于羽渊。"[①] 关于野史作者，他举出采用了"南蛮"的开辟神话的三国时徐整；把盘古列为三皇之首的宋代胡宏（《皇王大纪》）；《路史》的作者宋代罗泌和《绎史》的作者清代马骕。此外，茅盾辟出一节的篇幅专讲《山海经》这部保存神话最多的书以及历代学者对其进行的研究，对《山海经》神话学多有建树。

茅盾提出中国神话的"再造"（重建）之后的80年间，许多神话研究者都在以不同的立场从事着这项工作，迄无间断，其间许多考古

① 茅盾：《中国神话研究ABC》，《茅盾全集》第28卷，人民文学出版社1993年版，第196—197页。

发掘，包括在长沙子弹库发现的楚帛书创世神话、马王堆发现的楚帛画等重要材料，但至今仍然没有把断裂了的和失落了的中国神话系统重建起来。

四、神话时代的宇宙观

原始人的宇宙观问题，从来是发生学、史前艺术学、神话学、哲学等领域关注的问题。茅盾的神话研究触及并论述了原始人的宇宙观问题。他认为，不论如何落后野蛮的民族，都有代表他们的宇宙观的开天辟地的神话，尽管这些神话在我们现代人看来太浅陋可笑，但我们不能不承认这是他们的宇宙观。他写道："原始人的思想虽然简单，却喜欢去攻击那些巨大的问题，例如天地缘何而始，人类从何而来，天地之外有何物，等等。他们对于这些问题的答案便是天地开辟的神话，便是他们的原始的哲学，他们的宇宙观。"[①]

（一）与宇宙同生的盘古，是南方民族的原始宇宙观；而"盘古死而后有天地"和"四极五岳"则是北方民族的原始宇宙观。古籍中记载的盘古神话，无论是徐整在《三五历纪》中的记载，还是在《五运历年纪》中的记载，都"是北中南三部民族的神话的混合物"，也都是经过文人不同程度地加工过的，已经附丽上了一些后世的思想。茅盾一方面以人类学和民族学的方法，另一方面通过比较研究，对徐整笔下的两段神话资料进行了剥离辨伪，使盘古神话的原始面貌得以显露出来：

天地混沌如鸡子，盘古生其中，万八千岁；天地开辟，阳清为

① 茅盾：《中国神话研究 ABC》，《茅盾全集》第 28 卷，人民文学出版社 1993 年版，第 218 页。

天，阴浊为地；盘古在其中，一日九变，神于天，圣于地，天日高一丈，地日厚一丈。如此万八千岁，天数极高，地数极深，盘古极长。后乃有三皇。（《三五历纪》——《太平御览》七八所引）

首生盘古，垂死化身，气成风云，声为雷霆。左眼为日，右眼为月，四肢五体为四极五岳，血液为江河，筋脉为地理，肌肉为田土，发髭为星辰，皮毛为草木，齿骨为珠石，汗流为雨泽；身之诸虫，因风所感，化为黎甿。（《五运历年纪》——马氏《绎史》所引）

茅盾认为，在出自徐整的这两段文字里，最可信的是《三五历纪》的记载。徐整所引的这段文字里记述的盘古，是与宇宙同生的神，“大概更接近南方民族的开辟神话的本来面目；然最后一句‘后乃有三皇’大概是徐整所加添的”。而在徐整的《五运历年纪》里的另一段记载，“却是把盘古拟作未有天地时之一物，盘古死而后有天地”，故而是与《三五历纪》里的记载相矛盾。但茅盾指出，这一段记载里增补修饰之处一定很多，但由于其中出现了“四极五岳”这样的字样，而“四极五岳”无论作为原始意象，还是作为原始观念，都是只有中部及北部民族的神话里才可能有，而在南方的神话如《离骚》中所没有的，故而可以断言这段神话资料“流露了中部及北部民族之宇宙观”。

（二）茅盾认为，天地创造之后，经历再破坏和再创造，即“创造——破坏——再创造”，也是远古神话中所记述的原始人的宇宙观。女娲补天的神话所反映的，就是这种宇宙观。他说：《淮南子·览冥训》里的这段文字——“往古之时，四极废，九州裂，天不兼覆，地不周载；火爁炎而不灭，水浩洋而不息；猛兽食颛民，鸷鸟攫老弱，于是女娲炼五色石以补苍天，断鳌足以立四极，杀黑龙以济冀州，积芦灰以止淫水；苍天补，四极正，淫水涸，冀州平，狡种死，颛民生。”——“很明显地可以抽绎出天地曾经一度毁坏而由女娲再造的意义”，而从其中的“杀黑龙以济冀州，积芦灰以止淫水”，则“可知这个神话的断片实是大洪水神话的一部分”。

把盘古创造天地神话与女娲再造天地神话合起来，便是中国原始先民创造的一个完整的开天辟地的神话，这是茅盾神话研究的一个基本论点。[①] 但他在对这两个神话的文本进行了比较研究之后又指出，这两个神话之间是“脱了榫的”，“《五运历年纪》云云大概是徐整因女娲氏补天的神话而私造的，或许不是徐整所造，也该是盘古神话流传到中部以后由民间所增的枝叶”。[②] 而在《风俗通》(《太平御览》七八引）中所记载的女娲抟土造人神话，把所造之人分为“富贵贤知者”（“黄土人”）和“贫贱凡庸者”（“引絙人”）两种，并“不是原始人民应有的原始思想”。

（三）原始人设想神们是聚族而居的，他们住在极高的山上，如同希腊神话里的奥林匹斯山一样。中国神话也有这种观念。《山海经》中所说的昆仑，是“帝之下都”，是众多的神居住的一座神山。昆仑山上居住着西王母、陆吾、开明兽等神，“尚可想见中国北方（后来也加入北中部）人民的原始宇宙观”。茅盾论道：“大概中国神话里的昆仑的最初观念……正好代表了北方民族的严肃的现实的气味”；而昆仑神话一旦传到南方民族中，便加上了许多美丽梦幻的色彩，于是在《离骚》里就被塑造成了“昆仑玄圃”。北方民族重现实，而南方民族重玄想，这既是民族性格，也是形成宇宙观基点。

（四）原始人受了自然界的束缚，活动范围十分狭小，因自然界的阻隔而不能到达的地方，便是他们产生好奇心和驰骋幻想的地方。茅盾认为，不同生活环境、气象条件以及不同生活经验的民族的神话，不仅有着不同的幻想，甚至表现出不同的宇宙观。茅盾举出烛龙

---

① 茅盾：《中国神话研究 ABC》，《茅盾全集》第 28 卷，人民文学出版社 1993 年版，第 192 页。

② 茅盾：《中国神话研究 ABC》，《茅盾全集》第 28 卷，人民文学出版社 1993 年版，第 221 页。

的例子。王逸对《天问》:“日安不到，烛龙何照?”注曰:“言天之西北，有幽冥无日之国，有龙衔烛而照之也。”而在《山海经》中却把“烛龙”作为神名:“钟山之神，名曰烛阴(郭注曰:烛龙也;是烛九阴，因名云)，视为昼，瞑为夜，吹为冬，呼为夏，不饮不食不息，息为风。身长千里，在无脊之东。其为物:人面蛇身赤色，居钟山下。”对于钟山之神的神名，王逸和郭璞的解释是不同的。“根据了《天问》的王逸注和《淮南子》，我们可以想象北方民族对于辽远的北方的观念是如何了。这个日光不到的地方，不论是名为烛龙也好，章尾山也好，钟山也好，总之，是等于北欧神话的尼非赫姆那样凄惨阴森的地方。……反之，气候温和地方的原始人，对于辽远地域的想象便不同了。”在那里，也许是乐土或仙乡、福地，如中部民族设想的远方的终北、华胥、列姑射，就是这样的乐土。[1]

茅盾的中国神话研究，特别是在中国神话的“再造”(重构)和开天辟地创世神话的研究上，提出了许多重要的见解，多有建树，达到了相当成熟的境界。他引进并运用人类学派的方法和理念于中国神话研究，如运用原始思维的原理和比较研究的方法以解决中国上古神话的问题，在学理上为中国神话学的学科建设奠定了相当的基础。当然，在他的时代，神话学还是一门年轻的学问，材料的积累和学理的探讨都还很不完善，也给他设置了局限，譬如他对神话的分类，还只是划分为有关自然的神话和有关社会的神话两大部类六个类别，在研究创世神话时，还停留在将宇宙起源神话大略确定为“创造—破坏—再创造”的模式上，而未能像后期的神话学家们那样进行更为细致的分类与研究。

---

① 茅盾:《中国神话研究 ABC》,《茅盾全集》第 28 卷，人民文学出版社 1993 年版，第 224—231 页。

闻一多的民歌与神话研究

闻一多（1899—1946），原名亦多，湖北浠水人。诗人和学者。1912 年入清华学校，1922 年赴美留学，先后在芝加哥美术学院、珂泉科罗拉美术系和纽约美国学生联合会学习西洋美术。1925 年 7 月回国，任北京艺术专门学校教务长，后又任教（职）于上海吴淞“国立”政治大学、《新潮》月刊编辑、中央大学外文系主任、武汉大学文学院院长、青岛大学文学院中文系主任、清华大学中文系教授、西南联大教授等。1943 年后，在中国共产党领导下，积极投身于反对国民党的独裁政权、争取人民民主的斗争。1946 年 7 月 15 日，在昆明被国民党特务暗杀。

20 世纪 30 年代中期到 40 年代初，闻一多在研究《周易》《诗经》《楚辞》《庄子》等古籍的同时，也醉心于中国神话的研究，撰写了几篇影响很大的论文。可以认为，诗歌（民歌）研究和神话研究是这个时期闻一多左右开弓、相辅相成的两条战线。开明书店于 1948 年出版的《闻一多全集》，将他的神话研究论文与《诗经》《楚辞》研究论文编为一集，取名《神话与诗》。神话研究，是闻一多在学术上成就最高、贡献最大的一个领域。他把传统的训古考据与现代的人类学民族学方法结合起来，通过对载籍材料与田野调查材料的综合分析比较，对高唐神女神话、姜嫄履大人迹神话、人首蛇身神、伏羲女娲兄妹配偶婚、战争与洪水以及洪水遗民神话、图腾社会与图腾神话等做了精缜的研究，在中国神话学史上开了一个时代。

一、民歌研究

闻一多从20年代末起研究《诗经》，对这部近于原始时代的诗歌总集中的民歌（二南和十三国风）进行解释，研究的视角也与一般学者殊异。其所以“异”，在于一般被简单地解释为比、兴等艺术手法的词句、名物、事物、风俗，在他的手中，因借用了西方的文化人类学、象征学（后翻译为“符号学”）和弗洛伊德的心理学这些武器，却发现了这些词句、名物、事物、风俗背后所隐藏着的、因时代的久远而被遗忘了或丢失了的真意。

在这方面，他写的文章有：《〈诗经〉的性欲观》（《时事新报·学灯》1927年7月9日—21日）、《匡斋尺牍》（《学文月刊》1934年第1卷第1期，1934年5月1日）、《诗新台鸿字说》（《清华学报》第10卷第3期，1935年7月）、《诗经通义》（《清华学报》第12卷第1期，1937年1月）等。

对《诗经·周南·芣苡》中“芣苡”的象征学的阐释，乃是他研究《诗经》、表达他的观点的一个极好的例子。《芣苡》原文曰：“采采芣苡，薄言采之！采采芣苡，薄言有之！采采芣苡，薄言掇之！采采芣苡，薄言捋之！采采芣苡，薄言袺之！采采芣苡，薄言襭之！”看似简单，但解义却难。闻一多写《匡斋谈诗·芣苡》，对诗中的芣苡背后隐藏着的真实意义加以挖掘。他说：古代有种传说，见于《礼含文嘉》《论衡》《吴越春秋》等书，说是禹母吞薏苡而生禹，所以夏人姓姒。这薏苡便是芣苡。古籍中提到芣苡，都说它有“宜子”的功能。那便是因禹母吞了芣苡而孕禹的故事产生的一种观念。古音“芣苡”与“胚胎”相同，证以“声同义亦同”的原则，闻一多认为，“芣苡”的本意就是“胚胎”，用在人身上，变作“胚胎”，乃是文字孳乳分化的结果。在《诗经》里，这两个字便是双关的隐语，英语所谓 pun。"这又证明后世歌谣中以莲为怜，以藕为偶，以丝为思一类的字法，乃是中国民歌中极古旧的一个传统。"

他说："从生物学的观点看去，芣苡既是生命的仁子，那么采芣苡的习俗，便是性的演出，而《芣苡》这首诗便是那种本能的呐喊了。""结子的欲望，在原始女性，是强烈得非常，强到恐怕不是我们能想象的程度。""《芣苡》诗中所表现的意识也是极原始的，不，或许是胜利上的盲目的冲动。"

他说："再借社会学的观点看。……宗法社会里是没有'个人'的，一个人的存在是为他的种族而存在的，一个女人是在为种族传递并蕃衍生机的功能上而存在的。如果她不能证实这功能，就得被她的侪类贱视，被她的男人诅咒以致驱逐，而尤其令人胆战的是据说还得遭神——祖宗的谴责。""总之，你若想象得到一个妇人在做妻以后，做母以前的憧憬和恐怖，你便明白这采芣苡的风俗所含的意义是何等严重与神圣。"

闻一多在《诗经通义》（甲）中对《周南》《召南》以及《邶风》中的一些诗歌也作了类似上述"芣苡"的人类学的和象征学的研究和解读。如对"鸟"、对"鱼"的解读就最有代表性。

《诗经·周南·关雎》中的"我高祖少皞之立也，凤鸟适至，故纪于鸟，为鸟师而鸟名"，"鸟"字何解最能与原意贴切？闻一多说："《三百篇》中以鸟起兴者，不可胜计，其基本观点，疑亦导源于图腾。歌谣中称鸟者，在歌者之心理，最初本只自视为鸟，非假鸟以为喻也。假鸟为喻，但为一种修辞术；自视为鸟，则图腾意识之残余。历时愈久，图腾意识愈淡，而修辞意味愈浓，乃以各种鸟类不同的属性分别代表人类的各种属性，上揭诸诗以鸠为女性之象征，即其一例也。后人于此类及汉魏乐府诗'乌生八九子'，'飞来双白鹄'，'翩翩堂前燕'，'孔雀东南飞'等，胥以比兴目之，殊未窥其本源。"[①] 闻一多批评了把"鸟"作为"比""兴"来理解的观点，而以图腾和象征解之。如上述"鸠"之为女性之象征，《诗经·周南·汝坟》中写到的"鱼"，亦"皆两性间互称其对方之廋语，无一实指鱼者"。他在《说鱼》[②] 中指出：鱼，以及经常和鱼组合而用的"饥""食"，均是"匹偶""情侣""合欢""结配"的隐语，这种隐语含义的运用，在《诗经》中比比皆是。以鱼为性的象征的观念，其流传的时间和地域甚广，"时代至少从东周到今天，地域从黄河流域到珠江流域，民族至少包括汉、苗、瑶、壮，作品的种类有筮辞、故事、民间的歌曲和文人的诗词"。在世界许多野蛮民族中，如埃及、亚洲西部及希腊等民族亦然。在我国许多地方，在民俗、民歌、年画，"鱼"和"莲"常组合在一起，"鱼"喻男子，"莲"喻女子，"说鱼与莲戏，实等于说男与女戏"。常作为"性"的象征，如年画之"鱼儿钻莲"。至于何以把"鱼"作为"情偶"的象征，他说，"除了它的繁殖功能，似乎没有更好的解释"。

在《诗经》的研究上，考据之外，闻一多还大量引用他自己搜集的和他人搜集的各地民间歌谣，作为他的歌谣之象征解读的印证。如汉族山歌《华山畿》、贵州苗族《黑苗情歌》、瑶族《盘瑶情歌》和《陇瑶情歌》、广西镇边壮族《黑衣恋爱歌》等。他的这种解读和研究古代民歌的方法，也可以叫作"以今证古"或"多重证据"吧。他附言说："本文中所引的近代民歌，除作者自己采辑的一小部分外，大部分出自下列各种书刊：陈志良著《广西特种民族歌谣集》，陈国钧著《贵州苗夷歌谣》，《民俗》和《北京大学研究所国学门月刊》，两种歌谣集都是承陈志良先生赠送的。"陈志良和陈国钧当时都是在贵

① 闻一多：《诗经通义》（周南、召南），《清华学报》第12卷第1期，1937年1月。

② 闻一多：《说鱼》，《边疆人文》第2卷第3、4期合刊，1945年6月。

阳的大夏大学社会学部的教师和研究人员，他们在民族地区采辑的这些歌谣都是当时流传于民间口头上的。从这段话里，可以看出闻一多对歌谣的关注、喜爱和熟悉。

论者说闻一多的《诗经》研究的“性学观”，源自于弗洛伊德的心理学说。其实，性欲观念、生命观念、子孙繁息观念、族群绵延观念等，原本是原始先民的必然思维，也是包括歌谣在内的一切原始艺术的最重要的主题和内容。研究民歌，不论是以《诗经》的国风为代表的先周民歌，还是现代仍流传着的民歌，只有把原始先民信仰和民俗遗迹联系起来去理解和考察，才是正确的途径；只做纯文艺的或纯技巧的研究，是不得其门而入的。

抗战爆发之初，闻一多随清华南迁到长沙，组成联合大学。后因日军轰炸长沙，临时大学再迁往昆明。学校迁徙时，他与学生一起步行，长途跋涉，途中深入少数民族地区民众中访谈，支持和指导南开大学学生刘兆吉进行沿途采风，最后集为《西南采风录》一书。途中所见老百姓的悲惨生活情景，对他的思想和治学方法产生了不小的影响。

他在《西南采风录》序里写道：

> 正在去年这个时候，学校由长沙迁昆明，我们一部分人组织了一个湘黔滇旅行团，徒步西来，沿途分门别类收集了不少材料。其中歌谣一部分，共计二千多首，是刘君兆吉一个人独力采集的。他这种毅力实在令人敬佩。现在这些歌谣要出版问世了，刘君因我当时曾挂名为这部分工作的指导人，要我在书前说几句话。我惭愧对这部分材料在采集工作上，毫未尽力，但事后却对它发生了极大兴趣。一年以来，总想下一番工夫把他好好整理一下，但因种种关系，终未实行。这回书将出版，答应刘君作序，本拟将个人对这材料的意见先详尽的写出来，作为整理工作的开端，结果又一再因事耽延，不能实现。这实在不但对不起刘君，也辜负了这宝贵材料。然而我

读过这些歌谣，曾发生一个极大感想，在当前这时期，却不能不尽先提出国人注意。

在都市街道上，一群群乡下人从你眼前滑过，你的印象是愚鲁，迟钝，萎缩，你万想不到他们每颗心里都自有一段骄傲，他们男人的憧憬是：

快刀不磨生黄锈，

胸膛不挺背腰驼。（安南）

女子所得意的是：

斯文滔滔讨人厌，

庄稼粗汉爱死人；

郎是庄稼老粗汉，

不是白脸假斯文。（贵阳）

他们何尝不要物质的享受，但鼠窃狗偷的手段，都是他们所不齿的：

吃菜要吃白菜头，

跟哥要跟大贼头；

睡到半夜钢刀响，

妹穿绫罗哥穿绸。（盘县）

哪一个都市人，有气魄这样讲话或设想？

生要恋来死要恋，

不怕亲夫在眼前。

见官犹如见父母，

坐牢犹如坐花园。（盘县）

…………

你说这是原始，是野蛮。对了，如今我们需要的正是它。我们文明得太久了，如今人家逼得我们没有路走，我们该拿出人性最后、最神圣的一张牌来，让我们在那在人性的幽暗角落里伏蛰了数千年的兽行跳出来反噬他一口。打仗本不是一种文明姿态，当不起什么

> “正义感”、“自尊心”、“为国家争人格”一类的奉承，干脆的是人家要我们的命，我们是豁出去了，是困兽犹斗。如今是千载一时的机会，给我们试验自己血中是否还有着那只狰狞的动物，如果没有，只好自认是个精神上“天阉”的民族，休想在这个地面上混下去了。感谢上苍，在前方姚自青，八百壮士，每个在大地上或天空中粉身碎骨了的男儿，在后方几万万以“睡到半夜钢刀响”为乐的“庄稼老粗汉”，已经保证了我们不是“天阉”！如果我们是一个乐观主义者，我的根据就只这一点。我们能战，我们渴望一战而以得到一战为至上的愉快。至于胜利，那是多么泄气的事，胜利到了手，不是搏斗的愉快也得终止，“快刀”又得“生黄锈”了吗？还好，还好，四千年的文化，没有把我们都变成“白脸斯文人”！（1939年3月5日）①

读闻一多的诗论，常常给我们以唯美主义审美观的印象。而战时在昆明写下的一些诗论所显示的，却洋溢着民主主义、爱国主义的和战士的情怀。他在为《西南采风录》写的这篇序里的，一反由于引经据典、训诂小学的考据而显出的古奥，而是一个民族志士读了这些歌谣后的第一感想。他从这些民间歌谣里所捕捉到的，是散发出来的昂扬不屈的民族精神：中华民族不是精神上“天阉”的民族！“我们能战，我们渴望一战而以得到一战为至上的愉快。”遗憾的是，他没有时间实现他的愿望，对这些采自民间的民歌加以认真的整理和深入的研究，否则，可以想见，他是会写出比他的《诗经》研究更深刻的研究著述来的。

---

① 闻一多：《〈西南采风录〉序》，《闻一多选集》第1卷，四川文艺出版社1987年版，第350—353页。

二、神话研究

《高唐神女传说之分析》是闻一多最早的神话研究成果，发表于《清华学报》第10卷第4期（1935年10月）。在西南联大教学期间，闻一多在研究《诗经》《楚辞》《乐府》的同时，潜心于中国神话的研究，先后写作了《姜嫄履大人迹考》（《中央日报·文学副刊》第72期，1940年3月5日）、《从人首蛇身像谈到龙与图腾》（《人文科学学报》第1卷第1期，1942年）、《伏羲与葫芦》（《文艺复兴》中国文学研究专号，1948年9月）以及《战争与洪水》、《汉苗的种族关系》（生前未发表）等一组神话研究论文。闻一多被暗杀后，朱自清将其手稿合为《伏羲考》，编入《闻一多全集》中。除了著述外，闻一多还先后于1942年5月应邀为云南省地方行政干部训练团讲演《神话与古代文化》，同年12月17日在中法大学讲演《神话与诗》，从不同的角度（如历史教育和民族意识、神话与巫术等）阐述他对神话的见解。[①]

写于1940年的《姜嫄履大人迹考》，运用文化人类学的方法，揭示了“姜嫄履大人迹”神话的象征的真实和意义的世界。他说：《诗经·大雅·生民》中姜嫄“履帝武敏歆”而生后稷的神话，所叙述的场景是，代表上帝的“神尸”舞之于前，姜嫄尾随其后，践神尸之迹而舞，“舞毕而相携止息于幽闲之处，因而有孕”。当时的实情，是与人野合而有身孕。后人讳言野合，则曰履人之迹；更欲神异其事，曰履帝迹。用人类学的观点来解释，《释文》引舍人本注“古者姜嫄履田地之迹于畎亩之中，而生后稷”，“履迹”之说，不过是“祭礼中一

---

① 闻黎明、侯菊坤编：《闻一多年谱长编》，湖北人民出版社1994年版，第634—637、653—654页。

种象征的舞蹈，其所象者殆亦即耕种之事”。[①] 闻一多对姜嫄履大人迹而生后稷这一常被称为“感生神话”的神话作了象征学的解释。故有学者说，闻一多在此神话的分析上，运用的是“综合的整体的系统观念，以及意象的系统联想与论证方法”[②]。

《伏羲考》是闻一多神话研究的代表作。它包括了《引论》以及与伏羲相关的四个既有联系又有区别的问题、四篇文章：《从人首蛇身像谈到龙与图腾》《战争与洪水》《汉苗的种族关系》《伏羲与葫芦》。作者综合考证训诂、比较研究、象征研究等多种方法和手段，对远离我们的残破了的远古神话进行研究，在某种意义上也可以说是对神话的整合、重构和破译。他的结论大致是：

（一）已知的人首蛇身交尾像（石刻和绢像），据清代及近代中外诸考古学者的考证，确即伏羲、女娲，两尾相交正是夫妇的象征。这些图像与文字记载的年代，大致上起战国末叶、下至魏晋之间。从西汉末到东汉末是伏羲女娲在史乘上最煊赫的时期。到三国时徐整《三五历记》，盘古传说开始出现，伏羲的地位便开始低落了。所以拟定魏晋之间为这个传说终止活跃的年代。而史乘上伏羲、女娲传说最活跃的时期，也就是人首蛇身神的画像与记载出现的时期，这现象也暗示着人首蛇身神即伏羲、女娲的极大可能性。

（二）图腾的林立与合并是荒古时代社会发展的必然途径。而人首蛇身神的伏羲、女娲，则是荒古时代由蛇到龙到人（始祖）的图腾主义的遗迹。“在半人半兽型的人首蛇身神以前，必有一个全兽型的蛇神阶段。”而“人首蛇身神，正代表图腾开始蜕变为始祖的一种心态。”龙是诸夏团族的图腾。龙是什么呢？作者回答说：“它是一种图

---

① 闻一多：《姜嫄履大人迹考》，《中央日报·文学副刊》第72期，1940年3月5日；又见闻一多：《神话与诗》，华东师范大学出版社1997年版，第75—118页；又见闻一多：《神话研究》，巴蜀书社2002年版，第40—47页。

② 田兆元：《评闻一多先生的神话研究》，《文艺理论研究》2005年第2期。

腾（totem），并且是只存在于图腾中而不存在于生物界中的一种虚拟的生物，因为它是由许多不同的图腾糅合成的一种综合体。……龙图腾，不拘它的局部的像马也好，像狗也好，或像鱼，像鸟，像鹿都好，它的主干部分和基本形态却是蛇。”龙的基调是蛇，大概图腾未合并以前，所谓龙者只是一种大蛇。这种蛇的名字便叫作“龙”。

（三）洪水遗民故事包括两个主要元素：一，兄妹之父与雷公斗争，雷公发动洪水；二，兄妹配婚与遗传人类。“四极废，九州裂，天不兼覆，地不周载”乃是共工触山的结果；“振滔洪水”的也是共工。汉籍中发动洪水者是共工，苗族传说中是雷公，较早的汉籍中雷神的形象是龙身人头，故作者由此得出结论说：共工即雷公。洪水传说与战争故事本是两个传说，在流传中粘连到了一起。洪水传说产生很早，而共工发动洪水，尤其以雍防百川的方法来发动洪水，则较迟出。

（四）西南民族的洪水故事中，葫芦既是避水工具，又是造人素材。从语音上考察，认定伏羲、女娲就是葫芦。

关于《伏羲考》的写作，作者搜集了此前发表的25种相关图像和文字，是在已有的研究和结论的基础上进行研究的。这个基础是：（一）“考古家对本题的贡献，是由确定图中另一人为伏羲的配偶女娲，因而证实了二人的夫妇关系。”（二）“人类学报告……说在许多边疆和邻近民族的传说中，伏羲、女娲原是以兄妹为夫妇的一对人类的始祖。”“人类学对这问题的贡献，不仅是因那些故事的发现，而使文献中有关二人的传说得到了印证，最要紧的还是以前七零八落的传说或传说的痕迹，现在可以连贯成一个完整的有机体了。从前是兄妹，是夫妇，是人类的创造，是洪水等等隔离的，有时还是矛盾的个别事件，现在则是一个整个兄妹配偶兼洪水遗民型的人类推原故事。”总之，“‘兄妹配偶’是伏羲、女娲传说的最基本的轮廓”。作者还说：他的研究是以芮逸夫的《苗族的洪水故事与伏羲女娲的传说》和常任侠的《沙坪坝出土之石棺画像研究》二文为“先导”的。前者以洪水遗民故事为重心而旁及于人首蛇身画像，而后者则以人首蛇身画像为主题而附论及洪水遗民故事。前者的立场是人类学的，后者是考古学的。而他的研究，“不过作者于神话有癖好，而对于广义的语言学（Philology）与历史兴味也浓，故本文若有立场，其立场显与二家不同，就这观点说，则本文又可视为对二文的一种补充”。

仅就神话研究而言，一般认为，闻一多对伏羲、女娲人首蛇身图像与洪水遗民神话的研究，是把王国维1925年在清华学校研究院讲课的讲义中提出的把“纸上之材料”与“地下之新材料”互相参证的“二重证据法”[①]发展为“三重证据法”，即扩而大之，把考古学、民族学、训诂学、文化史、文艺理论的材料、理论和方法熔为一炉，拿现时还生存于边疆少数民族中间的种种文化现象（包括活态神话及其残留的零碎情节），参证和解读古代已经死亡了的神话，取得了超越前人的重大进展，从而为“以今证古”和跨学科比较研究提供了一种范式。

另有学者说，闻一多对《诗经》《楚辞》《庄子》以及神话的研究，在方法论上，与“信古”、“疑古”两学派不同，应属于“释古学派”。“清华学派”的宗旨是“会通”，即会通中学西学，交融京派海派。在梁启超、王国维、陈寅恪、吴宓、冯友兰、朱自清等一系列清华学派的名家学人中，在“释古方面成就最突出的是闻一多”[②]。“清华学派”这个概念是王瑶最先提出来的。他在1985年纪念闻一多逝世40周年的会上说：“以前的清华文科似乎有一种大家默契的学风，就是要求对古代文化现象做出合理的科学的解释。”[③]他又说：“朱（自清）当了16年之久的系主任，对清华中文系付出了巨大的精力。朱先生在日记中提到要把清华中文系的学风培养成兼有京派海派之长，用

① 王国维：《古诗新证》，见《古史辨》第一册，人民文学出版社1993年版，第264页。

② 徐葆耕：《释古与清华学派》，清华大学出版社1997年版，第56页。

③ 王瑶：《念闻一多先生》，载季镇淮主编：《闻一多研究四十年》，清华大学出版社1988年版，第140页。

现在流行的话来说，就是微观与宏观相结合；既要视野开阔，又不要大而空，既要理论谨严，又不要钻牛角尖。他曾和冯友兰先生讨论过学风问题，冯先生认为清朝人研究古代文化是‘信古’，要求遵守家法；‘五四’以后学者是‘疑古’，他们要重新估定价值，喜作翻案文章；我们（指清华大学中文系。——引者注）应该采取第三种观点，要在‘释古’上用功夫，作出合理的符合当时情况的解释。研究者的见解或观点尽管可以有所不同，但都应该对某一历史现象找出它之所以如此的时代和社会的原因，解释这为什么是这样的。这个学风大体上是贯穿于清华文科各系的。朱先生在中文系是一直贯彻这一点的。清华中文系的学者们的学术观点不尽相同，但总的说来，他们的治学方法既与墨守乾嘉遗风的京派不同，也和空疏泛论的海派有别，而是形成了自己的谨严、开阔的学风的。”[①] 闻一多“在开拓本土文化中，他继承了清代朴学大师们的‘每个字里的意义要追问透彻，不许存入丝毫疑惑’的求实精神，并辅之以近代西方的符号学、语义学、阐释学、统计学等科学方法，不避繁难，细密考证。郭沫若说：‘他对于《周易》《诗经》《庄子》《楚辞》这四种古籍实实在在下了惊人的很大的工夫。就他所已经成就的而言，我自己是这样感觉着，他那眼光的犀利，考虑的赅博，立说的新颖和翔实，不仅是前无古人，恐怕还要后无来者的。’[②] 后两句或多少有些过誉，但闻一多在治学态度的严谨方面确是堪称楷模的，从而他的学术成就就能够经得住历史的检验。”[③]

在神话的阐释和理论的开拓上，在某些问题上，闻一多取得了前人没有做到的发现与进展。如对龙图腾的形成演变（龙图腾的合并与融合，从“人的拟兽化”到“兽的拟人化”再到“全人化”的演变路

① 王瑶：《我的欣慰与期待》，《文艺报》1988 年 12 月 6 日。

② 郭沫若：《闻一多全集・序》，开明书店 1948 年版。

③ 徐葆耕：《释古与清华学派》，清华大学出版社 1997 年版，第 56—57 页。

径）的考证和阐释，在图腾学说十分盛行而其研究尚嫌浮泛的时代，不仅有理论意义，而且有现实意义——在民族危亡的紧要关头，以此“原始的野蛮”来唤起民族生命力和凝聚力。在图腾这一大题目之下，对“腾蛇”古意的考释与破解，恢复其“雄鸣于上风，雌鸣于下风，而化成形”的二蛇相交的原始意义，确认“由交龙到腾蛇，由腾蛇到两头蛇，是传说演变过程中三个必然的步骤”。图腾理论——“荒古时代的图腾主义的遗迹”说，帮助闻一多对人首蛇身对偶图像是伏羲、女娲的确证。

闻一多神话研究的特点，可以归纳为下面的话：“研究伏羲的故事或神话，是将这神话跟人们的生活打成一片。”“为了探求这民族、‘这文化’的源头，而这原始的文化是集体的力，也是集体的诗，他也许要借这原始的集体的力给后代的散漫和萎靡来个对症下药吧！”“他的研究神话，实在给我们学术界开辟了一条新的大道。”①

三、对闻一多神话研究的批评

对于闻一多的《伏羲考》一文的下面几个结论，即：（一）西南诸民族洪水神话中出现的雷神即汉籍文献中所见的共工。（二）神占而婚的兄妹，即是汉籍所见的伏羲与女娲。（三）避水工具的葫芦、瓠、瓢瓜，其原始都是伏羲神名的演绎，伏羲神名的原义是葫芦、女娲的原义是女葫芦。（四）槃瓠与包羲原异而声同，在初本系一人为二民族共同之祖，同祖故同姓，也就是说槃瓠（盘古）与伏羲原是一神，王孝廉在其所著《中国的神话世界》一书之第五章《西南民族创世神话研究的综合结论》中提出了异议和批评。他写道：

---

① 朱自清：《中国学术界的大损失——悼闻一多先生》，《文艺复兴》第2卷第1期，1946年8月；又见季镇淮主编：《闻一多研究四十年》，清华大学出版社1988年版。

我们对于闻一多在中国神话研究上所做的努力和业绩是充满了敬意的，但对于他《伏羲考》一文中所做的上述几项结论，却持有不同甚至是完全相反的看法，如果先把我们研究的结论提到前面来论说的话，我们基本的看法是：

（1）我们认为西南诸族洪水神话所出现的雷神雷公，只是像其他同样故事中出现的玉皇天帝或是龙王，都只是超自然神威中的水神，与“振洪水以薄空桑”的共工，除了水神的神话性格相同以外，没有什么直接的关系。

（2）兄妹经过神占而结婚的故事中的兄妹，并不是汉籍中神话中的伏羲女娲，伏羲是中原凤姓族的祖神，女娲是嬴姓族的母神，与南方诸少数民族中的兄妹神婚神话完全无关。

（3）避水工具的葫芦、瓜果等是源于这些少数民族葫芦生出人类的神话信仰，这种信仰除了西南各少数民族之外，汉籍以及其他如印度等地方也广泛存在，不必一定是由伏羲女娲二神的神名而产生的。

（4）盘古是南方苗蛮族群的原始生物之神，其神话的基型是分布于世界各地的“巨人尸化万物”的类型，与原是中原凤姓部族始祖神的伏羲了无相涉。①

尽管闻一多的神话研究存在着不少可商榷和可批评之点，但无可怀疑的是，闻一多的神话研究在中国现代神话学史上开辟了一条新路，创始了一种新的神话研究范式。有论者说，“应该说中国现代神话学的发展中有一个‘闻一多时代’”②，也许并非夸张之论。

---

① 王孝廉：《伏羲与女娲——闻一多〈伏羲考〉批判之一》，《中国的神话世界》（上编），台湾时报文化出版企业有限公司 1987 年版，第 387 页。

② 高有鹏：《闻一多的民间文学观》，见《中国现代民间文学史论》，河南大学出版社 2004 年版，第 454 页。

吴泽霖的洪水神话观
——贵阳大夏大学的苗族神话研究

最早在贵州搜集记录翻译苗族歌谣的，是英国传教士克拉克（Samuel R. Clarke）于1896年在苗人潘秀山的协助下在黔东南黄平记录的苗族民间故事和《洪水滔天》《兄妹结婚》《开天辟地》等古歌。继之，日人鸟居龙藏于1902年到贵州西部进行人类学和民俗学调查，在安顺地区搜集记录了青苗的《创生记》神话以及瑶族的槃瓠神话等。在抗日战火初起，由上海的大夏大学（今华东师范大学）于1937年迁至贵阳，该校的社会学家们在贵阳，除了在社会学和民族学方面做出贡献外，对民间文学的搜集与研究也做出了令人瞩目的成绩。该校于1938年春设立了"社会经济调查室"，旨在调查与研究西南少数民族的社会与经济。一年后又改名为"社会研究部"，把重点转向了社会状况和民俗材料的调查与研究上。由社会学家吴泽霖主持的这一机构，曾先后到安顺、定番、炉山、下江、都云、八寨、三合、荔波、都江、榕江、永从、黎平以及广西的三江、融县等地调查社会状况和民族资料，并于1938年春起主编《社会旬刊》（以《贵州革命日报》副刊形式发行，共出40期，因报社被炸停刊），后又从1940年2月起主编《社会研究》（以《贵州日报》副刊形式发行的半月刊，出版总期数未详）期刊，发表的文章有陈志良《广西蛮瑶的传说》（第46期）。社会研究部还出版了《炉山县苗夷调查报告书》《安顺县苗夷调查报告书》《定番县苗夷调查报告书》等调查报告多种，以及“贵州苗夷研究丛刊”：《贵州苗夷歌谣》《贵州苗夷社会研究》《贵州苗夷影荟》等著作。[①]

吴泽霖（1898—1990），江苏省常熟人，社会学家。1922年起，先后在美国威斯康星大学、密苏里大学、俄亥俄州立大学留学，回国后在上海大夏大学、昆明西南联大、清华大学、中央民族学院、中国社会科学院民族学研究所、中南民族学院等任教、任职。40年代是大夏大学“社会研究部”的负责人，主要研究苗族的社会生活，也做些民间文学的调查。大夏大学还在上海时，吴泽霖的学生管思九和丁仲皋曾在被称为“江北”的江口一带（江苏的启东、海门等地）搜集了一部《江口情歌集》，作为“大夏大学丛刊”第三种于1935年3月出版，吴泽霖就为该书写了序言。他在序言中写道：“近年来我国青年的注意和努力又转入革命的思想和活动，对于这一类‘无聊’的研究工作（指歌谣运动。——引者注），又遭唾弃，这或许又是一种时代精神，我们很难与之逆流对抗。但是我们如能放大眼光，我们立刻就可以看到这一类民谣、情歌、风俗的研究，也正足以明了中国社会的结构、变迁和动向。这类的调查研究倒是一种脚踏实地的工作。这本情歌集的编者能在国家扰乱之际，苦心地搜集了百首之多，再加上注音解释，实足令人钦佩。如果他们的工作能够引起江口以外人的兴趣，而去同样地搜集研究，那他们的功绩，真是大呢！”[②] 大夏大学迁到贵阳之后，他主持社会研究部的调查研究，而他自己也调查记录了贵州花苗的兄妹婚神话、大花苗的古歌《洪水滔天歌》、八寨黑苗的

---

① 参阅柴骋陆：《参观苗夷文物展览记》，大夏大学社会研究部主编：《社会研究》第36期。

② 吴泽霖：《管思九、丁仲皋编〈江口情歌集〉序》，大夏大学1935年版。

洪水遗民神话以及炉山等地的短裙黑苗的洪水神话。[①] 在贵阳《革命日报·社会旬刊》第4—5期（1938年5月19日）发表的论文《苗族中祖先来历的传说》（后收入《贵州苗夷社会研究》一书中）和在《社会研究》第1期发表的论文《苗族中的神话传说》，成为他在民间文学研究方面的代表作。

在吴泽霖之前，日本考古学家、东京帝国大学理科大学讲师鸟居龙藏曾于1902年对贵州苗族进行过民族学和考古学的调查，并写过一部《苗族调查报告》，第二章D节是“苗族之神话”，记录了两则青苗神话。作者写道：

> 关于苗蛮之神话，以往文献史上最著名者，为《后汉书》中所记槃瓠之传说及夜郎大竹之传说二种。此等神话，凡欲言苗蛮事者必引用之，此处则无叙述之必要，兹所宜研究者为关于现时苗族有如何之神话传说耳。据余所知，青苗间有一种甚有趣味之创世记的传说，为人类学上最有裨益之材料，兹记载之于下：
>
> 安顺附近青苗之耆老曰：
>
> 太古之世，岩石破裂生一男一女，时有天神告之曰：“汝等二人宜为夫妇。”二人遂配为夫妇各居于相对之一山中，常相往来，某时二人误落岩中，即有神鸟自天飞来，救之出险。后此夫妇产生多数子孙，卒形成今日之苗族。
>
> 又有一安顺青苗之耆老曰：
>
> 太古之世，有兄妹二人，结为夫妇，生一树，是树复生桃、杨等树，各依其种类而附之以姓，桃树姓“桃”名Ché lá，杨树姓“杨”名Gai Yang，桃杨等后分为九种，此九种互为夫妇，遂产生如今日

① 吴泽霖：《苗族中祖先来历的传说》，《贵州苗夷社会研究》，文通书局1942年8月版；又见马昌仪编：《中国神话学文论选萃》上册，中国广播电视出版社1994年版。

之多数苗族。此九种之祖先即 Munga chantai, Mun bán（花苗），Mun jan（青苗），Mun lō（黑苗），Mun lai（红苗），Mun la'i（白苗），Mun ahália，M'man，Mun anju 是也。

多数人产生后，分居于二山中，二山之间有深谷，彼等落入谷中时，有鹰（Lan Palè）一羽自天上飞来救之出，由是苗族再流传于四方。因此吾人视鹰为神鸟，常感其恩而祭之。

吾等苗族，贵州最多，明时，吾等中有移住于西部及 Sio tsuo 者。

据以上神话考之，白、黑、红、青、花苗等皆出自同一祖先，且皆以 Mun 为名，故此传说实可证明苗族为同一种族也。[①]

除此而外，鸟居龙藏还在调查报告中记录了瑶族的槃瓠神话。在鸟居龙藏的苗族调查报告之后，凌纯声和芮逸夫于 1934 年在湘西苗族中也作过类似调查，调查报告未发表，1938 年先期发表了芮逸夫的《苗族的洪水故事与伏羲女娲的传说》长文，文中也提供了几个苗族（花苗和黑苗）的同类神话。吴泽霖的此番调查，提供了居住在几个不同地点的花苗和黑苗族群的祖先来源神话的重要材料，并对其做了比较研究。经过比较研究，他得出了两个结论：

第一，他说，这些神话，不是亚当夏娃那一类的神话，乃是诺亚式的传说。“他们所述的都不是开天辟地后第一个老祖宗的故事，乃是人类遇灾后民族复兴的神话。”鉴于故事中提到了铁刀、铁块及针等金属品，而铁器的使用至早在春秋时才开始，于是，他断言，这种传说的起源总在春秋以后。在这些神话中，都是洪水过后仅剩兄妹二人互相婚配。妹都不愿意，一再提出条件后，始勉强答应。“这很可以证明在这些神话形成的时候，兄妹间的婚姻已不流行或已在严厉禁

① 鸟居龙藏:《苗族调查报告》(上)，“国立”编译馆译，“国立”编译馆 1936 年版，商务印书馆印行，第 48—49 页。

止之列。”而在“黑苗及花苗的神话中，兄妹所生的小孩，都是残缺不全的怪物。在鸦雀苗中，也有类似的故事，其后裔非但没有四肢并且还是哑子”。“这又可以证明这样神话的形成，当在春秋以后又产生了许多的变化。”关于苗族的神话并非开天辟地后第一个祖宗的故事，而是洪水后兄妹婚配繁衍子孙这一标志性特征，芮逸夫也注意到并加以论述了，只是芮著着重于论述苗族洪水故事的起源与汉族伏羲女娲传说的关系。

第二，他说，在这些神话中，我们又可得到一点关于利用火的起源的参考资料。人类最初所用的火，是利用自然界已有的火，如树木森林触电后引起的火，火山喷发引起的火，以及自然界种种燃烧资料（如枯枝落叶）、摩擦或其他原因而自然燃烧之火。后来，人们知道了人工取火：一是撞击法，二是摩擦法。这两种方法，谁先谁后，向为人类学上不易解决的问题。吴泽霖从苗族神话中得到了启发，解决了人类学上的这个难题。他说：“美国的人类学家在美洲的印第安人中得到不少材料，证明摩擦的方法，较撞击法为早。这在花苗的神话中，火是用铁块投掷于石上而产生的。这明明是撞击的方法，当然撞击不一定需要铁块，在事实上人工造火的开端，远在使用铁器以前，凡燧石之类互相撞击，都可以生火星，铁块显系由苗人后来改编的。无论如何这是撞击较摩擦为早的证据，并且证明造火方法的次序至少带有地方性，而不一定循古典派所主张的一定的程序和阶段。所以，这一点在人类学上也是值得注意的。”[①] 而这一点，则是芮逸夫完全没有触及的。

吴泽霖的神话研究，所采用的方法是人类学的立场和方法，而与文学研究的方法显然迥异，他从苗族神话的比较研究中所得出的结

① 吴泽霖：《苗族祖先来历的传说》，见吴泽霖、陈国钧：《贵州苗夷社会研究》，文通书局 1942 年版；又见马昌仪编：《中国神话学文论选萃》，中国广播电视出版社 1994 年版。

论，既有属于神话学本身的问题，如洪水后人类再殖的创世观念（二次创世）和民族学上的“兄妹婚”的被禁止；也有属于民族学和社会学上的问题，如原人取火的方法——撞击法和摩擦法——孰先孰后的问题。因此，他的研究及其结论，无疑具有重要的意义。

在吴泽霖的这个研究集体中，陈国钧在民间文学调查方面的成绩最为显著。他到下江一带深山中的生苗（少与外界交往的一支苗族）进行社会与民俗调查，用国际音标记录了三则生苗的人祖神话，其中一则是诗体的，即《起源歌》，长达488行，是演唱时记录的。并用陈赤子的笔名在《社会研究》第20—22期（1941年3月25日）上发表了论文《生苗的人祖神话》。据作者说，这三则生苗的人祖神话，是最为普遍的三则，“散布于生苗区的每个角落”，内容结构虽然有些出入，但却都是从同一个“母胎”演化出来的。而这个“母胎”就是：“古时候曾经有一次洪水泛滥，世上人类全被淹死，只有两个兄妹躲免过，后来洪水退却，这对兄妹不得已结成夫妻，他们生了一个瓜形儿子，气得把这瓜儿用刀切成碎块，撒在四处，这些碎块即变成各种人了。”①

其他人员，如陈志良、杨汉先、张少微、李植人，在歌谣的搜集与研究上也各自有所贡献。②

陈志良除了编辑《广西特种部族歌谣集》，为研究者提供了广西少数民族歌谣的研究资料外，还先后在《社会研究》上发表了《广西蛮瑶的传说》(《社会研究》1942年第46期）等文章；在《说文月刊》上发表了《广西特种部族歌谣之研究》(《说文月刊》1940年第2卷第6、7期)、《广西东陇瑶的礼俗与传说》(《说文月刊》1945年第

① 陈国钧:《生苗人的人祖神话》，见吴泽霖、陈国钧:《贵州苗夷社会研究》，文通书局1942年版。

② 参阅李德芳:《三四十年代我国社会学者对西南民族民间文学的研究》,《民族文学研究》1989年第3期。

5卷第3、4期）；在《风土什志》上发表了《恭域大土傜的礼俗与传说》（《风土什志》1948年第2卷第2期）。

杨汉先在华西大学文化研究所主办的《中国文化研究汇刊》1942年第2期发表《大花苗移乌撒传说考》一文，就是他的大花苗研究的丛论之一。

张少微在《社会研究》第37期发表了《歌谣之研究法》。

在《社会研究》上发表的民族民间文学作品有：《太阳月亮的神话》、《洪水滔天歌》（威宁花苗神话，第9期）、《苗族放蛊的故事》（第23期）、《侗家洪水歌》（第28期）、《花苗开路歌》（第29期）、《侗家朱洪武歌》（第36期）、《黑苗七月会歌》、《仲家酒歌》、《红苗情歌》（第36期）、《榕江黑苗情歌》、《下江生苗起源歌》（第37期）、《黑苗情歌》、《侗家弹棉花歌》、《水家酒歌》（第38期）、《普定水西苗婚歌》、《普定水西苗送郎歌》、《罗甸仲家情歌》、《永丛侗家情歌》（第39期）等。

以大夏大学为中心，社会学部的吴泽霖和他的同事、学生陈国钧、李植人、张少微等，以及早年撰写了《神话学ABC》并介绍过人类学派理论、时任文学院院长的谢六逸，他们以社会学的理论和方法深入贵州的少数民族地区进行民族调查和民间文学采录，其成绩甚为可观。多年前，笔者曾在一篇文章中说过："社会学家们不仅在搜集少数民族的神话、传说、歌谣方面作出了成绩，在考察神话、传说的社会文化背景方面迈出了扎实的一步，而且对神话、传说的母题的考察和社会文化功能进行了极为有益的探讨。继民族学家芮逸夫在《苗族的洪水故事与伏羲女娲的传说》（1938）中提出'兄妹配偶型'洪水故事的地理分布大约北自中国北部，南至南洋群岛，西起印度中部，东迄台湾岛，并且进一步论证了所谓东南亚文化区，从地理上察看，其中心当在中国本部的西南，从而推论兄妹配偶型洪水故事或即起源于中国的西南，由此而传播到四方。吴泽霖和陈国钧进而就兄妹配偶型洪水故事提出了若干有价值的探讨性见解。如关于神话中透视出的苗民（生苗、花苗、鸦雀苗等他们曾亲自调查过的地区）对于血亲婚的观念，说明禁止血亲婚，优生的事实在他们的神话时代已被重视。”[①] 与我国传统的国学和儒家思想不同，也与五四运动之后兴起的新文学理论不同，吴泽霖受博厄斯理论的影响，特别重视神话传说的社会文化功能的考察，他对八寨苗民神话进行考察研究后，提出那些神话传说并非开天辟地之后的第一代始祖的故事，而是人类遇灾后“民族复兴的神话”；根据神话中关于火的起源，提出了苗族关于撞击生火的说法，打破了美国人类学家关于摩擦生火的单一见解，具有开拓性的意义。他们对神话、传说和歌谣的研究，显示出明显的社会—民族学的色彩。在大夏大学社会学部里，当时还是学生的陈国钧在民间文学的调查和研究上成绩最为显著，他先后出版过《炉山黑苗的生活》（与吴泽霖合作）、《贵州苗夷歌谣》等书[②]，发表了不少文章。张少微在为《贵州苗夷歌谣》写的序里有一段话，可以看作是社会—民族学派民间文学研究的学术理念：“人类社会文化有了种族性和地方性的区别，学术上的研究便不能够一概而论，除非个别的加以分析之外，结果一定难望深刻彻底。个别研究的途径固然很多，但是利用歌谣来作分析的资料，实不失为犀利的工具之一，倘若所研究的社会文化是属于缺乏文献的落后民族，则这种工具尤擅重要。因歌谣是人类社会生活的副产品，可以反映出各种族和各区域的特有形态。不过歌谣的研究系客观研究的性质，必须首先从事于多量歌谣的蒐集，否则便无法着手研究。是以蒐集歌谣乃是以分析歌谣为研究人类社会文

① 刘锡诚：《中国新文艺大系·民间文学集（1937—1949）》序言，中国文联出版公司 1996 年版。

② 吴泽霖、陈国钧：《炉山黑苗的生活》，大夏大学社会研究部，1940 年 12 月；陈国钧：《贵州苗夷歌谣》，文通书局 1942 年版。

化的途径的初步工作。”[1]这个申明，即把歌谣作为研究人类文化尤其是缺乏文献的民族的文化的“工具”，与文学派、文学人类学派、俗文学派，甚至与民俗学派等的学术理念，存在着显然的差异，甚至恰恰是反过来，文学派的研究者是强调把与歌谣产生与流传相关的社会文化事象（如民俗、传统等）来作为解读歌谣的资料。

2015 年 9 月 15 日

① 张少微:《贵州苗夷歌谣·序》，文通书局 1942 年版。

神话学的新视野
——读王孝廉《岭云关雪——民族神话学论集》

在筹划编辑“三足乌文丛”之初，我就想把台湾神话学家王孝廉先生近年来在大陆、台湾和日本发表的一些有影响的神话学论文，编成一本文集，列入这套丛书。书稿编完后，又收到他用快件从日本福冈邮来的长序《我的神话学历程》。这是一部地地道道的神话学论著，作者却起了一个相当文学化的书名“岭云关雪——民族神话学论集”；来自韩愈的律诗《左迁至蓝关示侄孙湘》的“岭云关雪”四个字，一方面显示了他浓厚的文学情结，另一方面又透露出了他的无法掩饰的感伤情怀。

孝廉出生在大陆，成长在台湾，执教于日本。从广岛大学博士毕业后，他就一直在福冈西南学院大学执教。几十年来，他躬耕于中国神话研究的园地里，独辟蹊径，把神话作为一个民族的文化来审视，又借用了文化学的若干研究方法，其所取得的成就，颇受到台湾和大陆两地同行学人的赞赏和尊重。

在未曾认识他之前，我就涉猎过他的《中国的神话与传说》（初版于 1977 年）和他翻译的森安太郎著《中国古代神话研究》（1974 年初版）和白川静著《中国神话》（1983 年初版）等著作。记得是 1987 年夏天，他带领他当时在台北东吴大学的神话学博士生鹿忆鹿小姐到大陆访学来京，与也在研究神话的我的夫人马昌仪通电话，我们便在他们下榻的好园宾馆里见面论学，从此就与他结下了不解之缘。第二年，即 1988 年的夏天，他带领另一位研究生，借道北京去河南参观调查淮阳的人祖庙和庙会，然后去银川参观西夏王陵，再去内蒙古鄂尔多斯草原作民俗学旅行。这一次到北京，孝廉一行曾到我的家里做客，在北京的一些研究神话和神话学的朋友也来聚会，其中有当时在北京大学教书、后来到美国哈佛读文化人类学和教文化人类学的阎云翔，当时在中国民间文艺家协会研究部、现在也在美国的神话学者谢选骏，当时在云南民族学院执教、后来在深圳参与创建中国民俗文化村的彝族学者蓝克，当时在云南省社会科学院民族文学研究所、后转到社会学研究所的社会学家郑凡，我的同事、老神话学家陶阳，青年神话学研究者蔡大成、金辉等。虽然那次是大陆神话学者和台湾神话学者第一次见面，并就学术问题进行交流，但是大家就神话学的研究现状和所关心的问题谈得很投机。从那时起，孝廉就成了大陆神话学家们的朋友，他的著作也在大陆学界传播开来。回想 20 世纪 80 年代后半期，在北京，研究神话学的圈子里，真是人才济济，研究学术的空气也甚是浓厚，而今大有曲终人散之感。

自那以后，孝廉几乎每年的寒假和暑假，都要来大陆做民俗学的旅行，差不多也是每次都要在北京住几天，我们总要把酒倾谈。近十多年来，他像徐霞客那样只身走遍了中国大陆的东南西北，特别是边远的少数民族地区，南起云南的泸沽湖和濒临缅甸的红河地区，北到黑河的达斡尔族和鄂伦春族，东到山东半岛的渔港和福建的客家农村，西到新疆的喀什和西藏的日喀则。去年夏天，他又带着正在攻读博士学位的日本学生金绳初美，与法国科学研究中心研究员陈庆浩、中国历史博物馆教授宋兆麟、台北辅仁大学副教授钟宗宪等一起，到泸沽湖做田野考察。在我的印象中，他对中国少数民族的了解，甚至远胜于我等大陆学人。

学生时代，孝廉师从池田末利和御手洗胜，在他们的言传身教之下，他的国学和古文献基础比较深厚；在治学方法上，他也钦慕前辈学者顾颉刚和杨宽的神话和古史辨析，至今还与杨宽保持着联系。他初期的著作，侧重于对中国古代神话的研究。然而，他没有固守老师们的成规成业，逐渐在探索自己的学术道路。他走出书斋，走出考证，走出文献，进入了“田野”，进入了实证——把文献研究与现代民俗学和神话学的“田野调查”和“参与观察”联通。也许田野调查并非孝廉前期学术研究的强项，他也不一定恪守现代西方民俗学家和人类学家的规范，但他的把文献研究与田野观察结合起来的研究路数，与当代台湾一些学者的神话研究比较起来，却自有其特点，甚至有他人难以超越的地方，况且他天生有一种诗人的气质和文学的素养，他的想象力特别发达，这些，切切实实地有助于他对渺远荒古时代的文化遗留、冰冷枯燥的神话文本的探析和阐释、破译和重建，而且做得比别的人要趣味盎然。

他的《中国的神话世界》是一部全面研究和阐述中国典籍神话和口述神话的大著，1987年由时报文化出版企业有限公司分两卷在台北出版。这是台湾神话学家把中国古典神话和大陆各民族的活态神话整合起来进行研究的第一部学术著作。它的出版，立刻引起了大陆同行们的关注，并于1991年由作家出版社在大陆出版。考虑到作者还在继续对国内各少数民族的神话做田野调查和搜寻已出版的相关著作，就把专论少数民族神话的下册毅然割爱，留待以后再议。《中国的神话世界》虽是孝廉的年轻时代的著作，也许他自己会像所有的学者到成熟期后那样，产生一种“悔其少作”的情怀，但我宁愿把它看成是一部成熟之作。如果说，当年他在写作这部博士论文《中国的神话世界》的下半部时，对大陆少数民族神话做了大量研究的话，但那时靠的毕竟是可能搜集到的书面材料，而近十年来，他已经积累了大量第一手的田野考察资料，对少数民族神话自然有了更深刻更精湛的研究了。

如果说《中国的神话世界》是他20世纪80年代的代表作，那么《岭云关雪——民族神话学论集》则是他进入90年代以来最有代表性的学术成果。他对蚩尤神话的兴趣多年不减，本书中的《乱神蚩尤与枫木信仰》，吸收了自《水与水神》中就初步形成、后来不断深化的观点。《王权交替与神话转换》以一种全新的视角，言他人所未言，开掘帝王神话的新意。《绝地天通——昆仑神话主题解说》是向苏雪林先生学术研讨会提供的论文，继苏雪林在《昆仑之谜》中提出的命题之后而对昆仑神话的主题所作的阐释，把古代的典籍神话与苗瑶彝羌等少数民族的绝地天通神话联通起来进行考察。《从贺兰山到泸沽湖》一文，是作者对已经消逝了的西夏王朝和泸沽湖地区现存的少数民族所进行的田野考察的理论结晶，他借助于民族学和民俗学的研究方法，提出摩梭、普米与古之西夏之间存在着共同的族源关系，这个结论在我国民族学界尚属首次，值得学术界重视和讨论。

2001年4月14日于安定门寓所

陶阳：创世神话研究的始创者

陶阳（1926—2013）逝世五周年了。他是新中国培养出来的第一代大学生。1953年山东大学中文系毕业后，被分配到北京大学哲学系任助教。这位不忘初心的山东大汉，压抑着当诗人的强烈愿望，几经周折，于1955年调到了中国民间文艺研究会，一心扑在下层老百姓（主要是农民）创作和传承的口头文学的搜集研究上，一去就是六十年，为这门本土人文学科的资料积累和理论建构付出了毕生心血，做出了重大贡献。

一、英雄史诗《玛纳斯》的采录与田野理论

20世纪50年代末至60年代初，民族史诗已开始受到关注。青海的民间文学工作者对藏族的英雄史诗《格萨尔王传》的版本收集取得了令人称羡的成绩。新疆柯尔克孜族的英雄史诗《玛纳斯》的搜集工作也初见成绩。1964年1月24日，新疆文联与中国民间文艺研究会决定成立《玛纳斯》工作领导小组，全面启动《玛纳斯》的调查采录工作。6月22日，中国民间文艺研究会的陶阳和新疆文联的刘发俊被委任为正副组长，率领工作组成员开赴南疆的柯孜勒苏地区，开启了为期两年的《玛纳斯》调查记录工作。之所以选择陶阳担任《玛纳斯》工作组的组长，是因为陶阳参加过1956年文学史

家毛星率队到云南大理进行的白族民歌的调查，并与当地基层文化干部杨亮才合作编辑出版了《白族民歌选》，积累了一定的田野作业的经验。受命担任《玛纳斯》工作组长开赴新疆克州后，他们以披荆斩棘的开拓精神，搜集记录下了这部民族英雄史诗的全六部，在我国民间文学学术史和中国文化史上写下了灿烂的一章。1966 年 5 月 16 日，“文革”爆发，一切文化工作都毫无例外地中断了，陶阳以及民研会参加调查的郎樱、赵潜德等被迫打道回府，他们从南疆带回来几大木箱的《玛纳斯》汉译手稿，但谁也无法知道这些浸透着他们的心血的史诗手稿将面临怎样的命运。从“文革”开始就被“砸烂”了的中国民间文艺研究会和中国文联各协会的人员，从 1969 年 9 月 30 日起下放到“五七”干校劳动，这批珍贵的手稿，被送往“三线”（丹江口水利枢纽工程）的地下工程避难长达十年之久。待“文革”结束后的 1978 年运回北京时，已散乱不全了，所幸毕竟还是找回来了绝大部分。据我所知，在陶阳的主持下，工作组在新疆的一年多田野采录调查，他们的搜集、记录、翻译，“忠实”于讲唱者的讲唱，始终坚守着一丝不苟的科学精神，为柯尔克孜族和中华民族的传统文化做出了无可替代的历史贡献。1986 年我受中国文化部和中国文联派遣，到土耳其的伊兹密尔参加世界突厥文化大会，带去了陶阳和刘发俊主编的《玛纳斯》第一卷，赠送给了土耳其的加西大学，中国人在新疆克孜勒苏地区搜集记录的柯尔克孜族英雄史诗第一次走出了国门，引起了土耳其学界的热切关注。陶阳由于有实地调查的丰富田野经验，在史诗的研究上，不仅撰有《史诗〈玛纳斯〉调查采录方法》等一系列论文，而且检验和丰富了中国人自己创建的“田野理论”。他在《史诗玛纳斯歌手神授之谜》一文中所提出和阐述的史诗演唱模式“神授”说，备受国内国际史诗学界重视，至今还在我头脑里记忆犹新，没有因为时间的流逝而失去理论光彩。

除了组织领导和亲自参与记录《玛纳斯》文本之外，陶阳还在克孜勒苏大草原上搜集了一些伊斯兰文化进入西部之前的柯尔克孜族部落战争的故事。到了晚年，为保存和弘扬民族传统文化，他把这些经过了几十年的沧桑之后珍藏下来的已经泛黄发霉了的记录稿纸，从箱底下翻腾出来，加以整理润色，公之于众，出版了一本《柯尔克孜族部落战争的故事》。部落战争，是原始社会末期的产物，对于当今文明时代的人们来说，无疑已经是很遥远、很古老的历史陈迹了。但这些中古时期的故事（用严格的学术名词，应称“传说”），却不仅能给我们以与幻想性较强的那一类民间故事相迥异的另一类口头传承叙事艺术（如以部落英雄为叙事核心、逼近现实的庄严性叙事、滚雪球式或垒层式的细节粘连和叠压等）的欣赏，更重要的，是向我们提供了对原始社会末期西部游牧族群部落的民俗学的认识资料。当年讲述这些故事的柯族传统文化的载负者们——故事家们，有的已经成了故人，有的故事也许就因为他们的远逝而成了文化的绝唱。

二、中国创世神话研究的始创者

1984 年 4 月，中国民间文艺研究会在峨眉山召开了全国民间文学理论著作选题座谈会，全面规划民间文学的理论研究，会上还成立了以袁珂先生为主席的中国神话学会。陶阳在这次会上被推选为该学会的秘书长，他的研究方向也从过去的擅长歌谣研究而向神话研究倾斜。也是从这一年起，他担任了中国民间文艺研究会的书记处书记和《民间文学论坛》的主编。其时，恰逢上海人民出版社约请周谷城主编一套“中国文化史丛书”，北大哲学系的老同事庞朴是这套丛书的编委，约请陶阳和他的夫人牟钟秀撰写一部神话研究的著作。于是他在繁忙的公务和编辑工作之余，开始了对中国神话的研究，并选择了中国创世神话这个有待垦殖的课题作为研究对象。中华人民共和国成立以来，特别是历史新时期以来，我国民间文学理论研究有了很大的进展，而以神话研究的成绩最为显著，表现在除了在古典神话研究外，开拓了各少数民族神话的研究这个新的领域，而少数民族神话又多数是还流传在民众口头上的“活态”神话，这就解决了一些民国时期古典神话研究中被提出来而未能很好解决的理论问题。1984 年制定的全国民间文学理论著作选题陆续落实，许多专著得到出版，列入这个计划中的陶阳和牟钟秀合著的《中国创世神话》也于 1989 年 9 月由上海人民出版社出版了。以往中国的神话研究界占重要地位的一种观点认为，中国神话零碎不成体系，没有创世神话可言。20 世纪三四十年代沈雁冰（茅盾）、闻一多等前辈对中国神话的研究，虽然有所触及，但由于时代和资料的局限，基本上还只是着眼于文献上记载古典神话的阐释。而陶阳和牟钟秀的《中国创世神话》，将中国古典神话与近十多年来搜集的各民族的大量“活态”神话融会在一起加以研究与阐发，写成一部体系完整的专著，这在中国人文学界还是第一部。他们从西南创世诗群、宇宙起源神话、日月星辰等天象起源神话、人类起源神话、氏族起源神话、文化发端神话、宇宙万物肇始等，对中国创世神话的总体状况和丰富内涵做了全方位的展现和解析，并对创世神话的社会功能与学术价值做了独到的整合与分析。更重要的是，这部著作为后人的神话研究打开了一条通道，奠定了基础。这部著作获得了中国民间文艺最高奖——山花奖一等奖，就是学界给予首肯的见证。

三、民间文学集成“三性”原则的提出与贯彻

我国民间文学事业在历史新时期取得了突飞猛进的进展和成就，其标志之一是“中国民间文学三套集成”（90 卷省卷本、4000 多卷地

县卷本）的编纂。1982 年春，最初讨论“三套”的构成方案时，陶阳受命起草了总方案设想和《中国谚语集成》的方案，并提出了“全面性、代表性、科学性”的编纂原则。

1983 年 9 月我受命主持中国民间文艺研究会工作后，1984 年起草向中宣部报批的“集成”文件和 1987 年编写《中国民间文学集成工作手册》时，把这个“三性”原则写进了文件，“三性”从而被确认为这项宏大文化工程的编纂原则。关于这段史实，历来误传很多，陶阳在 2005 年 5 月 22 日写给我的一封信里写道：“关于‘三套集成’总设想之文稿，当时并未注意保存，找出了开头的片断，却有‘三性’字样，而‘谚语集成’之设想，原稿基本完好，‘三性’也写得明白。复印送上，供您写序之参考。您要写一句‘陶阳是一位严肃认真的民间文学工作者’，足矣！”三套集成编委会成立时，陶阳被聘为编委和《中国谚语集成》副主编；主编马学良教授逝世后，他一直坚持负责《中国谚语集成》的终审工作，表现了他不愧是个有事业心、责任感、学风严谨的民间文学家。

在陶阳逝世五周年时，不禁回想起了我们年轻时一起住在朝阳门外芳草地文联宿舍的那些年代。陶阳比我大个七八岁，那时还不到 30 岁，我才 22 岁。他比我能熬夜，总是习惯于在夜深人静的时候写诗，整理他在大理搜集到的白族民歌。天亮了，他的房间里还常常亮着灯，推开门一看，原来困倦的诗人伏在书桌上就进入了梦乡。好些诗稿或民歌稿就这样诞生了。

爱诗写诗是他的天性。可是实际生活却把他塑造成了一个卓有贡献的著名民间文学学者。写诗需要的是激情，研究需要的则是冷静。他的一生好像永远处在这两种情怀的矛盾之中。到了老年，他也还在孜孜不倦地写作和研究，他用一本本的学术著作（包括他调查采录和编选的《泰山故事大观》《中国民间故事大观》《中国神话》等）铺展他晚年的人生之路。英国人类学家罗伯特·玛雷特（R. Maett,

1866—1943）说过一句名言："历史学的失落之处，正是民俗学的好机会。"陶阳正是一个一生辛勤耕耘在历史学所失落之处而无怨无悔的成功学者。

写于 2017 年 10 月 6 日

拉法格的民歌与神话理论

保尔·拉法格（1841—1911）是卓越的法国马克思主义者，法国工人党（1920年改为法国社会党）的奠基人之一。他在政治、经济、哲学、宗教等历史科学方面进行过深刻的研究工作，并为马克思主义理论武库做出了自己的贡献。正像列宁所说的，拉法格是值得深深尊敬的，“因为他是马克思主义思想的最有天才、最博学的传播者之一”[①]。在马克思和恩格斯的学生中，拉法格可说是少数力图运用他们的方法研究文学史、语言、民间歌谣和神话的人之一。因此他在这方面的理论遗产值得我们特别加以重视，我们应当对他的论著的重要意义及他所犯的错误，做出充分的估价，汲取经验，以丰富和推动我们的研究工作。

《拉法格文学批评集》法文版的编者弗雷维尔告诉我们：“拉法格关于民间文学、语言和文学的研究工作，是在约莫十年之久的一个时期内进行的，从1885年到1896年。这些年月恰好是盖得运动的最重要的时期。”[②] 他从事学术研究的这个时期，是法国无产阶级的革命斗争日趋深化的时期。法国工人阶级已经经历了1871年巴黎公社的洗

---

① 列宁：《代表俄国社会民主工党在保尔·拉法格和劳拉·拉法格的葬礼上发表的演说》，《列宁全集》第17卷，人民出版社1959年版，第286页。

② 转引自《拉法格文学论文选》，罗大纲译，人民文学出版社1962年版，第239页。本文中其他未注明出处的，均出自此书。

礼，尝过了法国资产阶级对起义工人的血腥屠杀，而在革命运动中居于领导地位的那些政治力量（如布朗基主义和普鲁东主义）的幻想，都在严酷的阶级斗争面前烟消云散了，如恩格斯在巴黎公社失败20年时写的、被列宁称为“马克思主义在国家问题上的最高成就”的文章——马克思所著《法兰西内战》一书德文版序言中所说，作为小农和手工业者的社会主义者普鲁东的社会主义学派“在法国工人中间已经绝迹了”，“布朗基主义者的遭遇也并不好些”，而马克思的理论已经占了“统治地位”。①

拉法格在青年时代，曾经是普鲁东主义的信徒，也曾信仰过布朗基主义。我们知道，不论是小资产阶级空想主义的普鲁东主义，还是以“阴谋学派的精神培养起来的”布朗基主义，都由于巴黎公社的英勇斗争把它们推进了自己的坟墓。而拉法格于1865年会见马克思，并在马克思的教导和影响下，逐渐转变为一个马克思主义者。他在马克思和恩格斯的直接指导下同盖得（后堕落为机会主义者）一起，缔造了法国工人党，参加了法国的和国际的工人运动。从此，不论在国内或流亡国外，他都没有离开过革命斗争。即使在1885年由于为工人罢工辩护而被反动统治者投入监狱，他仍然坚持在狱中写作了著名的文学论文《雨果传说》，把对资产阶级的仇恨倾吐在文章里。对于拉法格一生的活动，列宁在他的葬礼上发表的演说中作了这样的概括：“在拉法格的身上结合着两个时代：一个是法国革命青年同法国工人为了共和制的理想进攻帝国的时代；一个是法国无产阶级在马克思主义者领导下进行反对整个资产阶级制度的坚定的阶级斗争、迎接反对资产阶级而争取社会主义的最后斗争的时代。”②

① 马克思：《法兰西内战》，《马克思恩格斯选集》第2卷，人民出版社1972年版，第344页。

② 《列宁全集》第17卷，人民出版社1959年版，第286页。

拉法格研究民歌，目的在揭示出妇女在社会中的地位的变化；研究神话，目的在戳穿现代资产阶级的宗教的虚伪性和欺骗性。拉法格把马克思早在《〈政治经济学批判〉导言》中提出的“物质生活的生产方式制约着整个社会生活、政治生活和精神生活的过程”的原理，运用于民间文学的研究中，具体地分析了民间文学乃至人类文化史的种种现象。他在阐述自己的观点时，用锐利的批判的锋芒批驳了形形色色的资产阶级民间文学理论。

一

拉法格在《关于婚姻的民间歌谣和礼俗》（1886 年第一次用法文发表在《新杂志》上）中写道：“在各族人民中，婚姻曾经产生了为数甚多的民歌，同时也形成了稀奇的婚俗；博古的学者搜集了这些材料，而历史学家却很少利用这些材料来追叙往昔人民的社会风俗。”而“在这篇论文中，我将用这些材料（指关于婚姻的民间歌谣和礼俗。——引者注）来回溯父权制家庭的起源”。作为一个用阶级分析的方法批判地研究了 19 世纪末法国资产阶级文学的文学批评家，他在这篇文章里用这样的方式提出了民间歌谣的历史价值问题。

关于民间文学的历史价值，资产阶级民间文学研究家们做了种种歪曲的解释，把民间文学说成是毫无艺术价值可言的古代野蛮民族的化石，从而证明劳动人民和落后民族是野蛮不化的劣等民族，应当永远受本国统治者和帝国主义的奴役。

拉法格既重视民间歌谣的历史价值，指出人民的口头歌谣即使没有别的价值，也有很高的历史价值。“通过民歌，我们可以重新发现史传上很少提到的无名群众的风俗、思想和情感”；同时又重视民间歌谣的艺术功能，他说：“这种出处不明，全凭口传的诗歌，乃是人民灵魂的忠实、率真和自发的表现形式；是人民的知己朋友，人民向它倾吐悲欢苦乐的情怀；也是人民的科学、宗教和天文知识的备忘录。”他所以做出这样的论断，也许是受了特·拉·维勒马该和甫里埃尔的影响，因为它在这段文字后面接着引用了维勒马该的话：“这是人民的各种信仰、家庭与民族历史的贮存处。”但这的确是他本人的看法，他的这个看法是从对大量的材料的分析中得出来的，而不是凭空的臆造。

民间歌谣是人民群众集体创作而成的。人民群众只是在受到现实生活的激发时才歌唱，因此，他们不用任何的巧饰，他们的歌声是自发的、逼真的。拉法格这样比拟民歌的真实性：民歌“由于这种真实性和确切性……获得了任何个人作品所不可能具有的历史价值”。

拉法格正是持着这样的观点和意图对有关婚姻的歌谣和礼俗进行了考察和研究，通过对这些歌谣的内容上和艺术上的特色的分析，从其中的反映的父权制的残余，进而追溯到父权制的风俗，分析了父权制家庭的经济关系，妇女在家庭中的地位的变化。像其他有见地的研究者一样，拉法格一接触到关于婚姻的歌谣及礼俗的实际材料，便发现这些歌谣充满了忧郁的、凄惨的情调。虽然各种宗教、各国政府都以敬意和隆重的仪式来尊重婚姻，哲学家、教士和政治家都把婚姻看作是家庭的基础，看作是保证妇女的地位和对妇女保护与重视的制度，然而，在这种绵延若干世纪的庄严隆重的仪式上，“民歌却发出不谐和的噪音”，“民歌给妇女们描写家庭生活时用那样阴暗的腔调”，民歌中的“怨声是连绵不断的”。这种凄凉、阴暗、不和谐的情调由何而来？拉法格不是到艺术本身的特性中，而是到社会生活中去寻找这些艺术的因素的根源。他首先从伴随着人类童年而产生的原始宗教仪式得到启示，他说：“由于任何宗教仪式都必须有牺牲，在婚礼中扮演牺牲角色的恰好是新娘。大家唱的传统的歌也好，给她当场现编的歌也好，都和众人的欢乐形成奇怪的对比。”但是，拉法格也指出，民歌和仪式作为意识形态的表现之一，它们的最基本的根源，还是在社会生活之中。所以，当他引述并分析了许多反映妇女对于婚姻的畏惧情绪的民歌之后，得出了这样的结论："民歌中所表达的对于婚姻的畏惧，并不是由于害怕经济困难所产生的情绪，因为出身于不愁衣食的社会阶级的姑娘们，同样地有这种畏惧，产生这种情绪的原因，在于男权中心的家庭生活使妇女们战战兢兢。等到父亲的专制权威趋于缓和，家庭集体主义消灭之后，这种畏惧也就消失了。"

民间文学既然是社会生活的反映，它凝结着劳动群众对眼前的或历史上的事件的看法，有关婚姻的歌谣，当然就反映了家庭关系的发展过程，尤其描绘了妇女的社会地位、家庭地位的变化过程。拉法格根据此前人们对原始社会的研究成果，将民歌的材料拿来对照研究，认为民歌中生动地描绘了从母权家庭到父权家庭的这一变革。他说，在父权制家庭之先，曾经有过母权制的家庭形式，在那时，家长是母亲而不是父亲，妇女不离开家，不是跟丈夫走，相反地，男子是女方的客人。如果男人不再使她欢心，或不能完成家庭的供应人的职务，那么，女子就可以打发他离开。而在父权制家庭中，男女的地位正巧翻了一个个儿，妻子从一家之主的地位，降低到了丈夫和公婆的奴婢的地位。拉法格指出："要了解关于婚姻的民歌和民间礼俗的真实意义，必须认识父权家庭的风俗。"

民间文学具有历史价值。拉法格在《关于亚当和夏娃的神话》一文中说过："像凹面镜子一样，因受弯曲的直径的限制，照出来的形象多少是歪曲的，人的脑子也因受自己发展程度的限制而以多种多样的结合和形态反映事物和现象。"① 这段话告诉我们，民间文学既然是人脑对生活现象的反映的结果，它所照出来的形象也不免是多少有点走样的，但由于它形象地反映生活，仍不失为真实的艺术。尤其由于人民只是"在受激情的直接的和立时的打动之下才歌唱"，所以它的

---

① 拉法格：《宗教和资本》，王子野译，生活·读书·新知三联书店1963年版，第1页。

真实性就更强了。民间文学的历史价值是寓于它的艺术价值之中的，离开了艺术的内容、特点及功能，民间文学是谈不到历史价值的。

二

研究民间文学作品，如同研究人类文化的其他材料一样，往往出现这样的现象：地理上相互隔绝的地域或国家，处于不同历史发展阶段上的民族或部落，却有着相似的作品、相似的情节、相似的人物或相似的讲述方式。这种现象的秘密在哪里？许多民间文艺学家和民俗学家都曾试图回答这个问题。但是答案是各色各样的，都未能揭开这个秘密。心理学派说相似之所以产生，是居住在不同地域的人们具有相似的心理状态之故。地理学派则把相似归因于地理环境的作用。移植学派则说传说故事本发源于一个共同的中心，由于互相移植的结果，使不同地区出现了相似的作品。诸如此类，都是不懂得地理环境、心理因素等等，归根到底是在一定地区、一定条件下受着生产力发展水平的制约这个道理。

拉法格既然在自己的研究工作中碰到了这样的问题，就不能回避它。他彻底否定了当时民间文学理论中的一种占统治地位的理论——神话传说起源于一个中心的学说。他在《卡尔·马克思的经济决定论》一书中写道："民俗学家在野蛮民族和文明民族中发现了同样的民间故事，而维科已经确认了他们中的同样的谚语。许多民俗学家都认为这些相同的民间故事不是由每一个民族个别地创造出来，只是靠口头相传保存到现在，而是由一个共同的中心创作出来，由这个中心向全球传播。这个意见是站不住脚的，因为它是同对社会制度和对其他的人类创造的精神产品和物质产品的观察相矛盾的。"[①]

---

① 拉法格：《思想起源论》，王子野译，生活·读书·新知三联书店1963年版，第24页。

但是，马克思主义的理论应当怎样去解释民间文学的相似现象呢？他在另一篇文章里，在肯定地提出“民歌主要是地方性的”这个论点时，也回答了这个问题。他写道：

> 题材可以从国外输入，但是只有在题材和采用者的气质和习惯相适合时，它才会被接受、被利用。一首歌谣，并不像我们的衣服的时行式样一般，使人非接受不可。在相隔最远、区别最大的民族之间，发现有类似的歌谣、传说和礼俗。为了解释这种类似性，有些学者认为那些歌谣、传说和礼俗是从近处逐渐传到远处，或者因为它属于几个民族在分离以前所共同携带的精神行囊。我想可以提出另外一个解释。欧洲石器时代的野蛮人，正和欧洲或别处的石器时代的野蛮人一样，用同样的方式，凿成他们的石刀石斧，以及别的工具。我们不能认为他们上过同一个训练班，学会了同一套凿石手法；也不能认为他们互相通气；而是工作的原料——打火石，迫使他们采取那样的处理方式。北方或南方的人，亚里安人种或黑种人，当他们被同样的现象所激动时，他们曾经用类似的歌唱、传说和礼俗，来表达所见的现象。我们将要在世界各民族有关婚姻的歌谣和礼俗中看到的雷同情况，并不证明它们是从近处传到远处的，但是却说明了一个也很重要的事实：世界各民族都经历过大同小异的进化阶段。[①]

拉法格把相似的现象区别为几种情况。他认为题材是可以移植的，但这里的所谓移植，却是有条件的，即只有在“采用者的气质和习惯相适合时”，才有可能被接受、被利用，否则就没有适宜于这题材生长的土壤。他认为造成民间文学作品的相似的根源，是相同的生产方式。他的这种看法，是以前面说过的马克思关于物质生活的生产方式决定

① 拉法格：《关于婚姻的民间歌谣和礼俗》，《拉法格文学论文选》，罗大纲译，人民文学出版社 1962 年版，第 11—12 页。

着整个社会生活、政治生活和精神生活的过程的原理为依据的。拉法格在他的著作中反复地阐明了相似的生产方式可能产生相似的物质生活和精神生活的现象的道理。他写道："假如历史发展经过相似的家庭的、财产的、法律的和政治的组织，经过相似的哲学的、宗教的、艺术的和文学的思想形式，那么这只是因为各个民族不管他们的种源和地理环境如何，在自己的发展中总会碰到极端相似的物质的和精神的需要，总得为满足这些物质的和精神的需要而采取同一的生产方式。"①

既然同一的生产方式可能出现极端相似的历史发展，那么，这是否意味着会出现绝对相似的事件呢？拉法格回答说：不，这是不可能的。他说，同样生产方式只是一般地决定了，而不会以数学般的精确性在一切靠它生活的民族中产生出同样形式的人为环境或社会环境；因此，同样的生产方式在不同的民族和在一切历史时期也就不会引起绝对相似的事件。这样，拉法格就给了我们一把钥匙。民间文学的相似和雷同现象，主要地取决于不同民族的物质生活的生产方式的相似，但也不能排除流传和移动而造成的相似的可能性。然而可以肯定地说，把民间文学的相似与雷同现象仅仅归结为一个起源的中心，却是完完全全错误的，因为这是以资产阶级的世界主义的哲学为基础的。

拉法格并不是一下子就达到自己的结论的，他对前人的假设与结论一一加以检验，做了一番辨伪的工作。

例如，他在自己的著作中谈到了维科。维科相信人的精神的类似，他说："在人的本质里放进了一种精神的、对一切民族是共同的语言，它同样地表示着在人的社会生活中起积极作用的事物的本质，并且表达着与这些事物不同的存在形态相适应的事物的不同名称的本质。我们可以在谚语里，在这些测定人民智慧的活的直尺里查出这语

① 拉法格：《思想起源论》，王子野译，生活·读书·新知三联书店1963年版，第37—38页。

言的存在，虽然谚语表达形式非常不同，但就内容说则在一切古代的和现代的民族都是一样的。”[①]

拉法格还谈到了摩尔根。摩尔根也得出了和维科相近的结论。他说：“人类的心灵，在人类所有的部落及民族中的个人间都是一一相同的，它的能力的范围是限制了的，只能在同样一致的途径中，及在变异性极其小的限制内去活动，而且必须如此去活动。其结果，可以在空间上隔绝的地方，在时间上相距甚远的时代中，将人类的共通经验衔接起来成为一条在逻辑上互相关联的连锁。”[②]

不论是维科还是摩尔根，他们对人类精神生活的观察所得的印象都是正确的。人类社会的确如他们所描述的，不论他们的种属和地理环境如何，他们都要通过同样的家庭、财产和生产的形态，而且还采取过相同的社会制度和政治制度。如马克思所说的：“工业较发达的国家向工业较不发达的国家所显示的，只是后者未来的景象。”[③]但是，维科根据他所观察的现象而概括出来的人类精神活动的规律，却带有唯心主义的宿命论的色彩。他认为存在着一个一切民族的历史总要通过它的“理想的永久的历史”，他认为某一民族的历史，是另一个达到更高发展阶段的民族的历史的简单的重复。拉法格对这种见解进行了批评，指出它是带有宿命论的。他指出：“假如事情是这样的话，那么由此就应当得出结论，所有民族——往往不论在什么情况之下——都应当以同样的发展速度和特定的历史道路前进。这样理解的人类社会发展的同一样式的规律在任何民族的历史发展的事实中都找不到证实。”[④]

---

① 维科：《新科学》，第22章。转引自拉法格：《思想起源论》，王子野译，生活·读书·新知三联书店1963年版，第22页。

② 摩尔根：《古代社会》，生活·读书·新知三联书店1957年版，第286页。

③ 马克思：《资本论》第1卷，人民出版社1975年版，第8页。

④ 拉法格：《思想起源论》，王子野译，生活·读书·新知三联书店1963年版，第36—37页。

拉法格批判了民间文学的同源说，探索了民间文学相似现象的社会根由，提出了新的唯物主义的解释，尽管他的论述也许还是并不十分完善的。

三

拉法格论神话的文章，是他的民间文艺学遗产中极其宝贵的部分，也是对马克思主义民间文艺学的宝贵贡献。他所接触到的、并用马克思主义的观点给予科学的解释的，有犹太人的《圣经》神话和古希腊神话。他的几篇论述神话的文章，由于运用了比较研究的方法，组成了他的“比较神话学纲要”。在这里，我们先来谈谈拉法格对《圣经》神话的论述。

无论是基督教中不同教派的教徒，还是犹太教教徒，都把《圣经》当作各自教义的基础，甚至伊斯兰教可兰经的教义也多取自《圣经》。世界上几乎有半数的人，从小就受着《圣经》的教育，而牧师们根据《圣经》来解释世界的“创造”，甚至人类历史的一切事件。《圣经》是怎样的一部书呢？经过许多人的研究，现在已经可以断定《圣经》是用希伯来文写定的、不同时代的许多作家编写的各种不同作品的汇集。其中收集了许多民间流传的神话、传说。鉴于《圣经》的广泛流播和牧师们在人类精神方面所起的毒害作用，拉法格写了《关于亚当和夏娃的神话》和《关于贞洁的受孕的神话》等文，力图用新的、唯物主义的观点加以解释。

在《关于亚当和夏娃的神话》这篇论文的前面，拉法格引用了古代哲学家巴门尼德的格言“只有存在的才能被思维”作为题词，或许可以认为，这就是拉法格评论圣经神话的立意。圣经是作为基督教的神圣经典而存在的，信徒们把其中的故事信以为真；而神学家们说它是神圣的书，说是上帝亲自写的或上帝口授由摩西写的。可是非信徒的具有自由思想的人士则把《圣经》看作是“骗子的谎言”，认为它是荒诞不经的。拉法格吸收了巴门尼德的唯物主义思想，并把它生发开去，深刻地指出：“既然人的思想只能从真实的事物和现象出发才能发展，以为人可以想象某种完全非真实的东西，这未必是正确的。”[①] 在现代人看来荒诞不经的事物，在原始人看来未必没有意义；圣经神话就是这样的。因此，拉法格声称，他要探讨的，就是《圣经·创世纪》中所反映的这种可以被理解的现实的根据。

这是困难的。其所以困难，并不在于基督教牧师们对它所作的荒唐的解释，把它的面貌弄得模糊不清了。困难在于若干世纪以来《圣经》中的神话对原始人的那种意义早已失掉了。甚至连恩格斯都在他的这篇论文发表时指出：“他（拉法格）的确有些固执，并且依然迷醉于他自己绝非一直都是有根据的史前理论。所以他最珍爱他的《亚当和夏娃》，认为这些理论比左拉更重要得多。其实他是最适合于评论左拉的一个人。”[②] 恩格斯指出了评论《圣经》神话的艰巨性，同时也指出了拉法格对自己的命题的信心。的确，拉法格对他选的这个困难的题目是充满信心的，他写道：“民俗学家只限于对各民族的传说、神话和迷信作比较。作为英国‘上流社会’的成员，他们小心回避把《圣经》故事扯进自己的研究范围。因此需要比他们走得更远些，需要研究作为神话的基础的事实，需要对《伊利亚特》的传说，赫雪得的《神谱》和《创世纪》的故事作同样的批评。”[③]

拉法格运用客观存在决定主观意识这一马克思主义的原理，从

---

① 拉法格：《关于亚当和夏娃的神话》，见《宗教和资本》，王子野译，生活·读书·新知三联书店 1963 年版，第 1 页。

② 恩格斯：《党的社会评论的迫切任务》，《马克思恩格斯论艺术》第 3 卷，人民文学出版社 1963 年版，第 367 页。拉法格此文发表在《新时代》（1890—1891）第 2 卷第 34 期上。恩格斯在信里所说的“左拉”，是指拉法格写的《左拉的〈金钱〉》一文。

③ 拉法格：《关于亚当和夏娃的神话》，《宗教和资本》，王子野译，生活·读书·新知三联书店 1963 年版，第 2—3 页。

《圣经》中的神话入手，利用一个世纪以来对史前社会形态的研究成果，详细地分析了《圣经》所反映的原始社会的风俗习惯。而“详细研究野蛮民族的风俗习惯就很有可能恢复原始宗教所生长于其中的史前环境和了解引起它们发生的现象”[①]。他把《创世纪》分成两个关于人的创造的故事，并进一步指出这两个故事完全不是互相补充的，而是彼此矛盾的。他指出，《创世纪》的第二、三、四章所讲的，不是同一个时期的故事；前者所讲的时代，是一个比较高的发展阶段，因为其中说到地球上除了亚当和他的儿子之外，还有其他人，河流和各种地形还在亚当创造之前就已经获得了名称。人们已经知道有金子，知道使用金属，能铸剑、驯养家畜和耕耘土地。

拉法格探讨和解释了亚当这一对男女合体的神话人物的意义。他根据对许多民族的神话的比较研究，认为像亚当这样的雌雄同体的神话人物形象，并非犹太人所独有，而是在大多数民族中都可以找到的。这种最初的两性人是非现实的东西，但在它的后面隐藏着的，却是真实的现实，那就是处于低级发展阶段的野蛮人的性交是发生在部落内部这样一个事实。拉法格说，由于“野蛮的民族常常使用单数的名字来表示许多人的整个总和”，所以“不要把亚当的名字看成是一个人的专有名字，而应当看作是一个甚至几个野蛮的氏族部落的名字”。[②]亚当的名字所代表的，是野蛮人的部落所实行的是“内婚”。这一部落的成员无须到别的部落中去寻找丈夫或妻子。这种状况是由他们的生活条件决定的。但是为了防止内婚群内部母与子、父与女之间的性交，他们分为四代，即祖父代、父母代、儿子代和孙子代。同

---

① 拉法格：《关于亚当和夏娃的神话》，《宗教和资本》，王子野译，生活·读书·新知三联书店1963年版，第2页。

② 拉法格：《关于亚当和夏娃的神话》，《宗教和资本》，王子野译，生活·读书·新知三联书店1963年版，第8页。拉法格作出这样的结论，是根据《圣经》里的这样一句话：上帝“就照着自己的形象造人，乃是照着他的形象造男造女”。由上帝一代开始，亚当一代又生了塞特一代，塞特一代又生了以挪士，他们都视上帝一代为始祖。

一代的一切成员被认为是兄弟或姊妹，是比他们年长的一代的儿女和比他们年轻的一代的父母。同代成员，即兄弟和姊妹之间允许性交，不同代成员之间则严禁性交。这就是恩格斯在《家庭、私有制和国家的起源》中肯定的、由摩尔根最先提出的家庭的第一阶段——血缘家庭。因此，在拉法格看来，原始的野蛮人部落内部的性交关系的存在，就造成了亚当作为雌雄同体的神话人物的出现；原始的野蛮人部落的生活状况及它与别的部落的关系，就是亚当神话的真实意义。

同样，拉法格运用历史唯物主义的观点，揭开了蒙在亚当和夏娃的神话上的一层迷茫的薄纱，指出识别善恶之树的果子是专供上帝耶和华享用的，亚当和夏娃吃了禁果是破坏了上帝的特权，把自己提到了和上帝同等的地位。《圣经》神话中的耶和华上帝已经达到了相当高的物质和精神发展阶段，他拥有伊甸园，拥有为他看管和经营园子的奴隶——亚当一代人。亚当和夏娃偷吃禁果，代表了被奴役者向伊甸园的所有者的挑战。

拉法格的功绩是剥去了圣徒们加在这些神话上面的唯心主义外壳，恢复了它们的真实意义。他认为，夏娃的神话反映了母权制的衰败以及让位给父权制的过程。在夏娃犯原罪之前，他们所处的时代是母权制时代，因为蛇先去诱惑夏娃，亚当听她的话，她吩咐他并因此为犯下的罪受到双倍的报复，最后她失掉了对男人的统治权，而且加给她以生儿育女的苦楚。在拉法格看来，亚当的下一代该隐和亚伯的神话，则反映了人类社会前进途中的又一次革命——农业取代了游牧业。

拉法格根据宗教是现实的人间的关系的歪曲的、幻想的反映这一马克思主义论点，探讨了关于亚当和夏娃、亚伯和该隐、处女玛利亚等神话的物质基础和现实根源，从而同宗教观念进行了斗争，粉碎了犹太教和基督教神学家们若干世纪以来劳心日拙地制造出来的谎言。他以《圣经》神话为主，大量旁及世界其他民族的历史资料和民族学资料，运用比较研究的方法，探本求源，在一定程度上解决了神话起源、神话与现实的关系等一系列问题，对马克思主义的神话理论做出了贡献。作者对这一组神话的分析研究，证实了他在《关于亚当和夏娃的神话》一文开头提出的一个非常正确的论断："神话既不是骗子的谎话，也不是无谓的幻想的产物，它们不如说是人类思维的朴素的和自发的形式之一。只有当我们猜中了这些神话对于原始人和他们在许多世纪以来丧失掉了的那种意义的时候，我们才能理解人类的童年。"[①]

四

拉法格运用同样的方法，解开了关于普罗米修士（现通常译为"普罗米修斯"。——编者注）的希腊神话之谜，是马克思主义的辩证唯物主义与历史唯物主义在神话学领域具体运用并获得成功的又一范例。

普罗米修士，这个不屈的泰坦，从来是作为从天上盗火并把它交给人类的伟大形象而出现的。多少古代的和现代的神话学家都这样理解和解释它的含义。一直到了 19 世纪末叶，拉法格才凭他的博学多识和马克思主义的世界观，对这种解答提出了异议。拉法格用无可置疑的语言写道："无论如何，希腊人远在宙斯和普罗米修士出生之前就已经用火来加工金属，因为克洛诺斯的儿子投掷反对泰坦的闪电是基克洛普（独眼巨人）们制造的。据赫雪得说，基克洛普是乌拉诺斯的儿子，就是说他们是属于男性神的第一代，何况普罗米修士自己也承认人们已经知道使用火，而他只是教会他们从火焰中引出预言，并且也承认'野蛮民族沙利伯人（Chalybes）已经知道打铁'。由此可知，普罗米修士无须乎给史前期的希腊人传火或教会他们用火。因此

① 拉法格：《宗教和资本》，王子野译，生活·读书·新知三联书店 1963 年版，第 2 页。

需要寻找着神话的另外的解释。”[①] 这个新的解释又是什么呢？拉法格认为，普罗米修士的神话包括了属于两个不同时期的两个事件，即：（1）普罗米修士的谋反；（2）普罗米修士的盗火。前者发生于父权制的开始期，后者发生于父权制的崩溃期。

关于普罗米修士的谋反，宙斯用暴力夺去了奥林普（现通常译为“奥林匹斯”。——编者注）的政权，成了奥林普的主人，这是埃拉多斯（希腊）部落进入父权制的象征。当宙斯成了奥林普的统治者之后，“普罗米修士就开始组织反抗他的叛乱和重新获得母权制事业拥护者的友谊”。宙斯为了保持自己的政权，吩咐暴力和力量把叛乱的普罗米修士锁在高加索的山岩上作为惩罚。拉法格认为，普罗米修士是不死的，其所以不死，是因为他知道他这个战败者和受刑者，终将看到宙斯的暴君统治的末日和父权制的毁灭。这一事件发生在宙斯刚刚夺得了奥林普的统治地位之时，这时父权制还不很巩固。

关于普罗米修士盗火。普罗米修士盗来的火，并不是一般的火，拉法格说，这是“火的泉源”中的圣火，“这火使那占有它的凡人有权点燃家庭中的炉灶，有权组织从父亲的专制权力下解放出来的独立家庭”[②]。因此，普罗米修士不是火的发明者，他给予凡世间的人的礼物，是象征着独立家庭的火，这火本来是宙斯所独占的。

我们从拉法格的理论中得到的印象是：普罗米修士联合泰坦们及母权制的代表人物的力量，反抗父权制的家长宙斯。但不能把这事件看成对母权制的支持。不，这不是历史的复归。他是站在新的更加进步的立场上与宙斯——父权制对抗的。他的确把“火的泉源”交给了凡人，但交给的是男人而不是女人；女人自父权制出现以来便成为

① 拉法格：《关于普罗米修士的神话》，见《宗教和资本》，王子野译，生活·读书·新知三联书店1963年版，第47页。

② 拉法格：《宗教和资本》，王子野译，生活·读书·新知三联书店1963年版，第62页。

没有灵魂的人（当然不是现代意义上的说法）。正如拉法格本人所概括的："代替父权制家庭的家庭是个人主义的，它的组成只有一对婚姻的配偶。"①

这就是拉法格阐发的普罗米修士神话后面隐藏着的历史的现实。神话像其他形态的文学艺术一样，也是现实生活的反映，在这一点上并没有什么两样。拉法格说："天上反映地上的事件，正如月亮反映日光一样，因为人只有以自己的想象、自己的风俗、自己的情欲和自己的思想赋予神灵才创造出和才能创造出自己的宗教。②他把自己生活中的一切卓越的事件带进神的王国。在天上人重演地上发生过的悲剧和喜剧。"③任何神话都是一定现实世界的反映。如果认为神话纯属无稽之谈，或者在分析评价神话时离开对原始人的生活的具体、历史的分析，都必然导致错误的结论。神话担负着保存远古的回忆的职责，如果没有神话，也就失去了关于远古的材料，历史将是难于辨认的。

五

作为马克思的学生，拉法格把民间文学的研究同政治斗争联系起来，对马克思主义的民间文艺学（包括神话学）理论是有重要贡献的。他引证大量的材料，雄辩地论证了民歌的历史价值和艺术价值；他力

① 拉法格：《宗教和资本》，王子野译，生活·读书·新知三联书店1963年版，第63页。

② 在这里必须注意，恩格斯在谈到原始民族时，是把他们的共同的宗教观念与神话视为一回事的。恩格斯写道："'印第安人，是一个按照野蛮人方式信宗教的民族。'他们的神话迄今还远没有批判地加以研究，他们已经给自己的宗教观念——各种精灵——赋予人的形象，但是它们还处在野蛮时代低级阶段，所以还不知道具体的造像，即所谓偶像。"（《家庭、私有制和国家的起源》，《马克思恩格斯选集》第4卷，人民出版社1972年版，第88页）拉法格此处所说的"宗教"就是这个意思。

③ 拉法格：《关于普罗米修士的神话》，见《宗教和资本》，王子野译，生活·读书·新知三联书店1963年版，第53页。

排众议，在民间文学的相似和雷同问题上提出了唯物主义的见解；他用马克思主义的方法论阐明了《圣经》——犹太人圣书中的神话和希腊神话的真实意义。他成功地把辩证唯物主义和历史唯物主义的原理，具体地应用到民间文学研究领域（特别是神话领域）中。他批判了当时流行的形形色色的资产阶级民间文学理论，同宗教学说进行了斗争。他是马克思主义理论家和著作家中少数系统研究和论述民间文学问题的学者之一。他在这方面的遗产值得我们好好地继承和研究。

拉法格的理论中也存在着一些缺点和错误。他对民间文学，特别是关于婚姻的歌谣的历史价值分析得淋漓尽致，指出它是认识原始时代的风俗和习惯的重要材料，但是，在他的论著中也可以看出资产阶级人类学派给他投下的某些阴影。首先，拉法格比较多地注意到民歌作为历史见证人的作用，而对它影响人的意识形态的积极作用则重视不够。这是同他当时的哲学观点的片面性不无关系的。在哲学思想上，他充分估计到了生产方式及经济基础对意识的作用，却忽视了思想一经产生之后对社会发生的积极的反作用。在这种思想指导之下，他甚至把马克思丰富的哲学思想机械地了解为经济决定论。因而他的唯物辩证法是不彻底的。其次，拉法格的某些神话理论中有明显的反历史主义的论断。例如，他在论述关于普罗米修士的神话和潘多拉的神话的论文中，说这个神话是“关于打碎父权制家庭和准备资产阶级家庭，亦即由单一的经济构成的至今还存在的家庭的事件的回忆”，“当他盗取圣火和把它传给人们时是为了让他们好建立起资产阶级的个人主义的家庭”。在这里，现代资产阶级的家庭形态，同古希腊的父权制的比较完善的独立家庭形态，显然被拉法格混为一谈了。

初稿写于 1963 年，1977 年 12 月改定

普列汉诺夫的神话观初探

整个19世纪的一百年间，神话学形成了一门学问，并且有了很大的发展。如果说，古典的神话学主要是以多少被系统化了的古希腊、古罗马神话为依据而建立起来的话，那么，随着殖民主义的扩张，欧洲的政治家、商人、宗教职业者、民族学家在一些当时尚处在原始社会阶段的部落居民（如美洲的印第安人、非洲的霍屯督人和布须曼人、澳洲和大洋洲的土著居民）中收集和记录了大量的、此前不为外界所知的、未成系统的神话材料，使神话学大大向前推进了。到19世纪末叶，马克思主义的奠基者及理论家们，利用资产阶级神话学家、民族学家们所搜集的极其丰富的神话和民族学材料，批判地接受他们的理论和结论中的合理部分，用历史唯物主义观点解释和阐发神话的本质、发生和发展的规律，使神话学发生了意义深刻的变革。普列汉诺夫就是对马克思主义神话学做出了重要贡献的理论家之一。

作为俄国马克思主义理论家，普列汉诺夫对美学理论的建树是人所共知的。他在1899年至1900年间撰写了《没有地址的信》这部至今还在马克思主义美学史上放射着光辉的美学著作，根据他那个时代出版的几乎全部俄文的和其他外文的民族学材料，阐述了原始艺术对物质生活条件的依存关系，并指出了有关原始民族艺术起源和发展的种种唯心主义理论的错误。[①] 在这部著作里，他广泛地探讨了原始艺术的各种形式的起源与发展，但涉及神话的篇幅并不多。1909年，他又以“论俄国的所谓宗教探寻”为题，撰写了三篇文章，特别是在第一篇文章里，以马克思主义的历史唯物主义为武器，从宗教的角度，对原始先民的神话及其世界观进行了精辟的、至今仍然有着重要理论意义的分析与研究。如同前面提到的那部《没有地址的信》一样，在这部著作里，普列汉诺夫对在他之前以及他同时代的各个流派的学者所提供的神话材料，进行了有说服力的批判和唯物史观的解释，对前人提出的假说和结论进行了辨伪、扬弃、吸收和改造，从而形成了他自己的唯物主义的神话理论。诚然，构成他的神话理论的不只是这一部著作，比如《〈科学社会主义和宗教〉讲演提纲》（1905）、《马克思主义的基本问题》（1907）等著作中，对于神话问题都不乏精到的见解，不过就其系统性而言，仍然以《论俄国的所谓宗教探寻》最值得重视。

普列汉诺夫晚年在政治上转到孟什维克的立场上去，做了不利于俄国无产阶级革命的事情，但在社会主义理论上，特别是美学理论、原始艺术理论上的杰出贡献，是不应该抹杀，也抹杀不了的。他对神话学的理论变革以及他对资产阶级神话理论的批判和吸收，对我们仍然有着积极的现实意义。

一、神话——原始世界观的表现

关于神话的本质及特点，向来是一个聚讼纷纭、莫衷一是的问

---

① 近年来，我国学术界有人对这部著作提出了一些质疑，1982年《复旦学报》上就此开展了一个小小的讨论，1984年第6期《文学评论》上发表了余福智的《读〈没有地址的信〉所引起的思考》，对功利说提出了不同的看法。

题。人类学派也好，历史学派也好，各有各的说法。普列汉诺夫充分研究了各家的理论之后，提纲挈领地指出："（原始的）人们对某种现象——不论真实的或虚幻的现象——感到惊异，就力图弄清楚这种现象是如何发生的。这样就产生了神话。"[①] 关于神话的特点，他说："神话是回答为什么和怎么样这样两个问题的故事。神话是人对现象之间的因果关系的意识的最初的表现。"他引用德国民族学家保·爱伦莱希（P. Ehrenreich）在《南美蒙昧人的神话和传说同北美和旧大陆的神话和传说的比较》中阐述的观点，"神话是原始世界观的表现"，并表示同意和肯定这个观点的正确性。他还进一步指出："这种世界观……是很原始的。这种世界观的……主要特点就是具有这种世界观的人把自然现象人格化。"

普列汉诺夫关于神话思维的论述，采用了18世纪意大利哲学家维科（Giambattista Vico，1668—1744）以来通行的观点。这种观点归结起来，就是认为神话是原始先民对于某种现象感到惊异，力图弄清楚这些现象所以发生的原因这样一种愿望和好奇心而产生的。维科说："那时有少数巨人，身体一定顶强壮，散居在高山森林里猛兽穴居的地方，碰见雷电交作，不知道原因，就大惊大骇起来，抬头一看，就看到天。由于在这种情况，按照人心的本性，人就会把自己的性质附会到雷电这种效果上去；因为在像打雷扯电闪那种情况之下，大半是一些体力极强壮的人在发火，用咆哮来发泄他们的暴躁情绪；他们于是就把天想象为是一巨大的有生命的物体，把打雷扯电的天叫作'天神'或'雷神'……，他是在用电掣雷吼来设法向他们说些什么。这样，他们都开始运用与生俱来的好奇心，这是无知的女儿和知识的母亲。这种好奇心打开了人的心窍，就产生

① 普列汉诺夫《论俄国的所谓宗教探寻》，见《普列汉诺夫哲学著作选集》第三卷，生活·读书·新知三联书店1962年版。

了惊奇。……就是用这种方式，最早的神话诗人创造了第一个神话故事，一个最伟大的神话故事，即天神或雷神的故事。”[①] 原始人的好奇心对于神话的产生，只能是一个推动因素，而“把自己的性质附会到雷电这种效果上去”的“人心的本性”，却是神话思维的特点。这个思想在马克思所著《〈政治经济学批判〉导言》中也得到肯定和采纳。

普列汉诺夫把神话看成是对现象之间的因果关系的意识的最初表现。他举出了澳大利亚的厄伦特部族关于月亮是从哪里来的神话，来论证他的观点。厄伦特人说，在古代，天上还没有月亮的时候，一个名叫奥波苏姆的人去世后被埋葬了。不久，这个人复活了，变成了一个小孩走出了坟墓。他的亲属惊恐万状，四散逃跑，他一面追赶他们，一面大喊：“不要害怕，不要逃跑，否则你们都会死掉。我虽然会死，但我会在天上复活。”果然，他长大了，衰老了，然后又死了。但是死后化为月亮出现，从那时起，他就周而复始地死亡和复活。普列汉诺夫指出，这个神话“不仅说明了神话的起源，而且说明了月亮周而复始地隐现的原因”。在这个神话中，原始先民的思维，还不是我们今天的人类的逻辑思维（法国社会学家路先·列维-布留尔把这种原始思维称为原逻辑思维）。在他们的意识中，人自身与周围现实的一切事物还没有区别开来，必然性和偶然性还没有区别开来。[②] 人们想解释外部世界的起源（月亮及其周而复始的隐现），也想解释人本身究竟是怎么回事。他们只能用直接的经验去解释外部世界的种种现象，于是便出现了把客观世界种种现象人格化的意识。奥波苏姆死

---

① 维科：《新科学》，见《西方文论选》上册，人民文学出版社上海分社 1964 年版，第 549—541 页。

② 关于原始人的这种思维的特点，列维-布留尔在《原始思维》一书中称为“互渗律”（又译为“混沌律”）。

后化为月亮，而月亮也是具有人性的、有灵气的生物。[①]

希腊人关于雅典娜出生于宙斯脑袋里，而不是女人受孕而出生的神话，在普列汉诺夫看来，是能体现出原始先民的思维观念的一篇相当典型的神话。这个神话的大意说：奥林匹斯的大神宙斯的第一个妻子墨提斯对宙斯说，她将生一个女儿，她的女儿的儿子将比宙斯强大（一说她将生一个儿子，这个儿子将比宙斯强大）。宙斯听说后非常害怕，于是把妻子吞进肚里。到墨提斯临近分娩时，宙斯头痛异常，于是请充当外科医生的赫淮斯托斯给他劈开脑袋。雅典娜便从里面生出来。生出来时，全身披戴铠甲。这个神话说明什么呢？它告诉人们，雅典娜不是墨提斯生的，即不是女人生的，而是男人生的。男神宙斯可以不必受孕，即不必依赖女人，而生出雅典娜。普列汉诺夫说："瓦·罗扎诺夫先生在 1909 年 10 月 14 日的《新时代》上就我对女神雅典娜的来源的神话的说法责备我，说我忘了指出，希腊人用帕拉斯·雅典娜女神和她的产生的特殊方式说明什么现象。但是我这位奇怪的批评家简直没有弄懂我说些什么……我举出女神雅典娜从宙斯的头中产生出来这个故事，是说明雅典娜女神如何产生……而她为什么这样产生而不那样产生，则是另一个问题，对于这个问题不是由神话来回答，而要由宗教史和社会学这两门科学来回答。……瓦·罗扎诺夫先生是否知道现代科学如何解释关于帕拉斯·雅典娜女神来源的神话的特点？这很可怀疑。"[②] 普列汉诺夫在这段答辩式的注释中，

---

① A. W. 里德记录的《澳大利亚土著故事》（*Aboriginal Stories of Australia*）中有一则《月亮的盈亏》的神话，不是讲月亮的来历，而是讲月亮和人一样有感情，有欲望，他渴望从迷人的姑娘中找个伴侣，陪他度过天上寂寞的岁月，但姑娘们都不喜欢他。他常到篝火旁追求姑娘们，可是只要他一露面，她们便纷纷躲到屋子里去。后来，两个被他逗弄的姑娘把他掀翻到了河里，于是月亮便从此黯淡下来。但他还会升上中天，放出光辉。见《大洋洲文学丛书》第二辑，安徽大学大洋洲文学研究室印，1983 年 12 月。

② 《由防御到进攻》文集的注释。此文引自《普列汉诺夫哲学著作选集》第三卷，生活·读书·新知三联书店 1962 年版，第 364 页。

至少阐明了两个思想：其一，雅典娜出生神话“说明雅典娜女神如何产生”，即说明他在正文中所说的“神话是回答为什么和怎么样这样两个问题的故事”。其二，这个神话说明原始时代人们对繁殖观念是极不明确的，特别是在历史上某一个时期，两性为了在生儿育女中所起的重要作用而有过激烈的争执。①

总括起来，神话作为原始世界观的表现，既反映了原始先民要求了解周围世界——自然界的愿望，又反映了他们处在自然的控制之下对自然感到茫然不解，因此，神话本身存在的这种两重性，充分地体现在原始先民对事物之间因果关系的意识之中。

二、神话世界观的特点

1915年俄国革命失败后，在俄国，造神思潮在一部分知识分子中一度活跃起来，因而使对宗教观念中的神话因素问题进行马克思主义的阐释，增加了迫切性和现实性。普列汉诺夫为了回答俄国造神派代表人物的理论，特别注意抓住神话中体现的原始世界观以及原始人的思维方式加以历史的探讨。

普列汉诺夫认为，爱德华·贝·泰勒在他的《原始文化》一书中关于万物有灵论是原始人的世界观这一著名理论是正确的。他在《〈科学社会主义和宗教〉讲演提纲》中就曾明确指出：“万物有灵论。在发展的第一阶段，人把整个自然界想象成是有灵居住的。人把自然界的个别现象和力量加以人格化。为什么？因为人用同自身类比的方法来判断这些现象和力量，在他们看来世界似乎是有灵性的；现

---

① 关于古代神话中的贞洁受孕和父亲生育问题，参阅保尔·拉法格在其《母权制》（见《民间文艺集刊》第六集）和《关于贞洁受孕的神话》（见《宗教和资本》，王子野译，生活·读书·新知三联书店1963年版）；关于雅典娜女神在社会发展上的意义，恩格斯在《家庭、私有制和国家的起源》一书中也作过精辟的论述，可与普列汉诺夫的论述相得益彰。

象似乎是那些与他们本身一样的生物，即具有意识、意志、需要、愿望和情欲的生物的活动的结果。这些生物就是灵。灵是什么？从哪里获得关于灵的观念？梦境；昏迷；死亡。按照原始人的理解，世界是灵的王国。唯灵论是原始的哲学，野蛮人的世界观。”[①] 在《论俄国的所谓宗教探寻》中，他又一次重申了这个思想。他写道：“原始人以为这一切现象都是同他们一样具有意识、需要、爱好、希望和意志的特殊存在物的行动。在很早的发展阶段上，在原始人的观念中，这些似乎以自己的行动引起一定的自然现象的存在物，都具有精灵的性质，于是就形成了泰勒称之为万物有灵论的东西。”他认为，万物有灵论的思维形式，是“一定发展阶段上的基本的普遍的思维形式”，归根结底是同生产力发展水平的低下相联系的。原始人的生产力很不发达，他们控制自然的能力是很低的。而在人类思想发展中，实践在任何时候都先于理论：人作用于自然的范围愈广阔，他对自然的了解也就愈广阔，愈正确。反过来说，这一范围愈狭小，人的理论也就愈贫乏。他的理论愈贫乏，他就愈想用幻想来解释那些不知道为什么引起他注意的现象。类比判断是对自然生活的一切虚幻解释的基础。人观察自己的行为时，就会看出，在行动之先，存在着与其相适应的希望。因此，“他以为那些使他惊异的自然现象也是由谁的意志引起的。这些用自己的意志引起使他惊异的自然现象的存在物，始终是他的外部感官不能感触的”。而这些存在物，就是类似人的灵魂的东西。当然，普列汉诺夫也指出，万物有灵论并不能说明原始人的物理学和生物学中的一切现象。

关于人类发展史上最早的思想形式，或者用普列汉诺夫所说的“发展的第一阶段”上的思想形式是什么的问题，一个世纪以来，争论此起彼伏，从来没有停止过，至今也难于取得一致。泰勒提出万物有

① 《普列汉诺夫哲学著作选》第三卷，生活·读书·新知三联书店1962年版，第61页。

灵论学说以后，他的学术继承人马罗特（Robert R. Marett）就认为泰勒所说的万物有灵论不是人类最早的思想形式，而认为在万物有灵论之前，有一个非人格化的超自然力为主的阶段，他称这种非人格化超自然力的信仰为“泛生信仰”（animatism）。[①] 普列汉诺夫在文章里也触及了这个问题。他批驳了波格丹诺夫关于万物有灵论是社会二元论（上等人和下等人之间、组织者和被组织者之间的二元论）和权威社会形态之间存在特殊关系的反映论点，指出万物有灵论可能不是人类宇宙观的发展中的第一步。他根据玛丽·居友关于“起初灵魂和肉体是被看成统一的整体”的见解，推论原始人在信仰万物有灵论之前，曾经有过别的思维形式，并说：“如果真是这样，就应该认为万物有灵论是人类宇宙观的发展中的第二步。”他为了否定波格丹诺夫的论点，即“在社会发展的初级阶段，在最低级的部落中还没有万物有灵论，根本没有关于精神本原的观念”，就断然地写道：“人种学不知道有这种部落。相反地，人种学能够进行观察的所有部落中最低等的部落——所谓低等狩猎部落，都抱着万物有灵论的观点。”普列汉诺夫在写作《论俄国的所谓宗教探寻》时，马罗特的《宗教入门》（1914 年）尚未出版，虽然他未能了解马罗特的观点，关于神话的起源问题，神话的世界观问题，原始人最早的信仰问题，晚近以来争论已有很大发展，否定万物有灵论而主张图腾主义者，越来越在学术上占上风。

三、神话根源于狩猎生活

普列汉诺夫遵循马克思主义的思维对存在的依赖关系的原理，把

---

① 可参阅台湾商务印书馆出版的《云五社会科学大辞典·人类学》中的“泛灵信仰与泛生信仰”条，1974 年 9 月。杨堃在《论神话的起源与发展》（《民间文学论坛》1985 年第 1 期）中，把马罗特所提出的学说称为“先万物有灵论”（Preanimism）。

早期的原始神话与稍后出现的神话加以区别，指出神话的发生受到经济发展的影响和制约，原始神话植根于原始人的狩猎生活之中。

神话产生于低级狩猎部落，处于低级狩猎阶段的原始先民，不仅靠猎获动物的肉作为食品，而且也吃植物的根和茎以及鱼和软体动物。但根据大量的民族学材料，人们有足够的理由认为，狩猎是他们的基本生活方式。狩猎强有力地影响和制约着原始人的思想、世界观，甚至审美观。“认为自然现象是由人的外部感官所不能感触的或只能在最小的程度上感触的存在物的意志所引起的——这种假想在人的狩猎生活方式的影响下逐渐地发展并巩固起来。这听起来像是奇谈怪论，但事实却是这样：作为生活来源的狩猎，能引起人们的唯灵论思想。”（《论俄国的所谓宗教探寻》）在另一部著作《没有地址的信》中，在谈及这个问题时，他曾引用了德国民族学家冯·登·施泰因的一段话。施泰因以在原始人中间的直接的观察而得出的结论，认为原始人的全部经验中最主要的部分都是同动物界有关的，他们的世界观就在这一经验的基础上形成。施泰因还认为，原始人的艺术的题材，也一概地取材于动物界。或者说，原始人的全部艺术，都根源于狩猎生活之中。普列汉诺夫受到施泰因这些论断的启发，加上了这样的话：“他们的神话也根源于这种生活。”指出神话同狩猎生活的这种关系，使对神话的认识大大深入了一步。在原始人的观念之中，既然人和动物还没有区别，既然人有灵魂，那么也就赋予动物以灵魂。这样，在他们的神话中，不仅出现了许多人类与动物交往的故事，更重要的是常常按动物的形象塑造神，于是就出现了动物形象的神或半人半兽的神。由于原始人只能用类比法判断自然现象，他们不仅把自然现象同自己相比，而且同整个动物界相比，于是在他们的神话中，往往根据动物的习性塑造神。

普列汉诺夫论述万物有灵论作为神话思维的形式时的特色在于，坚持万物有灵论是同原始生产力的不发达状态相适应，受到原始生产力、原始技术的性质的制约这一唯物主义思想。他的这一思想，值得注意的至少有两点：

其一，他认为，“万物有灵论同原始人的生产力有这样一种关系，及它的影响范围是直接随着人对自然的控制的增强而变得狭窄起来。但是，这当然不是说，万物有灵论是由于原始社会的经济而产生的。不，万物有灵论的各种概念的产生，都是由于人的天性，不过这些概念的发展和它们对人的社会行为所发生的影响，归根到底都是由经济关系决定的”[①]。在这里，普列汉诺夫肯定地说，万物有灵论的各种观念的产生，都是由于人的天性（前文曾引，原始人对自然的惊惧、好奇）。[②] 同时他又指出这些概念的发展和它们对人的社会行为的影响，归根到底又都是由经济关系（而不是经济）决定的。而这是他同时代的资产阶级人类学家所没有达到的。

其二，他指出，“我们所知道的一切真正原始的神话，所谈的都不是创造人和动物，而是人和动物的发展”。“在原始神话中很少谈到创造世界和创造人——这一点对于阐明思维对存在的因果依存性是极其重要的。”他提出这一论点的论据是，在原始人的生活中，“创造”是比较少的，他们的生产活动，主要限于采集和攫取那些不经过他们的创造性努力而由自然界提供的东西：男人捕鱼和猎取动物，女人挖掘野生植物的根和茎块，由于原始人尚未进入驯养动物的阶段，而主要靠捕捉动物维持生存，因此对动物习性和栖居地点等的了解和熟悉程度，在很大程度上决定了他们的生存。这种现实状况，自然而然地决定了他们的神话所要探索和回答的问题是：人和动物是从哪里来的，而不是谁创造了人和动物。原始先民一旦找到了对这个根本性

① 普列汉诺夫：《没有地址的信》，见《普列汉诺夫美学论文集》第1册，人民出版社1984年版，第406页。

② 参阅《普列汉诺夫哲学著作选集》第1卷，生活·读书·新知三联书店1962年版，第401页。作者指出，这种天性是“由于人们不了解自然现象而产生的”。

问题的答案，也就感到心满意足了。他们的求知欲不可能向他们提出新的问题。普列汉诺夫说："要达到求知欲提出新问题的程度，他们在技术方面必须有新的进展。"他非常重视技术的新进展对神话发展的影响。他认为，造人神话的出现是比较后起的事情，它是以一些从我们现在的观点看来是平凡的、但实际上是极其重要的技术成就为前提的。从"旧的神话"到"新的神话"的过渡，"反映出技术的成就以及与其相适应的、在获取生存资料过程中人的创造性活动的增加"。技术愈改进，生产力愈提高，人控制自然的能力愈扩大，关于上帝造人的神话也就愈加巩固。

四、从兽形神到人形神

审视全部神话中的神祇形象及其发展，普列汉诺夫发现从兽形神到人形神，是神话发展的一个规律。从兽形神到人形神的过渡又是一个漫长的历史过程，这一过程是同原始人的图腾制的兴衰联系在一起的。[①] 不研究作为原始人的信仰的图腾制的兴衰与特点，就无法解开从兽形神到人形神之谜。

普列汉诺夫关于图腾制的研究，主要是根据弗雷泽在他的《图腾制》（1887 年）中所述论点加以发挥的。弗雷泽关于图腾制的理论，始于《图腾制》一书，而完善于 1910 年问世的另一部著作《图腾制与外婚制》。在后一部书里，他对图腾与外婚做了如下的界定：图腾是土著视为具有迷信而受尊敬的物体，相信此物体与个人或社会中的任何一成员间具有一种密切的特殊关系，人与其图腾间具有互相受惠

---

① 图腾制（Totemism）一词，在汉语中有不同译法。杨堃主张用"图腾主义"对译，岑家梧在他的《图腾艺术史》（商务印书馆 1986 年版）中采用"图腾制"，新中国成立后多译为"图腾崇拜"。阎云翔在《图腾理论及其在神话学中的运用》（《山茶》1985 年第 6 期）一文中认为，译为"图腾主义"和"图腾崇拜"均不确，译为"图腾制"最为贴切。

的关系，图腾能保护人，而人对图腾表现各种方式的尊敬，如图腾为一动物则不杀它，若是植物则不砍它或搜集它。与拜物教不同的是，图腾绝不是孤独的个体，而往往是一类物体，一般是一种动物或植物，但甚少为一种人造物。一般说来，有一共同的规则，即同一图腾的民族内的两人禁止结婚，而必须向别的民族中找妻子或丈夫，这一规则称为外婚制。[①]

普列汉诺夫依据弗雷泽在《图腾制》中提出的材料和论述，研究其兴衰的内部和外部原因，颇有新意，给我们的教益良多。

他认为，图腾制的特点是相信人们的某一血缘联合体和动物的某一种类之间存在着血缘关系。植物图腾的特点则是相信人们的某一血缘联合体和植物的某一种类之间存在着相互关系。例如某一氏族认为龟是自己的图腾，这个氏族就相信龟同他们有血缘关系，龟不仅不会危害这个氏族，反而给予这个氏族的成员一切保护，这个氏族的成员也是不能损害龟的。当一个氏族一分为二时，它的图腾也就具有局部的性质（易洛魁人那里，就出现了灰狼氏族和黄狼氏族、大龟氏族和小龟氏族等），而当两个氏族合二而一时，他们的共同的图腾就会是像希腊的契玛拉（指希腊神话中的狮头羊身蛇尾的喷火怪兽）之类的东西，他们把它想象成由两种不同动物构成的动物。

图腾理论可以帮助我们认识神话中的神的形象及其含义。由于蒙昧人在自己的世界观中还不能在人和动物之间划开一条界线，当人们把自己的神想象成野兽的时候，他们认为神不是体现在任何一种非动物身上，而正是体现在一定种类的动物身上。被当作图腾的动物，应该认为是最初的神，人类所崇拜的只是它们。希腊哲学家色诺芬尼曾提出关于人总是按照自己的样子创造自己的神的论断，这个论断显然

① 见阮昌锐：《神秘世界的导游——傅雷哲》（当代世界学术巨擘大系），台湾允晨文化实业股份有限公司 1982 年版，第 7 章。

是违背事实的，普列汉诺夫根据图腾制的材料，指出“最初人是按照动物的样子创造神的”。

神话中的兽形神是比较原始的形象，后来，逐渐向人形神过渡。由兽形神向人形神的过渡，有一个漫长的历史过程，这个过程是与图腾制的瓦解相一致的。

普列汉诺夫指出：“物质生活条件的变化，首先在于原始人的生产力的增长，换句话说，在于人对自然的控制能力的加强，改变着人对自然的态度。马克思说，人在作用于外部自然的时候，也就改变着自己的自然。还应该补充一句：人在改变自己的自然的时候，也顺便改变着自己对周围世界的看法。”当原始人不能认识自己的本质，不能把自己同动物加以区别的时候，人就不能把自己与动物对立起来，甚至还认为动物高人一等。宗教意识的原始形式——图腾制，是在一定的经济基础——原始狩猎生活的基础上产生的。这种宗教意识促进并加强了原始人与几种动物之间的某些关系，使狩猎社会的生产力得到很大的增长。生产力的增长改变了人对动物界的看法。人开始把自己与动物对立起来了。而一旦当人意识到自己的本质，认识到自己比动物优越，从而把自己与动物对立起来的时候，对动物的崇拜也就自然而然地消失了。这时，兽形神也就逐渐被人形神所代替了。在神变成人，兽形神变成人形神之后，人们仍然还没有失去对自己旧时同族动物的回忆，这时，作为图腾的动物，还作为一种象征而存在于人们的观念之中。

普列汉诺夫的从兽形神到人形神的过渡的论点，得到了许多民族的原始神话材料的证实。差不多每一个发展中的民族，都有自己的图腾部族起源神话，或者以某种动植物化身而为部族的祖先，或者以人与某种动植物相交配而生其部族。[①] 尔后，便又出现了以人物为中心

---

① 岑家梧：《图腾艺术史》，商务印书馆 1936 年版，第 26 页。

的祖先神话传说，例如在世界各国得到广泛流传的同胞配偶型洪水神话和古史型神话传说。

普列汉诺夫研究的重点，在分析图腾制的兴衰及其原因，而对图腾制本身的特点的论述，则略欠全面。比如图腾制对禁止族内结婚的戒律，几乎就没有涉及，而这种社会现象，在神话传说中则有不少反映。

五、小结

上面简述了普列汉诺夫关于神话的观点，如果把他的神话观的特点用概括的、简洁的语言加以表述，我以为，他的特色在于运用马克思主义的历史唯物主义和辩证唯物主义观点，即存在决定意识、意识又影响存在的观点，指出了神话是原始世界观的表现，它的产生与发展，是与原始的生产力相适应的，随着生产力的增长，技术的进步，作为神话世界观的普遍形式的万物有灵论就失去了存在的条件，因而神话也就不复再现，而仅仅是原始人留下的一宗遗产了。

普列汉诺夫阅读了当时所能得到的材料，在神话理论中引进了唯物史观，他的贡献是不可轻估的。此后的70年中，神话学出现了许多新的著作，新的观点、新的学派层出不穷，自然已经不是七十年前所可比拟的了。不过，普列汉诺夫的基本论点，大概至今仍然没有过时。

1985年6月

在中西文化比较视野下看神话资源转化的中国实践

神话资源转化本质上是一种内容题材的转化。在我国，现代转化的一般方式是把神话资源化为一种景观，把神话展现出来，而且主要是以雕塑的方式展现。就我所知，神话资源转化的中国实践，从设计、投资、兴建到一般公众认可，都存在较多的难题，其中最主要的难题是投资方在转化神话资源时很难获得公众认可，而公众在一般情况下也很难对这些转化来的景观产生真正的兴趣。对此，我想从中西文化比较的视野下来讨论这个问题。

作为欧洲艺术与文化核心内容之一的古希腊神话世界，从公元前8世纪荷马的《伊利亚特》和《奥德赛》起就已经建立起来了。住在希腊最高峰奥林匹斯山上的十二天神以及等级较低的诸神和英雄，其形象早已定型，其故事早已人尽皆知，甚至连普通民众对这些古神和英雄都有高度的敬仰与普遍的认同感。譬如走在罗马的街头，我们到处都会看到广场上、建筑上矗立着的希腊神话中诸神和英雄的雕像，而每一个雕像的背后都有一个为人熟知的神话故事。甚至如希腊考古学家卡莉克蕾亚·拉娜拉-沃亚茨所说："那些虚构的道德规范通过它们（神们）的视觉形象得到了生命和辉煌。"（《古代希腊：人与神》展：《众神：美好的神话》，2004年7月22—11月20日，中国国家博物馆）在欧洲历史上，上古神话历来就是以经典艺术的形式展现出来的，取材于神话的建筑、雕塑、绘画、音乐、戏剧等等，作为不朽的艺术，培育、影响了欧洲文化，所以，欧洲上古神话的资源转化不存在认同问题，这是我们讨论神话资源转化问题的关键。那些凝聚在石头媒介中的神话，古老而充满历史的真实感，人们从中既领受了上古神话的神秘与博大，也欣赏了以上古神话为题材的伟大艺术。在艺术与信仰的双重熏陶之中，一种文化精神得以确立与传承，资源转化也成为自然而然的文化延续方式。就欧洲上古神话的情况而论，古典神话资源具有系统的文化脉络，对民族文化的建构与文化延续具有重要意义。

与欧洲上古神话比较起来，中国上古神话资源的转化则存在较多的难题。中国上古神话主要是靠史籍记载而得以流传下来的，缺乏如希腊神话那样的雕塑遗迹或其他视觉形象，这使得同一个故事或人物，在不同时代、不同笔者的笔下，往往具有不同的故事情节，不同的气质和形象，显示出相当普遍的不确定性，有的甚至不是大同小异而是截然对立，如对蚩尤的阐释就是一个典型的例子。后人所做的神话题材雕塑，一般说来，在不加说明的情况下，很难使观众一眼就能确认是哪一个神话中的某某神或英雄，这就给古神话资源的转化带来了一定的困难。

当代中国的现实生活中，在神话资源的转化方面，迄今成功的先例似乎还并不多。过去十多年来，我先后接触过这方面的一些构想与工程，多少了解一点情况。如中央美术学院前院长侯一民教授等在20世纪 80 年代参与创建的深圳锦绣中华民俗村以及他在北京炎黄艺术馆所展出的大型《逐日图》；20 世纪 90 年代初，楼家本教授要在他的家乡宁波市创建“中国神话主题公园”，设计规模很大，并曾邀请神话学者到会参加论证和勘察，但由于种种原因至今未能开工。2002年 4 月楼家本在巴黎的联合国教科文组织总部举办了《中国神话——楼家本（雕塑）艺术展》，取得了成功，现在他正在为奥运做中国神话雕塑项目。

2004 年北京门头沟龙泉镇城子村设计建造的“中国史前神话文化艺术景园”（方案参照了马昌仪的《古本山海经图说》），与冯天瑜等学者在武汉参与建造的“大禹治水神话园”的构思有相近之处。目前，美国哥伦比亚大学环保方面的学者郑柏岩女士在北京密云建《山海经》雕塑景区，曾找过马昌仪两次，根据马著《全像山海经图比较》设计了建园方案，购买了 570 亩地并已开工，现在情况如何不得而知。这些规模很大的神话资源转化项目的先后出台，说明了中国古代神话所具有的人本精神和艺术魅力，以及向现代社会融合的趋向，也说明了各地政府、投资者、神话学者，以及广大民众对复兴和普及中国古代神话的愿望与兴趣，但总的来看，却都未取得理想的效果，那么其关键问题在哪里呢？

我认为，首要的问题是，中国神话没有欧洲古神话较为定型的直观的文化遗留物，没有典型的神话题材的石头建筑，没有艺术水平很高的神话人物造型。神话作为故事虽然进入了人们的口头传统，却在口头传统中失去了现实记忆所依赖的实在性的东西，尤其以石头为介质的早期的神话造型很少，这使得中国神话还没有完全渗透到人们的日常生活，不能形成比较公认的关于上古神话的观念与形象。这一历史因素导致的结果是，公众对神话资源的认识不明确，进而对神话资源转化的认同度很低，即使对一些著名神话有很深的印象，但对其转化后的形象也很难保有持久的兴致。所以，我们发现一些依据上古神话资源建成的人文景观，最初可能会引起公众关注，但随着时间的推移，人们逐渐对这些景观失去了兴趣。

与此相关的问题是，在中国神话的定型转化过程中，存在着景观转化与艺术转化的差异问题。欧洲古神话的资源转化，从古希腊开始，就是作为经典艺术存在的，属一种民族、时代的最高艺术形式，当时与政治、艺术、信仰等的关系更为密切。因此，人们在接受神话的同时，也是在领受艺术的熏陶，是在艺术审美的强烈震动中与上古神话发生深层次关系的，神话不再只是故事，而是具有艺术与信仰双重个性的文化资源，成为人们的文化习得和精神继承的源头。中国神话缺乏这种深层次的艺术关系，尤其早期神话没有建立这样一种传统。当代文化对上古神话的利用与转化，突出的主要是景观效果，而不是艺术，这是关键。中国神话资源的转化，往往是以景观为目标的，艺术不是目的。缺乏高度艺术品格追求的景观，大体都是速朽的。深圳锦绣中华目前之所以开始萎缩，其中一个重要的原因正在于此。楼家本先生是一个几十年来被浓郁的神话情结所缠绕的雕塑家。20 世纪 80 年代他就给袁珂先生译写的中国上古神话和《民间文学》杂志封面作神话题材的插图，后来潜心于大型神话雕塑，在联合国教科文组织总部所举办的中国神话雕塑个展上大获全胜。对此，时任文化部部长孙家正、时任中国文联主席周巍峙都发了贺词，给予其充分肯定。他也得到了联合国官员们的高度评价，中国古老的神话因此而在巴黎市民心中留下了深刻印象。但他的中国神话雕塑作品采取的创作原则是“重彩写意”，在笔者看来，“写意”压倒了写实，“变形”损害了真实，“抽象”胜过了具象，怕是难以在平民百姓中得到普遍认同的。

第三个问题是，中华民族有许多神话人物，文化背景差异较大，缺乏相对固定的、公认的形象与故事，在民族文化史上的传播力度与影响力度也极不平衡，而我们所借以研究这些神话的理论则十分有限，甚至是不相对应的。这种理论与对象的错位，严重阻碍了神话作为资源的利用与转化。这是一个非常值得我们学术界关注的问题。就目前的文化理论而言，主要以钟敬文的文化分层理论和西方社会学的社区、族群理论为代表，但总体而言都不足以用来分析我国复杂丰富的神话。一方面，西方理论是以西方社会的文化传统为基础的，与中国文化的实际情况有很大的差异，现在许多学者尤其是年轻学者，习惯于套用西方文化人类学理论来分析中国神话和中国对象，但理论说服力很成问题。既对西方理论不很熟悉，也不对中国材料下功夫，这种研究非常有害。另一方面，钟敬文的分层理论过分突出文化结构中的界限，其实，在中国文化的形成过程中，大量的文化形态的历史过程并非都有鲜明的界限，有时甚至是融合一体的，很难说哪些文化就属于哪个文化阶层，而多是复杂的综合所致。

武汉“大禹治水神话园”作为一项转化个案，在将大禹形象及其丰功伟绩转化为景观的同时，需要强调艺术精神，强调艺术品格，把景观设计与艺术水准结合起来，这样处理的话，可以避免景观式的简单化。只有杰出的艺术作品才有生命力。

最后，我们对神话资源的转化有一个立场，不管是商业的还是政府的，如果以文化继承与精神发掘的方式来做，都是应该支持的。

2006 年 3 月

附录

中国神话学百年文论要目

1889

俞樾：《读山海经》，《春在堂全书·俞楼杂纂》，清光绪十五年（1889），中华书局据李念劬堂本排印本。

1902

梁启超：《地理与文明之关系》，《饮冰室文集》卷十四，广智书局校印 1902 年版。

1903

观云（蒋智由）：《神话历史养成之人物》，（日本横滨）《新民丛报》1903 年第 36 期。

观云：《四岳荐舜之失辞》，（日本横滨）《新民丛报》1903 年第 36 期。

观云：《中国上古旧民族之史影》，（日本横滨）《新民丛报》1903 年第 36 期。

1904

观云：《中国人种考·昆仑山》，（日本横滨）《新民丛报》1904 年第 3 卷第 10 期、1905 年第 3 卷第 12 期；观云：《中国人种考》，华通书局 1929 年版。

观云：《中国人种考·中国人种之诸说》，（日本横滨）《新民丛报》1904 年第 3 卷第 5—9 期。

1905

刘光汉（刘师培）:《〈山海经〉不可疑》,《国粹学报》1905 年第 10 期；又见《刘申叔先生遗书》，江苏古籍出版社 1997 年影印本。

夏曾佑:《上古神话》,《中国历史教科书（第一编）》，商务印书馆 1905—1906 年版。

1906

王国维:《屈子文学之精神》,《教育世界》1906 年第 23 期。

1907

令飞（鲁迅）:《人之历史》,《河南月刊》1907 年第 1 期；又见《鲁迅全集》（一），人民文学出版社 1956 年版。

刘师培:《舞法起于祀神考》,《国粹学报》1907 年第 3 卷第 4 期。

周逴（周作人）:《红星佚史序》,《说部丛书初集》第 78 编，1907 年。

1908

令飞（鲁迅）:《摩罗诗力说》,《河南月刊》1908 年第 2、3 期；又见《鲁迅全集》（一），人民文学出版社 1956 年版。

迅行（鲁迅）:《破恶声论》,《河南月刊》1908 年第 8 期；又见《鲁迅全集》（七），人民文学出版社 1958 年版。

1910

单士厘:《归潜记》，归安钱氏家刻毛本，1910 年；又见湖南人民出版社 1981 年排印本。

1913

周作人:《童话略论》,《教育会月刊》第 2 号，1913 年 11 月 5 日。

周作人:《童话研究》,《教育部编审处月刊》1913 年第 1 卷第 7 期。

1919

鲁迅:《热风四十二 · 关于多岛海神话》,《新青年》第 6 卷第 1

号，1919 年 1 月 15 日；又见《鲁迅全集》(一)，人民文学出版社 1956 年版。

屠孝实:《宗教及神话之起源》,《北京大学日刊》1919 年第 2 期。

1920

廖平:《山海经为诗经旧传考》,《地理杂志》1920 年第 11 卷第 4 期。

1921

王国维:《尔雅草木虫鱼鸟兽释例（上、下）》,《观堂集林》卷五，乌程蒋氏刊行，1921 年。

王国维:《说商颂》,《观堂集林》卷二，乌程蒋氏刊行，1921 年。

王国维:《殷卜辞中所见先公先王考》,《观堂集林》卷九，乌程蒋氏刊行，1921 年。

1922

梁启超:《太古及三代载记（附：三苗九黎蚩尤考、洪水考）》,《饮冰室专集》第 12 册第 43 卷，1922 年。

仲密（周作人）:《神话与传说》,《妇女杂志》1922 年第 8 期。

1923

顾颉刚:《讨论古史答刘胡二先生》,《读书杂志》1923 年第 12—16 期。

顾颉刚:《与钱玄同先生论古史书》,《读书杂志》1923 年第 9 期。

郭沫若:《神话的世界》,《创造周刊》1923 年第 27 期。

鲁迅:《神话与传说》,《中国小说史略》(第 2 篇，讲义本)，1923 年。

钱穆:《鲧的异闻》,《学灯》1923 年第 5 卷第 2 期。

萧鸣籁:《山海经广雅：人种释名》,《地理杂志》1923 年第 14 卷第 3—4 期。

周作人:《神话与传说》,《自己的园地》，北京晨报社出版部 1923 年版。

1924

胡适:《古史讨论的读后感》,《读书杂志》1924 年 2 月第 18 期;又见《古史辨》(一),上海古籍出版社 1982 年版。

鲁迅:《从神话到神仙传》,《中国小说的历史的变迁》(第 1 讲),1924 年。

忆秋生:《中国的神话》,《小说月报》1924 年第 2 卷第 13 期。

周作人:《神话的辩护》,《晨报副刊》1924 年 1 月 29 日、1924 年 4 月 10 日。

1925

胡适:《狸猫换太子故事的演变》,《现代评论》1925 年第 1 卷第 14—15 期。

梁启超:《神话史、宗教史及其他》(1925 年于清华大学国学研究院讲授,1926 年整理出版),《中国历史研究法》补编;又见林志钧编:《饮冰室专集》之 99,中华书局 1932 年版。

鲁迅:《关于神话的通信——致傅筑夫、梁绳祎》(1925 年),《鲁迅书信集》(上),人民文学出版社 1959 年版。

沈雁冰(茅盾):《中国神话的研究》,《小说月报》第 16 卷第 1 号,1925 年;又见《茅盾全集》第 28 卷,人民文学出版社 1993 年版。

王国维:《古史新证》(王国维最后的讲义,作于 1925 年),清华大学出版社 1994 年版。

周作人:《神话的典故》,《雨天的书》,新潮社 1925 年版。

1926

顾颉刚:《古史辨》(一),(北京)朴社 1926 年版。

李金发:《神话与艺术》,《申报副刊·国庆特刊》1926 年 10 月 10 日。

刘复:《帝与天》,《北京大学国学门月刊》1926 年第 1 卷第 3 期。

沈雁冰:《各民族的开辟神话》,《民铎》1926 年第 7 卷第 1 期。

1927

胡怀深:《神话》,《小说世界》1927 年 16 卷 14 期。

胡适:《关于封神传的通信》,《民间文艺》1927 年第 1 期。

黄石:《神话研究》,开明书店 1927 年版。

静闻:《马头娘传说辨》,《民间文艺》1927 年第 6 期。

静闻:《中国古代几个鸟的传说》,《民间文艺》1927 年第 2 期。

杨成志:《关于相同神话解释的学说》,《民间文艺》1927 年第 3 期。

1928

胡适:《故事诗的起来》,《白话文学史》第 6 章,上海新月书店 1928 年版。

茅盾:《关于中国的神话》,《大江月刊》1928 年第 12 期。

沈玄英:《希腊神话与北欧神话》,《小说月报》1928 年第 19 卷第 8 期。

苏雪林:《楚辞九歌与河神祭典的关系》,《现代评论》1928 年第 8 期。

谢六逸:《神话学 A B C》,世界书局 1928 年版;又见《神话三家论》,上海文艺出版社 1989 年影印本。

玄珠(茅盾):《神话何以多相似》,《文学周报》1928 年第 5 卷第 13 期。

玄珠:《自然界的神话》,《一般》1928 年第 4 卷第 1 期。

玄珠:《楚辞与中国神话》,《文学周报》1928 年第 6 卷第 8 期。

玄珠:《中国神话的保存》,《文学周报》1928 年第 6 卷第 15、16 期。

玄珠:《人类学派神话起源的解释》,《文学周报》1928 年第 6 卷第 19 期。

玄珠:《神话的意义与类别》,《文学周报》1928 年第 6 卷第 22 期。

玄珠:《北欧神话的保存》,《文学周报》1928 年第 7 卷第 1 期。

赵景深:《太阳神话研究》,《文学周报》1928 年第 5 卷。

钟敬文:《略谈中国的神话》,《民间文艺丛话》, 国立中山大学语言历史学研究所 1928 年版。

陆侃如:《论山海经的著作年代》,《新月》第 1 卷第 5 期, 1928 年 7 月。

茅盾:《关于中国的神话》,《大江月刊》1928 年 12 月号。

钟敬文:《楚辞中的神话和传说》,《大江月刊》1928 年 12 月号。

1929

冯承钧:《中国古代之神话研究》,《国闻周报》1929 年第 6 卷第 9—17 期。

顾颉刚:《山海经》(1929 年),《中国上古史研究讲义》, 中华书局 1988 年版。

胡钦甫:《从山海经的神话中所得到的古史观》,《中国文学季刊》1929 年第 1 卷第 1 期。

陆侃如:《山海经考证》,《中国文学季刊》1929 年第 1 卷第 1 期。

玄珠:《埃及印度神话的保存》,《文学周报》1929 年第 7 卷第 11 期。

玄珠:《神话杂论》, 世界书局 1929 年版。

玄珠:《希腊罗马神话的保存》,《文学周报》1929 年第 7 卷第 10 期。

玄珠:《中国神话研究 A B C》, 世界书局 1929 年版。

姚步康:《山海经之微意》,《光华期刊》1929 年第 5 期。

钟敬文:《答茅盾先生关于楚辞神话的讨论》, 中山大学《民俗》周刊 1929 年第 88—89 期。

〔日〕小川琢治:《山海经篇目考》,《中央研究院历史语言研究所周刊》1929 年第 9 期。

1930

方璧(茅盾):《北欧神话 A B C》, 世界书局 1930 年版。

方璧:《神话和传说》,《西洋文学通论》(第 2 章), 世界书局 1930 年版。

费琅:《昆仑及南海古代航行考》,冯承钧译,商务印书馆 1930 年版。

顾颉刚:《洪水之传说及治水等之传说》,《史学年报》1930 年第 1 卷第 2 期。

顾颉刚:《天问》,《中大语史所周刊》1930 年第 11 卷第 122 期。

何观洲:《〈山海经〉在科学上之批判及作者之时代考》,《燕京学报》1930 年第 7 期。

黄石:《七夕考》,《妇女杂志》1930 年第 16 卷第 7 期。

黄石:《月的神话与传说》,《北新》1930 年第 4 卷第 16 期。

瞿兑之:《释巫》,《燕京学报》1930 年第 7 期。

西谛(郑振铎):《希腊罗马神话与传说中的英雄传说》,《小说月报》1930—1932 年第 21 卷第 1 期—第 22 卷第 6 期。

郑德坤:《〈山海经〉在科学上之批判及作者之时代考书后》,《燕京学报》1930 年第 7 期。

钟敬文:《楚辞中的神话和传说》,中山大学语言历史研究所民俗学会,1930 年。

钟敬文:《关于〈山海经研究〉》,《民国日报·民俗周刊》1930 年第 5 期。

钟敬文:《山海经神话研究的讨论及其他》,《民俗周刊》1930 年第 92 期。

钟敬文:《山海经是一部什么书》,《浙江大学文理学院学生自治会会刊》1930 年;《钟敬文民间文学论集》(下),上海文艺出版社 1985 年版。

1931

辰伯:《西王母与西戎——西王母与昆仑山之一》,《清华周刊》1931 年第 36 卷第 6 期。

郭沫若:《关于文艺的不朽性》(谈马克思《政治经济学批判导

言》的神话观)，见《文艺论集续集》，1931 年。

黄石:《迎紫姑之史之考察》,《开展月刊(民俗学专刊)》1931 年第 10、11 期。

吴晗:《山海经中的古代故事及其系统》,《史学年报》1931 年第 3 期。

钟敬文:《中国的水灾传说及其他》,《民众教育季刊》1931 年第 1 卷第 2 期。

钟敬文:《种族起源神话》,《民众教育季刊》1931 年第1 卷第3 期。

〔日〕小川琢治:《山海经考》,《先秦经籍考》(下册)，江侠庵编译，商务印书馆 1931 年版。

1932

辰伯:《西王母与牛郎织女的故事》,《文学月刊》1932 年第 3 卷第 1 期。

黄石:《中国关于植物的神话传说》,《青年界》1932 年第 2 卷第 2 期。

吴晗:《西王母传说》,《清华周刊》1932 年第 37 卷第 1 期。

郑德坤:《山海经及其神话》,《史学年报》1932 年第 1 卷第 4 期。

钟敬文:《我国古代民众关于医药学的知识》,《民众教育季刊》1932 年第 2 期。

钟敬文:《中国的地方传说》,《民俗学集镌》1932 年第2 卷第1 期。

1933

曹松叶:《读汤祷篇》,《东方杂志》1933 年第 30 期。

韩一鹰:《山海经中的动植物表》,《民俗周刊》1933 年第 116—118 期。

姜亮夫:《中国古代小说之“史”和“神话”的邂逅》,《青年界》1933 年第 4 卷第 4 期。

凌纯声:《山海经新论》，台湾文化书局 1933 年版。

吕其昌:《卜辞中所见殷先公先王三续考》,《燕京学报》1933 年第 14 期。

吕思勉:《昆仑考》,《光华大学半月刊》1933 年第 2 卷第 4 期。

容肇祖:《山海经研究的进展》,《民俗周刊》1933 年第 116—118 期。

容肇祖:《山海经中所说的神》,《民俗周刊》1933 年第 116—118 期。

王光宪:《西王母故事的试探》,《民俗周刊》1933 年第 1 期。

文哉:《山海经中的太阳神话》,《复旦大学中国文学系文学旬刊》1933 年第 4 期。

杨宽:《盘古传说试探》,《光华大学半月刊》1933 年第2 卷第2 期。

杨宽:《禹治水传说之推测》,《民俗周刊》1933 年第 116—118 期。

叶德均:《山海经中蛇的传说》,《民俗周刊》1933 年第 116—118 期。

郑振铎:《汤祷篇》,《东方杂志》1933 年第 30 期;又见《郑振铎文集》(第 4 卷),人民文学出版社 1985 年版。

钟敬文:《关于中国的植物起源神话》,《民众教育季刊》1933 年第 3 卷第 1 期。

钟敬文:《与爱伯哈特谈中国神话》,《民间月刊》1933 年第 2 卷第 7 期。

钟敬文:《中国的天鹅处女故事》,《民众教育季刊》1933 年第 3 卷第 1 期。

钟敬文:《中国神话之文化史价值》,《青年界》1933 年第 4 卷第 2 期。

朱希祖:《山海经内大荒海内二经古代帝王世系传说》,《民俗周刊》1933 年第 116—118 期。

〔法〕格拉勒(葛兰言):《古中国的跳舞与神秘故事》,李璜译述,中华书局 1933 年版。

1934

陈伯吹:《神话的研究》,《儿童教育》1934 年第 6 卷第 1 期。

冯家升:《洪水传说之推测》,《禹贡》1934 年第 1 卷第 2 期。

高去寻:《山海经的新评价》,《禹贡》1934 年第 1 卷第 1 期。

古铁:《中国民族的神话研究》,《中原文化》1934 年第 14—17、19 期。

顾颉刚:《五藏山经试探》,《史学论丛》1934 年第 1 期。

贺次君:《〈山海经〉之版本及关于〈山海经〉之著述》,《禹贡》1934 年第 1 卷第 10 期。

贺次君:《山海经图与职贡图的讨论》,《禹贡》1934 年第 1 卷第 8 期。

黄芝岗:《中国的水神》,上海生活书店 1934 年版。

林惠祥:《论神话》,《文化人类学》1934 年版,商务印书馆 1991 年再版。

林惠祥:《神话论》,商务印书馆 1934 年版。

岂明:《习俗和神话》,《青年界》1934 年第 5 卷第 1 期。

王以中:《山海经图与职贡图》,《禹贡》1934 年第 1 卷第 3 期。

卫聚贤:《山海经的研究——山海经中的十日》,《古史研究》二(下),商务印书馆 1934 年版。

卫聚贤:《天地开辟与盘古传说的探源》,《学艺》1934 年第 13 卷第 1 期。

味茗(茅盾):《读中国的水神》,《文学》1934 年第 3 卷第 1 期。

闻一多:《天问释天》,《清华学报》1934 年第 9 卷第 4 期。

吴维亚:《山海经读后感》,《禹贡》1934 年第 1 卷第 1 期。

杨宽:《学术研究山海经》,《时事新报》1934 年 5 月 6 日。

杨向奎:《评郑振铎汤祷篇》,《史学论丛》1934 年第 1 期。

张公量:《跋山海经释义》,《禹贡》1934 年第 1 卷第 10 期。

张公量:《略论山海经与穆天子传》,《华北日报·史学周刊》1934 年 11 月 22 日。

郑慕庸：《山海经·古史考》，《励学》1934 年第 1 卷第 1 期。

钟敬文：《老獭稚型传说底发生地》，《艺风》1934 年第 2 卷第 12 期。

周作人：《金枝上的叶子》，《夜读抄》1934 年 9 月。

〔日〕小川琢治：《昆仑与西王母》，《古史研究》二（下），商务印书馆 1934 年版。

1935

陈伯达：《中国古史上神话传说源流考》，《太白》1935 年第 2 卷第 1 期。

顾颉刚：《战国秦汉间人的造伪与辨伪》，《史学年报》1935 年第 2 卷第 2 期。

江绍原：《中国古代旅行之研究》，北平中法文化出版委员会 1935 年编辑，商务印书馆 1937 年版；上海文艺出版社 1989 年影印本。

李则刚：《始祖的诞生与图腾》，商务印书馆 1935 年版。

容庚：《汉武梁祠画像考》，《大公报·艺术周刊》1935 年 10 月 26 日。

闻一多：《高唐神女传说之分析》，《清华学报》1935 年第 10 卷第 4 期。

夏定域：《跋万历本〈山海经释义〉》，《禹贡》1935 年第 4 卷第 1 期。

杨宽：《略论鲧禹之神话传说》，《大美晚报·历史周刊》1935 年 12 月 31 日。

杨宽：《略论汤祷传说》，《大公报·艺术周刊》1935 年 12 月 2 日。

钟敬文：《文物起源神话》，《艺风》1935 年第 3 卷第 9 期。

1936

陈梦家：《商代的神话与巫术》，《燕京学报》1936 年第 20 期。

陈志良：《禹生石纽考》，《禹贡》1936 年第 6 卷第 6 期。

程憬（程仰之）：《中国的羿与希腊的赫克利斯》，《安大季刊》1936 年第 1 卷第 3 期。

顾颉刚:《三皇考》，燕京大学哈佛燕京学社 1936 年版。

顾颉刚:《自然民族神话之美和伟人：序〈太平洋西北岸土人神话传说集〉》,《民声报·民俗周刊》1936 年 12 月 1 日。

黄华沛:《论中国的神话》,《天地人（中国民间文艺专号）》1936 年第 1 卷第 10 期。

江绍原:《殷王亥惨死及后君王恒上甲微复仇的传说》,《华北日报》1936 年 11 月 28 日。

苏秉琦、徐炳旭:《试论传说材料的整理与传说时代的研究》,《史学集刊》1936 年第 5 期。

孙作云:《九歌山鬼考》,《清华学报》1936 年第 11 卷第 4 期。

王心湛:《山海经集解》，广益书局 1936 年版。

杨宽:《略论共工与鲧之传说》,《大美晚报·历史周刊》1936 年第 16、19 期。

杨宽:《略论黄帝传说》,《大美晚报·历史周刊》1936 年第 26 期。

杨宽:《略论盘古传说》,《大美晚报·历史周刊》1936 年第 11—12 期。

游国恩:《论九歌山川之神》,《国闻周报》1936 年 4 月 27 日。

钟敬文:《关于说明神话》,《妇女与儿童》1936 年第 20 卷第 9 期。

钟敬文:《关于植物起源神话》,《妇女与儿童》1936 年第 19 卷第 10 期。

钟敬文:《槃瓠神话之考察》,（日文刊）《同仁》1936 年第 10 卷第 2—4 期,《钟敬文民间文学论集》（下），上海文艺出版社 1984 年版。

钟敬文:《神话杂考》,《民声报·民俗周刊》1936 年第 2 期。

〔英〕马林诺斯基:《巫术科学宗教与神话》，李安宅译，商务印书馆 1936 年版；中国民间文艺出版社 1986 年重印。

1937

岑家梧:《转形期的图腾文化》,《食货半月刊》1937 年第 5 卷第

6 期。

顾颉刚:《书经中的神话序》,《经世》1937 年第 1 卷第 9 期。

侯仁之:《海外四经海内四经与大荒四经海内经之比较》,《禹贡》1937 年第 7 卷第 6、7 期。

黄芝岗:《论山魈的传说和祀典》,《中流》1937 年第 1 卷第 11 期。

静闻:《地域决定的传说》,《民众教育月刊》1937 年第 5 卷第 4、5 期。

刘紫萍:《中华民族起源之神话及学说》,《河南博物馆馆刊》1937 年第 11—15 期。

吕思勉:《读山海经偶记》,《光华大学半月刊》1937 年第 5 卷第 9 期;《吕思勉读史札记》,上海古籍出版社 1982 年版。

孙作云:《九歌非民歌说》,《语言与文学》1937 年第 6 期。

孙作云:《九歌司命神考》,《清华月刊》1937 年第 1 卷第 1 期。

孙作云:《中国古代的灵石崇拜》,《民族杂志》1937 年第 5 卷第 1 期。

孙作云:《中国古代神话研究》(讲义),北京大学文学院 1937 年印。

王以中:《山海经图与外国图》,《史地杂志》1937 年第 1 期。

卫聚贤:《盘古的神话》,《古史研究》(三),商务印书馆 1937 年版。

卫聚贤:《尧舜禅让与禹治洪水的探讨》,《古史研究》(三),商务印书馆 1937 年版。

叶德均:《无支祈传说考》,《逸经》1937 年第 33、34 期。

叶镜铭:《说明神话》,《孟姜女》1937 年第 1 卷第 1 期。

郑振铎:《玄鸟篇》(又名“感生篇”),《中华公论》1937 年第 1 期。

周作人:《关于雷公》,《瓜豆集》,上海宇宙风社 1937 年版。

〔法〕马伯乐(冯沅君):《书经中的神话》,国立北平研究院史学研究会出版,商务印书馆发行,1937 年。

1938

常任侠:《巴县沙坪坝出土之石棺画像研究》,《金陵学报》1938年第8卷第1、2期。

楚图南:《中国西南民族神话之研究》,《西南边疆》1938—1939年第1、2、7、9期。

芮逸夫:《苗族的洪水故事与伏羲女娲的传说》,《人类学集刊》1938年第1卷第1期。

吴泽霖:《苗族中祖先来历的传说》,《革命日报·社会旬刊》第4、5期,1938年5月19日。

徐中舒:《跋苗族的洪水故事与伏羲女娲的传说》,《人类学集刊》1938年第1卷第1期。

杨宽:《中国上古史导论》(1938年1月改定),《古史辨》(七),开明书店1941年版;上海古籍出版社1982年影印本。

朱锦江:《中国民族艺术中所见羽翼图腾考》,《金陵学报》1938年第8卷第1、2期。

1939

常任侠:《重庆沙坪坝出土之石棺画像研究》,《时事新报·学灯》1939年第41、42期;《说文月刊》1940年第1卷第10、11期;又见《民俗艺术考古论集》,上海正中书局1943年版;《常任侠艺术考古论文选集》,文物出版社1984年版。

顾颉刚:《中国一般古人想象中的天和神》,《益世报·宗教与文化》1939年4月23日第18期;《顾颉刚古史论文集》,中华书局1988年版。

柯昌济:《读〈山海经〉札记》,《古学丛刊》1939年第1—5期。

凌纯声:《浙南畲民图腾文化的研究》,《人类学集刊》1939年第1卷第2期。

吕思勉:《西王母考》及《附录》,《说文月刊》1939年第1卷第

9期。

卫聚贤:《昆仑与陆浑》,《说文月刊》1939年第1卷第9期。

杨宽:《丹朱、驩兜与朱明、祝融》,《说文月刊》1939年创刊号;《古史辨》(七),开明书店1941年版;又见《杨宽古史论文选集》,上海人民出版社2003年版。

1940

陈志良:《盘古的研究》,《建设研究月刊》1940年第3卷第6期。

陈志良:《始祖诞生与图腾主义》,《说文月刊》1940—1941年第2卷合订本。

陈志良:《图腾主义概论》,《说文月刊》1940—1941年第2卷合订本。

孔令谷:《我们检讨古史主张神话还原说》,《说文月刊》1940年第1卷。

马长寿:《苗瑶之起源神话》,《民族学研究集刊》1940年第2期。

闻一多:《姜嫄履大人迹考》,《中央日报·史学》1940年第72期。

吴泽霖:《苗族中的神话传说》,《社会研究》1940年第1期。

杨宽:《序古史辨第七册因论古史中之鸟兽神话》,《学术》1940年第4期;《古史辨》(七),开明书店1941年版;又见《杨宽古史论文选集》,上海人民出版社2003年版。

1941

岑家梧:《槃瓠传说与瑶畲的图腾崇拜》,《责善》半月刊1941年第6期;又见《西南民族文化论丛》,岭南大学西南社会经济研究所1949年版。

陈国钧:《生苗的人祖神话》,《社会研究》1941年第20期。

顾颉刚、童书业:《夏史三论》,《古史辨》(七),开明书店1941年版。

顾颉刚、童书业:《鲧禹的传说》,《古史辨》(七),开明书店

1941 年版。

胡厚宣：《甲骨文四方风名考》，《责善》半月刊 1941 年 12 月第 2 卷第 19 期；《甲骨学商史论丛初集》（第二册），齐鲁大学国学研究所 1944 年版。

孔令谷：《冯夷——伏羲》，《说文月刊》1941 年第 3 卷第 1 期。

刘咸：《亚洲狗祖传说考》，《中国文化研究所集刊》1941 年第 13 期。

马学良：《云南土民的神话》，《西南边疆》1941 年第 12 期。

孙作云：《蚩尤考——中国古代蛇族之研究》，《中和月刊》1941 年第 2 卷第 4、5 期；又见《孙作云文集·中国古代神话传说研究》（上），河南大学出版社 2003 年版。

孙作云：《九歌东君考》，《中和月刊》1941 年第 2 卷第 6 期。

童书业：《自序二》，《古史辨》（七），开明书店 1941 年版；上海古籍出版社 1982 年版。

徐益棠：《广西象平间瑶民之宗教及其宗教的文献》，《边疆研究论丛》1941 年第 12 卷。

杨宽：《伯益考》，《齐鲁学报》1941 年第 1 期；又见《古史辨》（七），开明书店 1941 年版；《杨宽古史论文选集》，上海人民出版社 2003 年版（改题为“伯益、句芒与九凤、玄鸟”）。

1942

陈志良：《广西蛮瑶的传说》，《社会研究》1942 年第 46 期。

程仰之：《古神话中的水神》，《说文月刊》1942 年第 3 卷第 9 期。

程仰之：《古蜀的洪水神话与中原的洪水神话》，《说文月刊》1942 年第 3 卷第 9 期。

韩亦琦：《中国上古史之重建》，《斯文》1942 年第 2 卷第 23 期。

黄芝岗：《大禹与李冰治水的关系》，《说文月刊》1942 年第 3 卷第 9 期。

姜蕴刚：《治水及其人物》，《说文月刊》1942 年第 3 卷第 9 期。

林铭均：《四川治水者与水神》，《说文月刊》1942 年第3 卷第9 期。

刘铭恕：《汉武梁祠画像中黄帝蚩尤古战图考》，《中国文化研究汇刊》1942 年第 2 期。

马学良：《云南倮族（白夷）之神话》，《西南边疆》1942 年第 15 期。

孙作云：《夸父槃瓠犬戎考》，《中原新潮》1942 年第 1 卷第 1 期；又见《孙作云文集·中国古代神话传说研究》（上），河南大学出版社 2003 年版，改题为“盘瓠考——中国古代狗氏族之研究”。

孙作云：《中国古代神话研究》（讲稿），北京大学文学院，1942 年。

陶云逵：《一个摆夷神话》，《中国青年》1942 年第 7 卷第 1 期。

卫聚贤：《人对自然界认识的四个阶段》，《说文月刊》1942 年第 3 卷第 9 期“卷头语”。

闻一多：《从人首蛇身像谈到龙与图腾》，《人文科学学报》1942 年第 1 卷第 2 期。

吴泽霖、陈国钧等：《贵州苗夷社会研究》，文通书局 1942 年版。

郑德坤：《水经注的故事略说》，《华文月刊》1942 年第1 卷第3 期。

1943

陈志良：《沉城的故事》，《风土什志》1943 年第 1 卷第 2—3 期。

程憬：《古代中国的创世纪》，《国立中央大学文史哲季刊》1943 年第 1 卷第 1 期。

程憬：《后羿与赫克利斯的比较》，《国立中央大学文史哲季刊》1943 年第 1 卷第 2 期。

程憬：《山海经考》，《图书季刊》1943 年新第 4 卷第 3、4 期。

孙作云：《飞廉考——中国古代鸟氏族之研究》，《华北编译馆馆刊》1943 年第 2 卷第 3、4 期；又见《孙作云文集·中国古代神话传说研究》（下），河南大学出版社 2003 年版。

孙作云：《鸟官考——中国古代鸟氏族诸酋长考补》，《中国学报》1943 年第 3 卷第 3 期；又见《孙作云文集·中国古代神话传说研究》

（下），河南大学出版社 2003 年版。

谭正璧：《二郎神故事的演变》，《大众》1943 年第 2 期。

徐旭生（炳昶）：《我们怎样来治传说时代的历史》，《中国古史的传说时代》，中国文化服务社 1943 年印行；文物出版社 1985 年版；广西师范大学出版社 2003 年版。

徐旭生：《洪水解》，《中国古史的传说时代》，中国文化服务社 1943 年印行；文物出版社 1985 年版；广西师范大学出版社 2003 年版。

1944

程憬：《古代神话中的天、地及昆仑》，《说文月刊》第 4 卷（合订本），1944 年。

程憬：《泰一考（神统纪之一）》，《文史哲季刊》1944 年第 2 卷第 1 期。

丁山：《论炎帝大岳与昆仑山》，《说文月刊》第 4 卷（合订本），1944 年。

苏梅（苏雪林）：《屈原天问里的旧约创世纪》，《说文月刊》第 4 卷（合订本），1944 年。

苏雪林：《天问里的后羿射日神话》，《东方杂志》1944 年第 40 卷第 3 期。

孙作云：《东北亚细亚民族诞生传说之研究》，《中国留日同学会季刊》1944 年第 3 卷第 4 期；又见《孙作云文集·中国古代神话传说研究》（下），河南大学出版社 2003 年版。

孙作云：《后羿传说丛考——夏初蛇、鸟、猪、鳖四部族之斗争》，《中国学报》1944 年第 1 卷第 3—5 期；又见《孙作云文集·中国古代神话传说研究》（上），河南大学出版社 2003 年版。

孙作云：《黄帝与尧之传说及其地望》，《中国留日同学会季刊》1944 年第 6 期；又见《孙作云文集·中国古代神话传说研究》（上），河南大学出版社 2003 年版。

闻一多:《龙凤》,《中央日报》1944年7月2日。

杨堃:《灶神考》,《汉学》1944年第1期。

郑师许:《中国古史上神话与传说的发展》,《风物志集刊》1944年第1期。

朱铭三:《我国历史上所传说的感生神话》,《学术界》1944年第2卷第1期。

1945

陈志良:《广西东陇瑶的礼俗与传说》,《说文月刊》1945年第5卷第3、4期。

马学良:《垦边人员应多识当地之民俗与神话》,《边政公论》1945年第4卷第1期。

1946

方诗铭:《西王母传说考》,《东方杂志》1946年第42卷第14期。

蒋祖怡:《中国古代的神话与传说》,《新学生》1946年第1卷第6期。

马学良:《从倮倮神话中所见的倮汉同源说》,《经世日报·禹贡周刊》1946年11月29日。

谈翠英:《维吾尔族的神话》,《大公报》1946年11月1日。

杨宽:《论长沙出土的木雕怪神像》,《中央日报(副刊)》1946年12月;《文物周刊》1946年第13期;又见《杨宽古史论文选集》,上海人民出版社2003年版。

郑德坤:《巴蜀的神话传说》,《四川古代文化史》,华西大学博物馆1946年版。

1947

端木蕻良:《最古的宝典》,《文艺春秋》1947年第5卷第6期。

江行:《西王母考》,《中央日报》1947年1月7、8日。

江绍原:《读〈山海经〉札记》,《知识与生活》1947年第14期。

凌纯声、芮逸夫：《湘西苗族调查报告》，商务印书馆 1947 年版。

凌纯声：《畲民图腾文化的研究》，《中央研究院历史语言研究所集刊》1947 年第 16 期。

马学良：《倮族的巫师“呗耄”和“天书”》，《边政公论》1947 年第 6 卷第 1 期。

苏雪林：《山鬼与酒神》，《知言》1947 年第 1 期；《台湾成功大学学报》1968 年第 3 期。

苏雪林：《天问九重天考》，《中央周刊》1947 年第 9 卷第 34—37 期。

孙作云：《说羽人——羽人图、羽人神话及飞仙思想之图腾主义的考察》，《沈阳博物院筹备委员会汇刊》1947 年第 1 期；又见《孙作云文集·中国古代神话传说研究》（下），河南大学出版社 2003 年版。

闻一多：《什么是九歌》，《文艺春秋》1947 年第 5 卷第 2 期。

张征东：《倮倮宗族之人类来源传说》，《边疆服务》1947 年第 24 期。

1948

楚人：《苗人传说里的人类祖先》，《广西日报》1948 年 11 月 11 日。

端木蕻良：《羿射十日的研究》，《文艺春秋》1948 年第 7 卷第 6 期。

李锡贡：《苗瑶迁徙的传说》，《广西日报》1948 年 11 月 19 日。

马学良：《倮族的招魂和放蛊》，《边政公论》1948 年第 7 卷第 2 期。

陶云逵：《倮倮族的洪水传说》，《中央研究院历史语言研究所集刊》1948 年第 17 期。

闻一多：《伏羲考》，《闻一多全集》（一），开明书店 1948 年版；生活·读书·新知三联书店 1982 年版。

闻一多：《伏羲与葫芦》，《文艺春秋》1948 年第 9 期。

闻一多：《高唐神女传说之分析》，《闻一多全集》（一），开明书店 1948 年版；生活·读书·新知三联书店 1982 年版。

袁圣时（袁珂）：《〈山海经〉里的诸神》，《台湾文化》1948 年第 3 卷第 7 期、1949 年第 4 卷第 1 期。

袁圣时:《神话和中国神话》,《台湾文化》1948 年第 3 卷第 6 期;(北京)巴黎大学北平汉学研究所编《山海经通检》,1948 年。

《闷域(门巴)的传说》,《康藏研究月刊》1948 年第 7 期;《风土什志》1948 年第 2 卷第 4 期。

1949

洪钟:《四川古史神话蠡测》,《风土什志》1949 年第 3 卷第 5 期。

黄景良:《关于台湾民族的神话传说》,《公论报》1949 年 9 月 19 日。

林衡道:《台湾山地同胞的人类起源说》,《公论报》1949 年 10 月 31 日。

小穗:《蛇神的讨论》,《风土什志》1949 年第 3 卷第 2 期。

《采风录:神话中的西藏》,《风土什志》1949 年第 3 卷第 1 期。

1950

林衡道:《台湾山胞的太阳月亮传说》,《公论报》1950 年 7 月 24 日。

凌纯声:《东南亚古文化研究发凡》,《新生报·民族学研究专刊》1950 年第 3 期。

芮逸夫:《伏羲女娲》,《大陆杂志》1950 年第 1 卷第 12 期。

袁珂:《中国古代神话》,商务印书馆 1950 年版。

1951

顾颉刚:《〈穆天子传〉及其著作时代》,《文史哲》1951 年第 1 卷第 2 期。

1952

陈正希:《台湾矮人的故事》,《台湾风物》1952 年第 2 卷第 1、2 期。

1953

凌纯声:《云南卡瓦族与台湾高山族的猪头祭》,《考古人类学刊》1953 年第 2 期。

1954

凌纯声:《铜鼓图文与楚辞九歌》,《台湾“中央研究院”院刊》

1954年第1期。

饶宗颐:《长沙楚墓时占神物图卷考释》,《东方文化》1954年第1卷第1期。

苏雪林:《昆仑一词何时始见中国记载：昆仑之谜之一》,《大陆杂志》1954年9卷11期。

苏雪林:《昆仑之谜》，之一见《大陆杂志》1954年第11期；之二见《大陆杂志》1955年第4期；之三见《大陆杂志》1955年第6期；又见杜而未:《昆仑文化与不死观念》，台湾华明书局1962年版，第17—51页；沈晖编:《苏雪林全集》(第四卷)，安徽文艺出版社1996年版。

1955

董作宾:《论长沙出土之缯书》,《大陆杂志》1955年第10卷第6期。

何满子:《神话试论——从读〈聊斋志异〉引起的对一个问题的探索》,《蒲松龄与聊斋志异》，上海出版公司1955年版。

敬之:《山海经的估价》,《联合报》1955年8月12日。

李卉:《台湾及东南亚的同胞配偶型洪水传说》,《中国民族学报》1955年第1期。

苏雪林:《汉武帝考定昆仑公案：昆仑之谜之二》,《大陆杂志》1955年第10卷第4期。

苏雪林:《死神特征与伏羲女娲人首蛇身之考证》,《中华日报》1955年4月12日。

苏雪林:《中国境内外之昆仑：昆仑之谜之三》,《大陆杂志》1955年第10卷第6期。

徐旭生:《〈山海经〉的地理意义》,《地理知识》1955年第8期。

姚齐:《〈山海经〉的神话价值》,《新民晚报》1955年12月5日。

1956

闻一多:《诗与神话》(朱自清编)，古籍出版社1956年版。

许世珍:《台湾高山族的始祖创生传说》,《民族学研究所集刊》1956 年第 2 集。

曾昭燏等:《沂南古画像石墓发掘报告》,中央文化部文物管理局,1956 年。

1957

顾颉刚:《息壤考》,《文史哲》1957 年第 10 期。

李霖灿:《么些族的洪水故事》,《民族研究所集刊》1957 年第 3 期。

刘敦励:《古代中国与中美马耶人的祀雨与雨神崇拜》,《民族学研究所集刊》1957 年第 4 集。

孙文青:《山海经时代的社会性质初探》,《光明日报》1957 年 8 月 15 日。

王范之:《从〈山海经〉的药物使用来看先秦时代的疾病情况》,《医学史与保健组织》1957 年第 1 卷第 3 期。

徐旭生:《禹治洪水考》,《新建设》1957 年第 7 期。

于豪亮:《几块画像砖的说明(西王母)》,《考古通讯》1957 年第 4 期。

朱芳圃:《西王母考》,《开封师范学院学报》1957 年第 2 号。

1958

曹婉如:《五藏山经和禹贡中的地理知识》,《科学史集刊》1958 年第 1 期。

杜而未:《阿美族神话研究》,《大陆杂志》1958 年第 16 卷第 12 期。

娄子匡:《神话丛话》,台湾东方文化供应社 1958 年版。

张宗祥校录:《足本山海经图赞》,上海古典文学出版社 1958 年版。

1959

杜而未:《古人对于雷神的观念》,《大陆杂志》1959 年第 18 卷第 8 期。

凌纯声:《中国古代神主与阴阳性器崇拜》,《民族学研究所集刊》

1959年第8集。

张光直:《中国创世神话之分析与古史研究》,《民族学研究所集刊》1959年第8集。

1960

曹雨群:《读〈山海经〉》,《上海师院学报》1960年第2期。

杜而未:《山海经神话系统》,台湾华明书局1960年版;台湾学生书局1976年版。

李献章:《妈祖传说的原始形态》,《台湾风物》1960年第10卷第10期。

孙家骥:《洪水传说与共工》,《台湾风物》1960年第10卷第1期。

文崇一:《九歌中河伯的研究》,《民族学研究所集刊》1960年第9集;(易名为)《楚的河伯传说》,台湾东大图书公司1990年版。

张光直:《中国新石器时代的几种宗教仪式》,《民族学研究所集刊》1960年第9集。

1961

丁山:《中国古代宗教神话考》,龙门联合书局1961年版。

黄华:《鲁迅与〈山海经〉》,《文汇报》1961年3月16日。

文崇一:《九歌中的水神与华南的龙舟赛神》,《民族学研究所集刊》1961年第11集;(易名为)《楚的水神与华南的龙舟赛神》,《中国古文化》,台湾东大图书公司1990年版。

文崇一:《亚洲东北与北美西北及太平洋的鸟生传说》,《民族学研究所集刊》1961年第12集;(易名为)《亚洲、北美及太平洋的鸟生传说》,《中国古文化》,台湾东大图书公司1990年版。

1962

杜而未:《昆仑文化与不死观念》,台湾华明书局1962年版。

管东贵:《中国古代十日神话之研究》,《历史学研究所集刊》1962年第33期。

李光信:《论〈山海经〉和禹、益无关及五藏山经神话资料的来源》,《扬州师院学报》总第16期,1962年。

李亦园:《祖灵的庇荫:南澳泰雅族人超自然信仰研究》,《民族学研究所集刊》1962年第14集。

林衡立:《创世神话之行为学的研究——神话病原学创议》,《民族学研究所集刊》1962年第14集。

林衡立:《台湾土著民族射日神话之分析》,《民族学研究所集刊》1962年第13集。

娄子匡:《么些族洪水传说》,《联合报》1962年3月31日。

蒙文通:《略论山海经的写作时代及其产生地域》,《中华文史论丛》第1辑,1962年;《巴蜀古史论述》,四川人民出版社1981年版。

蒙文通:《研究〈山海经〉的一些问题》,《光明日报》1962年3月17日。

欧缬芳:《山海经校证》,《文史哲学报》1962年第11期。

张光直:《商周神话之分类——中国古代神话研究之二》,《民族学研究所集刊》1962年第14集;《中国青铜时代》,生活·读书·新知三联书店1983年版。

1963

杜而未:《山海经的轮回观念》,《现代学人》1963年第8期。

高亨、董治安:《上古神话》,中华书局1963年版。

何联奎:《龟的文化地位》,《民族学研究所集刊》1963年第16集。

李亦园:《南澳泰雅人的传说神话》,《民族学研究所集刊》1963年第15集。

娄子匡、朱介凡:《神话》,《五十年来的中国俗文学》,正中书局1963年版。

杨国宜:《共工传说史实探源》,新建设编辑部编:《文史》第3辑,中华书局1963年版。

张光直:《商周神话与美术中所见人与动物关系之演变》,《民族学研究所集刊》1963 年第 16 集。

1964

文崇一:《九歌中的上帝与自然神》,《民族学研究所集刊》1964 年第 17 集;(易名为)《楚的上帝与自然神》,《中国古文化》,台湾东大图书公司 1990 年版。

袁珂:《关于舜象斗争神话的演变》,《江海学刊》1964 年第 2 期。

袁珂:《神话的起源及其与宗教的关系》,《学术研究》1964 年第 5 期。

1965

凌纯声:《中国的封禅与两河流域的昆仑文化》,《民族学研究所集刊》1965 年第 19 期。

1966

费罗礼:《邹族神话之研究》,《民族学研究所集刊》第 22 集,1966 年。

凌纯声:《昆仑丘与西王母》,《民族学研究所集刊》第 22 期,1966 年;又见凌纯声:《中国边疆民族与环太平洋文化》(下),台湾联经出版事业公司 1979 年版。

1967

文崇一:《楚的神话与宗教》(1967 年),《楚文化研究》,台湾东大图书公司 1990 年版。

1968

李霖灿:《么些族的故事》,《民族学研究所集刊》1968 年第 26 集。

饶宗颐:《楚缯书疏证》,《历史语言研究所集刊》1968 年第 40 期。

饶宗颐:《楚缯书之摹本及图像》,《故宫季刊》1968 年第 3 卷第 2 期。

饶宗颐:《三面神及离朱》(1968 年),《澄心论萃》,上海文艺出版社 1996 年版。

饶宗颐：《印度多首神与共工》（1968 年），《澄心论萃》，上海文艺出版社 1996 年版。

饶宗颐：《印度三首神与三面不死之神》（1968 年），《澄心论萃》，上海文艺出版社 1996 年版。

饶宗颐：《祝融与三首之神》（1968 年），《澄心论萃》，上海文艺出版社 1996 年版。

1969

陈炳良：《中国古代神话新释两则》，《清华学报》1969 年新第 7 卷第 2 期。

傅锡壬：《楚辞天问篇与山海经比较》，《淡江学报》1969 年第 8 期。

刘渊临：《甲骨文中字与后世神话中的伏羲女娲》，《历史语言研究所集刊》1969 年第 41 卷第 4 期。

〔日〕伊藤清司：《〈山海经〉与铁》，日本森加兵卫教授退官纪念论文集编辑委员会编：《社会经济史的诸问题》，日本法政大学出版局 1969 年版；〔日〕伊藤清司：《中国古代文化与日本》，张正军译，云南大学出版社 1997 年版。

1971

凌纯声：《中国古代龟祭文化》，《民族学研究所集刊》第 31 集，1971 年。

虞怡：《西王母考》，《中国地震》1971 年第 36 期。

1972

饶宗颐：《〈九歌〉与图画》（1972 年），《澄心论萃》，上海文艺出版社 1996 年版。

饶宗颐：《楚辞与古西南夷之故事画》，《故宫季刊》1972 年第 6 卷第 4 期。

苏雪林：《国殇与无头战神再考》，《畅流》1972 年第 45 卷第 4、

5 期。

王孝廉:《日本学者的中国古代神话研究》,《大陆杂志》1972 年第 45 卷第 1 期。

1973

杜而未:《排湾族的故事与神话》,《考古人类学刊》1973 年第 33、34 期。

王孝廉:《夸父考——中国古代幽冥神话研究之一》,《大陆杂志》1973 年第 46 卷第 2 期。

1974

高去寻、王以中等:《山海经研究论集》,香港中山图书公司 1974 年版。

管东贵:《川南鸦雀苗的神话与传说》,《历史语言研究所集刊》1974 年第 45 卷第 3 期。

李发林:《汉画中的九头人面兽(西王母)》,《文物》1974 年第 2 期。

王孝廉:《牵牛织女的传说》,《幼狮月刊》1974 年第 46 卷第 1 期。

郑康民:《山海经探源》,《建设》1974 年第 22 卷第 8—10 期。

〔日〕森安太郎:《中国古代神话研究》,王孝廉译,台湾地平线出版社 1974 年版。

1975

印顺:《中国古代民族神话与文化之研究》,台湾正闻出版社 1975 年版。

1976

傅锡壬:《山海经研究》,《淡江学报》1976 年第 14 期。

乐蘅军:《中国原始变形神话试探》,《古典小说散论》,台湾纯文学出版社 1976 年版。

林明德:《陶渊明“读山海经十三首”的神话世界初探》,《中外文学》1976年第5卷第2期。

王孝廉:《关于石头的古代信仰与神话》,《中外文学》1976年第5卷第3期。

朱介凡:《古代九头鸟的传说》,《东方杂志》1976年第10卷第1期。

1977

段芝:《中国神话》,台湾地球出版社有限公司1977年版。

古添洪、陈慧桦:《从比较神话到文学》,台湾东大图书公司1977年版。

杨希枚:《再论尧舜禅让传说》(修订稿),《食货月刊》复刊1977年第7卷第7、9期;又见杨希枚:《先秦文化史论集》,中国社会科学出版社1995年版。

1978

李亦园:《信仰与文化》,台湾巨流出版公司1978年版。

茅盾:《关于〈中国神话研究初探〉的说明》,《茅盾评论文》(上册),前言,人民文学出版社1978年版。

徐旭生:《读〈山海经〉札记》,《中国古史的传说时代》(附录三),文物出版社1978年版。

袁珂:《〈山海经〉写作的时地及篇目考》,《中华文史论丛》第7辑,上海古籍出版社1978年版。

1979

顾颉刚:《庄子、楚辞中昆仑和蓬莱两个神话系统的融合》,《中华文史论丛》第2辑,上海古籍出版社1979年版。

凌纯声:《中国边疆民族与环太平洋文化》,台湾联经出版事业公司1979年版。

孙昌熙:《鲁迅与〈山海经〉》,《吉林师大学报(哲学社会科学版)》1979第1期。

许进雄:《鹿皮与伏羲女娲的传说》,《大陆杂志》1979年第59卷第 2 期。

袁行霈:《〈山海经〉初探》,《中华文史论丛》第 3 辑，上海古籍出版社 1979 年版。

袁珂:《略论〈山海经〉的神话》,《中华文史论丛》第 2 辑，上海古籍出版社 1979 年版。

张明华:《〈山海经〉——研究古代史地、民俗医药的重要文献》,《福建日报》1979 年 5 月 13 日。

钟敬文:《马王堆汉墓帛画的神话史意义》,《中华文史论丛》第 2 辑，上海古籍出版社 1979 年版。

周士琦:《马王堆汉墓帛画日月神话起源考》,《中华文史论丛》第 2 辑，上海古籍出版社 1979 年版。

1980

李丰楙:《龙的传书——〈山海经〉》,《中国时报》1980 年 10 月 14 日。

林祥征:《西王母的变迁及其启示》,《山东师院学报》1980 年第 1 期。

茅盾:《神话研究・序》(1980 年),《神话研究》，百花文艺出版社 1981 年版。

饶宗颐:《"畏兽画"说》(1980 年),《澄心论萃》，上海文艺出版社 1996 年版。

谭达先:《中国神话研究》，商务印书馆（香港）1980 年版。

闻一多:《天问疏证》，生活・读书・新知三联书店 1980 年版。

袁珂:《山海经校注》，上海古籍出版社 1980 年版；巴蜀书社 1996 年版。

张明华:《略谈〈山海经〉》,《读书》1980 年第 7 期。

周明:《落叶归根：试谈我国神话中西王母形象之变迁》,《南充师院学报》1980 年第 2 期。

周士琦：《论元代曹善手抄本〈山海经〉》，《中国历史文献研究集刊》第1辑，湖南人民出版社1980年版。

竹翁：《古代神话与〈山海经〉》，《台湾省政》1980年第1期。

1981

盖山林：《阴山岩画与〈山海经〉》，《内蒙古社会科学》1981年第3期。

郭元兴：《西王母与西域》，《活叶文史丛刊》1981年第125期。

黄文弼：《古西王母国考》，《西北史地论丛》，上海人民出版社1981年版。

吉联抗：《〈山海经〉远古音乐材料初探》，《中国音乐》1981年第2期。

李丰楙：《山经灵异动物之研究》，《中华学苑》1981年第4、5期。

李丰楙：《神话故事的故乡——〈山海经〉》，台湾时报文化出版事业有限公司1981年版。

李亦园：《一则中国古代神话与仪式的结构学研究》，台湾"中央研究院"编：《国际汉学会议论文集》，1981年；又见李亦园：《宗教与神话论集》，台湾立绪文化公司1998年版。

梁志忠：《〈山海经〉——早期民族学资料的宝库》，《民族学研究》（二），民族出版社1981年版。

马昌仪：《鲁迅论神话》，中国民间文艺研究会研究部编：《民间文学论丛》（一），中国民间文艺出版社1981年版。

马昌仪：《人类学派与中国近代神话学》，《民间文艺集刊》（一），1981年。

马昌仪：《试论茅盾的神话观》，《民间文学》1981年第5期。

茅盾：《神话研究》，百花文艺出版社1981年版。

每君：《释"飞鸟之所解其羽"》，《文史哲》1981年第3期。

潜明兹：《神话与原始宗教源于一个统一体》，《北京师范大学学报（哲学社会科学版）》1981 年第 2 期。

史肇美:《一部最古最奇的书——〈山海经〉浅说》,《山海经》1981 年第 3 期。

宋大仁:《中国本草学发展史略——〈诗经〉和〈山海经〉中的药物知识》,《中华文史论丛》第 1 辑，上海古籍出版社 1981 年版。

翁经方:《〈山海经〉中的丝绸之路初探》,《上海师院学报（哲学社会科学版）》1981 年第 2 期。

谢田:《〈山海经〉与现代科学》,《读书》1981 年第 8 期。

徐杰:《〈山海经之神怪〉简介》,《文献》第 9 辑，1981 年 10 月。

许钦文:《鲁迅与〈山海经〉》,《山海经》1981 年 2 月创刊号。

袁珂:《漫谈中国神话研究和〈山海经〉》,《四川图书馆》1981 年第 1 期。

〔法〕列维·布留尔:《原始思维》，丁由译，商务印书馆 1981 年版。

1982

程蔷:《鲧禹治水神话的产生和演变》，中国民间文艺研究会研究部编《民间文学论文选》，湖南人民出版社 1982 年版。

邓启耀:《从云南少数民族的原始艺术看原始思维的特征》,《思想战线》1982 年第 6 期。

董其祥:《〈山海经〉记载的历史》,《西南师院学报（哲学社会科学版）》1982 年第 3 期。

龚鹏程:《幻想与神话的世界——人文创设与自然秩序》,《中国文化新论·文学篇》，台湾联经出版事业公司 1982 年版。

顾颉刚:《〈山海经〉中的昆仑区》,《中国社会科学》1982 年第 1 期。

胡小石:《屈原与古神话》,《胡小石论文集》，上海古籍出版社 1982 年版。

库尔班·外力:《〈西王母〉新考》,《新疆社会科学》1982 年第

3 期。

李德芳：《试论西王母神话的演变》，钟敬文主编：《民间文艺学文丛》，北京师范大学出版社 1982 年版。

刘魁立：《欧洲民间文学研究中的神话学派》，《民间文艺集刊》1982 年第 3 辑。

刘魁立：《欧洲神话学派的奠基人——格林兄弟》，中国民间文艺研究会研究部编：《民间文学论文选》，湖南人民出版社 1982 年版。

刘魁立：《神话及神话学》，《民间文学论坛》1982 年第 3 期。

潘世宪：《群巫初探——〈山海经〉与古代社会》，《社会科学战线》1982 年第 4 期。

山东省博物馆、山东省文物考古研究所编：《山东汉画像石选集》，齐鲁书社 1982 年版。

王珍：《〈山海经〉一书中有关母系氏族社会的神话试析》，《中州学刊》1982 年第 2 期。

乌丙安：《洪水故事中的非血缘婚姻观》，中国民间文艺研究会研究部编：《民间文学论文选》，湖南人民出版社 1982 年版。

杨宽：《顾颉刚先生和古史辨》，《光明日报》1982 年 7 月 19 日；又见杨宽：《先秦史十讲》，复旦大学出版社 2006 年版。

袁珂：《从狭义的神话到广义的神话》，《社会科学战线》1982 年第 4 期。

袁珂：《神话论文集》，上海古籍出版社 1982 年版。

张明华：《对我国古代神话瑰宝的探索——介绍袁珂〈山海经校注〉》，《读书》1982 年第 2 期。

钟敬文：《论民族志在古典神话研究上的作用》，中国民间文艺研究会研究部编：《民间文学论文选》，湖南人民出版社 1982 年版。

朱传誉：《昆仑与西王母》，台湾天一出版社 1982 年版。

朱芳圃：《共工 · 句龙篇》(王珍整理)，《中国古代神话与史实》，中州书画出版社 1982 年版。

1983

陈炳良:《广西瑶族洪水故事研究》,《幼狮学刊》1983 年第 17 卷第 4 期。

冯天瑜:《上古神话纵横谈》,上海文艺出版社 1983 年版。

龚鹏程:《中国古代宗教与神话》,《道教文化》1983 年第 3 卷第 8、9 期。

侯哲安:《伏羲女娲与我国南方诸民族》,《求索》1983 年第 4 期。

黄崇岳:《黄帝、尧、舜和大禹的传说》,书目文献出版社 1983 年版。

兰克:《原始的宗教和神话》,《民间文艺集刊(4)》,上海文艺出版社 1983 年版。

刘魁立:《欧洲民间文学研究中的流传学派》,《民间文学论坛》1983 年第 3 期。

孟慧英:《〈山海经〉中的帝神话》,《民间文学论集》第 1 辑,1983 年。

王秋桂:《二郎神传说补考》,《民俗曲艺》第 22 期,1983 年。

王孝廉:《中国神话研究的兴起——从古史到神话》,《民俗曲艺》第 25 期,1983 年。

王珍:《〈山海经〉与原始社会研究》,《中原文物》1983 年特刊。

王重民:《中国善本书提要》,上海古籍出版社 1983 年版。

萧兵:《引魂之舟:战国楚〈帛画〉与〈楚辞〉神话》,《湖南考古辑刊》第 2 辑,1983 年;又见萧兵:《楚辞与神话》,江苏古籍出版社 1987 年版。

徐华龙:《拉法格的神话观》,《思想战线》1983 年第 6 期。

杨知勇:《原始宗教的神与神话的神》,《云南民族学院学报》1983 年第 1 期。

袁珂:《关于〈山海经〉校译的若干问题》,《思想战线》1983年第5期。

袁珂:《中国神话研究和〈山海经〉》,《文史知识》1983年第5期。

张光直:《中国青铜时代》,生活·读书·新知三联书店1983年版。

〔日〕白川静:《中国神话》,王孝廉译,台湾长安出版社1983年版。

1984

常任侠:《常任侠艺术考古论文选集》,文物出版社1984年版。

陈天俊:《〈山海经〉与先秦时期的南方民族》,《贵州社会科学》1984年第2期。

黄惠焜:《论神话》,《民族文学研究》1984年第4期。

金荣华:《从六朝志怪小说看当时传统的神鬼世界》,《华学季刊》1984年第5卷第3期。

李少雍:《略论〈山海经〉神话的价值》,人民文学出版社古典文学编辑室编:《中国古典文学论丛》(一),人民文学出版社1984年版。

吕子方:《读〈山海经〉杂记》,《中国科学技术史论文集》(下),四川人民出版社1984年版。

马昌仪:《我国第一个评述拉奥孔的女性:论单士厘的美学见解》,《文艺研究》1984年第4期。

田兵、陈立浩主编:《中国少数民族神话论文集》,广西民族出版社1984年版。

王红旗:《读〈山海经校注〉札记》,《社会科学研究》1984年第5期。

王孝廉:《从古史到神话——顾颉刚的思想形成、神话研究以及和富永仲基加上说的比较》,《民俗曲艺》1984年第30期。

翁银陶:《〈山海经〉产于楚地七证》,《江汉论坛》1984年第2期。

徐显之:《〈山海经〉是一部最古的氏族社会志》,《湖北方志通讯》1984年第8期。

阎云翔：《泰勒、兰、弗雷泽神话学理论评述》，《云南社会科学》1984年第6期。

阎云翔：《图腾理论及其在神话学中的应用》，《山茶》1984年第6期。

袁珂：《再论广义神话》，《民间文学论坛》1984年第3期。

张紫晨：《〈山海经〉的民俗价值》，《思想战线》1984年第4期；又见《张紫晨民间文艺学民俗学论文集》，北京师范大学出版社1993年版。

周明：《〈山海经〉研究小史》，《历史知识》1984年第5期。

1985

阿南（兰克）：《关于阿昌族神话史诗的报告》，《民间文学论坛》1985年第5期。

陈炳良：《神话、礼仪、文学》，台湾联经出版事业公司1985年版。

陈炳良：《说"崇山"》，陈炳良：《神话·礼仪·文学》，台湾联经出版事业公司1985年版。

傅光宇、张福三：《创世神话中"眼睛的象征"与"史前各文化阶段"》，《民族文学研究》1985年第1期。

何幼琦：《〈海经〉新探》，《历史研究》1985年第2期；《〈山海经〉新探》，四川省社会科学院出版社1986年版。

任乃强：《巫师、方士与〈山海经〉》，《问世杂志》1985年第1期。

孙培良：《〈山海经〉拾证》，《文史集林》1985年第4期。

孙致中：《〈山海经〉的性质》，《贵州文史丛刊》1985年第3期。

王孝廉：《死与再生——原型回归的神话主题与古代时间信仰》，《古典文学》第7集，台湾学生书局1985年版。

翁银陶：《〈山海经〉性质考》，《福建师大学报》1985年第4期。

翁银陶：《西王母为东夷族刑神考》，《民间文学论坛》1985年第1期。

谢选骏:《中国神话体系简论》,《民间文学论坛》1985 年第 5 期。

徐南洲:《〈山海经〉中的巴人世系考》,《社会科学研究》1985 年第 6 期。

袁珂、周明编:《中国神话资料萃编》,四川省社会科学出版社 1985 年版。

袁珂:《〈山海经〉"盖古之巫书"试探》,《社会科学研究》1985 年第 6 期;《〈山海经〉新探》,四川省社会科学院出版社 1986 年版。

袁珂编:《中国神话传说词典》,上海古籍出版社 1985 年版。

郑凡:《神话结构与功能的独特性——以独龙、怒、佤、景颇族神话为例》,云南省民族民间文学研究所研究室编:《民族文坛》,中国民间文艺出版社 1985 年版。

郑凡:《神话学研究方法的几个问题》,《云南社会科学》1985 年第 4 期。

〔日〕谷野典之:《女娲、伏羲神话系统考》,沉默译,《南宁师院学报》1985 年第 1、2 期。

〔日〕伊藤清司:《〈山海经〉的民俗社会背景》,《国学院杂志》第 86 卷第 11 号,1985 年;又见〔日〕伊藤清司:《中国古代文化与日本》,张正军译,云南大学出版社 1997 年版。

1986

蔡大成:《兄妹婚神话的象征》,《民间文学论坛》1986 年第 5 期。

段渝:《〈山海经〉中所见祝融考》,《〈山海经〉新探》,四川社会科学出版社 1986 年版。

龚维英:《神灵世界战神的更递》,《民间文学论坛》1986 年第 1 期。

龚维英:《释"尸"》,《文史知识》1986 年第 1 期。

何新:《论远古神话的文化意义与研究方法》,《学习与探索》1986 年第 3 期。

何新:《诸神的起源——中国远古神话与历史》,生活·读书·新知三联书店 1986 年版。

兰克:《从创世神话的社会作用看神话的本质特征》,《云南民族学院学报》1986 年第 4 期。

李丰楙:《不死的探求——从变化神话到神仙变化传说》,《中外文学》1986 年第 15 卷第 5 期。

李远国:《试论〈山海经〉中的鬼族——兼及蜀族的起源》,《〈山海经〉新探》,四川社会科学出版社 1986 年版。

龙晦:《陶渊明与〈山海经〉》,《〈山海经〉新探》,四川社会科学出版社 1986 年版。

吕继祥:《关于西王母传说起源地的探索——也说西王母传说起源于东方》,《民间文学论坛》1986 年第 6 期。

任乃强:《试论〈山海经〉的成书年代与其资料来源》,《〈山海经〉新探》,四川社会科学出版社 1986 年版。

沙嘉孙:《〈山海经〉中所见我国古民俗》,《民俗研究》1986 年第 1 期。

孙致中:《〈山海经〉的作者及著作时代》,《贵州文史丛刊》1986 年第 1 期。

萧兵:《〈山海经〉:四方民俗文化的交汇》,《〈山海经〉新探》,四川社会科学出版社 1986 年版。

谢选骏:《神话与民族精神》,山东文艺出版社 1986 年版。

杨超:《〈山海经〉及其相关的几个问题》,《〈山海经〉新探》,四川社会科学出版社 1986 年版。

张福三、傅光宇:《原始人心目中的世界》,云南人民出版社 1986 年版。

张光直:《考古学专题六讲》,文物出版社 1986 年版。

张明华:《十个太阳和十二个月亮传说的由来》,《〈山海经〉新探》,四川社会科学出版社 1986 年版。

张明华:《烛龙和北极光》,《〈山海经〉新探》,四川社会科学出版社 1986 年版。

张铭远:《顾颉刚古史辨神话观试探》,《民间文学论坛》1986 年第 1 期。

赵庄愚:《〈山海经〉与上古典籍之互证》,《〈山海经〉新探》,四川社会科学出版社 1986 年版。

中国《山海经》学术讨论会编辑:《山海经新探》,四川社会科学出版社 1986 年版。

1987

陈履生:《神画主神研究》,紫禁城出版社 1987 年版。

程蔷:《神话发生的时代条件》,《神话新论》,上海文艺出版社 1987 年版。

富育光:《论萨满教的天穹观及其神话》,《世界宗教研究》1987 年第 4 期。

胡仲实:《图腾·神·神话——读〈山海经〉》,《广西师院学报(哲学社会科学版)》1987 年第 1 期。

李丰楙:《西王母五女传说的形成及其演变——西王母研究之一》,《东方宗教研究》1987 年第 1 期。

李子贤:《论佤族神话——兼论活形态神话的特征》,《思想战线》1987 年第 6 期;又见《探寻一个尚未崩溃的神话王国——中国西南少数民族神话研究》,云南人民出版社 1991 年版。

刘魁立、马昌仪、程蔷编:《神话新论》,上海文艺出版社 1987 年版。

刘魁立:《金枝·序》,弗雷泽:《金枝》,中国民间文艺出版社 1987 年版。

刘魁立:《神话研究的方法论问题》,《神话新论》,上海文艺出版社 1987 年版。

吕微:《“昆仑”语义释源》,《民间文学论坛》1987年第5期。

马学良:《研究原始宗教和神话,发展民族文化,增强民族团结》,《中国神话》(一),中国民间文艺出版社1987年版。

潜明兹:《评顾颉刚的古史神话观》,《民间文学论坛》1987年第4期。

孙致中:《〈山海经〉怪物试解》,《辽宁大学学报(哲学社会科学版)》1987年第2期。

孙致中:《〈山海经〉与〈山海图〉》,《河北学刊》1987年第1期。

王迹:《西王母与中国文学》,《青海师专学报》1987年第3期。

王松:《中国神话的体系》,云南民族文学研究所编:《民族文学研究集》第1集,1987年。

王孝廉:《中国的神话世界》(上、下编),台湾时报文化出版企业有限公司1987年版。

武世珍:《神话思维辨义》,《神话新论》,上海文艺出版社1987年版。

萧兵:《楚辞与神话》,江苏古籍出版社1987年版。

萧兵:《明堂的秘密:太阳崇拜和轮居制——一个民俗神话学的考察》,《日本御手洗胜教授退官论文集》,日本广岛大学1987年版。

谢选骏:《中国汉籍上古神话的叙事特征》,《中国神话》(一),中国民间文艺出版社1987年版。

谢选骏:《中国上古神话历史化的契机》,《神话新论》,上海文艺出版社1987年版。

姚宝瑄:《域外西王母神话初探》,《中国神话》(一),中国民间文艺出版社1987年版。

姚远:《西王母神话源流新证》,《民间文艺季刊》1987年第1辑。

叶舒宪(选编):《神话——原型批评》,陕西师大出版社1987年。

袁珂(主编):《中国神话》(一),中国民间文艺出版社1987年版。

郑凡:《震撼心灵的古旋律》，四川人民出版社 1987 年。

〔英〕弗雷泽:《金枝》，徐育新等译，中国民间文艺出版社 1987 年版。

1988

蔡大成:《楚巫的致幻方术——高唐神女传说解读》，《社会科学评论》1988 年第 5 期。

蔡大成:《论西王母形象中的萨满教因素》，《云南社会科学》1988 年第 2 期。

高明强:《创世的神话和传说》，上海三联书店 1988 年版。

顾颉刚:《中国上古史研究讲义·山海经》，中华书局 1988 年版。

郭于华:《论闻一多的神话传说研究》，《民间文学论坛》1988 年第 1 期。

过竹:《苗族神话研究》，广西人民出版社 1988 年版。

李稚田:《评古史辨派神话研究》，《北师大学报·学术之声（二）》，1988 年。

刘城淮:《中国上古神话》，上海文艺出版社 1988 年版。

潘定智等编:《贵州神话史诗论文集》，贵州民族出版社 1988 年版。

屈育德:《神话、传说、民俗》，中国文联出版公司 1988 年版。

宋兆麟:《洪水神话与葫芦崇拜》，《民族文学研究》1988 年第 3 期。

王孝廉、吴继文编:《神与神话》，台湾联经出版事业公司 1988 年版。

王子今:《共工神话与远古虹崇拜》，《民间文学论坛》1988 年第 5、6 期合刊。

巫瑞书等主编:《巫风与神话》，湖南文艺出版社 1988 年版。

吴继文:《卵生神话篇》，王孝廉、吴继文编:《神与神话》，台湾联经出版事业公司 1988 年版。

萧兵:《楚辞新探》，天津古籍出版社 1988 年版。

谢继胜:《藏族本教神话探索》,《民族文学研究》1988 年第 4 期。

谢继胜:《藏族的山神神话及其特征》,《西藏研究》1988 年第 4 期。

阎云翔:《试论龙的研究》,《九州学刊》1988 年第 2 期。

杨希枚:《中国古代太阳崇拜研究(语文篇)》,《民间文学论坛》1988 年第 2 期。

杨知勇:《神系、族系的一致性与祖先神话的形成》,《民间文艺季刊》1988 年第 4 期。

袁珂:《〈山海经〉神话与楚文化》,《巫风与神话》,湖南文艺出版社 1988 年版。

袁珂:《〈山海经〉中有关少数民族的神话》,《神与神话》,台湾联经出版事业公司 1988 年版。

袁珂:《中国神话史》,上海文艺出版社 1988 年版。

张振犁:《中原神话考察述评》,中国芬兰民间文学联合考察及学术交流秘书处编:《中芬民间文学搜集保管学术研讨会文集》,中国民间文艺出版社 1988 年版。

赵逵夫:《刑天神话钩沉与研究》,《民间文学论坛》1988 年第 5、6 期合刊。

〔俄〕李福清:《中国神话故事论集》,马昌仪编译,中国民间文艺出版社 1988 年版;台湾学生书局 1991 年版。

〔日〕大林太郎:《神话学入门》,林相泰等译,中国民间文艺出版社 1988 年版。

〔日〕森安太郎:《黄帝的传说——中国古代神话研究》,王孝廉译,台湾时报文化出版企业有限公司 1988 年版。

〔日〕伊藤清司:《〈山海经〉与华南的古代民族文化》,《贵州民族学院学报》1988 年第 4 期。

1989

何新:《扶桑神话与日本民族起源——〈山海经〉中远古神话的

新发现》,《学习与探索》1989年第4、5期。

何新:《龙:神话与真相》,上海人民出版社1989年版。

刘敦愿:《神圣性的肠道——从台江苗绣到大波那铜棺图像》,《民间文学论坛》1989年第2期。

刘魁立:《缪勒与他的比较神话学·序》,《缪勒与他的比较神话学》(中译本),上海文艺出版社1989年版。

鲁刚主编:《世界神话辞典》,辽宁人民出版社1989年版。

罗开玉:《中国科学神话宗教的协合——以李冰为中心》,巴蜀书社1989年版。

吕微:《论昆仑神话的二分世界》,《民间文学论坛》1989年第2期。

潜明兹:《神话学的历程》,北方文化出版社1989年版。

孙元璋:《昆仑神话与蓬莱仙话》,《民间文学论坛》1989年第5期。

孙作云:《蚩尤、应龙考辨——中国原始社会蛇、泥鳅氏族之研究》,《民间文学论坛》1989年第1期。

孙作云:《天问研究》,中华书局1989年版。

陶阳、钟秀:《中国创世神话》,上海人民出版社1989年版;台湾东华书局1990年版;上海人民出版社2006年再版。

王小盾:《原始信仰和中国古神》,上海古籍出版社1989年版。

王孝廉:《黄河之水——河神的原像及信仰传承》,《民间文学论坛》1989年第5期;《汉学研究》1990年第8卷第1期;又见王孝廉:《水与水神》,学苑出版社1994年版。

魏庆征编:《外国神话传说大辞典》,中国国际广播出版社1989年版。

吴荣曾:《战国汉代的"操蛇神怪"及有关神话迷信的变异》,《文物》1989年第10期《神话三家论》,上海文艺出版社1989年影印本。

萧兵:《中国文化的精英——太阳英雄神话比较研究》,上海文艺出版社1989年版。

谢选骏:《中国神话》，浙江教育出版社 1989 年版。

徐华龙:《鬼话：中国神话形成的中介》,《民间文艺季刊》1989 年第 2 期。

姚宝瑄:《华夏神话史论》，北岳文艺出版社 1989 年版。

叶舒宪:《人日之谜：中国上古创世神话发掘》,《中国文化》创刊号，文化艺术出版社 1989 年版。

袁珂:《论〈山海经〉的神话性质——兼与罗永麟教授商榷》,《思想战线》1989 年第 5 期。

袁珂编:《中国民族神话词典》，四川社会科学院出版社 1989 年版。

张福三:《走出混沌——民族文学的文化思考》，云南民族出版社 1989 年版。

周保国:《开本草著作先河的〈山海经〉》,《中国医药报》1989 年 7 月 2 日。

〔德〕麦·缪勒:《比较神话学》，金泽译，上海文艺出版社 1989 年版。

〔法〕格拉耐:《中国古代的祭礼与歌谣》，张铭远译，上海文艺出版社 1989 年版。

〔美〕克雷默:《世界古代神话》，魏庆征译，华夏出版社 1989 年版。

〔日〕伊藤清司:《山海经中的鬼神世界》，刘晔原译，中国民间出版社 1989 年版。

〔日〕伊藤清司:《长相怪异的民族》,《中国古代史研究》第 6 号，日本研文出版社 1989 年版。

〔日〕伊藤清司:《中国古代文化与日本》，张正军译，云南大学出版社 1997 年版。

邓启耀:《中国神话的逻辑结构》,《民间文学论坛》1989 年第 3 期。

1990

《中国各民族宗教与神话大辞典》，学苑出版社 1990 年版。

富育光:《萨满教与神话》，辽宁大学出版社 1990 年版。

顾颉刚:《顾颉刚读书笔记》(第 1—10 集)，台湾联经事业公司 1990 年版。

郭振华:《太阳之路与生命的永恒》,《民间文学论坛》1990 年第 6 期。

何光岳:《西王母的来源和迁徒》,《青海社会科学》1990 年第 6 期。

胡万川:《中国的江流儿故事》,《汉学研究》(民间文学国际研讨会论文专号)第 8 卷第 1 期，1990 年。

李道和:《昆仑：鲧禹所造之大地》,《民间文学论坛》1990 年第 4 期。

林河:《“槃瓠神话”访古记》,《民间文艺季刊》1990 年第 2 期。

刘锡诚:《九尾狐的文化内涵》,《民间文学论坛》1990 年第 6 期。

罗永麟:《论〈山海经〉的巫觋思想——兼答袁珂先生》,《民间文艺集刊》1990 年第 3 辑。

孟慧英:《活态神话——中国少数民族神话研究》，南开大学出版社 1990 年版。

饶宗颐:《大汶口“明神”记号与后代礼制——论远古之日月崇拜》,《中国文化》1990 年第 2 期。

饶宗颐:《中外史诗上天地开辟与造人神话之初步比较研究》,《汉学研究》(民间文学国际研讨会论文专号)第 8 卷第 1 期，1990 年。

孙机:《三足乌》,《文物天地》1990 年第 1 期。

王大有:《〈山海经〉是上古史书》,《人民日报》1990 年 2 月 2 日。

王景琳:《西王母的演变》,《文史知识》1990 年第 1 期。

王孝廉:《乱神蚩尤与枫木信仰》(首次发表在 1990 年台湾成功大学苏雪林 95 岁诞辰纪念会上),《中国民间文化》1991 年第 3 期；又见《岭云关雪——民族神话学论集》，学苑出版社 2002 年版；《中国神话世界》，台湾洪叶文化事业有限公司 2005 年版。

文崇一：《中国古文化》，东大图书公司 1990 年版。

张光直：《中国青铜时代（二集）》，生活·读书·新知三联书店 1990 年版；台湾联经出版事业公司 1990 年版。

张志尧：《人首蛇身的伏羲女娲与蛇图腾崇拜——兼论山海经中人首蛇身之神的由来》，《西北民族研究》1990 年第 2 期。

朱可先、程健君：《神话与民俗》，中原农民出版社 1990 年版。

1991

常征：《〈山海经〉管窥》，河北大学出版社 1991 年版。

陈建宪：《宇宙卵与太极图——论盘古神话的中国"根"》，《民间文学论坛》1991 年第 4 期。

邓启耀：《"灵"与"象"的神话——云南崖画与宗教心理》，《中国民间文化》第 1 集，学林出版社 1991 年版。

顾自力：《鲧禹神话新解——从原始巫术破译鲧禹神话》，《中国民间文化》1991 年第 3 期。

郭于华：《死亡起源神话略考》，《民间文学论坛》1991 年第 3 期。

金荣权：《中国古代神话通检》，中州古籍出版社 1991 年版。

李子贤：《探寻一个尚未崩溃的神话王国——中国西南少数民族神话研究》，云南人民出版社 1991 年版。

刘城淮：《中国上古神话通论》，云南人民出版社 1991 年版。

刘守华：《中国神话与道教》，《民间文学论坛》1991 年第 5 期。

鹿忆鹿：《难题求婚模式的神话原型》，《第一届中国民间文学学术研讨会论文集》，1991 年 12 月。

陶思炎：《中国宇宙神话略论》，东南大学东方文化研究所编：《东方文化》第 1 集，1991 年。

王立仕：《淮阴高庄战国墓铜器刻纹和〈山海图〉》，南京博物院：《东南文化》1991 年第 6 期。

萧兵：《黑马——中国民俗神话学文集》，台湾时报文化出版公司

1991 年版。

谢继胜:《藏族战神小考》,《中国藏学》1991 年第 4 期。

徐华龙:《盘瓠神话的历史和文化价值》,《民族文学研究》1991 年第 1 期；又见徐华龙:《中国神话文化》，辽宁教育出版社 1993 年版。

徐显之:《山海经探原》，武汉出版社 1991 年版。

杨希枚:《中国古代太阳崇拜研究》(生活篇)，1991 年 8 月在河南洛阳“夏商文化国际学术研讨会”上提交的论文，杨希枚:《先秦文化史论集》，中国社会科学出版社 1995 年版。

叶舒宪:《英雄与太阳——中国上古史诗的原型重构》，上海社会科学院出版社 1991 年版。

袁珂:《巨人——齐鲁神话与仙话的艺术概括》，东南大学东方文化研究所编:《东方文化》第 1 集，1991 年。

袁珂:《山海经全译》，贵州人民出版社 1991 年版。

袁珂:《中国神话通论》，巴蜀书社 1991 年版。

张振犁:《中原古典神话流变论考》，上海文艺出版社 1991 年版。

钟敬文:《洪水后兄妹再殖人类神话——对这类神话中二三问题的考察，并以之就商于伊藤清司、大林太良两教授》,《中国与日本文化研究》第 1 集，中国大百科出版社 1991 年版。

〔日〕小南一郎:《壶形的宇宙》，朱丹阳等译,《北京师范大学学报(哲学社会科学版)》1991 年第 2 期。

1992

邓启耀:《中国神话的思维结构》，重庆出版社 1992 年版。

扶永发:《神州的发现——〈山海经〉地理考》，云南人民出版社 1992 年版。

傅锡壬:《楚辞九歌中诸神之图腾形貌初探》,《淡江学报》1992 年第 1 期。

何星亮:《中国图腾文化》，中国社会科学出版社 1992 年版。

刘魁立:《泰勒与他的原始文化·序》,《原始文化》(中译本),上海文艺出版社1992年版。

王孝廉:《中国的神话世界》,台湾时报文化出版公司1992年版。

叶舒宪:《中国神话哲学》,中国社会科学出版社1992年版。

喻权中:《中国上古文化的新大陆——〈山海经·海外经〉考》,黑龙江人民出版社1992年版。

〔德〕恩斯特·卡西尔:《神话思维》,黄龙保等译,中国社会科学出版社1992年版。

〔美〕艾瑟·和婷:《月亮神话——女性的神话》,蒙子等译,上海文艺出版社1992年版。

〔英〕爱德华·泰勒:《原始文化》,连树声译,上海文艺出版社1992年版。

1993

巴苏亚·博伊哲努(浦忠成):《台湾邹族的风土神话》,台湾台原出版社1993年版。

陈钧:《中国神话新论》,漓江出版社1993年版。

傅光宇:《三元——中国神话结构》,云南人民出版社1993年版。

傅光宇:《彝族神话:创世之光》,广西民族出版社1993年版。

龚维英:《女神的失落》,河南大学出版社1993年版。

顾颉刚:《〈中国古代神话研究〉序》,《博览群书》1993年第11期。

胡宗英:《西王母形象的演变》,《上海道教》1993年第1期。

李零:《中国方术考》,人民中国出版社1993年版。

李少雍:《经学家对"怪"的态度——〈诗经〉神话脞议》,《文学评论》1993年第3期。

李世康:《〈山海经〉与毕摩比较研究》,《楚雄社会科学论坛》1993年第6期。

刘亚湖:《原始叙事艺术的发展和演变》,《中国民间文化》1993

年第 3 期。

马卉欣：《盘古之神》，上海文艺出版社 1993 年版。

茅盾：《茅盾全集》（第 28 卷，神话研究专卷），人民文学出版社 1993 年版。

涂元济、涂石：《神话、民俗与文学》，海峡文艺出版社 1993 年版。

王树明：《蚩尤辩证》，《中原文物》1993 年第 1 期。

王增勇：《神话与民俗》，陕西人民教育出版社 1993 年版。

武世珍：《神话学论纲》，敦煌文艺出版社 1993 年版。

徐华龙：《中国神话文化》，辽宁教育出版社 1993 年版。

徐显之：《〈山海经〉浅注》，黄山书社 1993 年版。

杨宽：《历史激流中的动荡和曲折——杨宽自传》，台湾时报文化出版公司 1993 年版。

杨义：《〈山海经〉的神话思维》，《海南师院学报（哲学社会科学版）》1993 年第 1 期。

袁珂：《中国神话通论》，巴蜀书社 1993 年版。

张光直：《美术、神话与祭祀》，台湾稻乡出版社 1993 年版。

郑杰文：《西王母神话的渊源及其在中原地区的流播和演变》，《滨州师专学报》1993 年第 1 期。

〔美〕亨莉埃特·默茨：《几近褪色的记录：关于中国人到达美洲探险的两份古代文献》，崔岩峙等译，海洋出版社 1993 年版。

〔日〕森雅子：《西王母原型》，金佩华译，《世界宗教资料》1993 年第 1 期。

〔日〕小南一郎：《中国的神话传说与古小说》，孙昌武译，中华书局 1993 年版。

〔苏联〕谢·托卡列夫：《世界各民族神话大观》，魏庆征译，国际文化出版公司 1993 年版。

〔英〕泰勒：《人类学》，连树声译，上海文艺出版社 1993 年版。

1994

《纬书集成》，上海古籍出版社 1994 年版。

陈建宪：《神祇与英雄——中国古代神话的母题》，生活·读书·新知三联书店 1994 年版。

胡运鹏：《试论〈山海经〉中黄帝的真实性》，《云南民族学院学报》1994 年第 4 期。

李锦山：《西王母题材画像石及其相关问题》，《中原文物》1994 年第 4 期。

刘敦愿：《美术考古与古代文明》，台湾允晨文化出版社 1994 年版。

刘信芳：《中国最早的物候历月名——楚帛书月名及神祇研究》，《中华文史论丛》第 53 辑，上海古籍出版社 1994 年版。

马昌仪：《程憬及其中国神话研究》，《中国文化研究》1994 年秋季号。

马昌仪编：《中国神话学文论选萃》，中国广播电视出版社 1994 年版。

蒙传铭：《山海经作者及其成书年代之重新考察》，《中国学术年刊》第 15 卷，1994 年。

启良：《西王母神话考辨》，《湘潭大学学报（哲学社会科学版）》1994 年第 3 期。

潜明兹：《中国神话学》，宁夏人民出版社 1994 年版。

饶宗颐：《谈古代神明的性别——东西王母说》，《中国书目季刊》1994 年第 27 卷第 4 期。

王国维：《古史新证》，清华大学出版社影印本 1994 年版。

王孝廉：《花与花神》，学苑出版社 1994 年版。

王孝廉：《水与水神》，学苑出版社 1994 年版。

王兆明：《〈山海经〉和中华文化圈》，《东北师大学报（哲学社会科学版）》1994 年第 5 期。

武文：《德力兼容的社会型模——简论西王母的政治理想及对后世的影响》，《青海社会科学》1994 年第 5 期。

尹建中编：《台湾山胞各族传统神话故事与传说文献编纂研究》，台湾大学文学院人类学系 1994 年。

张开焱：《神话叙事学》，中国三峡出版社 1994 年版。

张岩：《〈山海经〉与中华民族起源》，《文艺研究》1994 年第 2 期。

钟年：《"混沌"与洪水神话的干连》，《淮阴师院学报》1994 年第 4 期。

钟宗宪：《炎帝神农信仰》，学苑出版社 1994 年版。

〔美〕阿兰·邓迪斯：《西方神话学论文选》，朝戈金等译，上海文艺出版社 1994 年版。

1995

富育光、王宏刚：《萨满教女神》，辽宁人民出版社 1995 年版。

公木：《〈山海经〉与世界文化之谜·序》，《〈山海经〉与世界文化之谜》，吉林大学出版社 1995 年版。

宫玉海：《〈山海经〉与世界文化之谜》，吉林大学出版社 1995 年版。

何兆雄：《〈山海经〉是巫医经》，《炎黄世界》1995 年第 2 期。

胡建国：《古傩面具与〈山海经〉》，《民族艺术》1995 年第 4 期。

胡远鹏：《〈山海经〉：揭开中国及世界之谜》，《淮阴师专学报》1995 年第 17 卷第 3 期。

胡远鹏：《论〈山海经〉是一部信史》，《中国文化研究》1995 年第 4 期。

胡远鹏等：《〈山海经〉研究的新突破》，《长沙理工大学学报（社会科学版）》1995 年第 2 期。

李零：《考古发现与神话传说》，《学人》第 5 辑，1995 年；《李零自选集》，广西师范大学出版社 1998 年版。

刘子敏：《〈山海经〉"天毒"考》，《博物馆研究》1995 年第 4 期。

陆思贤:《神话考古》，文物出版社 1995 年版。

牛天伟:《试析汉画中的西王母画像》,《中原文物》1995 年第 3 期。

荣宁:《试析西王母神话与羌族社会》,《青海民族研究》1995 年第 1 期。

芮传明、余太山:《中西纹饰比较》，上海古籍出版社 1995 年版。

田兆元:《论主流神话与神话史的要素》,《文艺理论研究》1995 年第 5 期。

王崇顺、王厚宇:《淮阴高庄战国墓铜器图像考释》,《东南文化》1995 年第 4 期。

王廷洽:《〈山海经〉所见之树神崇拜》,《当代宗教研究》1995 年第 2 期。

谢选骏:《中国神话》，浙江教育出版社 1995 年版。

杨宽:《秦诅楚文所表演的诅的巫术》,《文学遗产》1995 年第 5 期;《杨宽古史论文选集》，上海人民出版社 2003 年版。

杨希枚:《先秦文化史论集》，中国社会科学出版社 1995 年版。

张得祖:《昆仑神话与羌戎文化琐谈》,《青海民族学院学报》1995 年第 2 期。

赵献春:《浅谈西王母神话演变的三个阶段》,《张家口师专学报》1995 年第 2 期。

赵宗福:《岗仁波钦信仰与昆仑神话》,《西北民族研究》1995 年第 1 期。

钟年:《女娲抟土造人神话的复原》,《寻根》1995 年第 3 期。

〔美〕乔瑟夫 · 坎伯《神话》，朱侃如译，台湾立绪文化公司 1995 年版。

〔美〕约翰 · 维克雷《神话与文学》，潘国庆等译，上海文艺出版社 1995 年版。

1996

安京:《〈山海经〉史料比较研究》,《中国边疆史地研究》1996年第1期。

巴苏亚·博伊哲努(浦忠成):《台湾原住民的口传文学》,台湾常民文化公司1996年版。

陈建宪:《垂死化身与人祭巫术——盘古神话再探》,《华中师大学报(哲学社会科学版)》1996年第3期。

陈建宪:《中国洪水神话的类型与分布——对443篇异文的初步宏观分析》,《民间文学论坛》1996年第3期。

丁锡根编著:《中国历代小说序跋集》,人民文学出版社1996年版。

方正己等:《谈神塑艺术源于〈山海经〉》,《吉林师院学报(哲学社会科学版)》1996年第9、10期。

宫玉海:《关于〈山海经〉与上古社会研究:历史需要什么样的澄清》,《社会科学研究》1996年第2期。

胡远鹏:《〈山海经〉:中国科技史的源头》,《暨南大学学报(哲学社会科学版)》1996年第1期。

冷德熙:《超越神话——纬书政治神话研究》,东方出版社1996年版。

李亦园:《端午与屈原——神话与仪式的结构关系再探》,台湾汉学研究中心:《中国神话与传说学术研讨论文集》,1996年;又见《李亦园自选集》,上海教育出版社2002年版;李亦园:《宗教与神话论集》,台湾立绪文化公司2004年版。

廖群:《神话寻踪》,上海古籍出版社1996年版。

刘宗迪:《鼓之舞之以尽神——论神和神话的起源》,《民间文学论坛》1996年第4期。

吕微:《楚地帛书、敦煌残卷与佛教伪经中的伏羲女娲故事》,《文学遗产》1996年第4期。

潜明兹:《中国古代神话与传说》，商务印书馆 1996 年版。

饶宗颐:《澄心论萃》，胡晓明编，上海文艺出版社 1996 年版。

台湾汉学研究中心编:《中国神话传说学术研讨会论文集》(上、下)，1996 年。

王红旗、孙晓琴:《新绘神异全图山海经》，昆仑出版社 1996 年版。

王家佑:《西王母昆仑山与西域古族文化》,《中华文化论坛》1996 年第 2 期。

尹荣方:《西王母神话新论》,《民俗研究》1996 年第 2 期。

袁珂:《袁珂神话论集》，四川大学出版社 1996 年版。

张箭:《〈山海经〉与原始社会研究：神话乎？历史乎？》,《社会科学研究》1996 年第 2 期。

钟敬文、杨利慧:《中国古代神话研究史上的合理主义》，台湾汉学研究中心:《中国神话与传说学术研讨会论文集》，1996 年。

钟伟今主编:《防风神话研究》，安徽文艺出版社 1996 年版。

〔韩〕郑在书:《再论中国神话观念——以文本的角度来看〈山海经〉》，台湾汉学研究中心:《中国神话与传说学术讨论会文集(上)》，1996 年。

〔美〕乔瑟夫·坎伯:《神话的智慧》，李子宁译，台湾立绪文化公司 1996 年版。

〔日〕竹野忠生:《论〈山海经〉的非神话性》,《淮阴师专学报》1996 年第 4 期。

1997

陈建宪:《神话解读》，湖北教育出版社 1997 年版。

董楚平:《良渚文化创世神话补证》,《故宫文物月刊》1997 年 174 期。

胡远鹏:《论现阶段〈山海经〉研究》,《淮阴师专学报》1997 年第 2 期。

黄任远：《通古斯：满语族宇宙起源神话比较》，《北方民族》1997年第2期。

林鸿荣：《〈山海经〉中的奇禽怪兽》，《寻根》1997年第6期。

刘魁立：《〈金叶〉中译本序》，《金叶》，上海文艺出版社1997年版。

刘宗迪：《黄帝蚩尤神话探源》，《民族艺术》1997年第1期。

欧阳健：《从〈山海经〉看神怪观念的起源》，《上海师大学报》1997年第1期。

潜明兹：《百年神话研究略论》，《铁道师院学报》1997年第6期。

孙晓琴、王红旗：《天地人鬼神图鉴》，中国对外翻译出版公司1997年。

王守春：《〈山海经〉与古代新疆历史地理相关问题的研究》，《西域研究》1997年第3期。

王小盾：《汉藏语猴祖神话的谱系》，《中国社会科学》1997年第6期。

闻一多：《神话与诗》，华东师范大学出版社1997年版。

吴郁芳：《元·曹善〈山海经〉手抄本简介》，《古籍整理研究学刊》1997年第1期。

邢莉：《西王母的演变》，《中国道教》1997年第4期。

薛青林、郝丽华：《〈山海经〉与上古人类饮食》，《寻根》1997年第6期。

杨泓：《美术考古半世纪——中国美术考古发现史》，文物出版社1997年版。

杨宽：《楚帛书的四季神像及其创世神话》，《文学遗产》1997年第4期；又见《杨宽古史论文选集》，上海人民出版社2003年版。

杨利慧：《女娲的神话与信仰》，中国社会科学出版社1997年版。

杨治经、黄任远：《通古斯——满语族神话比较研究》，台湾洪叶文化事业有限公司、中华文化发展基金管理委员会1997年版。

赵建军:《〈山海经〉的神话思维结构》,《淮阴师专学报》1997年第2期。

赵沛霖:《中国神话的分类与〈山海经〉的文献价值》,《文艺研究》1997年第1期。

周建邦:《〈山海经〉研究概述》,《寻根》1997年第6期。

朱炳祥:《伏羲与中国文化》,湖北教育出版社1997年版。

〔美〕简·詹姆斯:《汉代西王母的图像志研究》(上、下),贺西林译,《美术研究》1997年第2、3期。

〔美〕乔瑟夫·坎伯:《千面英雄》,朱侃如译,台湾立绪文化公司1997年版。

〔日〕伊藤清司:《中国古代文化与日本——伊藤清司学术论文自选集》,张正军译,云南大学出版社1997年版。

〔英〕丽莉·弗雷泽夫人:《金叶》,汪培基等译,上海文艺出版社1997年版。

1998

白庚胜:《东巴神话象征论》,云南人民出版社1998年版。

陈建宪:《精神还乡的引魂之幡——20世纪中国神话学回眸》,《河北师大学报(哲学社会科学版)》1998年第3期。

董楚平:《中国最早的创世神话》,《杭州师院学报(哲学社会科学版)》1998年第2期。

扶永发:《神州的发现——山海经地理考》(修订本),云南人民出版社1998年版。

高有鹏:《中国神话研究的世纪回眸》,《中国文化研究》1998年第4期。

顾柄枢:《泾川回山与西王母》,《西北史地》1998年第1期。

黄建中:《〈山海经〉是我国上古传说的一部史书》,《〈山海经〉

研究》，湖北人民出版社 1998 年版。

金荣权：《中国神话的流变与文化精神》，天津人民出版社 1998 年版。

李亦园：《宗教与神话论集》，台湾立绪文化公司 1998 年版。

林辰：《神怪小说史》，浙江古籍出版社 1998 年版。

刘宗迪：《狐魅渊源考——兼论戏剧与小说的源流关系》，《攀枝花大学学报》1998 年第 1 期。

鹿忆鹿：《彝族天女婚洪水神话》，《民间文学论坛》1998 年第 2 期。

孟慧英：《鹿神神话与信仰》，《内蒙古社会科学》1998 年第 4 期。

田兆元：《神话与中国社会》，上海人民出版社 1998 年版。

王红旗：《〈山海经〉之谜寻解》，《东方文化》1998 年第 5 期。

王昆吾（小盾）：《中国早期艺术与宗教》，东方出版中心 1998 年版。

徐宏图、〔日〕张爱萍：《从“禹祭”到“泥祭”——中日洪水神话比较》，《民族艺术》1998 年第 2 期。

杨福泉：《原始生命神与生命观》，云南人民出版社 1998 年版。

杨宽：《战国史》（增订本），上海人民出版社 1998 年版。

叶舒宪：《〈山海经〉的方位模式与书名由来》，《中文自学指导》1998 年第 5 期。

尹荣方：《刑天神话与上古农业祭礼》，《中文自学指导》1998 年第 1 期。

袁珂：《中国神话大词典》，四川辞书出版社 1998 年版。

张家钊等编：《填海逐日——袁珂神话研究纪念文集》，四川大学出版社 1998 年版。

张庆民：《西王母神话沿革阐释》，《齐鲁学刊》1998 年第 2 期；又见《民间文化》1998 年第 3 期。

周静：《西汉时期的西王母信仰》，《四川文物》1998 年第 6 期。

朱玲玲：《从郭璞〈山海经图赞〉说〈山海经〉“图”的性质》，

《中国史研究》1998 年第 3 期。

1999

常金仓:《古史研究中的泛图腾论》,《陕西师大学报(哲学社会科学版)》1999 年第 3 期。

常金仓:《由鲧禹故事演变引出的启示》,《齐鲁学刊》1999 年第 6 期。

陈连山:《结构神话学:列维-斯特劳斯与神话学问题》,外文出版社 1999 年版。

范三畏:《旷古逸史——陇右神话与古史传说》,甘肃教育出版社 1999 年版。

冯广宏:《徐南洲先生与〈山海经〉研究》,《中华传统文化网·中华文化研究通讯》1999 年第 8 期。

傅亚庶:《中国上古祭祀文化》,东北师范大学出版社 1999 年版。

高有鹏:《面向 21 世纪的中国神话研究》,《社会科学辑刊》1999 年第 3 期。

贺学君、蔡大成、〔日〕樱井龙彦编:《中日学者中国神话研究论著目录总汇》,日本名古屋大学大学院国际开发研究科 1999 年印。

胡万川:《捞泥造陆——鲧禹神话新探》(首次发表在 1999 年台湾清华大学纪念闻一多百周年诞辰中国古典文学研讨会上),《新古典新义》,台湾学生书局 2001 年版;又见胡万川:《真实与想像——神话传说探微》,台湾清华大学出版社 2004 年版。

贾雯鹤:《重黎神话及其相关问题——〈山海经〉与神话研究之一》,《社会科学研究》1999 年第 3 期。

柯杨:《甘肃泾川与西王母民俗文化》,《寻根》1999 年第 5 期。

刘映祺:《论西王母》,《寻根》1999 年第 5 期。

刘宗迪:《"浑沌"的命运》,《民族艺术》1999 年第 4 期。

柳莉、贾征:《20 世纪中国洪水神话研究概述》,《武汉水利电力大学学报》1999年第2期。

骆水玉：《圣域与沃土——〈山海经〉中的乐土神话》，《汉学研究》1999年第17卷第1期。

马文俊：《干母女神神话与西王母神话相似性研究》，《寻根》1999年第5期。

茅盾：《茅盾说神话》，上海古籍出版社1999年版。

潜明兹：《中国神源》，重庆出版社1999年版。

万建中：《祖婚型神话传说中禁忌母题的文化人类学阐述》，《民族文学研究》1999年第3期。

王子今、周苏平：《汉代民间的西王母崇拜》，《世界宗教研究》1999年第2期。

杨帆、邱效瑾注释：《山海经》，安徽人民出版社1999年版。

杨宽：《祭祀上帝于天室和开天辟地的神话》，《西周史》，上海人民出版社1999年版。

杨宽：《穆天子传真实来历的探讨》，《西周史》第4编第6章，上海人民出版社1999年版；又见杨宽：《先秦史十讲》，复旦大学出版社2006年版。

杨宽：《西周史》，上海人民出版社1999年版。

杨正文：《最后的原始崇拜——白地东巴文化》，云南人民出版社1999年版。

叶舒宪：《山海经神话政治地理观》，《民族艺术》1999年第6期。

张怀宁：《黄帝与西王母的交往》，《寻根》1999年第5期。

张岩：《〈山海经〉与古代社会》，文化艺术出版社1999年版。

张振犁、陈江风：《东方文明的曙光——中原神话论》，上海东方出版中心1999年版。

章行：《山海经现代版》，上海古籍出版社1999年9月。

赵宗福：《西王母的神格功能》，《寻根》1999年第5期。

〔俄〕李福清《从神话到鬼话——台湾原住民神话故事比较研究》，台湾晨星出版社 1999 年版。

〔马来西亚〕丁振宗：《古中国的 X 档案——以现代科技知识解山海经之谜》，台湾昭明出版社 1999 年版；中州古籍出版社 2001 年版。

2000

常金仓：《中国神话学的基本问题：神话的历史化还是历史的神话化？》，《陕西师大学报（哲学社会科学版）》2000 年第 3 期。

常金仓：《山海经与战国时期的造神运动》，《中国社会科学》2000 年第 6 期。

陈岗龙：《蒙古族潜水神话研究》，《民族艺术》2000 年第 2 期。

陈建宪：《论比较神话学的“母题”概念》，《华中师大学报（哲学社会科学版）》2000 年第 1 期。

陈泳超：《顾颉刚古史神话研究之检讨——以 1923 年古史大争论为中心》，《南京师大学报（哲学社会科学版）》2000 年第 1 期。

陈泳超：《尧舜传说研究》，南京师范大学出版社 2000 年版。

冯时：《古代天文与古史传说——河南濮阳西水坡蚌塑遗迹和综合研究》，《中华第一龙——1995 年濮阳龙文化与中华民族学术讨论会论文集》，中州古籍出版社 2000 年版。

高友鹏：《鲁迅的神话学观》，《鲁迅研究学刊》2000 年第 9 期。

贺学君：《中国神话研究百年》，《社会科学研究》2000 年第 5 期。

侯一民：《〈逐日图〉记》，《寻根》2000 年第 1 期。

黄任远：《赫哲族的自然神话和自然崇拜》，《民族文学研究》2000 年第 3 期。

贾雯鹤：《先商史的神话学研究》，《中华文化论坛》2000 年第 3 期。

金荣权：《〈山海经〉研究两千年述评》，《信阳师范学院学报》2000 年第 4 期。

金荣权：《中国古代神话稽考》，中国文联出版社 2000 年版。

李淞：《从“永元模式”到“永和模式”——陕北汉代画像石中的西王母图像分期研究》，《考古与文物》2000 年第 5 期。

李淞：《论汉代艺术中的西王母图像》，湖南教育出版社 2000 年版。

李子贤：《被固定了的神话与存活着的神话——日本“记纪神话”与中国云南少数民族神话之比较》，《云南民族学院学报》2000 年第 1 期。

刘宗迪：《百兽率舞：论原始舞蹈的文化效应》，《文艺研究》2000 年第 3 期。

马昌仪：《山海经图：寻找〈山海经〉的另一半》，《文学遗产》2000 年第 6 期。

马昌仪：《山海经图与吴地画家》，徐采石主编：《吴文化论坛》（2000 年卷），作家出版社 2000 年版。

潜明兹：《中国神话学五十年》，《民俗研究》2000 年第 1 期。

王红旗：《〈山海经〉：神话还是信史？》，《地图》2000 年第 2 期。

王小盾：《龙的实质和龙神话的起源》，《寻根》2000 年第 1 期。

王孝廉：《绝地天通——以苏雪林教授对昆仑神话主题解说为起点的一些相关考察》，日本西南学院大学：《国际文化论集》第 14 卷第 2 号（中文版），2000 年；又见王孝廉：《岭云关雪——民族神话学论集》，学苑出版社 2002 年版。

叶舒宪：《〈山海经〉：从单纯考据到文化诠释》，《淮阴师院学报》2000 年第 2 期。

张福三：《太阳、乌鸦、巫师——对我国太阳神话的一点思考》，《民族艺术研究》2000 年第 5 期。

张光直：《青铜挥麈》，刘士林编，上海文艺出版社 2000 年版。

中国画像石全集编委会编：《中国画像石全集》（共 8 卷），山东美术出版社、河南美术出版社 2000 年版。